CLASSIC

當代大師
文學經典

玫瑰的名字

安伯托・艾可◎著　謝瑤玲◎譯

Il Nome Della Rosa

Umberto Eco

Il Nome Della Rosa

玫瑰的名字

來自國際的肯定

美 國

『精彩絕妙，不可多得的鉅作！』 ——【新聞周刊】

『令人難以抗拒的佳構！』 ——【紐約時報書評】

『作者帶引我們進入中世紀修道院傳統的世界……高潮迭起，引人入勝！』 ——【洛杉磯時報】

『每個人都應仔細品味並珍藏這本義大利的不朽傑作！』 ——【每日新聞】

英 國

『不只是個偵探故事……更深入洞悉了十四世紀——它的歷史、狀態、糾結的政治與宗教戰爭、哲學、神話、科學、技藝、烹調風格、醫藥和魔法。』 ——【倫敦時報文學專刊】

Il Nome Della Rosa

玫瑰的名字

來自國際的肯定

義大利

『一本充滿語言智慧，又極其複雜的小說！』 ——Il Giorno

『寫作技巧高妙無比！』 ——Panorama

『扣人心弦，步步為營，反應當前的時代！』 ——La Repubblica

法 國

『智慧和知識結晶的盛宴！』 ——【自由報】

『這本小說和伏爾泰的哲學故事不謀而合……表面上它是一個博學的偵探故事，實際上它也為自由、中庸、智慧發出了有力的呼聲！』

——【快報】

德 國

『多年來最富含機智，也最引人入勝的一部鉅作！』 ——【明鏡周刊】

『光芒四射！』 ——Suddeutsch

CONTENTS

尋回讀小說的眞正樂趣

張大春

導因於一宗中世紀修道院謀殺案，這位比福爾摩斯早出生數百年、卻晚創造出來的偵探英雄，掀起了歐美文學排行榜的持續熱潮。

《玫瑰的名字》沒有《好萊塢妻妾》那樣的美女、金錢和醜聞，而能置身於暢銷書之列，是一個意外，卻也實至而名歸。

爲了追求『被禁制的知識』而遭殺身之禍的僧侶，並不是第一個面對『眞理／信仰』難以兩全僵局的人，當然也不會是最後一個。負責調查發生在神秘修道院之詭異謀殺案的聖芳濟修士威廉就曾經這麼說：『也許深愛人類的人所負有之任務，就是讓人們嘲笑眞理，使眞理可笑；因爲唯一的眞理在於使我們自己由追求眞理的狂熱中解脫。』

這種懷疑的老調並非安伯托・艾可（Umberto Eco）設置在《玫瑰的名字》裡唯一的『主題』。因爲這位記號語言學大師的敘述策略使本書的意旨形成了一部遠比書中隱藏『禁制知識』的迷宮圖書館更爲複雜的網路，它們相互辯證、顚覆、纏祟。於是當威廉爲我們『偵破』了一連串的謀殺案之後（『一連串』顯然不免是由於威廉的介入），世故的讀者也會因『元兇』的哲學信念而輕微感動或強烈震撼。然而，富於深邃智慧的論述課題，並不會讓比較天眞的讀者感覺索然乏味或枯燥晦澀——即使讀者對中世紀歐洲政教紛爭、神學議論或文化儀式全無了解之誠意，他仍然可以從《玫瑰的名字》中獲取許多『追隨福爾摩斯推探線索』

的偵伺奇趣。另一方面，沉浸於寫實規範的批評家或讀者在讚歎作者細膩、準確、翔實的描述和考證功夫時也必須留心：安伯托・艾可愈是逞弄其寫實性修辭，往往就是他對『眞實』最加疑慮和嘲誚的表現（如：對圖書館設計裝潢以及聖物陳列之描繪）。

於是，我們才可以根本懷疑作者在序言裡對於『梅可森的埃修士手稿』的發現和傳抄、迻譯過程完全出於虛構，從而認識到《玫瑰的名字》非但不是一部古老軼事的考訂材料，它甚至也不是『一個故事』、『一本小說』，它只是利用讀者對『推理情節』、『歷史常識』、『英雄傳奇』、『宗教啓示』等文本的種種成見所架設出來的相互質疑的符號。我們運用這些成見來閱讀，之後便摧毀了這些成見。

一個閱讀本書的理想方式是：隨便翻到任何一頁，讀下去，直到睏倦爲止。經歷過幾次這樣的前戲之後，如果它還不能引起你對偵探、歷史、哲理或高度嘲諷藝術的任何興趣的話，就請你去看電視節目《百戰百勝》吧——那是一個最適合無腦力人士產生自我優越感的電視節目。

——錄自七十八年七月十七日中國時報開卷版

修道院裡的謀殺

法蘭哥・費魯奇

想像一個由聖・班尼狄特教團所主持的中世紀修道院，寺院裡住有管理人、植物學者、園丁、圖書管理員和年輕的見習僧。但是一個接一個的，幾乎有半打的僧侶被發現死在古堡裡，死法離奇。一個博學多聞的聖芳濟修士被派前往調查這個秘密，卻被捲入恐怖的事件中。想像，當故事結束時，我們發現所有恐怖的犯罪竟然都基於道德和文化的理由。試想，亞里斯多德遺失的手稿——《詩論》的第二部份——包括他對喜劇和笑的理論，在圖書館裡被發現了。再假想，有人不惜任何代價來阻止這部書的流傳。

到目前爲止，我們所知道的恐怕只是，安伯托・艾可寫了本小說，他的第一本——在歐洲文學上造成了一股熱潮，成爲歐洲文壇上的一件大事。它幾乎上了歐洲各地暢銷書的排行榜，更同時獲得了法國和義大利最重要的文學獎——麥迪西獎（the Prix Médici）和史特拉哥獎（the Premio Strega）。由於威廉・韋佛精采的英譯本問世，我們終於也可以看到這本書了。要譯一本含有多層意義和解釋的書，也委實不是件容易的事。

艾可的成就幾乎是預期中的。在進一步討論他的作品之前，讓我們先來看看他成功的原因。答案或許就在於，雖未經公開認定，艾可無疑是目前義大利的文化領袖。他內容扎實而引人注目的學術創作，使他在觀念學上的聲望逐年昇高。在國際性的公開討論會上，他更被視爲繼羅蘭・巴特（Roland Barthes）之後的記號語言學的權威，以高雅的態度尋求語言符號的意義。（對於這方面有興趣的讀者，可以參照艾可所寫的《讀者的角色》。）艾可同時也是一個歷史學家，研究詹姆士・喬伊思的學者，和波隆那大學的名教授。

多年來，艾可在『快訊』（L' Espresso）雜誌上的專欄一直廣受歡迎。善於使用智慧而富有彈性的語言的艾可，可以說是『新啓蒙主義』的代言人，他保留方法論對獨斷論的懷疑，認爲文化只是一種交互訓練的管道；既非確定事物的供給者，也非神秘和啓蒙儀式的廟堂。

上列敘述正好可以做爲詮釋艾可《玫瑰的名字》一書的開場白。《玫瑰的名字》發生在十四世紀。在艾可的某些論文中曾把十四世紀和近代相提並論，兩者都受到科學和矛盾社會現象的影響，因而產生了一種『不確定』的感覺。稱這本小說爲偵探小說是十分恰當的。它是所有文學類型中最理性的，以尋求無可反駁的眞理（即使是片面的）爲基礎，誰是殺人的兇手？他的動機是什麼？有那些蛛絲馬跡可以解開神秘的疑雲？

小說中，小說的主角巴斯克維爾的威廉被邀前往調查發生在聖·班尼狄特修道院內的謀殺案。威廉來自英國的羅傑·培根和歐坎·威廉的哲學學校，強調以精確的觀察和感官的揭示的眞實證據爲基礎，因此也是解開謎團的最佳工具。

故事的敘述者是埃森，一個年輕的見習僧，對威廉帶有一份天眞的崇拜。他們兩人之間所建立起智力和情感上的關係，恰似湯姆士·曼的浮士德中的拉維坎和敘述者塞若納斯之間的關係。埃森憑著某種信仰之名發言，威廉卻已失去了這種信仰。古老的聖經問題——到底追求被禁止的知識，抑或不服從方是第一死罪，始終沒有定論。求知的渴望是否源於信仰的喪失？或者，拿今天的話來說，記號語言學的產生是否來自對某種原本不可動搖的眞理的懷疑？最後當謀殺者坦承罪行時，給了我們一個答案。他的動機源於一個詩學和哲學上的問題。不過，天機不可洩露。我只能說威廉和謀殺者之間展開了一場狂熱、精采的辯論，展示了作者絕妙的創造才能，有待讀者去探討。

故事的敘事力量強烈得令人無可抗拒。對於一本以相當篇幅描寫教會會議和聖芳濟修會改革的小說而言，實是難能可貴的。同時書中雖常引用中古拉丁語，讀者卻不覺隔閡。無論讀者是否刻意尋求記號語言迷宮的多層次解釋，都會被艾可愉悅的敘事技巧所感染。對艾可這樣一個記號語言學學者而言，解開一樁謀殺案也包含了解釋文字、象徵、觀念以及可見宇宙中每一個可能的記號的意義。

在讀《玫瑰的名字》時，我們可以把它讀成一本小說，其中的每一個角色和事件都可以在我們今日的世界裡找到對等的角色和事件。從許多方面來看，它可以算是一本寓言小說，人名是虛構的，人物卻是眞實的。其中描寫異教徒運動的部份，無疑在影射近代發生在許多國家的革命運動，以及當地政府對這些革命運動的高壓和迫害。地窖內的審判則更進一步影射了史達林式的整肅、野蠻的自我批判、洗腦和其他可想見的。

《玫瑰的名字》的小世界裡，彌漫著多層次的意義。兩個月前，我在紐約遇見了艾可的一個朋友——一位學者，由於沒有任何著作，無法在大學裡任教。在他身上，我看到了艾可書中一個小角色的縮影。『一個「狼呑虎嚥」的讀者，他可以背出所有圖書館裡的書，但是他有一個奇怪的弱點，那就是他沒有創作的能力。』

書中尙有許多『類似』的遊戲，等待讀者去發現。當然讀者也可以下定決心，不去理會任何遊戲，而沉溺在故事的發展中。但是他卻必須在埃森和威廉之間做一個選擇。毫無疑問，威廉即是艾可本人，但那是身爲哲學家和散文家的艾可。至於寫《玫瑰的名字》的艾可則是埃森，一個年輕而又蒼老的聲音，爲了對愛和熱情的嚮往而發言。威廉決定了故事的輪廓，埃森則賦與它私人的悱惻和悲情。他永遠不會像威廉那樣的思索：『書並非要讓人相信的，而是要讓人質疑的』；埃森的書是要讓人相信的。

我本人選擇了埃森。雖然威廉是解謎之人，但畢竟埃森才是敘述者。在寫這本書的同時，艾可或許也發現了，對事情的眞正回憶來自熱情。書中唯一的愛情故事便是發生在埃森的身上。如《所羅門王之歌》中所說的，他遇見了一位純潔的少女，『美麗而可怖』。在看見修道院的大門時，只有他心中泛起了強烈宗教情操。在全書結束時，也只有他仍擁有偉大的夢和憧憬，當埃森帶著誠摯的心告訴他的朋友們所發生的一切時，威廉只能解釋經驗背後所隱藏的哲學意義。

然而仍有一件事，是威廉所無法解釋的。那就是在書的最後一頁，年已老邁的埃森，以極富詩意的方式預見了自己的死亡：『很快的我將進入這片廣闊的沙漠，平坦而一望無際，在這裡虔誠的心得到眞正的至福。我將沉入神聖的陰影中，在一種絕對的靜默和一種不可名狀的結合中。』在讀到這些句子時，我又想起了艾可散文裡所說的：『死亡是唯一的眞實，無需記號語言學的解釋。』除此而外，威廉似乎總有一些可以教埃森的東西。

——譯自一九八三年六月五日紐約時報『書評周刊』

中世紀修道院的謀殺案

派翠西亞・布蕾

當一個負有盛譽的記號語言學家著手寫一本小說，結果必然充滿了曖昧不明的線索、神秘的暗語，以及象徵性的事件；甚且超過亞瑟・柯南道爾爵士所曾臆想的。安伯托・艾可的第一本小說——《玫瑰的名字》——便是以中世紀為背景的福爾摩斯式幻想。

五十一歲的艾可，是研究詹姆士・喬伊思語言來源的學者，並著書探討。他的學術著作多達十餘本，包括《讀者的角色——記號語言學的探討》（一九七九年，印第安納大學印行）一書。到目前為止，他最成功的作品——《玫瑰的名字》，已贏得義大利最高的兩項文學獎，自一九八〇年來，銷售已逾五十萬冊。

美國人對中世紀的了解比不上歐洲人，這本書的受歡迎與否，全賴對中世紀好奇的讀者是否樂於一步步邁向故事的中心。因為本書並不只是敘述一三二七年修道院謀殺案的調查事件而已。它也詳細記載了十四世紀的宗教戰爭、修會歷史及異端的行動。作者以神學的爭議、學者的討論和拉丁文，來記述這一切。

艾可顯然尊崇柯南道爾爵士。本書中的偵探之名，巴斯克維爾的威廉，便是取自福爾摩斯探案的故事——『巴斯克維爾獵犬』。在這本以十四世紀為背景的著作內，威廉是個聖芳濟修士，以精妙的推論而聞名。他的同伴，也是學生，叫做埃森。

在教會紛亂的時代，他們兩人一起旅行。一場異教徒的審判，在整個時期投下了一層黑暗而脅迫的陰影。米蘭的皇帝和亞威農的教皇爭相入主羅馬。皇帝，路易四世，派遣威廉到一所富有而極具權力的聖・班尼狄特修道院去，為雙方代表團的會議斡旋。這位聖芳濟修士和埃森抵達修道院時，恰在一位年輕的僧侶剛被發現橫死於山崖下之後。不是自殺，就是謀殺。院長知曉威廉的偵探技巧，說服他調查此事。

原已被異端的懷疑和某些僧侶之間卑賤的慾望搞得烏煙瘴氣的修道院，在一連串血腥的死亡發生後，氣氛變得更加陰慘可怖。威廉推測兇手可能是從《啓示錄》得到殺人的靈感；啓示錄中的七聲號響，便象徵了七件死亡。

威廉的注意力集中於修道院的圖書室，那裡所收藏的神聖及世俗書籍，也就是全世界知識的象徵。只有圖書管理員和他的助手，知道怎麼在那迷宮般的秘密房間中行進。院長解釋道：『圖書室自有防禦，如它所貯存的眞理一樣難以測量，如它所保有的虛妄一樣欺人。』威廉懷疑被害者是爲了找出一本被禁的書，才會遇害的。『世俗人的誘惑是通姦，神職者渴想的是財富，僧侶夢寐以求的卻是知識。』他心想：『爲了滿足心靈的好奇，他們自會冒著死亡的危險，也有可能被想要將秘密據爲己有的人殺害。』

到了最後，威廉推測出那本被禁的書，以及策動了謀殺的『假基督』。透露太多，便違反了運動員規則，因此只能說那本書是亞里斯多德『失落』已久的詩論續集。上冊探討了悲劇的本質；下冊所討論的應是喜劇，認爲它是一種善的力量。正如威廉埃森所解釋的，他『做了一件兇暴的事，因爲他太愛他的眞理，所以爲了毀滅虛妄，敢於做任何事……也許深愛人類的人所負有的任務，就是讓人們嘲笑眞理，使眞理可笑，因爲唯一的眞理在於使我們自己由追求眞理的狂熱中解脫。』

義大利的書評家認爲艾可的書是當代義大利政治現狀的寫照，其他人則以爲這是一本博學的著作，包含倫理、政治、異端的各種層面。然而，毋寧說《玫瑰的名字》是一個喜愛神秘樂趣的學者，不朽的創作。這本書難解的書名，便隱含了他的意圖。當艾可被問及書名的意義時，他回答，《玫瑰的名字》是中世紀用來表明字彙含有無限力量的措詞。『例如，艾伯拉宣稱只要有「玫瑰」這個名稱，玫瑰便是存在的，即使沒人見過玫瑰，或者玫瑰從不曾存在過。』有些讀者們可能會聯想到一句拉丁俗語：『res, non verba』，意即『實質勝於文字』。

——譯自一九八三年六月十三日『時代周刊』

一個詭譎的學者

赫伯・米根

看完《玫瑰的名字》之後，和安伯托・艾可交談，猶如面對一根波隆那的羅馬蠟燭。他才思煥發，心思縝密，是個詭譎但並不狡獪的學者。

無論是與艾可先生晤談，或是閱讀他這一本關於十四世紀義大利修道院的小說，皆處處可見記號語言學的存在；他曾在美國耶魯大學及加州柏克萊大學教過這門學科，而今更是波隆那大學記號語言學的第一把交椅。這項專長成爲他第一部小說的基礎，卻不露斧鑿的痕跡；有一半時間，艾可先生似乎是在嘲弄他自己的學問。

他必定是個好老師，因爲他以淺顯易懂的方式來界定記號語言學：『這是一種以一致的觀點研究不同符號系統的學問。』他又說：『人們以各種不同方式彼此溝通，自他們所穿著的衣服，至他們所居住的房舍。身體語言是較明顯的方式之一。』

另一晚在紐約市，這位現年五十一歲的小說家和他的朋友——在義大利居住多年的紐約藝術家，沙爾・史坦堡——談到了記號語言學。史坦堡先生說：『我對新的觀感極感興趣。我對繪畫的詮釋，一如卡爾維諾和艾托以文字所表達的——以一種新眼光來觀察你已熟悉的事物。就像紐約的街道——我在列辛屯街上所看到的變化，並不次於地理學的繁密。』

艾可先生點點頭。『史坦堡是最了不起的記號語言學家，因爲他使用繪畫的語言；他不需要文字。』

表面上看來，《玫瑰的名字》是一個中世紀的偵探故事，艾可先生並不介意懷著消遣的心情來閱讀這本書。書中的年代爲一三二七年；一所富有的義大利修道院內，有許多聖芳濟修士被疑持有異端；巴斯克維爾威廉兄弟抵此調查，有幾名僧侶卻在這當兒突然遇害了。種種證據和線索包括了秘密符號以及以密碼記載的手稿：記號語言。威廉兄弟（或艾可先生）的工具是亞里斯多德的邏輯和阿奎奈的神學。秘密的心中是圖書室的一本手稿；這本手稿便是亞里斯多德已遺失多年的《詩論》續集，討論『笑』的主題。

艾可先生帶引我們參與這場遊戲。他爲了驅除《玫瑰的名字》只是一份教授演講的想法，特別說明以前他相信一個作家應該文以載道。但他已改變了想法：現在他知道『一個舞文弄墨的人可以純粹出於對寫作的喜愛而寫。』

大部份的作家都不願解釋太多，但是艾可先生並不否認這本書名是莎士比亞啓發的靈感。『另一朵玫瑰』，便是『羅蜜歐與茱麗葉』的另一個名字。聖芳濟修士，巴斯克維爾的威廉兄弟，脫胎自柯南道爾筆下的名探福爾摩斯；見習僧埃森，也就是福爾摩斯的助手華生。勃戈的佐治，一個智慧高超的老人——影射的是艾可先生所景仰的阿根廷作家佐治·路易·勃吉。

艾可先生對別的作家及其作品亦十分敬重，自詹姆士·喬伊思到伍迪·艾倫。在他的論述中曾多方提及喬伊思，同時他又幫助凱賽·貝林翻譯伍迪先生的著作，交付米蘭的龐比尼出版社印行。他說：『我們在翻譯他的猶太文笑話時遭到了一點困難。』

艾可先生自幼便喜好英美文學，雖然當時義大利是在法西斯時期，且被德國占領。他回憶，在那些年間，『美國文學被視爲反法西斯聲明。戰爭期間及戰後，游擊隊和左傾份子更以美國作品強調他們政治主張，由海明威到史坦貝克，美國的爵士樂也成了反抗和挑釁的象徵。我還不滿十三歲時，住在鄉間，學會了躲避轟炸。如果我要寫第二本小說，或許會以當時北義大利爲背景。』

目前，艾可先生爲義大利的觀察周刊撰寫專欄，時常在歐美各地演講。他又身任記號語言學國際協會的秘書長，在米蘭組織了第一次會議。每個禮拜他必須離開米蘭的家人幾天，到波隆那大學任教。

十四世紀是否有二十世紀的徵象呢？

『不以現代的眼光來撰寫歷史，是不可能的事。』他說：『但我不希望我的書被視爲影射小說。相反的，我希望讀者能看到根源，看見當時所存在的一切——由各種事物的背景到圖書館的燃燒——今日也都存在。假基督時代一直向我們逼近。核子時代和黑暗時代委實相距不遠。』

——譯自一九八三年七月十七日紐約時報『書評周刊』

作者序

一九六八年八月六日，我收到了一本書，作者是亞貝·華萊，書名是《梅可的埃森修士手稿》，法文本由丁·馬畢隆修士譯成（一八四二年，巴黎泉源修道院印行出版）。這本書所附的史料極少，但聲明忠實地複寫一份十四世紀的手稿，而這份手稿是十八世紀一位對聖·班尼狄特教團有相當研究的大學者在梅可修道院發現的。這個學術上的發現（我指的是我的發現，以年代序來算已是第三個），使我備覺欣喜，當時我正在布拉格，等待一個親密的好友。六天後，俄軍侵入那個可悲的都市，我冒著危險設法逃抵奧地利北部林茲的邊境，由那裡轉往維也納，和我所愛的人會晤，再一起乘船溯多瑙河而上。

我懷著興奮的心情，著迷地閱讀埃森的故事，同時在極度的沈醉中，幾乎是一氣呵成的，完成了翻譯稿，用掉了好幾本以鵝毛筆書寫極爲流利的吉伯特大筆記本。我猶在翻譯之時，我們行抵梅可附近，在河灣的山丘上，那座幾世紀以來經過不少次修復的修道院，依然巍巍聳立。讀者們必然也猜到了，我在修道院的圖書館裡，並沒有找到有關埃森手稿的任何記載。

在我們到達薩爾斯堡之前，有一晚我們停歇在蒙德西河岸的一家小旅館裡，我的旅遊情誼猝然中斷，和我一起旅行的人憤然離去，把亞貝·華萊的那本著作也帶走了——並非由於洩憤，而是因爲我們的關係中止得那麼突然，又那麼糾扯不清。於是我只剩下幾本我所寫的筆記本手稿，以及心中無比的空虛。

幾個月後，在巴黎，我決定要追根究底。除了自那本法文譯本推得的幾項資料外，我還有有關手稿出處的參考書目，格外的詳細、精確。

在聖吉尼維圖書館，我很快便找到了一本《維特拉軼事》，但令我驚訝的是，我所找到的那個版本，和參考資料上的記載有兩點顯著的差異：第一，出版商的名稱不同，第二，年代也晚了兩年。不用說，在這本書中，並不包含梅可埃森的手稿；反之，正如所有感興趣的人猜想得到的，這不過是一本短篇及中篇故事集，其中有數百頁是華萊謄寫的。我向著名的中世紀研究家——例如艾丁・吉森——請教，但顯然我在聖吉尼維圖書館看到的那本《維特拉軼事》，是獨一無二的一本。我又到帕西附近的泉源修道院去走了一趟，和阿尼・萊尼修特士談過話後，確定了修道院並未印行一位亞貝・華萊的任何著作（甚至於，根本沒有出版過書籍）。法國學者對於參考書目向來不太重視，資料常常不確實，可是這件事例未免太不合理了。我開始懷疑我所看到的是一本僞造的撰述。我是拿不回那本書了（或者該說，我不敢去找把書拿走的人要回來），剩下的就只有那些手稿，但是對那些稿子我也存疑了。

有些神奇的時刻，當肉體極度疲憊，運動神經異常興奮之時，會使人們產生屬於過去的幻象。後來我自亞貝・華萊的小書中獲悉，這些幻象也包括尙未寫出的書。

若非後來這件事有了新的進展，至今我仍會對梅可埃森的故事究竟是誰所創作的感到懷疑；但一九七〇年時，在布宜諾斯艾利斯的科里安特街上，離著名的『探戈天井』不遠處一家小舊書店裡，我在書架之間隨意瀏覽時，無意間翻到了卡斯提爾版本米洛・湯斯華所寫的一本作品：《觀鏡下棋》。那是喬治五世時期（一九三四）的義大利原文版，現在已經絕版了；在這本書中，我至爲意外地讀到了埃森手稿引句，雖然出處既非華萊所寫的，也不是引自《維特拉軼事》，而是一位耶丹瑟・柯奇神父的著作（但書名爲何卻不得而知）。後來有一位學者——姑隱其名——向我保證，據他記憶所及，這個偉大的耶穌會信徒從未提起梅可的埃森其人。但湯斯華的書就擺在我的眼前，而他所引述的插曲和華萊手稿中的完全一樣（對迷宮的描寫尤其絲毫不差）。

我的結論是，埃森所敘述的事件，就是他的回憶錄：被許多神秘的陰影所遮蔽，以作者的身分爲始，以修道院的所在地爲終——對於這點，埃森固執而謹愼地堅不透露。根據臆測，我們可以界定位於龐巴薩和康格士之間一個模糊的區域，很可能這個修道院是在皮得蒙、利久立安和法國之間亞平寧山的中央山脊處。至於書中描寫事件發生的時間，應該是在一三二七年十一月；另一方面，作者撰文的日期卻又不得而知。由於作者自述一三二七年時他還是一個見習僧，又說他寫回憶錄之時已瀕風燭殘年，我們可大致推斷那份手稿是在十四世紀最後十年、二十年之間寫就的。

我再三思索，覺得理應將我譯出的那份義大利文手稿付梓。原作是一位德國修士在十四世紀末期以拉丁文寫成，十七世紀時以拉丁文印行出版，而我所根據的是一本來歷不明的法文譯本。

最重要的，我該採用什麼文體呢？我絕不能用當時的義大利文體：不僅因爲埃森是以拉丁文寫的，而且根據整個內文看來，他的文化（或者是顯然對他有深刻影響的修道院文化）可追溯至更久遠的時期；中世紀末期的拉丁傳統是幾世紀的學問與琢磨文體警句的總合。埃森是個修道士，他的思想和筆法都沒有受到當時文藝復興方言革命的影響，仍然拘泥於他所述及的那間圖書館中的藏書，唸的是初期基督教教父刻版的經典；由這種語文及深博的引句看來，他的故事和十二、三世紀的作品並無二致（除了十四世紀的參考資料和事件，埃森無比困惑地記錄下道聽塗說的事）。

另一方面，華萊將埃森的拉丁原文譯成他自己的新哥德式法文時，必然有自由發揮之處，而且並不只限於文體。舉例而言，書中人物有時談到藥草的性質，清楚地提及艾伯特．麥努的草藥書；而這本書在多少世紀以來，曾經過無數次的修正。埃森無疑熟讀過這本書，但他從書中引用的幾段文字，不管是帕拉塞爾士處方或是自艾伯特草藥書都德時期版本顯然的竄改，幾乎是原封不動的依樣畫葫蘆。不過，後來我發現在華萊抄寫埃森手稿之時，巴黎正流傳著十八世紀版本的『大公』和『小愛柏德』，這兩本書中謬誤百出。不管怎麼說，我又怎能確信埃森所知的典籍，或被他錄下言談的高僧，並不包含任何將會繼續影響繼起之學識的註解或附錄呢？

最後，我是不是要保有亞貝．華萊或許是爲了忠於當時環境，而認爲不適宜譯出的拉丁文句呢？並沒有特別的理由非如此做不可，但我總覺得應該儘可能地忠於原著……最後我把不必要的刪除了，但仍然保留了不少。恐怕我是模仿了那些拙劣的小說家，在描述一個法國角色時，會使他喊道：『那當然啦！』和『女人，啊！女人！』

簡而言之，我心中是不無疑慮的。我眞不知道何以我決定鼓起勇氣，將埃森的手稿呈示。不妨說這是一件愛的舉動吧，或者可以說是袪除我自己許多固執不移觀念的方法。

我在翻譯這本書時，並未考慮到時宜的問題。在我發現亞貝・華萊譯本的那段時期，人人相信寫作應文以載道，賦有時代意義，以求改善這個世界。現在，十多年之後，舞文弄墨的人（恢復了最高傲的尊嚴）終於可以再盡情寫出他想寫的一切了。因此，現在我覺得可以只爲敘述的快感，把埃森的故事說出來，同時發現這故事的背景時間無比的遙遠（此刻理智的甦醒已將在它睡眠之時所產生的所有惡魂都驅逐了），和我們這時代毫不相干，對我們的希望或肯定的觀念也毫無影響，更使我感到輕鬆暢快。

因爲這只是一個故事，而不是令人憂煩的瑣碎事務。

原著者的說明

埃森的手稿分為七天，每天又根據禮拜時間分成幾個階段。第三人稱的說明文字，可能是華萊加上去的，但由於它們有助於導引讀者，再加上當時的方言文學也不乏這種寫法，所以我不認為必須將它們刪除。埃森參照祈禱禮拜時間，使我感到相當的困惑，因為禮拜時間常隨地方和季節而有所變動；而且，十四世紀聖·班尼狄特教團教規中的指示，極有可能並未受到精確的奉行。

然而，我相信下面的附表對讀者而言，是可信的引介。本表部分是由書中內文推論而出，另一部分則以比較原始教規及愛都渥·須尼德在『聖·班尼狄特教團』一書中對修道院生活的描述為依據。

晨　禱　凌晨兩點三十分到三點之間。

晨間讚課（傳統上稱之為『晨間禮拜』或晨禱）清早五點到六點，在黎明時分完結。

早　課　大約七點三十分，破曉之前。

上午禮拜　大約九點。

第六時禱告　正午（在修道士無需在田裡工作的修道院中，也是冬天時的午餐時刻）。

第九時禱告　下午兩點到三點之間。

黃昏晚禱　大約四點半，日落時分（教規指示在天黑之前吃晚餐）。

晚　禱　大約六點（修士們在七點之前上床就寢）。

這個推算是根據義大利北部在十一月底時，早晨七點三十分左右日出，下午四點四十分左右日落的事實。

序幕

太初有道，道與神在，神就是道。

在真相坦然揭露之前，

我們所看到的不過是在誤解中的片段……

太初有道，道與神同在，神就是道。

這件事始於上帝，以及每一個信仰虔誠的修道士每天以謙卑的讚頌重複永遠不變的責任。但是現在我們透過一層陰暗的玻璃看去，在眞相坦然揭露之前，我們所看到的是在誤解中的片段，（啊，多麼曖昧不明！）因此我們必須忠實地說出它的徵象，儘管對我們而言，那些徵象是那麼幽暗難解，並且彷彿和一種邪惡的心志糾纏混合。

我這罪人的一生已屆殘年，白髮蒼蒼的我，和這世界一起步上老境，等著沉溺到無底的靜默深淵，沐浴在天使光芒中；現在我拖著多病的孱弱身軀，坐在梅可修道院這個小房間內，準備在眼前的羊皮紙上寫下我年輕時所目睹，而今一幕幕在我腦海中重現，既不可思議又十分可怖的事實，逐字逐句，原原本本的，彷彿意欲留給那些探究神蹟跡象的人（如果假基督沒有先出現），好讓他們藉以解析禱文。

蒙天主恩寵，我成了那件事情的見證人，爲了敬神之故，我不能說出那家修道院的名字，當時是一三二七年年底，路易皇帝親臨義大利，恢復神聖羅馬帝國的尊嚴，遵循上帝的旨意，意欲將在亞威農令使徒聖名蒙羞的篡位者、買賣僧職者和異教創始者驅逐。（我所說的是罪惡的傑克，不敬神的人稱他約翰二十二世。）

也許，爲了使我所捲入的那些事件更易於了解，我該追述在那段時期所發生的史實，就我當時的領悟、經歷，及我現在記憶所及，加上我後來所聽說的其他故事——只希望我老邁的記憶還能將那麼多複雜的事連綴起來。

在本世紀初，教皇克里蒙五世把教宗所在地移到亞威農，使得羅馬受到當地野心君主的荼毒：漸漸的這個基督教聖城變成了一個馬戲團，或者該說是妓院，被各領主所瓜分；雖名爲共和，實則不然，被武裝軍隊襲擊，飽受掠奪。神職人員——包括教區僧——指揮惡徒和盜竊集團，手握刀劍，犯罪並組織邪惡的交易。如何才能阻止卡普．孟狄再度名正言順地戴上神聖羅馬帝國的皇冠，恢復原屬於凱撒所有之世俗領域的尊嚴呢？

於是一三一四年時，法蘭克福五位日耳曼王公選出巴伐利亞的路易王爲最高統治者。但同一天，在主流對岸，萊茵河西部地區的帕拉汀伯爵和科隆的總主教，卻也選出奧地利的佛萊德擁有同樣的最高階級。兩個皇帝想爭一個王座，兩團中只能有一個教宗：在這種情況下，便形成了極大的騷動、混亂……

兩年後，在亞威農，新教皇產生了，柯霍的傑克，一個七十二歲的老人，名號爲約翰二十二世，天幸再沒有別的教宗像他那麼惡名昭彰了。他是個法國人，效忠法王，（這些人只眷顧那塊腐朽之地上的臣民，無法將整個世界視爲他們精神的寄託。）曾支持菲力普四世對抗被國王不公地指控是最可恥罪行的聖堂武士團，以便和變節聖職者狼狽爲奸，將武士團的所有物據爲己有。

一三二二年，巴伐利亞的路易擊敗了他的對手佛萊德。約翰寧可見兩雄相爭，也不願一王獨大，在恐懼之下將路易逐出教會，同一年，聖芳濟修會在貝魯吉爾集會，修道會會長，薛西納的邁可，接受主教團（以後我偶爾會提及）的請求，宣告就信仰和教義而言耶穌的貧窮，如果祂的使徒擁有某物，那只是『實際的需要』。這是一次可敬的革命，意欲保護修會的道德和純淨，卻使教皇大爲不悅；他或許辨識出在這宣告中有一條原則，會危及他身爲教會之首的權益，否定帝國有選出教皇的權利，更進一步的主張教皇可以授權給皇帝。基於這種種理由，一三二三年時，約翰以 Cum inter nonnullos 教令譴責聖芳濟修會的主張。

我想，就是在這個時候，路易看出了成爲教皇之敵的聖芳濟修會，是他極具潛力的同盟。他們聲言基督的貧窮，可以說也加強了帝權神學的思想；主張帝權神學的學者有馬西略、強墩的約翰等等。最後，在我所將敘述的事件發生之前幾個月，路易和戰敗的佛萊德締結了協議，入主義大利，在米蘭登基。

就在這個情況下，我奉父命離開平靜的修道院——當時我是梅可修道院聖班尼狄特教團一個年輕的見習僧——我父親是路易冊封的男爵，廁身行伍。他認爲我應該跟著他，以了解義大利的美妙事物，並且在皇帝於羅馬登上王位之時，將我引介。但緊接著比薩之圍卻使他全心貫注於軍務。我一個人便在突斯坎尼的各城市間遊歷，一方面因無事可做，另一方面也想學習各種事物。但是我的父母親覺得，這種漫無紀律的自由，對一個獻身冥思生活的少年而言並不適合。於是他們接受了馬西略的建議，將我交付給一個學養俱佳的聖芳濟修士，巴斯維爾的威廉兄弟；他即將承擔一項將會引領他到著名城市和古修道院去的任務。就這樣我成了威廉的書記和門徒，我從未感到委屈或懊悔，因爲跟隨著他，我才得以目睹値得傳述給後人的事件；這也正是我現在所做的。

當時我並不知道威廉修士所要找尋的是什麼，坦白說，至今我仍不知道，我想他自己也不甚清楚，只是爲尋求眞理的慾望所驅使，以及——我看得出他總是懷有的——疑心；認爲他所看到的表面事物都不是眞相。也許在那些年間，世俗的責任使他不得不時擱下他所愛的研究。在我們的旅程中，我一直不明瞭威廉所負的任務，他也從未對我提及過。唯有後來從他和我們沿路拜訪的修道院院長的談話中，我對這次任務的性質才逐漸有了一點概念。但一直到我們抵達目的地後，我才完全瞭解。我們的目的地是在北方，但我們的旅途卻非遵循直線而行，曾在許多處修道院停歇。因此我們的最終目標雖在東邊，我們卻轉向西行，幾乎是沿著自比薩通往聖地牙哥朝聖之路的山徑前進。我們在一個地方停歇時，那裡發生了現在我不願再詳加追述的可怖事件，只能說那地方的領主都忠於帝國，而各修道院院長卻一致反對腐敗、異端的教皇。我們的行徑延續了兩週，目睹過不少人事的變遷；在這段時間內，我也得以有機會了解我的新導師（至今我仍相信，我對他的了解永不會足夠）。

在接下去的章節中，我不會著力描寫人物——除了臉部的表情，或某個姿勢，顯然代表無聲的語言之外——因爲，正如羅馬哲學家包伊夏斯所言，外表一向倏忽飛逝，猶如野外的花到了秋季就要凋萎變形；而且當亞博院長及環繞在他左右的人都已歸於塵土，他們的軀體都已腐朽爲塵土的灰色，今天我再來說他目光嚴厲，臉頰蒼白，又有什麼意義呢？（然而他們的靈魂卻閃耀著永不會熄滅的光芒）但至少我得描述一下威廉，因爲單單他一個人的容貌使我留下深刻的印象，再者，年輕人被一個年紀較長、智慧較高的人所吸引，並不只是由於他的珠璣話語或敏銳的心智而已，也包括他表面的形體，如一個父親般親密，還有他的姿勢，他的皺眉和微笑，在在都是我們所審視、觀察的——沒有一絲肉慾污染了這種肉體之愛的形式（也許是唯一眞正純潔的）。

過去，男人們既英俊又偉大（現在他們成了孩童和侏儒），但這只是證明一個日益老化之世界的災難種種事實中的一項。年輕人不再想要研究任何事物，曠廢隳墮，翫歲愒日，整個世界本末倒置，盲人引導其他同樣盲目的人，蹈入萬劫不復的深淵。鳥兒還不會飛便想離巢，愚人當權，豺狼當道。瑪莉不再愛沉思的生活，瑪莎不再愛活躍的日子，利亞不能生育，拉結耽於性慾，加圖流連煙花柳巷，留克利西阿斯變成一個女人。一切都倒行逆施。感謝上帝，在那段日子，我由我的導師那裡獲得了學習的慾望和正直感；即使道路彎曲不平時也得以保持平穩。

威廉修士的外型在當時足以讓最不專注的路人也爲之側目。他的個子比一般人要高，加上他很瘦，使他顯得更高。他的目光銳利，彷彿可以洞悉別人的內心，他的鼻樑細直微鈎，使得他往往有種警覺的神情，唯有我將要說到的某些時刻免不了遲緩消沉。他的下顎表現了堅定的意志，雖然點綴了雀斑的長臉——愛爾蘭至諾森伯蘭之間的人往往有這樣的臉——偶爾會顯現出猶豫和迷惑。不久我就明白了這看似缺乏自信的表情原來只是出於好奇，但最初我對這種貪婪的熱情卻一無所知。反之，我相信理性的精神不該縱容這樣的激情，只應著重自始所知的實情。

當時我還年少，最深刻的第一印象是由他耳後翹出的幾綹黃髮，以及那兩道金色濃眉。他大概已看過五十個春天，因此已經年老，但他不知疲倦的身體卻有連我都付諸闕如的靈巧敏捷。在他從事活動之時，他的精力旺盛，不知疲憊。但有時候，他就像隻蝲蛄一樣沒勁，遲鈍地游向後，我看著他在我房間的床板上一躺就是幾個小時，懶洋洋地哼沒幾句話，臉上的肌肉紋風不動。在這種時刻，他的眼睛會露出一種空洞、茫然的神情，我總會懷疑他是不是變成了一棵植物，只不過某些明顯的生命跡象又否決了我的想法。然而，我不否認在旅途中，他有時會在一片草地旁或是森林的邊緣停下來，採集一些藥草（我相信都是同一種），然後專心地咀嚼。他將藥草放在身旁，在最緊張的時候便嚼它幾口（在修道院裡嚼過不少次）。有一次，我問他那是什麼時，他笑著說一個好基督徒有時候也可以從異教徒那裡學到東西，我請求他讓我也嘗一嘗，他卻回答那種藥草對一個老聖芳濟修士有好處，對一個年輕的聖班尼狄特見習僧卻沒有裨益。

我們相處的那段時間，生活一直很不正常；就是在修道院裡，我們依然是夜晚精神勃勃，白天卻昏倦懶散，我們也沒有參與修道院的日常作息。不過，在旅程中，晚禱之後他往往就上床就寢了，他的習慣更是儉樸。在修道院裡，有時他會在菜園子裡走來走去，細心觀看植物，彷彿那些是綠玉髓或翡翠；我也看過他在地下室裡閒逛，望著裝有綠玉髓或翡翠的寶箱，就好像那只是一叢山櫨果。他也會在圖書館裡待上一整天，翻閱手稿，似乎無意找尋什麼東西，不過是爲了消遣取樂。（而那當兒，環繞在我們周圍的那些被謀殺而死的僧侶屍體與日俱增。）有一天，我發現他漫無目的的在花園裡踱步，好像他無需對上帝說明他的工作。我覺得，他的態度教導了我以完全不同的一種方式去排遣時間，我也把我的想法對他說了。他回答說宇宙之美並不只緣於變化中的和諧，也在於和諧之中的變化。當時我以爲這是個理所當然，不足爲奇的答案，後來我才知道有許多君主在處理事務時，常常爲所欲爲，不本乎理性。

我們在修道院的那段時間，他的雙手不時覆著書籍的塵埃，蒙著裝飾畫的金粉，或者是他在療養所中所摸到的黃色的東西。他似乎必須藉他的雙手來思考；我認爲這是比一個工匠更有價值的特質：但即使當他的手碰觸最脆弱的東西，例如綴飾著金粉的古抄本，或者因年代已久，如未發酵麵包一樣破舊易碎的書頁時，也仍會表現出同樣的特質；我覺得他似乎擁有一種格外微妙的碰觸，一如他處理他的機械一樣。事實上，我將會說明這個奇怪的人怎麼帶了一滿袋以前我從未見過的工具；他將那些工具稱爲奇妙的機械。他說，機械是藝術的成果，藝術是自然的傾向，它們所再生的並不是形狀，而是本身的運轉操作。他據此對我解釋時鐘、天體對測儀，和磁鐵的奇妙結構。但最初我很怕那是巫術，在某些個天清氣爽的夜晚，當他（手中拿著一個奇怪的三角規）佇立觀測群星時，我便假裝已經睡著了。在義大利和我的家鄉中，我所認識的聖芳濟修士都是些單純的人，甚且多半都不識字，所以我對他表明他的博學令我驚異。但他笑著對我說，在他們那個島上的聖芳濟修士，卻完全是另一種典型：『被我尊爲導師的羅傑·培根，說神靈的設計有一天將會包含機械科學；科學只是自然而又健康的奇蹟。有一天，由於自然力的開發，可能會創造出一種航海工具，使船隻可以由單人操作航行，並且比用船帆或槳所推動的快速得多；以後還會有自力推進的車子「和飛行的器具；人只要坐在裡面，轉動一種設計，便可以拍打人造羽翼，飛上天去。」還有可以舉起大重量的小儀器，和可以在海底旅行的交通工具。』

當我問他這些機械都在什麼地方時，他告訴我說在古代時便已有人造出了，有些甚至是在我們這時代造出的：『只有飛行的器具除外，我從未看過任何人造出來，但我知道有個有學問的人曾有過構想。一座橋可以無需柱子或其他樑索支持，跨過河面，各種前所未聞的機械也都是有可能的。但是你不必擔心現在它們還不存在，因爲這並不表示它們以後不會出現。我告訴你，上帝就是這麼希望，它們已存在祂的心中，雖然在奧肯的友人否定這樣的想法；我這麼說也並不表示我們可以決定神性，而是因爲我們不可能限制它。』這並不是我所聽他說過，唯一的矛盾論調；但即使直到今天，我已年老，見識也比當年長了不少，我還是不完全明瞭他怎麼能夠深信他在奧肯的朋友，同時卻又習以爲常地引用培根的話。不過話說回來，在那個黑暗的時代，智者必須相信本身自相矛盾的事物。

我這麼描述威廉修士也許有點不成章法，彷彿只是從頭收集當時我對他種種支離破碎的印象。他究竟是個怎樣的人，所作所爲又是如何，親愛的讀者，或許你將會自我們在修道院中的那段日子裡，他所表現出來的行動，推斷得更清楚。我所要告訴你的並不是一個完成的設計，而是一個充滿奇異、可怖事件的故事。

於是，在我逐日了解我的導師，度過漫長的旅程之後，我們抵達了修道院所在的那座山腳下。我的故事也該由此開始了，但願我的手保持穩定，好讓我說出事情始末。

第一天

Il Nome Della Rosa

在巨匠們動工興建的那天，
在蠱惑的僧侶將這幢建築
奉獻給神靈之前，
惡兆便已被銘刻在石頭上了……

1

早課

到達修道院的山腳下，威廉顯示過人的洞察力。

那是十一月底一個美麗的早晨。前一晚下了一場小雪，地面上覆蓋了一層白色的雪毯，不超過三個指頭厚。晨間讚課之後，我們在山谷中的小村子裡，聽到了彌撒曲。旭日初昇時，我們便出發上山。

沿著蜿蜒陡峭的山徑費力前行之時，我便看到了修道院。圍繞在修道院四周的牆垣，和其他基督教寺院相若，並沒有什麼特異之處，但後來我獲知是大教堂的那幢建築，倒使我爲它的壯觀感到驚異。這是一幢八角形的建築物，但由遠處看來像是個四方形（完美的外型，表明了上帝之城的固若金湯），朝南的房舍坐落在修道院的高地上，朝北的一側卻突出於險峻的山壁，巍然聳立。由下方某幾個地點向上望去，由於顏色和質料和岩石相同，看起來彷彿峭壁向上延伸，直聳雲霄，形成堡壘和塔樓。（建造這幢教堂的人，必然是深切了解大地和天空的巨匠）。三排窗戶表明了三位一體的和諧，因此在地面上正正方方的外型，聳入天際時卻成爲聖靈的三角形。距離縮短後，我們看清了這幢四邊形建築的四個角上，都有一棟七邊形的塔樓，由外側看去，可看到五面——也就是大八角形建築有四邊各據一個較小的七角形，而其外觀卻像是五角形。因此任何人都可看出這許多調和的數目字，每一個數字都有微妙而神聖的意義。八，每個四角形臻於完美的數字；四，福音書的數字；五，代表世界的五大區域；七，聖靈天賦之數。大教堂的巍然和外型，和我後來在義大利半島南端所看到烏西諾城堡及蒙特城堡十分相似，但由於它地處偏僻，使它更具威嚴，也使得向它走近的旅人不由得凜然敬畏。幸好那個冬季的早晨天氣清朗，那幢教堂留給我的第一印象並非它矗立於暴風雨中的可怖。

不管怎麼樣，我不會說它帶給人愉快的感覺。我覺得畏懼，還有一種微妙的不安。上帝知道這並非是我不成熟的心智作祟，事實證明我的推論是正確的；『在巨匠們動工興建的那一天，在蠱惑的僧侶將這幢建築奉獻給神靈之前，惡兆便已被銘刻在石頭上了。』

我們的小騾子賣力轉過最後一個彎道，山徑便一分爲三，多了兩條小路出來。我的導師駐足觀望：注視小路、山道，和道路上方一排形成天然屋頂，覆著白雪的蒼松。

『一所富有的修道院。』他說：『院長喜歡在公共場合炫耀。』

我已習慣於聽他說出不尋常的言論，因此未加詢問。這也是因爲我們又向上走了一小段路後，便聽到了議論紛紛的說話聲，繞過一個大彎，我們就看見了一群騷動的僧侶和僕人。其中有個人看到我們，極爲熱誠地向我們走來。『歡迎，大人，』他說：『請別訝異我怎麼知道您是誰，因爲我們已接到了您將蒞臨的消息。我是維拉金的雷密喬，修道院的管理員。我想您就是巴維爾的威廉修士吧？我們必須通知院長。你——』他對一個僕人下令——『快上去告訴他們，說我們的訪客就要進去了。』

『謝謝你，管理員兄弟，』我的導師禮貌地回答：『更感激你爲了迎接我們，中斷了搜尋。不過別擔心。那匹馬朝這邊走來，取道右邊的小路。牠走不遠的，因爲牠一走到堆肥那裡就非得停下來不可；牠很聰明，不會冒險衝下險峻的斜坡……』

管理員問：『您什麼時候看到牠的？』

『我們根本沒看到牠呀，是不是呢，埃森？』威廉轉頭望向我，露出愉快的神情。『但如果你們找的是勃內拉，那匹馬只可能在我所說的那個地方。』

管理員遲疑了。他看看威廉，又看看小徑，最後問道：『勃內拉？你怎麼知道呢？』

『唉唉！』威廉說：『你們顯然是在找勃內拉，院長最喜愛的馬，十五手高，馬廄裡跑得最快的一匹牲畜，毛色暗黑，尾巴很長，小圓蹄，但步伐穩定；頭很小，耳朵敏銳，眼睛很大。牠往右邊去了，我說過，不過你們應該快些追去呀。』

管理員又猶豫了一會兒，然後便帶引那批人往右邊的小路跑走了，我們的騾子也繼續再往上爬。我不免感到好奇，正想發問，但他卻示意我等一下；事實上，幾分鐘後我們便聽到了歡呼聲，再轉過一個彎，那群僧侶和僕人又出現了，牽著那匹馬的轡繩。他們自我們旁邊經過，全都有點驚異地望著我們，隨即領先往修道院走去。我相信威廉也故意放慢了上山的步伐，好讓他們有時間把這件事說出來。我的導師是個博學多才的人，但我知道事關誇耀他的洞察力時，他也免不了虛榮心作祟；此外他還具有外交家微妙的天賦，所以我明白他是想讓他博學的名聲在他到達之前先傳抵他的目的地。

『現在告訴我吧，』最後我忍不住了，『您是怎麼曉得的呢？』

『我的好埃森，』威廉說：『這一路上，我一直教導你怎麼去辨認跡象；因爲這世界就像是一本攤開的大書，任我們瀏覽。印蘇里的艾勒納斯說過：

「萬物被靈巧地創造，
如畫般自由揮灑，
在鏡中照出了永恆。」

他所指是上帝透過祂所創造的萬物，以無窮盡的表徵對我們說著永生。但宇宙比艾勒納斯所想的還要健談，它所說的也不是只有最終的事物（這是它以較難解的形式說出的），同時也說著離我們較近的一切，而且清楚明晰。要我重複你該知道的事，我都要感到困窘了。在交叉路口時，乾淨的雪地上印有明顯的馬蹄印，往我們左邊的小路而去。那些清晰的痕跡說明了馬蹄小而圓，步伐相當規則——我由此推測出那匹馬的天性，以及牠並沒有發狂亂跑的事實。在松樹形成天然屋頂的地方，有些在五呎高度的枝椏有新折斷的痕跡。馬兒右轉的路口，有一叢越橘，上面掛有一綹黑色的長馬毛，必然是馬兒甩動尾巴時留下來的。……最後，你該不會說你不知道那條小路盡頭有堆肥吧？因爲我們經過下面的轉彎處時，曾看見南方塔樓陡峭的懸崖下，有一堆糞便污染了雪地；而由叉路的位置看來，那條小路只可能通往那個方向。』

『不錯，』我說：『可是你怎麼知道牠的頭很小，耳朵敏銳，眼睛很大……？』

『我並不確知牠有那些特徵，但顯然那些僧侶們堅信如此。正如塞維爾的艾西多所說的，一匹駿馬要有「較小的頭，短而尖的耳朵，大眼睛，僨張的鼻翼，挺直的頸項，豐潤的鬃毛和尾巴，圓而堅硬的碲子。」假如我推論的那匹馬不是馬廄裡最好的馬，他們只會派馬僮出去找牠，而不會由管理員親自負起搜尋的任務。一個僧侶眼中的良馬，必定就如艾西多所描述的一樣，尤其——』他狡猾地笑了笑——『這個僧侶是唸過一點書的聖班尼狄特修士。』

『好吧。』我說：『但你又怎麼知道牠叫勃內拉呢？』

『願聖靈敏銳你的心智，孩子！』我的導師大聲說道：『牠怎可能是別的名字呢？告訴你，即使是就要成爲巴黎教區長的布禮敦想要一匹馬時，也會叫牠勃內拉的。』

威廉就是這樣；他不僅知道該如何閱讀大自然偉大的詩章，也了解修士們怎樣研讀聖經，以及他們對整本聖經的想法。我們將會看到，在接下來的幾天內，就會證明這是一項極有用的天賦。當時他的解釋使我爲自己的魯鈍感到羞慚，但今天我爲自己曾參與其事感到與有榮焉，更爲自己的洞察力慶幸。『眞理』就和『善』一樣，是本身的傳教者。讚美我們的主耶穌基督，允許我揭示這件奇事。

但我得再說回正題了，因爲我這個老僧在題外標註打轉得太久了。話說我們到達修道院大門時，院長就站在門口，在他兩旁各站了一個端著金水盆的見習僧。我們下了馬後，他先讓威廉洗了手，然後便擁抱他，親吻他，給他一個神聖的歡迎式。

『謝謝你，亞博。』威廉說：『非常高興在貴院落腳，這裡的壯麗，真是百聞不如一見。我以天主之名，以及你所賜予我的榮耀，到此朝聖。但我也奉這片土地的君主之名——在我現在將要給你的信中有詳細的說明——以他之名，我要感謝你的熱忱歡迎。』

院長接過了印有皇家玉璽的信，回答說他的兄弟們已寫信跟他說過威廉即將行抵此處；（我驕傲地告訴自己，要讓一個聖班尼狄特教團的修道院院長感到意外，可不是那麼容易的。）然後他叫管理員帶我們到寄宿的房間去，又叫馬伕把我們的騾子牽走。院長說等我們稍事歇息後，他再來探訪我們。我們隨著管理員走進修道院各幢建築聳立在四周的中庭。

我必須再一次更詳盡地說明修道院的地面區劃。進了大門（這是外牆唯一的出入口），有一條兩側綠蔭成趣的大道通往修道院禮拜堂。路的左邊有一大片菜園，後來我獲知，走過這片植物園，就是兩幢包括澡堂、療養所和植物標本室的建築，沿著修道院彎曲的圍牆而建。後側，在禮拜堂左邊，就是巍然的大教堂，和禮拜堂之間隔了一片墓園。禮拜堂朝北的門正對大教堂南邊的塔樓，但最先映入訪客眼簾的是西邊塔樓；再向左望去，大教堂的牆垣陡然落下深淵，北邊塔樓似乎有點傾斜般的突出。禮拜堂的右側還有幾幢建築，都處於背風處：宿舍、院長住所，還有朝聖者招待所；也就是我們要去的地方。走過一片美麗的花園，我們便到達招待所。包括：農人區、馬廄、工廠、榨油廠、穀倉、地窖，以及見習僧的住處。這裡規則平坦的地勢，使得古時建造這處聖地的人，得以遵循完美的方位。由當時太陽的位置，我注意到禮拜堂的大門正對西方，因此唱詩班席位和祭壇是朝東的；早晨冉冉上升的旭日，可以直接喚醒宿舍裡的僧侶和馬廄裡的牲畜。我從未見過比這裡更美、方位更適中的修道院，即使後來我曾到過的聖加爾、科魯尼和芳登奈，以及其他較大的修道院，它們的建築還比不上這裡均衡的比例。這所修道院最大的特色，在於那間格外壯觀、佔地極廣的大教堂。我對建築雖沒有什麼深入的認識，卻一眼就看出它比環繞在四周的那些房舍都要古老。或許最初建造時，它還有別的用途吧，後來的屋宇才又配合著它而設計，但這樣一來這幢大教堂和禮拜堂的位置才會如此協調。因為在所有的藝術中，建築最勇於表達出宇宙和諧的秩序，使比例臻於完美。讚美我們的造物主，注定萬物的命運；不管是它們的數量、重量或容量。

2

上午禮拜

威廉和院長教育性的對話。

管理員矮壯結實，外表雖顯得粗俗，但神情愉悅，滿頭白髮但身子仍健朗，個子矮小但動作敏捷。他帶引我們走到朝聖者招待所的房間去——或者我該說，他帶引我們走到分配給威廉的房間，又向我允諾明天以前他會再為我騰出一間房來，因為我雖然還是個見習僧，卻也是他們的客人，理應受到禮遇的。至於當晚，委屈我在那間房裡寬闊的長壁龕裡暫棲一夜，他已在上面鋪了一層乾淨的稻草。

然後修道士們為我們送來了酒、乳酪、橄欖、麵包和美味的葡萄乾，便離開房間，讓我們歇息。我們津津有味地吃了東西，又喝了點酒。我的導師並沒有聖班尼狄特修士的習慣，不喜歡默不作聲地進食。關於這一點，他總是說些智慧之語，就彷彿有個僧侶在為我們解說聖徒的生活。

那天我免不了又向他問及那匹馬的事。

『話說回來，』我說：『當你看見雪地上的腳印和樹枝的證據時，你還不曉得有勃內拉這匹馬。那些痕跡可能是任何一匹馬留下的。至少是和牠同品種的馬匹。所以，我們是不是得說，大自然的書本對我們所說的就只有精髓，就如許多傑出的神學者所教導的一樣？』

『並不盡然，親愛的埃森。』我的導師回答道：『不錯，那些痕跡對我表明了「馬」的存在，以及我可以在什麼地方找到牠。但在那個時刻那個地方的足跡，又使我得知至少有一匹馬曾經到過那裡。因此我便介於「馬」的概念及「一匹馬」的認知之間了。而且，那些痕跡所給予我的，是獨一無二的。我可以說當時我便處於痕跡的獨特性和我的無知之間；我的無知所採信的，就是一種普遍概念的形式。假如你隔著一段距離看一樣東西，看不清它究竟是什麼時，你會將它大致歸爲某一類。等你走近些，你便推斷那是一匹牲畜，雖然你不知道那是一匹馬還是一匹騾。接著，你又更靠近時，就能夠肯定那是一匹馬了，儘管你還不曉得牠是勃內拉或奈及。直到你到了一個適當的距離，才看出牠是勃內拉（或者，是那匹馬而不是別的馬匹，不管你斷定牠叫什麼名字）。這時你對這個個體便完全明瞭了。所以一個鐘頭前我有了「馬」的概念，並不是因爲我廣博的思維，而是由於我的一點推論。直到我看見僧侶們牽引的那一匹馬時，我饑餓的智力才得以飽足。那時我才眞的知道我的推理和事實極爲接近，因此我用來想像一匹還未見過的馬的念頭，只不過是跡象，正如雪地上的蹄印是「馬」的跡象；當我們缺乏事實根據時，我們才會利用跡象，以及跡象中的跡象。』

我曾多次聽他以十分懷疑的語氣談及普遍的概念以及個別的物體；後來，我想他的這種傾向是緣自於他同時是個英國人，也是一個聖芳濟修士。但那天他沒力氣再去面對神學的爭論了，所以我爬上壁龕，捲上一條毯子，沉沉睡去。

任何人走進房間裡，可能將我誤認成一個包裹。快到上午禮拜時，院長來探訪威廉，必然就有這樣的誤解；因此我才能在不爲人注意的情況下，傾聽他們第一次的談話。

亞博院長來了。他先爲他的突然來到道歉，重複歡迎之意，又說他必須私下和威廉談論一件非常嚴重的事。

他首先對他的客人幫忙找他走失的馬匹致謝，並且問威廉對一匹他從未見過的牲畜怎麼會那麼了解，威廉輕描淡寫地對他解釋了他的推論，院長聽了不免對他的精明讚美一番。他說威廉足智多謀的聲譽果然是名不虛傳。他說伐法修道院的院長寫給他的信中，不只談到威廉奉皇上之命的任務（嗣後幾天他們將進一步討論），也說到在英國及義大利，我的導師曾出任過幾場審判的裁判官，他的洞察力及謙遜受到了一致的讚賞。

『我很高興獲悉在許多案件中你裁定被告是無辜的。』院長繼續說道：『我相信，惡魔常現身世間，尤其是在這些可悲的日子裡——』他不由自主地環顧四周，彷彿敵人就潛伏在這間房裡，『但我也相信他是透過人的劣根性行動的。我知道他可以驅使受害者去做壞事，使得好人受到責怪，當好人蒙冤受罪時，惡魔便得逞了。通常裁判官爲了表明他們的熱心，總是不惜任何代價要被告招供，以爲能找到替罪羔羊，好將審判結束，才是一個好裁判官……』

『一個裁判官也可能被惡魔驅使。』威廉說。

『確實有可能，』院長慎重地同意道：『因爲誰也揣測不出上帝的設計，我對這些可敬的人更不敢有一絲懷疑。事實上，今天我正需要你的裁判。在這所修道院裡出了一點事情，需要一個像你這麼精明審慎的心費神推敲。精明地去察覺，審慎地（必要的話）加以掩飾。假如有個牧羊人犯了錯，就必須讓他和其他的牧羊人隔離，但假如羊群已開始不信任牧羊人，那就很可悲了。』

威廉說：『我明白你的論點。』基於我平日的觀察，我已知道他如此迅速又禮貌地表明觀點時，通常是隱瞞了他的不以爲然或是迷惑不解。

『爲了這個緣故，』院長又往下說：『我認爲任何涉及牧羊人犯錯的案件只能託付給像你這樣的人；不僅可以判明善惡，也知道怎麼做是合宜的，怎麼做又不得當。我想，要你宣判罪刑，必然只有當……』

『……被告有下毒、戕害無辜、或其他我不敢說出口的犯罪行爲……』

『……只有當惡魔的存在如此顯明，』院長沒有留意威廉的插嘴，繼續往下說：『使得厚道的處置比罪行更加可恥之時，你才會判刑。』

『只有當一個人犯了極爲嚴重的罪，』威廉解釋道：『使我覺得確實必須對他科以世俗的刑罰時，我才會認爲他是有罪愆的。』

院長一時有點迷惘。『爲什麼你堅持說犯罪行爲，而不提及它們的惡魔因素呢？』

『因爲要將前因後果說個明白是很困難的，我相信只有上帝可以裁判。一棵燒焦的樹和引起它燃燒的閃電之間的關係，已很難建立了，所以有時意欲探索因與果之間無盡的鎖鏈，在我看來就有如想要建立一座可以碰到天空的高塔一樣愚蠢。

『我們假定一個人被毒死了。這是個既成事實，面對著許多難以否認的跡象，我可能想像得到下毒的人。在這麼簡單的動機鎖鏈下，我的心智可以極有自信地活動。但我怎麼能將這個鎖鏈弄得複雜，想像造成這項罪行的原因還有一個，這回不是出於人爲的，而是惡魔？我並不是說那是不可能的：以你的馬兒勃內拉爲例，在那些明顯的跡象中惡魔也指示了他的路。但我爲什麼非得找尋這些證明不可呢？知道那個人的罪行爲何，將他交給世俗的裁判，不也就夠了嗎？無論如何他的處罰將會是死亡，上帝原諒他。』

『可是我聽說三年前在科爾坎尼一場審判中，某些人被控犯了可恥的罪行，罪人被指出之後，你並沒有否認惡魔的干預。』

『但我也沒有公開確認啊。不錯，我是沒有否認。我要對誰說明對惡魔陰謀的評斷，尤其是——』他似乎頗爲堅持地說道：『在那些促成宗教裁判的人們——主教、治安推事及社會大眾，甚至是被告本身——都眞心想要感覺惡魔存在的案件中？就那件案子說來，也許證明惡魔存在眞正而且唯一的證據，就是當時每個人都急欲知道他在作祟的渴望吧……』

『你的意思是說，』院長以憂慮的語氣說：『在許多審判中，惡魔不只是在犯罪的內心活動，說不定也活躍在裁判中嗎？』

『我能夠說這種話嗎？』威廉問，我注意到他這個模稜的問題使得院長無法肯定他是否能夠回答；因此他的靜默使威廉得以乘勢轉變話題。『不過這些畢竟是遙遠的事了。我已放棄了那高貴的行爲，以前我之所以承擔重任，只是因爲天主希望……。』

『毫無疑問。』院長同意道。

『……現在，』威廉又說：『我還有別的疑問。我希望聽聽你困擾的事情，如果你願意對我說明的話。』

我覺得院長早就巴不得結束討論，回頭談他的難題了。他謹愼地選擇用字，開始說著幾天前所發生的一件不尋常的事，以及它怎麼使僧侶們感到困擾不安。他說，他之所以對威廉談及這件事，是因爲威廉對人的心靈及惡魔的詭計都有深入的了解，他希望他的客人肯奉獻出一點寶貴的時間，爲這謎樣的事件帶來一線曙光。事情是這樣的：奧倫多的阿德莫修士，雖然年紀還很輕，卻已以善於爲書籍做裝飾而享有盛名，他正著力於以最美麗的圖案裝飾圖書館手稿的工作時，一天早上一個牧羊人卻在大教堂下方的懸崖底部發現了他的屍體。由於前一晚晚禱時，別的僧侶還看見過他，但晨禱之時他便沒有再參與，他很可能是在夜晚最黑暗的時刻落下山崖的。那一晚有一場暴風雪，在猛烈的南風吹襲下，紛飛的雪利如刀刃，就像是冰雹一樣。屍體被掩埋在峭壁下的冰雪中，被沿路撞擊的岩石撕扯得慘不忍睹。可憐的、脆弱的必死之軀啊，眞是天可憐見。由於屍體向下墜落時弄得傷痕累累，要決定它跌落的地點並不容易：但顯然是由面對深淵那座三層高的塔樓上其中的一扇窗口。』

威廉問：『你們把那個可憐人埋在哪裡呢？』

『自然是在墓園裡了。』院長回答：『也許你注意到了：就在禮拜堂北面，大教堂和菜園之間。』

『我明白了。』威廉說：『我想你的難題是這樣的吧，假如那個不幸的年輕人是自殺的，第二天你就會發現有一扇窗子是敞開的，然而你卻發現窗子都關得好好的，下面也沒有水的跡象。』

我說過，院長往往是鎮定自持，深藏不露的，但亞博院長聞言卻大吃一驚，失去了像他那麼威嚴的人所應具有的儀態。『誰告訴你的？』

『你告訴我的呀。』威廉說：『假如窗子是開的，你立刻就會以爲他是自己由窗口跳下的。由外面看來，我知道那些窗子是不透明的大玻璃窗，而在那樣大的一幢建築上，玻璃窗通常不會開在常人的高度能及之處；因此就算有一扇窗子開著，那個不幸的人也不可能是倚向窗口，結果失去平衡才跌落的，所以唯有自殺是可以臆測的解釋。這樣一來，你不會允許他被埋在神聖的土地上。但既然你爲他舉行基督徒的葬禮，窗子必定都是關著的。窗子既是關閉的——因爲我從未聽說過死人會爬出深淵，將他犯罪的證據揩去，即使是在巫術的審判中亦然——那麼很顯然地自殺的推測便不能成立，相反的，被凡人的手或惡魔的力量所取代。你想不透的是，誰能夠——先不說將他推入深壑吧——將他舉高到窗台處；由於一股邪惡的力量，不管它是自然還是超自然的，已侵入了修道院，所以你感到很苦惱。』

『對極了……』院長說；不知道他是確認威廉的推斷，或是欽佩地接受威廉的理論。『可是你怎麼曉得窗子下面沒有水呢？』

『因爲你跟我說當晚颳南風，雪水不可能打到朝東開的窗子上。』

『看來他們對你的誇讚絕非溢美之詞。』院長稱讚道：『你說得對，窗子下是沒有水，現在我總算知道是爲什麼了；正如你所說的。你也明白我的憂慮了。假如我的一名僧侶被自殺的罪污染了靈魂，就已經夠嚴重的，但我有理由相信是另一個僧侶以同樣可怕的罪惡污染了他自己。如果就是這樣……』

『爲什麼你要說是一名僧侶呢？修道院裡還有許多別的人啊；馬伕，牧羊人，僕人……』

『確切地說，本修道院小而富有。』院長頗爲自傲地說：『共有一百五十名僕人服侍六十名僧侶。可是這件事是在大教堂裡發生的。或許你已經知道了，那裡有一樓雖是廚房和餐廳，二樓和三樓卻是寫字間和圖書室。吃過晚餐後，大教堂就上鎖了，我們還嚴格規定了禁止任何人再進去。』他猜測到威廉的下一個問題，雖然有點不情願，卻又立刻加了一句：『自然，也包括僧侶在內，但是……』

『但是什麼？』

『但是我堅決否定——堅決，你明白吧——一個僕人膽敢在夜晚溜進那裡面去的可能性。』他的眼底有一抹挑釁的笑，如火花或流星般一閃即逝。『不妨說他們很害怕吧，你知道……有時候對思想簡單的人下令，必須再加上一個威脅，建議不服從者可能會遭到不測，以超自然力來加以強調。相反的，一個僧侶……』

『我了解。』

『甚且，一個僧侶還有別的原因冒險進入禁地，我指的是……合理的原因，即使違背了規則……』

威廉注意到院長的不安，便提出了一個問題；他可能是打算改變一下話題，結果卻使院長更加不安。

『說到謀殺的可能，你剛才說「如果就是這樣」這話是什麼意思呢？』

『我那樣說過嗎？呃，謀殺必然是有動機的，不管那動機多麼乖僻錯誤。想到一個僧侶竟然會有那麼邪惡的理由殺害他的同伴，我便覺得不寒而慄。就是這樣了。』

『沒有別的了嗎？』

『我能夠告訴你的都已經說了。』

『你是說，有些事情你不能告訴我嗎？』

『別這麼說，威廉兄弟，威廉兄弟。』院長強調了兩次『兄弟』。

威廉驀地脹紅了臉，說道：『願這位兄弟歸於永恆。』

『謝謝你。』院長說。

哦，天主上帝，當時他們兩人所說的話眞是神秘極了；一個憂心忡忡，一個又被好奇心所驅使。因爲，我雖年輕謙遜，只是一個剛接觸上帝神職者聖事的見習僧，卻也明白院長還知道某些事，卻礙於告解的封印而不能說出口。他一定親耳聽某人說出過罪惡的細節，和阿德莫悲慘的死有所關連的。也許就爲了這個原因，他央求威廉修士揭發他自己所懷疑的一個秘密，雖然他不能向任何人揭示——他希望我的導師以高明的知識，將他自己基於仁慈的法則不得不加以掩飾的事實揭露。

『好吧。』威廉說：『我可以向修士們問話嗎？』

『可以的。』

『我可以在修道院裡自由出入嗎？』

『我允許你擁有這個權力。』

『你會在修道僧之前公開派給我這個任務嗎？』

『就在今晚。』

『不過，在修士們知道你賦予我的使命之前，今天就要開始了。再說，我本來就很想參觀貴院的圖書館，基督教國每一所修道院對那裡都讚譽有加呢。』

院長霍地站起身，一臉緊張的神色。『我說過，你可以在整幢修道院裡自由行動，可是就只有大教堂頂樓的圖書室不能去。』

『爲什麼？』

『我早該向你解釋的，但我以爲你曉得的。我們的圖書室，和別所修道院的並不一樣……』

『我知道那裡的藏書比教會其他的任何一所圖書館都要豐富。我知道不管是波比奧、龐巴薩、柯朗尼或富樂里的圖書館，和貴院的相比，就如同小巫見大巫。我知道一百多年前諾維里沙引以爲傲的六千本古籍抄本根本不能和貴院相比，說不定有很多現在就收藏在這裡。我知道唯有貴院能夠對抗巴格達的三十六所圖書館，對抗艾爾卡密的一萬本古籍，貴院的聖經典籍絕對不輸開羅引以爲傲的兩千四百本可蘭經，多年前異教徒宣稱的黎波里圖書館擁有六百萬本藏書，並有八萬個註釋者和兩百個抄寫員常駐在館內，但貴院的藏書足可與之相提並論。』

『讚美天主，你說的一點都不錯。』

『我知道你們這裡有許多修士來自世界各地的其他所修道院。有些人只在這裡住一陣子，抄寫別處所沒有的手稿，再將它們帶回自己的修道院去，同時他們也會帶來其他珍貴的手稿做爲交換，讓你們抄錄下來，使貴院的寶藏與日俱增；另一些人會在這裡待上一段很長的時間，偶爾也有人一直住到老、死，因爲他們只有在這裡才找得到和他們的研究有關的書籍。因此貴院的僧侶有來自日耳曼、達卡、西班牙，也有來自法蘭西和希臘的。我知道很多以前，腓特烈大帝曾要求貴院爲他編纂一冊梅林預言的書籍，然後再將它譯成阿拉伯文，做爲送給埃及蘇丹的禮物。最後，我知道在這個可悲的時代中，像墨巴克這樣享有盛名的修道院已經沒有半個抄寫員了，在聖加爾只剩下幾個還知道如何編寫的僧侶，而在市自治體和同業公會中，在大學裡工作的都是凡人，只有貴院的地位仍逐日提高，聲譽日隆……』

『……我們的地位，』院長深思地接口道：『在工作和祈禱的雙重努力下日益提高，全世界人漸漸知曉我們這裡是知識的寶庫，我們拯救可能因面臨失火、戰亂和地震的威脅而消失的古代典籍，鼓勵新作，增加舊典……哦，你也知道的，我們現在處於非常黑暗的時代，我靦顏告訴你，才不過幾年前，維也納會議重申每一個修士都有擔任神職的義務……兩百年前莊嚴神聖的修道院，現在有多少家成了怠惰者的避難所？聖芳濟修會的力量仍然存在，但城市的腐臭侵蝕我們的聖地，上帝的子民現在傾向商業和黨派之爭；在那片居留地上，聖靈已找不到安身之處，他們不只說著粗鄙的話，而且還以這種語文寫作，（對於凡人還能期盼什麼呢？）雖然這些典籍絕不會流入我們的牆垣內——它們無可避免地成爲煽動異端的工具！由於人類的罪惡，整個世界已處在深淵的邊緣，岌岌可危。明天，正如霍諾留斯（譯註：西羅馬帝國皇帝，三八四—四二三）所言，人們的身軀將會比我們現在的小，正如我們的軀體小於以前的人。假如說上帝已賦予我們神職者一項任務，那就是要我們保存、傳頌祖先託付給我們的智慧寶藏，藉此帶引人們脫離深淵。世界肇始之始，塵世的政府是在東方，天神命令他們該隨著愈來愈接近的履行時間逐漸移向西方，在世界末日即將來臨之際警告我們，因爲事物的進程已瀕於宇宙的極限。但是在千年至福到達之前，在最後的勝利之前，我們必須保衛基督教世界的寶藏，以及上帝的話；那是祂親口告訴先知和使徒的，祖先們隻字不改地轉述，學校一直試著爲這些話加註解說；即使是在今天，被驕傲、嫉妒和愚行的毒蛇所盤據的學校。在這個黃昏時期，我們仍是高踞在地平線之上的火把及亮光，只要這些牆垣不倒塌，我們都將是上帝諾言的保護者。』

『阿門。』威廉以虔誠的語氣說：『但是這和我不能到圖書館去參觀的事實又有什麼關連呢？』

『是這樣的，威廉兄弟，』院長說：『爲了完成使得這裡的藏書更加豐富的神聖使命——』他由房間的窗戶向外望著聳立在禮拜堂旁邊的大教堂，點了點頭，『幾世紀以來，虔敬的人不辭辛苦地觀察鐵律。圖書館的設計就像是個迷宮，經過這麼多世紀了，還是沒有人摸得清楚，修士們也都不知道。只有圖書管理員由前任的管理員那裡，獲知了這個秘密，而他在世之時，會把這秘密傳給助理管理員，以免他在猝死的情況下把這個秘密也一起帶走。他們個人對這秘密可是守口如瓶，絕不洩露的。也只有圖書管理員有權在那個書籍的迷宮中走動，知道可以在那裡找到書籍，又該將它們放回何處，書本的保存也是由他一個人負責的。其他的僧侶都在寫字間工作，也知道圖書館的藏書名單。但光是一張書名是很有限的憑據；只有管理員可以由書籍的排列，由它們的難易程度，知道書裡包含了什麼內容。只有他能決定如何、何時以及該不該把書借給請求借書的修士；有時他會先和我商量。因爲並非所有的眞理都適合告訴每一個人，一顆虔誠的心靈也不一定能辨認出所有的虛妄；再者，在寫字間工作的僧侶都是爲了實踐一項任務，所以必須閱讀特定的書籍，而不是追求他們每一項愚蠢的好奇，不管是出於知識的需求或是自尊或是惡魔的誘惑。』

『這麼說來，圖書館裡也有內容虛妄的書籍了……』

『惡魔是存在的，因爲他們是上帝計劃的一部份，在這些惡魔可怖的特徵中，也顯示了造物主的力量。根據上帝的計劃，巫師的著作，猶太的秘法，異教詩人的寓言，異教徒的謊言等等，也都存在的。建立修道院，以及將它維持了幾個世紀的人，都堅信即使是在虛妄的書中，只要是對賢明的讀者而言，也仍會閃耀著神的智慧之光。因此，圖書館內也有這種種藏書。但就為了這個緣故，你明白，它更不能隨便就對任何人開放了。而且，』院長彷彿為最後那句不無語病的話感到歉疚，又說道：『書是很脆弱的東西，時間會使它腐朽，老鼠會啃嚙它，地、水、火、風四行會腐蝕它，笨拙的手也會侵害它。假如幾百年來每個人都可隨意翻閱我們的古籍，恐怕這些書本大部份都已不存在了。因此圖書管理員保護著書籍，不僅不隨便借人，還要防範天災，他要奉獻出一生克盡職守，死後卻沒沒無名。

『因此除了正、副管理員以外，就沒有人可以到大教堂的頂樓去囉……』

院長笑了笑。『沒有人應該去，可以去，就算他希望，也沒有人會成功的。圖書館的藏書多不可測，又有內容虛妄的書籍可能欺人，本身就構成了防禦。它是個精神的迷宮，也是個現世的迷宮。你也許進得去就出不來了。我說了這麼多，只希望你能遵守修道院的規則。』

『但你並未排除阿德莫或許是從圖書室的一扇窗口跌落到山崖下的可能性吧。假如我不能去看可能是造成他死亡的最初地點，叫我怎麼推敲他的死呢？』

『威廉兄弟，』院長以撫慰的語氣說：『一個從未看過我的馬匹勃內拉，便能詳盡地將牠描述出來，幾乎一無所知便能敘述阿德莫之死的人，想像他沒有去過的地方，又會有什麼困難呢？』

威廉彎身鞠躬。『你雖然嚴厲卻也很明智。我遵照你的意思就是了。』

『如果我很明智，那是因為我知道該怎麼嚴厲。』院長回答。

『還有一件事。』威廉問道：『猶伯提諾呢？』

『他在這兒。他正在等你。你會在禮拜堂找到他。』

『什麼時候？』

『隨時。』院長面帶笑容說：『你一定知道，他雖是個博學多聞的人，卻不怎麼喜歡圖書館。他認為那是俗世的誘惑物……大部份時間他都待在禮拜堂裡，沈思，祈禱……』

『他老了嗎？』威廉猶豫地問。

『你有多久沒見他了？』

『很多年了。』

『他很虛弱。和世事已相隔遙遠。他六十八歲了，但我相信他仍擁有年輕時的精神。』

『我立刻就去找他。謝謝你。』

院長問他願不願意在第六時禱告後和修道院裡的人一起吃午餐。威廉說他剛剛才吃過，而且吃得很飽，所以他覺得還是立刻去見猶伯提諾比較好。院長便告辭離去。

他剛踏出房門，中庭裡便傳來了一聲悲慘的叫聲，好像有什麼人受了傷似的，接著更有其他同樣傷痛的叫聲也回應著它。威廉困惑地問：『那是什麼呀？』院長笑著回答：『沒什麼。每年這個時候他們都要殺豬的。那是養豬人的工作。你對這事應該不會感興趣吧。』

他走了出去，卻做了一件事，傷害了他是個智者的名聲。因爲第二天早上……但暫時遏止住你的不耐煩，以及我的饒舌吧。因爲我現在正在敘述的這一天，入夜之前，又發生了許多不得不提的事。

3

第六時禱告

埃森讚賞禮拜堂大門，威廉再度與卡薩爾的猶伯提諾會晤。

禮拜堂比不上後來我在史特拉斯堡、恰翠斯、班堡和巴黎所看到的教堂那麼莊嚴堂皇。事實上，它和我在義大利別的地方所見過的禮拜堂沒有什麼兩樣，並無高聳入天堂的想望，堅固地建立在地面上，往往佔地寬廣卻相當低矮；但這幢禮拜堂底層圍了一圈城垛，就像是個堡壘，在這一層上面又加蓋了一樓，不太像是一般禮拜堂的塔樓，上覆塗了松脂的屋頂，樓本身還開了幾扇簡樸的窗子。這是一幢堅固的修道院禮拜堂，和我們的祖先在普洛文斯和藍古多克所建的一樣，完全和現代大膽及細紋裝飾的風格大相逕庭；我知道最近還流行在唱詩班席位上方，建一個聳向天堂的小尖塔。

入口兩側各立一根筆直而毫無修飾的列柱，乍看之下，中間似乎有一條大拱路，但由列柱開始卻有兩個斜間，形成複式拱路，往裡瞧像通向一個無底洞，直到門口，兩側又有拱基，中央有一根雕刻了花紋的樑柱，將門口一分爲二，由兩扇加嵌了金屬的橡木門把關。在那個時刻，陽光幾乎直射到屋頂，光線斜斜落到表面，但門拱與門楣之間卻被陰影遮蔽了；因此由兩根列柱之間走過後，我們猝然置身於拱形屋頂下，兩排較小的柱子規則地排列，使人有走進森林一般的錯覺。等我們的眼睛適應了幽暗之後，美麗的石雕立刻吸引了我們的目光，使我瞠目結舌，想像力爲之馳騁，至今仍覺得難以用言詞形容。

我看見天空上有一個寶座，寶座上坐了一個人。那人的臉嚴肅而平靜，大而明亮的眼睛凝望著已走到終點的世俗人類；高貴的頭髮和鬍鬚圍著那張臉，像河水般流到胸前，對稱地分成兩部份。祂頭上的皇冠鑲了璀璨的珠寶，身上的紫袍綴有金、銀線織就的鑲邊和花邊，膝蓋上方打了縐褶。放在膝上的左手拿了一本書，右手舉向上，像是祝福，也像是告誡——我分不出來。一個鑲嵌了十字架、綴有花飾的光環，發出柔和的光輝，照亮了祂的臉，一條閃耀的翡翠彩虹環繞在寶座四周。在寶座之前，那個人的腳下，是一大片亮閃閃的水晶，而在寶座旁邊及上方，我看見四個可怕的創造物——望著他們使我感到敬畏，但他們對寶座上的人卻無比的溫順和親愛，不停地吟唱讚頌的詩篇。

或許不能說他們都長得很『可怕』，因爲在我左方（也就是在寶座右側），拿著一本書的那個人，看起來既英俊又和善。但在另一方卻有一隻駭人的老鷹，張開大鳥嘴，渾身厚毛如同鐵甲，兩隻利爪之間各抓了一本書，牠們的身體轉離了寶座，但頭部卻朝向在位者，彷彿在一種強烈的衝動下，肩膀和頸部都猛然扭曲，側腹的肌肉緊繃，四肢猶如垂死的動物，嘴巴大張，蛇般的尾巴捲成一團不住地扭動，最後，上方還有火焰般的舌頭。兩頭惡魔都長了翅膀，頭部都圈有光環；儘管外表猙獰可怖，牠們卻不是地獄的生物，而是來自天堂。牠們之所以顯得可怕，是因爲牠們都高聲吼叫，禮讚評判生者和死者的上帝。

在寶座周圍，四個創造物旁邊和在位者的腳下，透過那片透明的水晶海看去，三角形的山牆結構彷彿充滿了眼前的空間，底部是七加七，接著是三加三，然後是二加二，排列在大寶座的兩側，一共是二十四個小寶座，上面坐了二十四個穿白袍、戴金冠的老人。有些人手中抱著琵琶，有一個拿著一瓶香水，只有一個人在彈奏樂器，其他人都沉醉其中，面對在位者，唱著頌歌，他們的四肢也和那些生物一樣絞扭，所以每個人都看得到在位者，然而並不是以狂野的姿態，而是在一種陶醉的舞姿中——大衛在方舟之前必然也跳著這樣的舞——因此不管他們的瞳孔落在什麼地方，違反控制身體狀態的法則，仍然發出同樣的光芒。哦，這樣的狂放和衝動是多麼的和諧！他們姿態是那麼不自然，卻又極其優雅，以肢體的神秘語言解脫了肉體的重擔，已知的事物注入了新的實體，似乎有一陣狂風吹向這神聖的一群，帶給他們生命的氣息，喜悅的狂亂，使得美麗的頌歌由聲音變成了影像。

聖靈棲息在他們身體的每一個部位，他們的臉龐因啓示而發光，眼睛也因熱情而閃亮，臉頰爲愛而脹紅，瞳孔散發出喜悅：這個因突然的歡愉而驚愕，那個又興奮得手舞足蹈，有些人因喜不自勝而變形，有些人在喜樂中返老還童了，他們全都高聲讚頌，身披長袍，四肢繃緊扭曲，唱著一首新的頌歌，分開的唇綻出一個微笑。在這些老人們的腳下，還有他們及王座的上方，對稱排列；因爲這個畫家的技巧使得他們兩兩相對，比例勻稱，使得他們在千變萬化中猶顯得和諧一致，在統一之中猶顯得獨特，在奇妙的調和中有種甜美的色調，彼此的相異中卻又有音韻協調的奇蹟，他們就像是一組箏弦，透過內在深沉的力量，達到一致的認同，由單一的樂音組成樂曲，同中求變，變中求同，那是天上和人間的法則結合下，成就的樂章（束縛和安寧、愛、美德、政體、權力、秩序、起源、生命、光芒、榮耀、物種，及形體的連結），在那種種相稱的形體中，閃耀著無數光采的特質——那裡，所有的鮮花、綠葉、藤蔓和樹叢都相互糾纏，人間和天堂花園裡所有的花草，紫羅蘭、百里香、麝香草、百合、水蠟、水仙、芋、莨苕、錦葵、沒藥和鳳仙，爭奇鬥豔。

但是當我的心靈沉迷在這塵世之美與超自然之莊嚴所造成的和諧，正要爆發喜悅的聖歌時，我的眼眸由老人腳下盛開的玫瑰，轉向禮拜堂中央大柱上的形體。那是三對交叉排列的猛獅，狀似弓形，每一頭獅子的後腳都立在地上，前腳搭在同伴的背上，鬃毛糾結，嘴巴大張似在高聲怒吼，被一圈捲鬚束縛在列柱上；我猜不透這些形象所要表達的故事。在柱子的兩側有兩個人形，和柱子一樣高，另外有兩個和他們一模一樣的人形立在拱基上，和他們相對，形成兩扇橡木門的側柱。由他們隨身攜帶的工具看來，我認出了彼得和保羅，耶利米和以賽亞；他們舉高修長而黝黑的手，彷彿也是跳舞般地扭著身子，手指像羽翼般張開，被風颳起的頭髮和鬍子猶如翅膀，長袍的縐褶隨著舞動的腿掀著波浪，和獅子相對，但卻和獅子一樣興奮。我著迷地自那舞動的肢體和肌肉移開了視線，看見在門旁，深邃的拱道上，較小的列柱之間，裝飾的斜間上雕刻精美，每根柱子上也都繪有奇花異草，分枝伸向複式拱道圓形的屋頂，其他的圖像相當可怖，只因為它們具有比喻或寓言的力量，或傳達了道德的訓誡，才會被描繪出來。我看見一個耽於肉慾的女人，全身一絲不掛，但有醜陋的癩蛤蟆啃囓她的肉，大蛇吸吮她的血，旁邊有一個半人半獸的森林之神，大腹便便，獅子般的腳上覆有剛硬的毛，扯著喉嚨怒吼、詛咒；我看見一個守財奴，僵硬地死在床上，成為一群惡魔的犧牲品，有一個魔鬼化為嬰兒的樣子由死人的靈魂分裂而出（啊，再也不可能得到永生了）；我看見一個驕傲的人，被一個魔鬼趴在他肩上，剜著他的眼睛，有兩個暴食者在徒手搏鬥中撕扯著彼此，還有其他的生物，羊頭獅皮，豹的下顎，被拘禁在烈焰森林中的囚犯，我幾乎感覺得到他們逐漸焦萎的氣息。在他們的四周，在他們的頭上和腳下，還有更多的肢體和臉和他們混在一起：一個男人和一個女人緊揪著彼此的頭髮，兩條毒蛇咬著其中一人的眼珠子，一個獰笑的男人用帶鈎的手割開一條九頭蛇的咽喉，還有撒旦動物寓言集裡所有的動物，聚集在一個宗教法院裡，面對著寶座，包括半人神、雙性動物、六指怪獸、女妖、馬頭魚尾怪獸、蛇髮女怪、馬尾醜女、夢魔、人身牛頭怪、山貓、豹、獅頭羊身蛇尾的吐火怪獸、犬頭人、鱷魚、長毛的蟒蛇、蜥蜴、長角的毒蛇、烏龜、蝮蛇、背上長有利齒的雙頭怪物、土狼、海獺、烏鴉、長有鋸齒狀長角的瘋狗、青蛙、半獅半鷲怪獸、猴子、禿鷹、黃鼠狼、龍、戴勝鳥、貓頭鷹、蝎子、蠑螈、鯨魚、雙頭蛇、綠蜥蜴、鯖魚、章魚、海鰻和玳瑁。這屬於冥府的一群聚集在一起，彷彿是被廢棄的荒地和黑暗森林，處於在位者的幻影中，面對著最後會將生者和死者分開的祂。眼前的景象使我感到愕然，也不知道自己是在一個友善的地方，或是在一個最後審判的深谷，我驚恐萬分，幾乎忍不住淚水，我彷彿聽到那個聲音，（或許我眞的聽到了？）看見那些景象，那時我還只是個年輕的見習僧，初次閱讀神聖的典籍，以及我在梅可修道院沉思的夜晚，還有我虛弱生病時錯亂的狀態中，我聽到一個如喇叭般響亮的聲音說道：『把你現在所看見的寫進一本書裡吧。』（這也是我正在做的）；我看見七支金燭台，在這些燭台中間站著上帝之子，他的胸前繫著金帶子，他的頭和髮像最純的羊毛一樣白，目光熊熊如火焰，雙腳像是最好的銅鑄成的，彷彿在火爐中煅鑄過，他的聲音如同流水聲，右手握了七顆星星，嘴上含了一根雙刃利劍。我看見天堂開了一扇門，坐在寶座上的祂，在我看來就像是一顆碧玉或瑪瑙，寶座四周圍了一道彩虹，而由寶座本身更發出了閃電和雷鳴。在位者手中握了一把鐮刀，喊道：『揮動鐮刀，收割吧，因爲收割的時候到了；因爲大地的收穫已經成熟了。』祂坐在雲端上，對著大地揮動鐮刀；大地收割了。

直到這時我才意識到那幻象正是在說著修道院裡所發生的事，說著我們自院長謹愼地口中所獲悉的事——接下來的幾天，我不知有多少次回到禮拜堂的門口沉思默想，確信我正在經歷著它所敘述的事件。我知道我們老遠到了這個修道院，就是爲了目睹一次天國的大屠殺。

我彷彿被寒冬冰冷的雨水打濕了身子，不由自主地顫抖。我又聽到了另一個聲音，但這回卻是由我身後傳來，而且是個不同的聲音，因爲它是響自地面，而不是我的幻象；事實上，這聲音粉碎了幻影，因爲威廉（我又一次意會到他的存在）也迷失在冥想中，一聽到這個聲音，我們兩人不約而同地回過頭去。

站在我們後面的人顯然是僧侶，雖然他的僧服破舊骯髒，使他看起來像是一個流浪漢，他的面容和我剛才在柱頭上看到的惡魔也沒有差多少。我並不像我的許多修士兄弟們，這一輩子從未被魔鬼騷擾過；但假如有一天他要在我面前現形，儘管他化爲人形，神令仍制止他完全將本性隱藏起來，我相信他所幻化出來的外表必然就像此刻和我們說話的這個僧人。他的童山濯濯，並非爲了潛行苦修才把頭髮剃掉的，而是因以前某種黏性濕疹的病後留下的結果；他的額頭極低，想來他若是有頭髮的話，必然會和眉毛雜在一起（他的眉毛又粗又亂）；眼睛圓睜，小小的瞳孔移動不定，我看不出他的目光是無意的還是惡毒的：也許兩者都有，交替不明。那鼻子實在稱不上是鼻子，只是始於兩眼之間的一根骨頭，剛剛自臉上隆起，便立刻又沉下，變成了兩個黑洞，寬大的鼻孔裡露出了黑毛。被一道疤痕連接到鼻子下方的嘴巴，又大又醜，略向右歪，上唇的中間沒有凹陷，下唇豐厚突出，不規則的黑牙如狗齒一般銳利。

那人露出微笑（至少我這麼認爲），舉起一根指頭，好像告誡似的，說道：

『裴尼坦吉特！注意來自未來的飛龍咬嚙你的靈魂啊！死亡是未知數！祈禱聖彼得來解放我們所有的罪吧！哈哈，相信主耶穌基督吧！死亡在前面等著我，隨時想揪住我的腳跟，但是薩威托並不愚蠢！來祈禱吧。其他的都不值得費神。阿門。對吧？』

隨著這故事的發展，我必須再記述這個人所說的話。我要坦白承認這是一件困難的工作，因爲到現在我還是搞不清楚他所說的是哪一種語言。那不是守舊的僧侶表明意見時所用的拉丁文，也不是當地的方言，或我所曾聽過的粗鄙的話語。不過他說話的態度給了我一點概念，所以我現在把第一次聽到他所說的話記錄下來（就我所記得的）。後來我獲悉他的探險生活，以及他曾住過許多地方，卻沒有在其中一處落腳生根的事實，才曉得薩威托使用各種語言，參雜在一起說話，而不是一種特定的語言。或者我說，他用他所說過的各種話爲自己發明了一種語言——人類所說的是亞當的語言，自世界的起源至巴別塔衆口皆同；古巴比倫想要建立與天齊高的塔，上帝爲他們的狂妄而責罰他們，使得每個人各操不同的語言，彼此不相了解，以致不能完成該塔——我覺得他的話大概就是其中的一種，不但難以達意，反而令人更加困惑。說起來，薩威托的話實在稱不上是一種語言，因爲不管是哪一種語言都是有規則可循的；人們總不能說到『狗』時，一會兒稱之爲『狗』，一會兒又稱之爲『貓』吧？或者說些人們並未一致認定意義的話語。然而，不管怎麼聽，我就是不懂薩威托在說些什麼，別人也一樣聽不懂。我只知道他使用各種語言，但卻沒有一種說得正確的。後來我也注意到他在提及一件事時可能先用拉丁語，再用普洛文斯語，而且他實在缺乏發現的天才，所用都是些現成的句子，根據現況及他所要說的事，說出他以前某個時候所聽過的話；舉例而言，當他要說食物時，他只會用以前和他一起吃過那種東西的人所說過的話語，而他表達喜悅所用的句子，便是某一天和他經歷過同樣喜悅的人曾發出的歡呼。說起來，他的言論就和他的臉一樣，是由別人臉上的一部份一部份拼湊起來的，或者是像我所見過的聖物箱（如果我可以將惡魔之物與神聖之物相提並論），由許多聖物的碎片構造而成。在我初次見到他的那一刻，由於他的臉和說話的方式，我覺得薩威托和剛才在柱頭所看到的半人半獸怪物，簡直就相去不遠了。後來我才明瞭他很可能平易善良，而且幽默滑稽。後來……但我們還是順序往下說吧。他一說完話，我的主人便極爲好奇地向他發問。

『你爲什麼說裴尼坦吉特呢？』他問道。

薩威托鞠了個躬，回答道：『耶穌冒生命的危險，人們應該懺悔贖罪呀。對吧？』

威廉嚴厲地望了他一眼。『你是不是從麥諾瑞特的一所修道院來的？』

『我不明白。』

『我問你是不是聖芳濟修會的修士；我問你是不是知道所謂的假使徒……』

薩威托被太陽曬黑的那張醜臉變成了灰白。他深深鞠了個躬，咕噥了幾句，虔誠地祝福他自己，然後便溜開了，不時還回頭注視我們。

我問威廉：『你剛才問他什麼呢？』

他沉思了一會兒。『那不重要；待會兒我再告訴你。現在我們進去吧。我要去找猶伯提諾。』

那時第六時禱告剛結束。淡淡的陽光已略微西斜。透過幾扇窄窗照進禮拜堂內部。一抹光線漫過大祭壇前面，使得祭壇發出金色的光輝，但本堂兩側卻比較幽暗。

靠近祭壇的左方，有一根較細的柱子，上面放置了一尊聖母瑪利亞的雕像，雕刻的手法有現代風格，聖母臉上掛了一個飄忽的笑，腹部微微鼓出，穿著一件漂亮的掛紗，懷中抱著聖嬰。在聖母像下面，有個穿著僧服的男人跪在那裡祈禱。

我們走上前去。那個男人聽到我們的腳步聲，便抬起了頭。他已上了年紀，禿頭，一張臉乾乾淨淨的，淡藍色的大眼睛，嘴唇薄而紅潤，皮膚白皙，臉頰枯瘦，就像是泡過牛奶的木乃伊。他的雙手也很白，手指尖細修長。他就像是個早夭的少女。他先是迷惘地看了我們一眼，彷彿我們擾亂了他的冥想；然後他的臉便洋溢著喜悅的光芒。

『威廉！』他叫道：『我最親愛的兄弟！』他費力地站起身，走向我的導師，擁抱他，並親吻他的嘴。『威廉！』他又叫了一聲，眼睛被淚水濡濕了。『好久不見了！但我還是認得出你！過了這麼久，經過了許多變故！還有天主給我們的許多試驗！』他激動地啜泣。威廉回抱他，顯然深受感動。站在我們眼前的，就是卡薩爾的猶伯提諾。

在我到義大利來之前，我就已聽過不少有關於他的傳說，等我在皇宮裡，時常和聖芳濟教會的修士們聚在一起，便聽說了更多他的事蹟。有個人告訴我，當代最偉大的詩人，佛羅倫斯的但丁·艾里吉利，幾年前才過世，曾經寫過一首詩（由於那是用粗俗的突斯坎尼語寫的，所以我看不懂），其中有好幾節是由猶伯提諾所寫的韻文改寫成的。這個名人的長處還不只是這一項。爲了讓讀者諸君更了解這次會晤的重要性，我必須試著重述那些年的種種事件；那是我待在義大利中部的那一小段時間內所知，以及這一路上由威廉和各修道院院長的許多談話中聽來的。

我試著就我所了解的把這些事說出來，雖然我不敢說自己的解釋能夠很得當。梅可的導師們常對我說，一個北方人想要對義大利的宗教和政治變遷有明晰的概念，實在是非常困難。

在義大利半島上，聖職者的權力比其他國家都要大，財勢也更爲顯赫，兩百多年來使得世俗之人過著較貧窮的生活，於是他們便起而反對腐化的僧侶，甚至拒絕接受聖禮儀式。他們組織獨立的團體，被封建地主、帝國、城市自治體所憎恨。

最後聖芳濟出現了，傳播安貧樂道的思想，又不和教會的訓令相違背；經過他的努力，教會採行了較古老而嚴厲的教規，並將潛伏其中的分裂因素袪除。接下來有一段溫和而神聖的時期，但隨著聖芳濟修會的擴大，並吸引了最好的人才，它的勢力變得太過強大，也插手了太多俗世的事務，許多聖芳濟修士都想恢復修會早期的純淨。這是一件很困難的事，因爲我在修道院的那個時候，聖芳濟修會的會員已超過三萬名，遍佈世界各地。但正因爲如此，許多聖芳濟修士都違反了修會所設立的規則，他們說現在修會已和它最初設立時所要改革的那些教會機構一樣腐敗了。他們又說，這種情形在聖芳濟還未過世之前便已如此，他的話和他的目標都被背叛了。那時有許多人重新發現了一本十二世紀初的著作，作者是個叫喬新的西妥教團僧侶，他天生就有預言的能力。事實上，他預見到新時代的來臨，在這個新時代中，因爲使徒們錯誤的行爲而崩潰已久的基督教精神，將會再一次復甦。他還說出了一些未來的事情，使人們確定他所說的就是聖芳濟修會。因此許多聖芳濟修士都很高興，因爲在十二世紀中期時，巴黎大學神學院的學者們都譴責喬新院長的教義。很顯然的，他們所以這麼做，是因爲聖芳濟修會（和道明修會）的勢力變得太強大，修士們的學識也不可等閒視之；所以巴黎大學神學院的學者們想要藉異端之名將修會消滅。但這個陰謀並未付諸實行，眞是教會之幸，緊接著湯瑪士・阿奎奈和布納芬杜拉的著作都問世了，那些當然不是什麼異端。職是之故，在巴黎也產生了一種概念的混亂，或者是有人爲了他自己的目的，故意讓它們混亂的。這便是異教施加在基督教徒身上的邪惡，使得觀念變得迷亂不清，並誘使每個人變得以私利爲重。當時我在修道院中所看見的（我將一一說出），使我想到宗教裁判官常會創造異端。他們不僅會想像本來並不存在的異端，而且還會激烈地壓抑異教的腐化；由於他們過於激烈，許多人對他們產生反感，反而因此加入了異教。這確實是魔鬼所想出的一個圈子。上帝保佑我們。

但我要說的是喬新的異端（如果那算是異端）。在突斯坎尼，有個聖芳濟修士，包戈三多尼諾的吉拉德，一再重述喬新的預言，使人們對麥諾瑞特（也就是聖芳濟修會）留下了深刻的印象。於是他們之中便有一個教團興起，支持舊教規，對抗已成爲修道會長的布納芬杜拉所改組的修會。在十二世紀的最後三十年，里昂會議將聖芳濟修會自想要廢除它的敵人手中救出，允許它擁有必要的財產。但英格蘭和蘇格蘭邊界的某些僧侶卻叛變了，因爲他們相信教規的精神已被永遠背棄；聖芳濟修會必須一無所有，不管是修道士個人或是修道院或是修會。這些叛徒被判終身監禁。我並不覺得他們所宣揚的是違反福音的事，但世俗之物的擁有權一有了疑問，人們往往難以公正地下判斷。據說許多年後，新的修道會長，雷蒙・高佛迪，在安科那發現了這批囚犯，便將他們開釋，說道：『這樣的罪愆使我們每個人和整個修會蒙羞。』這表示所謂異端的說法並不確實，同時教會中仍有許多道德高潔的人。

在這批被釋放的囚犯中，有一個安其樂・葛雷倫的，後來遇見了一個來自普洛文斯的僧侶，皮耶・歐略，聽他傳述了喬新的預言，以後他又認識了卡薩爾的猶伯提諾，宗教的行動便以這種方式產生。在那個時代，一個最聖潔的隱士登上了教宗的寶座，穆隆的彼得，即位後成爲西勒斯汀五世；主教們都放心地擁戴他。『一個聖人將會出現，』人們這麼說：『他會遵循基督的教義，他所過的將是天使般的生活；腐敗的僧侶們，你們可要發抖了。』或許西勒斯汀所過的生活太像天使了，不然就是他周圍的高位神職太過腐敗，再不就是他受不了皇帝和歐洲其他國王之間無歇無止的衝突所帶來的壓力；最後西勒斯汀竟放棄寶座，又回頭過起了隱士的生活。但是在他掌權不到一年的短暫期間內，主教們的希望都已實現。他們去找西勒斯汀，一起建立了一個聞名的教團。另一方面，雖然教皇的任務是在羅馬最有權勢的樞機主教之間擔任仲裁者，但有幾個教皇——如一個叫寇洛納和一個叫歐西尼的——卻暗中支持新的貧窮行動，對於有權有勢，生活在富貴奢侈中的人而言，這實在是個很奇怪的選擇；我一直想不通他們究竟只是為了自己的政治目的而利用主教呢，抑或他們覺得必須支持主教的傾向，才能認可他們俗世的生活。就我對義大利事物淺薄的了解看來，說不定這兩個原因都有。但為了做個榜樣，歐西尼主教任命猶伯提諾為禮拜堂的牧師，當時歐西尼已是一位最受敬重的樞機主教，卻甘冒被指控為異端的危險。在亞威農時，他親自保護猶伯提諾。

於是，一方面安其樂和猶伯提諾根據教理傳教，另一方面，單純的大眾們接受了他們的傳教，並傳到全國各地。這些提倡貧窮生活，被許多人認為具有危險性的修道士，便侵入了義大利。在這個時候，要區別和教會當局保持聯繫的主教，和住在修會外，靠勞力度日，並未擁有任何財物的僧侶，並不是很容易的。一般的民眾現在稱這些單純過活的僧侶們為『佛拉諦斯黎』，和繼承皮耶・歐略教義的『法蘭西巴格德』並無不同。

西勒斯汀五世棄位後，接任他的教皇是鮑尼法斯八世，他對主教及佛拉諦斯黎毫不縱容；在十三世紀的最後幾年，他頒佈了一項勅書，Firma cautela，嚴詞譴責聖芳濟修會流浪各地的托缽僧，以及脫離修會生活，退休為隱士主教。

鮑尼法斯八世去世後，主教們請求他的繼任者允諾聽任修會自行其是；在這些繼任者中，包括克里蒙五世。我相信他們本來會成功的，但約翰二十二世的出現卻使他們的希望為之破滅。他在一三一六年當選為教皇後，便寫信給西西里國王，要他把避難到西西里去的僧侶們全都逐出；接著約翰又將安其樂・葛雷倫和普洛文斯的主教逮捕入獄。

事情的發展並不十分順利，羅馬教廷中有許多人起而反抗。後來猶伯提諾和安其樂設法取得脫離修會的許可，前者加入聖班尼狄特教團，後者被西勒斯汀教團所接納。但約翰對那些繼續過著自由生活的人卻毫不容情，他把他們交付給宗教裁判所處刑，有許多人被指爲異端，活活燒死。

不過，他明白要毀滅威脅教會當局基礎的佛拉諦斯黎雜草，必須譴責他們的信仰所植基的觀念。他們宣稱基督和使徒們沒有財產，不管是個人或共有的；教皇便斥責這個說法是異端。這是個令人驚異的做法，因爲教皇並沒有任何顯明的理由可以指責基督貧窮的主張是邪惡的；才不過一年前，聖芳濟修會在裴路幾亞的分會才證實了這個論調，教皇譴責這個信念，無可避免地也得譴責別的思想。正如我所說過的，在他和皇帝的對抗中，修會是個極大的逆流；這便是事實。因此在他的非難之後，許多對帝國或裴路幾亞都一無所知的佛拉諦斯黎修士都被焚燒而死。

我望著傳奇人物猶伯提諾時，這一切思緒便在我腦海中翻騰。我的導師引介我，那個老人便伸出一隻暖熱的手撫摸我的面頰。那雙手的碰觸，使我驀然領悟了有關這個聖徒的許多事；這些事有些是我聽說的，有些是我在他的著作中讀到的。我明瞭了自他年輕時便在他體內燃燒的神秘之火，當時他雖還在巴黎讀書，卻摒棄了神學的思維，想像自己變成了懺悔的從良妓女；然後他和福利諾的聖安其拉交往，惕悟了神秘生活的豐富和對十字架的崇仰；我也明白了何以他的院長有一天會爲他傳教的熱切而驚慌，派他避到拉維那去。

我端詳著那張臉，臉上的五官甜美一如和他交換過深奧精神思想的聖母。我想，在一三一一年維也納會議，教皇勅令將反對主教的聖芳濟修會院長免職，又命令主教必須在教會中過著平靜的生活時，他的表情必然比現在嚴厲多了；這個反對教令的鬥士並未接受這苛刻的妥協，爲了一個獨立的修會而奮鬥，而這個修會以最嚴格的原則爲基礎。他雖奮勇對抗，後來卻輸掉了這場戰爭，因爲在那些年，約翰二十二世擁護一項反對皮耶·歐略信徒（猶伯提諾也是其中一位）的改革運動，譴責納波恩和貝季兒的僧侶。但猶伯提諾毫不猶豫地爲他的故友和教皇對抗，約翰被他的尊嚴所懾服，沒有非難他（雖然他又宣告許多人犯了罪）。事實上，他還提供猶伯提諾一條自救之途，先勸告他，然後命令他進克盧涅可修會。解除了武裝而又極其脆弱的猶伯提諾，必然也有相當的手段，在羅馬教廷中爭取到保護者和同盟，後來他雖同意進入富蘭得的甘布列修道院，但我相信他根本沒到那裡去過，在歐西尼主教的旗幟下，留在亞威農保衛聖芳濟修會的主張。

一直到不久之前（我所聽到的傳言含混不清），他在教廷中的星星殞滅了，他才不得不離開亞威農，教皇又追訴這個堅強不屈的人爲異端。然後，據說，他就此失去了蹤影。那天下午，由威廉和院長的談話中，我獲悉他就躲藏在這所修道院裡。現在我親眼看見了他。

『威廉，』他說：『他們想要殺死我，你知道。我只有在黑夜中逃走。』

『誰想要殺死你？約翰嗎？』

『不是。約翰從未喜歡過我，但他一直都很尊敬我。畢竟，十年前他還提供我一條路途，使我避開一次審判；他命令我加入聖班尼狄特教團，使我的敵人沒有話說。他們不斷地說著閒言閒語，嘲諷一個貧窮的鬥士竟然進入一所富有的修會，受歐西尼主教庇蔭的事實。……威廉，你知道我鄙視這世間的物質啊！但唯有這樣我才能留在亞威農，支持我的兄弟。教皇不敢和歐西尼爲敵，他絕不敢動我一根寒毛。三年前他還任命我爲他的公使，去晉見亞拉岡國王。』

『那麼是誰希望你死呢？』

『他們每一個人。羅馬教廷。他們已先後兩次想要暗殺我。他們想要叫我緘默。你也知道五年前所發生的事。兩年前納波恩的巴格德也受到譴責，巴林迦．陶洛尼雖是裁判官之一，卻向教皇請訴。那是艱難的時期。約翰已發佈過兩次勅書指責主教，就連薛西納的邁可也放棄了──對了，他何時會抵達？』

『這兩天就會到了。』

『邁可……我已經好久沒見到他了。現在他總算想通了，明白了我們所要的是什麼，裴路幾亞僧會也證實了我們是對的。但是，一三二八年時，他卻對教皇屈服，把五名拒絕服從的大教區主教交給約翰，威廉……哦，那眞是太可怕了！』他用雙手掩住了臉。

威廉問：『但是在陶洛尼的請訴後，究竟發生了什麼事呢？』

『約翰只有重開爭論，你明白吧？他必須這麼做，因爲在教廷裡也有感到疑惑的人，即使是教廷中的聖芳濟修士——形式主義者，僞善者，準備爲牧師的俸祿出賣自己，但他卻心存懷疑。就在那時約翰要求我起草有關貧窮的請願書。那是一份好著述，威廉，願上帝原諒我的自傲……』

『我拜讀過了。邁可拿給我看的。』

『即使是我們自己的人，也有人猶豫不定，阿其坦的大教區主教，山維塔的樞機主教，卡法的主教……』

『他是個白痴。』威廉說。

『願他安息。兩年前他已蒙主召喚了。』

『上帝並不那麼悲憫。那是由君士坦丁堡傳來的錯誤消息。他仍然健在，我聽說他將成爲公使團中的一員。天主保佑我們！』

猶伯提諾說：『但是他贊成裘路幾亞僧會呀！』

『不錯。他正是那種口蜜腹劍的人。』

『說眞的，』猶伯提諾說：『他從未眞正宣揚過教義。結果是前功盡棄，但至少這個觀念並未被宣告爲異端，這是很重要的。所以，其他人一直沒有原諒我。他們想盡各種辦法傷害我。他們說三年前路易宣佈約翰是個異教徒時，我在薩西豪森。然而他們明明曉得那年七月我是在亞威農，和歐西尼在一起……他們發現皇帝的那一點宣告和我的信念不謀而合。簡直太瘋狂了。』

『並不太瘋狂吧。』威廉說：『那些概念是我灌輸給他的，而我是由你的亞威農宣言書及歐略的著作中歸納出來的。』

『你？』猶伯提諾驚喜參半地叫道：『那麼你同意我的見解了！』

威廉似乎有點困窘，迴避地說：『目前，對皇帝而言那是正確的主張。』

猶伯提諾懷疑地望著他。『啊，但是你並不真的相信它們，是不是？』

『告訴我，』威廉顧左右而言他：『告訴我你是怎麼躲開那些狗的。』

『的確是狗沒錯，威廉。我甚至和龐拿雷夏起了衝突，你知道嗎？』

『可是龐拿雷夏是站在我們這邊的呀！』

『現在是了，在我終於和他長談過之後。他總算被說服了，反對勅令，教皇因此將他監禁一年。』

『我聽說現在他和我在教廷的一個朋友，奧肯的威利，走得很近。』

『我對他不甚了解。我不喜歡他。他是個沒有熱情的人，一切訴諸理性，只有頭，沒有心。』

『但是他的頭很美呢。』

『也許，那會使他下地獄的。』

『那麼我會在那下面和他再會，我們可以再爭論邏輯。』

『別胡說，威廉。』猶伯提諾露出友愛的笑容。『你比那些哲學家好多了。只要你想……』

『什麼？』

『上一次我們在安布利亞見面時——記得吧？——我的病剛剛痊癒，多虧了那個神奇的女人……蒙特佛科的可蕾……』他低喃著，臉龐閃耀著光彩。『可蕾……女人的天性是乖僻的，但經過神聖的提昇，卻變得崇高，是優雅最高貴的表現形式。你知道那最純正的貞潔怎樣啓示了我的生命，威廉——』他激動地握住威廉的手臂，『你知道我……強烈的——是的，就是這幾個字——強烈的渴求懺悔，所以以折磨自己的肉體苦修，使我自己完全沐浴在耶穌基督的愛中……然而，我這一生卻有三個女人是我的天國使者。佛里諾的安琪拉、西塔卡提洛的瑪莉特（我寫到三分之一的地方，她爲我揭示了本書的結尾），最後是蒙特佛科的可蕾。

那是上帝的報酬，是的，所以我該調查她的奇蹟，在聖母教堂遷移之前，對眾人宣告她的聖跡。當時你就在那裡，威廉，你大可幫助我完成這項神聖的使命，而你卻沒有——』

威廉低聲說道：『但是你邀我參與的神聖使命，是將班提凡戈、傑可莫和喬維努修送上火刑場啊。』

『他們的墮落糟蹋了她的名譽，而你是裁判官啊！』

『所以那時我才要求解除職務。我不喜歡那件事。我也不喜歡——坦白地告訴你吧——你誘使班提凡戈招出他錯誤行爲的方法；你假裝要加入他的教派——假如那算得上是教派——讓他說出他的秘密，再使他被捕。』

『但那是控訴基督敵人的方式呀！他們是異教，他們是僞使者，他們散發出多西諾兄弟的惡臭！』

『他們是可蕾的朋友。』

『不是的，威廉，你絕不可在可蕾的名譽上蒙上一絲陰影。』

『可是他們和她有所關連呀。』

『他們是聖芳濟修士，自稱是主教，事實上不過是教團的僧侶！但你曉得在審判中，班提凡戈說他自己是個使者，他和喬維努修又誘惑修女，告訴她們地獄並不存在，主教的慾望可以被滿足，卻不會冒犯上帝，說在一個男人和修女睡過覺後，基督的身體便可被領受，（天主啊，原諒我！）說上帝喜歡抹大拉的瑪麗亞更甚於聖女埃格尼斯，又說凡人所說的魔鬼也就是上帝，因爲魔鬼是事體，而上帝是事體的定義！但是可蕾在聽說了這些言論後，卻看見了幻象；上帝親口告訴她說他們是邪惡的信徒！』

威廉說：『他們是麥諾瑞特，心裡燃燒著和可蕾一樣的幻影，恍惚的幻影和罪惡的狂亂之間，通常並沒有很大的差距。』

猶伯提諾絞扭著雙手，眼底再度漾上了淚光。『不要這麼說，威廉。你怎麼能把以芳香燃燒內臟的入神之愛，和發出惡臭的感官失調混爲一談呢？班提凡戈慫恿他人碰觸赤裸的肢體；他聲稱只有這樣才能解脫感官的支配，「他們裸體並臥，男人和女人……」』

『但是他們並不交合。』

『謊言！他們是要找樂子，而他們找到了。他們感覺到肉慾的刺激，爲了使它滿足，便說男人和女人躺在一起，觸摸並親吻對方的每一部位，赤裸的肚子和赤裸的肚子相結合並不是什麼罪惡？』

我要承認猶伯提諾對這個罪行的責難方式實在不能使我激發道德的想法。我的導師一定感覺到我的激盪了，便打斷了這個聖人的話。

『你的精神是熱烈的，猶伯提諾，不管是對上帝的愛或是對邪惡的憎恨。我的意思是天使的熱情和撒旦的熱情之間差異幾希，因爲它們都是由極端興奮的意志所產生的。』

『哦，是有差異的，而且我知道！』猶伯提諾激切地說：『你是說在好的嚮往和壞的慾望之間只有一小步，因爲那一直是由意志所導引。這話並不假。但這其中的差別就在於對象，而對象卻是顯而易見的。上帝在這一邊，魔鬼卻在另一邊。』

『我恐怕我已不知如何區別了，猶伯提諾。你的佛里諾的安琪拉，不是說過有一天她精神恍惚，發現她自己竟然在基督的聖墓裡了嗎？她不是說當她看見他闔眼躺在那裡時，她便先親吻他的胸，然後親吻他的嘴，而那兩片唇有種說不出的甜美，她停頓了一會兒後，就用她的臉頰貼向基督的臉頰，基督便伸手撫摸她的臉，將她壓向他，於是——就如她所說的——她感受到一種崇高的幸福？……』

『這和感官的衝動有什麼關係呢？』猶伯提諾說：『那是個奧秘的經驗，而且那是天主的身體。』

『也許我已習慣於牛津了。』威廉說：『在那裡，他們認爲即使再奧秘的經驗都只不過是另一種……』

『全看怎麼想了。』猶伯提諾笑笑。

『以及怎麼看。上帝是可以感知的，一如光亮；在太陽的光線中，鏡中的影像，萬物的顏色，在濕葉子上日光的反射裡……這種愛和聖芳濟在讚頌上帝創造的萬物、花、草、水和空氣時的愛豈不相近？我不相信這種愛會產生任何誘惑。反之，我對那種把和上帝肉體接觸的震顫形之於言詞的愛感到懷疑……』

『你太冒瀆了，威廉！那是不一樣的。在心靈愛上帝的心醉神迷和蒙特佛科僞使者卑下、墮落的心醉神迷之間，隔著無底的深淵……』

『他們並不是僞使者，他們是自由聖靈的兄弟；你自己也這麼說的。』

『那又有什麼不同呢？你並不知道有關那次審判的一切，我自己絕不敢記下某些告白，只怕會將魔鬼的陰影投注在可蕾在那個地方所創造出來的聖潔氣氛中。但我獲悉了某些事，某些事，威廉！他們晚上會聚在一個地窖裡，弄來一個新生男嬰，將他拋來拋去，直到他死掉……在他生前最後抓住他，眼看著他死掉的人，就成了教派的領袖……那孩子的屍體會被撕成碎片，裹上麵粉，製成冒瀆的聖餅！』

『猶伯提諾，』威廉堅定地說：『幾世紀前，亞美尼亞的主教就說波利西和波哥密教派會做這些事了。』

『那又有什麼相干呢？魔鬼是固執的，他的陷阱和誘惑都遵循著一個模式，他隔了千年之後也會再重複他的儀式，他總是一樣的，所以人們才認得出他！我向你發誓：他們在復活節的夜晚點上蠟燭，把少女們帶到地窖裡。然後他們把蠟燭吹熄，撲到少女們的身上，儘管這些女孩和他們有血緣關係……假如這樣的結合產下了一個嬰孩，那地獄的儀式便又開始，所有的人圍在一小壺酒四周，他們稱那壺酒爲「小桶」，他們會喝得醉醺醺的，把那嬰孩切成碎片，把他的血倒進酒杯裡，他們把還沒死掉的孩子拋到火中，再將嬰兒的灰燼和他的血混在一起，喝進肚子裡！』

『但是三百年前邁克．薛勒在談論魔鬼的書裡就已寫出這一切了！是誰把這些事告訴你的？』

『他們。班提凡戈和其他人，在受不了苦刑的情況下招供的。』

『只有一樣東西比歡樂更能喚起獸性，那就是痛苦。人受到苦刑的折磨時，就好比置身於藥草造成的幻象領域中。你所聽說過、閱讀過的一切，都會湧上你的心頭，彷彿你被推向地獄，而非天堂。一個人被拷問之時，不僅會說出裁判官所要你說的話，還會說出他想像可以取悅裁判官的話，因爲在他們兩人之間建立了一項契約了（這眞的是惡魔的契約）……我知道這些事，猶伯提諾；我也曾和那群人一樣，相信熾燙的鐵可以使人說出實話。讓我告訴你吧，事實卻是來自另一種火焰。班提凡戈受苦刑之時所說的可能是最荒謬的謊言，因爲說話的人已不再是他自己，而是他的慾望，是他靈魂的惡魔。』

『慾望？』

『是的，人們渴求崇拜的慾望，也有渴求痛苦的慾望，甚至還有渴求屈辱的慾望。假如不費什麼力氣就可以使反叛的天使把他們的熱情由崇拜和謙遜轉向驕傲和暴動，我們對一個人還能有什麼期盼呢？現在你知道了；當我裁判之時，我所想到的就是這些。所以我才放棄那項職務。我缺乏調查壞人弱點的勇氣，因爲我發現那些弱點和聖徒的弱點並無不同。』

猶伯提諾似乎聽不懂威廉的最後一段話。由他一臉友愛的憐憫，我想他大概把威廉看成不當情感的受害者了，但是他原諒我的導師，因爲他深愛威廉。猶伯提諾打斷了威廉的話，以苦澀的聲音說：『沒有關係。假如那就是你的感覺，你放棄裁判官的職務是對的。我們必須抗拒誘惑。不過，我缺少你的支持，有了你的支持，我們可以定出那個彎路的。結果，你也知道發生了什麼事，我自己被控姑息養奸，被懷疑是個異教徒。就對抗邪惡而言，你也一樣軟弱。邪惡，威廉！這個責難難道永不會停止，這個陰影，這團阻止我們到達聖源的泥沼？』他更靠向威廉，好像怕被別人在無意中聽到他的話。

『這裡，即使是在奉獻爲祈禱之用的牆垣之內也一樣免不了，你知道吧？』

『我知道。院長跟我說過了；事實上，他還請求我幫他查明。』

『那麼觀測、調查吧，以山貓的利眼由兩個方向去看：慾望和驕傲……』

『慾望？』

『是的，慾望。那個死去的年輕人有……女性的特質，所以也像魔鬼一般。他那雙眼睛就像一個和夢魔打交道的少女的眼睛。但我也說了「驕傲」，知性的驕傲，在這所爲「驕傲」兩個字，爲智慧的幻象而奉獻的修道院裡。』

『假如你知道什麼線索，幫助我吧。』

『我一無所知，我什麼都不知道。但是心靈感覺得到某些事情。讓你的心說話，詢問每一張臉，不要聽信舌頭……但是罷了，我們爲什麼一定要談這些可悲的事，使我們這位年輕朋友感到驚顫呢？』他用那雙淡藍色的眼眸望著我，用修長白皙的手指撫摸我的臉頰，我幾乎本能地退縮；我克制住自己，而且這樣做才是對的，因爲我會冒犯他，他的動機是純正的。『說說你自己給我聽吧。』他又轉向威廉，說道：『這些年來你做了些什麼事呢？已經——』

『十八年了。我回國去了，在牛津復學，研讀自然。』

『自然是好的，因爲她是上帝的女兒。』猶伯提諾說。

『上帝必然是好的，因爲祂產生了自然。』威廉面帶笑容說：『我唸書，認識了幾個非常聰明的朋友。然後我逐漸熟識馬西略（譯註：義大利學者，一二九〇——一三四三），對他關於帝國、人民，及地球王國的新法律等觀念感到著迷，所以我又加入了我們那群兄弟，成爲皇帝的顧問。但是你知道這些事：我在信上都說過了。在波比歐，他們告訴我你在這裡時，我高興極了。我們原以爲你失蹤了。但現在有你和我們在一起，過兩天等邁可也到了，你可就幫得上大忙了。和巴林迦．陶洛尼的這場衝突可不輕鬆，我相信我們會有些樂趣。』

猶伯提諾望著他，臉上浮現一個試探性的微笑。『我眞不知道你們英國人什麼時候說話才是正經的。這麼嚴重的一個問題，那裡會有什麼樂趣。這關乎著修會的存亡，你的修會；在我心裡也是我的。但是我要央求邁可不要到亞威農去。約翰要他，找他，邀請他，未免太迫切了。不要信任那個法國佬。哦，主啊，祢的教會落到怎樣的一雙手中啊！』他轉頭望向祭壇。『她變成了妓女，因爲奢華而變得軟弱，沈溺在慾望中猶如發情的蛇！由伯利恒瘋瘡木造的馬廄變成了金子和寶石，由全然的純潔變成了狂飲亂舞！看，看這裡：你已經看過門口了！所有的影像都沒有遺漏！假基督的時代終於來臨了，我很害怕，威廉！』他環顧四周，瞪大眼睛望著黑暗的本堂，彷彿基督之敵隨時都會出現，我甚至覺得眞會見到他。『他的副官已經在這裡了，就如基督派遣使徒一般，被派遣到世間！他們踐踏上帝的城市，透過欺騙、僞善和暴力誘惑世人。到那時上帝才不得不派出祂的僕人，以利亞和娜得，祂讓他們生存在人間天堂，好讓他們有一天推翻基督之敵，他們會如預言一般，穿著粗麻布的衣服而來，他們會以言行宣揚懺悔式……』

『他們已經來了，猶伯提諾。』威廉說著，指指他的聖芳濟修士服。

『但他們還未得勝；這是憤怒的假基督下令殺害娜得和以利亞的時刻，然後將他們屍體暴露示眾，使得眾人不敢效法他們。正如他們想要殺死我一樣……』

那一刻，我恐懼地想著，猶伯提諾一定是在一種神聖的狂熱中，他所說的話也使我害怕。現在，事隔多年，我已知道後來發生的事——簡而言之，兩年後他在日耳曼的一個城市被神秘的殺害，兇手卻一直沒有被發現——我覺得更懼怕，因爲那一晚猶伯提諾所說的顯然是預言。

『喬新院長所說的實情，你知道。我們已到了人類歷史的第六個時代，有兩個反基督者會出現，神秘的基督之敵和假基督。就是現在了，第六個時代，在聖芳濟出現，在他自己的肉體上接受耶穌基督的五處傷口。鮑尼法斯就是那個神秘的基督之敵，西勒斯汀的讓位是無效的。鮑尼法斯就是由海中升起的那頭野獸，牠的七個頭代表七項死罪，十個角就是十誡的罪行，在他四周的紅衣主教就是蝗蟲，也就是惡魔亞玻倫之身！但只要你用希臘字母唸出那名字，就知道那隻野獸叫「班尼狄特」！』他凝視我，看我是不是聽懂了，然後舉起一隻手指，向我警告：『班尼狄特六世就是假基督，由土中現出的野獸！上帝允許這樣一個不法惡魔統治祂的教會，這樣一來繼任者的美德才更顯得非凡榮耀！』

『可是，聖父，』我鼓起了勇氣，茫然地回答道：『他的繼任者是約翰啊！』

猶伯提諾伸出一隻手按著前額，似乎想要驅散一個困擾的惡夢。他困難地呼吸；他累了。『是的，這樣的推算是錯了，我們仍在等待天堂的教皇。……但是目前聖芳濟和聖道明卻已出現了。』他抬眼望天，像是祈禱般地說了一大段話（但我確信他是在背誦他著作中的一頁），然後又說：『……是的，這些就是允諾：天堂的教皇一定會來臨的。』

『姑且相信吧，猶伯提諾。』威廉說：『此刻，我到這裡來是要組織皇帝被廢。多西諾兄弟也宣揚過你的天堂教皇……』

『再也別說那毒蛇的名字了！』猶伯提諾喊著，我第一次看見他的哀傷轉爲忿怒。『他弄污了喬新的話，將那些話說成死亡和髒污！假如基督之敵有使者的話，那就是他了！可是你，威廉，你這麼說是因爲你並不眞的相信基督之敵的降臨，你在牛津的導師只教你迷信理論，使你心靈的預言能力枯竭！』

『你錯了，猶伯提諾。』威廉嚴肅地回答：『你知道在我的導師之中，我最敬重的是羅傑・培根……』

『胡說些什麼飛行機器的人。』猶伯提諾尖刻地低喃了一句。

『他清楚而且沈著地提到了基督之敵，也明白世界的腐化和學習衰微的重大關係。不過，他說準備對抗他的來臨只有一個途徑：研讀自然的秘密，利用知識改良人類。我們可以藉著研究藥草的治病效力，石頭的本質，甚至計劃那些使你發笑的飛行機器，準備和基督之敵戰鬥。』

『你那位培根先生所說的基督之敵，不過是助長知識驕傲的藉口。』

『一個神聖的藉口。』

『任何藉口都不可能是神聖的。威廉，你知道我愛你。你知道我很信任你。抑制你的知識，學著爲主的傷口哭泣，把你的書本拋開吧。』

『我只潛心研究你的書就是了。』威廉不覺微笑。

猶伯提諾也笑了，威脅地對他揮動一根手指。『愚蠢的英國人。不要過份嘲笑你的夥伴。對於你不能愛的那些人，你就該懼怕。在這所修道院裡，你千萬要警覺些。我不喜歡這個地方。』

『事實上，我想要對這地方熟悉些呢。』威廉說，準備離開。『走吧，埃森。』

猶伯提諾搖著頭說：『我告訴你說這裡不好，你卻回答說你想更熟悉它。啊！』

『對了，』走了好幾步後，威廉又說：『那個長得像動物，說著巴別語的僧侶是誰呢？』

『薩威托嗎？』猶伯提諾已經又一次跪下，聽了威廉的話便回過頭來。『我相信他是我送給這修道院的禮物……還有地窖。我脫下聖芳濟修士的僧服時，曾回到卡薩爾的老修道院去過，我發現那裡的僧侶們都遭到了麻煩，因爲教區控告他們是我這個教派的主教……他們就是這麼說的。我爲了顧全他們費了不少力氣，爲他們爭取到遵循我的事例的許可。去年我到達這裡時，發現其中兩個修士也躲到了這裡，薩威托和雷密喬。薩威托……他長得的確其貌不揚，可是他親切體貼。』

威廉猶豫了一會兒。『我聽他說到斐尼坦吉特。』

猶伯提諾沒有說話，揮了揮手，似乎想趕走惱人的思緒。『不，我不相信。你知道這些凡人修道士都是怎麼樣的。鄉下人，也許聽了某個流浪傳道士的話，卻不知道他們在說些什麼。對於薩威托，我還有別的非難：他是個貪婪而且貪慾的畜生。但他沒有什麼違反教義的大缺點。這所修道院的病並不在他：去找那些知道太多的人追查，不要找一無所知的人。別將懷疑的城堡建築在一個字上。』

『我絕不會這麼做的。』威廉回答：『我放棄當裁判官，正是爲了避免如此。但我也喜歡聆聽話語，然後再仔細思索。』

『你想得太多了。孩子，』他轉頭對我說：『不要從你的導師那裡學到太多壞榜樣。到了生命的盡頭，我才意識到唯一必須思索的事是死亡。現在讓我禱告吧。』

4

第九時禱告之前
威廉和草藥師賽夫禮納博學的對話。

我們走過禮拜堂本堂，由剛才進入的那扇門走了出來。我的腦袋裡，仍迴盪著猶伯提諾的話，字字句句。

我斗膽對威廉說：『那個人很……古怪。』

『在許多方面，他是個偉大的人。就因爲如此，他才古怪。只有微不足道的人顯得正常，猶伯提諾可能變成他幫忙燒死的異教徒之一，也可能成爲羅馬教廷的樞機主教。他和這兩種不當的地位都很接近。我和猶伯提諾說話時，總覺得地獄就是由另一面看來的天堂。』

我不太懂他的意思，便問道：『由那一面呢？』

『啊，是的，』威廉明白我的問題所在。『這件事關係著究竟是否有許多面，還是有一個整體。但是別在意我說的話，也別再望著門口。』他說著，輕輕拍了一下我的頸項，因爲我又轉頭去看入口處的雕刻了。『他們今天已經把你嚇夠了。所有的人。』

我回過頭望向出口時，看見我眼前又站了另一名修士。他的年紀大概和威廉差不多，面露笑容，熱誠地向我們致意。他說他是尙文達的賽夫禮納，是草藥師修士，負責管理澡堂、療養所和庭園，假如我們想熟悉修道院內的路徑，他很樂意爲我們領路。

威廉向他道謝，說我們進修道院時，他已注意到那片茂盛的菜園，在他看來那裡所種的不只是食用性植物，還有藥用植物，雖然都覆了雪了。

『春夏天時，種類繁多的各種植物都會開花，這園子就會為造物主唱出更美的詩章。』賽夫禮納有點歉然地說：『但即使是現在，時值冬季，草藥師的眼睛仍能看穿將要再發芽長葉的植物枯枝，他可以告訴你們這個園子比任何植物誌的記載都要豐茂，色彩也更繁複，和那些書上的圖片一樣美。此外，好藥草在冬季也會生長的，其他的藥草我都已採收，放在實驗室的瓶子裡了。還有羊蹄大黃樹的樹根，我用來治療感冒的，木槿根煎出的藥汁可製成皮膚病膏藥，把蛇木地下莖搗碎研磨，可用來醫治痢疾和一些婦人病；胡椒有助消化；款冬可抑制感冒；還有幫助腸胃吸收的龍膽，我還有可製成好藥水的杜松；老樹根煎成的藥對肝有益，石鹼草根在冷水中泡軟後，治黏膜炎最有效；還有纈草，它的效能你一定知道。』

『你的藥草種類眞多，而且適宜不同的氣候。你怎麼辦到的呢？』

『一方面，我要感謝上帝的慈悲，祂讓我們的高原背山面海，因此溫暖的海風從南面吹來，北面則有樹林屏障。另一方面，多虧老師們教導我這個不成材的學生，使我學會了不少技巧。植物是可以在氣候不佳的地方生長的，只要你利用周圍的地勢，注意它們的營養及成長。』

我問道：『但你也種了僅供食用的植物吧？』

『啊，年輕的朋友，食用的植物一樣可以治療身體的，只要食量適當。任何東西吃得過量就會使人生病。就拿南瓜來說吧：它的天然性質是濕冷的，可以解渴，可是你如果等它爛了再吃，就會瀉肚子，那你就得用鹽水調些芥末糊，敷在肚子上。再說洋蔥吧，它的性質是溫熱的，吃一點的話可以增強性交能力（自然這是對沒有像我們這樣發過誓的人而言的），但吃太多就會使人頭重腳輕，喝一杯加醋的牛奶可以使頭痛減輕。』他又狡猾地說：『這也是年輕的僧侶總是不吃洋蔥的好理由。以大蒜來替代。大蒜的性質乾熱，可以解毒，但吃過量卻會使人心浮氣躁。反之，豌豆利尿而且極有養分，很有益處，可是也會使人做惡夢。不過，還是比某些藥草更溫和多了。有幾種藥草會讓人產生可怕的幻象呢。』

『哪些呢？』我問。

『啊，我們的見習僧想知道的太多了。有些事情只有藥草師才能知道：要不然魯莽的人隨便亂吃，後果便不堪設想了。』

『可是你需要一點蕁麻。』威廉接口說：『或是雄黃或紫草，好壓抑這種幻象。我希望你有這些好藥草。』

賽夫禮納瞟了我的導師一眼。『你對藥草學很感興趣？』

『只是有點興趣。』威廉謙遜地說：『因爲我看過尤布查新的《健康學》。』

『亞伯．艾山的《藥草新誌》。』

『或是伊路卡森．艾里米塔。不知道這裡是不是也收藏了一本。』

『最美麗的一本，裡面有很多色彩鮮明的插圖。』

『讚美上帝。還有柏雷特利斯的《藥草誌異》。』

『那也是一本鉅著。還有亞里斯多德的《植物誌》和《蔬菜誌》，由沙雪的阿弗烈翻譯的。』

『我聽說那並不是亞里斯多德所寫的。』威廉說道：『正如人們已發現他並不是《因果論》的作者。』

『不管怎麼說，那是一本偉大的書。』賽夫禮納說；我的導師理所當然地同意了，也沒問他說的是《蔬菜誌》還是《因果論》，這兩本著作我都一無所知，但由他們的對話，我推論必然都是鉅著。

賽夫禮納歸結道：『要是能和你盡興地聊聊藥草，可眞是一件樂事。』

『我也有同感。』威廉說：『但是我們還是別破壞沉默的規則；我相信你是奉有命令的吧？』

賽夫禮納說：『幾世紀以來，各修會順應不同的需要採用了規則。規則定了神的聖句，但卻不值得研究，然而你也知道我們的修會已發展到必須介入神和人的事務。另外，規則也指示了公共宿舍，但有時候讓修士們有機會在夜晚沉思也是對的，正如我們這裡的修士，所以他們每個人都擁有自己的寢室。對於沉默這個問題，規則十分嚴厲，我們這裡也是如此，不僅是體力勞動的修士們，就是寫字或閱讀的人也不能和他們的兄弟交談。不過本修道院最注重的就是學術，通常修士們交換學習心得也是很有助益的，所以只要是有關學問的談話都是合法而且合宜的，只要不是在用餐或禱告的時候交談就成了。』

威廉突然問：『你和奧倫多的阿德莫是不是曾經談過不少話？』

賽夫禮納似乎並不感到訝異。『看來院長已經跟你說過了。』他說：『沒有。我並不常和他說話。他常待在寫字間裡裝飾書籍。在某些場合我倒聽過他和別的修士談論他的工作；例如薩微美的韋南提，或勃戈的佐治。再說，我很少到寫字間去的，多半都待在我的實驗室裡。』他朝著療養所的房舍點了點頭。

『我明白。』威廉說：『那麼你並不知道阿德莫是否有幻象了？』

『幻象？』

『舉例來說，就像你的藥草會使人產生的。』

賽夫禮納的身子變得很僵硬。『我跟你說過了：那些有危險性的藥草，我都很謹慎地收藏起來了。』

『我並沒有別的意思。』威廉急忙澄清：『我所說的只是一般幻象。』

『我不明白。』賽夫禮納堅持道。

『我是在想，一個修士夜晚在大教堂裡閒蕩；根據院長所言……在禁止時間內進入那裡的人……可能會有不測之事發生——呃，正如我所說的，我是在想說不定他有什麼惡魔的幻象，因此才會跌落懸崖。』

『我說過了：我很少到寫字間去，除非我需要一本書的時候；但依據教規，我自己有一間植物標本室，就在療養所裡面。我只知道阿德莫和佐治、韋南提比較接近，當然，還有……貝藍格。』

就連我也察覺到賽夫禮納遲疑的語氣，我的導師自然沒有忽略。『貝藍格？爲什麼說「當然」呢？』

『艾隆戴的貝藍格，圖書館的助理管理員。他們的年紀差不多，又曾一起當見習僧，因此比較談得來。所以我說「當然」。』

『啊，是的。』威廉說。令我驚訝的是，他竟沒有再追究這件事。事實上，他很快地改變了話題。『我想或許我們該去參觀一下大教堂了。你願意當我們的嚮導嗎？』

『樂意之至。』賽夫禮納的放鬆顯而易見。他領頭沿著庭園旁邊前行，帶我們走到大教堂的西側。

『面對庭園的這扇門通到廚房，』他說：『但是廚房只佔了樓下的西半部；另外一半是餐廳。南邊的入口，也就是禮拜堂唱詩班席位的後面，有兩扇門分別通往廚房和餐廳。但我們可以從這裡進去，因爲由廚房可以繼續走到餐廳去。』

我走進那間大廚房，意識到有一個八角形的天井和整幢大教堂齊高；後來我才曉得這是一個井孔，但沒有通路，只是在每一樓都開有寬大的窗子，和教堂外側的窗子一樣。廚房裡被煙燻得灰黑，許多僕人已在裡面忙著準備晚餐吃的食物。有兩個人站在一張大桌子旁，做一種包括青菜、大麥、燕麥、裸麥的餡餅，把蕪菁、水芹、白蘿蔔、紅蘿蔔剁碎。旁邊，另一個廚子剛把幾條魚浸入酒和水的混合液裡，並且在上面撒上鼠尾草、荷蘭芹、麝香草、大蒜、胡椒和鹽。

西邊塔樓下有一座開著的大爐子，準備用來烤麵包；熾熱的火已冒著火星子。南邊塔樓裡是個很大的火爐，上面有幾口滾得熱騰騰的鍋子，呼嚕呼嚕作響。通往禮拜堂後面穀場的門是敞開的，養豬人正好在這一刻走了進來，捧著由剛殺的豬身上割下來的豬肉。我們由那扇門走出去，便到了穀場，在高原最東邊，還有一排靠牆而建的房舍。賽夫禮納對我解釋，前面那幾間是穀倉，再過去是馬廄，然後是牛棚、雞舍，最後是加蓋了屋頂的羊圈。在豬圈外面，養豬人正在攪動一缸豬血，以免它凝固了。只要迅速而且適當的攪拌，豬血可以保持幾天的液態，這是因爲天氣寒冷的緣故；然後他們就可以做豬血臘腸了。

我們又走進大教堂裡，很快地經過餐廳，朝東邊的塔樓走去。餐廳就在東邊和北邊的塔樓之間；北邊塔樓裡築有一個壁爐，東邊塔樓卻藏著環狀階梯，通向上一層樓的寫字間。修士們每天由這裡上樓去工作，另外還有兩個樓梯也可通行，一個在這裡的壁爐後，一個在廚房的爐子旁，都是螺旋形的，雖然比較狹窄，卻也暖和多了。

由於正值禮拜天，威廉問寫字間裡有沒有人在那兒。賽夫禮納笑著說，對聖班尼狄特教團的僧侶而言，工作也就是指禱告。禮拜天祈禱的時間延長，但是必須研讀書籍的修士們仍會在樓上待個幾小時，通常是交換學習心得及思索聖經的感想。

5

第九時禱告之後

他們到了寫字間，和許多學者、抄寫員和標示員會晤，還遇見了一個相信假基督就要降臨的瞎眼老人。

我們爬上樓時，我看見我的導師觀察著樓梯旁的窗子，陽光透過窗玻璃斜射在梯階上。我大概快變得和他一樣聰明了，因為我立刻就注意到窗子開在一般人很難搆到的地方。另一方面，餐廳的窗戶（在樓下唯一可以俯望懸崖的一面）也不容易搆到，更何況窗子下面並未放置任何家具。

我們走到樓梯頂端後，便經由北邊的塔樓進入寫字間，我忍不住一聲驚歎。這一層樓並不像樓下那樣分隔成兩半，因此使人感到分外寬敞。天花板是圓弧形的，並不太高（比禮拜堂的低些，但仍然高過一般的會堂），有堅實的柱子支撐，包容著一個光線極美的空間，因為較長的那四面牆上，每一面都有三扇很大的窗子，而每個塔樓外圍的五邊，各有一扇較小的窗；最後，中央的八角形井孔上，有八扇高而窄的窗戶，讓光線由天井照了進來。

這許許多多大小不一的窗，使得這個大房間的光線異常充足，即使是在冬季的午後。玻璃窗並不像禮拜堂的那麼色彩繽紛，鑲了鉛框的方形玻璃，過濾出最純淨的陽光，未經人為技巧的改變，所以為寫字、讀書照明的目的完全達到了。我曾見過不少地方的寫字間，但沒有一間像這裡這麼光亮的，實質的光線傾瀉而入，使整個房間明朗燦然，精神的原則更閃亮耀眼，光輝四射，是所有美和學識的來源，有一半要歸因於這房間勻稱的比例。要創造出美，必須有三樣要素同時存在：最重要的是完整無缺，為此原因我們認為所有不完整的東西都是醜的；然後是適當的比例或調和；最後則是明度和亮度；事實上只要顏色確切，我們便常說那東西很美。由於美麗的景致包含了安寧，同樣的我們的慾望也會因安寧、善和美而平靜下來，我覺得內心充滿了撫慰，想著在這地方工作必定非常愉快。

在這個午夜時刻，我感到這裡是個令人喜悅的學習場所，後來我在聖伽爾修道院看到一間比例相似的寫字間，也和圖書室分開（在別所修道院裡，修士們都在放書的同一個地方工作），但配置比不上這裡完美。在每扇窗子下都有書桌，古物研究者、圖書管理員、標示員和學者們，都各自坐在自己的書桌前。由於一共有四十扇窗戶，（這也是個完美的數字，由四角形的十倍推出，彷彿是四德乘以十誡。）所以同時可讓四十個修士一起工作，雖然有時也許只有三十個。賽夫禮納對我們解釋，在寫字間工作的修士們都免除了上午禮拜、第六時和第九時的禱告，這樣他們才能利用白天工作，直到日暮他們才停下活動，參加黃昏晚禱。

最明亮的地方是讓研究古物者、最傑出的圖書裝飾者、抄寫員和標示員所坐的。每張書桌上都有裝飾和抄寫所要用的工具；角質墨水壺、修士們用小刀削尖的鵝毛筆、用來把羊皮紙磨平的輕石、寫字之前畫線用的直尺。在每個抄寫者旁邊，或是傾斜的桌面頂端，都有個讀經台，被抄錄的古籍就放在那上面，書頁上蓋了一張挖剪了一條格洞的紙，將此刻被抄錄的那一行框了出來。有些書桌上還放了金色和其他許多顏色的墨水。別的修士們則只是在看書，並且隨時在私人的筆記本或寫字板上，寫下自己的註解。

不過，我並沒有時間去仔細觀察他們的工作，因為圖書管理員向我們走來了。我們已經知道他是海德漢的馬拉其。他的臉上露出了歡迎的表情，但看到這樣一張奇特的面容，我卻不自禁地顫慄。他個子很高，瘦得不得了，四肢大而笨拙。他穿著附兜帽的黑色僧衣，大步前行，外表不知道什麼地方令人感到困擾。因爲他剛從外面進來，兜帽並未拉下，在他蒼白的臉上投下了陰影，憂鬱的大眼睛也因而顯得陰森。他臉上似乎有許多熱情的痕跡，但現在已不再激發，便凍結在五官上。悲哀和嚴厲支配了他臉上的線條，他的眼眸是如許深沈，只要看人一眼，就能洞悉對方的內心，看出秘密的思想，因此要容忍它們的詢問十分困難，誰也不想再一次和它們碰觸。

管理員爲我們介紹當時在寫字間裡工作的許多位修士，一一說明他們的作業，我對他們的求知精神感到十分欽佩。因此我得以會晤薩微美的韋南提；他從事希臘文和阿拉伯文的翻譯，潛心研究亞里斯多德。烏撒拉的貝拿，一個研讀修辭學，來自北歐的年輕修士。亞列山的葉曼羅，他到這裡才幾個月，抄寫館內有關借貸的書籍。另外還有一群圖書裝飾者，都來自不同的國家；隆美挪的柏崔克，托雷多的賴巴諾，艾歐那的梅努，和赫福的華杜。

當然還有許多學有專精的僧侶們，那一大串名字令人感到無比興奮。但我必須轉述我們討論的主題，因爲在談話中出現了不少有用的指示，表露出僧侶們所感受的微妙不安，以及一些實情。

我的導師開始和管理員馬拉其閒談，讚美寫字間的美和勤學的氣氛，並且問他在此進行工作的程序，因爲他到處都聽人談及這所圖書館，很想要查閱許多書籍。馬拉其對他解釋院長已說過的話：修士們向管理員借他所要參閱的書，管理員便上樓到圖書室去拿，只要他們的請求是正當、虔誠的。威廉問他怎麼能知道樓上書櫃裡有那些藏書，馬拉其便指著用一條小金鍊繫在他桌上一本厚厚的目錄，目錄上寫了密密麻麻的書名。

威廉把雙手插進僧衣內，也就是在他胸前打褶成爲內袋的地方，抽出了一樣東西；在旅途中我曾在他手中及臉上見過那東西。那是個叉形的扣針，它的構造使它可以扣在一個人的鼻子上（至少是他那個高聳的鷹鈎鼻），就像一個騎士跨在座騎上，或是一隻鳥棲在樹梢。在那個叉狀物的兩邊，眼睛前面，有兩個鵝卵形的金屬框子，中間嵌著杏仁形的玻璃片，和酒杯的杯底一樣厚。威廉看書時總喜歡把這玩意兒放在眼睛前，說是這樣他的視線會更清楚，尤其是日光消退之時，因爲上了年紀的人視力到底減弱了不少。這東西並不是用來幫助他看遠方的物體，而是用來看近物的；要說望遠，他的眼睛才銳利呢。戴上這透鏡，他就能夠閱讀字跡極淺，連我都不易辨讀的手稿。他對我解釋道，當一個人過了生命的中點後，就算他的視力還是很好，眼睛卻會變硬，瞳孔頑強不易控制，因此許多有學問的人過了第五十個夏天後，便沒有辦法再閱讀、書寫了。對於還能夠將他們最好的知識果實傳播多年的人而言，這實在是很不幸的事。所以，這種儀器的發明及創造，眞叫人讚美天主。他對我說這些也是爲了支持羅傑・培根的觀念；這個偉大的學者說過，學習的目的也在於延長人的生命。

其他的修士們都好奇地望著威廉，卻不敢對他發問。我注意到，即使是在這麼一個讀書和寫字的風氣如此盛行的地方，那種奇妙的工具也還未傳抵。這些以智慧聞名於世的人爲我的導師所擁有的一件東西而目瞪口呆，使我也不覺有幾分得意。

威廉戴上那透鏡，彎身看著古抄本的目錄。我也湊上前去看，我們發現圖書館所擁有的藏書之多，有些書名我們聽都沒聽過，有些卻是最有名的。

『赫福的羅傑所著的《所羅門王五稜堡》、《語言的修辭及奧秘》和《金屬之謎》，艾庫瓦密所著，洛博得・安利科譯爲拉丁文的《代數學》，西利厄・伊大卡的《迦太基》，黎貝納斯・毛魯士的《突破》、《神聖義務的危機》，以及傅拉微・克洛狄的《字母解》。』我的導師唸道：『輝煌的著作。但這些目錄是以什麼順序排列的呢？』他引述一本書中的句子；我雖不知道由什麼書中引出，馬拉其卻必然很清楚：『「圖書管理員一定要有一份所有書籍的目錄，仔細照科目及作者的順序排列。書本排上書架後，並須以數字的指示來分類。」你如何知道每本書的排列呢？』

馬拉其指著每一個書名旁邊的註解。我唸道：『「第三，韻律辭典第四，希臘詩參考書第五」；「第二，韻律辭典第五，英國文學第七』。』等等。我明白第一個數字是指書籍在架子上的位置，後面的數字則表明是在那一個書櫃；我也明白還有一些句子指出了圖書館的某個房間或某道走廊，我鼓起勇氣問關於這些最後區別的資料。馬拉其嚴厲地望著我：『也許你不曉得，或者是忘了，只有管理員才能進圖書室去，因此只有管理員知道如何解讀這些句子。』

『但這份目錄上的書籍，是以什麼順序排列的呢？』威廉問：『不是依照科目吧，我看。』由字母順序來看，也不是按照作者排列的；這個體系是我近幾年來才學的，當時卻不常用到。

『本圖書館建立已久，』馬拉其說：『所有的書都是以被本館收藏的時間先後順序排列的。』

『那麼這些書是很難找了。』威廉說道。

『但管理員記得清清楚楚，有書籍納入本館時也都知道。至於其他的修士們，可以仰賴管理員的記憶。』他說話的口氣彷彿是在談論別人，而不是他自己。我明白他指的是當時由他所掌有的職務，而在他之前已有一百多個人，將他們的知識一個一個傳下來。

『我懂了。』威廉說：『假如我想要找有關所羅門王五稜堡的資料，你會告訴我剛才我看到書名的書是存在的，而且你知道它在樓上的什麼地方。』

『如果你眞想知道所羅門王五稜堡的種種。』馬拉其說：『但在我把那本書給你之前，你最好先去請示院長。』

『我聽說你們這裡一位最好的圖書裝飾員最近死了。』威廉接著說：『院長跟我說過他的才華。我可以看看他死前所裝飾的古抄本嗎？』

『奧倫多的阿德莫，』馬拉其懷疑地望著威廉：『他還年輕，所以只做旁註的裝飾。他的想像力十分豐富，可以由已知的推構出未知的圖樣，令人驚訝，就像一個人把人的身體和馬脖子連在一起一樣。他的書就在這邊，還沒有人碰過他的書桌。』

我們走到阿德莫生前的工作場，書桌上還放著裝飾了一半的書頁。那些都是最好的對開頁——羊皮紙中的皇后——最後一張仍固定在桌上。那張紙已用浮石刮過，用白堊浸軟，而且用鉋子鉋平了，紙的兩側用尖筆釘出了小洞；藝術家的手追循過的線條。前半頁已寫了不少字，書頁的邊緣也已畫上了草圖。其他幾頁則都已完成了，我和威廉看著那幾頁，都不自禁地發出驚歎。畫在邊緣上的，是描繪一個和我們所感知的完全相反的世界。透過美麗的圖書，表現出一個眞假顚倒的宇宙；狗看見兔子便拚命奔逃，鹿跟在獅子後面窮追不捨。動物的背上長出了人手，由一團粗毛中生出了雙腳，龍身上有斑馬的花紋，蛇一般的脖子扭成了上千個結的四腳獸；長了鹿角的猴子，人魚長了翅膀，沒有手的人背上又冒出另一個人，還有嘴巴長在肚子上的人，滿嘴利齒；人長了馬頭，馬長了人腿，魚生了雙翼，鳥卻背了魚鰭，單身雙頭或隻身單頭的惡魔；明明是牛，卻有雞尾巴和蝴蝶翅膀，女人的頭上像魚類一樣佈滿了鱗片，雙頭吐火獸和蜥蜴嘴的蜻蜓、人首馬身怪物、龍、象混在一起；半獅半鷲怪獸的尾巴變成了準備射出的弓箭，擬人化的動物和動物般的侏儒聚在一起；有時在同一頁還有田園生活的景色，描繪了田莊的情景，農夫，採水果的人，收割的人，紡織的婦女，播種者在狐狸旁邊；貂鼠拿著弓弩爬上由猴子防守的塔樓城牆。在一條龍的下面，彎彎曲曲形成了一個『L』字母；一條纏著身的大蛇自然的一扭身，又形成一個大大的『V』字。

在讚美詩旁邊，有一本禮拜時刻的書，精緻小巧，和一個人的掌心差不多大，顯然不久前才裝飾完成的。上面的字跡極小；空白處的圖案乍看之下簡直就看不見，必須仔細端詳才看得出它們的美（你不禁想著是什麼超人工具使這個畫家可以在那麼小的空間上達到那麼生動的效果）。整本書的頁緣空處都畫滿了一個接一個極小的形體，彷彿是自然的擴張；美人魚、飛翔的雄鹿、吐火獸、像蛞蝓一樣由書頁文字延伸出來的人體。在某個地方，分成三行重複『聖哉，聖哉，聖哉』之處，有三個人頭的軀體，其中一個彎身向下，一個仰身向上，彼此親吻；倘若你不了解這幅所蘊涵的深刻精神意義，必定會毫不猶豫地指責那是荒淫的畫。

我逐頁看去，只覺得又敬佩又想笑，因爲那些圖畫使人感到歡愉，雖然它們是畫在聖書上。威廉修士也露出笑容，說道：『在我的國家，我們稱這樣的圖案爲 babewyn。』

『在高盧，他們稱之爲 babouins。』馬拉其說：『阿德莫是在貴國學到他的技藝的，雖然他也曾在法蘭西唸書。』狒狒，那指非洲的猴子。一個顛倒的世界，房子立在尖塔頂端，天在下地在上。

我記起了在我的國家裡所聽到的一首詩，忍不住就唸了出來。馬拉其接著我的段落，又往下唸了一段。

『你很不錯，埃森。』等他唸完後，他說道：『事實上，這些圖案所說的就是你乘坐一隻藍雁所能到達的國度；在那裡，老鷹在河裡抓魚，熊在天空追鷂鷹，龍蝦和鴿子一起飛翔，三個巨人被一個陷阱抓住，被一隻公雞啄個半死。』

他的嘴角浮現了一抹淡淡的笑，那些有點畏怯地聽著這段談話的僧侶們也衷心地笑了起來，似乎他們一直在等著管理員的認可。其他人還笑著時，馬拉其卻兀自皺了皺眉。那些修士們競相讚美可憐的阿德莫技藝高超，指著那些奇妙的畫。就在這時，我們聽到一個嚴厲而堅決的聲音由我們背後傳來。

『神聖之處不容譁笑。』

我們回過頭。說話的是個年老的修士，年齡使他的背部微駝，他整個人就像雪一樣白，不只是皮膚，臉龐和瞳孔也都泛白。我看出他是個瞎子。儘管歲月摧折那具軀體，那聲音卻依然威嚴，四肢也仍然健挺。他向前瞪視，彷彿看見我們似的，自那次之後，我看到他行動說話，總會忘了他是個失去視力的人。但他的聲調顯示出他擁有預言的天賦。

『你們所看見的人，』馬拉其指著這個老僧，對威廉說：『就是年齡和智慧都會令人尊敬的佐治。修道院裡除了洛塔費勒的阿里男多，就數他最年長；阿里男多是聽僧侶們告解，解除他們罪惡重擔的修士。』然後，他轉向那個老人，說道：『站在你面前的是我們的貴客，巴斯克維爾的威廉兄弟。』

『但願我的話並未觸怒你。』那位老者以簡明的口氣說：『我聽見許多人在笑，所以提醒他們別忘了我們的教規原則。正如讚美作者所說的，如果修士因爲沈默的誓言，必須抑制好的言論，那麼他更應該避免壞的言論。正因有壞的言論，所以也有壞的影響。那就是那些謊稱創造形式，讓世人看和過去、現在、未來，直到世界末日每一世紀的事實完全相反的事物。但是你來自另一個修會，我聽說在那裡即使是最不適宜的歡笑，也是被寬容的。』他所說的，就是聖班尼狄特教團指責亞西西聖芳濟修會的奇行，或許也指著聖芳濟修會每一個言行奇特的兄弟和主教。但是威廉卻假裝聽不懂他的諷刺。

『頁緣的圖案常會激發人歡笑，但也有教化的作用。』他回答道：『就如在訓誡中，要激發群眾虔誠的想像力，就必須引介實例，不僅要滑稽，而且也要有具有說服力的影響。在動物寓言集裡，每一種美德和每一種罪惡都有圖例，而那些動物也就代表人間。』

『啊，是的，』那老者嘲弄地說，卻未露出笑容：『任何影像都可激發美德，只要是創造的傑作變成了笑柄。上帝的話語也被畫成驢子彈豎琴，貓頭鷹用盾牌犂田，牛自己套上軛去耕作，河流由下往上游流，海洋著了火，野狼變成了隱士！帶著牛去獵野兔，叫貓頭鷹教你文法，讓狗去咬跳蚤，獨眼的防衛啞巴，啞巴討飯，螞蟻生小牛，烤雞飛上天，屋頂長蛋糕，鸚鵡上修辭課，母雞使公雞受胎，牛車拉著牛走，狗睡在床上，所有的動物都頭著地腳懸空的行走！這些胡言亂語的目的是什麼？和上帝所創造的完全相反的世界，卻藉口要教導神聖的概念！』

『但古希臘最高法院的法官也說過，』威廉謙遜地說：『唯有透過最扭曲的事物才能看到上帝。聖維多的休厄也提醒我們，愈把直喻化為暗喻，愈藉著可怖而不合體的形體揭示事實，想像力就愈不會以肉體的歡愉為滿足，也因此更能感謝知隱藏在悖德圖案後的聖跡……』

『我知道這一派的說理！而且我慚愧地承認，當克盧涅可修會的修院院長鬥爭西妥教團時，這正是我們最主要的爭論。但是聖伯納說得對：描繪惡魔和揭示上帝萬物本質前兆的人，最後會以他所創造的怪物本質為樂，在它們之中找到歡愉，結果他眼中所看到的便只有那些。你還有眼睛，你可以看看這所修道院的柱頭。』他伸手指向窗外的禮拜堂。『在冥想的僧侶們眼前，那些怪異的圖案，那些駭人的形體和惡魔，究竟有何意義呢？那些骯髒的人猿，那些人首馬身的怪物，那些半人的生物，嘴巴長在肚子上，只有一雙腳，耳朵像風帆一樣大，那些身上有斑點的老虎，那些戰鬥的勇士，那些吹著號角的獵人，和那些單首多身和多首單身的怪獸？尾巴如蟒蛇般的四角獸，有四角獸面孔的魚，這邊有一隻前面看似馬，後面看似羊的動物，那邊有一匹長了角的馬，諸如此類；現在修士們看書邊比讀本文更覺得有趣，寧願去讚賞一個人的作品，而不願去沈思上帝的法律。可恥啊！你們貪慾的眼睛和你們的笑！』

老人氣喘吁吁地停住口。我對他鮮明的記憶暗暗欽佩；或許他的眼睛瞎了很多年了，他卻仍記得那些他所責難的邪惡圖案。我不禁懷疑當他還看得見時可能曾被那些畫所誘惑，不然爲什麼他要這麼聲嘶力竭的形容呢？我常常發現，最誘人的罪惡描述，往往出現在道德最崇高的人所寫的書頁，雖然他們描寫的用意是譴責。這是表示這些人被揭發眞相的迫切所驅使，出於上帝之愛，毫不遲疑地把罪惡誘人的外衣都一一指出；因此他們把惡魔的伎倆告訴別人。事實上，佐治的話反而使我渴望一睹我還沒看到的老虎和猴子圖案。但佐治打斷了我的思潮，以鎭定了許多的語氣，又一次開口了。

『我們的天主用不著藉這麼愚蠢的東西對我們指出難關和窄路。祂的寓言不會使人發笑，也不會使人恐懼。相反的，你們爲他的猝死而哀悼的阿德莫，由他所畫的惡魔中感受到歡樂，因而看不見它們應該表明的最終意義。他所遵循的都是魔鬼的途徑──』他的聲音又變得嚴厲而不祥，『所以上帝要懲罰他。』

寫字間裡鴉雀無聲，最後打破沈默的是韋南提。

『可敬的佐治，』他說：『你的美德使你失之不公了。阿德莫死前兩天，你也在這寫字間裡辯論過一場。阿德莫的畫儘管怪異荒誕，但他畫這些圖象的本意全是爲了表達上帝的榮耀，藉它們來說明天國的事物。威廉兄弟剛才提及古希臘最高法院的法官，說上帝透過扭曲的物體而存在。阿德莫那天也引述了另一位權威者──阿其諾──的話，說卑賤的軀體比高貴的軀體更能適當地解說神聖的事物。其一是因爲人類的精神更易自錯誤中得到解脫；事實上，某些產業很明顯地不能被歸爲神聖之物，假如被描寫爲有形動產，便變得很不確定。其二，因爲這種卑微的敘述更適合我們對上帝在這世間的所知：祂在「否」中比「是」中更易顯形，因此和上帝最不像的東西更能夠引導我們認知祂，我們也因此知道祂是在我們所說的和所想的之上。第三，藉著這個方式，卑劣可恥的人更不能傷害上帝。換句話說吧，那天我們所討論的問題，是了解眞相怎麼能透過既激烈又謎樣的表現法顯示出來。我還提醒他，說我在亞里斯多德的著作中，發現了對這件事情極爲清楚的說法……』

『我不記得了。』佐治尖刻地打斷他的話：『我是個上了年紀的人，我不記得了。我也許過份嚴格了些。現在不早了，我該走了。』

『眞奇怪你怎麼會不記得。』韋南提堅持道：『那是一場很有意義的討論，貝拿和貝藍格也都參與了。我們所討論的是，暗喻和詩人們爲了樂趣所創出的雙關話和謎語，是否會以一種意想不到的新方式引導我們思索許多事，我還說這也是智者所應有的一項美德。……當時馬拉其也在場……』

『假使可敬的佐治不記得了，那是因爲他的年齡和心智疲憊的緣故……雖然別的時候卻是很活躍的。』有一個修士接口說。最初他的語氣頗爲激切，但等他意識到他要別人尊敬這位老僧的原意反而使人注意到老人的虛弱，他便壓低了聲音，變成了近乎道歉的低語。說話是圖書館的助理管理員，艾隆戴的貝藍格。他是個臉色蒼白的年輕人，望著他，我不由記起了猶伯提諾對阿德莫的描述：他的眼睛就如一個春情挑動的女人所有。由於現在每個人都看著他，他有點羞怯地絞扭著雙手的手指，彷彿想抑制內心的緊張。

韋南提的反應很不尋常，他瞥了貝藍格一眼，使得貝藍格垂下了眼眸。『好吧，兄弟，』他說：『如果記憶是上帝的獻禮，那麼遺忘的能力可能也是好的，而且也必須被尊重。我敬重年長的兄弟一時的健忘，可是我認爲你的記憶應該比較鮮明，當時我們和你的一個好友都在這兒……』

我不敢肯定韋南提是否特別強調了『好友』兩個字，只覺得在場的人個個都感到困窘。他們每個人都望向不同的方向，而不看脹紅了的貝藍格。馬拉其迅速以權威的口吻接腔道：『走吧，威廉兄弟，我帶你去看看別的有趣的書籍。』

那群人散開了。我看見貝藍格恨恨地望了韋南提一眼，韋南提也不甘示弱地回瞪他。眼看老佐治就要離去，我被一種尊敬的情感所驅使，鞠躬親吻他的手。這個老修士接受了這一吻，摸摸我的頭，問我是什麼人。我報出了姓名後，他的臉色閃耀出光彩。

『你有個偉大而又美麗的名字。』他說：『你知道蒙第蘭德的埃森是誰嗎？』我坦白承認我並不知道。他又說：『他是一本鉅著《假基督評論》的作者，在那本書中，他預見了將要發生的事情；但並沒有很多人留意到他。』

『那本書是在千年至福之前所寫的，』威廉說：『書裡的預言並未實現……』

『那是對盲目的人而言。』這個瞎眼的老人說：『假基督的途徑扭曲，步調緩慢。他在我們出其不意的時候抵達：並非由於使徒的推算錯誤，而是因爲我們還未獲知他的奸計。』然後他轉頭對著大廳，提高聲音叫喊，使得寫字間的天花板將他的聲音折回：『他就要來了！別再浪費最後的日子對尾巴扭曲、皮膚長斑點的小惡魔發笑了！不要浪擲最後的七天！』

6

黃昏晚禱

探訪修道院其餘的地區，威廉對阿德莫的死推出了一些結論，與負責玻璃工事的修士談論幫助閱讀的玻璃，及讀太多書的人所產生的幻象。

就在這裡，黃昏晚禱的鐘響了，修士們紛紛起身要離開書桌。馬拉其明白地告訴我們，說我們也該走了。他會讓他的助手貝藍格留下來收拾一切東西（他就是這麼說的），並把書籍整理好。威廉問他是不是要把門鎖起來。

『想要到寫字間，必須走通往廚房和餐廳的門，要到圖書室去，也得先經過寫字間。院長的禁令比任何門都要有效。在晚禱之前，修士們必須用到廚房和餐廳。晚禱過後，就不許任何人或動物進入大教堂了；由於動物聽不懂禁令，所以我會親自把通往廚房和餐廳的外門鎖上，到時大教堂裡就空無一人了。』

我們下了樓。僧侶們往禮拜堂走去，但我的導師決定天主會原諒我們不參加禮拜儀式（在接下來的幾天，可有許多事情必須請天主原諒的了），他建議我和他到處走走，好熟悉一下這個地方。

天氣愈變愈壞了。不知何時吹起了寒風，天空也變得灰濛濛的。太陽慢慢落到菜園後，但猶有幾抹殘光，我們繞過禮拜堂側邊，朝東而行，到了修道院最後方時，天色已暗了下來。連接大教堂東方塔樓，幾乎緊依著外牆而建的，就是馬廄；養豬人正要把那缸豬血蓋好。我們注意到馬廄後面的外牆比較低，所以可以隔牆眺望。圍牆之後，地勢陡然落下，新下的雪掩不住陡坡上鬆軟的土。我意識到那是乾枯的稻草堆，由這裡扔過牆，直延伸到山徑的彎路；也就是勃內拉那匹馬開始逃亡的地方。

附近的馬棚裡，馬夫牽著馬走到秣桶去。我們循著小路前行，經過一間間的馬棚；左邊，和禮拜堂相接的房舍，就是修士宿舍和廁所。然後，到了東邊圍牆折向北的轉角處，有一間煉冶場。幾個鐵匠正忙著收拾工具，把爐火熄滅，準備到禮拜堂去。威廉好奇地走到煉冶場內幾乎是獨立的一個角落；有個修士在那裡收東西。在他的桌上有一堆很漂亮的彩色玻璃，但較大片的玻璃都靠牆而放。他前面放了一個尚未完成的聖物箱，只有銀的架構，不過他顯然已開始在上面鑲上切割成和珠寶一般大小的玻璃和寶石。

這個人就是修道院內負責玻璃工事的修士，莫瑞蒙地的尼可拉。他向我們解釋在鍛鑄廠的後側，他們先吹成玻璃，然後再送到前面來裝上鉛框，做成窗戶。他又說，但是裝飾大教堂和禮拜堂的那些彩色玻璃，卻是兩世紀前的成品了。現在他和其他人所做的是較小的工事，且兼修復因時間而破損的部位。

『這是一件很困難的工作，』他說：『因爲現在想找到和以前一模一樣的顏色是不可能的，尤其是禮拜堂裡的那種藍色，非常的清澄，每當太陽升高，陽光透過那層藍，就會把天堂的光芒照進禮拜堂內。教堂西側的玻璃是不久前才修復的，品質就不太一樣，夏天時你就看得出來了。眞是沒辦法。』他繼續說道：『我們已不再擁有古人的技巧，巨匠的時代已經過去了！』

『我們都是侏儒，』威廉同意道：『但是卻站在那些巨人的肩上，雖然我們很矮小，有時卻可以看得比他們更遠。』

『告訴我我們怎麼才能做得比他們更好吧。』尼可拉說：『只要你到禮拜堂的地下室去，也就是修道院存放寶藏的地方，你就會看到前人精緻的遺作，和那些比起來，我現在正在做的這些玩意兒——』他朝著桌上的玻璃點了一下頭——『簡直就是雕蟲小技！』

『玻璃工匠並不一定要繼續製造窗子，和金匠的聖物箱，因爲過去的名匠就可以做出那麼美麗的東西，注定要流傳後世的。要不然世間就會有過多的聖物箱，而實際上卻沒有那麼多聖人的遺物。』威廉打趣地說：『再說，也不會永遠都有那麼多窗子可以焊接呀。但是每個世紀都有新的玻璃成品；據我看，這意味著未來的世界玻璃將不僅只有神聖的用途，而且還有助於改進人類的弱點。我拿一樣我們這時代的創作給你看吧，這就是個很實用的例子。』他伸手從僧衣裡掏出那個透鏡，把我們的朋友看得目瞪口呆。

威廉把那個叉狀的儀器遞上前，尼可拉很感興趣地接了過去。『多奇妙啊！』他叫道：『我在比薩見一位喬登兄弟，曾經聽他說過！他說這些東西發明迄今還不到二十年。不過我是在二十多年前和他交談的。』

『我相信這是在更早的時候就發明了，』威廉說：『但是要製造這種透鏡並不簡單，而且需要高超的技術；費時又費力。十年前兩片這樣的玻璃要賣六波隆那銀幣。我這一對是一位師傅，渥邁提的沙衛尼，在十多年前送給我的，這麼多年來，我一直謹愼地保存著它們，就好像它們是我身體的一部份。』

尼可拉興奮地說：『希望你允許我哪天仔細檢視它們，我想製出同樣的一付。』

『當然。』威廉同意道：『可是我要提醒你，玻璃的厚度必須依戴用它的眼睛來決定，你必須試驗過許多透鏡，讓那個人試戴，直到找到適宜的厚度。』

『太妙了！』尼可拉接口說：『然而有許多人會說這是巫術和魔鬼的陰謀……』

『這項設計確實是神奇的，』威廉說：『但奇術也有兩種形式。有一種奇術是魔法，目的要人們在這種巧計中墮落。但是另一種奇術卻是神聖的，透過人的知識顯現出上帝的知識，它可以改變自然，目的之一在延長人的生命。而這透鏡就是神聖的奇術，人們應該更加潛心研究，不僅是要發現新的事物，同時也再度探尋許多自然的秘密；神的智慧曾對希伯來人、希臘人和其他的古人，甚至是現代的異教徒，顯示過這些秘密。（我不能告訴你在異教徒的書中有多少關於視覺和光學的記載！）基督徒應該重獲這一切的學識，別讓異教徒和無信仰者專美於前。』

『可是那些擁有這種學識的人，爲什麼不把它傳授給上帝所有的子民呢？』

『因爲並不是每一個上帝的子民都能接受這麼多秘密的，而且擁有這種學識的人，常被誤以爲是和魔鬼交往的巫師，當他們希望把他們貯存的知識和別人分享時，卻往往付出了自己的性命。我自己在審判有人被控和魔鬼打交道的案子時，便不敢使用這付透鏡，只有依賴秘書把我所需要的文件唸給我聽。否則，在惡魔的存在如此普及的一刻，人人都能聞到硫磺的惡臭味，我很可能會被認爲是被告的友人。最後，一如偉大的羅傑．培根所警告的，科學的秘密萬不可傳入所有人手中，因爲有些人會利用他們達成邪惡的目的。有學問的人常常得把看似神奇的書寫得並不怎麼神奇，而只是很好的科學，以保護自己免遭猜忌。』

尼可拉問：『那麼，你是怕一般人會利用這些奇蹟去做壞事嗎？』

『說到一般人，我只怕他們會對這奇蹟感到害怕，將它們和牧師經常提及的魔鬼伎倆混爲一談。你瞧，我認識幾個醫術高超的醫生，他們製出了可以迅速治癒某種病症的藥，但是當他們爲一般人敷用或注入這種藥物時，還得說上幾句像是禱告的神聖話語或讚美詩句；並非因爲這些禱告有治病的力量，而是一般人只相信禱告的神效，非要這樣才肯吃藥、敷藥，繼而痊癒，卻沒想到那藥物的功效。而且，信仰的處方也會鼓舞病人的精神，從而使得肉體更能接受醫藥。但學識的寶藏是必須保護的，不是提防一般人，而是提防其他學者。現在人們已造出奇妙的機械裝置，可以預測自然的進程，哪天我再詳細說給你聽。但假如它們落入那些利用它們來滿足私慾，擴張權力的人手中，那可就糟了。我聽說中國有個賢者調出了一種粉末，只要一碰到火就會產生震天的聲響和火焰，摧毀周圍幾公尺內的一切東西。這是個神奇的發明，可以用來改變河床，或將開爲耕地的石頭炸得粉碎。但如果有人利用這種粉末來傷害他個人的仇敵呢？』

『或許那也不壞，只要那些人是上帝子民的公敵。』尼可拉虔誠地說。

『也許吧。』威廉承認道：『然而今天誰是上帝子民的公敵呢？路易皇帝，還是約翰教皇？』

『哦，天主啊！』尼可拉驚恐地說：『我眞的不想決定這麼痛苦的問題！』

『你看吧！』威廉說：『有時候某些秘密還是以難解的話語掩飾起來比較好。自然的奧秘並不表現在山羊皮或綿羊皮上。亞里斯多德在有關自然界神秘的書中就曾說過，傳達太多自然和藝術的奧秘，會破壞天國的誓約，許多邪惡之事也可能繼之而來。這並不是說必須將這些奇蹟隱而不宣，而是學者們必須決定以何種方法在何時說出來。』

『最好是在像這裡一樣的地方，』尼可拉說：『並不是所有的書籍都可隨心所欲的取閱。』

『這又是另一個問題了。』威廉說：『好辯的途徑可能是一種罪惡，沉默的途徑也一樣有可能。我並不是說必須要將知識的來源隱藏起來，相反的，我倒認爲這是個很大的罪過。我是說，由於這些奧秘可能導致好也可能導致壞，學者們有權利也有責任運用難解的語言，只有他的同伴才能了解。學問的實體是困難的，要由惡中辨出善更不容易。我們這時代的學者們卻常常只是站在侏儒肩上的侏儒罷了。』

和我的導師這番眞摯的談話必然使尼可拉感到心有戚戚焉。因爲他對威廉眨眨眼，（好像是說：你和我彼此了解，我們所說的是同樣的事。）暗示道：『但是在那邊——』他朝大教堂點點頭——『學識的奧秘被神奇的手腕防衛得很嚴密……』

『眞的？』威廉好像不太熱中地說：『無非是鎖門、嚴厲的禁令、威脅之類的吧。』

『哦，不，不只如此……』

『例如什麼呢？』

『呃，我也不敢肯定；我的職務是玻璃，和書籍沒有關係。可是修道院內有謠言……奇怪的謠言……』

『什麼謠言？』

『很奇怪的。這樣說吧，謠傳有個修士決定在夜間冒險進入圖書室內，找尋馬拉其拒絕借他的書，結果他看到了大蛇、無頭人和雙頭人。他走出迷宮時已經半瘋了……』

『爲什麼你把它們形容成神奇的幻象，而不是惡魔的幻象呢？』

『因爲我雖然只是一個玻璃工匠，卻不是愚昧無知的。魔鬼（上帝救我們！）不會用大蛇和雙頭人來誘惑僧侶；他所用的是色慾的幻象，就如他誘惑沙漠中的神父一樣。再說，如果閱讀某些書本是邪惡的，魔鬼又爲何要制止一個修士去做惡呢？』

『這倒是個很好的推論。』我的導師承認道。

『還有，當我在修理療養所的窗子時，曾經好奇地翻閱賽夫禮納的書。我相信其中有一本聖亞伯特・馬格魯（譯註：一一九三—一二八○，德國名哲學家，爲義大利神學家阿奎奈之師）的著作，裡面講的是自然界的神秘；我被書裡一些奇妙的插圖吸引了，便看了幾頁。那是教人怎麼在油燈的燈芯上塗脂，冒出使人產生幻象的煙氣。你一定注意到了——或者你還沒注意到吧，因爲你不曾在修道院宿過夜——夜幕籠罩後，大教堂樓上卻是亮的。在某幾個地方，會由窗子透出一抹幽暗的光線。大夥兒都奇怪那是什麼，有人說是鬼火，也有人說是已死的圖書管理員靈魂回來探訪舊日的領域。很多人都相信這些說法。我卻認爲那些是用來製造幻象的油燈。你知道，把狗耳朵裡挖下來的耳垢塗在燈芯上，任何人聞到了那盞油燈的煙氣，都會相信他有個狗頭；假如他和另一個人在一起，那個人也會看見他有個狗頭。還有另一種迷藥會使靠近油燈的人覺得像象一樣大。用蝙蝠眼，兩種我記不得名字的魚，和一隻野狼的唾液塗在燈芯上，燈芯一燃，就會使你看見那幾種動物。用蜥蜴的尾巴可以使人覺得周圍的東西都是銀的，黑蛇的油加上一小片壽衣，會使整個房間裡都像是爬滿了大蛇。我知道這個。圖書室裡顯然有個很聰明的人……』

『可是，不會眞是以前的管理員鬼魂在作祟嗎？』

尼可拉仍然困惑不安。『我從沒有這種想法。也許吧。上帝保佑我們。天暗了，黃昏晚禱已經開始了。再會吧。』他說罷，便往禮拜堂走去。

我們繼續朝南而行：我們的右邊是朝聖者招待所和面對一片花園的修士大會會堂，左邊是橄欖壓榨廠、磨坊、穀倉、地窖和見習僧宿舍。人人都急步走向禮拜堂。

『您對尼可拉所說的話有什麼看法？』我問。

『我不知道。圖書館裡有些不對勁，我也不信有什麼管理員的鬼魂……』

『爲什麼不信呢？』

『因爲我想他們都有極高的道德，所以現在都在天堂的國度享福呢；希望你對這個答案滿意。至於油燈，假如眞有的話，我們就會看見的。再說我們的玻璃工匠提及的迷藥，引起幻象有更容易的方法，賽夫禮納很清楚的，你也知道。唯一確定的事情是，在這所修道院，他們不願讓任何人在夜間進入圖書館，而正相反的，有許多人卻試圖這麼做。』

『我們的罪惡和這件事有什麼關係呢？』

『罪惡。我愈想愈覺得阿德莫是自殺而死的。』

『怎麼說呢？』

『你記不記得今早我注意到那堆髒稻草？我們繞過東邊塔樓下方的彎路時，我注意到那一處有些山崩的跡象；或者我該說，塔樓下面堆積廢物的地方崩落了些。所以今天傍晚我們從上面俯瞰下方時，稻草堆上只覆了一些雪；那不是前幾天所積的雪，而是昨天才下的。院長跟我們說過，阿德莫的屍體被岩石劃得傷痕累累，面目全非，就在東邊塔樓下，那處陡坡長有不少松樹。不過，岩石就在牆壁末端下方，形成了石階，然後才是稻草堆。』

『所以說呢？』

『所以說，我們無妨相信阿德莫爲了有待證實的原因，自己跳下胸牆，碰到岩石，然後，不管他或死或傷，又落到稻草堆裡。接著那一晚的暴風雪又把稻草和一部份的泥土及那個可憐人的屍體沖到東邊塔樓的下面去。這樣想我們就——怎麼說呢？——省得多費思量了。』

『爲什麼這樣想就省得我們多費思量呢？』

『親愛的埃森，除非絕對必要，解釋和原因是不該相乘的。假如阿德莫是由東邊塔樓落下的，他必然潛進了圖書館裡，某個人也一定先將他打昏，免得他抵抗，然後這個人必定找到一個方法，揹著那具失去知覺的身體爬到窗臺上，打開窗子，將那個倒楣的修士丟出窗外。但我先前的假設卻只涉及阿德莫，他的決定，和一點地形的改變而已。只要較少的原因便將一切解釋清楚了。』

『可是爲什麼他要自殺呢？』

『可是爲什麼會有人要殺他呢？不管是自殺或他殺，都必須找到理由，而且毫無疑問的，這些理由也一定存在。——在大教堂裡有種謹慎沉默的氣氛；他們都不敢把心裡的話說出來。目前，我們已搜集到一些暗示——說起來是很含糊的——關於阿德莫和貝藍格之間奇妙的關係。那就意味著我們得時時注意那個助理管理員。』

我們說話的當天，黃昏晚禱結束了。僕人們又回去做各人的事，準備稍後休息吃晚餐，修士們都往餐廳走去。天色已經全暗，雪又開始下了。只是一場小雪，軟綿綿的雪花；我相信這場雪必然下了整夜，因爲次日一早整個地面上一片銀白；待會兒我會再詳述。

我已感到飢餓，想到停歇吃飯便覺得如釋重負。

7

晚禱

威廉和埃森受到院長殷勤的招待，以及佐治憤怒的談話。

安置在牆頭的火把，將餐廳照得通明。修士們已在一排排的餐桌旁站定，院長的桌子列在最前方，和別的桌子垂直，放在一個寬闊的臺上。正對面有個講道壇，準備在晚餐之時唸經文的修士也已就位。院長在一座小噴泉旁等我們，依照聖帕丘密厄的古禮，請我們洗過手後，又拿了一方白布讓我們把手擦乾。

院長邀威廉和他同桌，又說因爲我也是個新客，今晚我也享有同樣的特權，儘管我只是聖班尼狄特教團的見習僧。他慈愛地告訴我說，往後幾天我可以和別的修士們一起坐，或者，假如我的導師派了什麼任務給我，使我必須提前或延後吃飯的話，我可以逕自到廚房去，廚子們會照料我。

站在桌旁的修士們都筆直而立，頭巾遮住了臉龐，雙手放在肩衣下。院長走到他的桌子，宣佈開始『飯前感恩』，站在講道壇上的領唱人便詠唱了一段聖詩。院長說過感恩詞後，大家都坐了下來。

我們的教規規定三餐儉省，但允許院長決定修士們所需要的食量。不過，在這所修道院裡，顯然對食物比較重視。當然，我不是對慣用美食的人而言；但就生活樸實的修士們說來，這些食物已供給足夠的營養。

另一方面，院長的桌子向來是最受惠的，不只因爲貴客常坐在此桌，而且院長總是驕傲地向客人展示他們的收成和廚子的手藝。

依照慣例，修士們用餐時是不能交談的，只用平常的手勢彼此溝通。見習僧和年輕的僧侶們接過由院長那一桌傳過來的菜餚，再繼續傳到別桌去。

和我們共坐在院長這一桌的，還有馬拉其、管理員、和兩個最年長的修士：勃戈的佐治，也就是我在寫字間碰到的那個瞎眼老人，以及洛塔費勒的阿里男多；我覺得他怕不上百歲了，看起來瘦削衰弱，也好像有點老花昏聵。院長告訴我們，阿里男多自見習僧時便已住在這所修道院裡，記得近八十年來院內發生的大小事情。起先院長壓低了聲音對我們說了這些事，但後來他便遵循教規，安靜地進食。不過，正如我說的，在院長這一桌還是有點特權的，院長誇耀橄欖油的品質及他的酒時，我們便對桌上的菜讚不絕口。事實上，有一次他在倒酒時，還爲我們回想到聖班尼狄特對酒的規定，確切地說，僧侶是不宜飲酒的，但是由於我們這時代的僧侶們無法做到滴酒不沾，他們至少該有所節制，因爲即使是最明智的人，喝多了酒也會亂性的；傳道書上不也告誡了我們嗎？聖班尼狄特所說的『我們這時代』是他那個時候，離現在又已十分遙遠了，你可以想像我們在修道院進餐的時代（我不討論我在書寫的此刻，只能說在梅可這裡對啤酒寬容多了）；簡而言之，我們喝得並不過量，但卻也心滿意足。

我們吃了新鮮的烤豬肉，我意識到他們在烹煮其他食物時並沒有用動物的油脂，而是用橄欖油；修道院在面海的山腳下有一片橄欖園，生產品質極佳的橄欖。院長請我們嘗嘗先前我在廚房裡看到他們準備的雞肉（只有這一桌才有的）。我看見他也擁有一支鐵叉子，十分罕見，使我想起威廉的眼鏡。我們的主人權高位尊，可不想讓食物沾污他的手，而且讓我們用他的工具從盤裡挾肉。我謝絕了，但威廉卻高興地接受，不以爲意地使用那個大人物的叉子，大概是想讓院長知道並不是所有的聖芳濟修士都是卑微而缺少教育的土包子。

由於菜餚美味精緻（是我們旅遊多天以來最好的一餐），我並沒有細聽伴隨著晚餐所誦讀的經文。佐治一聲同意的呻吟提醒了我，我注意到現在已唸及的一段。由於下午我已聽過佐治激昂的話，所以我明白何以現在他如此滿足。誦經人唸道：『讓我們效法先知的榜樣，他說：我已決定留意我的道路，以免我的舌頭犯罪，我在嘴上放了勒繩，啞口不語，自我謙卑，我制止自己連眞實的事也不說。假如先知的這段話教導我們連正當的話都不要多說，我們有多少話都該噤聲，以避免這個罪惡的懲戒！』然後他又說道：『但是我們譴責粗鄙的話，胡言亂語和嘲諷譏笑，更不允許門徒開口說這一類的話。』

『這也就是我們今天所討論的頁緣圖案。』佐治忍不住評論道：『約翰．柯里索頓就曾說過，基督從來不放聲大笑。』

『祂的人性並不制止笑，』威廉接口說：『正如神學者所言，人是應當笑的。』

『人子可以笑，但聖經上可沒記載祂曾笑過。』佐治引用培魯．甘托的話，尖銳地說。

威廉喃喃說道：『吃吧，因爲那是好的。』

『什麼？』佐治問道，以爲威廉所指的是他面前的菜。

『根據恩布魯斯的著作，聖勞倫斯面對著行刑的劊子手時，就是這麼說的。』威廉以虔敬的語氣說：『聖勞倫斯是個懂得笑和幽默的人，儘管那是在羞辱他的敵人。』

約翰嗤之以鼻地回答：『這證明了笑是和死亡十分接近的，同時也會使修道院墮落。』我承認他的話實在不無邏輯。

就在這時，院長好脾氣地請我們靜下來。到底還是吃完了這一餐。院長站起身，對衆修士們介紹威廉。他讚美威廉的智慧，細說威廉的來頭和聲譽，並告訴大家這位訪客已受邀調查阿德莫的死；他又說修士們應該回答威廉的問題，並且指示全修道院裡上上下下的人都應該如此。

晚餐結束後，僧侶們準備回禮拜堂去參加晚禱。他們再一次放下頭巾，把臉遮住，在門口排成一列。然後他們順序走出去，經過墓園，由北邊的側門進入禮拜堂內。

我們和院長一起走出。威廉問道：『這時刻大教堂要鎖門了吧？』

『等僕人們把餐廳和廚房清理乾淨後，圖書管理員就會親自把所有的門都鎖上，由裡面拉上門閂。』

『由裡面？那麼他自己怎麼出來呢？』

院長凝視威廉好半晌。『很顯然他並不睡在廚房裡。』他說著，加快了腳步。

『很好，』威廉對我低語道：『原來還有另一條通路，只是我們並不知道。』他的推論使我不覺驕傲地微笑，他立即斥責我：『別笑。你也看見了的，在這所修道院，「笑」並沒有很好的名聲。』

我們走進禮拜堂。兩個人高的青銅祭壇上，有一盞點燃的孤燈。修士們安靜地就位。

院長比了一下手勢，領唱人便說道：『Tuautem Domine miserere nobis。』院長回答：『Adiutorium nostrum in nominee Domini。』所有的人也都應和，然後大家合唱讚美詩：『當我呼喚祢，回答我吧，哦，上帝。』『我衷心感謝祢。吾主基督。』『天主，保佑祢所有的僕人吧。』我們並未坐在唱詩班席位內，而是退到本堂中央。從那裡，我們突然看到馬拉其由幽暗的側邊走了出來。

『仔細看住那個地點。』威廉對我說：『那裡可能有通到大教堂的暗道。』

『在墓園下面嗎？』

『有何不可？事實上，我想這裡一定有什麼藏骨堂，那一小片墓園不可能埋葬了幾世紀以來去世的修士。』

我驚恐地問：『可是你眞的要在晚上進圖書室去嗎？』

『到那個有死修士、大蛇和神秘燈光的地方去嗎，我的好埃森？我不去，孩子。我是有過這個念頭，但並非出於好奇，而是想解開阿德莫的死。現在，正如我說過的，我寧願接受較合邏輯的解釋，而且，思前想後，我想還是尊敬這地方的習慣比較好。』

『那麼你爲什麼想要知道呢？』

『因爲學識並不只包括知道我們必須或者能夠做什麼，也該明白我們可以做而也許又不該做什麼。』

第二天

Il Nome Della Rosa

在禮拜堂後，畜欄之前，
放著那個裝豬血的大缸，
有件奇怪的東西，
幾乎成十字形伸出……

8

晨禱

血腥的事件破壞了數小時神秘的愉快。

公雞是最不可靠的動物；有時牠是魔鬼的象徵，有時又代表著基督。我們的修道院裡養了幾隻懶雞，日出時分從不會啼叫的。另一方面，尤其是在冬天時，晨禱通常是在夜仍漆黑、萬物仍沉沉昏睡之時舉行的，因爲僧侶們必須在黑暗中起身，在黑暗中祈禱，以虔誠的火焰照亮陰影，等待天明。因此，有些修士整夜不睡，默誦讚美經文，一邊計算時間的消逝，等到其他人的睡眠時間結束時，他們便將所有的人喚醒。所以那天晚上我們猶在好夢之際，朦朦朧朧地聽見那些人在宿舍裡和朝聖者招待所來回走動，敲響一只鈴，還有一個修士探頭到每個房間內喊道：『聖班尼狄特晨禱了。』房裡的修士便會回答：『蒙神恩寵。』

威廉和我遵循聖班尼狄特教團的規律：不到半個鐘頭我們便已準備好迎接新的一天，隨即下樓進入禮拜堂裡；修士們都跪在地上誦唸頭十五段讚美詩，並等待見習僧跟著他們的導師入內。然後每個人都坐在自己的席位上，高聲合唱：『Domine labia mea aperies et os meum annuntiabit laudem tuam。』歌聲直衝上禮拜堂的拱形天花板，猶如一個孩子的懇求。兩個修士爬上講道壇，高誦第九十四段詩篇：『宣揚慈善的恩惠』，其他人也隨著唱起。我感覺到信心增強的溫暖。

修士們坐在合唱席內，六十個穿了一式僧衣戴了一式頭巾的人形，難以辨認，六十個被祭壇上的燈火微微照亮的黑影，六十個聲音一起讚頌全能的上帝。我聽著和諧的曲調，天堂的歡愉，不禁自問修道院裡眞的會隱藏了神秘、不法的嘗試和可怖的威脅嗎？因為現在一切都正好相反；我覺得修道院內所住的是聖潔之人，這裡是道德的淵藪，學識的集中地，謹慎之舟，智慧之塔，柔順的領域，力量的稜堡，莊嚴的香爐。

唱過六節讚美詩後，便開始誦讀聖經。有些修士禁不住打起了瞌睡，一個徹夜未眠的僧侶持著一盞小燈在席次間來回梭巡，把頻頻點頭的人喚醒。假如有個修士睏倦不堪，就輪到他持燈巡視，以表示懺悔之意。接下來又是另外六節讚美詩了。然後院長祝禱，領唱人又朗聲禱告，每個人都面對祭壇低頭默想，在那一刻，人人的內心都感受到芬芳的平靜。最後，他們又把頭巾覆上，坐起身莊嚴地唱著『Te Deum』，我也讚頌天主使我自初抵修道院時滿心疑慮和不安中解脫了。我告訴自己，我們是脆弱的生物；即使是在這群博學並虔誠的僧侶間，魔鬼仍散播著猜忌，挑起微妙的敵意，但此時這一切都像是輕煙，被信仰的狂風吹散了，所有的人都唸著天父的名字，基督也降臨到他們之間。

晨禱結束，晨間讚尚未開始前，僧侶們並不回房去，雖然天色仍黑暗。見習僧跟著導師走進會堂去研讀詩篇；有些修士們仍待在禮拜堂沉思，但大部份的人都在修道院內踱步默想，我和威廉也一樣。僕人們還未起床，不久之後我們又回到禮拜堂內，參加晨間讚課。

讚美詩的吟詠又開始了，在這些禮拜一必須朗誦的詩篇中，有一篇又將我再度推入了先前的恐懼：『惡人的罪咎記存在我心中，在他眼前沒有上帝的懼怕。他所說出的話都是不正當的。』教規規定這一天必須有這一段告誡，在我看來簡直就是不祥之兆。在讚美詩之後，照例唸著啓示錄，但我的不安並未因此減輕；門口那些可怖的圖案又湧上我的心頭，也就是前一天使我心驚肉跳的那雕刻。所幸在唱和、頌歌之後，開始宣揚福音之時，我瞥見祭壇上方，合唱席後面的窗外，一抹淡淡的光線已照得玻璃窗熠熠生光，在黑暗中隱匿的顏色一一顯露。黎明尚未到來，那不過是冬日破曉時的第一線曙光，但那已足夠了，教堂內代替了全黑的半明，已足以使我放鬆下來了。

我們唱著福音，當我們牢記啓示的聖言時，彷彿閃亮的晨星侵入了整所殿堂。依然微弱的光線就像在頌詩的語句中閃耀。『感謝祢，天主，爲了此刻無比的歡愉。』我默然祈禱，並告訴自己：『愚蠢的心啊，你在怕什麼呢？』

突然間由北邊的門傳來了一些吵聲。我奇怪僕人們怎麼會如此喧鬧地準備他們的工作。就在這時，三個養豬人走了進來，臉上滿是驚恐的神情；他們走到院長身旁，對他低聲說了幾句話。院長先比著手勢要他們鎮靜下來，彷彿他不想打斷儀式；但又有幾個僕人進來了，喊叫聲也提高了。『一個人，一個死人！』有人叫著。還有人說：『是個修士啊。你看到那雙涼鞋了嗎？』

禱告停止了，院長急步走出禮拜堂，並示意管理員跟他一起去。威廉跟在他們之後，但此時修士們也紛紛離席，快步到外面去。

天色已亮，地上的雪反映著日光，使修道院內更加明亮。在禮拜堂後，畜欄之前，放著那個裝豬血的大缸，有件奇怪的東西，幾乎成十字形，伸出了缸緣，就好像兩支被插進土裡的木樁，準備用來披上破布，好把鳥雀嚇走。

但那卻是兩隻人腿；有個人頭下腳上地栽進了那缸豬血。

院長命令僕人把那具屍體（因爲活人不可能保持那種可怕的姿勢）從那黏膩的液體中拉出來。養豬人猶豫地走上前，將手浸到豬血內，將那個渾身是血的死人揪到缸外。先前我已解釋過，那缸豬血一流出後便經過適當的攪拌，然後放在冰冷的室外，所以並未凝固，但屍體外面覆著的那一層現在已開始變硬了；它浸濕了僧衣，使得臉孔難以辨認。有個僕人提了一桶水走過去，對著死人的臉潑了一些。另一個彎身用一塊布揩拭那張臉。我們的眼前現出了韋南提白皙的面孔；就是前一天下午曾和我們談論阿德莫古抄本的那個希臘學者。

院長走過來。『威廉兄弟，你也看見了，本修道院有不對勁的事在醞釀著，只有賴你的智慧來解決。但是我懇求你：快些行動吧！』

威廉指著屍體，問道：『晨禱的時候，他出席了嗎？』

『沒有。』院長說：『我注意到他的座席空了出來。』

『沒有其他人缺席了嗎？』

『好像是吧，我沒注意到那麼多。』

威廉遲疑了一會兒才又提出下一個問題；他的聲音壓低，小心翼翼地不讓別人聽到。『貝藍格出席了？』院長驚訝而不安地望著他，彷彿表明我的導師竟說出了他也曾想過的疑問，爲了更易於了解原因。然後他迅速說道：『他參加了晨禱，就坐在第一排，我的右手邊。』

『自然，』威廉說：『這一切並不能證明什麼。我不相信任何人由後門溜進禮拜堂裡，因爲這具屍體可能已被塞進缸裡幾個鐘頭了，至少是自每個人都在睡覺之時起。』

『確切地說，僕人們在黎明之時才起床，所以他們直到現在才發現他。』

威廉在屍體旁蹲下身來，似乎他慣於處理死屍一般。他拾起地上那塊布，沾了桶裡的水，進一步揩式韋南提的臉。同時，其他僧侶們都擠在四周，驚駭地議論紛紛，院長強迫他們安靜下來。負責照料修士們身體健康的賽夫禮納擠到前面來，在我的導師身旁蹲下。我強自壓抑自己的恐懼和厭惡，加入他們，一來是爲了聽他們交談，二來也是爲了幫忙威廉把沾了豬血的布洗淨。

『你見過溺死的人嗎？』

『很多次，』賽夫禮納說：『我想我明白你的暗示；溺死的人臉都是腫起來的，不會像他這樣。』

『那麼這個人是在死後才被某個人丟進缸裡的。』

『他爲什麼要這麼做呢？』

『他爲什麼要殺害他呢？我們面對的是個心智扭曲的人。不過現在我們得先看看屍身上是否有傷口或瘀痕。我建議把屍體抬進澡堂裡去，脫掉衣服，洗乾淨，仔細檢查一下。我立刻到那裡去找你。』

賽夫禮納請示過院長後，叫養豬人把死屍抬走，同時我的導師要求院長令僧侶們由原路回到禮拜堂去，僕人們也都退下，使得這裡很快就只剩下我們師徒二人，站在豬血缸旁；暗紅色的豬血濺了一地，把雪都染紅了。剛才潑出的水在地上形成了好幾攤雪水坑，屍體橫臥之處則形成一大攤污痕。

『眞是亂七八糟。』威廉朝著僕人和僧侶們留在四周的腳印點了點頭。『親愛的埃森，雪地上是最容易留下痕跡的，但這些腳印把一切跡象都揩去了，所以我們可能看不到任何有趣的東西了。一大群僧侶走過由這裡到禮拜堂之間的地面，而這裡到穀倉及馬廄之間，則有許多僕人陸續踐踏過。唯一保持完整的空地就是穀倉和大教堂之間。我們去看看是不是可以找到有趣的東西吧。』

『你期望找到什麼呢？』我問。

『假如他不是自己栽進缸裡去的，必然是有人把已經死去的他抬到那裡去的。一個人馱負著另一個人的軀體，會在雪地上留下鮮明的痕跡。所以，你仔細找找，看這附近的地面上有沒有什麼有別於那群吵鬧的僧侶們破壞了我們線索的任何痕跡。』

我們仔細搜尋。我要說——上帝原諒我的虛榮——我立刻就在那口缸和大教堂之間的地面上發現了可疑的痕跡。那是人的腳印，深印在沒有被別人踐踏過的地方，我的導師立刻辨明它們比僧侶和僕人們留下的足跡要淺些，那表示那些腳印是在較早時留下的，後來又下的一點雪將它們掩了一些。但更值得令我們注意的是，在那些腳印之間，有一道持續不斷的痕跡，似乎是什麼物體被拖過雪地之後留下來的。簡而言之，這道蹤跡由豬血缸旁一直延伸到餐廳門口；也就是在大教堂介於東方塔樓和南方塔樓這一側的入口。

『餐廳，寫字間，圖書室。』威廉說：『問題的癥結又一次歸到圖書室了。韋南提死於大教堂裡，很可能就是在圖書室內。』

『爲什麼是在圖書室內呢？』

『我試著將自己設想爲兇手。假如韋南提是在餐廳、廚房或是寫字間內遇害的，何不將他留在那裡呢？但如果他是死在圖書室裡，就必須將他移到別的地方才行，因爲在圖書室中屍體永遠不會被發現（也許兇手對它被發現特別感興趣），也因爲兇手可能不希望大家把注意力集中到圖書室。』

『爲什麼兇手對屍體被發現會特別感興趣呢？』

『我不知道，我只能假設。我們怎麼知道兇手殺死韋南提是因爲他憎恨韋南提呢？他也許只是爲了留下某種別有意義的徵象才殺死他的。』

我喃喃說道：『……可是，會是什麼徵象呢？』

『這我就不知道了。但是你別忘了有些徵象是沒什麼意義的，例如狂言妄語。』

『只爲了狂妄的言論而殺人，豈不是太殘暴了嗎？』我說。

威廉接口道：『即使爲了證明一個人的無辜而殺人，也太殘暴了。』

就在這時，賽夫禮納加入了我們。屍體已被洗清、並詳細檢查過了。沒有傷口，頭部也沒有瘀痕。

我們往療養所走去時，威廉問道：『你的實驗室裡有毒藥嗎？』

『什麼東西都有。不過那也看你所指的毒藥是什麼。有些物質吃一點有益於人體，吃太多卻會造成死亡。我就和每個藥草師一樣，保有這些藥草，而且十分愼重地使用它們。舉例而言，我在園子裡栽種了纈草。當心跳不規則時，在其他藥草中加入幾滴纈草汁，可以使心跳平穩下來，可是藥量太重的話就會使人昏迷致死。』

『你注意到屍體並沒有中毒的跡象嗎？』

『沒有。但是有許多毒藥是不會留下任何痕跡的。』

我們走到了療養所。韋南提的屍體已在澡堂裡洗淨，被搬到這裡來，躺在賽夫禮納實驗室內的大桌子上；蒸餾器和其他玻璃器皿，以及土缽土碗等等，令我想到煉金術士的店舖（雖然我是由間接陳述知道這種事的）。門旁靠牆放著一排排長架子，架子上放了許多瓶瓶罐罐，裡面裝著不同顏色的東西。

『你收藏的藥草可眞多。』威廉說：『全是你種的嗎？』

『不是。』賽夫禮納說：『有很多藥草在這種氣候中是不可能或者很難生長的；那都是多年來來自世界各地的修士們帶給我的。我有許多罕見的珍貴藥材，也有許多極易自本地植物群中獲得的草藥。像這個……茯苓和川芎，是產自中國，一個博學的阿拉伯人送給我的。印度蘆薈，療傷最有效。鹹草可以使昏迷不醒的人復甦過來。砒霜是一種很危險的毒藥，任何吞食的人都會死。琉璃苣是對肺有益的植物。藿香可治頭部創傷。乳香脂：治療肺充血和黏膜炎。沒藥……』

『東方三博士的禮物嗎？』我問道。

『是的。但現在用來防止流產，是由一種叫沒鳳仙的樹上採集到的。這是「木米亞」，十分罕見，是木乃伊分解時所產生的；是一種極神奇的藥物。藥用曼陀羅，可助人入睡……』

『並激起肉體的慾望。』我的導師加了一句。

『是有這種說法，但是在此處它們可不具有這種用途的，你也想像得到。』賽夫禮納笑笑。『再看這個，』他拿起一個小玻璃瓶，說道：『不純鋅華，對眼睛有神效。』

『這又是什麼呢？』威廉摸著架子上的一顆石頭，朗聲問道。

『那個嗎？那是我很久以前得到的，顯然它也有治病的功效，可是我至今還未發現它的功效何在。你知道嗎？』

『是的。』威廉說：『但這可不是藥物。』他從僧衣裡掏出一把小刀，慢慢將它舉近石頭。那把刀隨著他的手朝石頭緩緩靠近，突間我看到刀刃猛地動了一下，彷彿威廉轉動手腕，其實他的手卻沒有移動絲毫。刀刃敲到了石頭，發出鏘噹的響聲。

『你瞧，』威廉對我說：『它會吸鐵。』

『它有什麼用處呢？』我問。

『它的用處可多了，以後我會告訴你。目前我要先知道這裡是不是有什麼可以致人於死的東西，賽夫禮納。』

賽夫禮納沉思了好一會兒——和他精簡的回答比起來，我要說他想得未免太久。『有許多東西。我說過了，毒藥和醫藥之間的界限是很小的，希臘人對於兩者都是說「藥」。』

『沒有什麼東西最近被移動過嗎？』

賽夫禮納又想了一會兒，似乎是要強調他所說的話：『最近沒有。』

『過去呢？』

『誰曉得？我記不得了。我進這所修道院已經三十年了，有二十五年就待在療養所中。』

『對人類記憶而言，確實是一段很長的時間。』威廉同意道。然後他猝然又說：『昨天我們談到了使人產生幻象的植物。它們在那兒呢？』

賽夫禮納的行動和臉上的表情都顯示出他急切地想要離開這個話題。『我想一想，你知道。我這裡有太多奇妙的藥物了。但是我們還是來談談韋南提的死吧。你對這件事有什麼看法呢？』

威廉回答道：『我得想一想。』

9

早課

烏薩拉的貝拿和艾隆戴的貝藍格透露了一些事實，埃森獲知懺悔的真義。

這可怖的事件破壞了修道院裡寧謐的氣氛。屍體的發現所引起的騷動，使得禮拜儀式中斷了。院長迅即令僧侶們回到禮拜堂去，爲他們死去的兄弟亡魂祈禱。

他們的聲音沙啞。威廉和我選擇了一個可以觀察他們臉部的位置；禮拜儀式時是無須遮覆頭巾的。我們立刻看到了貝藍格的臉；蒼白，消沉，而且冒著冷汗。

接著我們注意到馬拉其；黝黑，眉頭深鎖，但十分平靜。馬拉其旁邊是瞎眼佐治同樣沉著的臉。另一方面，我們又看到烏薩拉的貝拿一副緊張兮兮的模樣；前一天我們曾在寫字間和他打過照面，此刻我們又看見他迅速瞥了馬拉其一眼。『貝拿很緊張，貝藍格很害怕。』威廉評論道：『我必須立刻詢問他們。』

我率直地問：『爲什麼呢？』

『我們的任務很艱鉅。』威廉說：『一件困難的工作，詢問者必須找到最軟弱的人，而且是在他們最軟弱的時刻。』

事實上，禮拜儀式一結束，我們便趕上朝圖書館走去的貝拿。這個年輕人聽到威廉叫他似乎十分焦急，喃喃說著還有工作要做的藉口。他好像急於要到寫字間去。但我的導師提醒他，他是在執行院長命令的詢問，便帶領貝拿走進迴廊內。我們在兩根柱子之間坐了下來。貝拿等待威廉發問，不時望著大教堂。

『呃，』威廉問：『那天你和貝藍格、韋南提、馬拉其和佐治討論阿德莫的頁緣裝飾畫時，說了些什麼話呢？』

『你昨天也聽到了。佐治說用那種荒謬的圖案裝飾含有眞相的書是不正當的。韋南提說亞里斯多德自己也說過俏皮話，將語言做爲玩耍的工具，而不只是揭示事實而已。因此要「笑」能成爲傳達眞相的手段，它並不是一件壞事。佐治說，就他記憶所及，亞里斯多德是在他的《詩論》中談到暗喻的時候，才說出這些話的。這些話本身就有兩個令人困擾的狀況，第一，因爲《詩論》這本書有很長的一段時間是基督教世界所未知的，或許是由於神令，後來經由異教徒摩爾人傳到我們手中……』

威廉說：『可是那是由神醫亞其諾的一個朋友譯成拉丁文的。』

『我就是這麼告訴他的。』貝拿回答，立即振奮起來。『我不太看得懂希臘文，事實上，只能透過衛理・莫戹北的譯文閱讀那本鉅著。是的，我就是這麼說的。可是佐治又說第二個令人困擾的因素是，亞里斯多德在那本書中談到了詩，而詩裡卻都是些虛構的事物。韋南提就說讚美詩也是詩，而且也用了隱喻；佐治氣極了，他說讚美詩是神靈的詩作，藉隱喻來表達眞理，而異教徒詩人所寫的詩卻利用暗喻來傳達虛妄之事，而且只爲了娛樂的目的，我對這番話卻大不以爲然……』

『爲什麼？』

『因爲我是修辭學的學生，我唸過許多異教徒詩人所寫的詩，我知道……我相信他們的文字也表達了基督徒所標榜的眞理……簡而言之，如果我記得沒錯，那時韋南提又舉了其他的書爲例，佐治便非常生氣。』

『那些書呢？』

貝拿遲疑了一會兒。『我記不得了。這有什麼關係嗎？』

『大有關係，因爲我們要試著了解一切以書本爲圭臬，俯仰於書本之間的人們發生了什麼事情，所以他們對書籍的看法、批評也是很重要的。』

『不錯。』貝拿第一次露出微笑，那張臉龐幾乎燦然發亮。『我們是爲書而活的。在這個角落腐化的世界中，這是多麼美妙的任務。那麼，也許，你會了解那一回所發生的事情。韋南提精通……精通希臘文，說亞里斯多德著第二本《詩論》就是爲了使人笑的，如果一個這麼偉大的哲學家寫了一整本書要令讀者發笑，「笑」必然是很重要的。佐治說許多祖先們都著有罪惡的書，雖然重要，卻是邪惡的；韋南提就說，據他所知，亞里斯多德說「笑」是一件好事，也是傳播眞理的工具；然後佐治就輕蔑地問他是不是曾讀過亞里斯多德的這本著作，韋南提回答沒有人讀過該書，因爲那本書從未被找到過，可能永遠失落了。其實，衛理・莫厄北也不曾眞正擁有過原著。佐治便說假如那本書從未被人找到，那是因爲它根本不存在，上帝不希望虛有的東西得到榮耀。我只想讓每個人都鎭定下來，因爲佐治很容易被觸怒，韋南提又故意用話激他，所以我就說我們確實知道在《詩論》中的某一部份，可以找到許多以俏皮話說出的高明見解，韋南提也同意了我的說法。當時和我們在一起的，還有諦佛里的裴西飛卡，他對異教的詩人有相當的研究，他說談到俏皮話，沒有人能凌駕非洲（譯註：本書中所指的「非洲」，是指紀元前一四六年被羅馬人所滅的迦太基古國地域而言。）的詩人。接著他甚至背了一首描寫魚的打油詩。這時佐治接口道耶穌只要我們說「是」或「否」，其他多餘的話都是惡魔支使的，提到魚只要說「魚」就夠了，用不著拐彎抹角地暗示。他又說，他並不認爲引用非洲的詩人爲例是明智的……然後……』

『然後呢？』

『然後發生了一件我不了解的事情。貝藍格笑了起來。佐治斥責他，貝藍格說他之所以笑，是由於想到一個人若仔細在非洲的句中搜尋，就會找到更多不同的謎語，而且都沒有這首「魚」那麼容易。在一旁聆聽的馬拉其也生氣了，拉扯貝藍格的頭巾，支使他去做自己的工作……，你知道，貝藍格是他的助手……』

『後來呢？』

『後來，佐治轉身離開，結束了這場爭論。我們也都回頭做各人的事了，但是我工作之時，看見韋南提和阿德莫先後走到貝藍格身旁，問了他幾句話。我雖和他們隔了一段距離，卻也看得出他們對他們問題避而不答，但過不了多久他們兩個人又去找他了。那天傍晚，我看見貝藍格和阿德莫進餐廳之前在迴廊裡交談。我所知道的就是這些了。』

威廉說：『這麼說來，最近離奇死亡的兩個人都曾找貝藍格問過話囉。』

貝拿不安地答道：『我可沒那麼說！我只是把當天發生的事告訴你而已，既然你問起了……』他想了一下，又倉卒地說：『可是你要是問我的意見，貝藍格是和他們談到了圖書室裡的事，所以你該到那裡去找才對。』

『你爲什麼想到圖書室呢？貝藍格說在非洲詩句中搜尋是什麼意思呢？他不會是表示非洲詩人的詩作應該被廣泛地閱讀吧？』

『也許。聽起來像是這意思。不過馬拉其又爲什麼要生氣呢？畢竟，只有他能決定要不要把非洲詩人的詩集借給人閱讀的。可是我知道一件事：任何人翻閱圖書目錄，便會在只有管理員明白的排列中發現一欄「非洲」，我甚至還找到一欄「非洲之末」。有一次我想借一本那一欄裡的書，書名是什麼我忘了，只記得那引起了我的好奇；馬拉其卻告訴我說那一欄書全都丟了。我所知道的就是這回事。所以我才說你不妨去查查貝藍格，當他到圖書室去的時候。誰也不知道會有什麼發現。』

『一點也不錯。』威廉歸結道，便讓貝拿離開了。然後他和我在迴廊裡踱步，評論著——最重要的，貝藍格又一次和他兄弟的死有所關連；其次，貝拿似乎急於讓我們把箭頭指向圖書室。我說或許他希望我們發現他自己也想知道的事；威廉說這當然不無可能，但也有可能他想藉著把我們引到圖書室去，而讓我們避開另一個地方。我問，什麼地方呢？威廉說他不知道，也許是寫字間，也許是廚房，或禮拜堂，或宿舍，或療養所。我提醒威廉，前一天他自己對圖書室也感到著迷的，他的回答是他只想對他自己所選擇的事物著迷，而不是別人指引他。但是，他又說，圖書室是該多加觀察，在這個節骨眼上想辦法溜進去倒不是個壞主意。現在的境況准許他滿足他的好奇心，只要是在禮貌的範圍內，並且尊重修道院的慣例和規則。

我們離開了迴廊。僕人和見習僧在禮拜堂做過彌撒後，三三兩兩地走過來了。我們沿著禮拜堂的西側前行時，瞥見貝藍格由禮拜堂外翼的門走了出來，穿過墓園，朝大教堂走去。威廉叫喚他，他停住腳，讓我們趕上他。他比我們在禮拜堂裡看見他時還要困惱，威廉顯然決定刺探他時的精神狀態，一如他剛才刺探貝拿。

他說：『據我所知，阿德莫遇害前，你是最後一個看見他的人。』

貝藍格結結巴巴，好像就要昏倒了。『我？』他的聲音軟弱無力。威廉若無其事地提出了問題，或許是由於貝拿剛才說過曾看見他們兩人在黃昏晚禱後站在迴廊裡交談，但這句話可說是歪打正著，顯然貝藍格所想的是另一次眞正的最後會晤，因爲他再開口時聲音十分躊躇。

『你怎麼能這麼說呢？我和每個人一樣，是在就寢之前見到他的呀！』

這時威廉決定不讓他有喘息之機，進一步逼問他，可能是値得的。『不對，後來你又見了他一面，你知道更多事，但你卻不願承認。現在這裡已死了兩個人，你不能再緘默了。你很清楚要讓一個人說出實情是有很多方法的。』

威廉常對我說，即使當他身爲裁判官時，他也總是避免用刑；可是貝藍格誤解了他的意思（或者威廉故意被誤解）。總之，這一招倒很奏效。

『是的，是的。』貝藍格說著，眼淚奪眶而出。『那晚我是見過阿德莫，可是那時他已經死了！』

『怎麼個死法？』威廉問：『在山腳下嗎？』

『不，不是，我是在墓園這裡看到他，他在墳墓之間移動，是個幽靈。我看見他，立刻便意識到眼前的人並不是個活人：他的臉是一張死人的臉，眼眸也已望著永恆的懲罰。自然，直到第二天早上，我聽到了他的死訊，才知道我遇見的是個鬼魂，但即使在那時候，我也曉得我一定是有了幻覺，在我眼前的是個亡魂，是個在夜間徘徊的遊魂……哦，天主啊，他和我說話時那聲音簡直像是從墓裡發出來的呀！』

『他說了什麼話呢？』

『他對我說：「我遭到了處罰！你所看見的我，是個從地獄歸來的人，我必須再回地獄去。」這就是他所說的話。我對他叫道：「阿德莫，你眞的從地獄來的嗎？地獄裡的痛苦是什麼樣的呢？」我不住地顫抖，因爲我剛參加了晚禱儀式，聽了天誅的那幾段經文。他又對我說：「地獄裡的痛苦是難以言喻的。你看見了今天之前我披在身上這件詭辯的披肩吧？它壓迫著我，使我感到無比沉重，彷彿我背負著巴黎最高的一座塔，或是全世界的高山，而我卻絕不可能再將它放下了。這種痛苦是神靈爲了我的自負，爲了我相信軀體是個享樂的地方，爲了我想要比別人知道得更多，又憑藉我的想像力以怪異的東西爲樂，並且創造更多畸形之物，所給予的懲罰——現在我得永遠和這些怪物在一起過活了。你看見這件斗篷的襯裡了吧？這裡面彷彿全是煤炭和烈焰，燒灼著我的軀體，這番懲罰是由於肉體不正的罪惡，我明知它的惡行卻加以縱容，現在這團火焰永不止熄地燒著我！把你的手給我吧，我親愛的導師，」他又對我說：「我與你這次的會晤或許是有用的一課，好回報你曾教給我的許多課。你的手，我敬愛的導師！」他搖搖發燙的手指，一小滴汗水滴到我的手上，像要穿透我手掌似的，那個印記在我手上留下了好幾天，只是我將它隱藏起來，不讓任何人看見。然後他消退到墳墓之間，第二天早上我獲悉他的屍體在峭壁下被發現，眞是把我嚇壞了。』

貝藍格喘著氣，不住地啜泣。威廉問他：『他爲什麼叫你敬愛的導師呢？你們兩個人年紀相若。你是不是曾經教過他什麼？』

貝藍格拉下頭巾，將臉遮住，跪下身來，抱住威廉的腿。『我不知道他爲什麼那樣稱呼我。我從來沒教過他什麼！』他哭出聲來。『我好害怕，神父。我要向你告解。憐憫我吧，一個惡魔在吞噬我的心啊！』

威廉拉開他，又伸出一雙手將他扶起。『不，貝藍格，』他說：『別要求我爲你告解。別想以張開你的嘴來封住我的唇。我想要知道的，你必須以另一種方式告訴我。假如你不願告訴我，我自己也會發現的。你儘可以要求我憐憫你，但別想叫我緘默。在這所修道院裡，太多人靜默不語了。告訴我，在那最黑暗的一夜，你怎麼看得到他蒼白的臉，在那狂風暴雪的一夜，他怎麼能燒灼你的手，你當時又到墓園幹什麼。快呀——』他劇烈地搖著貝藍格的肩膀，『至少告訴我這些吧！』

貝藍格手腳發抖。『我不知道我在墓園裡幹嘛，我不記得了，我不知道我怎麼看得見他的臉，也許我拿了盞燈，不對……是他拿著燈，他拿了一盞燈，也許我是在那火焰的光芒中看到了他的臉……』

『假如當時刮風下雪的，他怎麼可能拿著燈呢？』

『那是在晚禱之後，晚禱才剛剛結束，那時還沒下雪，雪是後來才下的……我記得我逃回宿舍的途中才開始飄雪。我奔向宿舍，那個鬼魂則往相反方向飄去……那以後我就什麼也不知道了；求求你，如果你不肯聽我告解，請你別再問我了。』

『好吧，』威廉說：『你走吧，到禮拜堂去，去告訴上帝，既然你不願告訴我，要不然就去找個願意聽你告解的修士吧，因爲你要是不爲你的罪懺悔，就是到了該受天譴的秘蹟了。去吧，我們將會再見的。』

貝藍格拔腳奔跑，轉瞬間便失去了蹤影。威廉摩挲著雙手，以前我曾多次見過當他感到高興時，他就會有這個動作。

『好，』他說：『現在有很多事情都澄清了。』

『澄清，老師？』我問他：『包括阿德莫的鬼魂在內？』

『親愛的埃森，』威廉說：『在我看來，那個鬼魂可不怎麼像鬼魂呢，再說他所引述的那節話是我曾在爲傳教士之用所編的某本書中看過的。這些修士大概是看太多書了，當他們激動時就會重新體驗他們從書中看來的幻象。我不知道那眞是阿德莫說的，或是貝藍格只因必須聽這些話而以爲他眞聽到了。但這故事的確證實了我的一連串假設。例如：阿德莫是自殺而死的；貝藍格的故事又告訴了我們，在他死前，他激動地到處亂逛，而且爲他以前所做過的某種行爲感到懊悔。他爲他的罪惡感到驚慌，顯然是有人讓他害怕的，這個人或許還對他說了地獄裡的情景，等他碰到貝藍格時他便複述了一遍。他在墓園裡遊蕩，是由於他剛離開禮拜堂，而他曾在禮拜堂內對某個使他懷恐懼和懊悔的人吐實（或告解）。正如貝藍格告訴我們的，他從墓園往和宿舍相反的方向而行，也就是大教堂，然而也有可能是走向馬廄後面的外側圍牆，也就是我推測他跳下斷崖的地方。他是在暴風雨來襲之前跳下的，死在圍牆的牆基，後來山崩才又把他的屍體帶到北邊和東邊的塔樓之間。』

『可是那滴燃燒的汗水又是怎麼回事呢？』

『那是他已經聽過並重複的故事一部份，或者是貝藍格見到他的激動和懊悔而激發的想像。因爲阿德莫的懊悔，使得貝藍格也懊悔了起來：你親耳聽見了。假如阿德莫是由禮拜堂走出的，他很可能持著一盞蠟燭，所以滴到他朋友手上的只不過是一滴蠟。但貝藍格覺得它非常的燙，是由於阿德莫確實稱他爲導師。這表示阿德莫譴責貝藍格教導他他現在沮喪至死的事情。貝藍格知道，同時他也知道是他使阿德莫做了不該做的事，才使阿德莫走上了自殺之途，所以他感到痛苦。我可憐的埃森啊，在我們聽過了助理管理員的話後，這一切並不難想像呀！』

『我大概明白他們兩人之間發生了什麼事了。』我爲自己的遲鈍而困窘不堪。『但是我們每個人不是都信仰慈悲的上帝嗎？你說，阿德莫可能告解過；他爲什麼要以更嚴重，或者至少是同樣嚴重的罪，來尋求懲罰他的第一個罪呢？』

『因爲某人對他說了很激烈的話。我剛才也說過了，一個現代傳教士須看的一頁必定促使某人重複那段話，嚇壞了阿德莫，而阿德莫又以同一段話使貝藍格爲之驚駭。最近這幾年來，傳教士爲了使大眾信仰虔誠，服從人與神的律法，常會說些令人痛苦的話，甚至死亡的威脅，這是以前從來沒有的現象。今日在自笞苦修的信仰者行列中，包括神聖的讚課，盡說些基督和聖母的磨難；以前從不曾像現在這樣，藉著對地獄苦刑的描述，來增強一般人的信仰。』

我說：『或許那是懺悔所必須的。』

『埃森，以前我從未聽過這麼多人被召去懺悔的，而事實上在這個時期，不管是傳教士、主教，甚至是我的教會兄弟們，都已不再能激發眞正的悔改了……』

我迷惘地說：『可是第三紀，教皇，裴路幾亞修會……』

『懷舊之情。懺悔的偉大時代已經結束了，爲了這個原因，即使是一般的修會也都可以談論懺悔。一、兩百年前，有一股革新的狂飆。有一段時間，談及革新的人都要被燒死，不管他是聖人，或是異教徒。現在人人都談論它。就連教皇也不例外。假如教廷和宮廷也談著革新，那人類的革新就不可相信了。』

『可是多西諾兄弟？』我大膽說了一句，想要知道更多關於這個名字的事；前一天我曾聽他們說過許多次。

『他死了，莊嚴地死了，一如他活著的時候，因爲他也來得太遲了。再說，你對他又知道些什麼呢？』

『一無所知。所以我才問你……』

『我寧願永不談論他。當時我必須與一些所謂的使徒交涉，我仔細觀察過他們。一個可悲的故事。那會使你困擾的。總而言之，那使我心亂得很，你也會爲我無能的判斷感到更爲混亂。那是一個男人做了不明智的事，因爲他把許多聖人所宣揚的付諸實行。我愈想愈弄不清楚那究竟是誰的錯，我就像……就像被一種飄過兩個相對聯營的親屬關係弄得頭昏眼花，聖徒傳導懺悔，罪人付諸實現，卻經常犧牲了別人。……可是我說的是另一件事。或許不然。我所說的實際上是這樣的；當懺悔的紀元結束了，對悔罪者而言，懺悔的需要就變成了死亡的需要。他們害死了發狂的悔罪者，只有以死亡來償還死亡，卻不明白懺悔的眞正涵義；他們以想像的懺悔代替心靈的懺悔，召來了超自然痛苦和血腥的幻象，卻稱呼那些幻象爲眞心懺悔的「鏡子」。由於一般人——甚至有時也包括學者——的想像力，那面鏡子所映現的是地獄磨難的情景。因此——據說——便沒有人會犯罪。他們希望透過害怕使心靈免於罪惡，並且相信恐懼可替代背叛。』

『可是他們就眞的不會犯罪了嗎？』我焦慮地問。

『那得看你所謂的「犯罪」意義爲何了，埃森。』我的導師說：『我不願對這個國家的人民不公平，畢竟我在這裡生活了許多年，可是在我看來，義大利人還是不能免除懼怕偶像的罪，雖然他們稱那些偶像爲神。他們對聖沙巴斯欽或聖安東尼的懼怕，遠勝過對基督的崇仰。假如你希望保持一個地方乾乾淨淨的，制止任何義大利人像狗一樣隨地小便，只要畫上一個聖安東尼像，就可以阻止那些想要小便的人了。所以，多虧他們的傳教士，義大利人總是冒險回復古老的迷信；他們已不再相信肉體的復活，只對肉體的傷害和遭到不幸十分懼怕，因爲他們雖然怕基督，卻更怕聖安東尼。』

『可是貝藍格並不是義大利人。』我指出。

『這沒什麼不同。我說的是教會和傳教所散佈在這個半島上，進而再傳播到每個地方的氣氛。甚至那些有許多博學僧侶的修道院也受到了感染，就如這一所。』

『但是只要他們沒犯罪不就得了。』我堅持道。

『假如這所修道院反映著現世，那你已經得到了答案。』

『是嗎？』我狐疑地問。

『爲了世界要有一面鏡子，這世界必須先有個型態。』威廉歸結道。但當時我只是個半知不解的少年，實在不懂得他那高奧的哲理。

10

上午禮拜

訪客目睹了僕人的一場爭吵，亞列山的葉曼羅有所暗示，埃森思索聖徒及魔鬼的意義。其後威廉和埃森回到寫字間，威廉看見有趣的事物，第三次談論『笑』是否適當的問題，但最後還是無法到他想探尋的地方去。

上樓到寫字間去之前，我們先在廚房停歇了一會兒，因爲自起床之後我們還粒米未進呢。我喝了一碗熱牛奶，立刻感到振奮。南邊的火爐已火勢熊熊，像鍛鐵爐一樣，爐上烤著當天要吃的麵包。兩個牧羊人把剛宰的羊隻放好。我看見薩威托夾在廚子之間，張開野狼般的大口對我微笑。我也看見他從桌上抓了一片昨晚吃剩的雞肉，偷偷塞給牧羊人，牧羊人把雞肉藏到羊皮外衣下，臉上露出快樂的笑容。但是大廚師注意到了，便斥罵薩威托。『管理員，管理員，』他說：『你必須看管修道院的物品，而不是將它們隨意浪費掉！』

『那有什麼。』薩威托說：『耶穌說過善待這些波利，就是為祂做事呀！』

『骯髒的佛拉諦斯黎，麥諾瑞特的屁！』廚子對他吼道：『你不再是那些飽經齒咬的修士之一了！院長的慈悲會照應上帝子民的飲食！』

薩威托沈下了臉，忿怒地轉過身。『我不是麥諾瑞特修士！我是聖班尼狄特的僧侶！去你的！』廚子叫道：『你去罵晚上陪你睡覺的那個婊子吧，你這個異教的豬玀！』

薩威托把牧羊人推出門，靠向我們，擔憂地望著我們。『兄弟，』他對威廉說：『你要為這個修會辯護；告訴他聖芳濟修士並不是異教徒！』然後他附在威廉耳畔低語道：『他說謊，呸！』他朝地上吐了口水。

廚子走過來，粗暴地將他推出去，並用力把門關上。『修士，』他虔敬地對威廉說：『我並不是罵您的修會或是修會裡的聖人。我說的是那個假冒麥諾瑞特或班尼狄特修士，非人非獸的傢伙！』

『我知道他來自什麼地方。』威廉安撫地說：『但現在他也和你一樣是個修士，你該對他友愛些才對。』

『可是他每次都要在與他不相干的事情插上一腳，只因為他有管理員撐腰，就以為他自己便是管理員了。他把這修道院看成他自己的似的，不分日夜。』

『夜晚怎麼樣呢？』威廉問。廚子比了一下手勢，似乎是說他不願談論那些傷風敗德的事。威廉沒有再追問他，安靜地喝完他那碗牛奶。

我愈來愈好奇了。和猶伯提諾的會晤，談到薩威托的過去和他的管理員，愈來愈常聽他們提及佛拉諦斯黎和異教的麥諾瑞特，我的導師不肯告訴我多西諾兄弟的事……一連串的影像湧上我的心頭。舉例而言，在我們的旅途中，我們至少碰過兩次自笞派苦修者的行列。一次當地的民眾虔敬地注視他們，彷佛他們都是聖徒，另一次人們卻議論著這些人都是異教徒。然而他們都是同一種人啊。他們兩兩成列而行，走過城市的大街小巷，只蓋住他們的外陰部，因爲他們已不再感到羞辱。每個人手裡都握著一支皮鞭，拚命鞭打自己的肩膀，直到皮肉綻開，鮮血流出；他們不停地流著淚，彷佛親眼見過基督受難；他們以悲傷的曲調祈求上帝發慈悲，聖母代爲說項。不只是白天而已，夜晚亦然；持著點燃的蠟燭，在嚴寒的冬季，一群人由一所教堂走到另一所教堂，謙卑地跪倒在祭壇前，由拿著蠟燭和旗幟的僧侶在前頭帶路，隨行在後的人有一般的男女平民，也有貴族仕女和商宦……然後便是懺悔的大行動：偷竊過的人把贓物歸還，其他人則坦白供出他們的罪行……

可是威廉卻淡然地注視他們，告訴我說這並不是眞正的懺悔。然後他又說著才不久之前，也就是今天早上，他曾說過的那些話，懺悔的偉大時代已經結束了，這些不過是傳教士鼓勵民眾信仰的手段，使他們不致對懺悔的慾望屈服；那才眞是異教的，而且也使每個人驚恐。但是我不明白這有什麼不同——假如眞有差異的話。在我看來，兩派的行動並無區別，唯有教會在評判這些行動的態度，會有不同。

我記起了和猶伯提諾的談論。威廉無疑巧妙地奉承過，試著對他說他那神秘而且正統的信仰和異教徒扭曲的信仰之間，並沒有多少差別。猶伯提諾卻清楚地看出了差異，所以對威廉的話不以爲然。我的感想是，他確實是不一樣的，因爲他能夠看出差異何在。威廉由於再也看不出差異，所以放棄了裁判官的職責。爲了這個緣故，他不能把那神秘的多西諾兄弟說給我聽。但這麼說來（我告訴自己），威廉顯然已失去了天主的協助；天主不只教人如何看出差異，並且因他有識別的能力而將他選出。猶伯提諾和蒙特佛科的可蕾（她的四周卻環繞著罪人）仍然是聖徒，就是因爲他們知道如何區別。唯有這一點是神聖的。

可是爲什麼威廉竟不知道如何區別呢？他的頭腦清晰精明，而且他能辨認兩件東西之間最微小的差異或僅有的一點相似……

我沈湎在這些思緒中時，威廉也喝完了牛奶，突然間我們聽到了某個人向我們寒暄致意。那是亞列山的葉曼羅，我們在寫字間裡見過他；我對他一臉輕蔑的神情留下了深刻的印象，彷彿他永不可能順應人類的貪嗔痴狂，卻又不認為這個宇宙的悲劇有多麼的重要。『唷，威廉兄弟，你對這個瘋人窩已經習慣了嗎？』

威廉謹慎地說：『我倒覺得這是個有許多學者和聖徒的地方。』

『是的，院長有院長的威嚴，圖書管理員也克盡圖書管理員的職守。你也看見了。那上面——』他朝著樓上點了一下頭，『那個有雙瞎子的眼睛，半死的日耳曼人，虔誠地傾聽那個有雙死人的眼睛，已瞎的西班牙人瘋狂地胡言亂語；每天早上，基督之敵都像要降臨了。他們一天到晚摩擦羊皮紙，可是卻沒有什麼新的著述……我們在這上面，他們卻在下面的城裡行動。我們的修道院曾經統治過整個世界。今天的情勢你也看見了：皇帝利用我們，派他的朋友到這裡來見他的敵人；（我對你的任務略有所知，僧侶們喜歡嚼舌根子，他們沒有別的事做。）但假如他想控制這個國家的事務，他只好留在城裡。我們忙著晒穀子，養家禽，他們在下面拿幾丈長的絲綢換幾尺長的亞麻，拿幾尺長的亞麻換幾袋子香料，那些都是可以賣錢的。我們守護我們的寶藏，但是在下面他們的財寶卻愈堆愈高。還有書，也比我們的要精美多了。』

『確切地說，在這世界上一切都日新月異。為什麼你認為該歸咎於院長呢？』

『因為他把圖書館交給外國人，把修道院看成屏蔽圖書館的城砦。在義大利本國境內的聖班尼狄特修道院，應該是個由義大利人決定義大利問題的地方。如今義大利人甚至沒有一個教皇了，他們到底在做些什麼呢？他們做買賣，從事製造業，他們比法蘭西國王還富有。因此，我們也得這麼做；我們知道怎麼製精美的書，我們應該製書供給各大學，關心山谷裡的事情——我並不是說插手皇帝的事務，包括你的任務，威廉兄弟，我指的是波隆那人和佛羅倫斯人的作為。從這裡我們可以控制朝聖者和商人由義大利到普洛文斯的路徑。我們的圖書館應該收納本國語的著作，以及那些不再以拉丁文寫作的作家成品。然而我們卻被一群外國人控制了，圖書館和克朗尼的歐杜擔任院長時沒有什麼兩樣……』

『但你們的院長是義大利人。』威廉說。

『這裡的院長根本無足輕重。』葉曼羅依然輕藐地說：『他的腦袋裡有個書架。被蟲腐蝕了。他怨恨教皇，所以允許佛拉諦斯黎侵入修道院……我指的是異教徒，兄弟，那些棄絕神聖修會的人……爲了取悅皇帝，他邀請北方每一家修道院的僧侶，好像我們這裡沒有好抄寫員，本國內也沒有通曉日耳曼文和阿拉伯文的人，彷彿在佛羅倫斯和比薩沒有商人之子，富有而慷慨，樂於進入修會，只要修會可能增加其父的聲望和權力。但是在這裡，世俗事務的恩惠只有當日耳曼人被允許……哦，上帝，制止我的舌頭吧，因爲我快說出無禮的話了！』

『修道院裡有什麼不道德的事嗎？』威廉心不在焉地問著，又爲自己倒了些牛奶。

『修士也是人啊。』葉曼羅說：『但是在這裡他們比在別的地方更沒有人性。對於我所說過的話：請記住我並沒有說。』

『很有趣。』威廉說：『這些只是你個人的意見呢，或者有許多人也都有同樣的想法呢？』

『許多，許多，許多人爲失去了阿德莫而悲傷，但如果再有另一個人跌入深淵，某個人就會更勤於在圖書室裡走動，他們不會不高興的。』

『我不明白你的意思。』

『我說得太多了。我們在這裡談太多了，你必然也已注意到了。一方面，這裡已不再有人敬重沈默。另一方面，它又受到過多的敬重。我們應該以行動來替代說話或保持緘默。在我們修會的黃金時代，假如一個院長沒有院長的氣質，一杯毒酒會爲繼任者開路。我之對你講這些話，威廉兄弟，並非說院長或其他兄弟們的閒話。上帝保佑我，幸好我並沒有嚼舌根的劣習。但是如果院長要你調查我或其他人，例如諦佛里的斐西飛卡或聖塔布諾的彼德，我會很不高興的。我們對圖書館的事務沒有什麼話說，可是我們也想說些話。快把這個毒蛇窩揭露吧，你這個燒死過許多異教徒的裁判官。』

『我從未燒死過任何人。』威廉銳利地回答。

『那不過是一種說法罷了。』葉曼羅坦然地說著。露出了微笑。『祝你有所斬獲，威廉兄弟，但到了夜晚可要當心些。』

『白天為什麼不必呢？』

『因為在這裡，白天有很好的藥草照料肉體，但到了夜晚壞的藥草會使人心靈迷惘。不要相信阿德莫是被某人的手推入深淵的，也不要相信是某人的手將韋南提塞入缸子裡。在這裡有個人不希望僧侶們為自己決定該到那裡去，該做什麼事，該看什麼書。他使用地獄的力量，或者是巫師的力量，讓好奇的心智發狂……』

『你說的是草藥師傅嗎？』

『尚文達的賽夫禮納是個好人。當然，他也是日耳曼人，就和馬拉其一樣……』葉曼羅再一次表示他憎恨說別人閒話後，便上樓去工作了。

『他到底想對我們說什麼呢？』我問道。

『什麼都想說，什麼都沒說。修道院裡的僧侶們常會為了得到控制修會的權力而互相傾軋。在梅可也是一樣；或許因為你只是個見習僧，所以還不能體會到這一點。但在你的國家，得到控制修道院的權力，便意味著贏得可以和皇帝直接交涉的地位。在這個國度，情況卻不一樣了；天高皇帝遠，就算他遠道到羅馬視察也一樣。沒有宮廷，現在連羅馬教廷也沒了。只有各大城市而已，你必然也看到了。』

『當然，而且我對它們留下了深刻的印象。義大利的城市和我們國家內的不同……那不僅是生活的地方，也是決定大事的地方，人們總是聚集在廣場，對城市行政官的仰賴遠勝過對皇帝或教皇。這些城市就像……許多個王國……』

『而商人就是國王。他們的武器是金錢。在義大利，金錢有一種不同的功能，那是在你或我的國家裡都沒有的。錢流通各處，然而有很多地方的生活仍是被以物易物的貿易制度支配著，雞或麥稈束，或者是大鐮刀，或是一輛篷車，而錢只是用來獲得這些物品。相反的，在義大利的城市，你必然注意到物品是用來獲取金錢的。就連僧侶、主教、修會，也都很重視錢。所以，理所當然的，反對當權者的暴動總是以貧窮為號召。叛徒們否定和金錢的任何關連，因此每一次貧窮的號召都會激起緊張和爭論，整個城市，由主教到行政官，都將過於傳導貧窮的人視為個人的仇敵。有人對魔鬼糞便臭氣有所反應的地方，裁判官就會聞到魔鬼的臭味，現在你明白葉曼羅的想法了吧。在修會的黃金時代，一所聖班尼狄特的修道院，是個牧羊人控制信仰虔誠的羊群之處。葉曼羅希望回復傳統。只是信徒的生活已經改變了，修道院只有接受信徒的新方式，本身也加以改變，才可能回復傳統（回復它的榮耀，它以前的權力）。由於今天這裡的信徒是由金錢的控制所支配，並不是由武器或教規儀式，所以葉曼羅希望整所修道院，以及圖書館本身，都成為工作場，成為一所賺錢的工廠。』

『這和罪行又有什麼關係呢？』

『我還不知道。不過現在我想上樓去。走吧。』

修士們都已在工作了。整個寫字間裡一片靜默，但這份沈寂並不是發自每顆心靈用功的安寧。比我們先到一步的貝藍格尷尬地接待我們，其他的僧侶們都抬頭注視。他們知道我們到那裡去是為了調查韋南提之死，他們的目光帶引我們的注意力轉向一張空著的書桌；那張桌子在中央八角形井孔旁，一扇打開的窗子下。

雖然那天天氣很冷，寫字間裡的溫度卻很溫和。設計人最初將它安置在廚房上面並不是沒有原因的；廚房的熱氣會傳到上面，再加上西邊和南邊塔樓兩道螺旋形樓梯旁，各有一個大火爐，平添了幾分溫暖。至於北邊塔樓，在這個大房間的正對面，雖然沒有樓梯，但有個不小的壁爐整天燃著，也帶來了不少暖氣。此外，地板上又鋪了稻草，這樣就不會有影響別人研讀的腳步聲。換言之，最不暖和的角落就是東邊塔樓，事實上我還注意到，雖然空位不多，所有的修士們卻仍儘量避免坐在那地區的書桌去。後來我才曉得東邊塔樓的樓梯不僅是唯一向下通到廚房，也是唯一向上通到圖書室的樓梯，我不禁想著寫字間的暖氣配置是不是經過刻意算計的，這樣一來僧侶們會更沒興趣探查那個地區，圖書管理員便更易於控制圖書室的通路了。

韋南提的書桌背對大火爐，可能是最令人想望的位置之一。在那個時候，我還沒有太多在寫字間度過的經驗，不過後來我倒是花了很多時間待在寫字間裡，我很了解對抄寫員、標示員和學者而言，坐在書桌前捱過漫長的冬季會有多麼痛苦；他握著鐵筆的手指會發麻，（即使在正常的氣溫下，連續書寫六個鐘頭之後，手指也會抽筋，拇指更像被踐踏過後地疼痛。）這解釋了何以我們常在手稿的頁緣找到抄寫員受苦（以及他的不耐煩）時所留下的句子，例如『謝天謝地，就快天黑了』，或是『哦，要是我有杯美酒就好了』，或是『今天天氣很冷，光線幽暗，這張羊皮紙上面有毛，什麼事都不對勁』等等。正如一句古諺所云：握筆的只有三隻手指，工作的卻是全身，發痛的也是全身。但我要說的是韋南提的書桌。排放在八角形天井四周的桌子都很小，因爲是給學者研讀用的，然而外牆窗畔的書桌是專爲圖書裝飾員及抄寫員所設計，因此比較大。韋南提的書桌旁也有誦經臺，或許他也閱讀借自修道院的手稿，並將它抄錄下來。書桌下方有幾排低矮的架子，上面堆放了沒有裝訂的紙張，由於紙上的文字都是拉丁文，我推測那是他最近的翻譯稿。那都是匆匆寫就的，而且並未註明頁碼，因爲稿子還得再交付給抄寫員抄一遍，並讓裝飾員加上圖畫。所以，那些字跡潦草得難以辨讀。除了那幾疊紙張外，還有幾本希臘文的書。誦經臺上也放了一本攤開的希臘文書籍，那是韋南提過去幾天來所翻譯的原著。那時我還不懂希臘文，但我的導師看了標題，說作者名叫路西安，故事的內容是關於一個人變成了一頭驢子。我想起了艾普利亞（譯註：紀元後二世紀，羅馬的哲學家及諷刺家）也有一則同樣的寓言；通常教會嚴厲禁止見習僧閱讀。

威廉問站在我們旁邊的貝藍格：『韋南提爲什麼要譯這本書呢？』

『米蘭的一位地主請求修道院譯的，報酬是修道院對東側幾家農場出產的酒享有優先權。』貝藍格用右手指向遠處。但他又迅速接口道：『並非修道院爲凡人做收費的工作。只是委託我們做這件事的地主，費了很大的力氣才從威尼斯總督那裡借到這本珍貴的希臘文手稿，而威尼斯總督又是由拜占庭皇帝那裡得到的。等韋南提翻譯完稿後，我們會抄錄兩份下來，一份交給米蘭地主，另一份則收錄在我們的圖書館裡。』

『這麼說來，圖書館並不以收藏異教徒的寓言集爲忤了。』威廉說。

『圖書館證實眞理，也證實錯誤。』一個聲音自我們背後傳來。那是佐治。我再次爲這位老者突如其然的出現感到驚訝（接下來的幾天夠我驚訝的了），彷彿剛才我們雖沒看見他，他卻一直看著我們。我也奇怪一個瞎眼的人到圖書室來幹嘛，後來我才明瞭佐治可以說是無所不在，隨時會出現在修道院的任何一個角落。他經常在寫字間裡，坐在壁爐旁的一張凳子上，房裡的一切動靜似乎都逃不過他的耳朵。有一回我聽到他由他的位置大聲問道：『上樓去的是誰？』同時把頭轉向正要上圖書室去的馬拉其，雖然有稻草掩住了他的腳步聲。修士們都很尊敬他，並時常仰賴他，把很難懂的段落唸給他聽，和他商量該怎麼潤飾，或向他請教該怎麼描述一隻動物或一個聖人。他會用那雙空洞的眼睛瞪著書頁，彷彿看著記憶中的文字，他會回答假先知的打扮一如主教，但開始卻吐出青蛙，或者會說那種石頭是用來裝飾聖城耶路撒冷的圍牆，抑或亞利馬皮就是普勒斯特·約翰（譯註：傳說中一位中世紀的基督徒及僧人，據云曾統治非洲或遠東某一個王國）的領域附近——要他們別把插圖畫得太過誘惑，將它們視爲象徵，可以辨認，但並不令人想望，或者使人發笑。

有一次我曾聽他勸告一個訓詁學者，如何根據聖奧古斯汀的思想，把泰可尼斯的著作精譯出來，避開異教徒的論點。還有一次我聽見他說明在評述時該如何區別異教徒和分離教派者。另一回，他告訴一個迷惑的學者在圖書目錄中找什麼書，以及他大致可在那一頁找到書目，並向他保證圖書館管理員一定會把書借給他，因爲那是一本由上帝啓發的著作。最後，在另一個場合，我聽到他說某本書是絕對找不到的。雖然目錄中載明了書名，但那本書在五十年前便已被老鼠所毀，現在任何人一碰它，它大概就會化爲一堆粉末了。換句話說，他是圖書館的記憶，也是寫字間的靈魂。有時候他會訓誡低聲交談的僧侶：『快點，快將眞理證實吧，時間有限啊！』他所指的是基督之敵的來臨。

『圖書館證實眞理，也證實錯誤。』佐治說。

『艾普利亞和路西安無疑都被視爲魔法師。』威廉說：『但這則寓言，在虛構的紗幕下，也有很好的寓意。它告訴我們犯了錯要付出怎樣的代價，而且，我相信這個人變了驢子的故事是在暗喻心靈墮入了罪惡。』

『很可能。』佐治說。

『現在我明白了，在我昨天所聽說的那段對話中，爲什麼韋南提對喜劇的問題會這麼感興趣；事實上，這一類的寓言可以說是古代的一種喜劇。故事中的人物都是不存在的，不像悲劇；相反的，正如艾紀朵所言，它們是虛構的……』

最初我不了解威廉何以要提出這個博學的討論，並且和一個似乎並不喜歡這個主題的人，但佐治的回答卻使我領悟到我的導師用心有多麼微妙。

『那天我們所討論的並不是喜劇，只是笑的正當與否。』佐怡皺著眉頭。我記得很清楚，才不過前一天韋南提提及那次討論時，佐治還說他已記不得了。

『啊，』威廉漫不經心地說：『我以爲你談到了說謊並巧立謎題的詩人……』

『我們談論「笑」。』佐治尖銳地說：『喜劇是異教徒爲了讓讀者發笑而寫的，那是絕對錯誤的。主耶穌基督從不說喜劇或寓言，只說著清楚的比喻，暗中指示我們如何登上天堂，如此而已。』

威廉說：『我倒奇怪你爲何強烈反對耶穌可能笑過的說法。我相信笑是良藥，就像沐浴，治療人的情緒和其他的苦惱，尤其是憂鬱症。』

『沐浴是好事，』佐治說：『阿奎奈也說過沐浴可以驅散憂傷，也可以使情緒恢復平衡。笑卻使身體震動，使臉上的五官扭曲，把人弄得像猴子一樣。』

威廉說：『猴子不會笑；笑對人類是合宜的，是理性行爲的一種徵象。』

『言談也是人類理性行爲的一種徵象，人卻可以以言談來冒瀆上帝。對人類合宜的事，並不一定全是好的。發笑的人並不見得相信他所笑的事物，卻也不厭恨它。因此，笑邪惡的事並不表示準備要對抗它，笑善良的事也不表示承認善的力量。所以教規說「謙遜的第十度並不是要使人發笑的。」』

『羅馬修辭學家昆提連說過，』我的導師接腔道：『為了莊嚴之故，讚詞中制止笑，但在其他情況中卻應加以鼓勵。普林．楊格寫道：「有時候我會笑，會嘲弄，會玩耍，因為我是個人。」』

『他們是異教徒。』佐治回答道：『教規嚴禁這些無聊的話語。』

『可是從前基督的話傳揚於世時，賽侖的昔那色斯說神性可以和諧地結合喜劇和悲劇，埃列斯．史帕提努也說到哈德連皇帝——一個行為高傲並有基督徒精神的人——說他可以將歡樂和嚴肅的時刻混合起來。就連歐索涅士也建議適當地運用嚴厲和嘲謔呢。』

『可是諾拉的寶林納和亞力山卓的克里蒙卻要我們防止這種愚行，蘇皮休．賽佛勒說過，沒有人曾看過聖馬丁發怒或歡笑。』

『但是他也引述了幾句聖徒的回答。』威廉說。

『那些是智慧之語，並不失之荒謬。聖艾弗林寫過反對僧侶發笑的一篇訓誡，在《僧侶的言行》一書中，更強烈警告應避免猥褻的行為和俏皮話，將它們視為毒蛇猛獸！』

『然而海德柏特極力主張笑是生活歡樂的泉源，薩利斯伯里的約翰也認可謹慎的歡笑。再說，你曾引用傳道書上的句子，說笑是愚人的行為，可是你別忘了那上面也寫著在心情寧靜時，無聲的微笑卻是有益的。』

『唯有在沈思眞理以及成就善事時，心情才會寧靜，而眞和善都不是好笑的事。因此基督才不笑。笑會挑起疑惑。』

『但是有時候疑惑並不是壞事。』

『我不以為然。當你心中起疑時，必須向一個權威者求助，聽一位神父或學者的話；然後懷疑的原因才會消失。我看你對爭論教義十分熱中，和巴黎的那些邏輯學家一樣。不過聖伯納明白如何阻撓法國的閹逆阿培拉德；阿培拉德想要把所有的問題都訴諸冷漠、毫無生命、不會被聖經啓發過的理性，說什麼照理而言如何如何的。當然一個接受危險思想的人也可能欣賞一個無知的人對眞理的嘲笑。』

『可敬的佐治啊，你稱神學家阿培拉德爲「闔逆」是不是很不公平呢？你知道他陷入那種可悲的情況，是由於其他人的軟弱……』

『是由於他的罪，由於他信仰人類理性的自負。大眾的信仰因而被嘲諷，上帝的奧秘被袪除了菁華（至少他們嘗試過，那些傻子），和最崇高的事物相關的問題被輕率地回答，神父們受到嘲諷，因爲他們認爲這些問題應該加以抑止，而不該提出。』

『我不同意，可敬的佐治。上帝要我們對許多隱晦不明的事物運用理性，那些事物都是聖經留給我們自由決定的。當某人建議你相信一個主張時，你必定要先檢查它是否可以接受，因爲我們的理性是上帝創造出來的，能取悅於我們的理性的，必然也能取悅於神性；至於神性，我們只能藉著理性的進程來推論。因此，爲了暗中詆毀違反理性的荒謬主張，有時候「笑」也是一種很適宜的工具。笑可以使壞人惶恐，使他們的愚蠢變得顯明。據說，當異教徒把聖摩路投入滾水中時，他還抱怨洗澡水太冷了；異教的行政官還愚蠢地把手伸入水裡試探水溫，結果燙傷了自己。這個神聖的殉教者以此嘲弄了信仰的敵人。』

佐治哼了一聲。『即使是在傳教士所說的軼事中，也有很多老太婆的故事。一個聖徒被浸入滾水中，爲基督受苦，抑止住自己的喊叫，他不會對那個異教徒耍這種幼稚的花招！』

『你瞧！』威廉說：『你認爲這故事違背了常理，控訴它失之無稽！雖然你控制自己的嘴唇，你卻暗自嘲笑某件事，而且也不希望我當眞。你所嘲笑的雖是「笑」，但你不能否認你是在笑啊！』

佐治憤憤地揮了一下手。『嘲笑「笑」——你將我引入了無聊的爭辯。然而你也知道基督是不笑的。』

『這點我並不確知。當他要法利賽人丟第一顆石子，當他問納貢的硬幣上刻了誰的像，當他說著機巧的話語時，我相信他說的是俏皮話，藉以喚醒罪人，並鼓舞門徒的精神。當他對該隱說：「你已經說過了。」那也是一句詼諧的話。我想你一定也很清楚當克盧涅可和西妥的衝突到了最熾烈的地步，克盧涅可控訴西妥沒有穿褲子，使他們都顯得很滑稽。在《愚人之鏡》中，敘述傻子布魯樂想著，如果夜晚颳風，把毯子吹掀了，僧侶們看見他們自己的外陰部，不知道會是個什麼情形……』

圍在四周的修士們都笑了起來，佐治怒不可遏：『你是在引誘我的這些兄弟陷入愚人的歡榮。我知道聖芳濟修士慣於以這種胡言亂語討群眾的歡喜，但對於這種把戲，我不妨引用你們的一位傳教士所說的話來告訴你：惡臭應由肛門排出。』

這句譴責嚴重了些。威廉是比較魯莽了，但現在佐治卻指控他由嘴巴放屁。我不禁想著這句嚴厲的回答是不是這位老僧示意要我們離開寫字間。然而，剛才還意興風發的威廉，現在卻變得謙恭了。

『請原諒我，可敬的佐治。』他說：『我的嘴洩露了我的思想。我無意對你表示不敬，或許你所說的才是正確的，而我的話是錯了。』

佐治面對這段極端謙遜的說詞，低哼了一聲，不知是表明滿意或是原諒；總之，他也只有回到他的座位去，而在辯論的當兒逐漸聚攏過來的修士們，也都散開了。威廉再度在韋南提的書桌前跪下來，重新搜尋那些紙張。藉著那幾句溫順的答話，威廉獲得了幾秒鐘的寧靜。而他在那幾秒鐘之間所看到的東西，激發了他在當夜再來查探的想法。

但是眞的就只有幾秒鐘而已。貝拿立即走了過來，假裝剛才圍過來聽辯論時把尖筆忘在桌上了；他低聲對威廉說他必須立刻和他談談，約好了在澡堂後面的一個地點碰面。他叫威廉先離開，一會兒之後他再跟出來。

威廉猶豫了一下，然後便叫喚馬拉其，馬拉其一直坐在圖書管理員的桌位後，將一切看在眼底。威廉央求他，鑑於院長的命令（他特別強調這個特權），請他派人看守韋南提的書桌；在威廉回來之前，這一整天不可讓任何人靠近這個桌位，而且這件事是很重要的。他大聲說出這些話，如此不僅馬拉其必須監視修士們，修士們也會監視馬拉其。馬拉其只有點頭同意，威廉和我便轉身離開了。

我們穿過庭園，走近與療養所相鄰的澡堂之時，威廉開口道：『好像有很多人怕我在韋南提的桌上或桌下找到什麼東西。』

『會有什麼東西呢?』

『我覺得就連那些害怕的人自己也不知道。』

『這麼說來,貝拿並不是眞的有話要告訴我們,只是要調我們離開寫字間了?』

威廉說:『我們很快就會明白了。』事實上,過不多久,貝拿便朝著我們匆匆走來。

11

第六時禱告

貝拿說出了一個奇怪的故事,透露了修道院生活中毫無啟發性的事情。

貝拿對我們說的話,實在是令人困惑。很可能他把我們約到那裡,眞的只是要誘我們離開寫字間,但也有可能因爲他編造不出一個合理的藉口,他對我們所說的是一件眞相的片段,而這件事實比他所知的還要重要。

他承認那天早上他過於謹愼,可是現在,經過冷靜的思考後,他認爲威廉應該知道所有的實情。在關於『笑』的那段著名的談話中,貝藍格曾提到『非洲之末』。那是什麼呢?圖書室裡充滿了秘密,尤其是那些從未借給修士們閱讀的書籍。威廉提及理性檢視主張的說法,使貝拿深有同感。他覺得一個修士──學者有權知道圖書室裡包含的一切,他喃喃譴責宣告亞培拉德有罪的梭森會議。他說話的當兒,我們意識到這個僧侶依然年輕,他喜歡修辭學,是由於對自由的思慕,對於修道院限制他的求知慾,費了一段艱難的時間才逐漸接受。我知道這種好奇心是不可信賴的，但我也明白這個態度並未使我的導師不悅；他反而很同情貝拿，對他添加了幾分信任。簡而言之，貝拿告訴我們他並不知道阿德莫、韋南提和貝藍格所討論的是什麼秘密，不過假如這可悲的故事會使圖書室的管理方法有所改變，他不會感到遺憾。他希望我的導師不管能否解開這團亂結，都能以理曉諭院長，說服他放鬆壓制僧侶的知識戒律——有些僧侶來自遙遠的地方，他又說道，像他自己，所以遠道而來，無非是想閱讀收藏在大圖書室裡的珍貴書籍，藉以滋養心靈。

我相信貝拿提出這項請求時是眞心誠意的。不管怎麼說，也許正如威廉所預見的，他想爲自己保留先去翻尋韋南提書桌的可能性，以滿足他的好奇心，同時爲了使我們離開書桌，他也準備供給我們一些消息做爲交換。

現在已有許多僧侶都知道，貝藍格對阿德莫有種不可理喻的激情；所多瑪城和蛾摩拉城便是因爲相同的激情，被神視爲邪惡，降火將兩座城市都燒了。所以貝拿表明了他自己的看法，或許是顧慮到我的年齡尙輕吧。然而任何在修道院度過少年生活的人，就算他保持純正貞潔，也會經常聽到有關這種情感的傳聞，有時候他必須保護自己，免於墮入那些已被這種情感所困的人所張的陷阱。我只是個小見習僧，但是在梅可時，便有一個老修士曾寫給我一些照理說該是一個凡人獻給女人的詩了。禁慾的誓言是我們遠離了罪惡的淵藪，也就是女性的軀體，只是那卻反而將我們引向別的錯誤。即使到了今天我年已老邁，當我在禮拜堂時，偶爾望向一個見習僧柔嫩清純如少女般的臉，仍會被正午的惡魔所煽動，我只能祈禱自己一直到死時，心性能篤定如一。

我說這些話，並不是對我自己奉獻於修道院生活的選擇起了懷疑，而是要說明對許多犯了錯的人而言，這個神聖的負擔是十分沈重的。也許是爲貝藍格可怕的罪行辯護。不過，根據貝拿所言，這個僧侶顯然以一種更卑鄙的方式放縱他的罪惡，以強求的手段自那些道德和禮儀都規誡他們不可給予的人那裡，獲得他所要的。

因此僧侶們冷眼旁觀貝藍格注視阿德莫的溫柔眼神，已有一段時候了。然而阿德莫卻沉醉在他的工作中，似乎只有自工作才能得到樂趣，對貝藍格的熱情根本就不加注意。但也許——誰曉得呢？——他不明瞭他的精神暗中也有同樣恥辱的傾向吧。事實是，貝拿說，他無意中聽到了阿德莫和貝藍格的一次對話，貝藍格提到阿德莫要求他揭示的一個秘密，提出了極為卑劣的交換；即使是最無知的讀者也猜想得到的。貝拿好像聽到阿德莫應允了，語氣是那麼的如釋重負。彷彿——貝拿大膽地推測——阿德莫心裡也有同樣的慾望，而今他找到了並非是情慾的藉口加以應允，所以感到很放心。貝拿說，這表示貝藍格的秘密必定是與學識有關，因此阿德莫能夠懷著對肉體之罪屈服的錯誤觀念，只求滿足知識的渴欲。貝拿笑笑，又說道，他自己也曾有許多次被強烈的求知慾所折磨，為了滿足它們，他會不惜應允別人情慾的請求，儘管那違背了他的本意。

『難道，』他問威廉：『你就不曾為了能夠翻閱你已尋求多年的一本書，而做出可恥的事嗎？』

『幾世紀前，賢明而又高潔的西維斯特二世，將一個極其珍貴的渾天儀當成禮物送給別人，以交換羅馬詩人斯太夏斯或陸堪的手稿。』威廉又謹慎地加了一句：『可是那只是一個渾天儀，而不是他的操守。』

貝拿承認他的狂熱使他有點不知所云了，接著他又回頭說他的故事。阿德莫遇害的前一晚，貝拿被好奇心所驅使，在晚禱結束後，偷偷跟蹤這一對假鳳虛凰，看見他們一起走進宿舍。他等了好一陣子，半開著房門（他的房門與他們兩人的相隔不遠），等到僧侶們都入睡了，宿舍裡一片沈寂時，他清楚地看見阿德莫溜進貝藍格的房裡。貝拿難以成眠，睜眼躺在床上，直到他聽見貝藍格的房門又開了，阿德莫快步地跑了出來，而他的朋友卻極力要將他拉住。貝藍格跟在阿德莫之後跑到樓下去，貝拿小心翼翼地隨後跟去，在走廊前，他看見貝藍格渾身發抖，縮在一個角落裡，盯視著佐治的房門。貝拿猜測阿德莫大概是去找這個可敬的老僧表白他的罪了。貝藍格知道他的秘密就要被揭穿了，所以不住地顫抖；雖然在神聖的誓約下，他的秘密仍將會隱而不宣。

然後阿德莫出來了，臉色慘白，將想要和他說話的貝藍格推開，衝出了宿舍，跑到禮拜堂後方，由北邊的門（夜間仍不關閉）進入了禮拜堂。說不定他是想禱告吧。貝藍格跟在他後面，卻沒有踏進禮拜堂；只是在墓園裡走來走去，絞扭著雙手。

貝拿正想著該怎麼辦時，突然意識到這附近還有第四個人。這個人顯然也是跟蹤那對僧侶來的，而且並未注意到躲在墓園旁一株橡樹幹後的貝拿。這第四個人是韋南提。貝藍格一看見他，便在墳墓間蹲了下來，韋南提則走進了禮拜堂。到了這時候，貝拿怕自己被人發現，便轉身回宿舍去了。第二天早上，阿德莫的屍體被人在懸崖底下發現。以外的事，貝拿就不得而知了。

午餐時刻快到了。貝拿離開了我們，我的導師並未進一步追問他。我們在澡堂後又逗留了一會兒，然後在庭園裡散步，思索著這番個人的揭示。

『赤素馨，』威廉突然說著，彎身觀察一株植物；在那個寒瑟的冬日，他從葉已落盡的枯樹叢便認了出來。『樹皮製成的藥水，對痔瘡最有效了。那是極地桔梗，用它的根製成敷藥，可治療皮膚的瘢痕。』

『您比賽夫禮納懂得還多，』我對他說：『可是現在請告訴我，對於我們剛才所聽到的您有什麼看法吧！』

『親愛的埃森，你該學著用你自己的腦筋去想。貝拿對我們說的或許是實情。他的故事和貝藍格今早所說的互相吻合，都有同樣的幻覺。貝藍格和阿德莫一起做了邪惡的事；這一點我們已經猜測過。貝藍格必定對阿德莫揭露了一個秘密，這秘密是什麼，我們仍然不知道。阿德莫在犯了違反貞潔和自然法則的罪後，只想找一個可以赦免他的人告解，所以他跑去找佐治。佐治的個性十分嚴厲，我們自經驗便已得知了；他必然對阿德莫大加譴責。說不定他拒絕赦免，說不定他強制了一次不可能的懺悔式：我們不知道，佐治也不會告訴我們。事實是阿德莫衝進了禮拜堂，在祭壇前跪拜，卻不曾平息他的悔恨。這時候，韋南提來了，我們不知道他們彼此說了什麼話。或許阿德莫把貝藍格（當作報酬）對他揭露的秘密告訴了韋南提；對他而言那已無關緊要了，因為現在他擁有一個更熾烈、更可怖的秘密。至於韋南提呢？他和我們的朋友貝拿一樣，都是被強烈的好奇心所驅使，也許他所聽到的使他滿足了，所以他離開了懊惱自責的阿德莫，阿德莫覺得自己已是萬劫不復了，便決心要自殺，絕望地走到墓園，又碰見了貝藍格。他對他說了一大段駭人的話，把責任推給他，稱他爲悖德的導師。我相信，在貝藍格的敘述中，把所有的幻覺都省略了。阿德莫對他說的話，一定是從佐治那裡聽來的。現在，貝藍格懼怕得往一個方向奔逃，阿德莫卻往相反的方向而行，去自殺。接下來的我們大概都親眼目睹了。大家都以爲阿德莫是被謀殺的，所以韋南提相信那個圖書室的秘密比他原先所想的還要重要，因此他繼續獨自搜尋。最後，不知道是在他找到他所探查的事物之前或之後，某個人阻止了他。』

『是誰殺了他？貝藍格嗎？』

『也許，或是看守著大教堂的馬拉其。搞不好是別的人。貝藍格有嫌疑是因爲他很驚恐。而且那時他明白韋南提已知道他的秘密。馬拉其也有嫌疑，他是圖書館的守衛，當他發現有人侵入圖書館，便把那個人殺了，佐治對任何人的任何事都無所不知，擁有阿德莫的秘密，又不希望我發現韋南提可能探查到什麼……許多事實使他也難脫關係。不過告訴我，一個瞎了眼的人怎麼使足全力殺死另一個人呢？而一個老人，即使身強體健，又怎麼能夠把屍體拖到水缸旁呢？爲了不能表白的原因，他可能對我們說了謊。再說，嫌疑者不一定只是曾參與討論「笑」的那些人啊。也許兇犯有其他的動機，和圖書館無關。總而言之，我們需要一盞燈，並且要知道如何在夜間潛入圖書室。燈就由你想辦法吧。晚餐時到廚房裡晃一晃，拿它一盞……』

『偷嗎？』

『只是借用而已，爲了上帝的榮耀。』

『那就包在我身上了。』

『好。至於潛入大教堂，昨晚我們已看到馬拉其是從那裡出來的。今天我會到禮拜堂去，特別留意側面那個附屬禮拜堂。一個小時內我們就要吃飯了。飯後，我們要和院長開個會。你可以到場，因爲我要求帶個秘書去，把我們所說的記錄下來。』

12

院長為修道院的財富感到自豪，並說出對異教徒的懼怕，最後埃森懷疑他出外探索這個世界是否錯了。

第九時禱告

我們在禮拜堂的主祭壇處找到了院長。他正在整理著先前一些見習僧由一個秘密的地方搬出來的聖瓶、聖餐杯、聖體碟、聖體架和一個基督受難像；上午的禮拜儀式時，我並未看到這些聖物，它們令人眩目的美，使我忍不住驚嘆了一聲。時值正午，光線透過禮拜堂的窗子照射進來，造成了一層層白色的瀑布，彷彿神秘的聖河，在許多個地方交錯，把祭壇也吞噬了。

聖瓶、聖餐杯，每一件物品都顯示出它珍貴的質料：在黃金之中，嵌有純白的象牙，還有透明的水晶，各種顏色和大小的寶石閃耀著璀璨的光芒，我看得出有風信子石、黃晶、紅寶石、藍寶石、翡翠、綠玉髓、瑪瑙、紅玉和碧玉。同時我意識到那天早上在禱告和驚惶中，有許多東西我都沒注意到：祭壇的正面和兩側的三塊嵌板都是純金的，因此不管從什麼方向看去，整個祭壇都像是純金打造的。

院長對我的驚異微微一笑。『你們所看見的這些財富。』他對我和我的導師說：『以及你們稍後將會看見的，都是幾世紀以來虔誠和奉獻的繼承物，證實了本修道院的力量和神聖。世間的王孫貴族，主教和總主教，都曾在這個祭壇獻祭過，將代表他們封爵的戒指，象徵他們高貴的黃金和寶石，在這裡熔鑄，使天主和祂的所在得到榮耀。今天修道院雖然須受制於他人，但我們卻絕不可忘記上帝的力量和權力。聖母瑪利亞誕生節就要到了，我們開始把這些聖器擦亮，好慶祝救世主的誕生。每件東西都應該顯出它最光燦的一面。』他注視威廉，又往下說，後來我才明白何以他這麼驕傲地堅持爲他的行動辯護：『因爲我們相信那是有用的，而且不該隱藏起來，同時也是在宣告神的慷慨。』

『當然，』威廉禮貌地說：『假如院長覺得必須榮耀天主，那麼你的修道院已在這充足的讚美中成爲最優秀的。』

『必然是的。』院長說：『如果根據上帝的意願和先知的命令，照例要用金質雙耳瓶或金製小缽去盛山羊血或小牛血或所羅門王廟中的小牝牛血，那麼更應該恭敬而虔誠地用鑲綴了寶石的金瓶，以及最有價值的創造物，來盛接基督的血！假如我們使用祭禮天使的二流創造物，那麼這個禮拜儀式仍然是不值得的……』

『阿門。』我說。

『有許多人抗議說虔誠的心靈，純潔的心，被信仰所牽引的意志，應該以這個神聖的功能爲滿足。我們率先清楚而堅決地宣佈這些是必要的東西；但我們認爲透過聖器的外在裝飾，也必須要恭敬嚴謹，因爲我們必須毫無保留地以一切的東西侍奉我們的救世主。祂從來也未拒絕過供給我們一切，完整而毫無保留。』

『貴修會的偉人一向如此認爲，』威廉同意道：『我還記得可敬而偉大的休格院長曾將禮拜堂各種美麗的飾物一一描寫。』

『是的。』院長說：『你看這個耶穌受難像；它並不很完整……』他虔敬地執著十字像，凝視著它，臉上有種喜悅的光彩。『這裡還缺少幾顆珍珠，因爲我一直沒找到大小合適的珠子。聖安德魯曾說過各他（譯註：在耶路撒冷附近，基督被釘於十字架之地）的十字架是以基督的肢體而不是以珍珠作裝飾的。而這個卑微的贗品必須以珍珠裝飾。另外，我想在這裡，救世主的頭部上方，嵌上一顆最美麗的鑽石。』他用修長的手指恭敬地撫摸製成這個十字像兩臂的象牙。

『我望著這間美麗的殿堂時，各種顏色的寶石會使我忘卻外界的事務，引我沈默靜思，由有形的物質想到無形的物質，以及道德的變化，然後我覺得自己彷彿置身在宇宙一個奇妙的區域中，不再完全陷於人間的泥淖，也並不完全在天堂的純淨中解脫。由於上帝的恩寵，我似乎能夠由這個下方的世界升到更高的世界……』

他說著，望向本堂中央。由上面射下的一束光照亮了他的臉龐，他的雙手交叉成十字形向前伸去，整個人好像陷於一種狂熱的情緒中。『每一個生物，』他說：『不管看得見還是看不見，都是一道光，被光的父賦予了生命，這個象牙，這個瑪瑙，以及我們四周圍的寶石，都是光；我知道它們是美的，好的，依據它們自己的比例規則而存在，它們有不同的種類，不同的數量，它們順應常態，根據它們的重量而各有其特定的位置。我凝視著它們，可以感覺到它們本然的珍貴，以及神的創造力，因爲假如我必須竭力掌握上帝的莊嚴，唯有金子和鑽石所造成的奇妙效果能使我了解神的因果律。然後，當我在這些寶石中感知如此崇高的道理，我的心靈會哭泣，因喜悅而震動，並不是由於塵世的虛榮或愛好財富，而是對上帝最純潔的愛，沒有原因的原因。』

威廉極其謙遜地說：『這的確是神學中最甜美的一部份。』我想他是在不知不覺中使用了修辭學家所謂的『反語』，由發音、語調就可表明出來的——威廉以前從未這麼說過話。也正是因爲這個緣故，院長只取他這句話的表面含意，又說道：『這是使我們和上帝接觸最直接的途徑：神的顯現。』

威廉禮貌地咳了兩聲，說：『呃……唔……』當他想提出一個新話題時，總是這樣的。他設法使聲音顯得優雅，因爲他習慣以長長的呻吟做爲評論的開場白——我想典型的英國人大概都是如此——彷彿說明一個完整的想法令他費了很大的心力。然而，現在我明白了，他在敘述之前發出的呻吟聲愈多，就表示他對即將提出的主張更爲確信。

『呃……哦……』威廉又哼了幾聲。『我們該談談這次會議和貧窮的爭論。』

『貧窮……』院長仍然沈醉在思緒中，似乎捨不得離開那個宇宙的美麗區域。『啊，是的，會議……』於是他們開始熱烈地討論一些事情；其中有一部份我已知曉，另一部份我在傾聽他們談話時試著了解它們的涵義。正如我在本書一開始時便已說過的，他們談到了皇帝和教皇，以及教皇和聖芳濟修會之間的雙重爭吵；聖芳濟修會的斐路幾亞僧會曾擁護聖經中謂基督貧窮的理論，另外還有聖芳濟修會偏袒帝國所造成的混亂；這種三角對立和聯盟的局面現在已變成了四角，這全是由於聖班尼狄特教團的介入；雖然我對此仍一知半解。

我從來不甚明瞭聖班尼狄特修會的院長們何以要庇護聖芳濟的修士。因爲如果聖經宣揚放棄所有世間之物，這些院長們所遵循的是一條同樣高潔，但卻完全相反的道路——在這一天我不是親自目睹了嗎？——不過我相信院長們認爲教皇的權力過張，即表示主教和城市的權力過張，而我的修會幾世紀以來保持完整的權力，乃是由於反對不屬於教派的聖職者和城市商人，將修會視爲人世和天堂之間的直接媒介，也是君主的顧問。

我時常聽見根據箴言將上帝的子民分爲牧羊人（大致指傳教士而言）、狗（也就是戰士）和羊（大眾）的說法。但後來我獲告這個句子另有其他解釋。聖班尼狄特教團所提及的並非三種階級，而是兩大區分，一個涉及人間事務的行政，另一個則是天上事務的行政。就人間事務而言，尙可區分爲神職人員、地主和大眾，但這三部份卻直接和上帝的子民和天堂有所連繫，而僧侶和俗世的牧羊人並沒有什麼關連，神父和主教都已變得無知而且腐敗，只關注著城市的利益，而羊群已不再是信仰虔誠的好農民，而是商人及工匠。聖班尼狄特修會並不遺憾由不屬於教派的神父來統馭大眾，只要這個政府的規律由僧侶來建立，僧侶直接和所有人世權力的來源——亦即帝國——接觸，正如他們和所有天上權力的來源直接溝通。我相信，就是爲了這個緣故，許多聖班尼狄特的修道院院長爲了恢復帝國的威嚴以對抗城市的政府（主教和商人聯合），同意保護聖芳濟修士；他們並不贊成聖芳濟修會的主張，但修會的存在對他們卻很有利，使得帝國有很好的推論，對抗權力過大的教皇。

後來我歸結出，也就是這些原因使得亞博現在準備和身爲皇帝公使的威廉合作，並充任聖芳濟修會和羅馬教廷之間的調停者。事實上，即使是在危及教會團結的強烈爭吵中，薛西納的邁可在約翰教皇幾次召喚他到亞威農之後，終於打算接受邀請，因爲他不希望他的修會與羅馬教廷起了難以化解的衝突。至於聖芳濟修士，他希望立刻看到他們的地位確立，獲得羅馬教宗的認同，據他推測，只有得到了教皇的同意，他才能長久地統領修會。

但有許多人警告他，教皇設下了圈套在法蘭西等著他，將要控訴他爲異端，把他送到宗教法庭審判。因此，他們勸告邁可到亞威農去之前，應該先進行談判。馬西略有個更好的主意：派一個皇帝的公使和邁可同往，把皇帝支持者的觀點向教皇提出。這或許不能說服老柯霍，但卻可以增強邁可的地位；既然他成爲皇帝代表團的一份子，羅馬教宗便不能輕易將他殺害。

話說回來，這個主意也有許多不利之處，而且不能立刻實行。於是又有另一項提議，那就是由皇帝代表團和教皇的公使先進行初步會議，表明雙方的立場，並爲進一步的接觸簽定一項協議，保證義大利訪客的安全。巴斯克維爾的威廉被派定發起這第一次的會議。稍後，他將在亞威農提出帝國神學家的觀點，如果他順利度過了旅途的話。這是一項困難的冒險，因爲教皇只想見邁可一個人，以便陷害他，所以他很可能會暗中派人到義大利，而這些人所奉有的指示是使得皇帝公使到教廷去的這趟既定旅程終歸失敗。到目前爲止，威廉此行還算成功。和許多位聖班尼狄特修道院的院長長談過後（這也就是我們沿途一路停歇的原因），他選擇了我們現在所在的修道院，正因爲院長對帝國十分忠心，而且，透過他高明的外交手腕，也很討教廷的歡心。中立區域，因此，這所修道院便是兩群人可能會聚之處。

但是教皇的反對並未衰竭。他知道他的代表團一旦踏上修道院的領域，就得服從院長的管轄；由於他的公使中有幾位是非教區的聖職人員，他藉口惟恐帝國有什麼陰謀，而不願接受這個控制。職是之故，他提出條件讓他的公使安全地受法蘭西國王的一隊射手保護，聽令於教皇所信賴的一個人。我曾模糊地聽到威廉在波比歐時和教皇的一位使者討論這一點：爲規定這個團體的責任而定下規則——或者該說，定下保證教廷代表團安全無虞的條文。亞威農方面所提出的定則終於被接受了，因爲這個定則看起來頗爲合理；武裝者和其長官有權制伏『任何試圖危害教廷代表團員的性命或試圖以暴力行爲影響代表團決定或判斷的人』。當時，這項協定似乎只是爲第一要務而締結的。現在，修道院最近發生的事件使得院長深覺不安，對威廉說出了他的懷疑。假如代表團在兩件罪行尚未查明之前抵達修道院（次日院長的憂慮有增無減，因爲罪行將增加到三件），他們只有坦白說出在這個地方，某個人有能力以暴力行爲影響教廷公使的決定或判斷。

想要隱瞞這些罪行是行不通的；萬一要再發生什麼事的話，教廷公使會懷疑這是一項暗算他們的陰謀。因此只有兩個解答。威廉必須在代表團到達前找出兇手（說到這裡，院長嚴厲地瞪視威廉，好像是無聲地責備他竟然還未解決這件事情），否則就得坦白告知教皇的公使，請求他們的保護者在開會討論期間嚴密監視修道院。院長不喜歡第二個解答，爲了那無異是放棄他的部份主權，把他自己的僧侶交給法國人控制。可是他不能冒任何險。事情的轉折使得威廉和院長兩個人都很焦急；然而，他們並沒有很多選擇。他們決議第二天再做最後的決定。目前，他們只能仰賴上帝的慈悲和威廉的睿智了。

『我會盡我的力量，院長。』威廉說：『但是，另一方面，我實在看不出這件事怎麼會危害到會議。就是教廷的公使也會了解一個瘋子，或者是一個狂徒，或者是一個迷失心靈者的舉動，是不能和心智正常的人會聚討論嚴肅的問題相提並論的。』

『你這麼想嗎？』院長瞪著威廉，說道：『記住：亞威農人只知道他們將要會見麥諾瑞特修士；因此他們是很危險的人物，接近於佛拉諦斯黎，有些甚至比佛拉諦斯黎更喪心病狂——』說到這裡，院長壓低了聲音——『這裡所發生的事件與之相比，雖然恐佈，卻和太陽下的薄霧一樣輕淡。』

『這並不是同一件事啊！』威廉喊道：『你不能把斐路幾亞修會的麥諾瑞特修士，和誤解了福音信息的異教徒團體，放在同樣的水平上，把對抗富有的奮鬥說成一連串私人的深仇大恨或是嗜血的愚行……』

『才不過幾年前，離這裡只有幾哩路遠的地方，你所說的那種團體之一，放火燒了瓦西里教區和諾瓦拉山區的房屋，並屠殺人民。』院長簡明地說。

『你說的是多西諾兄弟和使徒……』

『假使徒。』院長糾正他。我又一次聽到多西諾兄弟和假使徒被提及，以同樣愼重的語氣，夾雜著一絲恐懼。

『假使徒。』威廉立刻同意道：『可是他們和麥諾瑞特修會並沒有關連……』

『……他們都同樣敬仰卡拉布里亞的喬新。』院長說：『你可以去問你的猶伯提諾兄弟。』

『我必須向院長指出，現在他已經屬於你的修會了。』威廉說著，淡淡一笑，鞠了個躬，似乎是爲院長的修會接納了一個這麼有聲譽的人表示恭賀。

『我知道，我知道。』院長笑著說：『你也知道我們的修會十分照顧惹怒了教皇的僧侶。我並不僅指猶伯提諾一個人，還有其他許多人，比較卑微、不爲人知的兄弟；或許我們應該更了解他們才對。因爲我們曾經接納過穿著麥諾瑞特僧服，避難到此的人，後來我才知道他們以前曾經和多西諾信徒十分親近……』

『這裡也有嗎？』威廉問道。

『是的，我現在對你揭露的事，坦白說，我知道得也不多，總之是無法提出控訴的。但既然你在調查本修道院的生活，你最好也知道這此事。我會進一步告訴你，基於我所聽到或推測的事，我懷疑——只是懷疑——我們的管理員曾經有過一段黑暗的生活；他是在兩年前麥諾瑞特僧侶被逐後，才到這裡來的。』

『管理員？維拉金的雷密喬是個多西諾信徒？』威廉說：『在我看來，他似乎是個最溫和的人，對貧窮的論點毫無興趣……』

『我不是說他有什麼不對，而且他盡忠職守，全修道院的人都很感激他。我提及這點只是要讓你明白，要找出我們的一位兄弟和一位佛拉諦斯黎之間的關連有多麼容易。』

『你的寬宏大量又誤用了一次。』威廉說：『我們是在談多西諾信徒，而不是佛拉諦斯黎。就是不指出特定的一個人，關於多西諾信徒也有許多可說的，因爲實在有太多類了。不過，他們仍不能被稱之爲殘暴，最多只能指責他們出於對上帝的眞愛，不多加思索便把神靈謹愼傳導的事付諸實行；我必須同意這兩個團體的分界線非常細微……』

『可是佛拉諦斯黎是異教徒啊！』院長尖銳地打斷威廉的話：『他們可不願忍受基督和使徒的貧窮，雖然我不贊同這個信條，但那可能足以對抗亞威農的傲慢。佛拉諦斯黎自這項信條中推衍出一個實際的論點：他們推斷出一種革命、掠奪、行爲墮落的權利。』

『可是那一個佛拉諦斯黎呢？』

『全部，大致上說來。你知道他們被不堪出口的罪惡所污染。他們不認可婚姻，否定地獄、犯雞姦之罪，他們擁抱布格瑞或得萊剛的波各密異端……』

『請你別把彼此分開的事混爲一談！』威廉說：『聽你的說法，好像佛拉諦斯黎、培塔利尼、華登西、卡瑟利，和這些布格瑞的波各密及德拉哥維薩的異端都沒有什麼分別了！』

『不錯，』院長銳利地說：『他們都是異教徒，危害了文明世界的秩序，以及似乎深爲你喜愛的帝國的秩序，所以並沒有什麼不同。一百多年前，布列西亞的阿諾信徒，縱火焚燒貴族和紅衣主教的房子，這就是培塔利尼隆巴異端的果實。』

『亞博，』威廉說：『你住在這個遺世獨立的修道院裡，遠離了世間的邪惡。城市裡的生活比你所想的複雜多了，而且錯誤和邪惡也有不同的程度，你知道。羅得實在算不得是個罪人，比之於他那些對上帝派下的天使懷有髒思想的市民們；彼得的背叛和猶大的背叛比起來，根本算不上什麼：前者是可以原諒的，後者卻不然。你不能把培塔利尼和卡瑟利相提並論。培塔利尼只是並未超過聖母教會規劃的一項改革舉動。他們只是想改善神職者的行爲。』

『認爲不純潔的神職者不能參加聖禮儀式……』

『他們是錯了，但這是他們唯一的教義錯誤。他們從未在祭壇前提出上帝的法則……』

『可是布列西亞的阿諾是聽了培塔利尼僧侶的傳教，兩百多年以前，在羅馬，驅使鄉下的暴民燒掉貴族和主教的房舍。』

『阿諾只是想使該城的自治官接受他的改革行動。他們反對他，他在貧窮和被驅逐的群眾那裡找到了支持。他爲那個比較不腐敗的城市向他們請求，而他們的反應卻是激烈的暴力；這不是怪罪於他。』

『城市都是腐敗的。』

『今天城市裡住的都是上帝的子民，而你、我，則是他們的牧羊人。那是一個醜陋的地方，富有的神職者對窮人和飢餓的人傳揚道德。培塔利尼的混亂便是在這種情況下應運而生的。他們是很可悲的，但並不難明瞭。卡瑟利卻大不相同了。那是東方的異端，完全是在教會的信條之外。我不知道他們是不是眞的犯過別人指責他們的種種罪行。我知道他們排斥婚姻，否定地獄。但我懷疑其他的罪惡只是別人基於他們所標榜的思想而胡亂編派的。』

『你的意思是說，卡瑟利和培塔利尼不能混在一起，而它們兩者不只是惡魔無數面目的其中兩面而已？』

『我的意思是說，有許多異端，它們所持的教義各不相同，卻都能夠激起大眾的迴響，那是因爲它們對這些人提出了另一種生活的可能性。我時常說一般人對於教義並不很了解，有許多單純的民眾把卡瑟利和培塔利尼所傳揚的搞混了。甚至連神靈的教導也混成一堆。亞博，使我們明智的學識和榮譽感，對大眾的生活並無幫助。他們爲貧病所苦，無知又使得他們張口結舌。他們許多人之所以加入異教團體，只爲了藉此叫喊出他們心中的絕望。他們燒掉主教的房子，是想改良神職人員的生活，或者表明他所傳揚的地獄並不存在。他們不明白地獄是確實存在的，住在那裡的羊群，再不能跟隨我們這群牧羊人。然而你很清楚，正如他們分不清楚布格瑞教會和李普蘭多信徒，在位者和支持他們的人也常常分辨不出神靈和異端。帝國的軍隊常和他們的敵對者格鬥，更鼓舞民眾傾向於卡瑟利。我認爲他們的行動是錯誤的。現在我更知道，同一支武力爲了要除掉這些不安、危險又太「單純」的敵人，經常把異教徒的罪名冠到其中一群人的頭上，活活將他們燒死。我曾見過——我向你發誓，亞博，是我親眼目睹的——品德高尚的人，貧窮和貞潔的忠實信徒，但卻是主教的仇敵；主教將他們推到世俗武力的手中，不管是帝國或是自由城市的武力，指控這些人離婚、雞姦、倒行逆施——或許別人確實有罪，這些人卻沒有。愚民就是刀俎上的魚肉，當他們可以對相對的力量造成麻煩時，他們就被利用，當他們已沒有利用價値，就被犧牲了。』

『因此，』院長以明顯的惡意說：『多西諾兄弟和手下的瘋子，吉剌鐸．施格瑞和那些殺人兇手，邪惡的卡瑟利和道德的佛拉諦斯黎，雞姦的波各密和培塔利尼，都是改革者了？告訴我，威廉，你對於異教徒知之甚多，也曾親眼見過他們，告訴我眞理何在呢？』

『有時候，根本沒有眞理可言。』威廉悲哀地說。

『你瞧，你自己也已不再能分辨出異端與否了。至少我還有規則可循。我知道異教徒會危害教會，污染上帝的子民。我擁護帝國，因爲它爲我保障這所修道院。我和教皇對抗，因爲他把聖靈的力量交給主教和城市，而他們聯結了商人和自治體，使得本修會不能繼續存在。我們的修會已維繫了好幾世紀了。至於異教徒，我也有一條規則，那也就是齊妥斯主教艾納德，對問他該如何處置貝季兒市民那些人的回答：「將他們全都殺了，讓上帝自己去辨認吧。」』

威廉垂下眼睛，一時默然不語。然後他說：『貝季兒城被陷，我們的軍隊卻不管男女老幼大開殺戒，將近兩萬人死於刀下。屠殺之後，他們還掠奪那個城市，並放火將它燒毀。』

『聖戰仍然是戰爭呀。』

『爲了這個原因，也許不該有什麼聖戰。不過我說到那裡去了？我到這裡來，是要爲路易的權利辯護的；他也要把義大利置之於武力。我發現自己陷於一場奇特的聯盟遊戲中。主教和帝國的聯盟是奇特的，帝國和為人民尋求主權的馬西利亞斯結盟也是奇特的。我們兩個人的聯結更是奇特；我們的思想和傳統有那麼大的差異。但我們有兩個共同任務，使會議成功，並找出兇手。讓我們試著和平地進行吧。』

院長伸出雙臂。『給我和平之吻吧，威廉兄弟。你的學識淵博，我是不能和你無休無止地爭辯神學及道德的觀點。不過，我們絕不要放棄辯論的樂趣，一如巴黎的導師們。你說得對：眼前還有重要的任務，我們必須一致進行。但我所以說了這麼些話，是由於我相信這是有關連的。你明白嗎？可能的關連——或者是其他人可能想到的關連——在這裡所發生的罪行和你的兄弟的論點。因此我才向你提出警告，也因此我們必須防止亞威農人起疑。』

『院長該不是建議我的調查應該有個界限吧？你相信最近發生的事件可以追溯到關於一個修士過去持有異端的故事去嗎？』

院長噤聲不語，望著威廉，臉上漠無表情。好一會兒後，他才說道：『在這個可悲的事件中，你是裁判官。你是應該懷疑，並且冒著不公平懷疑的險。在這裡，我只是個神父。我要說，如果我確知我的一個修士的過去，確實有讓人起疑的好理由，那麼我自己已把這有害於健康的植物根除了。我所知道的，你全都知道了。我不知道的，你的智慧將它們一一揭發。』他對我們點了點頭，便轉身走出了禮拜堂。

『故事變得更複雜了，親愛的埃森。』威廉皺著眉，說道：『我們追蹤一份手稿，我們變得對幾個過份好奇的僧侶彼此的誹謗及縱慾的舉動感興趣，現在，又現出了一條完全不同的線索。管理員……還有和管理員一起到達此處的薩威托……不過，我們還是先去休息一下吧，因為我們計劃今晚保持清醒。』

『那麼你還是打算今晚潛入圖書室去了？你不放棄第一條線索嗎？』

『當然不了。總之，誰說這兩條線索是不相干的呢？而且，管理員的這回事，說不定只是院長的多疑罷了。』

他舉步往朝聖者招待所走去。走到門檻時，他停住腳，彷彿接續先前的評論似的，又開口說話。

『畢竟，院長認爲在他的僧侶之間有些什麼不健康的事情，才要求我調查阿德莫的死，只是現在韋南提的死又帶出了其他的疑點，或許院長也察覺了秘密的關鍵是在圖書館，而他並不希望任何人去探查那個地方。所以他對我提出了管理員的事，好將我的注意力自大教堂調開……』

『可是他爲什麼不希望——』

『別問太多問題。打一開始院長就告訴過我圖書室不能碰。他一定有他的好理由。說不定他牽涉到某一件他認爲和阿德莫的死無關的事，現在他卻意識到醜聞慢慢傳開，很可能會涉及他。他不希望眞相被發現，至少是不希望由我來發現……』

我沮喪地說：『那麼我們是住在一個被上帝所棄的地方了。』

『你難道知道有什麼上帝時常眷顧的地方嗎？』威廉垂眼看著我。

然後他打發我去休息。我躺在草舖上，心想我父親眞不該要我出來探索世界，這世界可比我想像的複雜得多了。我一下子便學了太多的東西。

當我沉沉入睡之際，我低聲默禱：『上帝，拯救我免於被獅子吞噬吧。』

13

黃昏晚禱之後

老阿里男多說出有關迷宮的情形，以及入內的路徑。

我一直睡到快要鳴鐘吃晚餐的時刻才醒來。我覺得遲鈍而睏倦，因爲晝寢和肉體之罪一樣；愈睡愈想睡，然而你又不很快樂，同時既滿足又不滿足。威廉不在他的房裡，顯然早就起身了。我到處找了一會兒後，看到他從大教堂裡走了出來。他告訴我他到寫字間去了，翻翻目錄，觀察工作的僧侶們，一邊繼續搜尋韋南提的書桌。但是也不知道爲了什麼原因，每個修士都好像想阻止他在那堆紙張中翻找。先是馬拉其走過來，拿了一些珍貴的裝飾畫給他看，接著貝拿又找了無聊的藉口煩擾他。後來，等他又彎下身體繼續檢查時，貝藍格又開始在附近徘徊，表示想幫他的忙。

最後，馬拉其眼看我的導師是決心非搜查韋南提的遺物不可了，乾脆直截了當地對他說，在翻尋死者的文件之前，最好先去請示院長；他自己雖是圖書管理員，出於敬意和訓練，也不會這麼做的，再說，一如威廉所要求的，沒有人接近過那張書桌，所以在院長下令之前，任何人都不該接近那兒。威廉明白和馬拉其這種人講理是講不通的，儘管韋南提的文稿所激起的騷動和畏懼使他更想仔細看個究竟。不過他反正已決定那一晚再潛回那裡去的——雖然他還不知道怎麼進去——所以他覺得還是先別製造出任何事端的好。然而他卻懷了報復的想法，若非這想法是被對眞相的渴求所激起的，那就未免失之頑固，該受到譴責了。

進入餐廳之前，我們在迴廊裡踱了幾分鐘，讓冰涼的晚風把殘存的睡意吹走。有些僧侶也在那裡漫步沈思，迴廊的末端通向庭園，我們看見了洛塔費勒的阿里男多；這位老僧拖著孱弱的身軀，只要不在禮拜堂裡祈禱的時刻，多半都徜徉在樹林之間。他坐在外側的走廊，似乎不覺寒冷。

威廉向他問好致意，這個老人好像很高興有人肯和他聊天。

『很寧靜的一天。』威廉說。

『上帝保佑。』老人回答道。

『天上寧靜，地上卻一片愁雲慘霧。你和韋南提很熟嗎？』

『韋南提誰呀？』那老人說罷，眼眸閃現出一絲光芒。『啊，那個死去的孩子。野獸在修道院裡徘徊了……』

『什麼野獸？』

『來自海底的大野獸……有七個頭十隻角，角上有十個王冠，頭上有三個冒瀆的名字。那野獸長得像隻豹子，有熊一般的腳，還有獅子的嘴……我看過牠。』

『你在哪裡看過牠的？圖書室裡嗎？』

『圖書室？爲什麼在那兒？我已經有好些年沒到寫字間去了，根本從沒見過圖書室。沒有人到圖書室去的。我知道那些曾上過那裡的人……』

『誰？馬拉其？貝藍格？』

『哦，不是的……』老人格格笑了起來。『更早。在馬拉其之前的圖書管理員，很多年前了……』

『那是誰呀？』

『我記不得了；馬拉其還年輕的時候他就死了。還有在馬拉其的導師之前的那一位，那時只是一個年輕的助理管理員啊，我也還很年輕……可是我從沒到圖書室去過。迷宮……』

『圖書室是一座迷宮？』

老人說：『圖書室是一座大迷宮啊，全世界迷宮的代表。你一進去裡面去，就不知道怎麼出來了。絕不可以越過海克力斯的柱子……』

『那麼你並不知道大教堂的門關閉之後，怎麼樣才能進入圖書室了？』

『哦，我知道。』老人又笑了。『很多人都知道。要經過藏骨堂。經過藏骨堂就可進入大教堂，可是沒人敢走那裡的。死去的修士們就在那裡看守。』

『那些死去的修士——他們晚上是不是會拿著燈在圖書室裡走來走去呢？』

『拿著燈？』老人似乎很驚訝。『我從沒聽過這種說法。死去的修士都在藏骨堂裡，骨頭在墓園裡逐漸乾枯，然後便被收到這裡來，看守通道。你難道沒見過禮拜堂的祭壇通往藏骨堂的嗎？』

『那是在禮拜堂外翼，左邊第三個，對不對？』

『第三個？大概對吧。那個祭壇上面刻有一千個骷髏骨。右邊算來第四個骷髏頭；按一下眼睛……你就在藏骨堂裡了。可是不要到那裡去；我從來就沒去過。院長會不高興的。』

『那頭野獸呢？你是在哪裡看到牠的？』

『野獸？啊，假基督……他就要來了，千年至福過去了；我們等著他……』

『但是千年至福是三百年前，那時他並沒有出現啊……』

『假基督不會在一千年剛過便來臨的。等一千年過後，正義的統治開始，這時假基督才會來，破壞正義，然後便是最後決戰……』

『但是正義會統治一千年之久。』威廉說：『不然就是自基督死後到第一個一千年結束，所以假基督到那時才會來；或許正義還未開始統治，假基督還在很遙遠的地方。』

『千年至福並不是從基督之死算起的，而是從君士坦丁的捐贈開始；那是三世紀之後的事了。到現在正好是一千年……』

『這麼說來，正義的統治就要結束了？』

『我不知道……我什麼都不知道了。我累了，算不清楚年代了。那是黎北那的畢特斯算出來的；去問佐治吧，他還年輕，記得比較牢……但時機成熟了。你沒聽說過七聲號角嗎？』

『爲什麼七聲號角呢？』

『你不知道另一個男孩——那個圖書裝飾員——死掉的事嗎？第一位天使吹號，就會在雹子與火摻著血丟在地上。第二位天使吹號，海的三分之一變成血……第二個男孩不是死在血海中嗎？當心第三聲號角啊！

第三位天使吹號，海中的活物將會死去三分之一。上帝懲罰我們。修道院四周的世界充滿了異端；他們告訴我在羅馬的寶座上坐了一個乖僻的教皇，他利用聖體練習通靈術，將聖餅拿來餵食他養的海鰻……在我們之間，有人違反了禁令，破壞了迷宮的封號……』

『誰告訴你的？』

『我聽來的。每個人都在竊竊私語，說罪惡已進入了修道院。你有沒有埃及豆呀？』

他是對著我發問的，這個問題令我感到驚訝。『沒有，我沒有埃及豆。』我困惑地說。

『下次，帶些埃及豆給我吧。我將它們含在嘴裡——你看過我這張可憐的、沒牙的嘴嗎？——直到它們變軟。埃及豆可以刺激唾液的分泌。明天你帶些埃及豆給我好嗎？』

『明天我會帶些埃及豆給你。』我對他說。但他已打起盹兒來了。我們離開他，走進餐廳。

14

晚禱

威廉和埃森潛進大教堂，發現了一個神秘的訪客，找到一張寫有魔術符號的秘密信息，還有一本書，但這本書很快又莫名其妙地失蹤了，其後幾章都將提到對它的搜尋；威廉珍貴的眼鏡也一併被竊。

晚餐沈悶而靜默。自從韋南提的屍體被發現後，才過了十二個小時。其他人都偷偷瞥視他的空位。晚禱的時間一到，埃次進禮拜堂去的行列，簡直就像是送葬的隊伍。我們站在本堂參加了儀式，不時注意第三個小禮拜堂。光線幽暗，當我們看見馬拉其由黑暗中出現，走向他的席位時，實在無法肯定他是由哪裡出來的。我們移到陰影中，躲在本堂的側邊，以免儀式結束後有人看到我們還留在後面。在我的肩衣下，藏著我在晚餐時從廚房裡摸來的油燈。待會兒我們會就著青銅鼎上的火將它點燃。我已換上一條新的燈芯，也加了足夠的燈油。這一整夜是不怕沒有光亮了。

對於我們眼前的探險，我感到十分興奮，根本無心聽禱告，就在我毫不注意的情況下，晚禱儀式結束了。僧侶們放下頭巾把臉遮住，排隊走出禮拜堂，回他們各人的房間去。禮拜堂裡一下子變得空無一人，只有銅鼎上的燈發出一點幽光。

『現在，』威廉說：『開始工作。』

我們走到第三個小禮拜堂。祭堂的底部確實像藏骨的地方，一排眼窩深陷的骷髏頭放在一堆看來像是脛骨的骨頭上，使看著它們的人不免汗毛直豎。威廉低聲重複阿里男多所說的話（右邊數來第四個骷髏頭，按一下眼睛）。他把手指插進黑洞般的眼窩裡，我們立刻便聽到了一陣吱吱嘎嘎的聲音。祭壇動了，隨著隱藏的樞軸旋轉，露出一個漆黑的罅隙。我拿起燈讓光投向那裡，看見幾級潮濕的梯階。我們決定走下梯階，在爭論過是否要將身後的通道關上之後。最好不要，威廉說：誰曉得稍後我們能不能再將它打開。至於說被發現的危險，如果任何人在這個時刻跑來操作同一個機關，那表示他知道怎麼進去，就是把通道關上了也不可能對他造成妨礙。

我們走下約莫十幾級梯階後，來到了一條走廊，走廊兩側是平行排列的壁龕，就和我後來在許多地下墓穴中所看見的一樣。不過現在卻是我有生以來第一次進入藏骨堂，所以我免不了心驚肉跳的。這些僧侶們的骨頭是幾世紀以來所收集的，由泥土中挖出來，再堆到壁龕內，但並未將它們擺成生前的形狀。有些壁龕裡只有小根的骨頭，還有一些只放頭骨，堆成金字塔般的一堆，以免它們滾落；那實在是很駭人的景象，尤其是我們前行時搖晃的燈光更把這裡照得鬼影幢幢。我看見有個壁龕內只放了手，許許多多的手，枯乾的手指互相糾纏。過了一會兒，我突然感覺到黑暗中傳來一點響聲，還有個什麼東西在上面移動，忍不住尖叫了一聲。

『是老鼠。』威廉安慰我。

『老鼠在這裡幹什麼呢？』

『只是經過，和我們一樣：因為藏骨堂通向大教堂，而廚房就在裡面。還有圖書室裡那些好吃的書。現在你明白馬拉其的臉為什麼會那麼嚴峻了吧。他的職責使他每天要進出這裡兩次，早上和晚上。那眞是沒什麼好笑的。』

『可是為什麼福音上從沒說過基督發笑呢？』我適時問道：『佐治的話是對的嗎？』

『有許多學者都在討論基督笑不笑，我對這問題卻不怎麼感興趣。我相信祂從沒笑過，身為上帝之子，祂知道我們基督徒的行為應該怎樣才合宜。啊，快到了。』

事實上，走廊已到了盡頭，感謝上帝；我們又踏上了另一段梯階。爬過梯階後，我們只要推開一扇包了鐵皮的木門，就會到達廚房的壁爐後，也就是在通往寫字間的螺旋形樓梯下面。我們向上爬時，聽見上面傳來了一聲響聲。

我們沈默了一會兒；然後我說：『不可能。並沒有人在我們之前進來……』

『那是在假設這是進入大教堂唯一一條通道的前提下。幾世紀前，這裡是個堡壘，所以它必定還有許多我們並不知道的通路。我們慢慢爬上去。但是我們也沒什麼選擇。如果我們把燈捻熄，就會看不見我們所要去的地方；如果我們任它點著，無異於給樓上的任何人一個警告。我們只能希望假如眞有人在那裡，他會怕我們。』

我們由南邊塔樓爬向上到達寫字間。韋南提的書桌就在正對面。這房間極其寬闊，以至我們前行時，一次只能照亮幾公尺的牆面。我們暗地希望此刻沒有人在天井，透過窗子看到亮光。那張書桌似乎秩序井然，但威廉立刻彎身檢查下面架子上的文稿，隨即沮喪地叫了一聲。

我問：『什麼東西不見了嗎？』

『今天我曾在這裡看到兩本書，其中一本是希臘文寫成的。就是那本書不見了。有人把它拿走了，而且是匆匆忙忙的，因爲有一頁掉在地上了。』

『可是書桌不是一直有人看守著嗎？』

『當然。也許沒多久前才被人拿走的。也許那個人還在這裡。』他轉頭望向陰影，聲音在列柱間迴響：『假如你在這兒，注意了！』我想這是個好主意：正如威廉先前所說的，最好讓我們害怕的人也怕我們。

威廉把他在桌子下找到的那一頁放下，彎身看著。他要我多給他一些光亮。我把燈拿近些，看見一頁紙，前半頁是空白的，後半頁刻滿了我不大認得的小字體。

『是希臘文嗎？』我問道。

『是的，但是我不怎麼了解。』他從僧衣裡掏出眼鏡，架在鼻梁上，然後又低下頭。

『是希臘文，寫得很仔細，不過有點零亂，就是戴了眼鏡我還看不太清楚。我需要更多光線。再靠近些……』

他拿起那頁羊皮紙，湊到眼前；我由原來站在他後側，把燈高舉到他頭上的位置，移到他的正前方站好。他要我站到旁邊，我照做了，把燈火直移到紙張下。威廉把我推開，問我是不是想把那頁手稿燒了。然後他驚喊了一聲。我清楚地看見有些模糊的記號，棕黃色的，出現在紙張的上半頁。威廉要我把燈給他，持著燈在紙張下方移動，讓火焰極靠近紙面烘著，卻謹愼地避免讓紙著火。慢慢的，彷彿有隻隱形的手寫出了：『Mane, Tékel, Peres』。我又看見一些符號一個接一個隨著移動的燈焰浮現，火焰上升起的煙把紙頁燻黑了：那些符號不像字母，倒像是什麼魔法的記號。

『太妙了！』威廉說：『愈來愈有趣了！』他環顧四周。『不過最好別讓我們神秘的友伴知道這個發現，如果他仍在這裡的話……』他摘下眼鏡，放在書桌上，小心翼翼地把那頁紙捲起來，藏進他的僧衣裡。這個意外的發現就像魔術似的，使我感到萬分驚愕，我正想要求進一步的解釋時，突然一聲尖銳的聲音引開了我們的注意力。那聲音是由通向圖書室的東側樓梯梯口處傳來的。

『我們的朋友在那兒！快追上去！』威廉喊著，我們往那個方向奔去，他跑得較快，我跑得較慢，因爲我拿著燈。我聽見有個人絆到腳步繼而跌倒的聲音。我跑向前，發現威廉站在樓梯口，看著一本用鐵釘子裝起來的厚書。就在這時候，我們又聽到另一個響聲，由我們剛才跑來的方向傳了過來。『我眞笨！』威廉叫道：『快點！到韋南提的桌位去！』

我明白了；某個躲在我們後面陰影處的人，把那本書丟到樓梯處，耍了一招調虎離山計。

威廉又一次比我快，在我之前到達書桌。我跟在他後面，瞥見了一條奔逃的人影，由柱子之間穿過，衝向西邊塔樓的樓梯。

一股作戰般的勇氣油然而生，我把燈塞給威廉，盲目地往樓梯奔去，那個人已跑下了階梯。那時我覺得自己就像是基督的士兵，在地獄中奮戰，急於逮住那個陌生人，將他交給我的導師。我幾乎一路跌跌撞撞地下了樓，好幾次踩到僧衣的衣角差點摔倒（我發誓，這輩子就只有那一次，我後悔進入修會）；但同時，我突然想到我的對手也遭到同樣的阻礙。而且，他要是拿走了那本書，一定得用雙手緊抱著。我由麵包爐後面踏進廚房，在淡弱的星光中，我看見我所追逐的那個人影溜過餐廳門口，然後把門拉上。我奔向那扇門，費了幾秒鐘才將門打開，走進去，環顧四周，卻沒看見任何人。通向外面的門仍緊緊拴著。我轉過身。黑暗，闃靜無聲。我注意到有一抹光由廚房透了過來，便緊貼著牆屏息而立。在兩個房間之間的通道門檻處，出現了一個人影，被燈光照亮了。我驚叫出聲。原來是威廉。

『沒人在這裡吧？我就知道。他並不是從門出去的吧。他也沒有走經過藏骨堂的那條路了？』

『沒有，他是從這裡跑掉的，可是我不知道是那個地方！』

『我告訴過你了：這裡還有別的通路。我們也不用找了，也許我們的朋友已爬出了另一端出口，而且帶著我的眼鏡。』

『你的眼鏡？』

『是的，我們的朋友沒辦法拿走我藏在僧衣內的這一頁紙張，但他衝過書桌時，靈機一動拿走了我的眼鏡。』

『爲什麼呢？』

『因爲他很精。他聽見我談到這些符號，知道它們是很重要的。他想只要我沒有眼鏡，就沒辦法解讀出來，而且他確知我不會去找任何人求助。事實上，他的推測很正確。』

『但他又怎麼曉得你那付眼鏡的作用呢？』

『別傻了。除了昨天我們和玻璃師傅談過眼鏡的事實外，今早在寫字間裡，我在搜尋韋南提的文稿時，也戴著它們的，因此有很多人都可能知道那兩片透鏡對我而言有多麼重要。話說回來，沒戴眼鏡我還是可以看一般的文稿，但這個卻不行。』他把那張神秘的羊皮紙又捲了開來。『希臘文的字跡太小太亂了，上半頁的符號又太模糊……』

他把那些在火焰烘烤下，像變魔術般呈現的神秘記號拿給我看。『韋南提想要把一件重要的秘密隱藏起來，便用了一種書寫時不留痕跡，只有加熱時會再度出現的墨水寫了下來。不然就是檸檬汁。由於我不知道他所用的是什麼，這些記號可能會再消失的；快點，你的眼睛好，立刻盡你所能地把它們抄寫下來，寫大一點吧。』我依他的話做了，卻不知道我所抄的究竟是什麼。總共有四、五行，莫名其妙的符號，我在這裡只把第一行抄錄下來，好讓讀者明瞭我所看到的是多麼令人難解的謎：

♐⊙☿♏⊙♌♒♊ ♂♈♋♈♐ ♉♂♏♈☿♉⊙

我抄完之後，威廉仔細看著，不幸因沒有眼鏡，所以把我的寫字板拿到距鼻子稍遠的地方。『無疑的這是一種秘密字母，必須加以解讀的。』他說：『這些記號本來就寫得不怎麼清楚，你抄下時說不定又抄壞了些，不過這是十二宮的黃道帶字母沒錯。你看，這第一行寫的是——』他又把那頁紙拿遠，瞇著眼睛集中視力——『人馬宮，太陽，水星，天蠍宮……』

『它們代表什麼意義呢？』

『假如韋南提直接用最普通的黃道帶字母：A等於太陽，B等於木星……那麼第一行拼出來的是……你把它抄下來：RAIQASVL……』他停住口：『不，這毫無意義，顯然韋南提並不是直接引用字母，他根據另一個解法把字母重新組過。我必須找出是什麼解法。』

我敬畏地問：『可能嗎？』

『可能的，只要你懂一點阿拉伯人的學識。對密碼解譯最好的論述是異教學者的著作，在牛津時，我唸過一些。培根說只有透過語言的知識才能征服學問，眞是一點也沒錯。阿布·巴卡·罕默在幾世紀前寫過一本《解讀古代文字之謎手冊》，說明了許多造句和解析神秘字母的規則，對研究魔術的人很有用，而且也可用於兩軍之間的通信，或國王與特使間的密函。我還看過別的阿拉伯書，載明了一系列精巧的設計。舉例來說吧，你可以用一個字母代替另一個字母，你可以倒寫一個字，你可以把字母的次序兩兩對調；你也可以用黃道帶的記號代替字母，如眼前這一事例，但在這隱藏的字母中還有數字的價値，然後，根據另一組記號，把數字轉成其他的字母……』

『韋南提所使用的，會是那一種系統呢？』

『我們必須一一試驗。但解讀信息的第一條規則是，猜測它的含義。』

『那不就用不著解讀了嗎！』我笑了起來。

『不見得。由信息的頭幾個字可以推得幾點假設，然後你再看你從它們推出的規則能否適用於下文。例如，韋南提必定記下了洞察「非洲之末」的解法。假如我試著想這信息就是關於這個的，那麼我突然間想到了某種旋律……你看看頭三個字，不去想字母，只看記號的數字……八、五、七……現在再試著將它們按音節分，至少每兩個符號在一起，大聲唸出來：嗒——嗒——嗒，嗒——嗒，嗒——嗒——嗒……你有沒有什麼啓發呢？』

『沒有。』

『我卻想到了「Secretum finis Africae」，非洲之末的秘密……但假如這是正確的，那麼最後一個字第一和第六個字母應該是一樣的。事實果然如此：地球的符號出現了兩次。而第一個字的第一個字母，S，應該和第二個字的最後一個字母一樣：果然，處女宮記號重複了。也許這條線索是對的。不過也有可能只是一連串的巧合。必須找到一條通信的規則……』

『從那裡找？』

『我們的腦子裡。發明一條規則，然後再看看它對或不對。但這樣一直試驗下去，可能要浪費一整天的時間。最多也就是一天了，因爲——記住這點——只要有點耐心，沒有任何秘密文字是解讀不出來的。但是現在時間不多了，我們還想去圖書室瞧瞧呢。尤其我又失去了眼鏡，沒辦法看信息的第二段，你又幫不上忙，畢竟，在你看來，這些符號……』

我謙卑地說完他的句子：『實在無異於希臘文。』

『不錯；所以培根說得可眞對極了。多唸些書吧！現在我們先把眼前的工作做完。我們把羊皮紙和你的筆記收起來，上樓到圖書室去。今晚就算有十個地獄在等著我們，也別想叫我們罷休了。』

我默禱了一聲：『可是在我們前面進來的那個人，會是誰呢？貝拿嗎？』

『貝拿非常想要知道韋南提的文稿上寫了些什麼，但我想他不會有夜晚潛進大教堂的勇氣。』

『那麼，是貝藍格嗎？還是馬拉其？』

『貝藍格大概有膽量做這種事。再說，畢竟他也負責看管圖書室的。他很懊惱洩露了有關圖書室的秘密；他以爲韋南提拿去了那本書，也許他想把它歸回原位。現在他沒辦法上樓去，只能把那本書藏在某個地方。』

『但也有可能是馬拉其，爲了同樣的動機。』

『我想不太可能。馬拉其一個人留下來鎖門時，儘可以去搜尋韋南提的書桌。這一點我早就想到了，可是也避免不了。現在我們知道他並沒有那麼做。只要你仔細想想，我們沒有理由認爲馬拉其知道韋南提曾進入圖書室，拿走了什麼書。貝藍格和貝拿知道這件事，你和我也知道。阿德莫告解之後，佐治可能也知道，不過他不會是那麼急急忙忙衝下樓梯的人……』

『那麼要不是貝藍格就是貝拿了……』

『難道不可能是諦佛里的裴西飛卡，或者今天我們在這裡見過的其他僧侶嗎？或者是對我那付眼鏡知之甚詳的玻璃師傅尼可拉？或者是那個夜間到處遊蕩，也不知道負有什麼任務的怪人薩威托？我們不能只爲了貝拿的揭示將我們引向一個方向，便限制了嫌犯的範圍；也許貝拿想要將我們導入錯誤的方向呢。』

『我覺得他對你滿眞誠的。』

『的確。但別忘了一個好裁判官的第一項職責，就是對那些好像對他很眞誠的人尤其要加以懷疑。』

『看來裁判官可眞不好當。』

『所以我才放棄呀。正如你所說的，我是被迫重作馮婦。現在我們走吧，到圖書室去。』

15

夜晚

闖進迷宮後，他們看到了奇異的幻象，而且無可避免地迷了路。

我們又上樓回到寫字間，這回是由直接通到禁地的東側樓梯。我把油燈拿高，走在前面，想著阿里男多說到關於迷宮的一些話，預料將會有什麼駭人的東西出現。

我們進入那個不該進入的地方時，我很驚訝地發現自己置身於一間並不很大的房間裡，七面牆上都沒有窗子，整樓都彌漫著一股強烈的霉味，空氣很悶，卻沒什麼可怕的。

正如我剛才所言，這個房間有七面牆，但只有四面牆上有通路，兩側貼牆嵌著石柱；通路的入口處相當寬，上方形成圓拱形。另外那三面牆都有巨大的書架靠牆而立，書架上堆滿了書，擺得十分齊整。每個書架都標了一個數字，每一格分立的架子亦然；顯然和我們在目錄上所看到的數字相同。房間中央有張桌子，上面也放了滿滿的一堆書。每一本書上都只有一層薄薄的灰，顯示出有人經常清理它們。地上也一塵不染。在一條拱道上方，用花體字在牆上寫了：『耶穌基督啓示錄』幾個字。儘管字體是老式的，字跡卻沒有褪色的跡象。後來我們注意到，在其他的房間裡，也有類似的花體字刻在石頭上，刻得相當深，凹痕裡塗滿了顏料，一如畫家在教堂裡作壁畫時所採用的方法。

我們選擇一條通道往內走，立刻便到了另一個房間，那裡有一扇在雪花石膏板中鑲有玻璃的窗戶，兩面死牆和一處通道——和我們剛剛走進來的通路一樣。這條通道又通向另一個房間，在這個房間裡也有兩面死牆，另一面牆上有個窗子，而且也有條通道。在這兩個房間裡，寫在牆上的字體和我們最初看到的一模一樣，不過字卻不一樣。第一個房間寫的是『寶座周圍有二十四個座位』，第二個房間則寫著：『在眾使者面前認他的名』。至於其他的，雖然這兩個房間比我們剛踏入圖書室的那個房間小一點（事實上，那個大房間有七邊形的，這兩個房間卻是矩形），陳設卻沒什麼兩樣。

我們走進第三個房間。這裡沒有書，也沒有標明類別的花體字。在窗子下方，有一個石製的祭壇。房裡共有三扇門：我們走進來的那一扇，另一扇通向最初那個七邊形的房間，最後一扇通到另一個房間；這房間和別的房間幾乎一模一樣，只是牆上的字寫的是：『觀察太陽與大氣』，顯示逐漸轉暗的太陽和大氣。由這裡可通到另一個房間，牆上寫著：『騷動與火的事實』，說明騷亂和火災的可怖。這房間沒有別的通路了；一走到這裡便不能夠再往前進，只能往後退。

『我們想想這個。』威廉說：『五個四邊形或有點梯形的房間，每間房裡各有一扇窗戶，排列在一個沒有窗子的七邊形房間周圍，而這個七邊形房間和樓梯相通。這是很基本的結構。我們在東邊塔樓裡。由外面看來，每個塔樓都有五面牆五扇窗子。這就說得通了。那間空房間是朝東的，和禮拜堂合唱席位的方向相同；旭日照亮祭壇，是正確而且虔敬的。我覺得，唯一稱得上是聰明的主意，是雪花石膏板的利用。白天時陽光可以照射進來，到了晚上就連月光也無法滲透。現在我們再瞧瞧七邊形房間的另外兩扇門通到那裡吧。』

我的導師推算錯了，圖書室的建築師比我們所想的還要精明。我無法解釋清楚究竟發生了什麼事，但當我們離開那個塔樓房間時，各房間的順序變得令人搞不清楚了。有些房間有兩扇門，有些有三扇。每間房間都有一扇窗子，儘管走向下一個房間時，總以為是朝大教堂的內部前行。每間房裡都有相同的書架和桌子；排列整齊的書看起來毫無不同，僅僅略一瞥視並無助於我們辨認位置。我們只有憑藉牆上的字來認路。有一次我們經過一個寫著『那些日子』的房間，繞了一會兒後，我們以為又回到那個房間了；可是我們記得正對著窗子，通向另一個房間的門上，寫的是『死者的初生』，然而現在我們看見的卻又是『耶穌基督啓示錄』，雖然這並不是我們最初進入的那個七邊形房間。我們這才知道，有時候在不同的房間裡，會重複同樣的字。我們連續在兩個房間裡發現『啓示錄』的字樣，接下來的一間寫的是『從天上落下的一顆明星』。

這些句子顯而易見的都是出自約翰的啓示錄——可是爲什麼將它們寫在牆上，以及它們如此安排究竟有何道理，可就不得而知了。我們又發現，有些字甚至是漆成紅色而不是黑色，使我們更覺得困惑。

過不多久，我們總算又回到了原來那個七邊形的房間（很好辨認，因爲這裡和樓梯相接），我們再度向右前進，試著循直線穿過一進又一進的房間。我們走過三個房間後，卻面對著一堵空牆。只有一扇門可以通到另一個房間，所以我們轉身走過這個通道，又穿過四個房間後，又一次面對一堵空牆。我們回到前一間房，由兩個出口中選了一個以前沒有試過的，進到另一個新房間，然後又回到了最初的七邊形房間。

『前一個房間，就是我們又回到走的那個房間，叫什麼名字？』威廉問。

我竭力回想，覺得有匹白馬在腦海中奔馳：『純白的馬。』

『好，我們再找到它吧。』這並不難。在那裡，如果我們不想像前一次那樣轉身走回頭，便只能穿過叫『列國的榮耀尊貴』的房間，那間房的右側有條通路，似乎是我們還未走過的，它並沒有帶我們回到原來的地方。事實上，我們又經過『聖靈的恩寵』和『智慧的心』（好像不久前我們才到過嘛）；然後才到了一間似乎還未探訪過的房間：『火從天降在地上』，但即使我們已獲知三分之一個地球都燒毀了，我們還是不知道到底我們所在的位置是在東邊塔樓的那一方。

我拿著油燈，又走進下面的房間。一個張牙舞爪的巨人搖搖晃晃地向我們走來，就像是個鬼魂。

『魔鬼！』我大叫一聲，轉身投入威廉，差點沒把油燈摔掉。他由我手中接過油燈，把我推到一旁，堅決地向前踏進一步，莊嚴而高傲。他也看見什麼東西了，猛然退向後。然後他再度前傾著身，把燈舉高，爆笑出聲。

『眞是高妙。是一面鏡子啊！』

『鏡子？』

『是的，我勇敢的戰士。不久之前在寫字間裡，你勇敢地衝向眞正的敵人，這會兒你卻被自己的影像嚇個半死。鏡子照出的正是你自己的影像，只不過將它擴大變形了。』

他執著我的手，帶著我走向正對著房間入口的那面牆。在一片波狀的玻璃上，我看見我們兩個人的影像，形狀扭曲，隨著我們前進或後退而變幻著高度和外形。

『你一定讀過有關光學的著述吧？』威廉頗覺有趣地說：『創建這間圖書館的人必定也讀過。阿拉伯人對光學最有研究。阿哈忍寫過一本書，叫做《光譜》，在這本書中，他以精確的幾何圖形，談到鏡子的力量；有些鏡子，看它們的表面構造如何，可以把最小的東西放大（我的眼鏡便是利用同一個道理），有些鏡子卻可以把東西照反，或照斜，或在同一個地方照出兩樣東西。還有些鏡子，會把一個侏儒照成巨人，把巨人照成侏儒。』

『老天爺！』我叫道：『那麼有些人說圖書室裡的幻象，就是這些了？』

『也許。一個很聰明的主意。』他唸著寫在鏡子上方牆壁的花體字：『「二十四個長老坐在位子上」。我們先前看過這句刻文，不過那個房間裡並沒有鏡子。而且，這房間裡沒有窗戶，可是又不是七邊形的。我們是在那裡呢？』他左右看了看，走向一個書架。『埃森，沒有眼鏡，我看不見這些書上面寫了些什麼。唸幾本書名給我聽聽吧。』

我隨手抽出一本書。『老師，這上面沒有字！』

『你在說什麼呀？我看得見上面有字的，快唸呀。』

『我唸不出來。這些不是字母，也不是希臘文，看起來像是蟲、蛇、飛蛾……』

『啊，是阿拉伯文。還有其他像這樣的書嗎？』

『有的，很多本，不過這裡有本拉丁文的書，感謝上帝。Al……Al-Kuwarizmi,「Tabulae」。』

『艾爾庫瓦密的天文表，巴茲的艾德拉翻譯的！很珍貴的一本書！再唸。』

『艾沙・阿里，《視力學》；阿金地，《星象的秘密》……』

『現在看看桌子上。』

我打開桌上的一冊大書，《動物誌》，我翻到的那一頁上面畫了很細緻的裝飾畫，有一隻美麗的獨角獸。

『畫得眞好。』威廉看得見插圖，讚嘆道。『那個呢？』

我唸道：『《不同系譜的自由標記》，這本書也有很美的圖，不過好像有點古老。』

威廉低頭瞄著文字。『是愛爾蘭的僧侶所畫的，至少有五百年了。另一方面，畫了獨角獸的那本書是近代的作品；在我看來，頗有法國人的風格。』我又一次對威廉的博學感到敬仰。我們走進下一個房間，接著又經過四個房間，每間房裡都有窗戶，書架上堆滿了外文書籍，還有一些玄學的著述。然後我們又面對一堵牆，只好往回走；因爲這五個房間一間間相連，並沒有其他通道。

『由牆壁的角度來判斷，我猜我們是在另一座塔樓的五角形裡。』威廉說：『但是這裡沒有中央的七邊形房間。或許我們弄錯了。』

『可是窗子又是怎麼回事呢？』我問：『這裡怎麼會有這麼多扇窗戶？不可能每個房間都可俯瞰外面的。』

『你忘了中央天井了。我們所看見的窗子，有很多扇看下去是八角形的天井。如果是白天，我們就可以由不同的光線看出那些是外側的窗子，那些又是內側的，說不定憑藉著太陽的位置，我們還能知道一個房間的方位呢！』

我們回到有鏡子的那個房間，朝似乎還未走過的第三扇門走去。向前直走過三、四個房間後，我們注意到最後一個房間有一抹亮光。

我僵硬地說：『有人在那兒！』

『真有人在那兒的話，他已經看見我們的燈光了。』威廉說著，卻仍然抬起手把亮光遮住。我們猶豫了一會兒，那抹光微微閃動，但既未增強，也未變弱。

『或許只是一盞燈，』威廉說：『放在這裡，好讓僧侶們相信圖書室裡住著死人的靈魂。我們只得查個明白。你待在這兒，把燈光遮住。我過去看一看。』

想到剛才被一面鏡子嚇到，我仍然覺得很丟臉，想要讓威廉恢復對我的觀感。『不，我去。』我說：『你待在這裡。我會很小心的。我個子比較小，手腳也輕快些。我謹慎些就是了。』

威廉應允了。我向前走過三個房間，緊貼著牆，腳步輕得像隻貓（或者像個溜進廚房偷乳酪的見習僧——這是我在梅可最拿手的一招），最後我走到露出亮光那個房間的門檻。我沿牆溜到門口右邊的側柱，偷偷望進房間裡。沒有人在裡面。桌上放有一盞燈，燈焰跳動，冒出輕煙。那盞燈和我們的油燈不一樣；它看起來反倒像個被掀開的蓋子的香爐。說起來，它並沒有什麼火焰，只是一點餘燼而已，燒著什麼東西。我鼓起勇氣，踏進房內。在香爐的旁邊，有一冊彩色鮮明的書攤在桌上。我走上前，在攤開的那一頁上看見四種不同的顏色：黃、朱紅、碧藍和褐色。上面有一隻可怖的怪獸，像是一條大龍，長了十顆頭，用尾巴把拖在牠後面的星星由天上掃到地上。突然間，我看見那條龍變成了很多條，背上的鱗片變得閃閃發亮，光芒四射，飛出了書頁，繞著我的頭直轉。我把頭仰向後，看見天花板朝下彎，向我壓來，緊接著我聽到一種聲音，像是一千條蛇一起嘶嘶作響，但並不駭人，幾乎是誘惑的，隨後一個女人出現了，沐浴在光芒中，把她的臉靠向我，對著我呼氣。我伸手將她推開，卻好像摸到了對牆書架上的書，彷彿我的手被拉長了許多。我已不曉得我身在何方，哪裡是地，哪裡又是天。我看見貝藍格站在房間中央瞪視著我，臉上有一抹醜惡的笑，掩不住情慾。我伸出雙手將臉遮住，我的手卻像是蟾蜍的腳，黏搭搭的，而且長了蹼。我相信我一定叫喊了；我的嘴裡有種酸酸的味道；我投入無底的黑暗，接下來我就什麼也不知道了。

彷彿過了幾世紀之久後，我醒了過來，聽見腦海中有轟隆隆的響聲。我直挺挺地躺在地上，威廉正拍打著我的臉頰。我已不在那個房間裡了，在我對面的牆上，寫著：『願他們免除俗務，永遠安息。』

『醒醒，埃森，』威廉對我低語道：『並沒有什麼東西……』

『什麼東西都有……』我仍然感到錯亂，說道：『那裡，那頭野獸……』

『沒有野獸。我發現你躺在桌子下胡言亂語，桌上有本阿拉伯的西班牙基督徒啓示錄，攤開的那頁上繪有一條龍。但是從房裡的氣味我聞得出來，你吸入了很危險的東西，所以我立刻把你拉了出來。我的頭也有點痛。』

『可是我看到的是什麼呢？』

『你什麼也沒看到。只不過是那個香爐裡燒著一種能引起幻覺的物質。我聞得出那味道：那是一種阿拉伯的迷藥，山上的老人派他的刺客出去執行任務之前讓他們聞的，可能就是這種迷藥。這一來幻覺的秘密也被我們解破了。有人在夜間時燃起這種藥草，好讓擅自闖入圖書室的人相信這裡有惡魔看守著。對了，你看到了什麼呢？』

我還是有點迷迷糊糊的，只有盡我所能的，回想我的幻覺。威廉不覺大笑。『你所看到的有一半是你在書上看到的。另外一半則是你潛意識裡的慾望和恐懼。某些藥草便具有這樣的作用。明天我們一定要和賽夫禮納談談；我相信他知道的比他告訴過我們的還要多。那只是藥草，並不是玻璃師傅對我們提及的魔法。藥草、鏡子……這個禁地被許多最巧妙的設計保護著。利用知識來隱藏，而不啓發。我不喜歡。神聖的圖書館被一個乖僻的心靈所統轄。不過今晚我們都夠累了，還是先離開這兒吧。你還沒完全恢復過來，需要喝點水，呼吸新鮮的空氣。想要打開那些窗子是白費力氣；太高了，而且說不定已有幾十年沒開過了。他們怎麼會以爲阿德莫是從這裡跳下去的呢？』

離開，威廉說，好像很容易似的。我們都知道圖書室的出口只有一個，那就是東邊塔樓。可是現在我們在那兒呢？我們已完全失去方向了。我們繞過來繞過去，只怕永遠也走不出那個地方了；我的腳步不穩，直想嘔吐；威廉一面擔心我，一面為他的學識派不上用場而困惱，但這樣的遊走給了我們——或者該說是給他——一個主意。假如我們走得出去，明天我們再回圖書室來，拿著一根燒黑的木柴，或者其他可以在牆上留下記號的東西。

『要找出迷宮的出路，』威廉說：『只有一個方法。在每一個新的接合處，以前從未見過的，我們用三種信號在走過的路上留下記號。由於在接合處的通道上已留有記號，如果你看到那個接合處是已經走過的，就在走過的那條通路上只記下一個信號。等所有的出入口都留了個記號，那你就要循著你的來路往回走。假如你碰到一、兩個尚未做記號的出入口，就在那面留下兩個信號。經過只有一個記號的出入口時，你在那裡再記下兩個，這麼一來，這個出入口就有三個記號了。你必須到過迷宮的每一部份，到了一個接合處，你不可以再走已記有三個記號的通路，除非其他的通路也都有記號了。』

『你怎麼知道這個的？你是迷宮專家嗎？』

『不是，我只是把以前看過的一本古籍裡的記載說出來罷了。』

『你用這種方法，就走出迷宮了嗎？』

『我從來沒試過。但我們還是可以試一試。再說，明天我就會有眼鏡，也會有更多時間看書。或許使我們混淆不清的就是那些花體字，我們可以由圖書的安排歸納出一條規則的。』

『你會有眼鏡？你要怎麼將它找回來呢？』

『我說我會有就會有。我會配製一付新的。我相信尼可拉師傅一定渴望有個這樣的機會，試試新玩意兒。再說他的工作場裡各種尺寸、厚薄不同的玻璃才多呢。』

我們繼續徘徊，找尋出路，突然間，在一個房間的中央，我覺得有隻隱形的手撫摸我的臉頰，同時，在這個房間和下一個房間裡，響起了一聲非人非獸的呻吟，好像有個幽靈在這裡蕩來蕩去。到這時，我對圖書室的奧秘事物應該已有心理準備了，可是我不自禁驚恐萬分地跳向後。威廉必定也和我相同的經驗，因為他一邊摸著臉頰，並且把油燈舉高，環顧四周。

他舉起一隻手，檢查似乎明亮了些的火焰，然後舔舔手指，將它舉到眼前。

『沒什麼。』他說著，指著對面牆上，約莫一個人高的地方。那裡開了兩個很窄的縫隙，把手伸到那裡去，就感覺得到由外面吹進來的風。把耳朵湊上去，便可聽到外面呼呼的風聲。

『當然，圖書室一定要有通風系統的。』威廉說：『不然裡面的空氣會悶死人，尤其是夏天的時候。此外，那些縫隙也可以送進適當的濕氣，免得羊皮紙乾裂。建築師的精明眞是處處可見。把那些細縫開在某個角度，這樣在多風的夜晚，有強風由那裡滲入時，會和別股風相觸，在室內形成漩渦，發出我們所聽見的聲音。除了鏡子和藥草外，這會使闖進這裡來的人更加害怕，就像我們剛才還不甚了解的時候一樣。我們有一刹那不是還以爲有鬼魂湊在我們的臉旁呼吸嗎？等我們感覺到吹進來的風之後，才弄清楚的。所以，這個神秘也解開了。只是我們還是不知道怎麼出去呀！』

我們一邊說著，又漫無目的地前行，連牆上的花體字也懶得看了。我們走到一個以前沒到過的七邊形房間，通過附近的房間，卻沒找到出口。我們往回走，摸索了將近一個鐘頭，根本不去想究竟位於那個方向。有一忽兒，威廉認定我們是沒指望走出去了；只能找個地方歇一歇，捱過這一夜，希望明天馬拉其會找到我們。就在我們爲這次探險的可悲下場嘆息不已時，卻突然發現我們又回到了和樓梯口相通的房間裡了。我們熱切地感謝上帝，精神高昂地下了樓去。

一走到廚房，我們立刻衝向壁爐，走進藏骨堂的走廊裡，我發誓那些望著我齜牙咧嘴的骷髏頭，一個個就像面帶微笑的好朋友。我們回到禮拜堂，由北邊的門走出，最後高興地在墓碑上坐了下來。夜間清涼的空氣無異於神聖的香油。夜空中群星閃耀，圖書室裡的幻覺霎時消逝無蹤。

我鬆了一大口氣，說道：『這世界多麼美啊，迷宮又是何其的醜陋！』

『假如有解開迷宮通路的走法，這世界將會多麼美！』我的導師回答。

我們沿著禮拜堂左側前行，經過大門，（我別開頭，避免去看啓示錄的長老：『有虹圍著的寶座』！）穿過迴廊，到達朝聖者招待所。

院長站在招待所門口，嚴厲地瞪著我們。『我找了你一夜。』他對威廉說：『我在你的房間，在禮拜堂……到處找不到你！』

『我們追蹤一條線索去了……』威廉含糊地說，掩不住他的困窘。院長凝視了他好半晌，然後以低沈而莊嚴的聲音說：『晚禱一結束我就在找你了。貝藍格沒有出席。』

『你想跟我說什麼呢？』威廉露出愉悅的神色。事實上，現在他已斷定躲在寫字間裡的人是誰了。

『晚禱時他沒有坐在席位上。』院長又說了一次，『而且到現在還沒回他的寢室。晨禱的鐘就要響了，我們等著看他會不會再出現。否則，我只怕又有什麼不幸事件了。』

晨禱時，貝藍格依然缺席。

第三天

Il Nome Della Rosa

我的理智警告我離開
那個呻吟的東西，
可是某種慾望卻慫恿我前行，
似乎正想參與一件神奇的事……

16

晨間讚課至早課之間

貝藍格失蹤了，在他的房裡找到一塊染有血跡的白布。

在寫著這些字時，我感到虛弱無力，一如我在那一晚——應該說是那天早上——的感覺。我該怎麼說呢？晨禱之後，院長把驚慌的僧侶們都派了出去，到每個地方去找貝藍格；結果一無所獲。快到晨間讚課時，一個修士在搜索貝藍格的房間之際，找到了一塊染了血跡的白布，藏在草舖下。他把那塊布交給院長，院長覺得這是最不祥的惡兆。佐治也在場，他一知道發生了什麼事後，便說道：『血？』彷彿不很相信。他們也對阿里男多說了，阿里男多搖搖頭，說道：『不對，不對，第三聲號角一響，是水帶來死亡的……』

威廉檢查過那塊布後，說道：『現在一切都眞相大白了。』

『那麼貝藍格在哪兒？』他們問他。

『我不知道。』他回道。葉曼羅聽到他的話，仰頭望天，喃喃對聖塔布諾的彼德說：『典型的英國人。』快到早課之時，太陽已升起，僕人們都被派到山崖下去搜尋。他們在上午禮拜時回來了，什麼也沒找到。

威廉告訴我說我們已經盡力了。我們必須等待事件。然後他便到鍛冶廠去找玻璃工匠尼可拉去了。

我坐在禮拜堂內，靠近中門之處，聽著彌撒曲。後來我不知不覺地睡著了，而且睡了很久，因爲年輕人所需要的睡眠好像比老年人多；老年人已經睡得過多，準備永久安眠了。

17

上午禮拜

埃森在寫字間裡思索修會的歷史以及書籍的命運。

我走出禮拜堂時精神多少恢復了些，心靈卻迷糊困惑；唯有在夜晚，身體才能得到安寧的休息。我上樓到寫字間去，獲得馬拉其的允許後，開始翻閱著目錄。事實上，當我心不在焉地瞟著眼前匆匆翻過的書頁時，我卻在暗中觀察修士們。

我爲他們的鎭靜、沈著感到驚訝。他們都專心工作，好像已忘了有一位兄弟到目前仍行蹤不明，而另外兩位又死於非命。我告訴自己，聚集在這裡的，是我們修會中的偉人；多少世紀以來，許多像他們這樣的人見過蠻族入侵，掠奪他們的修道院，將赫赫大國付之一炬，然而他們仍孜孜勤讀，珍愛著羊皮紙和墨水，說著已傳誦久遠，而且將被他們繼續傳誦的話。千年至福快到臨之時，他們繼續閱讀、抄寫；現在當然更沒有理由停止了。

前一天，貝拿曾說過爲了獲得一本珍貴的書他會不惜犯錯。他沒有說謊，也不是開玩笑。一個僧侶應該謙卑地愛著他的書，爲書本著想，而不是只求滿足自己的好奇心；但是俗人會被女色迷惑。不受修道誓約的神職者會渴慕財富，僧侶們也難免被知識引誘。

我翻著目錄，只見一連串奧秘的書名在我眼前跳躍，甚至也有講述罪行的。我並不覺得驚愕。這些矢志寫作的人而言，圖書館無異於聖地耶路撒冷，也是一個位於冥府和人間邊界處的神秘世界。他們被圖書館所支配，迷醉於它的允諾，服從它的禁令。他們爲圖書館而活，以圖書館爲生活重心，只希望有一天能將它的秘密完全揭發。所以他們可能冒著生命的危險以滿足自己的好奇心，或者行兇阻止某人把他們珍藏的秘密據爲己有。

誘惑，確切地說；知識的虛榮。我們的神聖創始者可以在不求甚解的情況下抄錄，完全遵從上帝的意志，祈禱之時不忘書寫，書寫之時也不忘祈禱，和今日的抄寫修士大不相同。爲什麼現在已大相逕庭了呢？哦，這並不是修會墮落的唯一證據！修會的勢力變得過大，修道院院長和國王抗衡。在亞博身上，我不是看到一個獨裁的君主想要解決君主的爭論嗎？修道院所積存的知識現在被用來交換貨物，成爲驕傲的理由，自誇和威信的動機；我們的院長展示裝飾過的手稿，一如武士炫耀他們的甲胄和旗幟……因此現在（簡直瘋狂之至！）當我們的修道院也失去了學習的領導地位：教會學校、都市自治體和大學所抄錄的書籍也許比我們更多更好，而且創造新作，這或許是許多不幸的肇因。

我所在的這家修道院可能已是最後一家可以學問的創作及再創作自誇的。但或許就爲了這個原因，僧侶們不再以抄寫的神聖工作爲滿足；追求新奇事物的慾望，使他們也想創造新作，卻不曉得這麼做是自毀長處；而當時我已隱約意識到這一點（如今年齡和經驗使我確切地肯定）。因此假如他們所欲創造的新學識可以在外界自由流通，那麼那個神聖的地方和教會學校或城市的大學便沒有什麼不同了。另一方面，修道院保持孤立，維持完整的威信和力量，並未因爭論和神學妄想而腐化。我暗自想著，圖書館所以被黑暗闃靜所環繞是有原因的：雖然學識因而有所保留，但只有在這種連僧侶們也求之不得的情況下，它才不會受到污染。學識可不像硬幣，經過廣泛的流通之後還能保持完整；它就像一件華服，會隨著穿著次數和誇示逐漸破舊。事實上，一本書不就是如此嗎？被太多人摸過之後，書頁會摺起發縐，墨水和金飾會褪色。我曾看過諦佛里的裴西飛卡翻閱一本書，那本書的書頁因爲溫度所致，全都黏在一起了。他把拇指和食指在舌頭上沾了沾，再將書一頁頁翻開，結果每一頁上都留下了口水的痕跡，不但書角摺起，而且書頁都有曲折的縐紋，一如過度的縱情美色會使戰士軟弱無力，這種過度的佔有和好奇心也會使書本染上終會作廢的『疾病』。

那麼該怎麼辦呢？不再閱讀，只是保存下來嗎？我的恐懼是否正確？我的導師會有什麼看法呢？

我的附近坐了一個標示員，艾歐那的梅努，他剛用浮石把皮紙刮乾淨，現在又用白堊將它弄軟，隨即用尺把它壓平。坐在他旁邊的是托雷多的賴巴諾；他已把羊皮紙釘在桌上，在兩邊釘出小洞，現在正持著尖筆在紙面上劃橫線。很快的這兩頁紙上都將會充滿顏色和形狀，成爲一種聖物。那兩位修士此刻都彷如置身人間天堂。他們在創作新書，那些會被無情的歲月摧毀的書……因此，圖書館不會被任何世間的勢力所威脅，它是一種活的東西……但如果它是活的，爲什麼不能冒著知識被污染的危險而開放呢？這就是貝拿，甚至是韋南提，所希望的嗎？

我覺得困惑，爲自己的想法感到害怕。一個見習僧或許不該想這麼多，往後只要謹愼而謙遜地遵循教規就是——後來我確實如此，不再問自己更多的問題，而在我四周的世界卻陷入血腥和瘋狂的暴風中，愈陷愈深。

早餐的時刻到了。我下樓到廚房去；現在我已成了廚子們的朋友了，他們讓我嘗了些最可口的佳餚。

18

第六時禱告

埃森贏得薩威托的信任，難以一言蔽之，但也引起他漫長而深入的沈思。

我吃東西的當兒，看見薩威托縮在一個角落裡，快樂地吃著羊肉餡餅，顯然已和廚子講和了。看他的吃相，好像這輩子沒吃過東西似的，連一點肉屑也沒掉下來，一副感謝上帝的神情。

他對我眨眨眼，以他那種古怪的語言，說他現在大吃大嚼，是因爲挨餓過許多年的緣故。我追問他，他對我說他童年時住在一個貧窮的村子裡，那裡空氣很壞，經常下雨，田地都被破壞，空中充滿了致命的沼氣。滂沱的大雨一年四季都帶來洪水，即使下種後也別想有收成。薩威托又說，就連地主們也都和窮人一樣面黃肌瘦，雖然窮人們大批大批的死亡，或許（他咧嘴一笑）因爲他們人數較多的關係……食物的價錢昂貴，傳教士宣佈世界末日已到，但薩威托的父母親和祖父母也都聽過同樣的說法，因此他們的結論是每一天都是世界末日。他們把所能找到的鳥屍和下等動物都吃完之後，村裡謠傳有人開始要把死人挖出來吃。薩威托以一種戲劇化的腔調解釋那些『食屍者』的行爲；某人剛剛下葬之後，這些邪惡的人便用手指刨開墓園的泥土。『哪！』他說著，咬了一口餡餅，模仿吃屍體的人那股猙獰迫切勁兒。接著，有些更兇狠的人，不再以吃屍體爲滿足，便潛伏在森林裡，出其不意地攔截旅人。薩威托就拿出刀子横在他的頸子前，叫了一聲『卡！』然後又一聲『嚓！』那些人便像吃雞蛋或蘋果似的，把旅人吃得一乾二淨；不過，薩威托又嚴肅地解釋道，還是先烹煮過才吃的。他說有個人到村裡去賣熟肉，索價又不很高，沒有人明白怎麼會有這樣的運氣，後來神父說那是人肉，憤怒的群眾便把那個人碎屍萬段。然而，同一夜，村裡有個人又跑到墓地去，把那個受害者挖出來吃，只是由於他的行蹤又被發現，結果也被處死了。

但薩威托不只告訴我這個故事而已。他以我並不十分了解的普洛文斯和義大利方言，對我說出他怎麼離開家鄉，四處流浪。在他的故事中，包括了許多我早已認識或是在旅程中邂逅的人，後來我又結識了不少，因此雖然事隔多年，我還是能夠把他的歷險說出來。事實上，這是想像的力量，結合了山一般金色的記憶後，便可創造出金山般的概念。

在我們的旅程中，我常聽威廉提到『一般人』，這名詞不止是指大眾而已，而且專指無知無識的愚民。在我看來，這個措詞是概括性的，因爲在義大利城市中，我遇見過許多工匠和商人，他們雖然沒有高深的學問，卻也不是沒唸過書，只不過他們操的是地方話。話說回來，當時統治義大利半島的獨裁君主們，有些對於理論、邏輯和醫學根本一無所知，也不會看拉丁文，可是他們並不是『一般人』或曚昧無知的。所以我相信當我的導師說到『一般人』時，只是指著很普通的概念。但毫無疑問的，薩威托是很單純的。他的故鄉是個幾世紀來都臣屬於封建地主，並且貧苦不堪的鄉村。他很單純，卻不是一個傻子。當他逃出家園時，他渴望一個不同的世界，一個樹上長有乳酪和香腸的蓬萊仙島。

懷著這樣的希望，薩威托離開他的故鄉蒙非特，經過許多地方，然後北上經由普洛文斯省，進入法蘭西王國的領域。

薩威托四處流浪，乞討，偷竊，裝病，在某個領主那裡做過一陣工，然後再一次上路。由他告訴我的故事中，我想像得到他和一些浪人混在一起；痲瘋病患、跛子、騙子、殘廢的士兵、由異教徒手中逃出的猶太人、瘋子、被放逐的人、被削掉一隻耳朵的罪犯、雞姦者，還有移動性的工匠、織工、鍋匠、修理桌椅的人、磨刀匠、織籃工、石匠、鐵匠、惡棍、職業賭徒、歹徒、無賴、小人、太保、流氓，和買賣僧職盜用公款的聖職者、僞造羅馬教皇敕書及玉璽的人、假裝中風而躺在教堂前面的人、逃出修道院的流浪漢、出售聖物的人、賣免罪符者、算命師、魔法師、各個種類的通姦者、以欺騙和暴力拐走修女和少女的拐子，以及憂鬱型的神經病患者。有些人在身上塗上膠泥，假裝他們有不治的潰瘍，有些人在嘴裡含著鮮紅色的液體，假裝他們有嚴重的肺病，還有的假裝肢體殘缺，拿著拐杖並且模仿淋巴腺腫、疥癬、腫傷，又裹上繃帶，塗上番紅花的氣味，手中拿著鐵器，頭上纏著紗布，渾身發臭地溜進教堂裡，突然間在廣場中昏倒，口吐白沫，兩眼鼓出，將黑莓汁塗到鼻子下方權充流鼻血，然後從驚恐但慈悲的人手中得到食物和金錢；因爲神父常告誡他們：把麵包分給飢餓的人，將無家可歸的人帶到你的爐床前，我們探視基督，在家中供奉基督，爲基督著衣，因爲正如水可以將火撲熄，仁愛可以滌盡我們的罪惡。

在我現在敘述的事件過了很久之後，我在多瑙河沿岸見到了許多這一類的騙子，成群結隊，如同魔鬼。

那就像是一股泥漿，流過我們這世界的巷道，其中還混著信仰虔誠的傳教士、尋找受害者的異教徒、煽動衝突變亂的人。約翰教皇最怕的就是傳揚並實施貧窮的人可能會有什麼行動，所以他痛詆托鉢僧，說他們高舉會有數目字的旗幟，傳教並強奪金錢，藉以吸引好奇的群眾。教皇雖腐敗貪污，但他把宣揚貧窮的托鉢僧比做強盜匪徒會不會是對的？在那時候，我只到過義大利半島上的一些小城市，對這件事無法肯定；我聽說過艾托帕修的僧侶們在傳教時，威脅要將教徒逐出教會，並允諾赦免他們，寬宥搶劫並殺害過自己兄妹的人，好得到他們奉獻的金錢；這些僧侶佯稱在他們的救濟院裡每天要望一百次彌撒，把教徒的捐款收好，他們就用這些錢為兩百位貧窮的女孩置備嫁妝。我也聽說過保洛．左波修士的故事；他隱居在萊提森林中，吹牛說上帝曾直接向他顯示，說肉慾的行為並非罪惡——因此他引誘良家婦女，稱她們『姊妹』，強迫她們赤裸著身子接受鞭笞，排成十字形跪地拜神五次，然後他再將她呈給上帝，宣稱她們賜予了『平安之物』。但這會是眞的嗎？這些自喻聖靈的隱士和那些沿門托鉢的苦行僧之間，有什麼關連呢？

薩威托的故事和我自經驗已經得知的事物交疊在一起，但這些特性並不怎麼明顯；一切看起來和別的都沒什麼兩樣。聽著他敘述，有時候我覺得他就像土倫那些跛腳乞丐，在聖馬丁的屍體快接近他們時便飛快逃逸，深怕這位聖徒會將他們治癒，因而剝奪了他們的收入來源，然而聖徒卻毫不容情地在他們逃抵邊界之前救了他們，使他們的四肢復元，藉以懲罰他們的罪惡。不過，有時當他跟我說到他和那群壞人混在一起時，每當聆聽聖芳濟傳教士的話，他便了解他所過的窮困生活是一種喜悅的奉獻行為，於是他加入了苦行僧行列；那些托鉢教團的名稱他說不清楚，但也盛讚他們的教義，這時他那張醜臉往往散發著甜美的光芒。我推測他可能和培塔利尼、華登西，也許卡瑟利、阿諾迪、烏米拉第等集團在一起過，由於他在世界各地遊蕩，所以由一個集團換到另一個集團，漸漸地領悟出他的任務，開始虔誠地信仰上帝。

可是，前後經過了多久呢？據我記憶所及，大約三十年前，他曾進入突斯坎尼一所麥諾瑞特修道院，在那裡得到了聖芳濟的僧衣，卻不受教規限制。我相信他一定在那裡學到了他那口支離破碎的拉丁語，將它和他無家可歸時所聽來的各地語言混在一起。他說，他在修道院裡過著贖罪的生活，（他的眼睛閃閃發亮，說著『裴尼坦吉特』，我再次聽到引起威廉好奇心的措詞。）但是和他在一起的僧侶們顯然也沒有什麼明晰的概念，因爲他們曾對相鄰教團的一個會員感到憤怒，指控他是個竊賊，有一天強行進入他的住宅，將他推下階梯而死，佔奪了他的房子。爲此主教派出武裝的士兵，將那些僧侶驅逐，最後薩威托和一群佛拉諦斯黎修士——或者麥諾瑞特的托缽僧——在義大利北部流浪；此時這派教團尚無任何教規或紀律。

從那裡，他避到法國的土魯斯附近，開始了一次奇異的歷險。因爲他聽說了宗教改革者的偉大行動，受到了鼓舞。有一天一群牧羊人和許多謙卑的人們聚集在一起，飄洋過海，爲信仰而戰。他們被稱之爲『巴斯托盧』——『牧羊人』。事實上，他們想要逃離不幸的家鄉。領導這群人的兩個人，在他們的腦子裡灌輸了許多錯誤的理論：這兩個領導者一個是因行爲不正被教會逐出的神父。另一個是聖班尼狄特的叛教僧侶。這兩個人煽惑無知的人群，就連十六歲的男孩也違抗父母的勸說，拿著行囊和棍子，一文不名地離開了家園，和那群烏合之眾一起追隨兩個領袖。這時候他們不受任何道理或正義所約束，隨心所欲的爲所欲爲。他們就像一群喝醉酒的人，懷抱著允諾之地的希望聚在一起，猛烈攻擊過許多城市和村莊，掠奪一切東西，假如他們之中有人被捕，他們就會攻打監獄，將他救出來。他們在任何地方碰到猶太人時便將他們全部殺害，再把這些猶太人身上的財物劫走。

我問薩威托：『爲什麼要殺害猶太人呢？』他回答道：『爲什麼不？』他對我解釋他自小就聽傳教士說猶太人是基督教王國的敵人，積聚了許多基督教窮人所否定的財物。然而，我問他，領土和主教不是也透過什一稅制而儲積了不少金錢嗎？所以牧羊人並未鬥爭眞正的敵人。他回答說當眞正的敵人太強大時，也就只好退而對付較弱的敵人。我想這就是他們被稱之爲『愚民』的緣故。只有權高勢大的人明瞭他們眞正的敵人是誰。領主不希望『牧羊人』危及他們的所有物，說起來他們也實在幸運，因爲牧羊人的領袖告訴他們最有錢的人是猶太人。

我問他是誰教這群人去攻擊猶太人的，薩威托說他不記得了。我相信當這樣一群人聚成一堆，被一個允諾所誘惑，而且立刻想得到某些東西，想要知道誰率先發言簡直是不可能的事。我想到他們的領袖曾在修道院裡和教會學校中受過教育，所說的是貴族的語言，儘管他們所用的是『牧羊人』聽得懂的詞彙。『牧羊人』不知道教皇在那裡，可是他們知道猶太人在那裡。總之，當一群驚恐的猶太人躲到法蘭西國王一座高而寬闊的塔樓裡時，他們將這座塔樓包圍了起來。猶太人高踞在塔樓上，丟下石頭和木頭，勇敢地作戰，但『牧羊人』卻縱火燒塔門，用煙和火阻住猶太人的出路。無法抵禦攻擊者的猶太人，寧願自殺身亡，也不願死於敵人手中，便請求他們之中最勇敢的一個人將他們全都殺死。他同意了，殺死了將近五百個人，然後帶著猶太孩童衝出了塔樓，要求『牧羊人』爲他施洗。但『牧羊人』對他說：『你屠殺了你的同胞，現在你竟想逃脫死亡嗎？』於是他們將他碎屍萬段，卻放過了那些孩童，爲他們施洗。然後『牧羊人』繼續前往卡喀森，一路上洗劫了許多村莊。這時法蘭西國王警告他們鬧得太過份了，命令他們所經過的城市抗拒他們，宣佈只要猶太人是國王的臣民，也應受到保護……

爲什麼國王會在這個節骨眼上變得如此關懷猶太人呢？或許是由於他開始意識到『牧羊人』可能會荼毒整個王國，他們的人數激增，使他不得不重視這件事。此外，更因爲猶太人對國家的貿易所有貢獻，『牧羊人』也已到了非毀滅不可的地步，所有的好基督教徒總要有個好理由詆毀他們的罪行。但是有許多基督教徒並不服從國王，認爲不該保護一向被視爲基督教敵人的猶太人。猶太人在不少城市中放高利貸，那些被債務所苦的窮人都樂於看到『牧羊人』爲他們的財富殺害他們。不久之後，國王眼見有不少人失去性命，憤而下令任何人都不許援助『牧羊人』。他召集大軍，攻打『牧羊人』，許多人死於戰爭中，另一些人雖逃入了森林，卻終因飢寒而死。不多久，所有的『牧羊人』都被消滅了。國王的將領將他們俘虜吊死，一次二、三十個人，吊在最高的樹上，好讓每個看到他們屍首的人有所警惕，不敢再起而作亂。

令我感到訝異的是，薩威托對我說這故事時，好像是在敘述一件最有德行的事。事實上，他依然相信那群所謂的『牧羊人』眞是要征服聖墓，將它自異教徒手中搶來。我無法說服他相信在隱士彼得和聖伯納的時代，法王聖路易便已完成了這項征服。不管怎麼說，薩威托並未到達異教徒之邦，因爲他在匆忙間離開了法蘭西的領域。他到了義大利西北部的諾瓦拉城，但他對這時候的事記不太清楚了。他告訴我最後他到達卡薩爾，被麥諾瑞特的修道院所接受（我相信他就在此時遇到了雷密喬），當此之時，許多麥諾瑞特僧侶都受到教皇迫害，換了僧衣到別的修會的修道院去避難，免得被指爲異端而死於火場。正如猶伯提諾先前對我們說過的。多虧薩威托對許多手工勞動十分熟悉，（他四處流浪時，爲了不誠實的目的，及後來出於對基督的愛，爲了神聖的目的，都曾多方費力。）管理員立刻收留了他，讓他做他的私人助手。這也就是爲什麼他在這裡待了許多年，對修道院的壯觀華美不以爲意，卻對地窖和食品室的行政極感興趣；在這裡他不用偷竊便可安享食物，也可以讚頌天主而不必被燒死。

我好奇地注視他，並不是爲了他的經驗顯得那麼獨特，而是由於他所經歷過的事，可以說是當時使得義大利令人著迷又難以理解的許多事件及行動的縮影。

在那些故事中蘊含了什麼呢？一個曾經流浪、歷險過的人，可能殺死他的同伴卻不知道他的罪行。雖然那時我認爲任何違反教規的人都是一丘之貉，但我已開始了解某些我常聽到別人討論的現象，我也明白了群眾在狂熱的狀態中誤以爲魔鬼的規則是上帝的律法，因而大肆屠殺，以及一個人經過算計後，冷血而不爲人知的犯罪，是完全不同的兩回事。依我想來，薩威托的心靈不可能受到這種罪行的污染。

另一方面，我想發覺院長的暗示有何意義，而多西諾兄弟的事更使我感到困擾；過去這幾天來我所聽過的許多對話中，彷彿都隱浮著他的鬼魂，我對他卻幾乎一無所知。

因此我直接了當地問薩威托：『在你的旅途中，你見過多西諾兄弟嗎？』

他的反應至爲奇特。他瞪大眼睛，重複地在他胸前畫十字，用一種到現在我仍然不懂的語言低喃了幾句話。但我覺得那些都是否定的句子。本來他看著我的目光一直是信任而友善的，此刻他卻忽然地瞪著我。然後，他編了一個藉口，轉身離去。

這下子我可克制不住自己了。這個使人一聽到他名字便十分驚恐的僧侶究竟是誰呢？我決定我再也不能壓抑住急欲獲知的慾望了。我心裡湧現了一個主意。猶伯提諾！第一天傍晚我們和他會晤時，他首次提出了這個名字；他知道各種變遷，不管是公開或是秘密的，這些年來所有的僧侶、修士所發生的事他一應知曉。這時刻我該到那裡去找他呢？當然是在禮拜堂裡了；他一定在那裡禱告。由於我的導師不在，我就趁著這個自由的機會到那裡去了。

我沒有找到他；事實上，直到那天傍晚我才找到他。因此我的好奇心一直沒能得到滿足，在那當兒又發生了別的事情，現在我將詳加敘述。

19

第九時禱告

威廉對埃森談到異端，單純的人在教會中的作用，他懷疑是否可能得知全球性的規則；並慈愛地說出他如何解讀韋南提留下的魔術記號。

我在鍛冶場找到威廉；他和尼可拉在一起工作，兩個人都十分專心。他們在工作檯上擺了許多圓形的玻璃片，本來大概是窗玻璃的一部份吧；他們又用工具將玻璃切成所需的厚度。威廉拿起玻璃片放到眼睛前，一一加以試驗，尼可拉則指示鐵匠們製造放置透鏡的叉狀物。

威廉忿忿地咕噥著，因爲到目前爲止，最令他滿意的透鏡是琥珀色的，他說他不希望看羊皮紙時像看著一片草地一樣。尼可拉到一旁去監督鐵匠去了。威廉繼續試鏡片的當兒，我把和薩威托的談話告訴了他。

『那個人的經歷十分豐富。』他說：『或許他眞的曾和多西諾信徒在一起。這所修道院眞是世界的縮影，等約翰教皇的使者和邁可兄弟也抵達了之後，就更完整了。』

『老師，』我對他說：『我眞是不懂。』

『關於什麼呢，埃森？』

『第一，是關於異教集團之間的差別。不過這一點以後我再請教您。現在我最感到困惑的是「差異」本身。當你和猶伯提諾交談時，我覺得您似乎想對他證明異教徒和聖徒都是一樣的。可是，後來您和院長談話時，卻又極力向他解釋異端之間，以及異端和正教之間的不同。換句話說，您指責猶伯提諾不該認爲基本上相同的東西是有差異的，而又說院長把基本上有差異的東西視爲相同。』

威廉把鏡片放回桌上。『我的好埃森，』他說：『現在我們試著說出其中的區別，我們不妨使用巴黎的學校所使用的說法吧。好，他們說所有的人都是相同的實體，對吧？』

『當然啦，』我自傲地說：『人類也是動物，只是具有理性，而人類的特性便是笑的能力。』

『好極了。但是托瑪和伯納芬卻有差別；托瑪很胖，伯納芬很瘦，說不定哈夫很壞，而法倫西很好，阿曼很遲鈍，亞其拉很急躁。我說的對吧？』

『對的，毫無疑問的事實便是如此。』

『那麼這就表示人類雖是同樣的實體，卻有不同的特性，在他們的表面形體上是有變化的。』

『一點也不錯。』

『當我對猶伯提諾說，人性是十分複雜的，既愛善也愛惡，我是想勸服猶伯提諾相信人性的同一性。然而，當我對院長說卡瑟利信徒和華登西信徒是不同的，我所堅持的是事件的多變性。我所以堅持，是因爲一個卡瑟利信徒所做的事可能使一個華登西信徒被燒死，反之亦然。當你燒死一個人時，你燒的是他個人的實體，對於存在的具體行動並無任何影響，以及這行動之中的「好」，至少是在上帝的眼中。你認爲這是不是堅持差異的好理由呢？』

『問題在於，』我說：『我已無法再區別華登西、卡瑟利、里昂的窮人、烏米拉第、布格瑞、貝格得、培塔利尼、使徒、窮困的倫巴底人、阿諾迪、威里麥特和路西法林之間的偶然差異了。我該怎麼辦？』

『哦，可憐的埃森，』威廉笑著拍拍我的頸背，『你實在也沒有錯！你瞧，近兩個世紀以來，甚至更早，我們這世界遭到容忍、希望和絕望等混在一起的風暴所敲擊……不，這不是一個很好的類推。想想看一條河流吧，它又寬又大，流程極長，兩岸的地面堅固結實。在某個地點，由於河流已流過很遠，流過很多地方，納入許多條小河，即將入海，不再知道它是什麼了，失去了它的本來面貌。主流還在，但許多條支流卻流向各方，有些又流在一起，匯入另外一條，你也分不清是哪一條產生了哪一條，有時你也看不出哪裡仍是條河，而到哪裡已成了海……』

『假如我沒弄錯你的寓意，這河流就是上帝的城市，或者是正義的王國，接近了千年至福，在這種易變中，它不再是穩固安全的，眞假先知一起出世，一切都流入了最後決戰的戰場……』

『那並不是我的意思。我是想向你解釋，多少世紀以來，教會的本體，也就是社會的本體，已變得太富有、太廣闊，多少的渣滓隨著時間沉澱其中，因此它已失去了本身的純淨。三角洲的分支就像許多盡速奔入海底的河流，也就是說，奔入潔淨的一刻。我的寓意只是要告訴你當河流不再完整如初時，異端的分支和革新的行動會難以計數，而且混雜在一起。你也可以想像一個可憐人想要憑藉自己的力量重築河岸，卻沒有辦法做到。有些小支流被淤泥堵塞了，另一些藉著人工河道重新流入大河，還有一些仍順著原來的河道向前奔流，因爲想要制止一切是不可能的，讓河流失去一部份的水，但保有它的進程是比較好的。』

『我愈聽愈迷糊了。』

『我也是。我不是個善於比喻的人。忘了這個河流的說法吧。試著了解你所提及的行動有許多都是至少兩世紀前產生的，至今已經消失了，然而其他的卻是近代……』

『可是每次討論到異端時，卻會將它們全都提出來。』

『不錯，這也是異端擴展及毀滅的方式之一。』

『我又不懂了。』

『上帝，眞是困難極了。好吧。想像你是個道德改革者，你在一座山頂上招募同伴，一起過貧窮的生活。過了一陣子後，有許多人來到你這裡，甚至還有從遙遠的地方來的，他們認爲你是個先知，或者是個新使徒，因此跟隨著你。他們到那裡去眞是爲了你這個人或是你的理論嗎？』

『我不知道。我希望是的。爲什麼可能不是呢？』

『因爲他們的祖先曾對他們說過其他改革者的故事，以及完美社會的傳奇，他們相信就是你那個地方了。』

『這麼說來，每個行動都繼承了其他行動的結果了？』

『當然了，因爲追隨改革者的群眾，絕大部份都是單純的人，對於教義一無所知。然而道德可以以不同的方式在不同的地方以不同的教義來改革行動。舉例而言，華登西信徒和卡瑟利信徒時常混在一起，但這兩個教團之間卻有很大的差異。華登西教團宣揚改良教會內部的道德，卡瑟利教團所宣揚的卻是不同的教會，由上帝和道德的另一個觀點著眼。卡瑟利信徒認爲世界分爲善與惡兩大相對勢力，他們創立了一派教會，單純的信仰者可辨認出完美，他們自有聖禮和儀式，並創建了極嚴格的階級制度，和我們的聖母差不多，而且他們從未想過要推翻每一個權力實體。由此解釋了何以有權勢的人、地主、封建君主，也會加入卡瑟利教團。他們也沒想過要改革世界，因爲他們認爲善惡的對立是永遠不可能妥協的。相反的，華登西教派（還有阿諾迪教條，或窮困的倫巴底人）卻想以貧窮的理想建立一個不同的世界，因此他們才會被驅逐，住在憑著他們自己的勞力維生的獨立社會中。』

『那麼，爲什麼人們將它們混爲一談，而且認爲它們都是同樣邪惡的呢？』

『我跟你說過了：使他們活下去的目標，也造成了他們的死亡。行動增加，單純的人愈來愈多，他們是被其他的行動所煽動，並且相信一切行動都有同樣的叛亂和希望；他們被裁判官毀滅了；因爲裁判官會把一個教派的錯誤委之於另一派，如果某個分離教派的某個行動犯了罪，每個教派的每個行動都會被視爲有罪。按理來說，裁判官錯了，他們把互相衝突的教義都混爲一談；根據其他的無理性而言，他們又是對的，因爲通常假如阿諾迪教派在某個城市發起某種行動，別的地方的卡瑟利信徒或華登西信徒也會起而效尤。多西諾兄弟的使徒宣揚傳教士和領主的肉體毀滅，並且犯了許多暴行；華登西教派反對暴力，佛拉諦斯黎也是。但我相信在多西諾兄弟那個時代，他的團體中有許多人虔誠地遵循佛拉諦斯黎或華登西教派的教條。單純的人無法選擇個人的異端；這些異端可能同時棄絕性的享樂和聖餐式，但卻是很好的傳道技巧；這顯示了異教是違反了常識的惡魔矛盾。』

『那麼他們之間並沒有什麼關係，是惡魔的欺騙使得一個單純的人想要成爲一個喬新信徒或投入卡瑟利教派的嗎？』

『不對，並非是那樣的。我們再從頭試一次吧，埃森。不過我要先告訴你，我嘗試對你解釋的，是我自己也並不確知的事。錯誤在於相信先有異端，然後愚民們才加入它（自找死路）。事實上，應該是先有愚民存在，繼而才有異端。』

『我不明白您的意思。』

『對於上帝的子民，你有很清楚的概念吧。一大群羊──也有好的也有壞的──被猛犬看守著──戰士，或是世俗的權勢者──皇帝，和君主；而他們服從聖職人員──也就是牧羊人，解析神諭者──的指導。這是個明晰的系統。』

『可是錯了。牧羊人和猛犬爭戰，因爲他們互相垂涎對方的權利。』

『對，所以羊群的性情才會遲疑不定。狗和牧羊人只顧相互交戰，便不再照顧羊群了。其中一部份羊隻便被排擠到外面。』

『所謂的「外面」是什麼意思呢？』

『在邊緣地帶。農人：他們不算是眞正的農人，因爲他們沒有土地，就算他們有土地吧，也不能享有全部的收成。還有市民：只有他們也不算是市民，因爲他們並不屬於一個公會或一個自治體；他們是少數人，被每個人所排擠。你在鄉間見過成群結隊的痲瘋病患者吧？』

『是的，有一次我看見有上百個人在一起。他們的肉都爛了，而且全身發白，拄著拐杖，眼瞼腫脹，眼睛流血。他們不會說話也不會喊叫，而是像老鼠一樣吱吱叫著。』

『對基督教徒而言，他們是另一種人，留在羊群邊緣的人。羊群恨他們，他們也恨羊群；因爲基督教徒希望所有像他們那樣的痲瘋病患者全部死掉。』

『是的，我還記得愛爾蘭馬克王的一個故事；馬克王斥責美女艾索妲，要將她活活燒死時，痲瘋病人來了，他們告訴國王火刑是一種溫和的懲罰，最好採取更嚴厲的方法。他們對他叫道：把艾索妲給我們吧，讓她屬於我們每一個人，我們的病使我們的慾望高張，把她給您的痲瘋病人吧。看看我們的破衣服，都黏在傷口上了。她一向跟在您身旁，享受錦衣玉食的富裕生活，當她看到痲瘋病人的院子，當她必須進我們的小屋，和我們睡在一起時，她就會眞切地體認她的罪，後悔沒有死在荊刺堆的火燄裡！』

威廉望著我說：『對一個聖班尼狄特教團的見習僧而言，你看的書倒眞是奇怪。』我的臉脹紅了，因爲我知道見習僧是不該閱讀傳奇故事的，可是在梅可修道院裡，我們年輕人都偷偷傳閱，夜裡點上蠟燭偷看的。『不過那無關緊要，』威廉又說：『你了解我的意思了。被放逐的痲瘋病患者喜歡拖別人和他們一起毀滅。你愈厭惡他們，他們就變得愈邪惡；你愈將他們描述成一群必須加以消滅的狐猴，他們就愈被一般人所遺棄。聖芳濟領悟到這一點，他的第一個決定就是去和痲瘋病人住在一起。在被逐出的人重返團體之前，上帝的子民是不可能改變的。』

『但是你所說的是其他被逐出的人；進行異教活動的並不是痲瘋病人。』

『羊群就像一串同心圓，由羊群的最外圍一直到它的四周。痲瘋病人就是被驅逐者的象徵。聖芳濟了解這一點。他不只是想幫助痲瘋病人而已；假若眞是的話，他的舉動不過是可悲而且可笑的善行。他是想藉此顯示別的事。你聽說過他對鳥兒的傳教嗎？』

『哦，是的，我聽說過那個可愛的故事，我十分敬仰和上帝溫柔的創造物爲伴的聖徒。』我熱切地說。

『嗯，你所聽說的是個錯誤的故事，那已經被後世的修會修正過了。聖芳濟勸誡市民和治安推事，看到他們執迷不悟之後，便到墓園去，開始對烏鴉、鵲、老鷹等食屍的鳥類傳教。』

『多可怕的事！』我說：『那麼牠們並不是什麼好的鳥類了！』

『牠們是被放逐的鳥，就如同痲瘋病患者。聖芳濟必然想到了使徒們的詩句：「我看見一個天使站在陽光下；他大聲叫喊，對飛翔在天空中的每一隻飛禽說：快下來吃上帝爲你們準備的晚餐吧；你們可以吃國王的肉，領主的肉，有權有勢者的肉，馬肉，還有騎馬者的肉，以及所有人的肉，不管他們是自由的或者有約束的，是渺小的還是偉大的！」』

『所以聖芳濟想煽動被放逐的人起而暴動嗎？』

『不是的，要說有什麼人想這麼做，那是多西諾兄弟和他的信徒。上帝只想召喚被放逐的人，成爲上帝的一部份子民。假使羊群將要再聚集在一起，被逐出的人必須再一次回到他們之中。聖芳濟沒有成功，我心裡是很遺憾的。想救回被驅逐的人，他必須在教會內活動，想在教會內活動，他必須先讓他的規則獲得認可，然後才能組成一個修會，重改一個圓圈的影像，讓被放逐的人不再留在圓圈的邊緣。現在你該明瞭何以佛拉諦斯黎和喬新教團的人又一次將被放逐的人聚集在他們周圍了吧？』

『可是我們剛才並不是在談論聖芳濟，我們所談的是單純的人和被放逐的人是怎麼產生異端的。』

『是的，我們是在談論那些被排除於羊群之外的人。幾世紀以來，教皇和皇帝為了權勢而彼此傾軋，這些人便活在邊緣地帶，例如痲瘋病人，眞正的痲瘋病人是上帝為了要我們了解這種奇妙的寓意所描述的，因此一說到「痲瘋病人」，我們便聯想到「被放逐、窮困、單純、流浪、無法在鄉間立足，在城市裡又遭到羞辱」。可是我們不了解；痲瘋病的神秘一直糾纏著我們，因為我們還未認出那象徵的本質。他們被逐出了羊群，每個人都想聽將會譴責狗和牧羊人，叫他們有朝一日遭到報應的訓誡。有權勢的人一直都明白這一點。要想找回被逐出的人，上位者的權威就要相對地減縮，因此被逐出的人便知道他們必須被指責為異教徒才能被放逐，不管他們的教義為何。至於他們呢，又因被放逐而氣憤，對任何教義都不感興趣，這就是異端的錯覺。每個人都是異教徒，每個人都信仰正教。信仰的行動不算數；唯有它所提供的希望才算數。所有的異端都是一面眞實的、被排除的旗幟。將異端剝開，你就會找到痲瘋病人。每一場反對異端的戰役都只有一個目的：讓痲瘋病人保持現狀。至於痲瘋病患者，你又能向他們要求什麼呢？要他們在三位一體論的教義或聖餐的定義中辨別出怎樣是正確的，怎樣又是錯誤的嗎？罷了，埃森，這些是我們喝過墨水的人所玩的遊戲。單純的人有別的難題，而他們以錯誤的方式解決這些難題。所以他們才會被指控為異教徒。』

『可是為什麼有些人支持他們呢？』

『因為這些人是有目的的，他們的目的和信仰無甚關連，多半是與權勢的征服有關。』

『因此羅馬教廷便指控每一個和它敵對的人為異端嗎？』

『不錯，也就是為了這一點，教廷又會稱重新受到它控制的異端，和勢力已發展到極強，使它不得不接受的異端為「正教」。但這並沒有一定的規則可循；完全看個人和情況而定。這也是世俗君主的寫照。有時城市的長官會鼓勵異教徒把福音譯為方言：現在那些方言已成了都市的語言，而拉丁文是羅馬教廷及修道院的語言。有時候自治官員會支持華登西教團，因為他們宣稱所有的人，不管是男是女，是尊是卑，都可以教授、傳教，而一個當了十天學徒的人，只要找到另一個生手，便成為他的老師了……』

『如此一來，就消滅了傳教士獨一無二的差異了！不過，爲什麼同一個城市裡，又會有官員們反對異教徒，幫助教會將他們燒死的事呢？』

『因爲他們意識到異教徒的滋長也可能危及在位者的權威。在一一七九年的拉特蘭會議中（你看，這些問題要回溯到一百五十年前），渥特．梅普警告如果讓華登西教派那些愚蠢無知的人擁有祭器台，將會發生什麼事情。他說，假如我記得沒錯，他們並沒有固定的居所，赤足遊蕩各地，未擁有任何財物，認爲一切東西都是共有的，效法基督而赤身露體；他們以這種非常謙卑的方式創立教派，因爲他們是被放逐的人，但如果你給了他們太多的空間，他們就會把其他的每個人都逐出。因此之故，城市喜歡托缽修道會，尤其是我們聖芳濟修會；我們在懺悔的需要和城市生活之間，以及教會和市民之間，培育了一種和諧的平衡，關心他們的貿易……』

『那麼在對上帝的愛和貿易的熱中之間，也達到了和諧嗎？』

『沒有，精神改革的行動受到了阻礙；它們被修會必須經教皇認可的限制抵擋了；但暗中的活動並未受阻。一方面，這道暗流形成了自笞派苦修者的行動，他們不會危及任何人；或者形成了像多西諾兄弟的武裝團體，或是形成猶伯提諾所談到的蒙特佛科的巫術儀式……』

『可是誰是對的，誰又是錯的呢？』我迷惑地問道。

『他們可以說都是對的，同時也都是錯的。』

『您爲什麼不站定一個立場呢？』我有點反叛似地叫道：『您爲什麼不告訴我眞理何在呢？』

威廉一時靜默不語，拿著透鏡對著陽光注視。然後他把鏡片放回桌上，讓我透過鏡片望著一件工具。

『看，』他對我說：『你看到什麼了？』

『工具，比較大了些。』

『所以，我們所能做的就是看得更仔細些。』

『但是這工具是永遠不變的呀！』

『韋南提的手稿也會永遠保持原樣，等我有了眼鏡後，我就可以閱讀了。或許在我看完那份手稿後，我對一部份的眞相就會更了解了。說不定我們可以使修道院的生活恢復平靜。』

『可是那還是不夠呀！』

『我說的話並非只有表面的意義而已，埃森。這不是我第一次對你談及羅傑‧培根了。也許他並不是有史以來最聰明的人，但他對學識的熱愛所激起的希望卻一向使我著迷。培根相信一般人的力量、需要和精神的發明。要是他沒有思及窮人、被放逐的人、白痴、和文盲，經常引用上帝的話，他就不算是個好聖芳濟會員。一般單純的人比學者更能領悟道理，因爲學者們往往會在追求廣泛而且一般的法則中迷失自己。一般人有個別感，但僅有這種感覺是不足夠的。一般人自有眞理的概念，也許比教會裡的學者更爲眞實，但他們卻又在不假思索的行動中將它毀了。那麼應該怎麼辦呢？讓一般人得到學識嗎？說得太簡單了，做起來卻又太困難了。聖芳濟的教師們考慮過這個問題。聖布納芬杜拉（譯註：義大利哲學家、作家及樞機主教，一二二一——一二七四）說過，智者必須以一般人行動中蘊含的眞理加強明晰的概念……』

『就像斐路幾亞僧會和猶伯提諾博學的記憶。』我說：『他們把神學的判定化爲要一般人安貧樂道的訓誡。』

『是的，但你也親眼目睹了，這種變化發生得太晚了，等到它發生時，一般人的眞理已轉變爲當權者的眞理了，對路易皇帝比對一個過著窮苦生活的修士更有用。我們該怎麼和一般人的經歷保持密不可分的關係，也就是說，維持他們的道德，以及促成轉變並改善世界的工作能力？這就是培根所想的問題。他說：「一般人的經驗有野蠻和難以控制的後果。即使是處理實際的事務，不管是農業、機械、或是治理一個城市，都需要一種理論。」他認爲學者們當前的大事業就是新的自然科學；透過自然過程的不同知識，統合同時也呈現在期待中的基本需要，雖然混亂，但卻是正確而且眞實的。新科學，新的自然魔術。根據培根的說法，這個大事業應該由教會所領導，不過我相信他之所以這麼說，是因爲在他那個時代神職者的團體和學者的團體是分開的。今天就不再是如此了；有學識的人生活在修道院和教會外，甚至也不在大學裡。因此我想，由於我和我的朋友都相信現今管理人類事務的責任並不在教會身上，而是在人民的手中，那麼未來學者們必須提出這個全新而且合乎人道的神學；它是一種自然的哲學，也是不可思議的力量。』

『了不起的事業。』我說：『但是可能實現嗎？』

『培根認爲可能。』

『您呢？』

『我也這麼想。但是我們必須確定一般人擁有個別感是正確無誤的，才能相信這種說法。不過，如果只有個別感是好的，科學如何透過成爲實用的力量改造全世界的法規呢？』

『是的，』我說：『怎麼可能呢？』

『我不知道了。在牛津時我曾和我的朋友，奧肯的威利——現在住在亞威農——辯論。他在我心裡播下了懷疑的種子。因爲如果只有個別感是妥當的，相同的原因會造成同樣結果的主張就很難證明了。單一的個體可能熱或冷，甜或苦，濕或乾，隨著它所在的地方而有不同的變化。如果我連舉起一根手指都會創造無限的新實體，我怎麼去發覺命令一切的世界契約呢？因爲僅僅這麼一個簡單的動作，也會使我的手指和其他一切物體之間的地位關係有所改變。我的心靈就是靠這種關係來感知實體與實體之間的關連，但有什麼能夠保證這是全球性的，而且十分穩定呢？』

『然而你知道一定厚度的玻璃適應一定的視力，而由於知道這一點，你才能做出和你失去的那一付同樣的眼鏡；否則你不就沒辦法了嗎？』

『回答得好，埃森。事實上，我也想過這個命題：同樣的厚度必然適應同樣的視力。我肯定這一點，因爲我曾在其他場合中，有過同一類的個人洞悉。確切地說，任何試驗過藥草的人，都知道同一種類的藥草會在病人身上造成同樣的效果，因此研究者便提出了明確的主張；某一種類的不同藥草可治療發燒，或是某一厚度的不同鏡片可以改善視力到同樣的程度。培根所提及的科學無疑便是以這些主張爲依據的。你明白，埃森，我必須相信我的命題行得通，因爲那是我自經驗中得知的，但爲了相信這點，我又非得假設有全球性的規則。然而我又不能說到這些，因爲全球性規則的概念和某確立秩序的存在，暗示了上帝是它們的囚犯，可是上帝卻是絕對自由的，所以只要祂想，祂的一點意志力就可以使整個世界爲之改觀。』

『那麼，假如我沒有誤解你的意思，你行動，而且知道你爲何行動，但是你又不知道爲什麼你會知道你知道你在做什麼，對吧？』

我必須驕傲地說威廉敬佩地看了我一眼。『大概正是如此。總而言之，現在你該明白何以我對自己的眞理感到躊躇，儘管我相信它。』

我說：『你簡直比猶伯提諾還要神秘！』

『也許吧。不過你也知道的，我所探查的是事物的天性。在我們正在進行的調查中，我並不想知道誰是好人誰是壞人，而是想知道昨晚在寫字間的是誰，誰拿走了眼鏡，誰在雪地上留下了拖行一個軀體的痕跡，以及貝藍格在哪裡。這些是事實。然後我會試著將它們連接起來——可能的話；畢竟要說清因果關係可不是一件容易的事。一個天使的介入便足以改變一切，因此無法證明某件事是另一件事的原因也不足爲奇。儘管一個人總得試一試的，像我現在這樣。』

我說：『你可要絞盡腦汁了。』

『可是我找到了勃內拉。』威廉憶及兩天前的馬匹事件，叫道。

我得意地說：『那麼這世間確實有個秩序了！』

威廉回答：『那麼我這個可憐的腦袋瓜子裡也有點秩序了。』

就在這時尼可拉拿著一個接近完成的鏡架回來了，興奮地將它舉起。

『等這個鏡架架到我可憐的鼻梁上，』威廉說：『也許我可憐的腦袋會更有秩序了。』

一個見習僧進來說院長想見威廉，在庭園裡等著他。我們正要離開時，威廉拍拍他的前額，好像到這時才想起了一件被他忘掉了的事情。

『對了，』他說：『我已經把韋南提的神秘符號解出了。』

『全部嗎？什麼時候？』

『你睡覺的時候，這得看你所說的「全部」是何意義了。我解出的是被煙燻出後，你抄錄下來的那些符號。那些希臘文筆記就得等我有了新眼鏡後再說了。』

『呃，是「非洲之末」的秘密嗎？』

『是的，而且解法相當簡單。在韋南提的配列中，有十二宮和另外八宮：五個行星，太陽和月亮兩個發光體，以及地球。一共有二十個記號。正好和拉丁文字母相符合，因爲你可以以同一個字母發出「unum」和「velut」兩個開頭字母的音。字母的順序，我們都知道。那麼記號的順序又是什麼呢？我想到天象的順序，把十二宮排到最遠。得出的順序是：地球、月亮、水星、金星、太陽等等，接下來是十二宮的傳統順序，以白羊座爲始，雙魚座爲末。現在，你來試試這個解法，就可以了解韋南提信息中的意義了。』

他遞給我一張羊皮紙，上面是他以拉丁文字母譯出的信息：『Secretum finis Africae manus supra ido lum age primum et septimum de quatuor。』

『看懂了吧？』他問道。

『偶像上的手在四的第一和第七之上運轉……』我唸著，搖搖頭：『一點也不懂！』

『我知道。首先我們必須知道韋南提的「偶像」是指什麼。一個影像，一個鬼魂，還是一個人？然後這個有著「第一」和「第七」的「四」又會是什麼？所謂運轉又是怎麼樣？將它們移開，還是推動或拉動它們？』

我沮喪地說：『那麼我們還是一無所知，仍然在最初的起點了。』

威廉抬頭望著我，表情有些嚴厲。『孩子，』他說：『在你的眼前，是個可憐的聖芳濟修士，他的學識淺薄，技能有限，費了幾個小時解出這些密碼……而你，你這個無知無識的小混蛋，竟敢說我們仍在起點嗎？』

我笨拙地道了歉。我傷了威廉的自尊心，然而我明知他爲自己迅速而又精確的推論感到十分自豪的。威廉確實完成了一件值得令人佩服的工作，韋南提不只用黃道字母隱藏了他的發現，並進一步將它設計成一道難解的謎語，實在怪不得威廉的。

『沒關係，沒關係，不用道歉了。』威廉打斷我的話，說道：『你說的也沒錯。我們所知道的還是太少了。走吧。』

20

黃昏晚禱

院長再度和訪客交談，威廉試著解出迷宮之謎，並以最合理的方法成功地解開了。然後威廉和埃森吃乳酪餅乾。

院長等著我們，神色憂慮，手裡拿了一張紙。

『我剛接到康克斯院長的來信。』他說：『他說出了那個受約翰所信託，指揮法國士兵，負責代表團安全的人是誰。這個人不是軍人，不是教廷裡的人，而且他同時是代表團的一員。』

『不同性質的特殊組合。』威廉有點不安地說：『他是誰呢？』

『巴納・葛，或者是巴納・葛多尼，隨你愛怎麼稱呼他。』

威廉用他的本國語低咒了一聲，我聽不懂，院長也聽不懂，或許對我們兩人而言還是聽不懂的好，因爲威廉的話有種語焉不明的斷聲。

『我不喜歡。』他立刻又說：『多年來，巴納掃蕩土魯斯一帶的異教徒，他還寫了一本：《裁判異端手冊》，說明如何處決並摧毀華登西、貝戈德、佛拉諦斯黎和多西諾等教派的信徒。』

『我知道，我看過這本書；內容豐富。』

『內容豐富。』威廉又接口道：『他效忠約翰。近幾年來，約翰曾多次派他去法蘭德斯和義大利北部。即使在他被任命爲加里西亞主教之後，他還是從未到過他的教區，仍繼續當他的裁判官。我以爲他已退休了，顯然約翰又將他召回，派他到義大利北部這裡來。可是爲什麼在那麼多人選中非要找巴納不可，而且又讓他指揮士兵……？』

『答案只有一個，』院長說：『它確定了昨天我已對你表明過的憂懼。就算你不承認吧，你很清楚裴路幾亞僧會所倡導的基督與教會的貧窮地位，和許多異端行動所支持的並無不同，雖然它有豐富的神學論爭做爲基礎，而且比較不那麼偏激。想要證實薛西納的邁可和猶伯提諾及安吉勒・克雷努的立場相同，並不是難事。到目前爲止，兩個代表團可望達到一致。但是葛多尼不是省油的燈，又很有技巧；他會試著堅持裴路幾亞的主張和佛拉諦斯黎及假使徒的說法是一樣的。』

『這是可以預見的。我是說：我們知道事情將會發展到這個地步，就算沒有巴納在場。只是巴納的行動會更積極，和他之間的辯論自然必須更加謹慎。』

『是的，』院長說：『但此刻我們再回頭談昨天所提出的問題。假如到了明天我們還查不出這兩件也許是三件——兇案的兇手是誰，我只有允許巴納暫時接管修道院的事務了。由於巴納所賦有的權力（加上我們雙方的協議），我不能向他隱瞞發生在本修道院中的費解事件。要不然，萬一再出了什麼神秘的事，他有充分的理由指責我們背叛……』

『不錯，』威廉擔心地低喃著：『可是實在也無法可想。也許那樣反倒好；巴納全心注意刺客，就不可能有太多時間參與辯論了。』

『讓巴納去調查兇手，對我的威信無異是一根芒刺；記住這一點。這件陰沈難解的事使我第一次在本修道院裡讓出一部份的權力，這在本院的歷史，甚至是克盧涅克修會的歷史上，都是前所未有的。我只希望儘可能地避免。貝藍格在哪？他到底出了什麼事了？你又在做什麼呢？』

『我只是一個很久以前曾擔任裁判官的僧侶。你也知道兩天之內不可能查明眞相。話說回來，你又賦與了我什麼權力呢？我可以進圖書室去嗎？我可以問我想問的每一個問題，而總是有你的威信支持嗎？』

院長生氣地說：『我不以爲這些罪行和圖書室有什麼關連。』

『阿德莫是個書籍裝飾員，韋南提是個翻譯，貝藍格是圖書館的助理管理員……』威廉耐心地解釋。『要這樣說的話，全部六十位僧侶都和圖書室有點關連，和禮拜堂也脫不了關係。那麼，何不去調查禮拜堂呢？威廉兄弟，你是應我的要求調查這件事的，而且在我所限制的範圍之內。至於其他的，在這個地方，我是僅次於上帝的主人，受上帝的庇蔭。對巴納而言也是一樣的。』他又以較溫和的口氣說道：『不管怎麼說，說不定巴納到這裡來並不是專爲了這次會議。康克斯的院長在信上說，教皇要求波吉托的柏特蘭樞機主教由波隆那到這裡來引領教廷代表團。也許巴納來此是爲了和樞機主教碰面的。』

『仔細想想，那樣反而更糟。柏特蘭在義大利中部大肆掃蕩異端教徒。這兩個對抗異端的戰士相遇，可能會在本國造成一股更大的狂潮，最後整個聖芳濟修會便難逃一劫了……』

『要是發生了這樣的事，我們會立刻告知皇帝，』院長說：『不過就現況看來，不會有什麼迫在眉睫的危險。我們提高警覺就是了。再見。』

院長離去後，威廉沈默了半晌，然後才對我說道：『埃森，最重要的，我們絕不可慌慌張張地自亂陣腳。欲速則不達，何況我們必須把許多個人的小經驗湊在一起。我要回實驗室去；失去了眼鏡，我不但不能閱讀手稿，就是今晚再回圖書室去也沒什麼用。』

就在這時，莫瑞蒙地的尼可拉氣急敗壞地向我們跑來。他想要把最適合威廉的那付鏡片磨得更好些，沒想到鏡片卻破了。另一付勉強可以代替的，又在他試著安到鏡架上時裂開了。尼可拉煩悶地指了指天際。已經到了黃昏晚禱的時刻，暮色開始籠罩了。那天已無法再做什麼工事了。又失去了一天，威廉陰鬱地想著，克制住（後來他坦白告訴我）掐死那個玻璃師父的衝動，雖然尼可拉一臉可憐兮兮的模樣。

我們留下兀自懊惱不已的尼可拉，去詢問搜索貝藍格的結果。自然，沒有人找到他。

我們覺得有點走投無路的感覺；在迴廊裡踱了一會兒，不知道下一步該怎麼辦。威廉瞪著半空發呆，視而不見地沈湎在他的思緒中。稍早時，他從僧衣內掏出我在前幾個禮拜看過他採集的那種藥草，此刻放在嘴裡不停地嚼著。彷彿這種草可以使他鎮定下來。事實上，他好像心不在焉，但偶爾他的眼睛會閃現光芒，似乎想到什麼新主意；然後又一次陷入沈思。他突然說：『當然，我們可以……』

『怎麼樣？』我問道。

『我在想解出迷宮方位的方法。雖然不簡單，卻會很有效……畢竟，出口是在東邊塔樓：這點我們是知道的。現在，假定有個儀器可以告訴我們那裡是北方。會有什麼情況呢？』

『那麼，我們只要向右轉就朝向東方了。不然我們往相對的方向而行，也知道我們是走向南邊塔樓。但是，即使眞有這樣的魔術存在，迷宮到底是迷宮，我們朝東走很快就會碰到牆壁的阻擋，使我們無法直行，結果我們不是又迷路了……』我說道。

『是的，可是我所說的儀器一直都會指著北方，儘管我們改變路線，不管走到那裡，它都可以指示我們轉向那條路。』

『那就太神奇了。但是我們必須擁有這個儀器，而它在夜間的室內仍能指出北方，因為我們可看不到太陽或星星……我相信就連您的培根也沒有這樣的儀器吧。』我笑了起來。

『但是你錯了。』威廉說：『這樣的儀器已經發明了，有些航海家也已使用過。它不需要星星或太陽，因為它所利用的是一種石頭的力量；我們在賽夫禮納的實驗室裡看過這種石頭，就是能夠吸鐵的那一顆。培根和一位皮卡爾的鬼才曾經研究過；這個人是麥立柯的皮耶，描述過它的許多用途。』

『可是你能造出這樣的儀器嗎？』

『這不會太難的。這種石頭可以用來製出許多神奇的儀器，包括一種無需借助外力便可永遠移動的機械，但最初發現它的是個阿拉伯人。盛一盆水，再把一個軟木塞放進水裡讓它漂浮著，軟木塞上插一根鐵針。然後拿著磁石在水面上方繞一繞，直到那根針也有了和石頭一樣的特性。這時，那根針便會彎向北方，不管你怎麼移動水盆，它還是指著北方，永遠不變。很顯然的，只要你記住北方，又在盆子的邊緣東、南、西三方的位置上刻上記號，那麼你在圖書室裡怎麼轉都不會弄錯方向，最後必定可以走到東邊塔樓。』

『真是太妙了！』我叫道：『但是為什麼那根針會永遠指北呢？那石頭會吸鐵，我是看見的，我想像是有大量的鐵吸著那塊石頭。這樣說來……在北極星的方向，地球最極端，存在著大量的鐵礦！』

『事實上，確實有人這樣猜測，只不過磁針所指的方向並不是正對著晨星，而是朝向子午線的交點。這現象表明了兩極的磁鐵傾向是來自天空，而不是地球的兩極。這也說明了即使相隔遙遠，卻還能引發移動的例子；這便是我的朋友詹敦所研究的問題，當皇帝並未要求他讓亞威農沈入地心……』

我興奮地說：『我們快走吧，去拿賽夫禮納那顆石頭，還要一個盆子，一些水，和一個軟木塞……』

『等一下。』威廉說：『我不知道為什麼，但是我從未見過一樣作用完美的儀器，不管學者們描述得多麼好。然而從沒有被學者描述過的農人的鉈鐮，卻很少出什麼差錯……我恐怕一手拿著燈，一手端著盆水，在迷宮裡繞……慢著！我想到另一個主意了。即使我們在迷宮外面，那儀器仍然指著北方，對吧？』

我說：『是的，但在外面它就派不上什麼用場了，因爲我們可以憑著太陽和星星……』

『我知道，我知道。但如果儀器在室內和室外都有作用，我們的腦袋不是也應該一樣嗎？』

『我們的腦袋？當然，它們在外面也能運轉的，事實上，我們在外面時對大教堂的設計不是很清楚嗎？但一到了裡面，我們就會搞混方向了！』

『不錯。現在我們暫時把那儀器擱下不談，想想使我想到自然法則和思想法則的機關。結論是：我們必須由外面找到一條描述大教堂內部的途徑……』

『可是怎麼找呢？』

『我們利用數學科學吧。正如艾威樂所說，只有在數學中，才會有我們認爲和確知的事物相同的東西。』

『那麼你這就承認了全球性的概念了。』

『數學概念是由我們的理解力所建立的命題，它們不管怎麼運作，必然都會得出眞理，不是由於它們是本有的，就是因爲數學是在其他科學之前發明的。建築圖書室的人精通數學；唯有依據數學才能設計迷宮。因此我們必須把我們的數學命題和建築師的數學命題相比，再由這個比較推出一種以項和條件爲基礎的科學。不管怎麼說，別把我拖入形而上學的討論了。你今天是怎麼搞的？你有一雙好眼睛，不妨拿一張羊皮紙，一塊寫字板，任何你可以寫上記號的東西，再加上一支尖筆……好，你有吧？好極了，埃森。趁著還有一點日光，我們繞著大教堂好好看一看吧。』

於是我們繞著大教堂而行，隔著一段距離觀察東、南、西三座塔樓，以及塔樓之間的牆壁。另外一半聳立在峭壁上，雖然由於對稱的緣故，那和我們所見到的這一半不可能有太大的差異。

威廉將我們的觀察說出來，由我記在筆記本上：每一面牆有兩扇窗子，每一座塔樓則有五扇。

『現在，想想看，』我的導師對我說：『我們所看見的每間房間都有一扇窗子……』

『只有七邊形的房間沒有。』我說。

『自然，它們就是在每座塔樓中央的房間。』

『還有幾個房間我們也沒看到窗子，但它們並不是七邊形的。』

『先別管這幾個房間。首先，我們先找出規則，然後我們再試著解釋例外的。所以：我們推出每座塔樓有五個房間可望向外面，每一面直牆則有兩間房，這些房間每一間都有一扇窗子。但由有窗子的房間繼續往禮拜堂的內部走，我們又會走到另一個有窗子的房間，這顯示了除了外側的窗子外，內部也有窗子。現在，由廚房和寫字間都可以看到的，內部的天井是什麼形狀呢？』

『八邊形。』我說。

『好極了。在寫字間裡，這八邊形的每一邊都有兩扇窗子。這是不是表示八邊形的每一邊各有兩間內部的房間呢？我的推測對吧？』

『對，可是那些沒有窗子的房間又怎麼說呢？』

『沒有窗子的房間共有八間。也就是說，每座塔樓中央的七邊形房間，有五個牆通向外側的五個房間。那麼另外兩面牆鄰接的是什麼呢？不是沿外牆而建的房間，不然房裡應該會有窗子，也不會是八角形天井旁的房間，除了同樣的原因外，這些房間豈不是會成爲很長的房間了？試著畫出由上方俯瞰圖書室的藍圖。每座塔必然有兩個房間和七邊形房間相鄰，而又通向沿著內部八角形天井而建的兩個房間。』

我試著依照威廉的提示畫出平面圖，高興地喊了一聲。『現在我們把一切都解開了！我算算看。……圖書室共有五十六個房間，其中四間是七邊形的，另外五十二間近似正方形，其中有八個房間沒有窗子，二十八間看向外，還有十六間朝向內部！』

『四座塔樓各有五個房間有四面牆，和一個七邊形房間……圖書室是根據一種天體的和諧而設計的，蘊含了許多奇妙的意義……』

『了不起的發現。』我說：『可是爲什麼我們很難測定方位呢？』

『因爲和數學規律不相符合的，就是通道的安排。有些房間可以讓你通到其他好幾個房間去，有些卻只能通向另一間，我們再仔細想想有沒有不能讓你通到別的地方去的房間。只要你朝這方面想，再加上缺乏光線或任何可能由太陽的位置推得的線索（也許可以再加上幻覺和鏡子），你就會明白何以走進迷宮的人總會感到混亂，尤其當他已被一種罪惡所困擾之時。別忘了，昨晚我們找不到路時有多麼急切。只有最大的秩序才能造成最大的混亂：這似乎是一種壯觀的計算。圖書室的建築師都是可敬的大師。』

『那麼我們走呢？』

『到這時應該不難了。你所畫的這張圖，十之八九就是圖書室的平面圖，我們一到第一個七邊形房間，便立刻走到沒有窗子的房間去。然後，保持向右轉，走過兩、三個房間後，我們應該又會置身於一座塔樓內，那只可能是北邊塔樓，然後我們走進另一個沒有窗子的房間，左邊，和七邊形的房間相鄰，向右走，就會再一次發現我剛才已描述過的同樣的路徑，直到我們到達西邊塔樓。』

『是的，如果每一個房間都可通向其他房間的話……』

『不錯。爲了這個原因，我們需要你的地圖，把沒有通路的牆記下來，這樣我們才知道我們所繞的路。不過那不會太難的。』

『可是這眞的行得通嗎？』我迷惑地問：我覺得這簡直是得來全不費工夫。

『行得通的。』威廉回答：『但不幸的，我們還沒有解答出一切。我們已推算出如何避免迷失。現在我們必須知道每個房間的書籍分配和管理是不是也有一條規則可循。從啓示錄上摘錄的詩句並沒有給我們什麼線索，不只因爲有許多同樣的句子在不同的房間裡重複了……』

『然而在使徒書中可以引用的詩句遠超過五十六句呀！』

『毫無疑問。因此只有某些詩句是可用的。奇怪，這些句子似乎少於五十句：三十或二十……哦，和梅林的算法相似呀！』

『你說誰呀？』

『無關緊要。是我國的一個魔法師……他們使用的詩句是和字母的字數一樣多的！當然，這就是關鍵了！詩句的內文並不重要，我們所要看的是它開頭的字母。每個房間都以一個字母標示，合起來形成的文句才是我們必須發現的！』

『就像是一首用十字架或是一條魚的圖形表示的詩！』

『差不多，也許在建造圖書室的時期，正流行這種詩。』

『可是它的本文從那裡開始呢？』

『可能是比別的字體要大的句子，在東邊塔樓的七邊形房間裡……或是……啊，當然了，就是漆成紅色的句子！』

『但是有很多句子都漆成紅色啊！』

『因此必然有很多文句，或者是有很多個字。現在把你的地圖重畫一張更大更清楚的；我們到圖書室去時，你就用筆把我們所經過的每個房間記下來，還有門、牆和窗的位置，以及房裡每一句詩的第一個字母。你要像個稱職的圖書裝飾員，把漆成紅色的字母寫大一點。』

『我覺得很奇怪，』我敬佩地說：『爲什麼你從外面看便解開了圖書室的謎，而當你在裡面時，卻解不開呢？』

『上帝也是因此而明瞭這世界的，因爲祂先在心裡構想，就像是從外面看去一樣，然後才創造了它。我們不知道它的規則，因爲我們生活在其中，而它早已形成了。』

『那麼一個人可以憑藉外界的觀察而得知許多事物！』

『人工的創作，因爲我們在心裡探索設計者的運作。但自然的創作則不然；它們並不是我們心靈思索的結果。』

『可是對圖書室而言這就足夠了，對吧？』

『是的。』威廉說：『但只對圖書室而言。現在我們回房間去歇一歇吧。直到明天早上之前我也沒辦法再做什麼事了，希望到時候我會有一付新眼鏡。我們不妨好好睡一覺，早點起床。我再好好想一想。』

『那晚餐呢？』

『啊，當然，晚餐。晚餐時間已經過了，僧侶們都到禮拜堂晚禱去了；但是廚房說不定還開著，去找點東西去吧。』

『用偷的嗎？』

『問薩威托要吧，他現在不是你的朋友了嗎？』

『可是他會用偷的呀！』

『你看守著你的兄弟嗎？』威廉引用該隱（譯註：亞當與夏娃的長子，殺害其弟亞伯）的話。但我知道他是在開玩笑，同時說明上帝是偉大而寬容的。所以我去找薩威托，發現他在馬廄附近。

『一匹好畜牲，』我望著勃內拉點點頭，閒扯道：『但願我能騎騎牠。』

『那可不行。牠是院長的馬。不過美麗的馬不一定跑得快……』他指著一匹強壯但有點醜陋的馬。『那一匹也很好……還有這一匹……』

他想要再指第三匹馬給我看。他那幾句滑稽的拉丁文使我發笑。我問他：『你打算怎麼照料那匹馬呢？』他對我說了一個奇怪的故事。他說任何一匹馬，即使是最老、最弱的，都可以讓牠跑得和勃內拉一樣快。只要在牠的燕麥裡混入一種叫婆羅雙樹的藥草，讓牠吃下去，再用公牛油塗在牠的腿上。然後你跨上馬背，將馬頭轉向東，在牠的身邊低語：『尼坎德，馬開沃，和梅其扎。』三次，再踢馬腹，那匹馬會向前急馳，一小時跑的路可能要勃內拉跑上八小時。假如你在馬脖子上掛上狼牙，馬兒縱情疾奔時，更是輕快自如，毫不費力。

我問他是不是曾試過這種方法。他靠向我，附在我耳邊低語，呼氣十分難聞；他說那很困難，因爲現在種植婆羅雙樹的只有主教和他們有權勢的朋友，利用它來增加他們的力量。然後我不再和他瞎扯了，告訴他說今晚我的導師想在房裡看點書，所以希望在房裡吃晚餐。

『我會做，』他說：『我會做乳酪餅乾。』

『怎麼做呢？』

『簡單。在乳酪變得太硬之前，你把它切成一塊一塊或一片一片的。然後你加上一點豬油，在小炭火上面烤一烤。等乳酪變軟後，將它們兩塊兩塊疊在一起，立刻送上桌去，因爲這東西一定要趁著又軟又熱的時候吃。』

『那麼，就吃乳酪餅乾吧。』我對他說。他要我等一會兒，便走進廚房去了，半小時後他回來了，手上端了一個蓋了一塊白布的盤子，香味令人聞了垂涎三尺。

『拿去。』他說著，把盤子遞給我，又拿出一盞裝滿了油的大油燈給我。

『幹什麼用的？』我問他。

『我還要問你呢！』他狡猾地說：『今晚你的導師要到什麼黑暗的地方去不就用得著了？』

看來薩威托知道的事還眞不少。我沒有再問他話，端著食物去找威廉。我們吃過東西後，我便退回我的房間。至少那是我的藉口。我必須找到猶伯提諾，所以我偷偷摸摸地又到禮拜堂去了。

21

晚禱之後

猶伯提諾對埃森說出了多西諾兄弟的故事，埃森回想起其他的故事，並且一個人潛到圖書室裡去閱讀，然後他碰到了一個少女，美麗而又可怕，如一支列陣迎戰的軍隊。

我在聖母像前找到了猶伯提諾，一語不發地加入他，假裝（我坦白承認）低頭默禱。好一會兒後，我才鼓起勇氣和他說話。

『神聖的父，』我對他說：『我可以請求您的啓發和忠告嗎？』

猶伯提諾看看我，握住我的手，站起身，領著我走向一張長凳，兩人並排坐下。他緊緊擁了我一下，我感覺到他的呼氣輕拂過我的臉。

『親愛的孩子，』他說：『我這個可悲的罪人樂於撫慰你的心靈。你有什麼困擾呢？渴慕嗎？』他關切地問：『對肉體的渴慕？』

『不是的。』我紅著臉回答：『我的心靈若有渴慕，是爲了想要知道太多的事情了……』

『那是不好的。上帝知道萬事萬物，我們只能景仰祂的知識。』

『但是我們也必須區別善惡，了解人類的情慾。我是個見習僧，但將來我會成爲一個修士和神父；有一天我能辨認它時，才能教導別人辨認它。』

『你說的不錯，孩子。那麼，你想知道什麼呢？』

『異端的毒害，神父。』我虔誠地說。然後又一口氣說道：『我聽到別人說過一個引誘他人墮落的壞人：多西諾兄弟。』

猶伯提諾沈默了半晌後，才開口說道：『不錯，那天傍晚你聽威廉兄弟和我談起過他。可是這是個令人傷痛的故事，我並不怎麼願意說它，因爲它會使你（是的，就這一點而言你是應該知道，藉此得到有用的一課）——因爲，我說到，它會使你明瞭懺悔的愛和淨化世界的希望可能產生流血和殺戮。』他變換了一下位置，鬆開按著我肩膀的雙手，但一隻手仍放在我的頸背，彷彿只是要把他的知識或他的激烈（我不知道是前者還是後者）傳達給我。

『這件事得追溯到多西諾兄弟之前，』他說：『大約六十多年前吧，那時我還是個小孩子。那是在帕瑪。一個叫葛拉德．史迦理的人開始傳教，奉勸人們過一種懺悔的生活，他會一路走一路叫喊：「裴尼坦吉特！」那是沒受教育的人對「懺悔贖罪」的說法。他帶引他的信走，模仿十二使徒，稱他的教派為使徒教團，他的信徒們都要像窮困的乞丐一樣走遍世界，只靠別人的救濟維生……』

『就像佛拉謫斯黎。』我說：『這不是上帝的旨意，和你們聖芳濟修會的宗旨嗎？』

『是的。』猶伯提諾有點猶疑地承認了，輕歎了一口氣。『但葛拉德大概太過份了。他和他的信徒被指控否定神職者的權威和彌撒與告解的儀式，而且成為懶惰的流浪者。』

『可是聖芳濟修會也受到同樣的指控啊。麥諾瑞特修士們不是說當今教皇的權威不該被認可的嗎？』

『是的，但不是所有神職的權威。我們麥諾瑞特修士本身就是神職者。孩子，要區別這些事情是很困難的。善惡之間的分界線是很不明顯的……就某方面而言，葛拉德是犯了錯，而且因異端的行為而有罪……他要求加入麥諾瑞特修會，但我們的兄弟不接受他。白天他逗留在我們的教堂裡，看見麥諾瑞特修士的穿著打扮，便學他們蓄長髮留鬍鬚，穿上涼鞋，並披上麥諾瑞特的僧袍，因為任何人想要找到新的會眾，往往會仿效聖芳濟修會的某些形式。』

『那麼他的用心是好的……』

『但是在某一點上他又做錯了……在白色長袍上披上白色披肩，又留了長髮的他，很快地被一般人讚譽為聖人。他賣掉了他的一幢小屋，拿了錢之後，便站在一塊古代的地方長官發佈消息時所站的一塊岩石上，手裡拿了一袋金子，他並沒有把金子散發給窮人，卻叫來了在附近賭錢的幾個流氓，把金子丟給他們，說道：「誰有本事就拿去吧」。那些流氓拿走了金子，豪賭散盡，他們冒瀆了上帝，而把金子給了他們的葛拉德聽說了這件事，卻絲毫不覺羞恥。』

『但聖芳濟不是也拋棄了一切世俗的財物嗎？今天我又聽說威廉說，他到墓地去向兀鷹和烏鴉傳教，而且和痲瘋病患者在一起——也就是說，那些被自稱是道德之士的人所驅逐的渣滓……』

『是的，但葛拉德卻犯了錯；聖芳濟從未和神聖的教會起衝突，福音上叫人把金錢散發給窮人，而不是惡徒。葛拉德施予，卻沒有得到任何報償，因爲他施予的對象是壞人，他有了一個壞的開始，一個壞的延續，和一個壞的結果；教皇格列哥里十世反對他的會眾。』

『也許，』我說：『比之於批准了聖芳濟修會的教皇，格列哥里十世的心胸比較狹窄吧……』

『也許是的，但葛拉德做錯了事，而相反的，聖芳濟卻明白他自己在做些什麼。最後，孩子，這些養豬看牛的人突然間變成假使徒，想要過著快樂的生活，坦然接受別人的救濟！但這還不是最重要的，』他又迅速接口說：『葛拉德爲了聚集這些仍是猶太信徒的使徒，竟然爲自己行了割禮，違反保羅對加拉太人所說的話——你也知道許多聖人都宣稱未來基督之敵將來自割過包皮的種族……但葛拉德做了更難以原諒的事：他到處招募單純的群眾，說：「和我一起到葡萄園去吧。」那些不認識他的人便跟著他進入別人的葡萄園裡，以爲是他的園子，進而吃了別人的葡萄……』

我魯奔地說：『麥諾瑞特教團也不贊成私有財產吧。』

猶伯提諾嚴厲地瞪視我。『麥諾瑞特修士遵循教規過著貧窮的生活，但他們從未要求別人也都一樣貧窮。你不能無故地攻擊好基督徒的財物；好基督徒會指責你是個盜匪。葛拉德的情況便是如此。他們說最後他爲了試測自己的意志力和決心，便和婦女共睡，對她們卻沒有任何情慾；但當他的信徒想要仿效他時，結果就大不相同了……哦，這些不是血氣未定的男孩應該知道的事；女人是魔鬼的器皿……然後他們開始了起了內訌，互相爭鬥，邪惡的事便發生了。然而還是有許多人來加入葛拉德，不僅是鄉下人，還有城裡的人、同業公會的會員，葛拉德要他們脫光衣服，赤身露體，效法赤裸的基督，又派他們到世界各地去傳教，但是他自己卻穿著一件白色的無袖長袍，質料堅韌，看起來不像一個僧侶，倒像是個小丑！他們住在露天的空曠之處，但有時他們也會爬進教堂的講道壇裡，騷擾虔誠的教徒聚會，把他們的傳教士趕走，有一次在義大利東北部的拉溫那城聖奧瑟教堂裡，他們將一個小孩放到主教的寶座上。他們自稱是喬西恩教義的繼承人……』

『可是聖芳濟修會也是呀！』我叫道：『包戈三多尼諾的吉拉德，還有你，也都這麼宣稱的！』

『別激動，孩子。福羅士的喬西恩是個偉大的先知，他也是第一個明瞭聖芳濟將會開始改革教會的人。但是假使徒卻利用他的教義來掩護他們的愚行。葛拉德身旁有女使徒，叫翠琵亞或麗琵亞吧，聲稱她有預言的天賦。一個女人，你明白吧？』

『可是，神父，』我反駁道：『上一回你自己不也談到蒙特佛科的可蕾和佛里諾的安琪拉……』

『她們是聖徒！她們過著謙遜的生活，承認教會的力量；她們從未自稱有預言的天賦！而假使徒卻聲言那個女人可以到各地去傳教，就和許多異教徒的說法一樣。他們不認爲結婚和不結婚有什麼差別，覺得任何誓言都不是永久性的。簡而言之，我也不多說那些你似懂非懂的可悲故事了，最後帕瑪的歐比若主教決定拘捕葛拉德。但此時發生的一件奇怪的事，使你明白人性是多麼軟弱，異端的雜草又是多不可疏忽。因爲到末了主教釋放了葛拉德，並且親自接待他，對他所說的笑話大笑不已，甚至留下他當逗笑的小丑。』

『爲什麼呢？』

『我不知道——也許我該說，恐怕我知道。主教是個貴族，不喜歡城裡的商人和工匠。也許他並不介意葛拉德以他的貧窮論傳教反對他們，或者不在乎葛拉德自乞討救濟物變本加厲爲搶劫。不過後來教皇出面干涉，主教才又恢復合宜的嚴酷，葛拉德終被指控爲異教徒而處以火刑。那是在本世紀初的事。』

『這些事和多西諾兄弟有什麼關連呢？』

『它們是相關的，由此你可以明白異端並不隨著異教徒的毀滅而消失。這個多西諾是個神父的私生子，住在義大利北部的農維拉教區。他自小心智敏銳，又讀書識字，但他從收留他的神父家裡偷了東西，向東逃跑，到了特林特城。他在這裡重新傳揚葛拉德的教義，但更像個異教徒，自稱是上帝唯一眞正的使徒，又說一切都應該是在愛中共享的，和所有的女人雜陳並睡是合法的，因此沒有人可以被指責爲蓄妾，他自己更與一對母女同時交往……』

『他眞的宣揚這些主義嗎？或者只是有人指控他做這樣的宣揚？我聽說過有些修士也被控訴同樣的罪行，例如蒙特佛科的那些僧侶……』

『胡說。』猶伯提諾尖銳地打斷我的話：『他們已不再是僧侶了。他們是異教徒，而且和多西諾同污。更有甚者，你再聽我說吧；多西諾兄弟後來又做了什麼事，才會被稱爲一個邪惡的壞人。我並不知道他是怎麼通曉假使徒的教導。說不定是他年少時曾經過帕瑪，聽過葛拉德傳教。我們只知道葛拉德死後，他仍和波隆那區的異教徒保持聯繫，而且他是在特拉特開始傳教的。他在那裡誘拐了一個出身貴族的美麗少女，瑪格麗特，或者是她引誘他吧，正如荷露伊誘惑阿培拉德，因爲——絕不要忘記——魔鬼是通過女人滲入男人心裡的！出了那件事後，特拉特的主教將他逐出該教區，但那些多西諾已吸收了一千多個信徒，他開始長途跋涉，回到他的出生地。沿途又有許多人被他的話所迷惑，加入了他，或許有不少華登西異教徒也在他途經我們所住的山區時成爲他的同夥，也有可能是他自己要加入這地區的華登西教徒前往北方的。等他抵達農維拉區，多西諾發現情況對他的暴動有利，因爲以瓦西里主教之名治理蓋提內拉城的封臣被民眾驅逐了，民眾們認爲目無法紀的多西諾是他們最好的同盟。』

『那個主教的封臣做錯了什麼事嗎？』

『我不知道，那也輪不到我來評判。但你該知道，在許多事例中，異端都是反對領主的，因此異教徒總是以宣揚聖母的貧窮爲始，最後無可避免地捲入權力、戰爭、暴力。在瓦西里城中，有些家族之間有所衝突，假使徒們便乘此機會，這些家族也利用假使徒們所引起的混亂。封建君主僱用外籍傭兵搶劫市民，市民們只有向農維拉主教尋求保護。』

『眞是個複雜的故事。但是多西諾站在誰那邊呢？』

『我不知道；他自成一派。他在這一切騷亂中到達此地，看出這正是藉貧窮之名鼓吹賣命的人反對財產私有制的好機會。多西諾和他的信徒——現在已超過三千人了——在附近的一座山丘紮營而居。這座山被稱之爲「禿山」，就在農維拉城外，他們在山上建了簡陋的小屋和要塞，由多西諾統治那些無恥雜居的男女。他自那裡寄信給他的信徒，詳述他的異教教義。他說他們的理想是貧窮，他們並不受任何外在服從的誓言所約束，而他，多西諾，是上帝派來破除預言的封印，並重新詮釋舊約和新約的內容。他稱不屬於教派的神職人員——傳教士和麥諾瑞特僧侶——爲「魔鬼的使者」，免除了每個人服從他們的義務。他又將上帝子民的生存分爲四個時期：第一是舊約時期，雅各的十二子和先知，在耶穌基督降臨之前，當時婚姻是好的，因爲上帝的子民必須繁衍、增加。第二個時期是基督徒和使徒的時期，這也是個神聖而且貞潔的時代。接著便是第三個時期，教皇爲了管理民眾，首次接受了世間的財富；但當時人類開始自上帝的愛中迷失，聖班尼狄特出現，反對所有世俗的財物。當聖尼班尼狄特教團的僧侶們又回頭積聚財富時，聖芳濟和聖道明修會出現了，比聖班尼狄特更嚴厲地反對世間的權力和財產。最後到了現在，許多高位神職者的生活又一次和那些訓誡相抵觸，我們已到了第三時期的末期，必須遵循使徒的教導才行。』

『那麼多西諾所傳揚的，就是聖芳濟修士們曾經宣傳過的，而你自己，神父，不也是一位聖芳濟修士嗎？』

『啊，是的，但他又從這些教義中推衍出狡黠的理論！他說，爲了結束這墮落的第三個時期，所有的聖職者、僧侶和修士，都必須接受殘酷的死亡；他說教會所有的高位神聖者，所有的神父、修女、信教的男女，每一個屬於麥諾瑞特修會的人、隱士，甚至教皇波尼菲斯，都要被他，多西諾所選擇的皇帝所殺絕，這個皇帝就是西西里的佛萊德瑞。』

『但是佛萊德瑞不就是在西西里熱誠接納被逐出安布里的主教們，現在已稱爲路易的皇帝嗎？麥諾瑞特修會不是也要求他摧毀教皇和樞機主教的俗世力量嗎？』

『那是異端的特點：將最正直的思想扭曲變形，再說它們違反了上帝和人類的法則。麥諾瑞特修會從未要求皇帝殺死其他的僧侶。』

現在我知道他當時是錯了。因為幾個月後，當那個巴伐利亞人在羅馬建立了他自己的修會，馬西勒和其他忠於教皇的勒諾瑞特僧侶，也提出了和多西諾同樣的要求。我並不是說多西諾是對的；只能說馬西勒也是錯的。但當時我不免懷疑（尤其是下午和威廉談過話之後）追隨多西諾的那些愚民，是否可能分辨出主教和多西諾的允諾，有什麼差別。他以一種神秘的形式，把正教教徒所傳揚的付諸實行，所以有罪嗎？或者這正是不同之處？我們應該等待上帝把祂的聖徒所允諾過的賜給我們，而不該嘗試藉著世間的方法去獲得嗎？現在我知道這個論點，也知道多西諾何以是錯的：事物的常態是不可加以改變的，儘管我們必然熱切地希望它改變。那天傍晚我的思想矛盾極了。

『而且，』猶伯提諾對他說：『異教徒總是大言不慚。一三○三年，在第二封信中，多西諾自命為使徒集會之首，又命瑪格麗特——一個女人、勃加莫的龍其涅、農維拉的佛萊列、亞伯．卡倫丁和勃樂西的渥得禮為他的副手。他開始叫嚷著關於接續的未來教皇，兩個好的——第一個和最後一個；兩個壞的——第二個和第三個。第一個是西勒斯汀，第二個是鮑尼法斯八世；預言家說他：「你自負的心使你蒙羞，哦，你這個活在峭壁罅隙間的人。」第三個教皇未被指名，但傑樂米說他：「看，像頭猛獅。」而且——敗壞廉恥！——多西諾認為這頭猛獅就是佛萊德瑞。多西諾還不知道第四個教皇是誰，他將會是喬新院長所說的神聖教皇，天使教皇。他是上帝所選的，到那時多西諾和他的信徒（這時已增加到四千人）便會一起接受神的恩寵，教會也會更新，直到世界末日。但在他來臨之前的三年前，邪惡將會達到極點。多西諾便試著這麼做，把戰爭帶到各地。第四個教皇——由此可以看出魔鬼如何捉弄他的密友——卻是克里蒙五世，宣佈要撲滅多西諾。一點也不錯，因為這時期在多西諾的信中有諸多不可被正教滌清的理論。他指責羅馬教會是邪教，說僧侶沒有服從的義務，現在神靈的力量已都傳給使徒教團了，只有使徒能夠代表新教會，使徒可以宣判婚姻無效，只有加入使徒教團才能得救，教皇不能赦免罪愆，教民不該付教區稅，沒有誓言的生活會比有誓言的生活更完美，一所供神的教堂和馬廄沒什麼兩樣，在樹林裡和在教堂裡都可以禮拜基督。』

『他眞的說了這些話嗎？』

『當然，這是無庸置疑的。他在信中寫了這一切理論。但很不幸的他還做了更壞的事。他在禿山定居後，開始劫掠山谷裡的村莊，突襲他們以獲取財物——簡而言之，他公然對附近的鄉鎮發動戰爭。』

『那些鄉鎮都反抗他嗎？』

『這就不得而知了。也許有些村莊支持他吧；我剛才跟你說過了，他巧妙地利用當地的紛爭。同時冬天來了，一三〇五年的冬天，是近幾十年間最爲嚴酷的，溝有浮屍，野有餓殍。多西諾寫了第三封信給他的信徒，更多人加入了他，但在那山上過活並不好受，他們饑寒交迫，只有吃馬肉和其他動物的肉，煮草根和樹皮。有許多人餓死了。』

『現在他們所對抗的又是誰呢？』

『瓦西里主教向克里蒙五世求助，消滅異端的運動開始了。任何參與運動的人都可獲得大赦，薩伏衣的路伊士、倫巴底的裁判官、米蘭的總主教都立刻響應。有許多人揹起十字架，援助瓦西里和農維拉的人，甚至來自薩伏衣、普洛文斯、法蘭西；瓦西里主教任最高指揮官。兩軍的前鋒經常短兵相接，但多西諾的要塞堅固難攻，而且壞人也得到了幫助。』

『誰幫助他們呢？』

『別的壞人。我相信這些人樂於挑起騷亂。然而，到了一三〇五年年底，異教首領被迫放棄禿山，留下傷殘病弱的人，遷進吉非洛的領域內，固守在一座山上；那座山當時被稱爲竹北樂山，後來被稱爲盧北樂山，因爲它成爲教會叛徒的堡壘。不管怎麼說，我無法把所有的事鉅細靡遺地全都說給你聽。經過可怖的幾場屠殺，最後叛徒被迫投降了，多西諾和他的信徒被捕，公平地處以火刑。』

『那個美麗的瑪格麗特也被燒死了嗎？』

猶伯提諾注視我。『你原來還記得她是個美女嗎？是的，據說她很美，許多當地的君主都想救她免除火刑，娶她為妻。可是她不願意，和她執迷不悟的愛人一樣被燒死了。這可以使你得到一個警惕：提防巴比倫的妓女，即使她以最動人的外型出現。』

『現在請您告訴我吧，神父：我聽說修道院的管理員，也許還有薩威托，曾見過多西諾，而且跟他在一起過……』

『噓！不要說出這種不假思索的話。我是在一所麥諾瑞特的修道院裡遇見管理員的。我不知道在那裡之前，雷密喬曾待過什麼地方。我知道他是個好僧侶，至少以正教的立場而言。至於其他的，唉，肉體是脆弱的……』

『我不明白您的意思。』

『這些不是你該知道的事。』他將我拉近，再一次擁抱我，並指著聖母的雕像。『你該認知純淨的愛。她是個最純淨的女性，所以你可以說她是美麗的，就像在雅歌中的愛人。』他說著，臉上泛著一種發自內心的喜悅神采，就像那天院長談到他那些聖器上的金子和寶石時。『在她身上，即使是身體的優雅也象徵著天堂的美，因此雕刻家才在她身上賦了女人應有的一切優雅，來頌揚她。』他指著聖母纖柔的胸部，裹了一件綴有花邊的上衣，被聖嬰的小手撫摸著。『你看！正如學者們所說：胸部也是美的，微微隆起，只是微微的，並不是放蕩豐滿，壓抑著但不是萎縮的……在這最甜美的幻影之前，你有什麼感覺呢？』

我驀地脹紅了臉，覺得胸膛裡有一股火燄燃起。猶伯提諾一定體會到這一點了，或是瞥見我紅通通的臉頰，因為他迅即接口道：『但是你必須學習撲滅超自然之愛的火。就連聖人也很難做到這一點的。』

我顫抖地問：『怎麼才能認出好的愛呢？』

『愛是什麼？在這世界上，不管是人或是魔鬼或任何東西，都比不上愛那麼令我懷疑，因為唯有它最能穿透心靈。這世間的一切，都沒有愛的豐盈，也不像愛那麼刻骨銘心。因此，除非你有征服它的武器，被愛所困的靈魂就好像投入了無底的深淵。我相信，沒有瑪格麗特的誘惑，多西諾不會那麼膽大妄為，要不是在禿山上那雜交而混亂的生活，也不會有那麼多人被他的叛亂所引誘。我要提醒你，我對你說這些事並不只是關於邪惡的愛，這種愛是屬於魔鬼的，當然應該閃避；我所說的也包括了上帝和人類之間的愛，以及人類和他的鄰居之間的愛，也就是好的愛。兩、三個人，男人或女人，真誠相愛，彼此喜歡，希望永遠親密過活；這是常見的情景。我承認，我對最貞潔的女人也有過類似的感覺，例如安琪拉和可蕾。啊，那也是不應該的，儘管那是精神上的，並懷有上帝之名……因為即使是心靈所感覺的愛，先是熱切的，然後沉溺，也會造成混亂。哦，愛有許多特質：首先心靈會變得更溫柔，繼而痛苦……接著它會感受到真愛的溫馨，叫喊，呻吟，像被丟入鍛鐵爐內熔成石灰的石頭，碎裂，被火焰所舔舐……』

『這是好的愛嗎？』

猶伯提諾撫撫我的頭，我望著他，看見他眼底漾著淚光。『是的，這就是好的愛。』他放下了按在我肩上的手。『可是要辨別好的愛和邪惡的愛是多麼困難啊。有時當魔鬼誘惑你的靈魂時，你覺得自己就像個頸子被吊住的人，雙手綁在身後，眼睛也被蒙了起來，吊在絞首台上，卻還活著，沒有幫助，沒有依賴，沒有補償，在半空中懸盪……』

他的臉上有交錯的淚水和汗珠。『你走吧。』他對我說：『我已經把你想要知道的事情告訴你了。這一側是天使的座席；那一邊卻是地獄的深淵。去吧，讚美天主。』他又在聖母像前跪了下來，我聽見他輕聲啜泣。他又開始禱告。

我沒有離開禮拜堂。和猶伯提諾的這段談話點燃了我的心，我的五臟六腑間有一股奇怪的火燄和一種難以名狀的騷動。也許就爲了這個原因，我不想服從命令，決定一個人潛入圖書室。我自己也不知道我想找什麼東西，我只想獨自探索一個未知的地方；想到我可以自己行動，不必借助於老師，我便覺得興奮。一如多西諾登上盧北樂山一般，我爬上了樓梯。

我帶著油燈，（爲什麼我會帶著它呢——是不是我本來就已懷有這個秘密計劃？）走進藏骨堂，不僅目不斜視，眼睛還幾乎是全閉的，不一會兒我就到了寫字間。

我相信這是個決定性的一晚，因爲當我在書桌之間踱步時，我瞥見有一張桌子上放了一本攤開的手稿，必然是一位僧侶正在抄寫的《多西諾兄弟異端史論》。我想那大概是聖塔布諾的彼德所坐的桌位，我聽說他正在寫一部異端的歷史。（在修道院接二連三地出事之後，他便放棄寫這本史籍了——不過我們還是別跳到前面去。）所以那本書放在那裡是很正常的，另外還有一些相關的論述，例如討論自笞派苦修者和培塔利尼教團的書。但我卻認爲這是一種超自然的徵象，我不知道是天國的，或是惡魔的，總之我迫切地彎身閱讀那部著作。那本書並不很長，我在書中也找到了猶伯提諾不曾對我說過的事，作者顯然目睹過一切，而且想像力也爲那個事件所鼓勵。

我讀到一三〇七年三月復活節前一天的禮拜六，多西諾、瑪格麗特和龍其涅終於被捕，如何被帶到拜拉城裡，交給了主教，等待教皇的決定。教皇聽到這消息後，派人送信給法蘭西王菲立普，信上寫著：『我們接獲最令人高興的消息，狂喜雀躍，因爲惡魔之子，最可怕的異教徒多西諾，在費盡千辛萬苦，經歷過許多危險、屠殺和爭戰之後，終於和他的手下一起被捕入獄，多虧我們的雷尼爾兄弟，瓦西里主教，在聖餐之日時將他逮捕；許多和他在一起的人，都感染了傳染病——也在同一天被殺。』教皇對犯人毫不憐憫，下令主教將他們處死。同年六月一日，這些異教徒被交付刑場。該城的鐘喧鬧地響起時，那些異教徒被推進一輛篷車裡，四周是執刑的劊子手，後面跟著義勇軍，繞行全場，在每一個角落，行刑者拿著燒紅的鉗子燒燙罪犯。瑪格麗特最先被烙，接著是多西諾；他臉上的肌肉一絲也不曾移動，當鉗子烙到他手腳上時，他也沒發出半聲呻吟。然後篷車繼續前進，執刑者將他們的鐵器插進盛滿了火炭的爐子裡。多西諾又受了許多苦刑，仍然氣也不吭一聲，雖然他們把他的鼻子割下時，他曾聳了一下肩膀，而當他們扯下他的陽物時，他長歎了一聲，像是不由自主的呻吟。他所說的最後幾句話似乎毫無意義，警告眾人說他將會在第三天升起。然後他被活活燒死，骨灰被風吹散。

我抖著雙手把手稿合上。據猶伯提諾所言，多西諾犯了許多罪行，可是他也被可怖地燒死了。被綁上火刑柱時，他的行為是那麼……怎麼樣呢？像烈士一樣堅定，或是像墮入地獄的人那麼傲慢？我拖著步子搖晃晃地爬上通往圖書室的樓梯時，意識到為何我會如此困擾。我突然憶起了沒幾個月前，我剛到達突斯坎尼不久，所曾目睹的一幕。事實上，我倒奇怪先前怎麼會將它忘了，似乎我受苦的心靈想要把這夢魘般的記憶抹除。也許，我並沒有將它忘懷；每次我聽別人談起佛拉謫斯黎時，那一幕不就浮現在我的眼前嗎？只是我立刻便將它揮開，彷佛目睹那駭人的場面便是一種罪惡。

我在佛羅倫斯時，曾看見一個人被綁在木樁上燒死，也就是那個時候，我第一次聽人談起佛拉謫斯黎。那是我在比薩和威廉兄弟會晤之前不久的事。威廉的行程延誤了幾天，我父親便讓我先到佛羅倫斯去，參觀以美麗享譽於世的教堂。我在突斯坎尼境內遊玩，一邊練習義大利話，最後在佛羅倫斯住了一個禮拜，因為這城市是我嚮往已久的地方，我希望能較深入地探討它。

我剛抵達之時，便聽說有一場驚動全城的大審判。一個異教的佛拉謫斯黎信徒被控犯了反對正教、在主教面前叫囂等罪行，即將付諸嚴厲的裁判。我跟著那些告訴我這件事的人，走到舉行審判的地方去。有些人說這個叫米契爾的兄弟，實際上是個很虔誠的修士，他宣揚懺悔和貧窮，重複聖芳濟的話，只因為有些惡毒的女人假意求他告解，然後誣賴他有異端的言論，他才被送到裁判官的面前。而且，主教的手下又在那些女人的屋內將他捕獲；這事實令我驚訝，因為聖職者無論如何也不該在這種不適當的情況下到執行聖禮的人家裡去的。不過，這大概就是佛拉謫斯黎教團的一個弱點，這種不考慮禮儀的缺失，所以一般人才會視他們為異教徒，並認爲他們有曖昧的行爲（正如人們說卡瑟利信徒是布格瑞和雞姦者）。

我到達聖隆爾瓦多教堂時，審判正在進行，由於教堂外擠滿了人，我無法進去。不過，有些人攀上圍有鐵柵的窗子，看得見也聽得見教堂內的情形，並隨時說給下面的群眾聽。裁判官正在唸米契爾修士前一天的招供；說他宣傳基督和他的使徒『沒有個人或共同的財物』，但米契爾抗議公證人在上面加了『許多虛妄的結論』，他大叫（我在外面也聽見了）：『審判那一天你們將得爲自己辯護！』但裁判官繼續唸他們所寫出的招供，最後他們問他願不願意謙卑地遵循教會和所有市民的決議。我又聽見米契爾大聲喊道他只願遵循他所相信的，亦即，他『相信基督是貧窮的，而且被釘死在十字架上，教皇約翰二十二世才是異教徒，因爲他所說的正好相反』。接著是一場辯論，包括許多位聖芳濟修士在內的裁判官，設法要他明白聖經裡並沒有他說的那些話，他卻反過來指控他們違反了修會的教規，他們攻擊他，問他是不是自認爲比他們還要了解聖經。頑固的米契爾兄弟仍和他們爭論，於是他們開始拿話激怒他，說些諸如：『那麼我們要你承認基督擁有財物，而約翰教皇是個天主教徒，也是個聖人』的話。米契爾卻毫不讓步，說道：『不，他是個異教徒。』他們說從沒看過一個死到臨頭還這麼冥頑不靈的人。但我聽見教堂外的群眾有許多人將他比做面對法利賽人的基督，我意識到不少人都相信米契爾兄弟是聖潔的。

最後主教的手下將他帶回監牢裡去。那天晚上，我聽說有許多僧侶，也就是主教的朋友，都去侮辱他，並且命令他取消前言，可是他的回答卻異常堅決。他對他們每個人重複道基督是貧窮的，聖芳濟和聖道明也都這麼說，又說如果他公然聲明這個主張就必須被燒死，他也不覺得遺憾，因爲不久他就可以親眼看見聖經上所描述的：啓示錄的二十四位長老、耶穌基督、聖芳濟，和光榮的殉教者。他說：『假如我們閱讀聖徒們的教義時便已十分熱切，那麼我們渴望加入他們所感到的熱切和喜悅，不知更增加了多少倍？』聽了他這些話後，裁判官沈著臉離開了監獄，威嚴地叫道：『他是被魔鬼迷了心竅了！』

第二天我們聽到判決已經確定；我到主教的官邸去，看判決文件，並且在我的筆記本上抄一部份下來。

那上面詳細描述了米契爾所犯的罪行；其中有一項是我認爲最不可饒恕的，雖然我不知道（考慮審判的過程）他是不是眞的承認了這個罪狀，簡而言之，那上面寫著米契爾聲稱聖湯瑪士・阿奎奈並不是一個聖人，也未享有永恆的拯救；正相反的，他受到譴責，而且被貶落地獄！判決書上的結論是，由於被告不知悔改，因此罪刑確立。

判決公布後，更多教會的人到監牢去，警告米契爾將會發生什麼事情，我聽見他們說：『米契爾兄弟，法冠和罩袍都已做好了，上面畫了佛拉諦斯黎和魔鬼的圖樣。』恐嚇他，並強迫他在最後關頭取消前言。但是米契爾卻跪了下來，說道：『我相信在柴火旁邊將會站著我們的父聖芳濟，我更相信耶穌基督和十二使徒，光榮的殉教者聖巴托羅繆和聖安東尼，也都會在我的身旁。』最後一次拒絕了裁判官的請求。

第二天早上，裁判官聚在主教官邸前的橋上，我也擠到那裡去；仍然戴著手鐐腳銬的米契爾兄弟，被帶出來面對著裁判官。他的一個忠誠的信徒在他面前跪了下來，接受他的祝福，這個信徒立刻被武裝衛兵拘捕，帶到監獄去。然後，裁判官再度對犯人宣讀判決，並問他是否願意懺悔。每唸到他是異教徒的句子時，米契爾回答：『我不是異教徒。我是個罪人，但卻是天主教徒。』當正文說道：『最可敬而且神聖的教皇約翰二十二世』，米契爾就會說：『不對，他是個異教徒。』接著主教命令米契爾上前向他下跪，米契爾說任何人都不該向異教徒下跪，他喃喃說道：『上帝寬恕我吧。』然後一項儀式開始了。他的僧衣被一件一件地脫下來。最後只留下一件佛羅倫斯人稱之爲『修巴』的小裙子。依照慣例，一個神父被剝掉法衣，也就是解除了僧職；緊接著，他們就在他的手指上烙印，又把他的頭髮剃光。然後他被交給了衛士，他們粗暴地對待他，又爲他上了鐐銬，又將他帶回監獄去。他一邊前行一邊對群眾喊道：『擁有財物的便是異教徒！』我聽說次日他就將被送上火場。我相信他這樣的做法是錯誤的，這顯示了他被培塔利尼的異論腐化了。

最後到了行刑的那一天，一個共和國的長官到牢裡去找他，友善地問米契爾是怎樣的一個人，爲什麼那麼固執，堅決不肯確認所有的人所肯定的，並接受聖母教會的主張。但是米契爾粗暴地說：『我相信耶穌基督是貧窮的，而且釘上了十字架。』那個長官莫可奈何的走了。然後衛兵們來了，把米契爾帶到中庭，主教的代理人再一次對他宣讀了招供及判決。米契爾再一次打岔，抗議硬扣到他頭上的罪名；那些實在是很難解的罪狀，我記不很清楚了，當時也並不十分了解。但很顯然的，就是這些罪狀決定了米契爾的死，以及佛拉斯諦斯黎的迫害。我不明白爲什麼教會的人和俗世的武力強烈反對主張過貧窮生活，並說基督並不擁有世俗財物的人。我心想，他們應該怕那些生活富裕，從別人那裡取得金錢，買賣僧職，使教會蒙上罪惡的人才對呀。我再也忍不住沈默不語，便把我的想法對站在我旁邊的人說了。他嘲諷地笑笑，告訴我說一個將貧窮付諸實行的僧侶，無異是爲群眾設立了壞榜樣，因爲那樣一來，人們就無法接受不實施貧窮的僧侶了。而且，他又說，宣揚貧窮是在人們的腦子裡灌注了錯誤的觀念；人們將會認爲他們的貧窮是一種驕傲的來源，而驕傲的想法會導致許多驕傲的舉動。最後，他說我該知道宣揚僧侶過貧窮的生活就是站在皇帝那一邊，那會使得教皇不高興的，雖然這是什麼道理他自己也說不上來。在我看來，那些都是絕佳的理由，儘管是由一個缺少學識的人口中說出來的，只除了此刻我想不通爲什麼米契爾兄弟要以這麼可怖的死法來取悅皇帝，或藉以平息宗教團體之間的論戰。事實上，有些人說：『他不是聖人，他是路易派來在市民間激起騷動的，佛拉諦斯黎就是突斯坎尼人，但在他們的後面還有皇帝撐腰。』另一些人說：『他是個瘋子，他被魔鬼迷了心竅，充滿了自責，自以爲是個殉教者；他們讓這些僧侶讀了太多關於聖人言行的記載了，應該讓他們娶太太比較好！』還有一些人說：『不，所有的基督都應該像他一樣，在異端充斥的時代，堅守他們的信仰。』我聽著此起彼落的議論，不再知道自己有什麼想法了，只是直視前方，望著有時會被群眾擋住的米契爾。我所看見的那張臉並不屬於塵世，就像我有時在心醉神馳的幻覺中所看到的聖徒雕像。剎那間我瞭解了，不管他是個瘋子或是個先知，他是眞心想要死的，因爲他相信他可以以死擊敗他的敵人，無論他的敵人是誰。我也領悟到他的典範將會引導其他人從容就死。至今我對那些如此堅決不屈的人仍感到驚訝；我不知道是一種對眞理的驕傲的愛，將他們導向死亡，抑或是一種對死亡的驕傲的慾望，引導他們維護眞理；雖然那只是他們所相信的眞理。我感到到既敬佩又恐懼。

但我們再回頭說死刑的執行吧，因爲現在所有的人都湧向了米契爾將被處死的地點。

衛兵們將他帶出了大門，他身上只穿了那件『修巴』，後面破了幾個洞，他大步前行，低垂著頭，喃喃禱告，看起來確實像個殉教者。人群難以置信地洶湧，有許多人喊著：『不要死！』他會回答：『我要爲基督而死。』他們又對他說：『但是你不會爲基督而死。』他說：『那麼我爲眞理而死。』他們走到一個叫『普羅康瑟角』的地方時，有個人對他喊道爲他們每個人向上帝禱告吧，於是他祝福著群眾。

到了浸信教會，他們對他叫道：『救救你自己吧！』他回答：『死使人免於犯罪！』在舊市場時，他們喊著：『別死，別死！』他答道：『拯救你們自己不要墮入地獄。』到了新市場，他們高喊：『懺悔，懺悔！』他回答：『爲你們的高利貸懺悔吧。』快走到聖大克羅時，他看見和他同一修會的僧侶站在台階上，便怒斥他們不遵循聖芳濟的教規。有些僧侶聳聳肩，但其他的僧侶都羞愧地把頭巾拉下，將臉遮蓋起來。

往正義門走去時，有許多人對他說：『撤銷你的主張吧！別堅持就死啊！』他的回答是：『基督爲我們而死。』他們說：『可是你並不是基督，萬不可爲我們而死！』他說：『但是我要爲祂而死。』在正義場中，一個人對他說，他該效法另一位僧侶，放棄他的信仰；然而米契爾回答他絕不放棄信仰，我看見人群中有許多人點頭贊同，並鼓勵米契爾堅強起來；我們意識到那些人就是他的信徒，便離他們遠些，免得遭池魚之殃。

最後我們到了城外，柴堆出現在我們面前；他們稱之爲『小屋』，因爲木柴被堆成一間小屋的形狀，四周圍了一圈騎士，阻止人們靠得太近。他們把米契爾兄弟綁在木樁上。我又聽見有人對他叫喊：『可是你究竟爲什麼而死呢？』他回答：『爲了只有以死才能證明的眞理。』他們在木柴上點了火。米契爾兄弟開始唱著讚美詩，他唱了約莫八節，然後便彎下頭，彷彿要打噴嚏似的，接著整個人倒在地上，因爲他的骨頭都已燒焦了。他已經死了；在他的身體完全燃燒之前，便已死於使心臟爆裂的高熱，和充滿了胸膛的濃煙。

這時整間『小屋』都燒起來了，就像一團火炬，燦然熾烈，若非透過煙火還可瞥見米契爾焦黑的屍體，我眞懷疑自己是站在一叢起火的樹叢前。我站得相當近（我爬上通往圖書室的階梯時一邊回想著），所看見的景象清晰地使我唸出了在聖海德嘉的著作中閱讀過的一段描述：『火焰包含了燦爛的亮度，不尋常的活力，和極端的熾烈，但它擁有的亮度可能照明，熾烈可能燃燒。』我記起了猶伯提諾對『愛』的評論。米契爾站在火堆中的影像變得和多西諾混在一起，多西諾的身影又和美麗的瑪格麗特重疊。我又一次感到不安，就像我在禮拜堂時一樣。

我竭力壓抑住這些思緒，大步走進迷宮。這是我第一次單獨造訪；映現在地板上的幢幢燈影就如前一夜的幻象般令我觸目驚心。每一刻我都害怕自己又撞見另一面鏡子，因爲鏡中的人影實在扭曲得可怕，即使你明知那只是鏡子，仍會感到困擾。另一方面，我並沒有謹愼地辨認方向，或是避開那個燒著藥草，以濃煙令人產生幻覺的房間。我就像個發熱的人一般盲目前進，也不知道自己要到那兒去。事實上，我並沒有離起點太遠；過了不久，我發現我又走回最初的那個七邊形房間。這裡，在中央的桌子上放了幾本書，似乎是我前一晚不曾看見的。我不知道自己離那個點了煙的房間有多遠，只覺得有些頭暈，但那可能是我剛才的深思所引起的。我打開其中一冊裝飾精美的書，由它的風格看來，好像來自遙遠而神秘的國度。

在馬可福音開始的那一頁，我被畫在頁緣的一頭獅子吸引住了。我確信那是一頭獅子，雖然我沒看過活生生的獅子，而且那個畫家忠實地畫出牠的外形，也許是看到愛爾蘭的猛獅而有的靈感吧。我覺得這種動物既可怕又威嚴，使我同時想到惡魔和耶穌基督，我全身顫抖，一方面是由於恐懼，而且也因爲牆上的隙縫吹進來的風。

我看見的這頭獅子有一張牙齒銳利的血盆大口，堅固的頭型猶如大蟒蛇的頭，巨大的身子下是四隻大腳，腳上帶著利爪，牠身上的毛猶如東方地毯，黃中夾雜著紅褐，骨架結實剛勁。尾巴也是黃的，由臀部直扭到頭部，末端掛著一簇黑中帶白的硬毛。

那幅獅子像使我感到非常畏懼（我不止一次環顧四周，就怕有一頭這樣的猛獸突然出現），然而我還是決定再往下看。一翻開馬太福音，我的視線就落在一幅人像上。也不知道為什麼，這個人比獅子更令我害怕：那是一張人臉沒錯，可是這個人全身裹在一件僵硬的禮服內，直蓋到腳底，在這件禮服上，鑲嵌了紅色和黃色的寶石。由紅寶石和黃玉構成的城堡中探出來的那顆頭，好像（簡直令我恐懼萬分！）就是我們追蹤的那個神秘兇手的頭。這時我意識到何以我會把這獅子和人和迷宮聯想在一起：這兩幅圖，甚至這本書裡的每一幅圖，都像是從一種連結的迷宮中冒出來的，瑪瑙和琥珀的線條，綠玉髓的細紋，綠柱玉的虹彩，似乎都和房間的角度及我所在的走廊有所關連。我瞪視著那一頁，眼光迷失在那燦亮的巷道中，一如我的腳困惑地走過圖書室一間又一間的房間，看見我的迷亂遊走被描繪在那些羊皮紙上，使我心中惶惑，覺得每本書都在說我的現況。我不禁想看，在那些書頁中，是不是也已包含了我未來的故事。

我打開了另一本書，這本書像是出自西班牙的學校。圖畫的顏色異常鮮明，紅色令人想到血或火的顏色。這是使徒的啓示錄，和前一夜一樣，我又一次翻到了淫婦騎在十角獸上的那一頁。但這並不是同一本書；書上的裝飾畫並不一樣。這個畫家在書頁上著意畫了一個女人。我將她的臉，她的胸部，她大腿的曲線，和聖母瑪利亞的雕像相比。她們的線條不一樣，可是我覺得這個女人也很美。我想我不該儘想著這些，便又往後翻了幾頁。我又找到另一個女人，但這回畫的是巴比倫的妓女。她的形體並不怎麼吸引我，但我想到她也是個女人，只不過這一個是邪惡的女人，而前面幾頁所畫的那一個卻是貞潔的。不過這兩幅人像外型都畫得很女性化，愈看愈不覺得有什麼差別。我又一次感到內心的激蕩；禮拜堂的聖母瑪利亞和美麗的瑪格麗特形象變得交疊了。『我眞該死！』我咒罵自己：『我瘋了。』決定還是離開這裡比較好。

幸好樓梯就在我的近處。我衝下樓去，顧不了跌跤摔倒或熄燈的危險。我跑到了寫字間，卻不敢在那裡逗留，又往通向餐廳的樓梯衝去。

一下了樓，我氣喘吁吁地停下腳步。透過窗子照進來的月光，異常明亮，在圖書室裡絕不可省的油燈，在這裡幾乎成了多餘。然而，我並沒有把燈吹熄，彷彿是想藉燈光得到慰藉。由樓梯一路直衝下來，使我有點上氣不接下氣，所以我決定喝口水，使緊張的情緒平息下來，反正廚房就在隔壁而已。我走過餐廳，緩緩打開將大教堂樓下隔成兩半的門。

就在這時，我非但沒感到放鬆，反而倍覺驚恐。因爲我立刻意識到廚房裡還有別人在，就在麵包爐附近——至少我瞥見那個角落有一道光芒。在恐慌中，我忙把我的油燈吹熄。我不敢動，事實上，另一個人（或一些人）也立刻把燈熄了；不過那也於事無補，廚房裡皎潔的月光依然在我眼前的地板上照出了一些令人困惑的黑影。

我僵立在那兒，既不敢後退，也不敢前進。我聽見一個猶豫的聲響，覺得其中好像雜著一個女人的聲音。然後由爐子旁一團模糊的陰影中，有個矮胖黝黑的身軀移開了，溜向微微打開的外門，潛到室外，又把門關上。

我仍站在廚房和餐廳間的門檻上，爐子旁還有一團模糊的影子也沒有移動。模糊，而且——怎麼說呢？——發出了呻吟聲。那像是一種壓抑的哭泣聲，驚恐的啜泣。

能夠使一個害怕的人增加勇氣的，莫過於另一個人的害怕了，但驅使我走向那個黑影的並不是恐懼。倒不如說，一種如同我有幻覺時所感到的沈醉，迫著我前進。廚房裡有一股味道，很像昨晚在圖書室內將我燻倒的煙氣。也許並不是同樣的物質，但對我過度興奮的感官卻有相同的效果。我聞到一股苦辣兒，像廚子用來增加酒香的紫雲英液、明礬或酒石。或者，一如後來我所獲悉的，那時他們正在釀製啤酒（在半島北部地區，這可是一件大事），所用的材料和我的祖國差不多；石南、桃舍孃，和野生迷迭香。這些香料不只刺激著我的鼻孔，更刺激我的心智。

我的理智警告我離開那個呻吟的東西，那必然是魔鬼為我召來的女妖，可是某種慾望卻慫恿我前行，似乎我想參與一件神奇的事。

因此我向那個影子走近，直到，在透過高高的窗子照進來的月光中，我看清那是一個女人，渾身顫抖，胸前揣著一個包袱，向後退向爐口，低聲哭泣。

願上帝、聖母、天堂所有的聖靈幫助我說出其後所發生的事。而今我已是個老僧，住在梅可這所莊嚴的修道院裡，也是安寧沈謐的避難所，為了我謙遜、崇高的地位，我應該無比的虔敬謹慎，只說有某種邪惡的事發生了，但卻不宜詳述，如此我的讀者和我都不會感到困擾。

可是我既已說著那些遙遠的事件，便決心說出一切眞相；眞相自然是不可遮掩的，不該因我們的興趣或羞恥而將它分割。問題是，我必須說出當時的所見所覺，而不是現在的看法和回憶。（儘管我的記憶仍十分鮮明，我也不知道是事後的追悔使得這些情況和思想牢牢地嵌在我的腦海中呢，或者是同樣的懊悔仍折磨著我，使得我埋藏在心中的恥辱清清楚楚地復甦。）這點我是辦得到的，像個年代紀編者一樣忠實，因為只要我閉上眼睛，不但可以說出當時我所做的每件事，也能說出我的想法，就像在抄錄那時寫就的一份文稿。因此我必須這樣開始，聖米迦勒保護我，由於我未來讀者的啓發和我自己鞭笞內心的愧疚，現在我要說出一個年輕人可能怎麼向魔鬼的陷阱屈服，讓大家明白這些陷阱和誘惑，日後再有人面臨之時，便可擊敗它們。

那是一個女人。或者該說，是一個女孩，到那時為止（以後亦然，感謝上帝），我沒有什麼和異性相處的經驗，所以也說不出她可能是幾歲。我只知道她很年輕，是個少女，也許經過了十六或十八個春季，也許二十了；最讓我驚訝的是，那個形象看起來是那麼的眞實。那不是幻覺，而且我覺得她是無害的。也許因為她在顫抖，像一隻冬天裡的小鳥，又在嚶嚶啜泣，而且顯然很怕我。

我想，大概是由於我的眼神十分柔和，那女孩逐漸平靜下來，也不再向後退了。我猜想說不定她聽不懂我的拉丁語，便本能地用日耳曼方言和她交談，這使她嚇壞了，也不知是因為對不懂日耳曼語的人而言，這種語言的腔調粗厲，還是因爲這聲音使她聯想到什麼不愉快的經驗，我就不得而知了。我只有對她微笑，想著姿勢和臉孔的語言往往比言詞更通用的；她這才安下心來，也對我笑笑，說了幾句話。

我對她所操的方言所知甚少；那和我在比薩所學到的一點並不相同，可是從她的語氣我意識到她是在對我說著甜言蜜語，她好像是在說：『你好年輕，你好英俊……』對一個從小住在修道院的見習僧而言，聽見別人誇讚他的美是很稀罕的；事實上，年老的僧侶總是告誡我們外在美是稍縱即逝的，而且要將它視爲卑下，但惡魔的陷阱是很厲害的，我必須承認這番讚美雖是虛僞的，卻聽得我十分受用，使我充滿一種難以壓抑的情感。尤其是當那個女孩說話時，她還伸出了手，直到她的指尖觸到我當時仍光滑無鬚的臉頰。我覺得興奮而狂熱，但那時候，我卻未感覺到心裡有一絲罪惡。當魔鬼想要試探我們，把我們心靈的美德驅逐時，就是這樣的。

我的感覺如何呢？我又看到了什麼？我只記得最初那一剎那的情緒是難以訴諸言詞的，因爲我的舌頭和我的心智都沒有受過如何說出這種感覺的訓練。直到我記起了別的心靈語言，那是我在別的地方別的時間聽到的，說話者的目的顯然並不相同，卻和我當時的喜悅奇妙地吻合，彷彿那本來就是用來描述那種感覺的。這些深藏在我記憶中的話，浮到了我的唇邊，我忘了它們在聖經中，或者是在聖徒的福音書中，是用來表達完全不同、更爲光燦的事實。但是在聖徒們所說的歡欣，和我騷動的靈魂在那一刻所感覺到的喜悅，眞有什麼不同嗎？在那當兒，我心裡已不認爲有什麼微妙的差異了。我想，這正是地獄深淵裡狂喜的跡象。

突然間，我覺得那女孩就是聖經雅歌中所描述的那個黑暗但貌美的處女。她穿著一件線已磨綻的粗布衣裳，前襟不合宜地敞開，頸子上戴了一條顏色極淡的寶石串成的項鍊，我想那並不是很名貴的東西。但她的頭傲然地挺立在白如象牙的頸子上，她的眼睛如潭水般清澈，鼻樑如黎巴嫩塔那麼挺，她的頭髮像是紫色的。是的，在我看來，她的頭髮豐厚，猶如一群羊，牙齒像剛洗完澡的羊，一對一對走出來，排列得整整齊齊。我不禁低語道：『看呀，妳是多麼美，吾愛；看呀，妳是美麗的。妳的頭髮就像一群躺在基列山旁的羊；妳的唇就像一條紅線，妳的下巴就像一瓣石榴，妳的頸子就像大衛在上面掛了一片小銀盾的塔。』我驚恐而焦急地暗想，這個如黎明般站在我眼前，如月亮般柔美，如太陽般耀眼的女人究竟是誰。

這時那女人向我挨近，把她剛才一直按在胸前的包袱丟到一個角落去；她舉起手撫摸我的臉，重複著剛才我已聽過的話。我不知道是該逃開她，還是更靠近她，腦海中震動不已，彷彿約書亞的喇叭就要把傑利哥城的城牆震塌了，我想要碰她，同時又怕觸摸她時，她卻開心地笑著，發出快樂的母羊般壓抑的呻吟聲，把繫住衣服的帶子解了開來，讓衣服從她身上滑落，一如夏娃在伊甸園裡出現在亞當面前一樣的，站在我的面前。我喃喃低語，重複猶伯提諾所說的話，因爲我覺得她的胸脯就像兩隻孿生的小鹿，倚在百合花之間，她的肚臍是個絕不盛放劣酒的酒杯，她的小腹是一堆和百合花堆放在一起的麥子。

『o porta clausa, fons hortorum, cella custos unguentorum, cella pigmentaria!』我叫著，一不小心碰到了她的軀體，感覺到它的溫暖，並聞到一股以前從未聞過的香味。我想起了：『孩子，當瘋狂的愛來臨時，人類是無能爲力的！』我領悟道，不管我現在感覺到的是魔鬼的陷阱或是天堂的恩賜，我是沒有力量抵抗驅策我的衝動的，我大聲喊道：『上帝！賜我防衛的力量吧！』因爲由她的唇呼出了甜美的氣息，她那雙穿著涼鞋的腳又是那麼纖柔，她的腿像列柱般直，兩腿交接之處猶如珍寶，只有一個技藝高超的工匠才塑造得出這樣的作品。哦，愛，歡樂之女，一個國王被俘虜在妳的秀髮間了；我喃喃低語，任由她抱住我，兩人一起倒在廚房的地板上。也不知是我自己動手的，還是她的詭計使然，我發現我已掙脫了僧衣，但我們對於裸露的軀體卻不覺得羞恥。

她用嘴親吻我，她的愛比酒還要醇，她的肌膚有種甜美的香郁，在珍珠項鍊和耳環的襯托下，她的頸項和臉頰無比的柔美。看呀，妳是美麗的，我的愛，看妳是美麗的，妳的眼睛就像鴿子（我說），讓我看妳的臉，讓我聽妳的聲音，因爲妳的聲音悅耳，妳的臉迷人，妳令我銷魂，我的姊妹，只要妳一回首一顧盼，便令我銷魂，妳的唇像蜂巢般開啓，蜂蜜和牛奶就在妳的舌下，妳的氣息似蘋果，妳的酥胸是兩串葡萄，妳的味道是令人迷醉的酒，直流進我的唇和齒間……一道泉水，甘松和番紅花，菖蒲和肉桂，沒藥和蘆薈，我吃了摻有蜂蜜的蜂巢，喝了加了牛奶的酒。她是誰，這個如黎明般升起，如月亮般柔美，如太陽般耀眼，如高舉旗幟的軍隊般可怕的女人是誰？

哦，上帝，當心神恍惚的時候，唯一的效能就是愛你所看到的，（難道那不是眞的嗎？）至高的快樂就是擁有你所有的；喜悅的人生是在它的泉源喝醉，（不是有人這麼說過嗎？）我們要在生命的眞正風味中過著永恆的道德生活……這就是我所想的，我覺得預言終於實現了，當那個女孩慷慨地賜予我無法形容的甜蜜，我的整個身體彷彿變成了一隻眼睛，前方和後方，我突然看得見四周的一切。我意會到，由此，由愛，和諧和溫柔一起創造出來，一如善和吻和圓滿，就像我已聽說過的，想著我必定會再得到別的領悟。當我的喜悅就要達到極點之時，有一剎那我記起了說不定我所經歷的，在這深夜裡，是正午的魔鬼的化身，他終於對迷惑的心靈現出惡魔的眞本性，他知道怎麼攫獲靈魂，誘惑軀體。可是我立刻又相信我的遲疑才是可怕的，因爲我所經歷的是至善至聖的，每一秒鐘都令人倍覺甜蜜。正如被陽光所照透的空氣變得光燦清晰，不再像被照亮，而像是光線本身，我覺得自己也在液化中溶解了，我僅存的力氣就只夠讓我喃喃唸著讚美詩上的一段：『看我的胸部如密封的新酒盛在新的容器內。』突然間我看到一道閃亮的光芒，中間是鮮紅色的，向上竄出一股火焰，那光芒圍住了火焰，那火焰穿透金色的形體，那道燦然的光和那股熊熊的火焰一起燒透了整個身影。

在半昏迷中，我倒在那身體上，在最後的奮力時，我了解了那火焰包含了燦爛的亮度，不尋常的活力，和極端的熾烈，但它擁有的亮度亮得可以照明，而那熾烈又可能燃燒。那時才體會到深淵，以及它所現出的更深的深淵。

現在（也許是爲了我重述的罪惡所帶給我的恐懼，或是由於回想那事件時熟悉的愧疚），我用顫抖的手寫著這幾行，意識到我在描寫那邪惡迷醉的一刻，所用的正是不過幾頁前，我在描述燒死佛拉諦斯黎信徒米契爾的那場火時，所使用的字眼。我的手用同樣的語詞寫出這兩件完全不同的經驗，並不是無意中的巧合，因爲當時這兩件經歷可能使我有相同的感受，直到現在我試著在這羊皮紙上追溯它們時，才了然於心。

這兩件迥異的事件中有種類似的神秘現象，可以用相同的名稱形容，正如神聖的事也可以用世間的辭彙來界定，藉著模稜兩可的記號，上帝可以被稱爲鐵或豹子；死亡可以被稱爲劍；喜悅，火焰；火焰，死亡；死亡，深淵；深淵，地獄；地獄，狂暴。

爲什麼年輕的我，要以聖徒用來形容『生』之狂喜的話語，來形容殉教者米契爾令我難忘的『死』之狂喜呢？然而我卻不能避免以描寫世間歡樂之狂喜同樣的話語來敘述，雖然這種歡樂事後立刻使我有種死亡和毀滅的感覺；現在我試著回想這兩件相隔數月的事所帶給我的感受，以及那晚我在修道院裡才剛想到了前一件，幾個小時後又經歷了另一件的情形，還有，現在我寫出它們，感到如何的放鬆，而又怎麼用聖徒描寫另一種完全不同的神聖經驗所使用的三個句子，來敘述這件事情。我是不是冒瀆了上帝？（當時？還是現在？）米契爾對死的渴望，我看見燒著他的火焰時所感覺到的恍惚，和那女孩在一起時我對肉體結合的慾望，我所敘述的秘密的羞恥，以及爲了得到永生，使得那聖人凜然就死的喜悅——這一切之間有什麼相似之處呢？可不可能如此模稜不明的事物，可以以明確的意義說出來呢？這似乎就是最偉大的學者，聖湯瑪士，所留給我們的教誨：修辭愈坦然，詞藻愈相似，一個比喻所顯示的眞理便愈豐富。但是，如果對火焰和深淵的愛，也就暗喻著對上帝的愛，它們是否也隱喻對死亡和罪惡的愛呢？是的，正如獅子代表基督，而蟒蛇代表魔鬼一樣。事實是，只有以神父的權威爲基礎，才能建立正確的解釋，在這個折磨著我的事例中，也沒有什麼權威可以讓我的心依從的，因此我疑惑不已。哦，上帝，我的心靈究竟是怎麼了，讓自己捲入記憶的渦流中，而且將不同的事件串連在一起，彷彿是要改變星球的秩序和天體的運行？這確然是超出我所知的界限了。現在，我還是再回頭履行我爲自己定的任務吧。我說到那一天，以及我所沈入的迷惑。我已說出了我記得的情景，讓我這枝無力的筆，忠實而且眞實的記錄者，就此打住吧。

我也不知道自己躺了多久，那女孩就躺在我的身旁。她伸出手，繼續撫摸我已被汗水濡濕的身體。我的內心感到一種狂喜，但卻毫不安寧，就像最後一點火星在餘燼下慢慢熄滅，而火焰卻已消逝了。我會毫不猶豫地說，任何和我有過同樣經歷的人是有福的（我像是在睡眠中喃喃低語），即使是很難得（事實上，我就只有那麼一次經歷），而且倉卒，僅僅只有幾分鐘而已。彷彿他已不存在於世，毫無所覺，或者覺得向下降，幾近於毀滅；似乎一個人在一剎那間有過和我一樣喜悅的感受後，便會立刻冷眼旁觀這個苦難的世界，爲日常生活的毒害而困難，會感覺到軀體之死的重擔……這不就是我所受的教誨嗎？現在我了解了，那次在喜悅中使我整個心靈失去了記憶，無異是永恆的太陽所發出的光芒；那種喜悅使人擴大，伸展，開放，而一個人內心深刻的裂縫已不再容易癒合了，因爲那是被愛之劍劃傷的傷口，再也沒有任何事物比它更甜美也更苦澀的。但這就是太陽的權利：它的光芒使受傷的人迷惑難解，並使傷口裂開，那人揭開一切，舒展四肢，他的血管迸裂了，他已使不出力氣，僅憑著慾望而移動，靈魂燃燒了，墮入深淵，看見它自己的慾望，而它仍然活著的事實凌駕了它自己的眞相。在啞然無聲中，這個人目睹了他自己的狂暴。

在這內心的喜悅所引起的種種感覺中，我昏昏沈沈地睡著了。

過了不知多久後，我睜開眼睛；或許是一片雲影遮住了月亮吧，月光昏暗多了。我伸手往旁邊一探，卻沒再摸到那女孩的軀體。我轉過頭，她已經走了。

那軀體的消失解除了我的慾望和饑渴，並且使我突然意識到那慾望的空虛和那饑渴的邪惡。我明瞭我犯了罪。現在，過了許多年之後，我仍爲我的錯誤悲歎之際，卻忘不了那一晚我曾感到至大的歡樂，假如我不承認在那兩個罪人之間所發生的事，本身是善而美的，那麼我對以善和美創造萬物的上帝，便是不公平的。但也許是我現在的衰老使我感覺到年輕時一切都是美好的。這時我該轉而想著逐漸逼近的死亡才對，那時候，年紀輕輕的我，並沒有想到死亡，只是眞心地爲我的罪惡痛哭。

我站起身，不住地顫抖，因爲我在廚房裡冰冷的石頭上躺了很久，身體也麻木了。我幾乎是發燒地，匆忙穿上衣服。然後我瞥見角落裡有個包袱，顯然是那女孩逃跑時沒有帶走的。我彎身檢視那包東西：那是一塊捲起來的布，裡面不知包了什麼。我將那包袱打開，起初我沒有弄清楚那裡面是什麼東西，一方面因爲光線幽暗，一方面也由於那東西形狀怪異。然後我明白了。在血塊和鬆軟而發白的肌肉間，在我眼前的，雖已死去卻仍微弱跳動，又有一條條青灰色的神經：一顆心臟，一顆相當大的心臟。

一層暗霧降到我的眼睛上，一股發酸的唾液自我的嘴裡湧上，我大叫一聲，像死人般向後倒去。

22

夜晚

心煩意亂的埃森向威廉懺悔，並思索女人在創造計劃中的作用，然後他卻發現了一個人的屍體

我醒來時發現有個人用水灑著我的臉。是威廉兄弟，他拿著一盞燈，已經在我的頭部下墊了東西。

『發生什麼事了，埃森？』他問我：『你是不是到廚房來偷東西吃呀？』

威廉簡短地告訴我，說他睡到一半醒了過來，爲了我已忘記的某個理由，到我房間去找我，當他發現我不在房裡時，他懷疑我大概是到圖書室探險去了。當他由廚房那一側走進大教堂時，他看見有個黑影溜出門來，往菜園悄然走去（是那個女孩，可能她聽到有人往這邊走來的聲音，所以倉皇而逃）。他想查出那是誰，便跟蹤她，但是她（對他而言，應該說只是個黑影）走向修道院外側圍牆，消失了身影。威廉在附近搜

尋了一下後，便進入廚房，發現我昏迷不醒地躺在地上。

我依然驚恐不已地對他提及裹了一顆心的那個包袱，結結巴巴地說恐怕又有一件兇殺案發生了。威廉笑了起來：『埃森，什麼人會有那麼大的一顆心啊？那是一顆牛心；事實上，他們今天是宰了一頭牛。不過告訴我，它怎麼會落到你的手中的？』

聽到他的問話，深刻的懊悔加上未退的恐懼，使我流下淚來，並請求他爲我進行告解的儀式。他應允了，於是我把一切經過都告訴了他，毫無隱瞞。

威廉修士眞摯地聽著我傾吐，但卻包含了一絲縱容。等我說完後，他沈下臉，說道：『埃森，你犯了罪，那是確定的，違反了不准通姦的誡律，也違反了你身爲一個見習僧的職責。在你的辯白中，你發現自己處於一種即使連沙漠中的神父也會沈淪的情況。聖經上說得夠清楚了；女人是誘惑的來源。傳道書上說，女人的話就像是燒燙的火，箴言書上說她會佔據男人珍貴的靈魂，即使最強壯的男人也會被她所毀。傳道書上又說：「女人的死更加難堪，她的心是陷阱和網，她的手是鐵箍。」另外幾章書上說她是魔鬼的器皿。確定了這一點之後，親愛的埃森，我自己也不能相信上帝會創造這樣惡毒的生物，而不賦予它一些美德。我也不禁想著祂許了她許多特權和威信的動因，其中有三項確實是很偉大的。事實上，祂在這個卑污的世界上，用泥土造了男人；女人卻是祂後來在天堂用人類高貴的一部份造的。祂並沒有以亞當的腳和內臟爲模型來塑造她，而是用他的肋骨。其次，全能的上帝可以直接以某種神奇的方式化爲人形，然而祂卻選擇了居住在女人的子宮，這表示女人畢竟並不十分惡毒的。當祂在復活之後出現時，祂是對一個女人現身的。最後，在天國的榮耀中，任何男人都不可能成爲那個國度的王，但是王后卻會是一個從未犯過罪的女人。所以，如果上帝那麼鍾愛夏娃和她的女兒，我們被那個性別的優雅和高貴所吸引難道就不正常了嗎？我所要告訴你的是，埃森，你絕不可以再犯了，當然，但你被誘那麼做也並不是萬劫不復的。話說回來，一個僧侶一生至少該有一次肉慾激情的經驗，這樣有一天他在寬慰並勸慰罪人時，才能縱容而且諒解……親愛的埃森，這種事在沒有發生之前是不被希望的。但一旦發生後也沒有必要責罵得厲害。所以讓它隨著上帝去吧，以後我們再也不要提起了。事實上，可能的話還是忘了最好——』說到這裡時，他的聲音似乎因某種私人的情感而消退了些——『我們不妨想想今晚發生的事情有何意義吧，這個女孩是誰，她到這裡來又是和誰碰面的呢？』

我說：『這我就不知道了，我沒有看見和她在一起的那個男人。』

『好吧，不過我們可以由許多確然的線索推測那是誰。首先，那個人一定又老又醜，一個不能讓那女孩心甘情願和他在一起的人，尤其如果她又像你所說的那麼美的話，雖然我想，我親愛的小狼呀，你大概看到什麼食物都覺得很美味。』

『爲什麼說他又老又醜呢？』

『因爲那女孩不是爲了愛才跟他走的，而是爲了那包東西。她一定是村裡的女孩，由於饑餓情願施惠給某個淫蕩的僧侶，換得她和她的家人果腹的食物做爲報酬；說不定這不是第一次了。』

『一個妓女！』我驚恐地說。

『一個可憐的鄉村姑娘，埃森。也許有一大群等著餵飽的弟弟。可能的話，她也願爲了愛而奉獻自己，而不爲金錢。正如她昨晚所做的。事實上，你自己告訴我說她發現你年輕英俊，出於愛慕白白和你在一起，換了別人她就要索一顆牛心或一點牛肺。她爲自己所得的禮物而高興、珍視，所以她什麼東西也沒拿就離開了。因此我才認爲另一個人，和你相比之下，既不年輕也不英俊。』

雖然我深深懊悔，我承認那解釋使我不無一點得意；但我沒有說話，讓我的導師繼續往下說。

『這個醜陋的老人必定有機會可以到村子去和農人交易，可能是爲了與他職位有關的目的。他一定曉得怎麼讓外人進出修道院，也知道廚房裡會有顆牛心（也許明天大家會以爲是廚房門沒有關上，所以某隻狗入內把內臟吃了）。最後一點，他必然有些經濟頭腦，並且不願讓廚房有較貴重的損失：要不然他會給她一塊牛排或是精肉。現在我們這位陌生人的形象已被描繪得很清楚了，這一切特性都和一個人吻合；我敢無愧無畏地說，這個人就是我們的管理員，維拉金的雷密喬。或者，假如我弄錯了，那就是神秘的薩威托無疑了──他可以輕而易舉地和本地人交談，也知道如何勸服一個女孩做他想要她做的事；要不是你碰巧撞見了。』

『您猜得很對，』我信服地說：『可是我們現在知道了又有什麼用呢？』

『沒有，沒什麼太大的用。』威廉說：『這件事不一定和我們所調查的罪行有關。另一方面，如果管理員是個多西諾信徒，那就解釋了這一切了。現在我們曉得，入夜後，這所修道院裡有許多怪異的事件。誰能說我們的管理員，和在黑暗中行動自如的薩威托，所知道的事不比他們說出來的更要多得多呢？』

『可是他們會告訴我們嗎？』

『不會；假如我們態度寬容，不追究他們的罪惡，他們就不會說。但是如果我們眞想知道什麼事情，我們會有辦法說服他們說出來的。換句話說，必要的話，管理員和薩威托就是我們的了，願上帝原諒我們的欺瞞，既然祂對其他許多事情也都加以原諒。』他說著，狡猾地注視我；我沒心情對他這些俏皮話表示什麼意見。

『現在我們應該再去睡一會兒，再過一個小時就是晨禱的時間。不過我看你還是很不安，可憐的埃森，仍然爲你的罪感到害怕。……再沒有什麼比得上教堂的一道好符咒更能使人精神鎭定了。我已經赦免了你，可是誰也不知道你是不是得到了眞正的赦免。去問問天主吧。』他拍了我一下頭，也許是表示他的父愛，也許意味著寬容。或者也許（那時我竟然這麼想著）是一種溫和的嫉妒，因爲他是個渴望各種體驗的男人。

我們前往禮拜堂，走的是平常那條秘密通道；我閉著眼睛倉卒地跟在後面，因爲那一堆堆枯骨不斷地提醒我昨晚我是多麼愚蠢，竟爲我的肉體感到驕傲。

到達本堂時，我們看見主祭壇前有個人影。我以爲那大概又是猶伯提諾，結果卻是阿里男多；最初他也沒認出我們。他說他睡不著，所以整夜在這裡爲那個失蹤的年輕僧侶祈禱（他甚至記不得那個名字）。如果那年輕人死了，他爲他的靈魂祈禱，如果他只是一個人病倒在什麼地方，那他就爲他的身體祈禱。

『死了太多人了。』他說：『死了太多人了……可是啓示錄上寫得明明白白的。第一聲號響就會有雹子，第二聲號響海的三分之一變成血；你們在雹子中找到一具屍體，另一具浸在血中……第三聲號響警告會有一顆燃燒的星星落入江河的三分之一和眾水的泉源裡。所以我告訴你，我們的第三位兄弟失蹤了。只怕還會有第四個，因爲太陽、月亮和星夜的三分之一將被擊打，以至日月星的三分之一黑暗了……』

我們由教堂外翼走出時，威廉思索著那老人的話是不是有幾分眞實性。

『但是，』我對他指出：『這是假設有一個被惡魔迷惑的人，用啓示錄做爲導引，安排了三個人的消失，同時也認定貝藍格已經死了。然而正相反的，我們知道阿德莫是自殺而死的……』

『不錯，』威廉說：『但那可能是同一個邪惡或病態的心靈被阿德莫的死所啓發，以象徵的方式安排另外兩個人的死。果眞如此的話，貝藍格的屍體應該是在河流或泉源中。修道院沒有河流或泉源，至少沒有能夠溺死人的……』

我靈機一動說：『只有澡堂吧。』

『埃森！』威廉說：『你知道，這可能是對的——澡堂！』

『可是一定有人查看過那裡了……』

『今早我看見僕人在搜尋；他們只是打開澡堂的門，往裡面隨意看了一眼，並未深入調查。他們沒料到會有什麼東西被藏在那裡；他們找的是個躺在某個戲劇性地點的屍體，就像韋南提的屍體在那缸豬血裡……我們去看看吧。反正天還沒亮，我們的燈也好像仍快樂地燃著。』

於是我們走至緊臨著療養所的澡堂，輕而易舉地將門打開。

這裡用厚厚的帘幔隔成一小間一小間的，裡面放了浴盆；我也記不得一共有多少間了。僧侶們每逢節日便到這裡淨身，賽夫禮納則爲治療的理由使用澡堂，因爲洗澡最能讓身體和心靈復甦。角落裡有個燒熱水用的火爐。我們發現爐子裡有燒過不久的灰燼，火爐前方還有個鍋子翻倒在地上。另一個角落放了聖水盆，裡面還裝了水。

我們先查看澡盆，沒找到任何東西。直走到最後一間拉起了帘幕的浴室，才看見那個澡盆裡裝滿了水，澡盆旁邊還放了一件袍子；縐巴巴地捲成一堆。在我們的燈光照射下，那盆水的水面像是很平坦的；但把燈移近時，我們看清盆底有個裸體的死人。我們謹慎地拉出那具屍體：貝藍格。威廉說，這回他是眞的有溺死者的臉了；整張臉都腫了起來。那具白而軟的軀體乾淨無毛，若不是有軟弱無力的外陰部，還眞像是個女人的身子。我脹紅了臉，不覺顫慄。威廉祝福那個死屍時，我忙在胸前劃了十字。

第四天

Il Nome Della Rosa

是她，

是我所想念的那個女孩，

她也看見了我而且認出我，

迫切而央求的一眼，

讓我有股上前拯救她的衝動……

23

晨間讚課

威廉和賽夫禮納檢查貝藍格的屍體，發現舌頭發黑，不是溺死者的正常現象。然後他們討論毒性最強的毒藥及偷竊的可能。

我不再詳述我們怎麼通知院長，整幢修道院的人怎麼在禮拜時刻前醒來，驚恐的叫聲，每張臉上流露出的恐懼及悲傷，以及這消息怎麼傳遍整所修道院，僕人們喃喃默禱，生怕被惡魔所擾。我不知道那天早上的第一節禮拜儀式是不是照例進行，又有那些人參加了。賽夫禮納叫僕人把貝藍格的屍體裹起來，放到療養所的一張診療檯上，我就跟在威廉和賽夫禮納身旁。

院長和別的僧侶都離開之後，那個草藥師傅和我的導師才有機會檢視屍體；像醫師那麼冷靜漠然。

『毫無疑問，他是淹死的。』賽夫禮納說：『他的臉發脹，腹部繃緊……』

『可是並非別人把他溺死的。』威廉觀察道：『因爲在那種情況下，他會反抗兇手的暴力，然而每件東西都乾淨而且整齊，似乎貝藍格先燒了熱水，把水倒進澡盆，再自己躺進裡面去的。』

『我並不驚訝。』賽夫禮納說：『貝藍格有痙攣的症狀，我經常告訴他說熱水澡能夠使人身心舒緩。有好幾次他都要求我別把澡堂的爐火熄滅。所以，很可能昨晚……』

『前晚。』威廉打岔道：『因爲這具屍體——你也看出來——在水裡至少浸了一天了……』

威廉對他說了前一晚的一些事情。他並未告訴賽夫禮納說我們曾偷偷潛進寫字間，並且隱瞞了不少細節，只是說我們追逐一個神秘的人影，而那個人從我們這裡拿走了一本書。賽夫禮納知道威廉只對他說出部份眞相，但並未進一步追問。他只說如果貝藍格就是那個神秘的竊賊，那麼他可能因心神緊張所以想藉沐浴使自己平靜下來。他說貝藍格生性敏感，有時心一亂或情緒變化時，他就會渾身顫抖，冷汗直冒，眼睛鼓出，然後倒在地上，口吐白沫。

『不管怎麼說，』威廉說：『他到這裡來以前，一定先到別的地方去了，因爲我在澡堂裡並沒有看見被他偷走的那本書。因此，我們假設他先到別處去，然後，爲了平緩情緒，也許也爲了避開我們的追尋，他便溜進澡堂，浸到澡盆裡。賽夫禮納，你想他的病會不會使他失去知覺，因而溺斃呢？』

賽夫禮納懷疑地說：『這是可能的。』他又檢查了屍體的雙手，半晌後又開口道：『有一件奇怪的事……』

『什麼事？』

『那一天韋南提的屍體被洗淨後，我也檢查了他的雙手，注意到韋南提右手有兩根指頭的指尖發黑，好像是某種黑色的物質弄黑的。你看見沒有？——就像貝藍格的這兩個指尖。事實上，現在在第三根手指上還有點痕跡。本來我以爲韋南提是在寫字間裡沾到了墨水……』

『很有趣。』威廉深思地說，更仔細地檢視了貝藍格的手指。快破曉了，室內的光線仍幽暗，我的導師顯然爲缺少眼鏡而苦惱。『很有趣。』他重複了一次。『但在他左手上也有一點痕跡，至少是在拇指和食指上。』

『如果只有右手，那麼就是握著某件東西的手指；這東西體積不大，或許長長細細的……』

『例如尖筆。或者某種食物，或是一隻蝨。或一條蛇，一個聖體架，一根手杖。太多東西了。但既然另一手也有跡象，那很可能是個酒杯；右手穩穩拿著，左手輔助，力量用得較輕……』

賽夫禮納輕輕揉搓死者的手指，但那黑色痕跡並未消褪。我注意到他戴上了一雙手套，那很可能是他在處理有毒物時才戴的。他嗅了嗅，卻沒聞出什麼。『我可以對你列舉出許多會留下這種痕跡的蔬菜（和礦物）。有些是致命的，有些卻不然。圖書裝飾員的手指上有時會有些金粉……』

『阿德莫是個圖書裝飾員。』威廉接口說：『我想，由於他的屍體摔得傷痕累累，你大概沒想過要檢查他的手指。但這兩人說不定碰過阿德莫生前所有的某件東西。』

『我眞的不知道。』賽夫禮納說：『兩個死人，手指都發黑。你由此推測出什麼呢？』

『一無所有。這兩件案例必然順應同一條規則。例如：一件存在的物體。誰摸了它就會弄黑手指……』

我搶著完成他的推論：『……韋南提和貝藍格的手指都發黑，因此他們都摸過這件物體？』

『很好，埃森，』威廉說：『只可惜你的推論並不成立，因爲在這個推論中，中項並非概括性的。那是我們的主要前提並未選好的跡象。我不該說所有摸過那件物體的人都會弄黑手指，因爲可能有人沒摸過那東西，但手指卻是黑的。我應該說所有而且只有那些有黑色手指的人，必然摸過一件既定的物體。韋南提和貝藍格等人。由此我們對第一個論點就會得到極佳的第三論式。』

我高興地說：『那我們就有答案了。』

『噫，埃森，你太相信理論了！我們所有的，只不過是個問題而已。那就是：我們提出韋南提和貝藍格摸過同一件東西的假設，而這個假設無疑是很合理的。然而我們雖已認定有個物體存在，造成這個結果（這仍有待確證），我們仍然不知道它是什麼，他們又是在那裡找到它的，以及我們何以要觸摸它。而且，你別忘了，我們甚至不知道是不是他們所摸過的這件物體造成他們死亡的。想像有個瘋子想殺掉所有摸過金粉的人吧。我們能說殺人的就是金粉嗎？』

我很困擾。我一直都相信邏輯是一種通行全球的武器，現在我才明白它的有效性還得看它所適用的方式。甚且，自從我和我的導師在一起之後，我愈來愈認清邏輯在你已提出它而又撇下它的情況下，格外的有效。

賽夫禮納可不是什麼邏輯學家，以他自己的經驗爲基礎而思索著。『毒藥領域正如自然界的奧秘一般紛繁。』他指著整齊放置在靠牆架子上的瓶瓶罐罐，說道：『我先前就說過了，這些藥草中有許多只要用量或調配不當，就會成爲致命的毒藥。那邊，顛茄、莨菪、毒胡蘿蔔；它們可以造成昏倦，興奮，或兩種作用都有；只要謹愼服用，它們都是良藥，但服用過量就會造成死亡。』

『不過這些物質都不會使手指留下什麼印記吧？』

『我相信都不會的。有些物質只有攝取之後才會造成危險，然而也有些卻是敷在皮膚上才會起作用。一個拔起藜蘆的人，會因觸摸它而嘔吐。白蘚和薄荷開花時，會使摸到它們的園丁產生麻醉現象，彷彿喝醉酒似的。黑藜蘆，光是碰到它，就會引起下痢。有些植物造成心悸亢進，有些使人頭痛，還有的會令人變成啞巴，看見有人把毒蛇液塗在狗的大腿內側，靠近生殖器的地方，不久那條狗便痙攣而死，四肢逐漸僵硬……』

『你對毒藥的所知眞是豐富。』威廉的聲音好像流露出一絲敬佩。

賽夫禮納直視他的眼眸好一會兒。『我所知道的都是一個醫生，一個藥草師，一個學人類健康科學的學生，必須知道的。』

威廉沉思了半晌。然後他請求賽夫禮納打開死者的嘴，看看他的舌頭。賽夫禮納的好奇心大增，他拿了一根細長的壓舌片，遵照威廉的話撬開屍體的嘴。他驚異地喊了一句：『舌頭是黑色的！』

『那麼，』威廉低喃道：『他用手指握住某件東西，並將它吞下……這就消除了剛才你所說的那些塗在皮膚上就能致死的毒藥了。但這並不會使我們的推論更爲容易。因爲現在，我們必須假定他和韋南提都是自願的行爲。他們握住某件東西，再將它放進嘴裡，知道他們自己在做什麼……』

『是可以吃的東西嗎？還是可以喝的？』

『也許。也說不定——誰曉得呢？是一件樂器，譬如一根笛子……』

『太荒謬了。』賽夫禮納說。

『當然是很荒謬。但我們絕不可輕易否決任何假設，不管這假設有多麼牽強。現在我們再回頭談有毒的物質吧。假如有個和你一樣對毒藥十分了解的人闖進這兒來，用了你的某些藥草，他可不可能製出一種致命的膏藥，會在手指和舌頭上留下那些記號呢？可不可能把這毒藥混入食物或飲料中，塗在一根湯匙上，或某種會使人放進嘴裡去的物品？』

『是的。』賽夫禮納承認道：『可是會是誰呢？再說，就算我們接受這項假設，這個人又是怎麼把毒藥施用在我們這兩個可憐的兄弟身上的？』

坦白說，我自己也難以想像韋南提或貝藍格肯接受某個人給他們的神秘物質，而且不疑有他地吞食下去。但是威廉似乎並不爲此而困擾。『待會兒我們再來想這一點吧。』他說：『現在我希望你先試著想有沒有什麼先前你沒有記起來的事。例如，某個人曾問過你關於藥草方面的問題；某個人可以很容易地進入療養所……』

『等一下。』賽夫禮納說：『很久以前，有好幾年了，我在那其中的一個架子上放了一瓶極有威力的物質，那是一個曾到遙遠的地方遊歷過的兄弟送給我的。他也沒法告訴我那是什麼做的，很多種藥草，不過都是很少聽說的。隔著瓶子看，它有點黏糊，帶點黃色；可是那個兄弟警告我不要去摸它，因爲那東西要是觸到了我的唇，不用多久我就會沒命。那兄弟告訴我，即使只攝取了一點點，不到半個小時它就會引起極度的虛弱無力，接著四肢麻痺，最後就是死亡。他不想帶著那東西，所以就把它送給我了。我將它保存了很久，總想找個時間好好研究它。然後有一天這裡受了一場大風暴的侵襲。我的一個助手，一個見習僧，忘了把療養所的門鎖上。於是颶風掃過我們現在所站的這個房間，把這裡肆虐得慘不忍睹。瓶子破了，液體傾到地上，藥草和藥粉散了一地。我費了一整天才把東西收拾好，全是我一個人整理的，只叫我的助手把破瓶子掃掉。後來我才想到剛才我對你提起的那個小玻璃瓶子不見了。起初我很擔心，後來我認定那瓶子一定是摔破，混在別的垃圾裡了。我仔細清洗過療養所的地板，還有架子……』

『在暴風來襲之前，你還看到那個藥瓶嗎？』

『是的……呃，想起來也不盡然。它是放在一排瓶子後面，小心地藏了起來，我並沒有每天來查它……』

『因此，據你所知，它可能在暴風來襲前被偷走，而你卻沒發現了？』

『仔細想想，是的，毫無疑問。』

『你那個見習僧可能偷了它，然後抓住暴風的機會，故意讓門開著，製造一場混亂吧？』

賽夫禮納顯得很興奮。『是的，當然。不止如此，現在我回想當時的情形，那場風暴雖然猛烈，但它會把整個實驗室弄得一團糟仍令我感到訝異。很可能是有人藉了這場風暴之便，弄亂房間，造成損害，實際上和颶風根本毫無關係！』

『那個見習僧是誰？』

『他的名字叫奧克斯汀。但是他去年死了；和別的僧侶及僕人擦拭禮拜堂外表的雕像時，從台架上跌下來。我現在想起來了，當時他指天指地的發誓說他並沒有在暴風來襲前忘了鎖門。是我在暴怒中，指責他該爲這場意外負責的。也許他眞的是無辜的。』

『這麼說來一定有個第三者，也許比一個見習僧所知更多，也曉得你有一瓶罕有的毒藥。你曾跟誰提起過呢？』

『這我就不記得了。院長，當然，我必須得到他的允許才能保存這麼危險的藥物。還有幾個人，也許是在圖書室裡，因爲我去找可能有相關記載的草藥書。』

『但是你不是跟我說過，你把你最用得著的書都放在這裡嗎？』

『是的，而且很多本。』他說著，指著另一個角落的書架。『但那時我找的是我不能放在這裡的書；馬拉其甚至不大願意借我看的。事實上，我還先去請院長下令呢。』他沈下聲音，幾乎爲讓我聽到他的話感到羞澀。『你知道，在圖書室某個秘密的地方，藏有關於魔法、巫術，還有惡魔春藥秘方的書籍。院長允許我必要時可以借閱這一類的書，我當時是想在書中找到關於那種毒藥及其功用的記載，結果徒勞無功。』

『那麼你曾對馬拉其提起過了。』

『當然了，也許也和他的助手貝藍格說過。但是你絕不可遽下結論，我記不清楚了，我說出那個玻璃瓶的事時，也許還有別的僧侶在場，有時寫字間裡人很多的，你知道……』

『我並沒有懷疑任何人，只是試著了解可能發生了什麼事情。不管怎麼說，你說這是好幾年前發生的事了，任何人偷了毒藥，卻等到這麼久才使用它，實在是很奇怪。這無異是說一個邪惡的心靈早已在黑暗中思索一個殺人的計劃了。』

賽夫禮納禱告了幾句，臉上有種恐懼的神情。『上帝赦免我們大家！』他說。

沒有更進一步的評斷了。我們又將貝藍格的屍體蓋起來，就等著看它下葬了。

早課

24

威廉先後誘使薩威托和管理員坦白說出他們的過去，賽夫禮納找到了被偷的眼鏡，尼可拉也做好了一付新的，現在有了六隻眼睛的威廉，開始解讀韋南提的手稿。

我們正要走出去時，馬拉其來了。一看見我們在那裡，他露出困惱的神色，又想掉頭離開。賽夫禮納在裡面看見了他，說道：『你找我嗎？是不是爲了——』他頓住口，望向我們。馬拉其暗中對他比了一下手勢，好像是說：『我們待會兒再談吧……』由於他正要進來時，我們正要出去，所以我們三個人都堵在門口。

馬拉其有點多餘地開口道：『我找藥草師兄弟……我……我的頭有點痛。』

『一定是圖書室的空氣太悶了。』威廉以相當同情的語氣對他說：『你該吸點新鮮空氣。』

馬拉其撇撇唇，好像還想說什麼話，但想想又作罷，點了一下頭，走進實驗室內，我們也逕自走出了。

『他找賽夫禮納幹嘛？』我問道。

『埃森，』我的導師不耐煩對我說：『學著用你的腦筋想想吧。』然後他改變了話題：『現在我們要去找幾個人問話。至少，』他環顧四周，又說道：『趁他們還活著的時候。對了，從現在開始，我們對於飲食一定要多加小心。吃東西要吃盛放在普通盤子裡的，喝水時也要確定有別人喝過一同壺水。貝藍格一死，知道最多事情的人就是我們了。當然，除了兇手之外。』

『現在你想找誰問話呢？』

『埃森，』威廉說：『你必然注意到了在這裡最有趣的事都是在夜晚發生的。僧侶們在夜晚死去，有人在夜晚溜進寫字間，還有女人在夜晚被帶進修道院來……這所修道院在日夜之間有兩種完全不同的面貌，而夜晚的那一面，雖然不那麼美妙，卻有趣得多了。所以，每個在夜晚遊蕩的人都使我們感興趣，包括——舉例來說——昨晚你看見和那個女孩在一起的人，也許那女孩的事和下毒事件並不相干，也許有什麼關連。總而言之，我對昨晚那個男人多少有些概念，而且他對這個聖地的夜間生活一定比別人清楚。哈，你看；他往這邊走來了。』

他指指迎面而來的薩威托，那個醜陋的人也看見了我們。我注意到他的腳步有點遲疑，似乎想避開我們。但那只有一剎那而已。很顯然的，他意識到他是逃避不了這次會晤了，於是繼續向我們走過來。他咧嘴一笑，嘟囔了兩句不清不楚的的問候，算是向我們打過了招呼。我的導師等不及聽他說完話，便銳利地向他開口。

『你知道宗教法庭明天就到達這裡了嗎？』他問薩威托。

這消息似乎並不使薩威托感到興奮。他低聲說：『我呢？』

『你最好對我說出實話——我是你的朋友，而且也是麥諾瑞特修士——免得明天你得對那些人招供。』

在這種措手不及的攻擊下，薩威托好像放棄了所有的抵抗，他畏怯地看看威廉，似乎已準備說出被問及的一切。

『昨晚廚房裡有個女人。和她在一起的人是誰？』

『哦，一個出賣自己的女人一定不是什麼純潔的好女人。』薩威托答非所問。

『我並不想知道那女孩純不純潔。我只要知道誰和她在一起！』

『哼，這些邪惡的女人都很聰明！她們以爲她們知道怎麼誘惑男人……』

威廉粗暴地揪住他的前襟：『誰和她在一起，是你還是管理員？』

薩威托明白他再閃避也沒用了。他說出一個奇怪的故事。我們費了很大的勁才聽清楚；據他說，爲了取悅管理員，他爲他在村子裡找到女孩，入夜後帶她們走小路進入修道院裡。他不肯告訴我們那條小路在那裡，但是他發誓他那樣做完全是出於好心，又滑稽地懺悔他找不到娛樂自己的方法，只盼著那女孩在滿足了管理員之後，也會給他一點甜頭嘗嘗。說出這些事的時候，他臉上一直帶著一個油滑的笑容，又不停地眨著眼，好像是在和習慣於這種勾當的俗人說話。他偷偷瞟著我，我也無法像以前一樣坦然注視他，因爲我覺得和他被同一個秘密束縛了，是他的共犯，及罪惡的夥伴。

在這當兒，威廉決定孤注一擲。他猝然問薩威托：『你認識雷密喬，是在和多西諾在一起之前，還是在以後呢？』

薩威托『撲通』跪下，一邊哭一邊求威廉不要毀了他，千萬別把他交給裁判法庭。威廉正色發誓他絕不會把這些事告訴別人，於是薩威托毫不猶豫地供出了管理員的一切。他們是在禿山認識的，兩個人都是多西諾的信徒；薩威托和管理員一起逃走，進了卡爾修道院，然後又一起加入克盧涅可修會。等他結結巴巴地請求寬恕時，顯然已把他所知道的一切都說出來了。威廉決定出其不意地進攻雷密喬，便離開薩威托，聽任他進禮拜堂懺悔去了。

管理員在修道院的另一側，也就是穀倉的前方，和幾個谷底來的農人討價還價。他焦慮地望了我們一眼，假裝很忙碌的樣子，但是威廉堅持要和他說話。

『我相信，為了和你的職位有關的原因，當別人入睡後，你顯然還得在修道院走動吧？』威廉說。

『那要看情形。』雷密喬回答道：『有時候有些事情必須處理，我就只好犧牲幾小時的睡眠了。』

『在這些忙碌的時刻，你從沒看過還有別人在廚房和圖書室之間徘徊的跡象嗎？』

『要是我看見了什麼，我會向院長報告的。』

『當然了。』威廉點點頭，猛不防地改變了話題：『下面山谷裡那個村子並不怎麼富足，是吧？』

『可以說是，卻也不盡然。』雷密喬答道：『有些受俸者住在那兒，依賴修道院，收成好的時候，他們也分我們一杯羹。例如，聖約翰節時，他們可以分到十二蒲式耳的麥芽、一匹馬、七頭閹牛、一頭公牛、四頭小牝牛、五頭小牛、二十隻綿羊、五十隻豬、五十隻雞和十箱蜜蜂。另外再加二十隻燻豬、二十七桶豬油、半桶蜂蜜、三箱肥皂、一張魚網……』

『我明白，我明白。』威廉打斷他的話。『但你必須承認這並沒有讓我進一步了解村子的情形：例如，有多少個村民是領有俸祿的，沒有俸祿的人又擁有多少土地，可以讓他們自己耕作……』

『哦，關於這點，』雷密喬說：『那裡一戶正常的人家有五十板地。』

『一板是多少？』

『當然是四平方塔布西了。』

『四平方塔布西？那又有多大呢？』

『一平方塔布西就等於三十六平方呎。或者，八百塔布西等於一哩。照這樣算來，一戶人家——在靠北方的土地上——所耕作的橄欖樹至少可榨半袋油。』

『半袋？』

『是的，一袋等於五艾米，一艾米就是八杯。』

『我明白了。』我的導師洩氣地說：『每個地方都有它自己的度量單位。舉例來說，你們用「坦卡」來量酒嗎？』

『或是用「路比」。六路比就是一百連塔，八百連塔就是一桶。你也可以說，一路比就是兩坦卡的六品脫。』

威廉認命地說：『我想我現在清楚些了。』

雷密喬問：『你還想知道些別的事嗎？』我覺得他的口氣似乎有些輕蔑。

『是的，我所以問你村民的生活情形，是因爲今天我在圖書室裡想到了羅曼士的杭博特對女人的訓誡，尤其是〈貧窮的女人〉這一章。他在這一章裡說，她們比別人更容易因貧窮而受到肉體之罪的誘惑，他又說當她們和俗人一起犯罪時，她們所犯的是道德的罪，但是當和她們共犯的是聖職者時，這個罪孽就更深了，最嚴重的罪是共犯者爲僧侶，他們應該已與塵世隔絕了。你比我還清楚，即使是在像修道院這麼聖潔的地方，魔鬼的誘惑也是從不缺乏的。我在想，你和村裡的人接觸時，是不是曾聽說過有些僧侶誘惑少女通姦呢？』

雖然我的導師是以輕忽的語調說出這些事的，但讀者們仍可想見這些話使那個可憐的管理員如何的坐立不安了。我不能說他的臉色驀地發白，只能說我本來就料到他會變得蒼白，所以我覺得他看起來更白了。

『你問我的這些事，如果我知道的話，我早就告訴院長了。』他卑怯地說：『不管怎麼說，假如這件事有助於你的調查，我若有所知是絕不會隱瞞的。事實上，你倒提醒我了，關於你的第一個問題……可憐的阿德莫死去的那一晚，我在院子裡思索一個問題……是關於母雞的問題，你知道……我聽到謠言說有個鐵匠夜晚總是到雞舍去偷雞……是的，那一晚我正巧看見——隔著一段距離，我也不敢十分肯定——貝藍格回宿舍去，沿著禮拜堂邊緣前行，似乎是從大教堂走出的……我並不驚訝；僧侶們竊竊談論貝藍格已有一些日子了。也許你也已經聽說過……』

『沒有。告訴我吧。』

『呃……我該怎麼說呢？大家都懷疑貝藍格懷有一種激情……對一個僧侶而言是不很適宜的……』

『你是不是想告訴我說他和村裡的姑娘有關係，正如我問你的？』

管理員尷尬地咳了一聲，臉上掠過一個有點曖昧的笑。『哦，不是的……是更不適宜的激情……』

『照你這麼說來，一個僧侶和一個村姑享有肉慾的滿足，便是一種比較適宜的激情了嗎？』

『我並沒有那麼說，但是你該同意墮落的行爲就和道德一樣，也是有階級之分的吧……肉體被誘惑的情形有兩種，一種是根據自然，一種是……違反自然。』

『你的意思是，貝藍格被對同性者的肉慾所驅使嗎？』

『我要說的是，那是大家私下議論的……我所以把這些事告訴你，是要表明我的眞誠和好意……』

『那我要謝謝你了。我也同意雞姦的罪惡遠比其他形式的慾望更可鄙；坦白說，我無意調查這些肉慾行爲……』

『眞是可悲又可憐的事，即使眞的發生過。』管理員搖頭晃腦地說。

『是的，雷密喬。我們都是可悲的罪人。我絕不會在一個兄弟的眼中尋找微塵，因爲我怕自己的眼裡有巨大的樑木。但日後你如果能對我提及任何樑木的話，我會很感激你。因此，我們來談談堅固的大樹幹，讓微塵就隨風散去吧。你說一平方塔布西是多少呢？』

『三十六平方呎。但是你的時間很寶貴，千萬別輕易浪費了。你想知道什麼特定的事情時，就來問我吧。把我看做一個忠實的朋友。』

『我是把你看做一個好友的。』威廉溫和地說：『猶伯提諾告訴我，你曾經和我同一個修會，我絕不會出賣一個以前的兄弟，尤其這幾天我們又在等待教廷代表團的到達；引導他們的是個大裁判官，因爲曾燒死過許多多西諾信徒而著名。你說一平方塔布西等於三十六平方呎嗎？』

管理員可不笨。他決定再玩貓捉老鼠是沒有麼用了，尤其他意識到自己正是那隻老鼠。

『威廉兄弟，』他說：『我想你所知道的事情比我想像的還要多。幫助我，那我就會幫助你。是的，我是個可憐的肉體之軀，我向肉體的誘惑屈服。薩威托告訴我說你或是你的見習僧昨晚在廚房撞見他們。你見識廣博，威廉，你知道就算是亞威農的紅衣主教也不是道德的典範。我知道你並不是爲了這些可悲的小罪詢問我的。但我也意會到你已獲知了有關我過去的某些事情。就像我們許多位麥諾瑞特僧侶一樣，我有過一段怪異的生活。多年前我信仰貧窮的理想，所以我放棄了修道院的生活，成爲一個流浪者。我和許多像我的人一樣，相信多西諾的傳教。我沒受過什麼教育；我已經被授予神職，可是我連彌撒也幾乎不會說。我對神學毫無概念。也許我並不是眞的被什麼思想所吸引的。你知道，我曾經試過反叛君主；現在我卻爲他們服務，而且爲了這些土地的領主之故，對像我這樣的人們下令。出賣或背叛：我們這些思想單純的人實在沒有什麼選擇。』

『有時候單純的人對某些事情比博學的人更加了解。』威廉說。

『也許吧。』管理員聳聳肩說：『但是我甚至不曉得當時爲什麼要那麼做。就薩威托而言，是很容易明瞭的：他的雙親是農奴，他的童年艱苦困乏……多西諾代表反叛，領主的毀滅。對我而言卻是不同的；我出身城市，我並不是因爲飢餓而逃家。那是——我不知道該怎麼說——愚人的節慶，壯觀的嘉年華會……和多西諾同在山上，在我們被迫以死在戰場的同伴屍體爲食之前，在因困苦而死的人多得我們吃不完，結果被丟到盧北樂山的斜坡給鳥兒和動物吃食之前……或許連那些時刻亦然……有一種……自由的氣氛。以前我不知道什麼叫自由，傳教士對我們說：「眞理會使你自由。」我們覺得自由，我們認爲那就是眞理。我們以爲我們所做的每件事情都是對的……』

『在那裡……你可以隨意和女人結合嗎？』我問道。我甚至不知道是爲了什麼，但自前一晚以來，猶伯提諾的話便纏繞著我的心，加上我在寫字間所讀到的描述，以及我所碰見的事件，都使我心神不寧。威廉好奇地注視我；他大概沒料到我會這麼坦率無諱。管理員瞪著我，彷彿我是一隻奇怪的動物。

『在盧北樂山上，』他說：『有許多人從小就和十幾個人一起擠在一個幾呎大的小房間裡睡覺——兄弟姊妹，父親和女兒。你以爲這種新情勢對他們有什麼意義呢？以前他們這麼做是出於必要，現在他們這麼做是出於自己的選擇。而且，在夜晚，當你懼怕敵人的軍隊到達，你躺在地上，便緊緊抱著你的鄰人，以免感到寒冷……異教徒；你們這些來自城堡，在修道院裡度過一生的可憐僧侶，認爲那是一種由魔鬼所啓發的信仰形式。但那是一種生活方式，那也是……一種新的經驗……再也沒有什麼主人了；而且他們說，上帝與我們同在。我並不是說我們那樣是對的，威廉，事實上你在這裡見到我，便是因爲我在很久以前便摒棄了那種生活。但是我永遠也不會了解我們那些關於基督的貧窮和所有權和權利的辯論……我跟你說過了，那是個盛大的嘉年華會，而在嘉年華會的時候，一切事情都是逆向的。隨著年紀漸長，你不會變得更聰明，只會變得貪婪。而今我就是這樣一個暴食者……你可以譴責一個異教徒，甚至將他處死，但是，你會譴責一個暴食者嗎？』

『夠了，雷密喬。』威廉說：『我並不是要問你以前的種種，而是要問你最近所發生的事。坦白告訴我，我不會陷你於罪的。我既不能也不會裁判你。但是你一定要把你對修道院所知的一切都告訴我。你日夜都常在院裡各處走動，不可能一無所知。是誰殺了韋南提？』

『我不知道，我可以向你發誓。我只知道他是什麼死的，而且死在那裡。』

『什麼時候？那裡？』

『我會一五一十告訴你。那一晚，晚禱之後，我進廚房去……』

『你怎麼進得去的？又是爲了什麼緣故？』

『我從菜園旁邊的門進去的。我有一把鑰匙，是鐵匠很久以前爲我打造的。至於我的理由……那並不重要；你剛才自己說你不願爲了肉體的弱點譴責我……』他困窘地笑笑。『但是我也不希望你以爲我一天到晚都在通姦……那一晚我是去找點食物，準備給薩威托將帶到廚房去的女孩……』

『從哪裡來的？』

『噢，修道院圍牆在大門兩側還有別的入口。院長知道這些通路，我也知道……但是那一夜那女孩並沒有進來；爲了我所發現的事，我打發她回去了；也就是我現在將要告訴你的事。因此我才叫她昨晚再來的。假如你晚一點到，那麼你所看到的人就會是我，而不是薩威托；是他警告我大教堂裡有人的。所以我又回房去了……』

『我們再回頭說禮拜天和禮拜一之間的那一夜吧。』

『是的，好。我走進廚房，看見韋南提躺在地上，已經死了。』

『在廚房裡嗎？』

『是的，就在水槽旁邊。也許他剛從寫字間下來。』

『沒有掙扎的跡象？』

『沒有。只是屍體旁有一只碎掉的杯子，地上還有一點水的痕跡。』

『你怎麼知道那是水呢？』

『我不知道。我猜想那是水。不然還會是什麼呢？』

後來威廉對我指出，那個杯子可能意味兩件不同的事情。要不是有人就在廚房裡給韋南提一杯毒液讓他喝下去，就是那可憐的年輕人已經吃了毒藥，（但是在何處？何時？）到那裡去喝水，好緩和內臟或舌頭突然的一種燃燒、痙攣，和痛苦（他的舌頭必然也和貝藍格的一樣，成爲黑色了）。

無論如何，目前我們就只能獲知這些了。雷密喬看見屍體，驚恐地自問他應該怎麼辦，最後決定還是不要輕舉妄動。假如他去求助，他就得承認他在夜間潛進大教堂，再說那對他已死去的兄弟也無濟於事了。因此，他決心讓那一切保留原狀，等明天早上門開了以後再讓另一個人去發現屍體。他衝出去找薩威托，薩威托已經把那女孩帶進修道院來了，他們把那女孩送走之後，兩個人便回房去睡覺了——雖然實際上他們都輾轉反側，難以成眠。在晨禱之時，當養豬人慌慌張張地跑進去找院長時，雷密喬以爲屍體就在他前一夜留下的地方，等他發現死屍已被移到豬血缸裡後，他感到十分驚駭。是誰把那具屍體移出廚房的呢？對於這一點，雷密喬也提不出解釋。

『唯一一個可以自由進出大教堂的人，就是馬拉其。』威廉說。

管理員的反應是激烈的：『不，不會是馬拉其。我是說，我不相信……無論如何，我並沒有說出任何對馬拉其不利的話……』

『別緊張，不管你對馬拉其有什麼虧欠。他知道你的事情嗎？』

『是的。』管理員脹紅了臉。『他認爲那是人所選擇的行動自由，不願加以干涉。如果我是你的話，我就會留意貝拿。他和貝藍格及韋南提有奇怪的關連……但是我向你發誓，我所看到的就只有這些了。要是我再獲知任何事情，我會告訴你的。』

『目前這樣就夠了。我需要你的時候會再找你出來的。』管理員顯然鬆了一大口氣，又回頭去進行他的交易了；大聲斥責乘機偷摸了幾袋穀子的農夫。

就在這時，賽夫禮納來了。他手裡拿著威廉的眼鏡——就是前天晚上被偷走的那一付。『我在貝藍格的僧衣旁找到的。』他說：『那天在圖書館時，我曾看見你把這東西架在鼻樑上。這是你的吧，對不對？』

『讚美上帝，』威廉歡欣地說：『我們一下子解決了兩個問題！我得回我的眼鏡，而且我終於確知那一晚在寫字間裡搶了我們的人就是貝藍格！』

他的話聲剛落，莫瑞蒙地的尼可拉便向我們跑了過來，甚至比威廉還要高興。他手裡拿了一付剛完成的眼鏡，鏡片已安到叉架上去了。『威廉！』他喊道：『我自己一個人做的。我完成了！我相信它們一定可以用的！』然後他看見威廉鼻梁上已經架了另一付眼鏡，不覺目瞪口呆。威廉不想洩他的氣；他摘下舊眼鏡，戴上新的那一付。『這一付比舊的更好。』他說：『所以我可以把舊的那一付當做備用，平常就戴你這一付吧。』然後他轉向我。『埃森，現在我要回房裡去閱讀你知道的那些文件了。好不容易！隨便到什麼地方去等我吧。謝謝你，謝謝你們，親愛的兄弟。』

上午禮拜的鐘聲響了，我走進禮拜堂裡，和別人一起唱讚美詩。別的人都在爲貝藍格的靈魂禱告，我卻感謝上帝讓我們找到一付眼鏡，又得到另一付眼鏡。

在那安寧的氣氛中，忘了我所見到及聽到的一切醜陋的事，我打起了盹兒，直等到禮拜儀式結束才醒過來。我意識到前一夜我根本沒睡，想到我消耗了多少體力，更覺得十分氣餒。這時候，走到戶外新鮮的空氣裡，我的思緒開始被那女孩的記憶所侵佔。

爲了使自己分心，我跨著大步走來走去。我覺得有點頭昏，用力拍著麻痺的雙手，雙腳更是重重地踏在地上。我仍然睏倦，然而我卻覺得清醒而且充滿了活力。我也不明白究竟我是怎麼回事。

25

上午禮拜

埃森飽受愛的折磨，然後威廉拿著韋南提的手稿來了；雖然威廉已解譯出手稿的內容，卻仍然不知其意。

說眞的，在我和那女子罪惡的邂逅之後，所發生的其他可怖的事件，使我幾乎忘了那回事了，而且在我對威廉修士懺悔之後，我在墮落之後清醒過來所感覺到的懊喪，也已不再折磨我的心靈，就好像，那沈重的負擔已經隨著我的話交託給威廉了。假如告解不能解脫一個人的罪惡重擔，以及它所引起的懊悔，轉移到上帝輕靈而寬宏的胸襟，使我們忘記身體因軟弱所受的磨難，那麼這種神聖的澄清，還有什麼目的呢？但是我並沒有完全解脫。現在，我走在那個冬季早晨淡然而冰冷的陽光中，四周盡是人和動物的熱氣，我開始以另一種不同的方式回想著我的經歷。似乎，在回憶中，我的懺悔及悔罪的告解都已不存在了，只有人體和人類四肢的影像。我熾熱的心裡，突然浮現了貝藍格的鬼魂，一張臉被水泡得腫脹，使我不禁因厭惡和憐憫而顫慄。然而，彷彿是要將那可怕的景象驅逐似的，我的思緒轉向剛加入記憶不久的其他影像，無可避免地，我清清楚楚地看見，在我眼前（心靈的眼睛，但幾乎就像是呈現在我肉體的眼睛前），那女孩的影子，如佈陣作戰的軍隊一樣，美麗而又可怖。

我發過誓（到現在爲止，我這個年老的抄寫員還沒把這誓言寫出，雖然幾十年來我一直謹記於心），要當一個忠實的記錄者，不止出於對事實的愛，或是指引我未來讀者的希望，也由於我想要解脫我的一切記憶，讓困擾了我一生的影像變得淡弱、消褪。因此，我必須說出一切，莊嚴的，但不覺羞愧。現在，我必須說出我當時的思緒；我在園裡踱著步，有時奔跑起來，好讓我把突然的心跳歸因於身體，或是停下來觀賞農奴的成果，欺騙自己說我已被另一種思想分神了，將冰冷的空氣深深吸入肺裡，就像一個人想喝酒忘掉恐懼或憂愁一樣。

徒然無益。我想的是那個女孩。我的肉體已經忘了和她結合時所感到的罪惡和飛逝的歡樂；但是我的心靈並沒有忘記她的臉，也無法叫自己感覺這個記憶是卑劣的；反之，那張臉龐卻好像閃耀著創造的無上喜悅。

在困惑中，我覺得那個可憐、髒污、不知恥，向其他人出賣自己（誰知道有多麼的頻繁）的生物，那個夏娃的女兒，和她所有的姐妹一樣虛弱，經常以她的靈肉與人交易，卻也是燦麗而神奇的。我的知識告訴我，她是罪惡的誘因，我的感官卻又認知她是各種優雅的象徵。將我的感覺形諸言詞是很困難的。我只能寫著，我仍陷在罪惡的陷阱中，竟然渴望她在任何一刻出現，不管是在茅屋的轉角或是在穀倉的暗處，都誘惑我期盼我所想望的突然顯現。但是我不能寫出事實，或者該說，我試著在事實上面覆上一層薄紗，以減弱它的力量和清晰。因爲事實是我『看見』那個女孩；當一隻昏眩的麻雀飛上光禿禿的樹上尋求庇護時，我就在輕顫的枝椏間看了她；我在走出穀倉的小牝牛眼底看到了她，我在經過我前方小路的羊群咩咩叫聲中聽到了她。就好像天地萬物都對我說著她，我渴望再見到她，是的，但是我也預備接受再也見不到她，和她躺在一起的事實；即使她永遠與我相隔遙遠，我卻願保有那天早晨充滿在我心中的喜悅，並感覺她一直就在我的附近。那就好像——正如整個世界就像上帝親手所寫成的一本書，書裡每件事物都對我們說著創造者的無限慈愛，每樣生物都是生命和死亡的描述及鏡子，最卑微的玫瑰變成了塵世進展的裝飾——換言之，萬事萬物都蘊含著我曾在廚房的陰影中驚鴻一瞥的那張臉。我懷著這些幻想，因爲我告訴自己（其實也稱不上『告訴』；那時我的種種思緒根本無法化爲言詞），如果整個世界注定對我說著造物者的力量、慈愛和智慧，如果那個早晨整個世界對我說著那個女孩；她（雖然是個罪人）是創造典籍中的一章，是宇宙讚美詩中的一篇——我告訴自己（現在我說得出口了），如果眞是如此，那只可能是神靈偉大設計的一部份，排列成七弦琴般，共鳴與和諧的奇蹟。我就像喝醉了酒似的，在我所看到的東西中設想她的存在，在想像中得到喜悅與滿足。

然而我又感到有點憂愁，雖然我爲許多幻影的存在而快樂，即也爲某種缺失而痛苦。我很難解釋這種神秘的矛盾，由此可見人類的心靈是脆弱的，從未直直順著神聖的道路前行；這些道路以完美的演繹法構築這個世界，但是在孤立而不連貫的設計中，我們卻經常被魔鬼欺騙。那天早晨，使我那麼心醉神馳的，會是魔鬼的欺瞞嗎？而今我想必然是的，因爲當時我只是個見習僧，但是我卻認爲那在我心中騷蕩的人類情感本身並不壞，只是與我的狀態有關。那是一種使男人趨向女人的感情，正如異教的使徒所要的，男女便結爲一對對的夫妻，一起生下新的人類，並且從年輕到老彼此依存救助。只不過使徒們這麼說是爲了那些爲慾望尋求補償，以及不希望被燒死的人；然而，相形之下，貞節的狀況才是最好的，而那正是我獻身爲僧的條件。因此我那天早晨的感受是邪惡的，但對別人而言或許是美好、最甜美的事；現在我了解我的苦惱並不是由於思想的墮落——這些思想本身是甜蜜的——而是由於我的思想和我所立下的誓言之間的鴻溝。所以我所懷有的情緒在某種情況下是好的，在另一種情況下卻是壞的；我的錯誤在於想要使自然的慾望和理性的指令調和。現在我知道我的痛苦是來自理智和感官的衝突；理智的喜好以意志爲規則，感官的慾望則以人類的熱情爲條件。事實上，正如阿奎奈所言，感官慾望的行動之所以被稱爲激情，是因爲它們牽涉到身體的變化。而我的慾求引起全身的震動，使我有種想要狂喊出聲，在地上翻滾的衝動。阿奎奈又說，激情本身並不是邪惡的，但是它們一定要受理性的意志引導。但那天早晨我的理智卻軟弱乏力，被狂暴的慾望所凌駕，認爲善惡不過是征服的條件，而不是已知的實體。爲了爲我當時不負責任的魯莽辯解，我會說那時我無疑是陷在『愛』中，因爲我身體的重擔確是自然的愛。我受到這種熱情的誘惑，領悟了阿奎奈的話。他說：『愛比知識更能令我們體認事物。』事實上，現在那女孩的形象反而比前一夜更分明了，而我了解她，因爲透過她我了解自己，而由我自己我又體會了她的感覺。而今我不禁想著當時所感受的究竟是一種友愛，只想著並愛著對方的好，或是情慾的愛，只想著自己的好及使它完整的需求。我相信那一夜的愛是情慾的，因爲我希望從那女孩身上得到我從未擁有過的；然而那天早晨我對那女孩卻一無所求，而且我只想著她的好，希望她被拯救出來，不再爲了一點食物而出賣自己，希望她快樂；我也不想再對她要求什麼，只是想著她，在羊群、小牛、枝椏，在修道院所浸浴的寧謐光線中看見她。

現在我知道美好是愛的肇因，而什麼是美女的則由知識來界定，你所愛的必然是過去你已得知那是美好的，然而我所獲知的卻是那女孩固然合於情慾的渴求，卻與理性的意志相悖。但是我沈溺在種種衝突的情感中，因爲我所感覺的就像是學者們所描述的最神聖的愛：使我產生了一種情侶們所有的心醉神馳（由於神秘的啓發，不管那女孩是誰，我知道她所要的和我自己想要的是一樣的東西），我對她感到嫉妒，但並不是惡意的，像保羅在哥林多前書中所譴責的，而是戴奧尼索斯在《神聖之名》中所言；上帝對所有創造物所感覺的大愛，也被稱爲嫉妒（我愛那女孩正因爲她是存在的，我爲她的存在感到高興，而非嫉妒）。那是一種友愛的嫉妒，激發我們反抗對我們所愛者的一切傷害。（那一刻我只夢想能使那女孩擺脫買她的肉體，以他卑劣的熱情玷辱它的男人。）

現在我知道，正如學者們所言，過度的愛會使愛人受到傷害。我的愛便是過度的。我已試著解釋我當時的感受，而沒有爲我的所覺辯解。我所說的是我年輕時罪惡的熱情。那是不好的，但我必須說當時我卻覺得那是最美好的。希望這能指引任何可能墜入誘惑之網的人。今天，我已老邁，知道千百種避開這種誘惑的方法。我該爲這些方法感到自豪嗎？雖然我能免除魔鬼的誘惑，對其他的誘惑卻不一定抗拒得了；我不免自問，現在我所做的事，是不是對塵世的回憶激情屈服，愚蠢地嘗試逃避時間的流逝和死亡。

然後，我又似乎憑藉了神奇的本能，拯救了自己。那女孩在環繞我四周的大自然及人類的工程中出現。感謝我心靈快樂的直覺，我在思索著那些工程的冥想中放鬆了自己。我觀察著放牛童把牛牽出了畜舍，養豬人提著食物去餵豬，牧羊人叫喚牧羊犬趕羊，農夫扛著麥和稷走進磨坊，又扛著一袋一袋的好食物出來。在自然的沈思中我迷失了自己，試著忘掉我的思緒，注視那些單純的事物，在眼前的一片景色中，愉悅地忘了自己。

沒有被人類錯誤智慧碰觸過的自然景象是多麼美麗呀！

我看見小羔羊——這名字彷彿正代表著純潔和善良。事實上，小羊『agnus』這個字，正是源自這種動物的屬性——認知『agnoscit』；牠認得出牠的母親，即使有一大群羊在一起，也聽得出母親的聲音，而母羊也可以從一群一模一樣的小羊中認出牠的孩子，哺育牠。很久以前，羊被用來當作祭祀的牲禮；冬天來臨時，在草場蒙上嚴霜前，羊總是貪婪地覓尋青草，飽吃不饜。看守羊群的牧羊犬又叫做『猧』，那是由於牠們的吠叫聲之故。這種狗是最出色的動物，非常聰明，認得出牠的主人，受過訓練後可以在林中獵捕野獸，保護羊群免於受野狼侵襲；牠也會看顧主人的房子和小孩，有時牠甚至為了盡職而犧牲生命。迦樂門國王被敵人俘虜入獄之後，被一群狗救出，並奮勇抵抗敵軍，帶他回到家鄉；傑森．李瑟的狗，在主人去世之後說什麼也不肯吃東西，最後終於餓死；李斯瑪丘王的狗在主人火葬之時，撲入了火場，隨國王而死。狗受了傷時，只要用舌頭舔舐傷口，就可使傷處痊癒，小狗的舌頭更可治療內傷。牠可以將已經吃下的食物再吐出來咀嚼，以一餐權充兩餐。牠的穩健是完美精神的象徵，正如狗舌頭神奇的力量，就是通過懺悔苦修而滌清罪惡的表徵。但是狗把吃下的食物再吐出來，卻也象徵我們在懺悔之後，又回復以前的罪惡；那天早晨我讚歎自然的神妙之時，這個寓意也正警戒著我的心。

我往牛欄走去，放牛人正把一大群的牛趕出來。在我看來，牠們一直是友善親切的象徵，因為每一頭牛在工作時都會回頭看牠耕犁後的夥伴；假如那個夥伴當時正好不在，那頭牛就會低聲呼叫他。牛群學會在下雨時自動回穀倉去，當牠們在畜舍裡躲雨時，牠們時常伸長頸子望著外面，看看天氣是否轉好了，因為牠們都急於再回去工作。走出穀倉的牛群中，包括許多小牛，拉丁文的小牛『vituli』，是源自朝氣『viriditas』，或是處女『virgo』；牠們還幼嫩、清新、純潔，而同樣年輕的我卻已做了錯事，而且仍然是錯的；因為在牠們優雅的行動中，我又看到了那個女子的影像。我看著早晨辛勤但快樂的忙活，想著這些事情，心裡又一次感到平靜。我不再想那個女孩，把我對她的愛慕轉為內心的喜悅和虔敬的安寧。

我告訴自己：世界是美好而奇妙的；上帝的慈愛，也顯現在最可怕的野獸身上。不錯，這世上有巨大的蟒蛇，吞食牛隻並在海中潛游，還有一種怪獸，騾身、羊角，前胸如獅子，腳像馬，蹄子卻像牛一樣分趾，由嘴角到兩耳有一道大裂縫，聲音像人，在應該長牙的地方卻只有一大塊堅硬的骨頭。還有人面怪物，有一張人臉，三排牙齒，獅身、蠍尾，眼睛和血都是藍綠色的，發出蛇一般的嘶聲，貪噬人肉。有一種怪獸有八隻腳趾、狼嘴、鉤爪、身披羊毛、背如猛犬，壽命極長，但老了以後顏色由白轉黑。我知道有種生物眼睛長在肩上，胸膛上有兩個洞代替鼻子，因爲牠們沒有頭；在恆河岸住著一種生物，一定要靠某種蘋果的氣味維生，一離開那裡牠們就死了。但是這些可怖的野獸也以不同的形態讚美造物主和祂的智慧，正如狗和牛、羊、小羔羊和山貓。我想起了文森‧貝洛瓦所說的話：這世間最卑微的美是多麼偉大，萬物的模式、數目和秩序是那麼和諧而又蘊含了理性，時間的週期在延續和變化中循環，生死相序不斷。我承認，雖然我是個罪人，我的靈魂在那個早晨仍是肉體的囚犯，但造物主及這個世界的通則卻令我感到一種精神的美。我懷著喜悅的崇敬，讚歎宇宙的偉大及安定。

當我的導師向我走來時，我的心情已恢復了平靜。在不知不覺中，我竟已繞了修道院一圈，又走回我們在兩個小時前分手的地方。威廉比我先到了一步，聽到他對我說的話之後，我的情緒又動盪不安，再度想到了修道院隱晦的秘密。

威廉好像很高興。他手裡拿著韋南提的文稿，而且他已經解讀出來了。由於他的房間比較隱密，我隨著他到那裡去以後，他便把他所譯出的唸給我聽。在黃道字母所記出的句子（Secretum finis Africae manus supra ido lum primum et sep timum de quatuor）之後，希臘文正文的內容如下：

『使人淨化的烈性毒藥……

摧毀敵人的最佳武器……

利用卑賤的人，醜陋而卑下，由他們的缺陷得到滿足……絕不能讓他們死……不在權高位尊的人家中，而是來自農莊，在豐足的食物和美酒之後……矮胖的身材，不成形的臉。

他們強暴處女，和娼妓上床，不愧不懼。

一個不同的眞理，一個不同的眞理映像……

神聖的無花果。
無恥的石頭滾過平原……當著眾人眼前。
欺騙是必要的，藉欺騙使人驚訝，說反話，說這件事卻指著那件事。
蟬將會自地底為他們歌唱。』

就是這些了。我覺得好像太少了，幾近於一無所有。這些句子像是一個瘋子的胡言亂語。我把我的意見對威廉說了。

『也許是吧。經過我翻譯後就顯得更不可理喻了。我的希臘文並不是很好的。然而，即使我們假定韋南提瘋了，或者這本書的作者瘋了，也不能因而得知為什麼有那麼多不見得發狂的人，要費那麼大的勁兒，先把這本書藏起來，然後又找到它……』

『但是這一段神秘的文字眞是從那本神秘的書節出的嗎？』

『毫無疑問的，這是韋南提所寫的。你自己也看得出來：這又不是一張古代的羊皮紙。這些必然是他在看那本書時所記下的筆記；要不然韋南提不會用希臘文寫的。他必然是把他在書中找到的一些句子摘要抄錄下來。他從「非洲之末」的書架上偷到這本書，把它帶到寫字間，開始閱讀，記下他認為値得記的文句。然後便出事了。不是他吃下的毒藥發作，使他感到不舒服，就是他聽到有人上樓的聲音。所以他把書和筆記都收到書桌下，也許打算第二天晚上再拿出來看。總而言之，這一頁是我們猜測那本神秘的書唯一的依據，唯有憑藉這本書的內容，我們才能推想兇手的本性。因為在每件擁有一樣物體的罪行中，那樣物體的本質可以給我們一點啓示，不管多麼微小，知道刺客的本質。假如某人為了一把金子殺人，他就是個貪婪的人；假如為了一本書，他一定是急著想保有那本書的秘密，不願為別人所知，因此我們必須查出那本書的內容。』

『從這幾行字，你能夠領悟那是本什麼書嗎？』

『親愛的埃森，這幾行字像是聖經的文句，它的意義絕不只限於表面。今早我們和管理員談過話後，我唸著這些句子，對於這裡竟然也提到單純的人和農人所知道的眞理和智者不同，感到十分詫異。管理員暗示過某種奇特的共謀使他對馬拉其負有義務。會不會是雷密喬把某本危險的異教徒著作交給馬拉其收藏起來了？那麼韋南提所閱讀的便是關於一所修道院，裡面盡是粗暴而卑賤的人，反對所有的人和事。但是……』

『但是什麼？』

『但是我的假設與兩點事實不合。第一點是韋南提不像會對這種問題感興趣：他是個希臘書籍的翻譯者，不是異端的傳教士。另一點是關於無花果、石頭和蟬的文句，無法用這個假設解釋……』

『說不定那是另一種含意的謎語。』我猜測道：『或者你還有別的解釋？』

『有是有，但是還很模糊。我看著這頁稿件時，覺得我以前好像看過這些句子，有些文字差不多完全一樣。事實上，我覺得這一頁說到了最近這幾天來所談論的事……但是我記不起是什麼事了。我得再仔細想想。說不定我必須看看別的書。』

『爲什麼？你得看別本書才能知道一本書的內容嗎？』

『有時候可能是如此的。許多書裡常會提到別的書。通常一本無害的書就像一顆種子，會在一本危險的書裡萌芽開花，不然就是另一種情形；它是苦根結的甜果。我閱讀亞伯特的書，不是可能獲知湯瑪士說過什麼話嗎？或者閱讀湯瑪士的著述，便知道艾威樂的說法？』

我驚訝地說：『不錯。』以前我總以爲每一本書所講的都是書本以外的東西，不管是人類或神聖的事。現在我才意識到書籍的內容經常在探討別的書籍。想到這裡，我對圖書室更覺困擾。這麼說來，圖書室裡充滿了文籍之間無聲的對話，它雖然古老，卻是個活的東西，一個許多心靈的秘密寶藏，千古長存。

『可是，』我說：『如果從書本裡便能探討到別本書的內容，那把書藏起來又有什麼用呢？』

『時間長久當然是沒用的。在幾年或幾天之內卻還是有用的。你看我們現在不就摸不著頭緒了嗎？』

我笨拙地問：『那麼圖書室並不是傳播眞理的工具，反而耽誤眞理的發覺了？』

『不盡然也不見得。就這件事例而言可以說是的。』

26

埃森去找松露時，看見麥諾瑞特僧團到達，後來他們和威廉及猶伯提諾商議，說出關於約翰二十二世的事。

第六時禱告

討論過一陣子後，我的導師決定休息一下。我已說過有時候他會完全靜止下來，就像循環不止的星球停止了，而他就隨著它們停下。那天早上便是如此。他躺在他的草舖上，瞪著半空，雙手交疊在胸前，嘴唇幾乎動也不動，彷彿在默禱，但間間歇歇的，而且並不虔誠。

我想他是在沈思，便決定尊重他的冥想。我回到庭院，看見陽光變得昏暗了。那天早晨原是那麼晴朗美麗的，這會兒（快到中午了）卻變得潮濕多霧。北方的天際浮現厚沈沈的雲朵，積在山頂上，在山上投下了一層朦朧的霧氣。好像已經起霧了，但是在這個高度，很難辨認得出這霧氣是由地面升起，還是由上空降下的。距離較遠的建築物已經模糊難辨了。

我看見賽夫禮納愉快地聚集了幾個養豬人和他們所養的幾頭豬。他告訴我，他要沿著山坡，一路直到山谷，尋找松露。松露又叫木菇，長在叢藪之間，產於本半島，尤其是在聖班尼狄特的領域內；在諾西亞的多半是黑色，在這附近的則色白而香味更濃郁。賽夫禮納對我解釋了松露的形狀及味道。他又說這東西因爲藏在地下，比香菇更隱密，所以十分難找。唯一可以挖出它們的動物就是豬；牠聞得出松露的味道。但是這些豬一找到松露後就會自己吃掉，所以你必須在牠們找到後，立刻將牠們趕開，上前摘取。後來我又聽說有許多領主甚至親身加入這種搜尋，跟在豬的後面，好像那些豬是最高貴的獵狗，墊後的則是帶著鋤頭或鎬子的僕人。事實上，幾年前我國的一位領主知道我很熟悉義大利，問我爲什麼他到那裡去時，看到許多義大利的領主都帶豬出去吃草；我大笑失聲，因爲我知道他們其實是出去找松露的。但是當我告訴他這些領主是出去找松露吃的，他以爲我說他們去找『der Teufel』魔鬼，訝異地瞪著我，喃喃禱告了幾聲。等我對他解釋清楚之後，我們都笑了起來。人類的語言就是這麼有趣，同樣的字音常會有不同的字義。

賽夫禮納的種種準備引起了我的好奇心，我決心跟他一起去，一方面也因爲我知道他是想藉這次搜尋忘了壓迫著每個人的可悲事件；我想，藉著幫他忘掉他的煩惱，或許我也能壓抑我的思緒。既然我決心寫出所有的事實，我也不否認私底下我暗中想著到了山谷後，說不定我會碰到縈繞在我心底的那個人。但我卻又大聲告訴自己，由於當天兩個代表團將會抵達，我也許會看到他們其中一團。

我們慢慢地沿著山路走下之際，空氣也變得愈來愈清明了。倒不是太陽又現出了，因爲天際仍壓著厚雲，但儘管霧氣未散，景色卻相當分明。不過，等我們走了一段距離之後，我轉頭回望山頂，便什麼也看不見了。山頂、高原、聳立的大教堂──一切都已消失在雲霧中。

我們到達的那個早上，到了山區時，在某些彎處還看得到十哩路外的海面。我們的旅程處處充滿了驚奇，因爲我們會突然走到山區的台地，俯瞰美麗的海灣，一會兒之後我們又走進山與山相接的鞍部，高山的屏蔽使人看不見遠方的海岸，就連陽光也幾乎難以照進深谷。在我到達義大利的這個地區之前，我從未見過山與海間的隙地如此狹窄而又突兀的地方，綿延的山與海岸緊緊毗鄰，在峽谷間呼嘯的風，不但有海洋鹼濕的氣味，也有山區刺人的冰冷。

然而，那天早上一切都灰濛濛的，即使是在敞向遠方海岸的谷地上，也看不見地平線。但是我應該回想與我們的故事有關的事情，我耐心的讀者，所以我不贅述在山道上來回搜尋松露的情形，只說麥諾瑞特修會代表團的到達；我是第一個看見他們的，立刻跑回修道院去通知威廉。

我的導師直等到代表團進了修道院，根據禮儀接受了院長的接待後，才前去會見他們；免不了又是一番友愛的擁抱和寒暄。

吃飯時間已經過了，但院長特別為客人準備了一桌盛筵，並周到的留我們和他們共餐；有威廉同桌，他們便免去了教規的義務，一邊吃東西一邊自由暢談。畢竟——上帝原諒我這不愉快的比喻——那就像是戰爭會議，在敵方到達之前愈快舉行愈好，而我們的『敵方』也就是亞威農代表團。

不用說，新客人們也很快便見到了猶伯提諾，他們驚訝、喜悅，而且對他十分尊敬，不僅因為他匿跡已久以及他失蹤的背景，並且為了他是個勇敢的戰士，幾十年在這同一場戰役中奮戰不懈。

至於代表團的成員，稍後我說到次日的會議時，將會再詳述。說起來，最初我和他們幾乎沒說上幾句話，只顧聽著威廉、猶伯提諾和薛西納的邁可迅即成立的三人會議。

邁可必然是個很奇怪的人：對聖芳濟修會的熱情無人能及（偶爾在他較為激動的時刻，他的聲調和姿態與猶伯提諾有幾分類似）；很有人情味，而且生性愉悅，和朋友在一起時便感到快樂。他也細心而敏感，突然間可能變得像狐狸一樣狡猾聰明，像鼹鼠一樣無從捉摸，他的笑聲爽朗，活力充沛，不說話時也具有說服力，別人問了他不願回答的問題時，他便似乎心不在焉地避開視線，拒絕作答。

在前面的章節中，我已約略提過他這個人，那些都是我聽別人說起的事。他矛盾的態度及近幾年來突然改變的政治策略，使他的朋友和門徒也都為之驚異，現在我卻有些了解了。他是麥諾瑞特修會的總神父，也是聖芳濟修會的主要繼承人；他必須和前任者勃那凡丘的智慧和聖潔競爭，他必須保護修會的財產，確保門徒遵守教規；他必須監視教廷和城市長官，它們是繁盛和財富的來源，常以救濟品之名，致贈禮物給修會；同時他還得確保懺悔的需要不至使較狂熱的主教離棄修會，成為異教徒的首領；他必須取悅教皇、皇帝、生活樸實的修士，以及在天上看著他的聖芳濟，和在地上看著他的基督徒。當約翰譴責所有的主教都是異教徒時，邁可毫不猶豫地把普洛文斯五個最難以駕馭的兄弟交給他，讓羅馬教宗將他們處以火刑。但邁可明白修會裡有很多人同情崇尚簡單生活的信徒（猶伯提諾大概也有同感），所以在四年之後，他又讓裴路幾亞僧會保護被指控爲異教徒的人，一方面是妥協，一方面也是試著調解修會和教皇的需求。然而，由於沒有教皇的同意，邁可便無法繼續進行，因此他一邊竭力勸服教皇，同時接受皇帝和帝國神學家的協助。在我見到他那一天的兩年前，他還在里昂的總修會裡命令修士們談及教皇時必須謙遜而且尊敬。（那是在教皇提到麥諾瑞特修會，抱怨過『他們的叫囂，他們的錯誤，他們的瘋狂』之後沒幾個月的事。）但是此刻他卻滿面笑容，和並不怎麼尊敬教皇的人共坐一桌。

我已說過詳細情形了。約翰要他到亞威農去。他自己想去，卻又不能去，次日的會議便是爲了決定這趟行程的形式，要使他居於不卑不亢的地位，並保證他的安全。我想邁可以前並未和約翰本人見過面，至少是在約翰當了教皇之後。不管怎麼說，他們已有很久沒見過面了，邁可的朋友急於以最黑暗的色調描繪這個買賣僧職者的肖像。

『有一件事你必須曉得，』威廉告訴他：『那就是絕不要相信他的允諾；他一向是光說不練的。』

『每個人都知道，』猶伯提諾說：『他選舉時所發生的事……』

『那根本不能稱爲選舉，那是詐欺！』同桌有個人叫道。後來我聽別人稱這個人爲新堡的哈夫，他說話的口音和威廉差不多。『說起來，克里蒙五世的死就是一個謎團。他在鮑尼法斯死後才答應審判他，然後又竭盡所能地把他和鮑尼法斯的關係推得一乾二淨，國王因此一直不願原諒他。在卡朋萃斯，沒有人清楚克里蒙是怎麼死的。事實上，當樞機主教在卡朋萃斯召開教皇選舉會議時，新教皇並未產生，因爲他們在亞威農和羅馬之間難下取捨。我不十分知道當時究竟發生了什麼事——我只聽說，那是一次大屠殺——已故教皇的姪子威脅樞機主教，他們的僕人展開屠殺，宮殿遭人放火，樞機主教向國王求救，國王說他從不希望教皇放棄羅馬，我們應該耐心些，做一個正確的選擇……然後菲力普又莫名其妙地死了，只有上帝知道他是怎麼死的……』

『或者是魔鬼知道。』猶伯提諾說罷，低聲默禱，別人也都仿傚他。

『或者魔鬼知道。』哈夫冷笑了一聲，同意道：『總而言之，另一個國王繼位了，在位不過十八個月便又死去。新產生的國王不幸在繼位數天後便告夭折。攝政王，也就是他的哥哥，順理成章地登上王座……』

『這就是菲力普五世。』邁可接口道：『當他還是波特爾的伯爵時，也就是他阻止樞機主教逃出卡朋萃斯的。』

『是的。』哈夫繼續說：『他又讓他們在里昂的聖道明修道院中開選舉會議，發誓說他會保障他們的安全，絕不會將他們拘捕入獄。但是等到他們又置身於他的權力範圍之內時，他不但將他們拘禁起來（畢竟，這已是慣例了），而且每天逐日減少他們的食物，直到他們有所決定。每個人都答應支持他所提出的人登基。那時樞機主教們已當了兩年的犯人，虛弱疲憊，而且都很害怕會被拘留在那裡一輩子，三餐不濟，所以他們答應了一切，讓那個矮子登上了彼得的寶座；想想看他已經七十多歲了……』

『他是很矮沒錯。』猶伯提諾笑了起來。『而且看起來像是個肺癆鬼，但卻比任何人都想要的還要有力，還要精明。』

『一個補鞋匠的兒子。』有個代表團員嘟囔道。

『耶穌基督也是個木匠的兒子呀。』猶伯提諾斥責他。『那並不重要。他受過相當的教育。他在蒙皮立研習了法律，又在巴黎唸過醫學，他攻於心計，廣結善緣，抓住適當的時機登上了樞機主教的地位，在那不勒斯擔任智者羅勃的顧問時，他的敏銳使得許多人爲之驚異。在亞威農任主教時，他又獻計給菲力普，教他怎麼摧毀聖堂武士。他當選之後，又陰謀陷害曾想要殺死他的樞機主教……但我所要談的並不是這個，我要說的是他背叛誓言，卻不會被指控發假誓的能力。爲了要當選，他答應歐西尼主教說他會把教廷遷回羅馬。

等他當選了以後，他又對歐西尼發誓，假如他不實踐諾言，他就再也不騎馬或騎驢了。嗯，你們知道那隻老狐狸怎麼樣嗎？他讓自己在里昂加冕了之後（這違反了國王的意願；國王希望加冕典禮在亞威農舉行），便乘船由里昂到亞威農去了！』

所有的僧侶們都笑了起來。教皇是個僞誓者，可是誰也不能否認他並沒有違信。

『他眞不知恥。』威廉說：『哈夫不是說過約翰無意隱瞞他的信仰嗎？猶伯提諾，你有沒有把當他到達亞威農那天，對歐西尼所說的話，告訴過他們呢？』

猶伯提諾說：『他告訴歐西尼說，法蘭西的天空十分美麗，他覺得沒有理由把教廷設在像羅馬這樣一個充滿了廢墟的城市。由於教皇也和彼得一樣，擁有束縛和放鬆的權力，他現在便運用著這種權力：他決定留在那裡，也是他喜歡待的地方。當歐西尼試著提醒他，他有義務住在梵諦岡山上時，他卻厲聲叫他別忘了服從的教規，中斷了討論。但是我還沒有把誓言的故事說完。約翰下船之後，根據傳說，他應該騎上一匹白馬，而樞機主教們則騎著黑馬跟在後面。結果他卻捨棄馬匹，徒步走到聖殿。以後我也沒聽說他曾再騎過馬。邁可，像他這樣的一個人，你竟期待他會遵守他所給你的保證嗎？』

邁可沈默了好半晌。然後他說：『我能了解教皇想留在亞威農的希望，我不願爲此爭辯。但是他不能駁斥我們對貧窮的想望，以及我們對基督立下的榜樣所做的解釋。』

『別太天眞了，邁可。』威廉開口道：『和你的希望——我們的——比起來，他的希望顯得多麼邪惡。你要知道，他是幾世紀以來最貪婪的一個教皇。巴比倫妓女反對我們的猶伯提諾曾厲聲譴責的人，也就是貴國詩人曾經描述過的墮落、腐敗的教皇，但我們比之於約翰，都只是怯懦的小羔羊而已。約翰是一隻善偷又善唱的鵲，是個放高利貸的猶太人；亞威農的買賣交易比佛羅倫斯可要加倍得多了！我聽說過關於克里蒙的姪子——高茲的白特侖——卑鄙的交易；他就是卡朋萃斯的屠殺者（在那次屠殺中，樞機主教們所有的珠寶都被搶走了）。他偷他叔父的財寶，數目可不少，約翰可沒有遺漏白特侖偷走的任何東西；他詳細地列了一張清單，寫明了有多少金幣、金銀器皿、書、地毯、寶石、裝飾品……不過，約翰對白特侖在卡朋萃斯之亂中所掠奪的一、兩百萬佛羅倫斯金幣卻佯裝不知；他只質問另外三千金幣，白特侖承認那是他叔父為了「虔誠的因素」，也就是一次改革運動，才給他的。後來他們協定白特侖留下半數金幣做為改革之用，另外半數金幣捐獻給教皇。然而白特侖卻沒有進行過任何改革，至少是到目前為止，教皇也從未見過一個金幣……』

『那麼，他也並不很精明了。』邁可說。

『這是他在金錢上唯一失算的一次。』猶伯提諾說：『你必須明白將和你打交道的是怎樣一個生意人。在其他所有的情況中，他都以惡魔的技巧搜刮金錢。他是個麥得斯：他所碰過的每樣東西都變成金子，流入亞威農的銀櫃裡。每次我到他辦公室去，都會碰到銀行家、兌錢商，桌上堆滿了金子，傳教士忙著數金幣，將它們堆成好幾堆……你將會看見他為自己建造的宮殿，富麗堂皇的氣象，唯有以前拜占庭皇帝或韃靼大可汗的皇宮可以比擬。現在你該明白為什麼他要頒佈那些敕書，反對貧窮的理想了。但可知道他驅使痛恨我們修會的聖道明教團雕刻基督像時在基督身上加上皇冠，紫色鑲金的長袍，和奢華的涼鞋嗎？在亞威農，被釘死在十字架上的基督像只有一手被釘住，另一手則摸著祂腰帶上的皮包，表示祂認為為了宗教的目的使用金錢是正當的……』

『哦，真無恥！』邁可叫道：『可是這不就是公然的冒瀆了嗎？』

威廉又說：『他又為羅馬教宗加了第三頂王冠，對吧，猶伯提諾？』

『是的。在千年至之福之始，海德布蘭教皇首先戴用了一頂；惡名昭彰的鮑尼法斯後來又加了第二頂；約翰使這個象徵更加完全；三重王冠，精神、現世和教會的權力。這無異於波斯王的表徵，異教徒的徵象……』

有個僧侶直到此刻為止尚未發表過任何意見，只是虔誠而津津有味地吃著院長送到桌上的好菜。他以並不專心的目光注視眾人談話，偶爾在聽到教皇的奢華時冷笑幾聲，或對其他僧侶不敬的言論輕哼一聲表示贊成，別的時候只是忙著揩掉下顎上的果汁，及由他無齒卻貪吃的嘴中掉出的肉屑，唯有一次他對他的鄰座低語了幾聲，卻是讚頌食物的可口。後來我獲悉他是卡法的主教傑洛美，幾天前猶伯提諾還以為他已經死了。（我必須說他兩年前的死訊繼續在基督教國度以訛傳訛地流傳了很久，因為後來我又聽人說起過。事實上，他是在那次會議之後又過了幾個月才去世的，我仍認為他是死於次日的會議所帶給他的暴怒；我想他是立刻便發作的，雖然他的身體羸弱，脾氣卻大得要命。）

這時他加入了討論，滿嘴的食物還沒下嚥便開口道：『然後，你知道，這個惡人又頒佈了憲法，利用宗教的罪惡榨取更多的金錢。如果一個神職者犯了肉慾之罪，和一個修女，一個親戚，或甚至和一個普通的婦女（因為也有這種情形），他只要付六十七金幣十二便士便可得到赦免。假如他犯了獸行，就得付兩百金幣，但如果他所鞭撻的是年輕人或動物，而不是婦女，罰金便被減少到一百。一個曾把自己給過許多男人的修女，不管是一次或先後許多次，在修道院內還是修道院外，然後她想成為院長，那就得付出一百三十一金幣十五便士……』

『得了，得了，傑洛美，』猶伯提諾抗議道：『你知道我並不喜歡教皇，但關於這一點我卻要為他辯護！那是在亞威農流傳的中傷。我就從沒見過這部憲法！』

『它是存在的。』傑洛美堅決地說：『我也沒見過，但它是存在的。』

猶伯提諾搖搖頭，其他人都靜默下來。我意識到他們已習慣於對傑洛美的話不加留心，那天威廉不是也說過他是個傻子嗎？威廉試著恢復談話：『不管怎麼說，是真的也好假的也好，這謠言使我們得知亞威農的道德氣氛，利用人的和被利用的，都知道他們並不是生活在基督教區的宮廷中，而是住在一個市場裡。約翰剛即位時，人們說他的銀櫃裡有七萬金幣，現在據說他的財富已增加到一千萬以上。』

『千真萬確。』猶伯提諾說：『啊，邁可，邁可，你對於我在亞威農所看到的萬般可恥之事，真是一點也不知道啊！』

『我們還是開誠佈公吧。』邁可說：『我們都知道，就是我們的人也有胡作非爲的時候。我聽說一些聖芳濟修士曾攻打聖道明修道院，掠奪僧侶的財物，強迫他們過貧窮的生活……這也是我在普洛文斯事件時不敢反對約翰的原因……我要和他達成協議；我不會羞辱他的驕傲，只要求他不要羞辱我們的謙遜。我不要和他談到金錢，只要求他同意對聖經的特定解釋。明天我們對他的公使也就是要這麼辦。畢竟，他們都是精通神學的人，而且並不是每個人都像約翰一樣貪婪的。當一些明智的人決心解釋聖經時，他不可能會——』

『他？』猶伯提諾打斷他的話：『怎麼，你根本還不知道他在神學方面的愚行嗎？他只想控制一切，不管是塵世的或天上的。我們已見過他在塵世的作爲了。至於天上……呃，他還未公然說出任何難以入耳的話，但是我確知他私下對他的黨羽說過。他正在計劃某些瘋狂的主張，將會改變教義的本質，剝奪我們傳教的權力！』

『什麼主張呢？』有許多人紛紛問道。

『問巴林迦吧。他知道，是他告訴我的。』猶伯提諾轉向巴林迦・陶洛尼；他雖是教廷的人，過去幾年來卻一直是教皇最有力的敵對者。他來自亞威農，在兩天前加入這群聖芳濟代表團，和他們一起抵達修道院。

『那是一件黑暗，而幾乎令人難以置信的事。』巴林迦說：『約翰似乎打算宣佈正義的意願唯有經過裁判之後才享有歡快的景象。他思索啓示錄第六章的第九節詩句已有一陣子了，那一節討論第五印被揭開，祭壇底下，有爲上帝的道，並爲作見證而被殺之人的靈魂。他們每人都被賜予一件白袍，又有話對他們說，要再耐心地等一會兒……約翰說，這是表示直到最後的審判完結之後，他們才能看見上帝的本體。』

邁可驚恐地說：『這些話他是對誰說的？』

『到目前爲止只對他的幾個親信說過，但話已經傳開了；他們說他正準備要公開宣佈，不是立刻，也許再過兩年。他正在和他的神學家商議……』

『哈哈！』傑洛美邊吃著東西，忍不住冷笑兩聲。

『而且，他似乎想更進一步，主張在那天之前連地獄也不會開放……甚至不爲魔鬼而開放！』

『耶穌基督，幫助我們吧！』傑洛美喊道：『如果我們不能以他們死後立刻會被送入地獄來威脅犯人，那麼我們怎麼對他們說呢？』

『我們都受制於一個瘋子。』猶伯提諾說：『可是我不明白他爲什麼要這麼主張……』

『整個寬容的教義都要隨煙霧飄逝了。』傑洛美抱怨道：『以後就連他也別想做生意了。一個犯了獸慾之罪的僧侶，爲什麼要付那麼多的金幣來逃避這麼遙遠的懲罰呢？』

『並不那麼遙遠。』猶伯提諾堅決地說：『那時刻就快到了！』

『你知道，親愛的兄弟，但是一般人並不知道。事情就是這樣！』傑洛美似乎已不再享用食物了，叫喊道：『多麼邪惡的想法；那些傳教的兄弟卻必須牢記在心……啊！』他搖了搖頭。

『可是爲什麼呢？』邁可又問道。

『我想不出有什麼原因。』威廉說：『那是對他自己的試驗，一個高傲的舉動。他只想成爲決定天上及塵世事物的人。我知道這些議論——奧肯的威利寫信跟我說過。我們就等著看到最後是教皇得遂其願，或是神學家的理論駁斥了他；畢竟那是整個教會的主張，是上帝子民的願望，主教們……』

『哦，在教義的事情上，他甚至可以讓神學家附和他的意願。』邁可悲哀地說。

『不盡然。』威廉回答：『我們這時代，研究神聖事物的學者們並不怕指責教皇是個異教徒。那些神聖的學者就是基督徒的代表。現在就連教皇也不敢和他們對抗。』

『那反而更糟了。』邁可驚悸地低喃道：『一邊是瘋狂的教皇，另一邊是上帝的子民；即使透過神學者的話，他們只怕很快就會任意解釋聖經了……』

威廉問道：『爲什麼？你在斐路幾亞的人有什麼不同的主張嗎？』

邁可好像被刺了一下似的驚跳起來。『正因爲如此我才要和教皇會面。假如他不妥協，我們根本無能爲力。』

『我們等著瞧吧。』威廉的語調令人費解。

我的導師確實有過人的洞察力。他怎麼能預見邁可後來會決定支持帝國的神學家，以及譴責教皇的人呢？威廉怎麼能預見，四年之後，當約翰首次宣布他那荒謬的教義時，所有的基督教世界便興起了一次暴動？如果歡快的形象因此而延後，死人怎麼爲活人說項？對聖徒的讚美又會變成如何呢？將會公開譴責教皇是麥諾瑞特修會，而奧肯的威利是反對最力的人之一，義正詞嚴。這場衝突延續了三年，直到約翰在臨死之前做了部份的修正。一三三四年十二月，當他出席紅衣主教會議時，他已是八十五歲的風燭殘年，看起來比以前更形枯瘦矮小，臉色蒼白；他說（這隻善於玩弄文字花招的老狐狸，不只破壞了他自己的誓約，而且否定了他的頑固）：『我們承認並相信靈魂與身體是分開的，而且已完全的淨化，在天堂上與天使，耶穌基督同在，他們清清楚楚，面對面的，看見上帝和祂神聖的本質……』他頓了一下——誰也不知道這是由於他喘不過氣來，或是他藉此表示反對最後一個句子的慾望——然後又說：『使這些孤立的靈魂達到心滿意足的狀態。』次日早上，禮拜天，他躺在一張長椅上接見樞機主教們，主教們吻過他的手後，他便死了。

但我又一次離了本題，說著我不該說的事情了。不過話說回來，餐桌上的談話並不能使讀者更加了解我正在敘述的事件。麥諾瑞特修士們商妥了第二天所要站的立場。他們一個個的評估他們的敵手。聽到威廉宣佈巴納．葛也將到達的消息，他們都很關切。對波吉托的柏特蘭主教將帶領亞威農代表團的消息，他們更評論不休。兩個裁判官未免太多了；這顯示他們計劃以異端的爭論和麥諾瑞修會對抗。

『那眞不妙。』威廉說：『我們只有把他們當異教徒一樣對待了。』

『不，不行，』邁可說：『我們還是要愼重進行；絕不能危及任何可能的協議。』

『就我所見，』威廉說：『雖然我也希望這次會議會有圓滿的結果，你也知道，邁可，但我不相信那些亞威農人老遠到這裡來是爲了達成任何肯定的結論。約翰要你隻身到亞威農去，而且沒有任何保證。但是會議至少有一項作用：使你明白這一點。假如你在得到這次經驗之前便貿然前往，那就更不堪設想了。』

亞威農苦澀地說：『這麼說來，你辛辛苦苦地工作了幾個月，只是爲了要促成你認爲是徒勞無功的一件事而已了。』

『我是奉了皇帝和你的請求。』威廉說：『再說，使你對敵人有多幾分的了解，也不算是徒勞無功的事。』

這時他們來告訴我們，說第二個代表團也已到達修道院了。麥諾瑞特修士們都起身走出餐廳，去會見教皇的人。

27

第九時禱告

波吉托的樞機主教和巴納．葛及亞威農的其他人到達修道院，然後每個人都做了不同的事。

彼此認識已有一段時間的人，彼此不認識即聽過對方大名的人，在庭院裡和善地互相寒暄致意。波吉托的柏特蘭主教站在院長身側，行動猶如一個習慣於權勢的人，彷彿他自己就是第二個教皇，對每個人——尤其是麥諾瑞特修士——展露眞摯的微笑，爭論第二天會議的程序，並表明了約翰二十二世對安寧和和善的希望（他故意藉這個聲明，和聖芳濟修士表示親近）。

當威廉和善地介紹我是他的抄寫員和學生時，他對我說：『好極了。』然後他問我知不知道波隆那，對我盛讚它的美麗，它可口的食物和它聞名於世的大學，並邀我到那個城市去探訪，免得有一天滿腦子空空的回日耳曼，和『使我們的教皇飽受痛苦的日耳曼』在一起。然後他伸出手讓我親吻他的戒指，又展現他那個千篇一律的微笑。

我的注意力立刻又轉向最近時常聽他們說起的人：巴納．葛；法國人這麼叫他，別的地方的人稱他巴納．葛羅尼。

他是聖道明修士，年紀已七十了，瘦削挺立。他的灰眼目光炯炯；我覺得它們常常閃出一種曖昧的光芒，精明的隱藏思想和熱情，卻又故意表露出來。

在大家寒暄問候的當兒，他並不像別人那麼熱情，只是淡淡的謹守著禮貌。當他看見他已認識的猶伯提諾時，他十分謙敬，但他的目光卻使我感到一陣不安的震顫。當他向薛西納的邁可致意時，他的笑容神秘難解，冷淡地說：『你已經等了好一陣了吧。』我聽不出他這句話中有渴望的暗示或嘲諷的陰影，若不是命令，就是一點興趣的表露。他會見威廉，當他知道他是什麼人了，便以禮貌的敵意注視他；我確信並不是他的表情洩露了隱密的情緒，而是他故意要讓威廉感覺他的敵意。威廉以誇張的熱誠和微笑回報他的敵意，說道：『你的大名我早已久仰，你的名聲是我的訓誡，同時也影響了我一生中許多重要的決定。』對不知內情的人而言，這誠然是一種讚美，甚至是阿諛，可是巴納很清楚威廉一生中重要的決定之一，就是放棄裁判官的職務。根據我的推測，如果威廉樂於見到巴納鋃鐺入獄，巴納必然樂於見到威廉慘遭意外而死；由於那時巴納負責指揮武裝的衛兵，我實在有點爲威廉的性命擔憂。

院長一定已把修道院裡這幾天的罪行對巴納說過了。事實上，巴納假裝並未聽出威廉話中的尖刺，說道：『由於院長的請求，也爲了履行我對圓滿達成這次協議所負有的任務，看起來我勢必介入某些顯然含有魔鬼惡臭味的可悲事件了。我對你提及這件事，是因爲我知道在不久之前，當你和我地位較相近時，你也曾和我一樣，在善惡勢力相對的領域中奮戰。』

『不錯，』威廉沉著地說：『但是後來我加入了另外一邊。』

巴納接下了這一擊。『對於這些罪行，你能否告訴我一些有所助益的事實？』

『很不幸的，不能。』威廉謙恭地回答：『我不像你在罪行方面有那麼豐富的經驗。』

從那一刻起，我便和每個人都失去了接觸。威廉和邁可及猶伯提諾又說了幾句話後，便退回寫字間去了。他請馬拉其去替他找些書，但我沒聽清楚書名。馬拉其怪異地望著他，卻不能拒絕他的請求。奇怪，那些書卻用不著到圖書室裡去搜尋。它們都已放在韋南提的書桌上，一本也不缺。我的導師立刻浸潤在閱讀中，我決定不在一旁打擾他。

所以我下樓到廚房去，卻在那裡看見了巴納·葛。他可能是想了解修道院的地面區劃，到處走走逛逛吧。我聽見他以當地的方言詢問廚子和別的僕人（別忘了他曾在義大利北部當過裁判官）。他似乎是在問收成的消息，以及修道院裡的工作組織。但即使是在詢問最平常的問題時，他也是以凌厲的眼神注視對方，然後猝然提出另一個問題，使得他的受害者臉色發白，支吾其詞。我推論他是以一種獨特的方式在進行一項調查，利用每個裁判官所擁有的武器：他人的害怕——來推展他的工作。因爲每個人受到詢問時，由於害怕受到懷疑的緣故，通常會把他們所知的一切告訴質詢者，好讓他去懷疑別人。

那天下午，我在修道院閒逛時，就看著巴納以這種方式著手進行，不管是在磨坊裡或在迴廊中，但他幾乎從不質問僧侶；只找僕人或農夫。到目前爲止，這是和威廉正好相反的策略。

阿里男多似乎提出了極有價值的情報，威廉顯示他經由一連串無可置疑的錯誤，得到一個可能事實的方法。

後來威廉從寫字間下樓來時，心情很愉快。我們等待晚餐時刻的當兒，在迴廊碰到了阿里男多。我還記得他的請求，前一天曾在廚房裡抓了一把埃及豆，見到他便拿給他了。他向我道謝，把豆子塞進無牙、淌著口水的嘴裡，『你瞧，孩子！』他說：『又有一具屍體躺在書裡所說的地方了……現在就等第四聲號了！』我問他何以會認爲這一連串罪行的關鍵是在啓示錄中。他望著我，驚訝地說：『約翰書裡包含了每件事的關鍵呀！』他又皺眉說道：『我早就知道了，從很久以前我就這麼說了。……你知道，是我建議院長……那時的院長……儘可能搜集許多啓示錄的評論。我本來是要接任圖書管理員的……但是後來另一個人選設法讓自己被派到西洛去，他在那裡找到最好的手稿，帶著那些非凡的戰利品回來……哦，他知道到那兒去找，也會說異教徒的語言……所以圖書室便交給他管理，而不是交給我了。但是上帝懲罰他，使他提早沉入了黑暗的領域。哈哈……』他大笑幾聲，失去了老人的安詳沉著，就像個天眞的孩子。

威廉問道：『你所說的僧侶是誰呀？』

他茫然若失地望著我們。『我說的是誰？我記不得了……那是很久以前的事了。可是上帝處罰他，使他變得毫無價值，上帝甚至使人遺忘他。許多驕傲的行爲都是在圖書室裡發生的。尤其是在它落入外國人的手中之後，上帝仍在懲罰……』

我們問不出更多話了，於是便離開他，留下他一個人去胡言亂語。威廉說他對這次談話很感興趣：『阿里男多的話是値得一聽的；每次他說話時都會說出有趣的事情。』

『這一次他說了什麼呢？』

『埃森，』威廉說：『解開一件神秘的事，和由最初的原則推論是不同的。那也不是只要收集一些特定的資料，便可以推得一般性的規則。事實上，那是面對幾項表面上看來毫不相關的資料，試著想像它們是否可能代表一個一般性規則的許多例證，而這個規則是你還不知道，也許也從未發表過的。確切地說，正如哲學家所說的，如果你知道人和馬和騾子都沒有膽汁而又很長壽，那你就可以提出沒有膽汁的動物都很長壽的原則。但是以有角的動物這個例子而言。爲什麼牠們有角呢？突然間你意識到，所有長角的動物上顎都沒有牙齒。這是個很好的發現，只是你又想到，有些上顎沒有牙齒的動物卻不長角：例如駱駝。最後你知道所有上顎沒有牙齒的動物都有四個胃。嗯，然後你可以假設，不能將食物咀嚼很爛的動物一定需要四個胃，好幫助牠消化食物。可是角又怎麼說呢？你再試試著爲角想像一個具體的原因——例如，缺少牙齒使得動物的骨質過剩，必須在別的地方顯現。可是這是個充分的解釋嗎？不是，因爲駱駝上顎沒有牙齒，有四個胃，卻不長角。所以你必須再想出最後的原因。骨質以角的形態出現的，只有在那些沒有其他防禦方法的動物身上。但是駱駝的後腿十分有力，並不需要有角。所以這個規則可能是……』

『可是角和這一切事情又扯得上什麼關係呢？』我不耐煩地問道：『爲什麼你會關切有角的動物呢？』

『我從來沒有關切過牠們，但林康的主教對牠們很感興趣，研究亞里斯多德的一項概念。坦白說，我不知道他的結論是不是對的，我也沒有檢查過駱駝的牙齒，以及牠有幾個胃。我只是想告訴你，在自然的事實中找尋解釋性的法則，往往是很不容易的。面對一些難以解釋的事實，你必須試著想像許多一般性原則，和你的事實串連起來。然後突如其然的，在意外產生的一個結果，一個特定情況，和一個原則中，你認出一條合理的線，似乎比其他的更令人信服。你試著將它運用到所有類似的事例，利用它來預測，發現你的直覺是對的。但在你推到最後的結論時，你才會知道那項預測是合理的，那項則必須推翻。這就是我現在所做的。我列出許多不相關的因素，並提出一些假設。我所提出的假設中，有許多都是非常荒謬的，我甚至羞於告訴你。你瞧，在勃內拉這匹馬的事例中，當我看見那些線索時，我猜測過許多補充及矛盾的假設：那可能是一匹逃跑的馬，可能是院長騎著那匹駿馬下了山坡，可能在雪地上留下足跡的是一匹馬，勃內拉，在矮樹叢上留下鬃毛的是另一匹馬，費夫樂，樹枝說不定是某個人折斷的。我不知道那個假設是正確的，直到我看見急著找尋馬兒的管理員和僕人，我才曉得唯有勃內拉那個假設是對的；我又對那些僧侶說話，試著證明我是對的。我贏了，但我也有可能輸。其他人之所以認爲我很聰明是由於我贏了，可是他們並不知道我也曾在許多事例中出過醜，他也不知道在我獲勝之前的幾秒鐘，我自己也不確知是否會輸。現在，我對修道院的事件已有許多假設了，但並沒有明顯的事實可以讓我認定那一項是最好的。所以，爲了避免出醜，現在我還是不要自作聰明。今天我不願再想了，等到明天再說吧。』

那時我才明瞭老師的推理方法，和哲學家先找出原則，再尋求解釋的方法比起來，顯得很奇怪。我只知道，當威廉找不到答案時，他就提出許多假設，每一個都各不相同。我還是困惑不解。

『可是……』我說：『你還是沒有得到什麼解答……』

『我隱約有個解答，』威廉說：『可是我不知道是哪一個。』

『因此對於你的問題，你並沒有一個特定的答案了？』

『埃森，如果我有的話，我就在巴黎教神學了。』

『巴黎，他們總是有眞正的答案嗎？』

『沒有。』威廉說：『可是他們對他們的錯誤十分確定。』

我幼稚而魯莽地說：『你從來沒出過錯嗎？』

『經常。』他回答：『但我的假設不只一個，而是有很多個，所以太多的錯就等於沒有。』

我覺得威廉對眞相好像一點也不感興趣似的，認爲眞相只是事物和智力之間的調節而已。相反的，想像有多少可能性是可能的反而能使他自得其樂。

在那時候，我承認，我對老師感到失望，甚至想著：『幸好裁判官來了。』我也和巴納．葛一樣，急於知道眞相。

懷著這種有罪的心情，我和威廉一起走進餐廳去吃晚餐。

29

晚禱

薩威托說出一個驚人的符咒。

招待代表團的這一頓晚餐眞是精緻可口。院長對於人性的弱點及教廷的習慣必然十分熟悉（我必須說，邁可兄弟的麥諾瑞特教團也不以爲忤）。廚子告訴我們，剛宰的豬所流的血本來是要用來製豬血布丁的，可是韋南提可怖的死卻使他們寧可在宰了豬之後，把所有的豬血都丟掉。我相信，在那時候每個人都憎惡殺害上帝創造物的想法。然而，我們有蔬菜燉鴿肉、當地盛產的葡萄酒，以及烤兔肉、聖克雷的餡餅、加了山地杏仁的米飯——當天的點心——還有琉璃苣餅、橄欖、油炸乳酪、加了生胡椒的羊肉、白色的大豆子，和精巧的甜點、聖伯納蛋糕、聖尼古拉斯派、聖露西布丁，還有美酒，和使每個人心情放鬆的利口酒（就連平時十分嚴厲的巴納．葛也顯得很愉快）。這很像是個豐盛的餐會，只是每喝一口酒或吃一口菜時，都有虔敬的誦讀相伴。

餐畢，所有的人都愉快地站起身，有些人藉口身體不太舒服而避免到禮拜堂去參加晚禱。但院長是說什麼也得去的。

僧侶們離去後，我的好奇心使我逗留在廚房裡；他們已準備要將它鎖上了。我看見薩威托溜到庭院去，腋下挾了一綑東西。我更加好奇了，跟在他後面，並出聲叫喚他。他想要躲開我，但是當我問他包裹內裝了什麼東西（在裡面動來動去）時，他回答說那是一條怪蛇。

『穴居的怪蛇！蟒蛇之王，毒性很強的！就是牠身上的臭味也會使人聞了之後便被嗆死！很毒哪……背上有黑色斑點，頭像狐狸，半個身子挺起來，半個身子纏在地上，和別的蛇一樣。牠會咬死貝盧拉……』

『貝盧拉？』

『對呀！一種嚙齒類動物，比老鼠大一點，也叫做麝香鼠。蛇和波塔也會。當牠們咬牠時，貝盧拉就會跑到費尼屈拉去，咬它，然後又回到貝塔幾利。他們說牠會放出一種味道，可是他們所說的大部份都錯。』

我實在聽不太懂他那種古怪的什錦話，又問他拿一條怪蛇幹嘛，他說那不干我的事。這一來我的好奇心可說提到了最高點，我說這幾天死了這麼多人，誰也不能保有什麼秘密的事，我立刻就去告訴威廉。於是薩威托央求我別把這件事說出去，並打開那個包裹給我看——裡面原來是一隻黑貓。他把我拉近他，露出一個曖昧的笑，說他不願意讓權力不小的管理員，或是年輕英俊的我，再享受村姑的愛，因爲他又醜又怪，沒有女孩願意跟他在一起。可是他知道一種威力很大的符咒，可以使每個女人都向情愛屈服。只要你先殺死一隻黑貓，挖出牠的兩隻眼睛，再拿兩枚由黑母雞所下的蛋，把兩隻眼球分別放進兩枚雞蛋裡去（他又拿了兩枚雞蛋給我看，並發誓那是黑母雞所下的），然後把雞蛋放到一堆馬糞裡去，等它們發臭（他已經在絕不會有人去的菜園一角準備了一堆馬糞），這時每一枚蛋會生出一個小魔鬼，他們會聽令於你，爲你獲取這世上所有的歡樂。他又嘆了口氣，告訴我說，可是，爲了要使魔法生效，在兩枚雞蛋被埋進馬糞之前，必須讓他所愛的那個女人在上面吐口口水，他爲了這個難題煩惱得很，因爲他得先去找那個還不知在何處的女人，讓她在不明就裡的情況下完成這個儀式。

我突然感到一股燥熱，在我臉上，或是內臟，或是全身；我低聲問薩威托，當晚是不是還要把那女孩帶進修道院裡。他大笑起來，譏誚我說我已陷在情慾中了（我說我才沒有，不過是出於好奇，隨口問問而已），然後他說村裡有很多女人，他會帶另一個上來，甚至比我喜歡的那一個更漂亮。我想他大概是騙我，想將我打發走。反正我又能怎麼樣呢？威廉等著我進行另一樁行動，我又怎能跟蹤他一整夜呢？我可以見那個我十分想望，事實上卻不該再見的女孩嗎？當然不可以。所以我勸服自己相信薩威托所說的是實情，至少是關於女人的那一部份。不然他所說的便全是謊話，他所描述的符咒只是他愚蠢的幻想，迷信的心靈，他什麼也不會做的。

我覺得有點惱怒，粗暴地對待他，告訴他說那晚他最好還是上床睡覺去，因爲修道院裡有弓箭手在巡邏。他回答說他比弓箭手更熟悉修道院，加上那一夜迷濛的霧氣，誰也看不見誰。事實上，他又說，現在我跑走了，你就再也看不見我，就算我在兩呎之外和你想望的那個女孩取樂。他是用不同的話說出的，但大意就是如此。我憤憤地離開了；像我這樣一個高貴的見習僧，犯不著和像他這麼粗鄙的人計較。

我找到威廉，依照計劃行事，那就是，我們準備到本堂後側去參加晚禱，等禮拜結束後，我們便二度（對我而言則是第三次了）進入迷宮。

30

晚禱之後

他們二探迷宮，到達『非洲之末』的門檻，卻不能進去，因為他們不知道四的第一和第七是什麼。最後，埃森回想他的相思病。

探訪圖書室是一件費時的工作，用文字來描寫，我們的查證固然很簡單，但是藉著微弱的燈光閱讀銘刻，在地圖上記下通道和空牆的位置，並把第一個字母寫下來，經過無數的通道和障礙，來來回回地繞來繞去，實在是累壞人了。

天氣冷得很。那晚風不大，我們並沒有聽見第一夜使我們頗爲困擾的輕呼聲，可是冰冷而潮濕的空氣卻由那狹窄的縫隙直鑽進來。我們戴了羊毛手套，這樣才不至在摸過太多書後，使雙手變得麻痺。但這種手套是冬天寫字時戴的，指尖都露了出來，有時候我們必須把手放到火焰旁，或者緊按在胸前，或者雙手交握，同時凍得半僵的走來走去。

爲了這個緣故，我們並沒有一鼓作氣地完成整件工作。我們時而停下來看看書架，現在威廉——鼻梁上架著他的新眼鏡——已可以到處徘徊，閱讀書籍了，每看到一本書名，他就快活地喊叫一聲，不是因爲他知道那本著作，就是由於他已找了那本書很久，再不然就是爲了他從未聽別人提過那本書，所以興奮難當。簡而言之，對他而言，每一本書都像是他在陌生的土地上所看見的珍禽異獸。他翻閱一本手稿時，就叫我找尋別本。

『看看那個書架上有什麼吧！』

我就一本一本地唸著：『巴德的《歷史的證言》，也是巴德寫的《天堂的建築》、《選擇之地》、《東方的誕生》、《聖卡特伯利》、《理性的謬思》……』

『自然了，羅馬教會完整的作品……看看這幾本！《修辭學的關係》、《修辭的辨認》。這裡還有很多文法學家的作品，普瑞西安、霍諾雷特、杜那托、韋多利那、梅特羅列、尤提佳、施維士、佛卡斯、亞士培……奇怪，起初我以爲這裡都是英國作家的著作……我們看看下面吧……』

『Hisperica……famina。這是什麼呀？』

『一首希伯來文的詩。你聽：

『「Hoc spumans mundanas obvallat Pelagus oras terrestres amniosis fluctibus cudit margines.
Saxeas undosis molibus irruit avionias.

Infima bomboso vertice miscet glareas asprifero spergit spumas sulco, sonoreis frequenter quatiur flabris……」』

我不明白詩文的含義，但威廉高聲朗讀，使人覺得好像聽到海浪和海波的翻滾聲。

『這個呢？梅麥斯伯里的亞德翰。你聽聽這一頁：「Primitus pantorum procerum poematorum pio postissimum paternoque pressertim privilegio panegiricum poematague passim prosatori sub polo promulgatas.」……每個字的開頭都是同一個字母！』

『我們那個島上的人都有點瘋狂。』威廉驕傲地說：『我們再看看另一個書架吧。』

『魏吉爾。』

『怎麼會有魏吉爾的書呢？哪一本？《農事詩》嗎？』

『不是。是《典型》。我從來沒聽說過。』

『這是土魯斯的魏吉爾呀！他是個修辭學家，六世紀的人。人們認爲他是個偉大的哲人……』

『他說藝術是詩、修辭、文法、魅力、方言、幾何……但他是用那種語文寫作的呢？』

『拉丁文。他自己所創的一種拉丁文，不過，他認爲那是一種更爲美麗的語文。你看這裡，他說天文學是研究黃道帶的信號；包括……』

『他瘋了嗎？』

『我不知道。他不是英國人。你再聽這個，他說有十二種方式可以爲火命名：火、大火、火燄、營火、火炬、閃電、亮光、葬禮的火堆、象徵之火、怒火、雷火、炭火。』

『可是沒有人這樣說話的呀！』

『可不是！不過在那個時代，文法學家爲了忘掉邪惡的世界，便以深奧難解的問題自娛。我聽說在那個時期，修辭學家戈班達和泰倫修，爲了「自我」這一詞的呼格，爭論了整整十五天十五夜，到最後他們彼此攻擊——拿著武器。』

『還有這個，您聽……』我拿起了一本書，那上面畫了樹叢圍成的迷宮，猴子和蛇由裡面探出頭來。『聽這些字：cantamen, collamen, gongelamen, stemiamen, plasmemen, sonerus, alboreus,gaudifluus, glaucicumus……』

『我的同胞。』威廉輕柔地說：『不要對那些愛爾蘭的僧侶太過嚴苛了。說起來，這所修道院的存在，以及我們仍談論著神聖羅馬帝國，可能都要歸功於他們的。在那個時候，歐洲其餘的地方都已成爲廢墟了；一天他們宣稱由高盧地區某些神父所施的洗禮一概無效，因爲他們「以無知而異端的方式」施洗——並不是由於他們實施新的異端，或者以爲耶穌是個女人，而是由於他們對拉丁文已一無所知了。』

『就像薩威托嗎？』

『差不多。北方來的維京人沿河而下，劫掠羅馬。異教徒的寺廟成爲一片廢墟，基督徒的教堂當時還不存在。只有愛爾蘭的僧侶們，他們本來在修道院裡，寫字閱讀，閱讀寫字，並裝飾書籍；到那時，他們便跳上小船，航向這些土地，使他們信仰基督教，彷彿你的同胞是無信仰者，明白嗎？你到過波比歐，那裡正是由這些愛爾蘭僧侶之中的一位，聖哥倫巴所建立的。所以不要見怪他們發明一種新的拉丁文，因爲那時歐洲已沒有人懂得舊的拉丁文了。他們都是偉人。聖勃侖登到達神聖諸島，沿著地獄的海岸航行，他看見猶大被鍊在地獄裡的一顆岩石上。有一天他在一個島嶼登陸，上岸之後卻遇見一隻海怪。自然他們都有點瘋狂。』

他滿足地重複了一句。

『這些圖案是……我眞不敢相信我的眼睛！有這麼多顏色！』我驚喜地叫道。

『來自一個並沒有很多顏色的土地；那裡只有一點藍，和一大片的綠。不過我們沒時間再站在這裡討論愛爾蘭僧侶的書了。我只想知道爲什麼它們會和英國人的著作及其他國家文法家的論述，一起放在這裡。看看你的圖吧；現在我們在那裡？』

『在西邊塔樓的房間裡。我已記下了牆上的字了。所以，我們離開沒有窗子的房間，進入七邊形的房間，只有一條通道可到塔樓中的某一個房間，房間的字母是紅色的H。然後我們由一個房間走到另一個房間，環著塔樓前行，又回到了沒有窗子的房間。這一系列的字母拼起來是……你的推斷正確！是HIBERNI——愛爾蘭！』

『HIBERNIA，由沒有窗子的房間再走回七邊形的房間裡，就多了一個「A」字，愛爾蘭的正確拼法；和別的七邊形房間一樣，「A」就代表「Apocalypsis」，啓示錄。所以這裡有最北方作家們的著作，也有修辭學家和文法學家，因爲設計圖書室的人認爲文法家應該和愛爾蘭文法家列在一處，儘管他來自土魯斯。這是一種標準。你瞧，我們開始有所了解了。』

『可是在東邊塔樓的房間，我們進來的地方，拼出的是FONS……那是什麼意思呢？』

『仔細看看你的地圖。以前進的秩序，把每個相連房間的字母唸出來。』

『FONS ADAEU……』

『不對，是Fons Adae；U是東邊第二個沒有窗子的房間，我還記得；也許那是另一組字的開始。Fons Adae，意思是人間天堂，我們在那裡看到的是什麼書呢（記得有面對旭日祭壇的那個房間嗎）？』

『那裡有很多聖經，還有聖經的註解——只有與聖經有關的書。』

『所以，你看，上帝的話符合了人間天堂，而人們都說人間天堂是在遙遠的東方。而這裡，到西方，就是愛爾蘭。』

『那麼圖書室的區劃和世界地圖相吻合了？』

『很有可能。而書籍的排列是根據它們的起源國家，或者作者的出生地。圖書管理員代代傳述文法家魏吉爾生於土魯斯，其實是錯的；他應該出生在西方島嶼上。他們糾正了自然的錯誤。』

我們繼續前進，經過一組房間，其中一間便是我曾產生幻象的地方。事實上，我們老遠便又看到了火光。威廉捏著鼻子跑上前去，把火熄了。爲了安全起見，我們快步通過那個房間，但我想起了在那裡我曾看過上了許多顏色的啓示錄，書上還有美麗的獨角獸和龍。我們又把這些房間的字母串連了起來，由我們最後進入的那個房間開始，那裡寫的是個紅色的『Y』字。由此倒回去唸，得到了『YSPANIA』西班牙這個字，但結尾的『A』字，也就是『HIBERNIA』的最後一個字母。威廉說，有些房間裡放著性質混合的書籍。

不管怎麼說，『YSPANIA』的區域似乎放了許多啓示錄的古抄本，都是精巧絕倫之作，威廉認出其中甚至包括西班牙的藝術。我們推測圖書室可能收藏了許多基督教國度的使徒信經，以及大量關於啓示錄的評註。有不少本頌揚啓示錄的著作，都是黎本那的畢特斯所寫的。書裡的內容大同小異，但書上的插畫卻富有變化，而且非常生動，威廉看出有些畫是西班牙亞斯都里阿斯領域內，最偉大的圖書裝飾家的手筆：梅濟厄、費康德，和其他人。

我們一邊推敲的當兒，不知不覺走到了南邊塔樓；前一晚我們已到過這裡了。Yspania 裡寫了『S』的房間——沒有窗子——通向一間寫了『E』的房間，接著我們逐漸繞過該塔樓的五個房間，到達最後一間沒有其他通道的房間，它的字母是紅色的『L』。我們又繞回去讀，得出了『LEONES』。

『Leones：南。在我們的地圖上是在非洲，hic sunt leones。這解釋了何以我們發現許多由異教作者所寫的書籍。』

『還有更多呢。』我在書架上翻尋，說道：『亞威西那的「正典」，這本抄本上面有美麗的書法，我認不出來……』

『由它的裝飾看來，我想那是一本可蘭經，但很不幸的我不懂阿拉伯文。』

『可蘭經，異教徒的經典，一本邪惡的書……』

『一本智慧的書，雖然內容與我們的不同。但你要了解何以他們將它放在這裡，和獅子、惡魔放在一處。所以我們才會在那本書上看到那些可怕的動物，包括你看到的獨角獸。這個叫 LEONES 的地區所放置的書籍，是圖書管理員認爲虛妄的書。那邊有什麼呢？』

『這些也是拉丁文寫成的，但來自阿拉伯。亞布．陸威，狂犬病的論述，這本書講的是寶藏。這本是阿哈尙的《眼界》……』

『你看，怪物及虛妄的書中，他們也放了科學的著作，是有待基督徒們研讀的。圖書室建立之初，他們便是這麼想的……』

『可是爲什麼他們也在虛妄的書中放一本畫有獨角獸的書呢？』我問道。

『顯然圖書室的創立人有很奇怪的想法。他們必然相信這本講述遙遠之地珍禽異獸的書，是異教徒散播妄語的一部份目錄……』

『但獨角獸也算妄語嗎？牠是最可愛的動物，也是高貴的象徵啊。牠代表基督，還有貞潔；只有將一個處女放在森林裡才能抓到牠，當牠聞到她最純眞的香味時，牠就會走上前去，把頭擱在她的膝上，自甘落入獵人的陷阱中。』

『傳說是如此不錯，埃森。但有許多人寧願相信那是個寓言，是異教徒的發明。』

『眞令人失望。』我說：『我還一直希望在穿過森林時，正巧讓我碰到一隻呢。要不然穿越森林還有什麼樂趣可言呢？』

『沒有人敢斷言這種動物並不存在。也許牠只是和這些書上所畫的圖不大相同吧。有個威尼斯的旅行者到很遠的地方去，靠近地圖上所寫的「天堂泉」之處，他就看見了獨角獸。但是他發現牠們粗魯而笨拙，又醜又黑。那可能就是古代的賢者們忠實描寫過的那種動物。他們絕不會完全弄錯的，而且上帝給他們機會看見我們不曾見過的事物。然後他們的描述，經過一代一代的流傳，因爲許多過度的想像力而變形，於是獨角獸便成爲幻想中的動物，色白而又溫和。所以假如你聽說某個森林裡有獨角獸，千萬別帶著一個處女到那裡去：那種動物可能比較接近那個威尼斯人的敘述，而不像這本書上的描寫。』

『那麼上帝曾對古代的賢者們顯示獨角獸眞正的本性嗎？』

『不是顯示；是經驗。他們比較幸運，生於有獨角獸的地方，或者是在他們那個時代，獨角獸就生長在我們這片土地上。』

『假如古人的智慧在經過一代一代傳述時會被虛構或誇大，那我們怎麼能放心摭拾呢？』

『著述書籍本來就不是要人相信，而是要引起詢問的。我們估量一本書，不該看它的內容，而該看它的意義，聖經的註釋者就很清楚這個概念。在這些書中所提及的獨角獸，所代表的是一種道德或寓意或類似的眞相，但只要有一項是眞實的，貞潔是美德的想法也是眞實的。至於證明另外三項事實字面的眞實性，我們還得看那是由什麼原始經驗產生的。字義當然得加以討論，即使它更高一層的意義也是好的。有一本書上寫著，只有用雄山羊的血才能切割鑽石。我的老師羅傑·培根說那不是眞的，因爲他親自嘗試過，卻失敗了。但如果鑽石與山羊血之間的關係有更高貴的意義，這意義仍是完整的。』

『那麼當字面的意思是假的時，仍然可以表達更高一層的眞理了。』我說：『不過，想到這獨角獸並不存在，或許從來就不曾存在過，我還是覺得很難過。』

『你不該隨便對全能的神定下界限，如果眞有神旨，獨角獸也有可能存在的。你不妨這麼想：既然牠們會出現在書上，就算那並不代表眞正的存在，至少也表示可能的存在。』

『那麼我們看書時，不該存有神學道德的信仰了？』

『神學道德還有另外兩種：對於可能所存在的希望，以及對信仰這種可能之人的寬容。』

『可是如果你的知識並不相信獨角獸，那獨角獸又有什麼用呢？』

『當然是有用的，正如韋南提被拖到豬舍後在雪地上留下的痕跡一樣有用。書裡的獨角獸恰像痕跡。假如痕跡是存在的，留下痕跡的物體必然也存在。』

『但卻和痕跡不同，你說的。』

『那當然。痕跡和留下痕跡的物體不一定會有相同的外形，而且那也不見得總是由於物體的壓力留下的。有時候它會重現一件物體在我們心中留下的印象：那是一種概念的痕跡。概念就是事物的符號，影像就是概念的符號，一個符號的符號，但由我重塑的影像中，就含有物體的概念了。』

『這樣就夠了嗎？』

『不夠，因爲眞正的學識絕不能以概念爲滿足，而是必須發現事物個別的眞相。所以我願意從這個痕跡推溯到站立在鎖鏈之始的那隻獨角獸。正如我希望由謀害韋南提的兇手留下的模糊信號往回推溯到一個單獨的個體，兇手本人。但有時那在短期內難以達成，而且還得借助於其他跡象。』

『那麼我所談論的事情，便都含有別的意義了。但最後的眞相——難道就從未存在過嗎？』

『也許是存在的：那就是那隻獨角獸。別擔心，總有一天你會碰到牠的，不管牠可能有多黑多醜了。』

『獨角獸、獅子、阿拉伯作家，還有摩爾人，』我說：『毫無疑問的，這就是僧侶們所談及的非洲了。』

『毫無疑問。如果眞是的話，我們該找出諦佛里的裴西飛卡所提及的非洲詩人。』

事實上，我們又往回走到『L』的房間後，在一個書架上找到了傅洛、佛隆托、阿普列士、馬提那・柯培拉和福仁提奧等人的著作。

我說：『這就是貝藍格所說的，一個秘密該有的解釋了。』

『差不多是這裡。他所用的措辭是「非洲之末」，因此使馬拉其十分惱怒。「末」可能是指這最後一個房間，除非……』他叫了出來：『克隆馬諾的七所教堂旁！你有沒有注意到什麼跡象？』

『什麼？』

『我們再回到最初那個「S」的房間去吧！』

我們走回第一個沒有窗子的房間，房裡共有四處通道。一道通往『Y』房，那裡有扇開向內側天井的窗子；另一道通往『P』房，沿著外側，接續『YSPANIA』；面向塔樓的通路通到『E』房，也就是我們剛剛走過的房間；接著是一堵空牆，最後的通路則通向第二個沒有窗子的房間，開頭字母爲『U』。『S』房就是掛有鏡子的那個房間——幸好那面牆在我的右側，不然我免不了又心跳一場。

我仔細看著地圖，意識到這房間的獨特性。它和其他三座塔樓沒有窗子的房間一樣，應該通往中央的七角形房間。如或不然，那麼進入七角形房間的通路應該是在相鄰的『U』房裡。但『U』房除了和『S』房相通之外，另一個開口是通向天井旁的『T』房，另外那三面牆便沒有通道了，全都放著裝滿了書的書櫃。我們環顧四周，肯定了地圖上顯示的事實：爲了邏輯及均衡的原因，這座塔樓應該有個七角形房間，實則卻沒有。

『沒有。』我說：『沒有這樣的房間。』

『不，並非如此。假使沒有中央的七角形，其他房間的面積應該會增大，然而這一組房間和別座塔樓裡的房間卻差不多大小。那個房間是存在的，只是沒有通路。』

『七面都被牆堵死了嗎？』

『可能。那就是「非洲之末」，是現在都已死去的那幾個僧侶生前徘徊的地方，懷著無比的好奇心。它被牆堵死，但那並不表示沒有暗道。事實上，確實有個暗道，而且被韋南提發現了，或者是由貝藍格那裡獲知秘密的阿德莫，曾對他描述過。我們再看看他的筆記吧。』

他從僧衣裡掏出韋南提的文稿，又一次唸道：『偶像上的手在四的第一和第七之上運轉。』他左顧右盼。『啊，當然了！「偶像」指的是鏡子裡的影像！韋南提是個希臘文翻譯者，在希臘文中，「偶像」指鬼，也指影像，而鏡子照出了我們扭曲的影像；那一晚連我們自己都誤以爲那是鬼呀！不過，四「supra idolum」會有什麼呢？在映像表面上的東西嗎？那麼我們必須站在某個特定的角度，才能看出反射在鏡子裡的某件事物是否符合韋南提的描述……』

我們試了每個位置，卻沒有得到結果。除了我們的影像外，鏡子上只照出那個房間模糊的輪廓；在燈光的照射下顯得幽暗陰森。

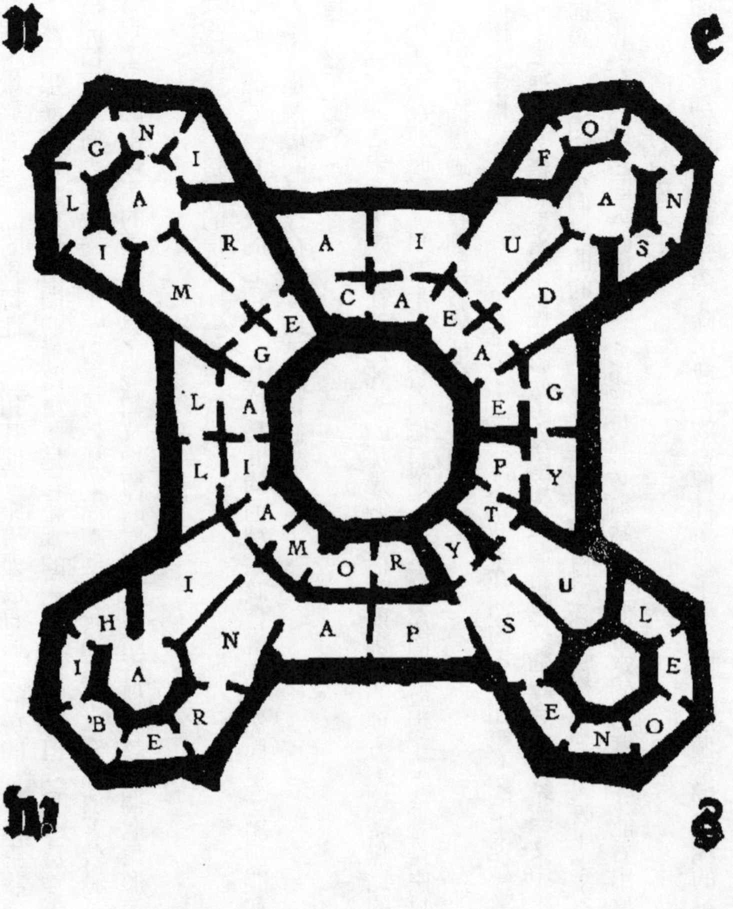
n
e
w
s
G N I
L A
I
R M
A I
C A E
U D
O F
A N S
E G
A
L A
L I
E G
P Y
T
A M O R Y
I N
H I A 'B E R
A P
U S
L E O N E

『那麼，』威廉思索著：『所謂「supra idolum」可能是指鏡子後面……可以使我們進入下一個房間，顯然這面鏡子就是一扇門了……』

那面鏡子比一個普通人的身高還要高，用結實的橡木框牢牢釘在牆上。我們摸著橡木框，試著把手指伸進去，我們的指甲夾在木框和牆壁之間，可是鏡子卻牢固不動，彷彿它是牆壁的一部份，是嵌在石壁中的一顆石頭。

『不是在鏡子後，可能是指在鏡子上面。』威廉喃喃說著，舉起手臂，踮起腳尖，用手摸過鏡框的上緣。除了灰塵之外，他什麼也沒摸到。

『其實，』威廉悶悶地沈思道：『就算後面眞有個房間，我們所找的那本書也已不在房裡了，因爲它已經被拿走了，先是韋南提，然後是貝藍格——天曉得現在已拿到那裡去了。』

『可是說不定貝藍格又把它拿回這裡來了。』

『不會，那天晚上我們在圖書室裡，一切跡象顯示他是在偷書不久之後便死了，同一晚，在澡堂裡要不然次日早上我們就該再看到他的。不要緊……目前我們已確定了「非洲之末」在那裡，而且也幾乎有了所有必要的資料，可以把圖書室的地圖畫好。你必須承認關於迷宮的許多謎團現在都已澄清了。』

我們循著地圖上所有的新發現，走過其他房間。有些房間僅放置數學和天文學的論述，有些則收藏了亞拉姆語的作品，我們兩個人都看不懂，還有些房間內的書籍更是無從辨認，可能是用印度的梵文寫成的。我們走過兩組重疊的房間，『IUDAEA』和『AEGYPTUS』，爲了不讓讀者諸君我爲們的解讀冗長沈悶的過程而備受折磨，簡而言之，最後我們完成了地圖時，確信圖書室的區劃及分配的確是根據地球的水陸分佈。在北邊，我們找到了『ANGLIA』英格蘭和『GERMAN』日耳曼，再沿著西邊的牆壁，連接了『GALLIA』高盧，到最西邊便進入『HIBERNIA』愛爾蘭。然後向南經過『ROMA』羅馬（拉丁古籍的天堂！）和

『YSPANIA』西班牙。最南方就是『LEONES』南方，和『FONS ADAE』愛德泉，在東邊和北邊之間，沿牆爲『ACAIA』亞克伊，威廉說這是借喻希臘，在那最後的四個房間裡，收藏了許多異教詩人和哲學家的作品。

這些字的組織實在很奇怪。有時候順序往前讀就對了，有時候卻要倒著唸，還有一些則是繞著圈唸；我也說過了，同樣一個字母常會被嵌進兩個不同的字裡（在這種情況中，那個房間的書架上往往收藏了兩類不同的書籍）。但顯然要在這種排列中找到一個黃金原則是不可能的。圖書管理員純粹要憑藉記憶去找尋某一本書。如果說某本書是在『ACAIAE 第四』找到的，表示這本書是在由字母『A』那個房間算起的第四個房間內，爲了要辨識這個房間，圖書管理員必然默記了路徑，不管是繞圈或直行，因爲『ACAIA』是成方形分布的一組房間。因此我們很快地便解出了空牆的關鍵。舉例而言，由東邊走向『ACAIA』，你會發現沒有一個房間通向接續的房間。這裡是迷宮的終點，想要到北邊的塔樓去，就只好倒回走過另外三座塔樓。不過圖書管理員自然是由『FONS』進入圖書室的，假如說他要到『ANGLIA』去，就得經過『AEGYPTUS』、『YSPANIA』、『GALLIA』，和『GERMANI』。

有了這種種發現，我們覺得這次再探圖書室可眞是不虛此行了。但在我說我們心滿意足地準備離開（結果又捲入了其他事件，稍後我將再詳述）之前，我必須向我的讀者表白。我說過，此次我們探索圖書室的原意是在尋求這個迷宮的關鍵，但是，我們沿著各個房間前行，記下各種記號的同時，也翻閱著各種書籍，似乎是在探查一個神秘的大陸。通常這個次要的查勘是在一致的行動下進行的，威廉和我翻尋著同樣的書；我向他指出最奇特的，他則把我不明瞭的許多事解釋給我聽。

但在某個地點，就在我們於南邊塔樓那一組『LEONES』的房間移動時，我的導師在一個房間停下來，翻閱繪有光學彩圖的阿拉伯文書籍；由於那天晚上我們一人帶了一盞燈，所以我好奇地走向下一個房間。這房裡所藏的書顯然是不隨便借閱的，因爲它們的內容是關於人體的各種疾病及精神的症狀，而且幾乎全是異教的學者所寫的。我的視線落在一本書上，不大，但上面繪有瑰麗的裝飾畫：花、藤蔓、成雙成對的動物，還有一些藥草。書名是《愛之鏡》，波隆那的麥昔穆所編纂，裡面引述了許多其他書籍的文句，全都關於爲愛所困的毛病。讀者諸君想必也了解，我的心靈自早晨以來便麻痺不覺了，此刻在一剎那間便又閃動著火焰，又一次充滿了那女孩的影子。

一整天我都強迫自己將早晨的思緒驅除，告訴自己那不是一個好見習僧該有的思想，而且，由於當天的事件已夠繁複，足以使我分神，我的慾望也就潛伏了起來，因而我以爲我已掙脫了那一時的不安情緒了。然而，才看那本書一眼，我便發現我的相思病比我所想像的還要嚴重。後來我知道，當你閱讀醫學書籍時，總會覺得自己於書上所講述的部位有些疼痛。因此，僅僅閱讀那幾頁，迅速翻過，生怕威廉隨時會進來問我在看什麼書，我便已相信我害的正是那種病；它的症狀被描述得十分生物，使我一方面雖爲發現自己害病而苦惱，一方面卻也爲看到自己的境況被描寫得如此鮮明而高興；我相信，儘管我病了，我的病大概也是很正常的，因爲有無數的人也都感受到和我一樣的痛苦，而那些被引述了文句的作者簡直就是以我爲典範而描寫的。

我爲艾班—哈滋的敘述而感動。他界定愛是一種難纏的病，唯有靠它本身才能療治，因爲病人不願被治癒，更不想康復（上帝知道這眞是一點也不錯）。我也明白了何以那天早上我會被我所看見的一切事物騷亂，正如安塞拉的貝瑟所言，透過病人的眼睛，愛會潛入萬物之中，顯現一個過度的歡愉，病人同時又想一人獨處，不爲所動（就像我早上時的情形），卻又被其他的現象所影響，感到極度的不安和敬畏，難以形諸言詞……他又寫著，眞正陷入愛裡的人，否定他所愛之物的形象時，必定會墮入一種消蝕的狀態，使他最後終臥牀不起，有時候病症侵入腦部，便使他心神喪失，胡言亂語（顯然我還未到達那個階段，因爲我在探索圖書室時仍保持細心警覺）。但我看著那些描述，卻感到十分憂慮，只怕病況轉劇的話，會導致死亡，我問自己思念那女孩所給予我的歡樂，是否值得軀體做這種至高的犧牲？

由聖海德迦的描述中，我又進一步獲知，那天我所感覺到的憂鬱，因爲見不到那女孩而感到的一種甜蜜的痛苦，就和一個離開天堂和諧、完美狀態的人，所體驗過的感覺相若；而且這種憂鬱是由蟒蛇的氣息及魔鬼的影響力所引起的。接著是異教的智者，阿布—巴克．穆罕默德的描寫；他說愛的憂鬱是一種精神病，就像使患者自以爲是一匹狼的『狼狂』。他寫道，被愛所困的人最初的改變就是外表；他們的目光變得遲緩、眼神空洞、流不出淚水，他們的舌頭慢慢乾澀，舌上會出現膿疱，不停的飢渴使他們全身都虛脫；到了這一階段，他們白天便會面朝下躺臥在床，臉上和脛骨出現了像是被狗咬了的痕跡，最後患者就像野狼一樣，夜晚一到便在墓園裡逛來逛去。

最後，當我唸到亞威思那的文句時，我對自己嚴重的情況已毫不懷疑了。他說，愛是一種本質憂鬱的思緒，是一個人反覆想著某個異性的臉龐、姿態或行爲而產生的結果。（這不正是我的寫照嗎？）最初它並不是一種病，後來變成了一種病，等於病人仍不滿足時，又進一步成爲執迷不悟的魔障，（上帝原諒我，我已感到很滿足了，爲何也如此執迷不悟呢？或者是由於前一晚所發生的事並不是對愛情的滿足嗎？那麼怎麼才能使這種病滿足呢？）因此患者的眼瞼會不停地搧動，不規則地冒汗；時而發笑，時而淌淚，脈搏更劇烈地跳動（我的脈搏可不是眞跳得瘋狂嘛！看著這些描述，我都快屏息了）！亞威思那又提出了一種絕對正確的方法，發覺患者所愛的人：抓住患者的手腕，唸出一大串異性的名字，直到你發現是那個名字促使脈搏加速。我眞怕我的導師會突然走進來，握住我的手腕，發現我脈搏悸動的秘密，那我就要羞愧死了……唉，亞威恩那竟然建議補救之計唯有讓那兩個相愛的人結婚，那就可以使這種病症不藥而癒了。他可眞是個異教徒，雖然十分精明，因爲他沒有考慮到聖班尼狄特見習僧的立場；他們既已做了選擇（或是他們的親人所做的決定），獻身教會，就絕不可患這種病。所幸，亞威思那雖未思及克盧涅可修會，到底還想到了那些無法和所愛之人結合的人，勸告他們時常洗熱水澡的基本治療法。（貝藍格是不是想以熱水澡治療他對阿德莫的相思病呢？我所度過的那一夜也許並不完全像野獸般放縱情慾吧？不，當然不，我立刻告訴自己，那是最甜美的——但我隨即又想著：不，你錯了，埃森，那是魔鬼的幻象，那是最可鄙的，如果說當時你像野獸般犯了罪，現在你的罪孽更嚴重了，因爲你拒絕認知它！）但是亞威思那又寫到還有別的補救方法，舉例而言：向多嘴多舌的老婦求助，她們會玷辱被愛之人——老婦人似乎比男人更擅長這件工作。也許這是一種解答吧，可是在修道院裡我哪找得到什麼老婦人（就是年輕的姑娘也沒有呀），所以我得去找個僧侶對我說說那女孩的壞話，但我能找誰呢？再者，一個僧侶又怎比得上三姑六婆對女人的了解呢？最後一個辦法就更不像話了，因爲他建議那個害相思病的男人去找許多女奴婢發洩，對一個僧侶而言那是極不適宜的。所以，最後我自問，一個見習僧的相思病怎可能治療呢？他眞的沒救了嗎？我該不該去找賽夫禮納和他的藥草救助一下？維拉諾瓦的阿諾（我曾聽威廉尊敬地提起過）在他的著述中寫道，相思病是因過度的體液和呼吸所產生的；當人類的組織體過度潮濕且熾熱，血液（製造精子的地方）產生過多精子，便會極度渴望男人和女人的結合。阿諾所建議的治療方法是讓患者失去和所愛之人見面的保證和希望，這樣一來他的相思和慾望自然就會消逝了。

我心裡暗想，這麼說來，我不是已經痊癒——或差不多痊癒了嗎？因爲我本來就不抱著希望能再見到我腦海裡的人影的；就算我看到她，也沒希望接近她；就算我接近她，也沒希望再度擁有她；就算我再度擁有她，也不能保有她——我是個見習僧，對我家庭的名聲更負有責任……我得救了，我告訴自己，合上了書，振作起來，而威廉也在此刻走了進來。

夜晚

31

薩威托的行蹤被巴納・葛發現，埃森所愛的女孩被指控為女巫，所有的人都怏怏不樂地上床就寢，比先前更加擔心了。

我們下樓走回餐廳時，聽見吵鬧的聲音，又看見模糊的光線由廚房的方向傳出。威廉迅速把他的燈吹熄。我們緊貼著牆挨近通往廚房的門；意識到吵鬧聲是從外面傳來的，但通向菜園的門卻是敞開的。然後聲音和燈光都移開了，有個人用力把門關上。外面一片騷動，顯然是有什麼不愉快的事發生了。我們快步走過藏骨堂，進入空無一人的禮拜堂，從南邊的門走出去，瞥見迴廊裡有火把的光芒閃動。

我們向那邊走去，在混亂之中匆匆忙忙的，想必其他已經在場的許多僧侶也是一樣，不是由宿舍，就是由朝聖者招待所跑了過來。我們看見弓箭手緊緊抓住薩威托，薩威托的臉和眼睛一樣白，還有一個女人，正嘶聲哭泣。我的心不覺皺縮：是她，是我所想念的那個女孩。她也看見了我，而且認出我，迫切而央求地瞅了我一眼。我有股上前拯救她的衝動，但威廉制止了我，低聲斥責了幾句。僧侶們和客人都由各個方向趕了過來。

院長到了，還有巴納・葛，弓箭手的隊長立刻向他報告。事情的經過大致是這樣的：

由於裁判官的命令，他們夜間在整幢修道院內巡邏，特別注意由大門到禮拜堂的主要通路、花園，以及大教堂四周。（爲什麼呢？我不禁想著。然後我明白了：顯然是巴納由僕人或廚子口中聽說了夜裡外側圍牆到廚房之間有所動靜的謠傳，也許並不知道主事者是誰；也許是愚蠢的薩威托除了對我透露之外，曾經把他的計劃在廚房裡或穀倉裡對別人說過，而當天下午在巴納的逼問下，那個人就把這件事情說出來了。）弓箭手們在黑夜中謹愼地來回巡邏，最後在廚房門口逮到薩威托和那個女子。

『在這個神聖的地方竟然會有女人！而且和一個僧侶在一起！』巴納嚴厲地對院長說：『院長，如果這件事只涉及違背貞潔的誓言，這個人便交由你處置。但是現在我們還不能確定這兩個惡人的行爲是不是和所有客人的安寧有關，所以必須先查清這件事。現在，你這個惡徒！』他由薩威托胸前揪出了那個可憐人想要藏起來的包裹。『你藏的這是什麼？』

我已經知道了：一把刀、一隻黑貓——包袱一解開牠便狂叫一聲，飛也似地跑了；兩個已經破了的蛋，黏糊糊的一團。薩威托正想進廚房去，把貓殺了，剜出牠的眼睛；誰曉得他又許了什麼允諾，誘使那女孩跟著他來。我很快就明白是什麼允諾了。弓箭手搜那女孩的身，一邊陰森狡笑，口出穢語，在她身上找到一隻已死的小公雞。還未拔毛。更倒楣的是，在霧氣沈沈的夜裡，所有的貓看起來都灰撲撲的，連那隻公雞也好像是黑色的。不過，我心想，就這麼一隻雞的代價實在太少了，可憐的女孩，前一夜（爲了對我的愛）她還把那顆珍貴的牛心丟了……

『啊！』巴納以嚴重的語調叫道：『黑貓和公雞……我知道這些行頭……』他望向威廉。『你也認得吧，威廉兄弟？三年前在喀坎尼你也是裁判官之一，有個女孩與化身爲黑貓的魔鬼溝通的事，你還記得吧？』

我覺得我的導師保持緘默像是出於怯懦。我拉扯他的袖子，搖著他，絕望地低聲央求他：『告訴他，告訴他那公雞是要宰來吃的……』

他掙脫我的手，禮貌地對巴納說：『我相信你無需借助我過去的經驗來下結論。』

『哦，是的，我們還有更有權威的證人。』巴納露出笑容。『波旁的史蒂芬，在他對聖靈七禮的論述中，提及聖道明在芳佳傳教反對異教徒後，對一些女人宣佈，她們將會看到她們到那時爲止所禮拜的主人。突然間在她們之間跳出一隻嚇人的貓，體型和狗差不多大，眼睛閃閃發亮，血紅的舌頭直垂到肚臍，短短的尾巴直翹到半空，因此不管那隻動物轉向那一方，都會顯露牠那邪惡的後部，比任何動物都要臭，許多獻身撒旦的人，還有聖堂武士，在聚會時都習慣親吻發出惡臭的肛門。那隻貓在婦女群中繞行了大約一個鐘頭後，便跳上鐘繩，往上爬去，拉了一團屎。貓不是卡瑟利信徒寵愛的動物嗎？根據英蘇利的阿拉納所言，「貓」這個字源自「catus」，因爲這種動物就是魔鬼的化身。拉佛那的魏連在《魔鬼的戲法》一書中不是也證實了這種噁心的儀式嗎？我可敬的兄弟賈克·佛尼爾不是也回述過傑福瑞裁判官臨死以前，有兩隻黑貓在他的病床旁邊出現，那就是魔鬼來嘲笑未死的人嗎？』

僧侶們驚恐地交相低語，有許多人在胸前劃十字。

『院長啊，院長，』巴納又轉身對院長說：『也許你不知道那些罪人習慣用這些行頭吧！但是我可清楚得很，上帝助我！我曾見過最邪惡的人，在夜晚最黑暗的時刻，和他的夥伴，用黑貓完成他們永不能否認的邪術：跨坐在某些動物身上，在黑夜的掩護下飛過天空，拖著他們的奴隸，化為色慾的夢魔……他們堅決相信，魔鬼會向他們現身，以公雞的外型，或是別的黑色動物，他們甚至還和他躺在一塊兒——別問我怎麼辨到的。我還知道，不久之前，在亞威農，甚至有人用這種施過魔法的藥物在我們教皇的食物裡下毒，想要謀害他。教皇之所以能認出毒物，沒有遭到不幸，是因為他有許多製成蟒蛇舌頭形狀的珠寶，上面綴有翡翠和紅寶石，透過神聖的力量，可以使食物中的毒性顯現出來。法蘭西國王贈與他十一根這種最寶貴的舌頭，謝天謝地，因此我們的教皇才逃過這一劫！是的，羅馬教宗的敵人有過之而無不及，每個人都知道異教徒寶南·戴理西的事；他在十年前被捕，由他家中搜到了魔法書，許多頁上都記有筆記，包括製造蠟人像用以害敵人的指示。你相信嗎？在他家裡還找到了教皇的蠟人像，做得和真人十分相似，只是在身上致命的部位加畫了紅色的小圓圈。大家都知道，只要用一根繩子把這個人像吊在鏡子前，再拿針刺那些致命的部位，然後……哦，但我為什麼要說這些令人作嘔的儀式呢？教皇本人也曾談及、描述，並加以譴責，就在他去年完成的那本書中！我希望貴院的圖書室也抄錄了一本，可以讓僧侶們仔細研讀深思……』

苦惱的院長急忙確認道：『我們有，我們有。』

『很好。』巴納歸結道：『現在我覺得這件事已經很清楚了。一個受到誘惑的僧侶、一個女巫，和某種幸好尚未舉行的儀式。目的是什麼呢？我們將會知道的，我已準備犧牲幾個鐘頭的睡眠來查明了。請院長為我安排一個可以讓我自由使用的地方拘禁這個人吧？』

『在鍛冶場的地下室裡有幾個房間。』院長說：『很幸運的那裡很少派上用場，已經空了好幾年了……』

『幸運，也是不幸。』巴納評論道。他命令弓箭手找個人領路，帶兩個犯人去關在兩個不同的房間裡，然後利用嵌於牆上的幾個環孔將薩威托牢牢綁緊；待會兒巴納將親自到那裡去詢問他，仔細看清他的臉。至於那個女孩，他說她的身分是顯而易見的，用不著在夜晚詢問她。在她因女巫的罪名被燒死之前，她還要面對很多場審判。假如他眞是女巫，她也不會輕易說出的。但那個修士說不定後悔了（他瞪著發抖的薩威托，似乎要薩威托明白這是他所提供的最後一個機會），會說出實情，供出共犯。

他們兩個人被拖走了，一個頹然喪氣，默默無語，似乎已發昏了，另一個又哭又叫，拚命踢打，像是一隻要被帶到屠宰場去的動物。但是巴納和弓箭手，還有我，都聽不懂她的鄉下方言。因此儘管她大吼大叫，還是和閉口不語沒有兩樣。有些話語有懾人的力量，有些話語卻只會使人更無所適從——那就是愚民粗鄙的語言；上帝沒有賜予他們自我表達的恩惠，一如學者和有權勢的人。

我又一次想要跟上她；但威廉又一次皺著眉頭制止了我。『別輕舉妄動，傻子。』他說：『那女孩完了，她已是被火化的肉體了。』

我恐懼地望著那一幕，瞪視那女孩，腦海裡思緒奔騰的當兒，覺得有人碰碰我的肩膀。也不知道爲什麼，但不用回頭我也認得出那是猶伯提諾。

『你在看那個女巫，是不是？』他問我。我知道他不可能曉得我的事，所以，他這麼說，只是因爲明察秋毫的他，洞悉了我焦慮的眼神。

『不是，』我辯解道：『我並沒有在看她……或者，我是在看她，可是她並不是女巫……我們並不確知；說不定她是無辜的……』

『你看她是因爲她很美。她很美，是不是？』他以不尋常的親切口吻問我，按按我的臂膀。『如果你看她是因爲她長得漂亮，而且你又被她所困擾（我知道你很困擾，因爲她被懷疑的罪惡反而使她更令你著迷），如果你望著她便感到渴求，光是這一點她便算得上是個女巫了。提高警覺，孩子……軀殼的美只是表面的。假如男人能看透表面，他們一見到女人就會顫慄的。在那些優雅中包含了黏液和血，體液和膽汁。只要你想想鼻孔裡、喉嚨裡和肚子裡都藏了些什麼吧——全都是穢物。假使你覺得用指尖摸黏液和糞便使你感到噁心，我們怎麼能渴想擁抱裝滿了糞便的囊袋呢？』

我有種作嘔的感覺。我不想再聽下去了。我的導師也聽到了他的話，及時過來拯救我，他猝然走向猶伯提諾，握住他的臂膀，使他鬆開我的手。

『夠了，猶伯提諾。』威廉說：『那女孩很快會受到苦刑，然後被燒死。她將會變成你所說的，黏液、血、體液和膽汁。但是從她的皮膚下挖出上帝想受到保護並以皮膚做爲裝飾的一切，便是我們這些男人。講到最根本的靈魂，你也不見得比她好。別再擾亂那孩子了。』

猶伯提諾有些狼狽。『也許我犯過罪。』他喃喃說道：『我確實犯過罪。一個罪人還能怎麼辦呢？』

每個人都已回房去了，對這個事件紛紛置評。威廉和邁可又逗留了一會兒，還有幾個問他有何看法的麥諾瑞特僧侶。

『巴納已有了一項論證，雖然曖昧不清。在修道院裡有魔法師，做著像在亞威農毒害教皇之類的事。首先，這個論證並未得到證實，不能做爲妨礙明天會議的藉口。今晚他會設法從那個可憐的惡徒口中逼取別的線索，但我相信他不會在明天早晨立刻便利用這個線索。他會保留它；以後再提出來干擾討論的過程，如果討論的方向使他不悅的話。』

邁可問道：『他會不會強迫那修士說可以用來攻訐我們的話呢？』

威廉猶豫地說：『但願不會。』我意識到，如果薩威托把他曾對我們說過的事——關於他和管理員的過去，或者他們和猶伯提諾短暫的關係——很可能會造成一種非常尷尬的局面。

『不管怎麼說，我們等著瞧就是了。』威廉平靜地說：『關於這件事，邁可，一切都已在事先便決定了。可是你還是要試一試。』

『是的，』邁可說：『而且天主會幫助我。願聖芳濟爲我們全體向祂求情。』

『阿門。』所有的人都應和著。

『但那並不一定可能。』威廉語出驚人：『聖芳濟也許到某個地方去等待審判日了，而沒有面對面見到上帝。』

『詛咒那個異端的約翰！』我聽見傑洛美主教低喃道：『要是他現在剝奪了聖徒給我們的幫助，我們這些可憐的罪人將會變成怎麼樣啊？』

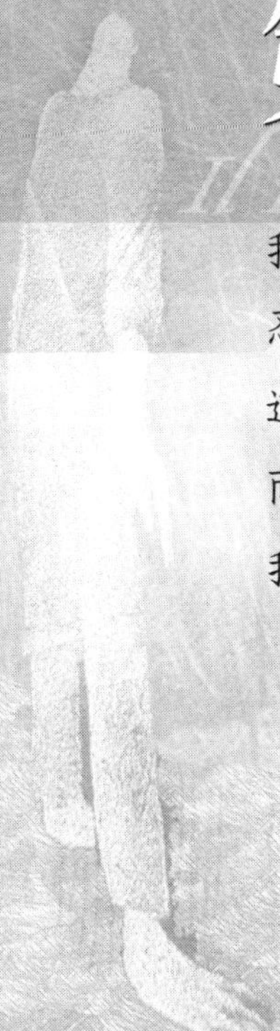

第五天

Il Nome Della Rosa

我羞愧萬分，

忍不住的嗚咽啜泣，

這是我畢生唯一一次世俗的愛，

而自那時起直至現在，

我始終叫不出那女孩的名字……

32

早課

一場關於耶穌貧窮的友善辯論。

前一夜的事件使我的心裡萬般焦慮，第五天早上早課的鐘都已響過了，威廉才把我搖醒，警告我說兩個代表團就快聚合了。我由房間的窗子向外望去，卻什麼也看不見。前一天迷濛的輕霧現在已變成厚軟的毯子，把整個高原都蓋住了。

我步出房門，眼前的修道院呈現一種新的景色。幾幢主要的建築物——禮拜堂、大教堂、會堂——即使隔著一段距離也還能辨認，雖然模模糊糊的，陰影套著陰影；至於其他的景物唯有隔幾步遠才看得見。形狀——動物和物體——似乎是突然從虛空中浮現；人們在霧中顯形，先是灰黑如鬼的影子，然後慢慢地現出，卻仍不易辨認。

我生長在北方，對於這樣氤氳的迷濛是很熟悉的，換了另一個時間，可能還會使我聯想到家鄉的平原和城堡呢。但那天早上的濃霧卻使我覺得與我的心情互相吻合，我慢步走向會堂時，昨夜使我徹夜難眠的哀傷有增無減。

離會堂還有幾步遠時，我看見巴納·葛正和另一個人分手，那個人我一時沒認出來，然後，當他經過我旁邊時，我才看清是馬拉其。他像個犯罪的人不願被人看見似的，畏畏縮縮地東張西望。他沒認出我，一下子便走遠了。在好奇心的驅使下，我跟在巴納之後，瞧見他翻閱著一些文件，顯然是馬拉其拿給他的。在會堂門口，他揮手招來站在附近的弓箭隊隊長，對他低聲說了幾句話後，便逕自進了會堂，我也跟了進去。

那是我第一次踏進這個地方。由它平實的設計看來，我猜想這裡曾在最近重建過；原始的會堂雖保留了一部份，但另一部份可能是被火燒毀了。

由外面走入，會經過一個新式的門，上方是尖頂的圓拱形，沒有裝飾，只圍著玫瑰窗格。但一到裡面便是一個舊風格的玄關，還有一個雕刻細緻的半月形門楣。這一定是以前那座舊會堂的入口。門楣的雕刻雖然漂亮，卻比不上新建部份的生動。這裡的門拱上方，仍繪著坐在王座上的基督；但在他兩側的十二使徒，手裡都拿著不同的東西，以不同的姿勢站著，已經接受了祂的指命，要出發去向所有的人傳教。在基督的頭部上方，一個分成十二塊嵌板的弧形下，還有基督的腳下，畫的是世界上形形色色的人，都注定要聽福音的。由他們的服裝，我認得出希伯來人、阿拉伯人、印度人、佛里幾亞人、拜占庭人、亞美尼亞人、塞西亞人和羅馬人。但是在十二嵌板的弧形上方，還有一道三十個圓框造成的弧形，畫著未知世界的居民。有許多我十分陌生，另一些我卻認得出來。例如，每隻手都長有六根手指的怪人；生下來是蟲，在樹皮和果肉之間發育的半人半羊怪物；誘惑海員的人魚；衣索匹亞人，全身都是黑的，挖坑穴居屏蔽火熱的太陽；人首驟身怪物，前半截是人，後半截是驟子；獨眼巨人，僅有的一隻眼睛大如盾牌；石妖，頭與胸儼然是個女子，腹部如母狼，還有海豚的尾巴；毛茸茸的印度人，住在沼澤及亞北河畔；狗頭怪，說話用吠的；獨腳人，單憑一隻腳卻能跑得很快，當他們要遮擋陽光時，只要躺下來，舉起傘一般的大腳板即可；希臘的無嘴人，沒有嘴巴，僅靠鼻子呼吸空氣而活；亞美尼亞留鬍子的女人；矮黑人；無頭人，天生無頭，嘴巴長在肚子上，眼睛長在肩上；紅海的魔女，高十二呎，髮長及桌；脊柱後拖了一條牛尾，還有駱駝蹄；以及腳板長反的人，因此，如果順著他們的足跡而行，只會走到他們來的地方，絕不會走到他們去的地方；還有三頭怪人，眼睛閃亮如燈火的怪物，塞斯島的惡魔，人身卻有各種動物頭的怪物……

這些便是刻在門口處的圖案。但是它們並不會使人感到不安，因爲它們並不代表這世間的惡魔或地獄的苦刑，而是福音傳達全世界並延伸到未知世界的見證人；因此門口無異是個和諧而歡愉的允諾，是基督箴言達成的統一、壯觀的基督教世界。

我暗想，這是個好兆頭；將在門檻內舉行的會議，爲了福音衝突的解釋而互相敵視的人，或許會在今天平息爭論。我又斥責自己是個軟弱的罪人，在基督教史上如此重大的事件就要發生之際，竟然還爲個人的問題悲歎。與刻在門拱上方那安寧、和諧的偉大允諾比起來，我的痛苦簡直太渺小了。我請求上帝原諒我的脆弱，懷著新的平靜，跨過門檻。

一進門，我便看見兩個代表團的人員，都已到齊了，坐在排成半圓形的長凳上，彼此面對，中間隔著一張桌子，桌首坐了院長和柏特蘭主教。

我是以記錄的名義跟威廉一起來的，威廉將我安置在麥諾瑞特僧侶之間，和邁可及他的信徒和其他亞威農宮廷的聖芳濟修士同座；這次會議並不是義大利人和法國人之間的爭鬥，而是聖芳濟教規和忠於羅馬教廷的天主教徒，將要展開的一場辯論。

和薛西納的邁可共坐的是亞其坦的艾挪兄弟、新堡的哈夫兄弟，和參與斐路幾亞僧會的衛林．安威克兄弟，還有卡法主教和巴林迦．陶洛尼、貝加莫的波那雷提，以及亞威農宮廷的麥諾瑞特修士。對面坐的是亞威農的學士——勞倫斯．狄肯、帕度亞的主教，及巴黎神學博士——強恩．葉諾。在巴納．葛旁邊，坐著沈默而深思的聖道明修士喬凡尼．德貝那。威廉告訴我，許多年前，他曾是拿波尼的裁判官，審判過許多貝戈德信徒；但當他在一項關於基督貧窮的主張中發現異端時，在該城修道院研讀書籍的巴林迦．陶洛尼，便起而反對他，並向教皇求助。當時約翰對這個問題仍不確定，因此他將兩人都召到他的宮廷去，辯論了一場，卻未獲致任何結論。不久之後，我已敘述過了，聖芳濟修士們便在斐路幾亞僧會表明了立場。最後，亞威農方面還有幾位代表，包括亞波里的主教。

亞博院長率先發言，以簡述近年來的事件做爲開場白。他回憶一三二二年時，在薛西納的邁可領導下，麥諾瑞特修士聚集在斐路幾亞僧會，創造了完美生活的典範；基督和祂的使徒從未擁有任何東西，不管是財產或是封地，而這個事實便是天主教的信仰和教義，由教會書籍中的許多段落推出的。因此，棄絕所有財物的擁有權，是可敬而神聖的，教會早期的神父便遵循這個神聖的規則。一三一二年的維也納會議也重申了這項事實，而約翰教皇本人。在一三一七年憲法中關於麥諾瑞特修士的條文，也提及那次會議的協議是虔敬、清晰、穩固、成熟的。職是之故，斐路幾亞僧會認爲使徒所見便是穩固的教義，理應列舉遵守，便又確認了會議的決定，許多神學大家也都簽名附議，包括英格蘭的威廉兄弟、日耳曼的亨利兄弟、亞其坦的艾挪兄弟、大主教和神職者，還有法蘭西神父尼古拉斯、學士偉立・布洛兄弟、四大教區的神父和主教、波隆那的湯瑪斯兄弟、聖法蘭西斯行省的彼得兄弟、卡斯提拉的斐迪南兄弟，及土倫的賽門兄弟等人的章印。然而，院長又說，次年教皇卻頒發敕書，反對貝加莫的波那雷提兄弟之請，認爲那與教會的利益背道而馳。然後教皇又拆下亞威農教堂門上的教令，修改了許多處。但實際上他是將教令改得更嚴厲了，波那雷提因而立刻被捕入獄一年。教宗的嚴厲是無可置疑的。因爲同年他又頒佈了現在已非常著名的敕書，對斐路幾亞僧會大加譴責。

這時，柏特蘭主教禮貌地打斷亞博的話，起身發言，說我們應該記得，一三二四年時，巴伐利亞的路易曾經干涉薩森赫森宣言，使事情更加複雜，並且激怒了教皇；不知爲了什麼緣故，路易確認了斐路幾亞的命題（柏特蘭面帶淺笑說，皇帝如此熱切地稱揚他自己並不實踐的貧窮，也實在令人費解），和教皇對抗，指責他，說他挑起醜聞和傾軋，最後又罵他是個異教徒，是煽動異端的人。

『不盡然是這樣的。』亞博試著調停，說道。

『就實質上而言便是如此。』柏特蘭尖銳地回答。他又說皇帝不該干涉教皇頒佈敕書，最後教皇才命令邁可到教廷去，邁可寫信推辭，說他病了——沒有人懷疑他的話——又派斐路幾亞的傑安．費丹兄弟和安麥．卡斯托迪前往。但是，柏特蘭又繼續說，斐路幾亞的教皇黨員卻通告教皇，說邁可兄弟不僅健康無恙而且和巴伐利亞的路易交往。無論如何，過去的事就算了，現在邁可兄弟氣色不錯，應該可以到亞威農去了。不過，主教承認道，事先考慮邁可見到教皇時將說些什麼話總是比較好的，那也正是此刻雙方人員所做的事，因爲沒有必要將每個人的目標惡化，而且應該化解一個慈愛的父親和他忠心的兒子之間，沒有理由存在的爭論，只爲了一個世俗之人的介入，才會使這爭論變得如此熾烈；更河況不管這個人是皇帝還是總督，和聖母教會存在的問題根本沒有絲毫瓜葛。

亞博又接口發言，說雖然他獻身教會，又是一所修道院的院長，他並不覺得皇帝對這些問題應該保持不聞不問，至於理由何在，巴斯克維爾的威廉兄弟稍後將詳加說明。但是，院長又說，第一部份的辯論在教廷代表及聖芳濟子民代表之間的地域進行，是十分合宜的；聖芳濟修士們參與這次會議，便表明了他們是教皇最忠心的臣民。然後他請邁可兄弟或他的同伴，說明他在亞威農所要堅持的地位。

邁可說，他感到十分高興，卡薩爾的猶伯提諾也能參與今早的會議，一三二二年時，教皇曾請猶伯提諾就貧窮的問題提出一份完整的報告。猶伯提諾是個博學而且信仰虔誠的人，由他來歸結而今聖芳濟修會所遵行的信念，應該是再理想不過了。

猶伯提諾站起身，他一開口說話，我便明白了何以他在爲傳教士及廷臣之時，會激發那麼多人狂熱的情緒。他的姿態熱情，聲音具有說服力，笑容迷人，說理清晰而詳盡，當他說話時，聽衆會被他緊緊扣住。他開始極有條理地探討支持斐路幾亞命題的理由。他說，最重要的，大家應該認清基督和使徒的地位是雙重的，因爲他們是新約教會的高位神職者，就這一方面而言，他們擁有分配和施與的權威，佈施窮人和教會的神職人員，在使徒行傳的第四章中寫得很清楚，這一點無人爭辯。但其次，基督和使徒也是獨立的個人，是每一種宗教完備的基督，也是世界的渺視者。以此而言，『擁有』有兩種論定的方式，其中之一是世俗的，由皇帝的法律界定『我們的』一詞，因爲我們稱在我們防禦下的東西爲『我們的』，假如有別人想將那東西拿走，我們有權聲明所有權。因此，就世俗的意義而言，提出所有權對抗想拿走該物的人，並向皇帝的法官訴請，是一回事；（爲了確定基督和使徒就此意義而言擁有財物純粹是異端的說法，他又列舉馬太福音第五章裡所言：『有人想要告你，要拿你的裡衣，連外衣也由他拿去。』路加第六章裡也有相同的說法，耶穌爲自己解除了所有的權力和君權，對他的使徒亦然；另外，在馬太第十九章裡，彼得對上帝說，爲了跟從祂，他們已捨棄了一切東西。）但在另一方面，爲了仁愛的目的，世俗之物仍是可以擁有的，如此一來，基督和他的門徒因與生俱來的權利，而擁有財物，這種權利稱之爲『ius poli』，意即天上的法律，在自然的情況下，不牽涉到人爲的干涉，然而『ius fori』則是指由人類契約產生的權力。就所有權而言，在最初區分之前，財物就像是那些並不屬於任何人所有，卻允許他去取得的東西；是屬於所有的人所共有的，然而直到原始的罪惡之後，我們的祖先才開始區分財物的所有權，於是便有了世俗的管轄；這是我們現在都很清楚的。但是基督和使徒仍以最初的方式保有財物，因此他們有衣服、麵包和魚，正如保羅在提摩太前書中所言：『只要有衣有食，就當知足。』因此基督和祂的門徒並不是爲了『擁有』而據有這些東西，而是爲了要用它們，他們仍是絕對貧窮的。教皇尼古拉二世在敕書中也已認明了。

這時另一方的強恩．葉諾站起來，說他覺得猶伯提諾的主張既不合於正當的理由，也不是聖經正確的解釋。然而『用』會腐朽的物品，例如麵包和各種食物，是一種單純的使用權利，不該被列入考慮，那不能做爲論斷，只是誤用；在原始的教會中信仰者所共有的一切東西，如使徒行傳第二和第三章所言，他們是以在對話之前同樣的所有權爲基礎而據有的；在聖靈下降之後，使徒在迦帝爾擁有農莊；在世者沒有財物的誓言，並不包括爲了生存所需之物，當彼得說他撇下了一切時，並不表示他放棄了財物；亞當有所有權，也擁有財物，由主人那裡得到金錢的僕人，不只是要利用它或妄用它而已；麥諾瑞特修士時常提起，並據之建立他們僅只『使用』物品，而沒有控制權或擁有權的教皇尼古拉二世敕書，所指的是不會因使用而消耗的物品；事實上，假如敕書上所言包括了會腐朽之物，那無異是支持不可能的理論；司法上的控制不可能排除實際的使用；以擁有物質的基礎而言，每一個人的權利都包含在國王的法律中；基督是個會死的凡人時，擁有各種世俗的物品，等祂成爲上帝，祂由天父手中繼承了控制宇宙各種事物的權力；祂擁有衣服、食物、奉獻的錢，和信徒的獻禮；如果說祂是貧窮的，那並不因爲祂沒有財產，而是因爲祂不接受財產的收益；簡單的司法控制和利益的收取是分離的，並不能使擁有者富足；最後，就算尼古拉二世的敕書有別種說法，在關於道德及信仰的一切事務上，羅馬教廷也可以廢止前任者的決定，甚至提出相反的主張。

他說到這裡時，卡法的主教——傑洛美兄弟——驀地站起身來，臉上的鬍子因憤怒而顫顫搖動，雖然他竭力以懷柔的語氣發言。我覺得他的爭辯相當含糊。『我將對天父所說的話，並祈望祂的修正，因爲我眞的相信約翰是基督的代理人，爲了這樣坦率直言，我還被與十字軍對壘的回教徒抓了。我要先提及一位偉大的學者所記錄的一件事，關於某一天僧侶們突然爭論梅契紀德的父親是誰。後來柯普院長被問及這件事，搖搖頭說：你眞可悲啊，柯普，因爲你只尋求上帝並未命令你去尋求的事物，卻把祂命令你去尋求的忽略了。由我的例證可以推論，很明顯的基督和聖母和使徒並未擄有任何財物，不管是個人所有或是共有；認知耶穌同時是人和上帝的事實比較不容易，然而任何人想要否定前者的證據，也就是否定後者！』

他洋洋得意地說著，我看見威廉抬眼望天。我懷疑他大概覺得傑洛美的推論太不完全了，我不能說他是錯的，但依我聽來，喬凡尼接續的爭辯更有缺失；他說他肯定基督的貧窮，肯定親眼所見（甚至未見）的事物，然而要界定基督並存的人性和神性，牽涉到信仰問題，所以這兩種主張是不能相提並論的。

傑洛美的回答比他的對手尖銳：『哦，當然不能，親愛的兄弟。我想反過來說才是眞的，因爲所有的福音都宣稱基督是個人，要有食物、飲水，但在祂所顯示最明顯的奇蹟中，祂也是上帝，這一切都是顯而易見的！』

喬凡尼自以爲是地說：『魔法師和占卜者也都會使奇蹟。』

『不錯，』傑洛美回答：『但是卻透過魔術。你能把基督的魔術比作奇蹟嗎？』在座的人都憤怒地說，他們絕不會這麼想。『還有，』傑洛美自覺已接近勝利，又說：『當基督貧窮的信仰成爲像聖芳濟這樣一所修會的教規基礎，波吉托的柏特蘭主教，你還會將它視爲異端嗎？聖芳濟的修士們不惜流血流汗到各地去傳教，由摩洛哥到印度，遍及全世界呀！』

『西班牙的彼得聖靈，』威廉喃喃說道：『保護我們吧！』

『我最親愛的兄弟，』喬凡尼踏向前一步，叫道：『儘管爲你的僧侶說話吧，但是別忘了，那些貢物也有其他修會所奉獻的……』

『我的主教，』傑洛美叫道：『從沒有聖道明修士死在異地，然而僅僅在我成爲主教之後，便已有九個麥諾瑞特修士英勇殉教了！』

聖道明的亞波里主教脹紅了臉站起身來。『我能夠證明，在任何麥諾瑞特修士到塔特利之前，英諾森教皇便已派過三名聖道明修士到那裡去了！』

『是嗎？』傑洛美嗤之以鼻地說：『嗯，我只曉得麥諾瑞特修士到塔特利去已經有八年了，他們在那裡建了四十所教堂，遍及各地，然而聖道明修會卻只有五所教堂，全都在海岸，總共大概只有十五個僧侶而已。這不就結了！』

『那可不然，』亞波里的主教喊道：『因爲這些麥諾瑞特修士就像潑婦製造木偶一樣地製造異端，把什麼東西都據爲己有。他們誇口自己是烈士，卻有華麗的僧服，穩固的教堂，而且像其他修道會員一樣，買賣物品！』

『你說錯了，主教，』傑洛美打岔道：『他們並不是自己買賣物品的，而是透過由羅馬教廷管轄的行政官，那些地方行政官都擁有財物，麥諾瑞特修士卻不據有，只是使用它們而已。』

『是嗎？』主教輕蔑地說：『那麼，你有多少次不經由行政官出售貨物呢？我知道有許多農莊——』

『假如我曾那麼說過，我承認我做錯了。』傑洛美急忙打斷他的話：『不把買賣交給修會，是我個人的一個弱點！』

『可敬的兄弟，』亞博院長調解道：『我們所爭論的重點並不在於麥諾瑞特修士是否貧窮，而是我們的主是否貧窮……』

『那麼，』傑洛美立刻又提高了聲音：『關於這個問題，我有一個像劍一般銳利的論證……』

『聖法蘭西斯，保佑你的子民吧……』威廉不太有信心地說。

『這個論點是，』傑洛美又繼續說：『比我們更熟悉聖父教義的東方人和希臘人，都相信基督的貧窮。如果那些異教徒都那麼堅決地支持這麼明顯的一項眞理，我們難道要比他們更大逆不道的加以否定嗎？這些東方人要是聽說我們有些人傳教反對這個眞理，只怕會對他們丟石頭了！』

『你在說什麼？』亞波里的主教啐道：『照你這麼說來，爲什麼他們不拿石頭扔聖道明修士呢？』

『聖道明修士？呃，根本沒人見過他們到那裡去傳教呀！』

臉色已脹成紫色的亞波里主教，大聲說傑洛美也許在希臘待過十五年，可是他自己從小就在那裡了。傑洛美回答或許亞波里這位聖道明修士曾經到過希臘，卻在主教的宮殿裡，過於耽於逸樂的生活，而他，一個聖芳濟修士，曾在那裡待過不止十五年，而是二十二年，而且在君士坦丁堡的皇帝面前傳過教。然後亞波里主教一時找不到辯駁的話了，便大步走到傑洛美面前，大聲叱罵，我不敢重複他的話，反正大意是說他懷疑卡法主教的男人氣概，爲了報復，他要拉掉傑洛美那一大把鬍子，塞到某個地方去。

其他的麥諾瑞特僧侶忙衝向前去，護衛他們的兄弟；亞威農人也覺得必須幫那個聖道明修士一手，於是（主啊，憐憫你的子民吧！）一場爭吵開始了，院長和樞機主教夾在中間忙著勸解。在接下來的混亂中，麥諾瑞特僧侶和聖道明修士彼此詰罵，彷彿每個人都是和回教徒奮戰的基督徒，這一群人中唯一按兵不動的是威廉，和另外一方的巴納・葛。威廉好像很悲哀，巴納卻怡然自得，嘴角甚至浮現了一絲微笑。

亞波里主教拉扯卡法主教的鬍子時，我問威廉：『難道沒有別的更好的論點，可以證明或駁斥基督的貧窮嗎？』

『嗯，這兩種主張都是可以確定的，埃森。』威廉說：『然而卻永遠不可能建立在福音的基礎上；基督或許將他身上的衣袍視爲他的財物，但等衣袍被穿破了之後，也許他就把它扔掉了。說起來，阿奎奈對財物的教義比我們麥諾瑞特修會的看法更有膽識。我們說：我們並不據有任何財物，只是利用它們。他說：把你自己也視爲擁有者，當任何人缺乏你所擁有的東西時，你就讓給他用，而且是出於義務，不是恩惠。但問題並不在於基督是否貧窮；而是教會是否必須貧窮。「貧窮」，並不只是意味著是否擁有一座宮殿；而是意味保有或放棄使世俗財物合法的權利。』

『所以，』我說：『皇帝對麥諾瑞特修會對貧窮的見解才會這麼感興趣。』

『是的。麥諾瑞特修會正好替皇帝對抗教皇。不過馬西列斯和我都認爲這是相互利用。我們希望皇帝支持我們的觀點，採行我們對人類規則的概念。』

『你被叫起來發言時，會不會說這些呢？』

『只要我說了，便履行了我的任務，也就是解說帝國神學家的意見。但如果我這麼說了，我的任務也將會失敗，因爲我應該促成亞威農的二度會議才對，然而我不相信約翰會同意讓我到那裡去說這些話。』

『那麼——』

『因此我現在陷於兩個相對勢力之間，就像一頭有兩袋乾草可吃，卻不知道吃那一袋好的騾子。時機還不成熟。馬西列斯立刻叫嚷著一種不可能的變形；路易也不比他的前任者好，儘管目前他還是對抗約翰的唯一壁壘。也許我是該發言，除非他們愈吵愈烈，把人都先殺死了。總而言之，埃森，把這一切記下來吧；至少讓今天發生的事留下一點痕跡。』

我們說話的當兒——我眞不知道怎麼我們還聽得到彼此的聲音——爭吵達到了最高峰。在巴納．葛的指示下，弓箭手介入了，擋在中間讓兩團人分開。但就像圍城者及被圍者，在一個堡壘的城牆兩側，他們互相辱罵、回嘴，我分辨不清那句話是那個人說的，那句話又比那句話先說，只是隨意記錄；在我國發生爭吵時情形也差不多，但卻可歸爲『地中海型』，一句疊上一句，就像怒海捲起的波浪。

『福音上說基督有皮包！』

『閉嘴！你們甚至在受難像上也畫了那個皮包！那麼對於我們的主進入耶路撒冷，每晚卻都回到伯特尼的事實，人們又怎麼說呢？』

『如果我們的主選擇回伯特尼去睡覺，你算什麼東西，竟敢詢問他的決定？』

『你錯了，老笨蛋，我們的主回伯特尼去，是因爲他沒錢可以在耶路撒冷的旅館住宿！』

『波那雷提，你才是笨蛋！我們的主在耶路撒冷吃些什麼呢？』

『難道你要說，一匹馬接受主人餵食的燕麥以求生存，就是燕麥的擁有者嗎？』

『你看！你竟把基督比作一匹馬……』

『我才沒有，是你把基督比作你們教廷裡買賣僧職的神職者，裝滿了糞的糞桶！』

『是嗎？有多少法律訴訟案件都是爲了保護你們的財產而引發的？』

『那是教會的財產，不是我們的！我們只是用它而已！』

『用它來花，來建造有金雕像的美麗教堂，你們都是僞善者，粉飾的墳墓！你們明明知道完美生活的原則是仁愛，而不是貧窮！』

『那是你們那個貪得無厭的湯瑪士說的！』

『你小心用詞些，混蛋！被你罵爲「貪得無厭」的人是神聖羅馬教會的一個聖徒啊！』

『聖徒，狗屁！是約翰奉他爲聖徒，好對抗聖芳濟修會的！你們的教皇不能創造聖徒的，因爲他是個異教徒！不對，是個異教領袖！』

『我們以前也聽過這個說法！是巴伐利亞設在薩森赫森的傀儡所說的，你們的猶伯提諾曾重複講述過！』

『留意你的話，豬！巴比倫妓女和別的妓女的兒子！你明知那一年猶伯提諾並沒有追隨皇帝，他就在亞威農，在樞機主教歐西尼手下，教皇還派他出使亞勒崗呢！』

『我知道，我知道，他是在樞機主教的桌子旁發誓遵守貧窮的，正如他現在住在半島上最富有的修道院裡一樣！猶伯提諾，如果當時你不在那裡，是誰慫恿路易來用你的著述呢？』

『路易看我的著述難道是我的錯嗎？當然他是沒法看你的，你這個文盲！』

『我？文盲？那麼你們的聖法蘭西斯也是個文盲了——他不是用希臘語說話？』

『你冒瀆！』

『你才冒瀆；你知道小桶的儀式！』

『我從沒見過那種儀式，你卻知道！』

『你見過，你和你的小兄弟，當你們溜到蒙特佛科的可蕾床上去時！』

『上帝懲罰你！那時我是裁判官，而且可蕾已死在神聖的香味中了！』

『是可蕾散發神聖的香味的，可是當你對修女晨禱時，你嗅的卻是另一種香味！』

『說吧，再說吧，上帝不會放過你的，也不會放過你的主人，他竟然對兩個異教徒，還有你們稱爲白倫瑟敦的英國魔法師表示歡迎之意！』

『可敬的兄弟們，可敬的兄弟們！』柏特蘭樞機主教和院長叫得嗓子都快啞了。

33

上午禮拜

賽夫禮納對威廉提到一本奇怪的書，威廉對使者們談到一個與俗世政府有關的奇特概念。

當一個看門的見習僧走進來時，爭吵還沒有減弱的跡象。他走過那混亂的場面，猶如某個人走過一片下著冰雹的田野般。他走到威廉身旁，低聲告訴他賽夫禮納急著要和他說話。我們走出門，踏到走廊上，有許多好奇的僧侶都擠在那兒，想從那些叫嚷和吵鬧聲中，弄清楚裡面出了什麼事。亞列山的葉曼羅也擠在第一排人之間，一見到我們，他便照例以他對世間愚蠢的人那種既輕蔑又憐憫的姿態歡迎我們。『說起來，自從托缽修道會興起之後，基督教世界已變得比較高潔了。』他說。

威廉有點粗魯地將他推到一旁，往在角落等著我們的賽夫禮納走去。他顯得很困擾，希望和我們私下談談，但在這個混亂的局面中根本不可能找到一個安靜的地點。我們想到外面去，可是薛西納的邁可由會堂的門口探出頭來，叫威廉快進去，他說，爭吵就快平息了，立刻又要開始一連串的辯論。

望著兩袋乾草左右爲難的威廉，催促賽夫禮納快說出他想說的話，那個藥草師只有儘可能地避免讓別人聽到。

他說：『貝藍格到澡堂去之前，確實到過療養所。』

『你怎麼知道？』有些僧侶靠了過來，被我們的交談引起了好奇心。賽夫禮納左右張望了一下，聲音壓得更低了。

『你跟我說過他……必定帶了某件東西……呃，我在我的實驗室裡找到了某件東西，和別的書混在一起……一本並不屬於我的書……一本奇怪的書……』

『一定就是那本沒錯。』威廉高興地說：『快把它拿給我吧。』

『我不能。』賽夫禮納說：『待會兒我再向你解釋。我發現了……我相信我發現了有趣的事……你必須到那裡去，我得讓你看那本書……很謹慎的……』他驀地停住口。我們意識到一向來無蹤去無影的佐治，像變魔術般出現在我們身旁。他兩手伸向前，似乎是由於他不習慣在這地區走動，所以試著感覺他的方向。一個正常人不會注意到賽夫禮納的低語，但我們幾天前便已獲知佐治就和所有的盲人一樣，聽覺特別敏銳。

然而，那老人好像沒聽見什麼。事實上，他自我們身旁移開，碰碰一個僧侶，低聲問了他幾句話。那個僧侶輕輕握住他的肩膀，帶引他走到外面去。這時邁可又出現了，再度召喚威廉；我的導師下了個決定。他對賽夫禮納說：『請你立刻回到你來的地方去。把你自己鎖在裡面，等我。你——』他對我說——『跟蹤佐治。就算他眞聽到了什麼，我想他也不會讓別人帶引他到療養所去。總而言之，等一下你再告訴我他到那裡去了。』

他轉身要進入會堂時，注意到（我也注意到了）葉曼羅在騷動的群眾中擁擠著，想要跟著佐治到外面去。這時威廉的行動卻很不智，因爲他由走廊的另一端大聲叫道：『千萬要注意那些文件……別讓它們回到……原來的地方！』我正準備跟蹤佐治時，看見管理員雷密喬靠在外側大門的門把上；他聽見了威廉的警告，看看我的導師，又看看賽夫禮納，一張臉恐懼地繃緊。他跟在賽夫禮納後面走了出去。我站在門檻上，生怕會失去佐治的蹤影，他就快被濃霧吞噬了，可是朝另一個方向而行的藥草師和管理員兩個人，也已快消失在迷霧中了。我很快地算計著我該怎麼辦。威廉命我跟蹤那個瞎眼的老人，是怕他會到療養所去。可是，那個僧侶卻導引他朝另一個方向走：他正穿過迴廊，不是要到禮拜堂，就是要去大教堂。另一方面，雷密喬卻顯然是在跟蹤賽夫禮納，而且威廉擔心實驗室可能會出什麼事。所以我決定跟蹤管理員和藥草師，同時我又不禁想著葉曼羅到那兒去了，除非他是為了與我們完全不同的目的才出來的。

我和管理員保持一段適當的距離，卻不敢丟了他的蹤影；他放慢了腳步，顯然知道我在跟他。他不能確信跟在他後面的那個人影是不是我，當然，就像我不敢肯定我所跟的那個人影是不是他；但我毫無疑問認定是他，他卻摸不清我。

我迫使他留意我，因此他沒法太靠近賽夫禮納。所以等到療養所的門出現在茫霧中時，它是關著的。賽夫禮納已經進去了。感謝上帝。管理員又一次回頭注視我，我一動也不動地站著，就像花園裡的一棵樹；然後他好像下了決定，朝廚房的方向走去。我覺得我已完成了任務，所以該回去向威廉報告。也許我犯了個錯：如果我留在那裡監視，其他的許多不幸可能都能免除了。但現在我知道，當時我卻不知道。

我又走向會堂去。我覺得，那忙碌的一群人，實在不像代表一個極大的危險。我又走到威廉身旁，簡短地向他報告。他點點頭，隨即示意我別再說話。混亂的局面已經和緩了。雙方的代表團員交換著和平之吻。亞波里主教讚美麥諾瑞特的信仰，傑洛美稱揚傳教士的慈善，每個人都表明希望教會不會再發生內部的衝突。有些人讚揚一個團體的力量，另一些人稱頌對方的節制；所有的人都祈求公平，協議慎重。我從未見過這麼多人如此眞心地關切道德的實踐。

現在波吉托的柏特蘭邀威廉解釋帝國的神學家了。威廉勉強地站起身，他已意識到這次會議實在是徒然無益的，而且他急於離開，因為此刻對他而言那本神秘的書比會議的結果更要緊。可是他顯然不能推避他的職務。

他開始發言，發出許多『呃』或『噢』的聲音，可能比平常還多，而且多得有些不太合宜了，彷彿是說明他對自己將要說的話一點也不確定，一開始他說他十分了解在他之前那些發言者的觀點，其他人所謂帝國神學家的『教義』，事實上只不過是不能發諸為文的分散意見罷了。

他又說，上帝在創造祂的子民之時，灌注了無比的慈愛，毫無區別地愛他們全體，回溯尙未提及神職者和國王的創世紀，認為上帝也把駕馭萬物的權力賜給了亞當和他的子孫，只要他們服從神聖的法則，據此我們可以推論上帝也不反對對於世間的事物，人民當先立法，並遵行法律的概念。他說，『人民』一詞，應該被界定為所有的市民，但由於市民中也包括孩童，以及白痴、殘廢者和婦女，或許『人民』合理的定義應該是較好的部份市民，雖然他自己也不敢斷言究竟什麼人才屬於那一部份。

他清清喉嚨，向他的聽眾道歉，說空氣相當潮濕，又說人民表達意願的方式，就是透過代表的集會。他覺得這樣的集會被賦予解釋、改變或擴張法律的權力，是很明智的，因為如果法律單由一個人制定，他可能因無知或惡意而造成傷害，威廉又說他沒有必要再向在場的人提及許多近年來的例證。我注意到對他前面的話感到迷惑的觀眾，只能同意他最後的幾句話；他們顯然都想到了不同的某個人，並認為他所想的人非常壞。

威廉繼續說，那麼，如果一個人制定出的法律可能很糟，許多人所制定的法律難道不會比較好嗎？自然，他所說的是塵世的法律，關於民事的管理。上帝曾告訴亞當，不要吃善與惡的果實，那就是神的法則；但祂又鼓勵亞當為萬物命名，並允許祂的塵世臣民自由發揮。事實上，創世紀上對這一點寫得很清楚；上帝把所有的動物都帶到亞當面前，看他會怎麼叫牠們；亞當對每種生物的稱呼，也就是沿用至今的名字。雖然第一個人類有足夠的智慧命名，以他自己的語言，根據萬物的天性，然而他在設想名字之時，便已運用了一種主權。因為現在大家都知道，人類為不同的概念安上各種名稱，雖然只是概念，事物的跡象，卻仍是一樣的。因此『nomen』這個字是源自『nomos』，也就是『法律』。

聽眾們對這個博學的例證不敢提出異議。

威廉歸結，因此，那顯然賦予了世間萬物的合法性，於是在城市和王國的事物上，便有神職的階級制度存在，和聖言的保護與管理無關。但是，威廉又說，異教徒卻沒有相同的權威，可以為他們解釋聖言（每個人都為異教徒難過）。然而我們是不是因此可以說異教徒沒有制定法律的傾向，透過政府、國王、皇帝，或蘇丹、哈利發等等的權威者來管理他們的事務呢？而且我們能否定有許多羅馬皇帝──例如，圖雷眞──以智慧運用他們的塵世權力嗎？是誰把這種立法及住在政治團體中的自然能力賦予異教徒及無神論者的呢？是不是他們的假神——那些並不必要存在的神祇呢？當然不是。那只可能是萬人之主，以色列的上帝，我們的主耶穌基督之父，所給予的。……上帝竟把評判政治事物的能力也賜給那些否定羅馬教廷權威，並且不信仰基督教人民所景仰之甜蜜、神聖事物的異教徒，正是祂慈愛的證據啊！但是還有比這個更好的明證，那就是世俗法規和塵世的司法制度，與教會及耶穌基督的法則毫無關連，並且經上帝制定，超越所有神職者的確認，甚至在我們神聖的宗教創立之前的事實。

他又咳了幾聲，但這回並不是只是他一個人。在場的許多人都在座位上不安地蠕動，並清著喉嚨。我看見樞機主教用舌頭舔舔嘴唇，又比了一下手勢，雖然焦慮但頗有禮貌，催促威廉把重點說出。於是威廉便為他無可爭論的說理提出結論——就所有的人而言，這結論可能不是很愉悅的。威廉說，他的推論可以說是由基督本身的例子所支持；基督到這世上來，並不是要來指揮下令的，而是屈從祂在這世間所發現的情況，至少是就凱撒的法律而言。祂不要使徒們下令和統馭，因此優待的繼任者也應該解除任何世俗或強制的權力才對。如果教皇、主教和神職者，不遵從君王的世俗及強制權力，君王的權威便受到挑戰，於是，一項命令也會受到挑戰；而這項命令，先前已證實過了，是上帝所命定的。確切地說，有些微妙的事例必須加以考慮，例如異教徒的異論唯有教會——眞理的監護者——可以宣判，雖然只有世俗的武力可以行動。當教會辨明了某些異教徒，它就得向君王指出他們，由君王把這種情況通告人民。但君王對異教徒應該怎麼辦呢？以教會所指控的罪名譴責他嗎？假如那個異教徒的行爲傷害到團體，也就是說，爲了宣揚異端，這個異教徒殺害或妨礙那些並不信仰異端的人，那麼君王可以且必須譴責他。但這樣一來那個君王的權力便終止了，因爲世上沒有一個人可以透過苦刑而被迫遵循福音的告誡，否則我們在下一個世界才被評判的自由意志行爲又怎麼說呢？教會可以也必須警告那個異教徒，他是在棄絕信仰者的團體，但它不能在世間評判他，並迫他違反他的意志。假如基督要祂的神職者擁有強制的權力，祂會留下特定的訓誡，猶如摩西十誡一般。祂沒有這麼做，所以祂並不希望如此。或者有人想建議祂是希望的，只是缺乏時間和能力在三年的傳教期間中說出來？但是祂是不該希望的，因爲如果祂有那樣的想法，那麼教皇就可以強迫國王接受他的意願，基督教信仰便不再是一種自由的法則，而是令人難以忍受的奴役了。

威廉又以愉悅的表情說，這一切都不是要限定教廷的權力，而是讚揚它的任務：因爲上帝臣僕的僕人就在這世上侍奉而不被侍候。最後，如果教皇對羅馬帝國的事務有司法管轄權，對世上其他王國卻無權力，那不是很奇怪嗎？每個人都知道，教皇對神聖問題的解答，就是法蘭西國王和英格蘭國王的臣民，也必須遵守，但是對異教的大可汗或蘇丹臣民也應該有效；他們之所以被稱爲異教徒，正是因爲他們並不相信這個美麗的眞理。所以，如果教皇認爲他對帝國的事務有世俗的管轄權，同理可證他對薩拉辛人、塔特斯人，甚至英格蘭人、法蘭西人，都沒有精神的管轄權——這是一件罪惡的冒瀆。

威廉歸結道，也就是爲了這個原因，他覺得亞威農教會主張它對被選爲羅馬皇帝的人有批准或停職的權力，無異是傷害所有的人類。教皇對帝國的權力，並不比他對王國的權力大，既然法蘭西國王或蘇丹王都不需經過教皇認可，日耳曼和義大利的皇帝似乎也沒有理由向他稱臣。這種臣服也不是神聖的權利，因爲聖經並未提及。它也未經過人民的權利核准，理由先前已解釋過了。至於貧窮爭論的關連，威廉又說，他個人謙卑的意見導致下列的結論：假如聖芳濟修士意欲保持貧窮，教皇不能也不該反對這麼有道德的一個希望。確切地說，如果基督貧窮的假設經過證實，這不僅有助於麥諾瑞特修會，也加強了耶穌並不希望任何世間管轄權的概念。然而那天早上他，威廉，卻聽到極爲明智的人說，基督曾經貧窮是不可能被證明的。因此他認爲反對這個顯示將更會合宜。因爲沒有人能夠斷言耶穌曾爲祂或祂的使徒尋求過任何世俗的管轄權，這個耶穌對世俗事物冷淡遠離的事實，便足以證明祂是寧可貧窮的。

威廉的語調溫和，不疾不徐地說出他的看法，以致在場的人沒有一個可以站起來反駁。這並不表示所有的人都相信他的話。亞威農代表騷動皺眉，低聲交談，就連院長也似乎不以爲然，好像是在想這並不是他的修道院與帝國之間的關係。至於麥諾瑞特代表，薛西納的邁可困惑，傑洛美驚愕，猶伯提諾則默然沈思。

打破沈默的是柏特蘭樞機主教，他面帶微笑，問威廉是不是要到亞威農去，對教皇本人說這番話。威廉反問他的意見，他說教皇這一生已聽過許多爭論不決的陳述，是個最慈愛的父親，愛他所有的兒子，但這些主張無疑會使他感到很難過。

先前一直不曾開口的巴納・葛，到這時才說道：『威廉兄弟的辯才令人佩服，我樂於見他把這些概念同教宗提出，交予教宗評判……』

『你說服我了，巴納裁判官，』威廉說：『我不會去的。』然後他又以近乎歉然的口吻，對樞機主教說：『你知道，我的胸腔有充血的毛病，只怕無法在這個季節承受如此漫長的旅程……』

柏特蘭問：『那你爲什麼可以長篇大論，說這麼久的話呢？』

『那是爲了揭發眞理。』威廉謙遜地說：『眞理使我們自由。』

『啊，不！』喬凡尼衝口說道：『我們所要討論的並不是使我們自由的眞理，而是過度的自由想要托詞藉眞理之名！』

『這也是可能的。』威廉和悅地承認。

我的直覺突然警告我另一陣心與舌的風暴又要爆發了，比上一次更加激烈。但什麼也沒發生。喬凡尼還在說話之際，弓箭手的隊長走了進來，附在巴納的耳畔低語了幾句。巴納驀地站起身，舉起一隻手發言。

『各位兄弟，』他說：『這次有裨益的討論可在稍後繼續，但目前有件非常嚴重的事情使我們不得不把會議暫時延擱，請院長允許。外頭出了些事情……』他指了指外面，然後便大步走出了會堂。許多人也跟著他走出，威廉和我也都加快了腳步。

我的導師看看我，說道：『恐怕賽夫禮納出事了。』

34

第六時禱告

賽夫禮納遇害，已被找到的那本書再度失落。

我們快步穿過庭院，心裡十分焦慮。弓箭手隊長引導大家朝療養所走去，我們到達那裡時，在厚沉沉的灰暗中已有騷動的人影；僧侶和僕人急匆匆地走動，弓箭手站在門外，阻止不相干的人入內。

『是我派那些衛兵來的。』巴納說：『來找一個可為許多神秘事件帶來曙光的人。』

院長愕然問道：『藥草師兄弟嗎？』

『不是。你就會明白了。』巴納說過，踏步入內。

我們走進賽夫禮納的實驗室，映入眼簾的是一幕令人痛苦的景象。不幸的藥草師已經死了，躺在一攤血中，頭部遭到重擊。兩側靠牆放置的書架，都像被一場風暴肆虐過；瓶瓶罐罐、書本文件，散了一地，都已毀了。殺人的兇器就丟在屍體旁邊，那是一件精鑄的鐵地球儀，約莫有一個人頭的兩倍大，上面嵌了一個金質的十字架，放在一個裝飾精美的小三腳臺上。上回我曾注意到這東西就放在前門左首的桌子上。

房間的另一端，兩個弓箭手緊緊扣著雷密喬，雖然他拚命扭動，自稱是無辜的；當他看見院長進來時，喊得更大聲了。『院長！』他叫道：『我並沒有殺人！我進來時賽夫禮納已經死了，他們發現我瞪著這場災難，說不出話來！』

衛兵隊長走到巴納身旁，經過他的允許後，當著每個人提出簡報。衛兵們奉令找到管理員，將他逮捕，他們在整幢修道院裡找了他兩個鐘頭。我心想，這必定就是巴納進入會堂之前對他下達的命令了：衛兵們對這裡並不熟悉，可能找錯了地方，卻不知道對自己的命運毫無所知的雷密喬，就和別的僧侶擠在走廊裡；濃霧使他們的搜尋更形困難。總而言之，根據隊長的報告，雷密喬——在我離開他之後——走向廚房，某個人看見他，便向衛兵通告，等他們到達大教堂時，雷密喬又已離開了，失之交臂。佐治在廚房裡，說他剛和管理員說過話。弓箭手立刻在庭院裡搜尋，在那裡，他們找到了阿里男多，像鬼魂一樣地在霧中浮現，好像是迷了路。阿里男多說他在不久之前，看見管理員走進療養所去。弓箭手立刻到療養所去，發現門是開的。一走進裡面，他們便看見賽夫禮納已經斷了氣，管理員則瘋狂的搜尋架子，把每件物品都掃到地上去，好像是在找什麼東西。隊長歸結道，事實就擺在眼前；顯然雷密喬潛進實驗室，攻擊藥草師，將他殺了，然後便找尋著他因而殺人的那件東西。

一個弓箭手從地上撿起了地球儀，交給巴納。那上面圍繞了銅和銀的圓圈線，中間是一環較堅固的銅環，連到三腳臺上；兇手便是用這個地球儀敲擊死者的腦殼的，在那陣衝擊下，有許多條圓圈線都歪了。敲擊賽夫禮納的那一面，沾了血跡和髮絲，甚至還有可怖的腦髓。

威廉彎身檢查賽夫禮納。那可憐人的眼睛被頭上流下的血沾住了，我不禁想著在那僵硬的瞳孔中是否可能看見兇手的影子，不是有些案件有過這種傳說嗎？那是受害者最後一次感知的痕跡。我看見威廉翻尋死者的手，看他的手指是否有黑色的污跡，儘管這回造成死亡的原因顯然是不同的；不過，賽夫禮納戴著一雙皮手套，我知道那是他在處理危險的藥草、蜥蜴或不熟悉的昆蟲時才戴的。

同時，巴納對管理員說道：『維拉金的雷密喬——那是你的名字，對吧？我派我的手下抓你，是爲了別的控訴，並且爲了證實其他的嫌疑。現在我知道我的行動是正確的，雖然令人遺憾的，也慢了些。院長，』他又轉頭對院長說：『我要爲這最後一樁罪行負責，因爲我今早便已知道必須將這個人拘捕；在我聽了昨晚逮捕的另一個罪徒告白之後。但你也明白，早上我還有別的職責在身，而我的手下也都盡了力……』

他大聲說著，因此在場的人都聽得到。（此刻房裡已擠滿了人，注視散了一地的東西，指著死屍，低聲談論這件罪行。）當他說話之際，我瞥見馬拉其也擠在人群中，蹙著眉頭觀望眼前這一幕。就要被拖走的管理員也看見他了。雷密喬掙脫弓箭手的手臂，撲向馬拉其，抓住他的僧衣，迫切地和他說了幾句話，直到衛兵又一次將他揪住。但是，當他被帶走之時，他又轉過頭，對馬拉其叫喊著：『你發誓，我也發誓！』

馬拉其沒有立刻回答，似乎是在找尋最適當的話。然後，當管理員被拖過門檻時，他說：『我不會做對你有害的事情。』

威廉和我對望了一眼，弄不清這一幕的意義。巴納也把一切看在眼裡，但卻不顯得困擾；反而對馬拉其笑笑，似乎是證實他的話，向他保證絕不會說出一項邪惡的交易。接著他宣佈用過餐後將在會堂第一次開庭，公開這項調查。他走出去，下令把管理員帶到鍛冶場地下室去關起來，但不准他和薩威托交談。

就在這時，我們聽到貝拿在後面叫喚我們。『我在你後面進來的。』他低聲說道：『那時房裡還沒擠滿人，馬拉其並不在這裡。』

威廉說：『他一定是後來才進來的。』

『不是。』貝拿堅稱：『我就在門畔，看得見進來的人。我告訴你，馬拉其本來就在裡面了……更早之前。』

『多早？』

『在管理員進來之前。我不能發誓，但是我相信他是等到房裡已經有了許多人後，才從那帘幕後溜出來的。』他朝著遮住診療檯的布幕點了點頭。通常到這裡來取藥的人，賽夫禮納都會叫他先在診療檯上躺下休息一下。

威廉問道：『你是暗示他殺死了賽夫禮納後，躲在那裡，然後管理員才進來的？』

『要不然就是他躲在帘幕後目睹了一切經過。否則，管理員為什麼要央求他別傷害他，並允諾他也不會傷害他呢?』

『這倒不無可能。』威廉說:『不管怎麼說,這裡有一本書,它應該還在這裡才對,因爲管理員和馬拉其手中都沒有拿什麼東西。』由我的報告,威廉曉得貝拿知道這件事;而且此刻他需要幫助。院長悲哀地注視賽夫禮納的屍體,威廉走向他,要求他下令讓所有的人離開,好讓他更仔細地檢查那個地方。院長同意了,在他離開之前,他懷疑地看了威廉一眼,好像是譴責他總是遲了一步。馬拉其編造了種種微不足道的藉口,想要留下來;威廉指出這裡並不是圖書室,他並不享有任何特權。威廉禮貌而堅決,爲馬拉其那次不許他檢查韋南提的書桌報了一箭之仇。

等到剩下我們三個人時,威廉把一張桌子上的碎石頭和文件清理掉,叫我把賽夫禮納的藏書一本一本地遞給他。和迷宮的收藏比起來,這裡的書可眞是小巫見大巫,不過總共也有上百本,厚薄不一,本來在架子上排放得整整齊齊的,在管理員狂亂的翻尋下,這會兒都零亂地散在地上,有些甚至破了,似乎他所要找的並不是一本書,而是某件可以夾在書頁中的物品。有幾本書都散開了,要將它們收集好,辨認它們的主題,再將它們堆在書桌上,可不是一件容易的事;而且院長給我們的時間有限,我們只有匆匆忙忙的:僧侶們必須進來收拾賽夫禮納的屍體,準備下葬。我們還得走遍各個角落,找尋桌子下面、書架後面,還有櫥櫃裡,看看第一次的檢查是否曾漏掉了什麼,威廉不願讓貝拿幫我,只叫他守在門口。儘管院長下了命令,有許多人還是想擠進來:爲這個消息感到驚恐的僕人、哀悼他們兄弟的僧侶、帶著乾淨的衣物和水盆,準備爲死者清洗並穿戴整齊的見習僧……

因此我們必須儘快行動。我抓起書本,交給威廉,威廉檢查過後,再將它們放到桌上。然後我們意識到這樣太費時了,便改變爲一起進行:我撿起一本書,將它被翻亂的地方弄平,唸出書名,再把它放好。有很多書都已散成一頁一頁了。

『《藥用植物誌》，不是這本。』威廉說著，把書扔到桌上。

『《草藥之寶》。』我唸道，威廉不耐煩地說：『別看了；我們要找的是一本希臘文的書！』

『是這本嗎？』我問道，將一本上面寫滿了怪異字母的書拿給他看。威廉說：『不是，那是阿拉伯文，笨蛋！培根說得對：學者的第一項職務就是學習語文！』

我有點惱怒地回答：『可是你也不懂阿拉伯文呀！』威廉說：『至少我知道那是阿拉伯文！』我的臉不覺脹紅，因為我聽得見貝拿在我身後吃吃竊笑。

這裡的書真不少，還有更多筆記、繪有蒼穹的紙軸、奇樹異卉的目錄，還有賽夫禮納寫在書頁上的感恩、心得。我們找了半天，搜過實驗室的每個角落。威廉十分冷靜，甚至還搬動屍體，看是否有什麼東西被壓在下面，又搜尋賽夫禮納的僧衣。結果還是一無所獲。

『這就奇怪了。』威廉說：『賽夫禮納把他自己和一本書鎖在這裡。管理員並沒有拿……』

『會不會藏在他的僧衣裡呢？』我問道。

『不會的，那天早上我在韋南提的書桌下所看到的那本書相當厚，他要是藏在僧衣裡，我們看得出來的。』

我問：『那本書的裝訂如何？』

『我不知道。它是攤開的，我只看了幾秒鐘，認出那是希臘文寫的，其他的我就不記得了。我們再繼續找；管理員沒有拿，我相信馬拉其也沒拿。』

『絕對沒有，』貝拿確證道：『管理員曾揪住他的前襟，在他的僧衣下顯然未藏有任何東西。』

『好。或者，反而更糟了。假如那本書不在這間房裡，那麼除了馬拉其和管理員外，必定還有另一個人先到過這裡。』

『那麼，是這第三個人殺了賽夫禮納？』

『太多人了。』威廉說。

『可是話說回來，』我說：『誰又知道那本書在這兒呢？』

『佐治可能知道，如果他無意間聽到了我們的談話。』

『是的，』我說：『但佐治不可能以那樣的蠻力，殺死像賽夫禮納這麼強健的一個人。』

『不錯，是不可能。再說，你看見他往大教堂走去的，而且弓箭手先在廚房裡碰到他後，才找到管理員。所以他不會有時間先到這兒來，然後又回到廚房去。』

『讓我用腦筋仔細想想吧。』我想要和老師比比高下，說道：『阿里男多當時也在這附近徘徊，不過，他連站都站不穩，不可能制伏賽夫禮納。管理員是在這裡沒錯，但自他離開廚房，到弓箭手抵達實驗室的這段時間太短暫了，他要讓賽夫禮納開門，再攻擊他、殺死他，然後造成這一片紊亂，未免太難了。馬拉其可能是在他們之前到達的；佐治在走廊裡聽見了我們的談話，他到寫字間去，告訴馬拉其說圖書室裡有一本書在賽夫禮納的實驗室裡，馬拉其便跑到這裡來，說服賽夫禮納開了門，將他殺了──天曉得是爲了什麼。但如果他是來找那本書的，他應該認得出它，而不用這麼亂翻亂搜，因爲他是圖書管理員！所以，還有誰有嫌疑呢？』

『貝拿。』威廉說。

貝拿用力搖頭否認。『不，威廉兄弟，你知道我是受了好奇心的驅使。假如我先到了這裡，並且把那本書拿走，現在我就不會留下來幫你的忙；我會在別的地方檢查我的寶藏……』

『這個論點頗有說服力。』威廉笑笑，說道：『不過，你也不知道那本書是什麼樣子。你可能殺了賽夫禮納，現在又留在這裡，想辨認那本書。』

貝拿的臉脹得通紅。『我不是殺人兇手！』他抗議道。

『在犯下第一個罪行之前，誰也不是。』威廉哲學地說：『總之，那本書不見了，這足以證明你並沒有把它留在這兒。』

然後他轉身注視屍首，似乎直到這一刻，他才爲他朋友的死感到哀傷。『可憐的賽夫禮納，』他說：『我甚至還懷疑你和你的毒藥。你大概正在弄你的毒藥吧，不然你不會戴手套的。你怕塵世的危險，結果這危險卻來自天上……』他又拿起那個地球儀，仔細地觀察。『眞不知道爲什麼他們要用這件武器……』

『那東西就放在門旁而已。』

『不錯。但這裡還有別的東西呀；瓶子、罐子、園藝的工具。……這是一件很精巧的天文學儀器。現在卻毀了……老天爺！』他叫了起來。

『怎麼了？』

『「日頭的三分之一，月亮的三分之一，星辰的三分之一，都被擊打……」』他引述啓示錄上的文句。

『那是第四聲號角！』我叫道。

『對。先是雹子，然後是血，然後是水，現在又是星球……假若眞是如此，那麼一切都得重新思慮過；兇手並不是任意行兇的，他遵循著周密的計劃……但是一個如此邪惡的心靈，會按照啓示錄上的文句，在可能之時才動手殺人嗎？』

我恐懼地問：『第五聲號之後會發生什麼事呢？』我試著背誦：『「我看見一個星從天落到地上，有無底坑的鑰匙賜給他……」會不會有個人溺死在井裡呢？』

『第五聲號還有許多允諾。』威廉說：『「有煙從坑裡往上冒，好像大火爐的煙……有蝗蟲從煙中出來飛到地上；有能力賜給牠們，好像地上蠍子的能力一樣……蝗蟲的形狀好像預備出戰的馬一樣，頭上戴的好像金冠冕……牙齒像獅子的牙齒……』兇手可以取任何一種意思來實踐啓示錄的話。……但我們不可追尋幻象。還是試著回想一下，賽夫禮納告訴我們說他找到那本書時，說了些什麼話吧……』

『你叫他把書給你，他說他不能……』

『是的，然後我們的談話被打斷了。他爲什麼不能呢？書是可以拿來拿去的呀。他又爲什麼要戴手套呢？是不是書的裝訂和害死貝藍格及韋南提的毒藥有關呢？一個神秘的陷阱，有毒的秘密……』

『一條蛇！』我說。

『爲什麼不說一條鯨魚呢？不對，我們又在探索幻象了。我們都看過了，那種毒藥必須吃進嘴裡。再說，賽夫禮納也並不是說他不能把那本書帶來。他只說出他寧願讓我在這裡看它。然後他戴上手套……所以我們知道這本書一定要戴上手套後才能翻閱。你也要記住這點，貝拿，如果你找到它，如你所願的。既然你幫得上忙，那你就再進一步幫我的忙吧。你到圖書室去，監視馬拉其。別讓他離開你的視線。』

『好的！』貝拿說罷便走了出去，好像爲他的任務感到興奮。

我們再也擋不住其他僧侶了；他們都擠進房裡來。午餐時刻已經過了，巴納可能已在會堂召集他的法庭。

威廉說：『這裡該查的都已經查過了。』

我們走出療養所，穿過菜園之時，我問威廉是否眞的信任貝拿。『不完全信任，』威廉說：『但是我們對他說的，都是他已經知道的事，而且我們使他對那本書感到害怕。最後，我們要他去監視馬拉其，也就等於讓馬拉其監視他，馬拉其顯然也在找那本書。』

『那麼，雷密喬想要找什麼呢？』

『我們很快就會知道了。他是在找一件東西，而且希望很快找到它，以避免使他害怕的危險。這個東西馬拉其必然也知道，不然雷密喬那麼迫切地請求他就沒有解釋了……』

『總之，那本書不見了……』

『這是最不幸的事。』威廉說話的當兒，我們已抵達會堂。『假使它曾在療養所內，一如賽夫禮納所言，那麼它不是還在那兒就是有人把它拿走了。』

我歸結道：『既然它不在那兒，那就是有人把它拿走了。』

『或許這個論點應該由另一個次要的前提來進行。由於每件事都證實了沒有人可能把它拿走的事實……』

『那麼它應該還在那裡。可是它卻不在那裡。』

『等一下。我們說它不在那裡，是因爲我們沒有找到它。但是也許我們沒有找到它，是因爲我們並沒有看到它。』

『可是我們每個角落都看過了呀！』

『我們看了，但是沒有看到。或者我們看到了，可是我們辨認不出。……埃森，賽夫禮納是怎麼對我們描述那本書的呢？他用的是什麼字眼？』

『他說他找到一本並不屬於他的書，是用希臘文寫成的……』

『不對！現在我想起來了。他說是一本「奇怪」的書，賽夫禮納是個有學問的人，對一個有學問的人而言，一本希臘文的書並不奇怪；就算那個學者不懂得希臘文，至少他認得希臘字母。一個學者也不會說一本阿拉伯文的書是奇怪的，儘管他不識阿拉伯文……』他頓了一下。『賽夫禮納的實驗室裡怎麼會有一本阿拉伯文的書呢？』

『可是他爲什麼要說阿拉伯文的書很奇怪呢？』

『這就是問題癥結。假如他說一本書奇怪，那是因爲它有不尋常的外表，至少對他而言是不尋常的；他是個藥草師，不是圖書管理員……在圖書室裡，許多古代的手稿訂在一起，成爲一冊，並不是很不尋常的，這樣的一本書可能包含許多不同的內容，一部份以希臘文寫成，一部份是亞拉姆文——』

『……一部份是阿拉伯文。』我興奮地叫著。

威廉粗魯地將我拖出了走廊，拉著我往療養所跑。『你這個笨蛋，糊塗蟲！你這個無知識的白痴！你只看前面幾頁，卻不翻翻後面！』

『可是，老師，』我喘著氣說：『我把那本書拿給你看，是你自己翻過以後，說那是阿拉伯文不是希臘文的！』

『不錯，埃森，不錯；是我糊塗。現在快點！跑呀！』

我們回到實驗室，正好碰上見習僧要把屍體搬出來，好不容易才擠了進去。其他好奇的訪客還徘徊在房裡。威廉衝向桌子，在書堆中翻尋那要命的一本，把書一本一本丟開，使得在場的人困惑不解。可嘆啊，那本阿拉伯文手稿已經不見了。我還模糊的記憶它，因為它的封面古老，相當破舊，用金屬線裝訂。

威廉問一個僧侶：『我走了之後，誰到這裡來過？』那僧侶聳聳肩；每個人都來過，就跟沒人來過意義是一樣的。

我們思索著各種可能性。馬拉其？那是可能的；他知道他要找的是什麼，也許一直監視我們，看見我們空手離開後，他又轉身走回，把書拿走。貝拿？我記得當威廉和我為了阿拉伯文彼此嘲弄時，他曾失聲而笑。那時我以為他是在笑我們的無知，但說不定他是笑威廉的無知；他很清楚古代的手稿會有多少不同的面貌，也許他想到了當時我們沒有立刻想到的事——亦即，賽夫禮納不識阿拉伯文，他的書裡竟包括一本他看不懂的書，實在是很奇怪的。或者，還有第三個人呢？

威廉非常沮喪。我試著安慰他；我說這三天來他所要找的一直是一本希臘文的書，所以在他檢查的過程中，他自然會把不是希臘文的書都丟掉。他回答人固然都會犯錯，但是有些人犯的錯比別人還多，這些人就被稱為傻子，而他自己便是其中之一。他甚至懷疑他費了那麼大的苦心在巴黎及牛津研讀是否值得，假如他連手稿常被訂在一起的事實也想不到——這是連見習僧也都知道的，除了像我一樣愚蠢的人之外；像我們兩個人這樣的一對小丑在市集裡一定很受歡迎，也許我們應該改行，而不該耗在這裡想要解開謎團，尤其是與我們對抗的人又比我們聰明多了。

『但是怨天尤人是沒用的。』他歸結道：『假如書是馬拉其拿的，他已經把它放回圖書室了。除非我們知道怎麼進入「非洲之末」的，不然我們別想找到它。假如是貝拿拿的，他一定會想到我遲早會起疑心，再回實驗室去，否則他不必那麼急匆匆的。所以他必然躲了起來，而他絕對不會躲的地方，也就是我們會立刻去找他的地方：他的房間。因此，我們回會堂去，看看在質詢時雷密喬是不是說了什麼有用的話。因爲我還是搞不清楚巴納的計劃；在賽夫禮納遇害之前，他就在找管理員了，爲了別的原因。』

我們走回會堂。我們應該到貝拿的房間去才對，因爲，後來我們知悉，貝拿並沒有威廉所想的那麼聰明，他也沒想到威廉會那麼快便轉身回實驗室去；所以他認爲那時還不會有人找他，便直接回他的房間去，把書藏了起來。

但這件事我稍後再提。這當兒發生了許多極戲劇化的事情，足以讓任何人把那本神秘的書暫忘。雖然我們沒有忘記，我們卻還有其他急迫的差事在身，畢竟，威廉此行負有有待履行的任務。

35

第九時禱告

審判開始，而在審判中卻造成了人人都有錯的困窘場面。

巴納．葛煞有介事的坐在會堂胡桃木大桌子的正中央。在他旁邊坐了一個聖道明修士，充當公證人，另外，兩個教廷代表團的神職人員坐在他的兩側，出任法官。雷密喬站在桌子前，被兩個衛兵挾持著。

院長轉頭對威廉低語道：『我不知道這個程序是否合法。一二一五年拉特蘭會議，教會法規第三十七條規定，一個人在離居留地兩天行程之外的地方，不得被視爲人犯，由當地法官審判。這次的情況或許並不相同；是法官打從大老遠而來的，但是……』

『任何正常的司法體制都不適用於裁判官。』威廉說：『裁判官也不必遵循一般法律的程序。他享有特權，甚至無須聽取律師的意見。』

我注視管理員。他一副可憐兮兮的模樣，像隻受驚的動物似的環顧四周，彷彿認得出那些姿態和舉動正是他所害怕的儀式。現在我知道他有兩個理由害怕，而且同樣令人驚恐：其一是他因不能寬容的罪名而被捕；其二是，前一天巴納開始進行調查，搜集了許多謠言和暗示，雷密喬便已十分害怕他的過去會被抖出來；等他看見薩威托被他們逮捕後，他便更加驚慌了。

如果說無助的雷密喬已經夠害怕了，身爲裁判官的巴納·葛，尤其清楚該如何使人犯的害怕轉爲驚恐。在所有的人都等待他開始質詢的此際，他卻一語不發，雙手按在他身前的文件上，假裝整理著文件，卻又心不在焉。他的目光膠著在被告身上，眼神混合了僞善的寬容（彷彿是說：別怕，你是在一個友善的集會中，只會爲你的好處著想）、冰冷的嘲諷（彷彿是說：你還不知道你的好處是什麼，我馬上就會告訴你），以及無情的嚴厲（彷彿是說：但無論如何我是你的法官，你必須聽令於我）。這一切都是管理員早已知曉的，但法官的沈默和延擱，卻使他更有所覺，因此，他變得愈來愈卑怯，他的不安轉爲激烈，而非放鬆，他將會完全屬於法官，像任他揉捏的一塊蠟。

最後巴納打破了沈默。他先照例唸了一些信條，告訴法官說他們現在就開始對被告進行訊問，關於兩件同樣醜惡的罪行，一件大家都已知道，但比另一件更可悲，因爲當被告已因異端的罪被搜尋時，竟又捲入了謀殺的罪行。

雷密喬舉起雙手掩住他的臉；他的手因爲被鐵鍊鍊住，所以移動困難。巴納開始質詢。

他問道：『你是什麼人？』

『維拉金的雷密喬。我是在五十二年前出生的，年幼時便進入維拉金的麥諾瑞特修道院。』

『爲什麼你今天會在聖班尼狄特的修會裡呢？』

『許多年前，當教皇頒佈聖羅馬敕令時，我因爲怕被佛拉諦斯黎的異端牽連……雖然我從未信仰過他們的信條……我想我這個犯罪的靈魂最好還是逃開充滿誘惑的環境，所以便申請加入這所修道院，並且被接受了。八年多來，我一直在這裡當管理員。』

『你逃避異端的誘惑。』巴納嘲諷道：『倒不如說，你逃避發現異端並將它們根除的人吧？好心的克盧涅可僧侶收留你和那些和你一樣的人，認爲那是仁愛之舉。但是，更換僧衣並不足以將異端墮落的邪惡自靈魂抹除，所以我們現在要探詢你那不知悔改的靈魂究竟潛藏了什麼，以及你在到達這處聖地之前曾做過什麼。』

管理員謹愼地說：『我的靈魂是無辜的，我不知道你說異端墮落的邪惡是指什麼而言。』

『你們看！』巴納對其他的法官大聲說道：『他們都是一樣的！當他們被捕時，總是鎮靜地面對審判，似乎他們的良心平靜而毫不懊悔。他們並不知道這正是罪惡最明顯的徵象，因爲一個正直的人受到審判時是會不安的！問他知不知道我爲什麼下令拘捕他的原因吧。你知道嗎，雷密喬？』

『大人，』管理員回答：『我樂意聽您說出來。』

我感到很驚訝，因爲看起來管理員似乎是以同樣正式的話來回答正式的發問，好像他對訊問的規則和陷阱十分熟悉，而且曾受過訓練面對這樣的不測事件。

『看！』巴納喊道：『這是執迷不悟的異教徒典型的回答呀！他們像狐狸一樣掩藏蹤跡，想要將他們抓出來是很不容易的，因爲他們的信仰允許他們爲規避懲罰而說謊的權利。他們會重複不誠實的答覆，想要欺騙裁判官，天曉得裁判官和這些可惡的人接觸已是萬般忍耐了。那麼，雷密喬，你和所謂的佛拉諦斯黎或貧窮生活兄弟會，或是貝戈德，從來就沒扯上什麼關係嗎？』

『當「貧窮」受到長期的爭議時，我經歷了麥諾瑞特修會的種種變遷，但是我從來不曾屬於過貝戈德教派啊！』

『你們瞧！』巴納說：『他否認曾經是個貝戈德信徒，因爲貝戈德雖接受佛拉諦斯黎的異論，卻認爲佛拉諦斯黎只是聖芳濟修會一個廢除的分支，而他們自己是更純正，更完美的。但是這兩個團禮的行爲並沒有什麼差異。雷密喬，你能否認，你曾被人見到在教堂裡，臉貼著牆壁蹲伏在地上，或者是用兜帽蓋著頭伏地拜倒，而不是像別人那樣，交疊雙手跪拜嗎？』

『在聖班尼狄特蘭教團中，僧侶們也是會伏地拜倒的，在合宜的時刻……』

『我並不是問你在合宜時刻的行爲，而是在不合宜的時刻！所以你不要否認你所採取的是典型的貝戈德信徒姿勢！可是你又說你不是貝戈德信徒。……那麼，告訴我，你信仰什麼呢？』

『大人，我信仰一個好基督徒所應該信仰的一切……』

『好一個神聖的回答！那麼，一個好基督徒所信仰的是什麼呢？』

『是神聖的教會所教導的事。』

『哪一個神聖的教會？是被那些自稱完美的信仰者所重視的教會、僞使徒、異教的佛拉諦斯黎，或是他們比之於巴比倫妓女的教會，而我們全都虔誠信仰的？』

『大人，』管理員迷惑地說：『請告訴我您認爲眞正的教會是哪一個吧……』

『我相信是羅馬教會，神聖，也是使徒所信仰的，被教皇和他的主教所管轄。』

『我就信仰這個教會。』雷密喬說。

『令人讚佩的精明！』巴納又叫道：『令人讚佩的敏銳！你們都聽見他的話了，像說他信仰我所信仰的教會，卻避免說出他所相信的教會名稱！但是我們都知道這些狡猾的伎倆！我們還是直話直說吧。你相信聖禮是由我們的主所制定的，爲了眞正的懺悔，你必須向上帝的僕人告解，而羅馬教會有放鬆或束縛這個世間的權力，而這權力在天上將會受到束縛及放鬆嗎？』

『我應該不信嗎？』

『我不是問你應該相信什麼，而是你所相信的是什麼！』

驚恐的管理員說：『我相信您和別的好學者命令我相信的一切！』

『啊！但你所提到的好學者或者是那些統治你的教派的人吧？當你說到好學者，就是這個意思吧？你就跟從這些可惡的騙子，信仰他們的教義，是不是？你暗示說，如果我相信他們所相信的，那你就相信我；否則你就只相信他們！』

『我沒有這麼說啊，大人，』管理員結結巴巴地說：『是您要我這麼說的。我相信您，只要您教我什麼是好的。』

『哦，眞是無恥！』巴納吼著，一拳敲到桌上。『你頑固地重複你的教派所教導你的定則。你說你會相信我，只要我把你的教派認爲是好的事情教導你。僞使徒總是如是回答，一如你現在的回答，也許你自己不曉得，由你所說的話，再度證實以前你曾受過欺騙裁判官的訓練。所以你無異是用你自己的話指控自己，要不是我有豐富的審判經驗，我就會落入你的圈套……但我們再回到眞正的問題吧，墮落的人！你聽說過帕瑪的葛拉德．史迦理這個人嗎？』

『我聽別人談過他。』管理員的臉色驀地發白。

『你聽說過農維拉的多西諾兄弟嗎？』

『我聽別人談過他。』

『你曾見過他本人，和他說過話嗎？』

管理員一時不答，似乎是在思索他該說出多少實情。然後他下定決心，低聲回答道：『我見過他，和他說過話。』

『大聲一點！』巴納喊道：『讓你終於說出的一點眞話叫別人聽聽吧！你何時和他說過話的？』

『大人，』管理員說：『當多西諾的人聚集在農維拉地區時，我就在農維拉附近的一所修道院裡；他們經過我的修道院，最初沒有人知道他們是什麼人……』

『你說謊！一個維拉金的聖芳濟修士，怎麼會在農維拉區的修道院裡？你並不在一所修道院裡，那時你已經是佛拉諦斯黎的一員，隨著他們在那個地區遊蕩，靠救濟品維生，然後你又加入了多西諾教派！』

『您怎麼能如此斷言呢，大人？』管理員的聲音顫抖。

『我會告訴你我怎麼能，事實上我必須，斷言。』巴納說罷，命令衛兵把薩威托帶進來。

一看見薩威托，我的憐憫之心不覺油然而生。他顯然已經過一夜的訊問，不是公開而是私下的，而且比這場訊問更加嚴厲。我說過，薩威托的臉有點畸形的可怖，但那天早上那張臉卻比以前更像野獸。雖然他臉上並沒有暴力的痕跡，但是他被鍊住的身體行動的姿態，他那脫了關節，幾乎難以行走的四肢，他像隻被綁住的猴子一般，被衛兵拖著前行的模樣，在在都表明了他飽受了一夜折磨。

『巴納對他用了刑了……』我喃喃對威廉說道。

『不是巴納。』威廉回答：『裁判官絕不用刑的。被告的拘禁總是交託給世俗武力的。』

『可是那還不是一樣嘛！』我說。

『絕不一樣。對裁判官而言是不同的，他的雙手仍保持乾淨，對被告而言亦然；當裁判官抵達時，他會突然覺得有了支柱，使他暫時免於受苦，便會供出一切實情。』

我注視我的導師，驚愕地說：『你是在開玩笑吧？』

威廉回答：『這種事也能開玩笑嗎？』

巴納開始訊問薩威托，我無法把那人破碎的話忠實地記載下來——他的話比以前更零亂了，如果那是可能的；他就像隻狒狒般，咿咿唔唔地回答，不過所有的人都明白他的意思，雖多少有些困難。巴納的問題多半只需要被告以『是』或『否』回答，他的導引使得薩威托無法說謊。薩威托說了什麼話，想必讀者諸君很容易便想像得到。他確認了前一晚所說的話，其中有一部份我已說明過了：他曾是佛拉諦斯黎、牧羊人、偽使徒的信徒，隨著他們到處流浪；以及在多西諾兄弟猖獗之時，他怎麼在多西諾信徒之間認識了雷密喬，後來又在盧北樂山戰役時和他一起逃脫，在各處奔波避難，最後又到了卡薩爾修道院。此外，他又說那個異教首領多西諾，快要戰敗被捕時，曾把幾封信託付給雷密喬，但他不知道多西諾要雷密喬把信帶到那裡去交給什麼人。雷密喬不敢把信送去給收信人，總是隨身帶著那些信，當他到達修道院後，他害怕把信放在身旁，又不願將它們燒毀，便把信託付給圖書管理員，是的，也就是馬拉其，他把那些信藏在大教堂的某一處壁龕裡。

薩威托說話的當兒，管理員滿懷恨意的瞪著他，聽著聽著，忍不住大聲嚷道：『蛇，淫蕩的猴子，我是你的父親、朋友、擋箭牌，你卻這樣回報我！』

薩威托望著他那個現在需要別人保護的保護者，費力回答道：『雷密喬大人，我一直都聽令於你的。你也很照顧我。可是你知道大法官是怎樣的……』

『瘋子！』雷密喬又對他吼道：『你不想救你自己嗎？你也會被視為一個異教徒而處死的呀，你知道嗎？快說你是受不了折磨才那麼說的；說那全是你編出來的！』

『我知道這些異端被稱為什麼……培塔利尼、迦日西、里奧尼斯特、阿那迪斯特、斐洛尼斯特、瑟孔西西……我又不是白痴。我不是故意犯罪的，巴納先生知道的，我希望他會寬容我……』

『在教會的許可之下，我們自會寬容的。』裁判官說：『我們也會以父的慈愛顧念你心靈的告白。你下去吧，回到你的牢房去，好好想一想，信任吾主的慈悲。現在我們必須為另一個重要的問題爭論了。那麼，雷密喬，你身上帶了多西諾託付給你的信，然後你把它交給負責管理圖書的兄弟……』

『沒有這回事！他說謊！』管理員叫著，好像這樣的辯解還能奏效似的。巴納嚴正地打斷了他的話：『但這件事用不著你來證實了；我們該問問海德漢的馬拉其。』

他傳喚馬拉其，但馬拉其並不在現場。我知道他不是在寫字間裡，就是在療養所附近，找尋貝拿和那本書。衛兵出去找他，等他到場時，他顯得有些心慌意亂，試著不直視任何人的臉，威廉氣餒地說：『現在貝拿可以隨心所欲了。』但是他錯了，因爲我看見貝拿和其他僧侶擠在會堂門口，踮著腳尖望進裡面，觀看審問的進行。我將他指給威廉看。我們以爲貝拿對質訊的好奇心大概大過他對那本書的好奇心。後來我們才知道，到那個時候，他已完結了他自己那件可鄙的交易了。

馬拉其站在法官面前，迴避著管理員詢問的目光。

『馬拉其，』巴納說：『今天早上，在薩威托昨夜招供之後，我問你是否曾接收此刻在場的被告交付給你的任何信件……』

『馬拉其！』管理員喊道：『你發過誓絕不做對我有害的事！』

馬拉其微微轉向被告，低聲說道：『我並沒有發僞誓。要是我會做對你有害的事，我已經做了。那些信我在今早便交給巴納大人了，在你殺死賽夫禮納之前……』

『可是你知道，你一定知道。我並沒有殺死賽夫禮納！你知道，因爲你比我更早到達那裡！』

『我？』馬拉其說：『我是在他們發現你之後才到達那裡的。』

『不要在法庭上爭論。』巴納打斷他們的話。『你在賽夫禮納的實驗室裡，究竟在找什麼東西呢，雷密喬？』

管理員轉過頭，茫然地注視威廉，又看看馬拉其，然後又望向巴納。『今天早上，我……我聽到威廉兄弟叫賽夫禮納把某些文件看好……由於昨晚，由於薩威托被捕，我怕那些信——』

『那麼你承認那些信是存在的了！』巴納得意地叫喊。雷密喬這時是中了陷阱了。他被卡在兩樣必要的事情之間：爲自己澄清異端的指控，以及消除謀殺的嫌疑。他必然決定要面對第二項控訴——本能的，因爲現在他的行動已不遵循任何規則，而且也沒有人能給他意見。『待會兒我會說出關於那些信的事。……我會解釋……我會說出它們怎麼會落到我手中的。……但是我先要說今天早上發生了什麼事。當我看見薩威托被巴納大人拘禁時，我就想到他可能會說出那些信的事；那幾封信的記憶許多年來一直折磨著我的心……然後我聽見威廉和賽夫禮納談到一些文件……我不能說……我很害怕，我以爲馬拉其不想再保管它們，把它們交給賽夫禮納了。……我想要毀了那些信，所以我就去找賽夫禮納……實驗室的門是開的，賽夫禮納已經死了，我開始搜尋他的東西，想要找那些信……我是怕……』

威廉低聲對我說：『可憐的傻子，害怕一樁危險，卻又一頭栽進另一樁去……』

『我們假定你所說的幾乎——我說，幾乎——全是實話吧。』巴納打岔道：『你以爲那些信落在賽夫禮納手中，便在他的實驗室裡找尋它們。爲什麼你會認爲他有那些信呢？爲什麼你要先殺死其他的幾位兄弟？你是不是以爲那些信曾輾轉傳過好幾個人手中？這所修道院或許慣於拾取被燒死的異教徒身後的遺骨吧？』

我看見院長驚跳起來。再沒有比拾取異教徒遺骨的指控更陰險的了，巴納實在很狡猾，把謀殺和異端，及修道院生活的一切混爲一談。我的思緒被管理員打斷了；他大聲叫喊著他和其他罪行並無關連。巴納容忍地叫他平靜下來：目前，這並不是他們所要討論的問題，雷密喬是因異端的罪而被訊問的，他不該試圖（說到這裡，巴納的聲音又變得嚴厲）以談到賽夫禮納，或試著使人懷疑馬拉其，而將別人的注意力自他異教徒的歷史引開。因此他應該再回頭解釋信件的事。

『海德漢的馬拉其，』巴納對證人說：『你並不是以被告的身分出庭的。今天早上你一無隱瞞的回答了我的問題和我的要求。現在你再把今早對我說的話，在這裡重複一次吧，用不著害怕。』

『我重複今早所說的話。』馬拉其說：『雷密喬抵達這裡沒多久，便負責廚房的事，由於我們的職務有所關連——我是圖書管理員，負責在夜晚時爲整幢大教堂上鎖，包括廚房在內——我們經常碰面。我沒有理由否認我們變成了好朋友，也沒有理由對這個人存有疑心。他告訴我說，他有一些性質頗爲隱秘的文件，在告解的情況下託付給他的，絕不可落入異教徒手中，所以他不敢自己保存。由於我所負責的地區，是修道院裡唯一禁止其他所有的人進入的地方，他要求我保管那些文件，免得被好奇的人看到。我答應了，根本沒懷疑過那些文件竟是異教徒的信，當我存放它們時也沒有將它們攤開來看……我把它們放在圖書室最難以進入的秘密房間裡，以後我把這回事壓根兒忘了，直到今天早上，裁判官大人對我提及那些文件的事，我才將它們取出，全部都交給他……』

院長皺著眉頭站起身。『你爲什麼沒有把你和管理員的這項協議向我報告？圖書室並不是用來放置屬於僧侶的物品的！』院長明白表示了修道院與這件事並無關連。

『院長，』馬拉其困惑地回答：『我以爲這是一件無關緊要的事。我是在無意中犯了罪的。』

『當然，當然。』巴納以誠摯的聲音說：『我們都相信圖書管理員的行動完全是出於好意，他坦然與本庭合作就是證據。我要請求院長不要爲了這件屬於過去的輕率行爲而懲罰他。我們相信馬拉其。我們現在只要求他在立過誓的情況下，證明我現在將要給他看的這些文件，就是他今早拿給我的，同時也是維拉金的雷密喬在許多年前到達修道院之後，交託他保管的。』他從桌上的文件中抽出兩張羊皮紙。馬拉其看過那兩張紙後，以堅定的聲音說：『我以上帝，以全能的父，以最聖潔的聖母，以所有聖徒之名發誓，就是這些文件沒錯。』

『好。』巴納說：『你可以離開了，海德漢的馬拉其。』

就在馬拉其低著頭快走到門口之時，擠在會堂後面那群好奇的群眾中，響起了一個聲音：『你爲他藏信，他讓你在廚房裡看見習僧的屁股！』群眾哄笑了起來，馬拉其推開別人，急步走出。我發誓那是葉曼羅的聲音，但那些話是用假聲說出的。院長氣得臉都發紫了，大聲喊叫大家安靜下來，又威脅說他要重罰每一個人，下令僧侶們離開會堂。巴納陰險地笑笑，在會堂另一側的柏特蘭樞機主教彎身附在強恩·葉諾的耳畔說了幾句話。強恩·葉諾伸手蓋住嘴巴，低下了頭，好像是在咳嗽似的。威廉對我說：『管理員不只自己犯了肉慾之罪，而且還是個淫媒。但是巴納並不理會這個，受窘的倒是亞博……』

巴納打斷了他的話，直接對他說道：『威廉兄弟，我也很想聽你告訴我，今早你和賽夫禮納所談到的究竟是什麼文件，使管理員在無意中聽到而產生了誤解。』

威廉回望著他。『他的確是誤解了。我們所說的是一本狂犬病的論述，作者是艾北·盧夏維，想必你也知道這本名著才對，而且對你也經常會有幫助。艾北說，狂犬病可以由二十五種明顯的徵象辨認出來……』

巴納是聖明道修會的修士，自比爲上帝的狗，並不想在此刻展開另一場戰役。他迅速說道：『那麼你們所說的事與本案無關。』審判繼續進行。

『我們再來聽你的陳述吧，雷密喬兄弟，遠比犯了狂犬病的狗還要危險的麥諾瑞特修士。如果威廉兄弟在過去這幾天分點神去注意異教徒的夢話，而不要光是注意狗，也許他也會發現在這修道院裡潛藏了一條毒蛇。我們再來談這些信吧。現在，我們確知它們曾在你的手中，你費心將它們藏起來，彷彿它們是最毒的藥，而且你殺了——』他舉起手阻止了否定的企圖——『我們稍後再談論這些謀殺……你殺了人，我說到，以免讓信落到我手中。所以，你認得這些文件是你的所有物了？』

管理員沒有回答，但他的沈默便是最好的雄辯。因此巴納又追問道：『這些文件是什麼呢？它們是異教首領多西諾在被捕之前幾天手寫的兩頁信。他把信交付給一個門徒，要他帶給仍分散在義大利各地的餘黨。我可以把信裡的內容唸給各位聽，關於多西諾在面臨死亡之時，如何對魔鬼寄以一線希望！他安慰他的信徒，雖然他在信中所宣佈的日期和以前不合；在他的前幾封信中，他說一三〇五年時所有的僧侶都會被腓特烈大帝殲滅，這裡他只說這可怖的殲滅已經不遠了。這個異教首領又在說謊了，因爲到現在都已過了二十多年了，他那些罪惡的預言卻都沒有實現。但是我們所要討論的並不是這些荒謬的預言，而是擔任信差的人是雷密喬。你還能否認，你和僞使徒教派不但有來往，而且還曾是他們的一份子嗎？』

到這時管理員已無法再否認了。『大人，』他說：『我年輕時犯過許多可悲的錯誤。我被誘加入貧窮生活兄弟會後，又聽了多西諾的傳教，相信了他的話，成爲他的信徒，是的，那是眞的，在布瑞西亞和貝加莫地區時，我都和他們在一起，我和他們到過柯摩和瓦塞西，又在禿山及拉薩谷避難，最後到了盧北樂山。但我從未參與任何罪惡的行動，他們開始使用暴力，搶奪百姓時，我仍維持著聖芳濟修士謙敬卑怯的本質；在盧北樂山上，我告訴多西諾說我覺得沒有能力再參與他們的戰役了，他便允許我離開，他說他不願他的門徒中有懦夫，然後便只要求我把那些信送到波隆那去……』

『交給什麼人呢？』巴納又問。

『交給他的同黨，名字我記不得了，等我想起來後，我會告訴您的，大人。』雷密喬猶豫地保證道，又說出了幾個名字；柏特蘭樞機主教似乎知道這些名字，露出滿意的笑容，和巴納交換了認可的點頭。

『很好。』巴納說著，把那些名字記了下來，然後又問雷密喬：『爲什麼你現在把你的朋友供出來了呢？』

『他們不是我的朋友，大人，我沒有傳送那些信就是證據。事實上，還不止如此；這麼多年來我試著忘掉這回事，現在我要把它說出來：爲了離開那個地方，而不被在平原等待我們的瓦西里主教軍隊抓到，我設法和他的部下取得聯繫，把上山攻擊多西諾堡壘的主要途徑告訴他們，因此教會軍隊打了勝仗，說起來也是由於我的合作。』

『很有趣。由此我們知道你不止是個異教徒，而且是個懦夫和叛徒，你的情況並未因此而改變。正如你今天爲救你自己，指控曾經幫過你忙的馬拉其，當時你爲了救自己，不惜把你罪惡的同伴交給合法的武力。但是你出賣了他們的軀體，卻保有他們的教誨，你又把那些信當作聖物保留了起來，寄望有一天你會有勇氣，以及無需冒險的機會，將信送出，再次獲得僞使徒的信任。』

『不，大人，不是的。』管理員滿臉是汗，雙手顫抖，說道：『不是那樣的，我向您發誓……』

『發誓！』巴納說：『這又證明了你的狡詐！你要發誓，因爲你知道我曉得華登西異教徒寧願編造任何謊話，甚至不惜一死，也不願發誓！當他們恐懼難當時，他們便假裝要發誓，說出虛僞的誓言！但是我很清楚你並不屬於里昂的貧窮教派，你這隻邪惡的狐狸，你是想讓我相信你的話，好讓我否定你是個異教徒！你發誓，是不是？你發誓，希望被赦免，但是我要告訴你：單單一個誓言對我是不夠的！我高興的話，可以聽到一個，兩個，三個，一百個，成千上萬個誓言。我知道你們僞使徒對發僞誓的人比背叛教派的人更寬容。所以每個誓言都只是更進一步證明了你的罪過！』

『那麼我到底該怎麼辦呢？』管理員喊著，跪了下來。

『不要像個貝戈德的異教徒一樣跪拜！你什麼也不必做。到了這當兒，只有我知道該怎麼做。』巴納露出了陰沈的笑，說道：『你只要坦白招供。你招供的話，會受到嚴厲的譴責，你不招供的話，也會受到嚴厲的譴責，因爲你會因發僞誓而受罰！所以，坦白招認吧，至少可以縮短這最痛苦的訊問，免得我們的良心和同情心備受折磨！』

『可是要我招認什麼呢？』

『兩項罪惡：其一，你曾屬於多西諾教派，信仰異教徒的主張，並參與它的行動，對抗主教和城市自治長官，儘管那個異教首領已死，教派已被驅散，你仍執迷不悟地繼續那些謊言及幻想。其二，你最深處的靈魂已被罪惡的行爲所腐化，你加入對抗上帝的騷動，而且在這個修道院裡犯了傷天害理的罪，原因何在我還不知道，但卻甚至無須加以澄清，只是明顯地證實了宣揚貧窮及接受貧窮信念的異端，違反教皇及教皇敕令的教誨，必然導致犯罪行爲。這便是信徒們所應該獲悉的，對我而言這也就夠了。招認吧。』

巴納的企圖是很分明的。他對殺死那些僧侶的兇手是什麼人根本就不感興趣，只想顯示雷密喬所涉及的便是皇帝的神學家所闡釋的概念。他一旦揭發了那些斐路幾亞僧會的概念，與佛拉諦斯黎和多西諾信徒的主張是互相關連的，並揭示若有一個屬於該修道院的人贊成所有的異論，又犯了許多罪行，對他的敵手必然有過眞正的道德打擊。我注視威廉，明白他也了解巴納的用心，但卻無能爲力，雖然這一切都在他預料之中。我望向院長，看見他緊蹙雙眉；顯然他逐漸意識到，他也被拖入一個陷阱中，他身爲調停人的權威坍塌了，他的修道院就像是一座匯集了罪惡的城堡。至於管理員呢，現在他已經不知道該如何爲自己辯解了。但是或許在那一刻他已無法思考了；由於喉嚨喊出的聲音，就是他心靈的呼喊，流洩出他多年來秘密的悔恨。或者，在一輩子的猶豫、狂熱和失望，怯懦和背叛之後，面對著無法避免的毀滅，他決定表白他年輕時的信仰，不再自問那是對或錯，而是向自己證明，他到底曾執守過某種信仰。

『是的，那是眞的。』他喊道：『我曾和多西諾在一起，參與了他的罪行和放縱；也許我當時瘋了！把吾主耶穌基督的愛與對自由的渴求及對主教的憎恨混在一起。我確實犯過罪，但是修道院裡所發生的一切事情都與我無關，我發誓！』

『目前我們已有斬獲了。』巴納說：『既然你承認曾經信奉過多西諾的異端，想必你也和巫女瑪格麗特及她的同伴有過接觸。當他們在特非洛吊死許多信仰虔誠的基督教徒，包括一個無辜的十歲小孩，那時你也和他們在一起吧？他們把那些不肯向他們屈服的人吊死，而且當著那些受害者的妻子及父母面前；因爲，當時你的自負和憤怒蒙蔽了你，所以你認爲任何人都必須屬於你的團體才能得救，對不對？說！』

『是的，我相信而且做了那一切！』

『當他們俘虜了主教的手下，使他們有些人在獄中活活餓死，又割下了一個孕婦的手臂，然後聽任她生下一個落地即死去，甚至來不及命名的嬰兒時，你也在場吧？當他們縱火焚燒克理佩可洛地區的村莊，又在特非洛教堂弄污了聖像，拆下祭壇上的墓碑，敲碎聖母雕像的一隻胳臂，掠奪了聖餐杯、聖器和書籍，毀了尖塔，撞壞鐘樓，搶走教會和神職者的所有物後，又放火把教堂燒了之時，你就和他們在一起？』

『是的，是的，我就在那裡，當時我們都不知道自己在做什麼，我們將傳達處罰的時刻，我們是天堂派下的皇帝及神聖教皇的前鋒，我們要促使天使降臨，使所有的人都接受聖靈的榮耀，使教會更新，在所有的邪惡都毀滅了以後，就只有完美的領域了！』

管理員似乎又一次著魔了，沈默及僞裝的水閘似乎爆裂了，他的過去又返回了；不只是話語，而且出現了影像，使他再一次感到曾震撼過他的情感。

『那麼，』巴納接口說：『你承認你曾尊吉剌鐸．施格瑞爲殉教者，否定羅馬教會所有的權力，宣稱教皇或任何權威都不能命令你棄絕你的夥伴所過的生活方式，沒有人有權利將你逐出教會；你認爲自聖西維斯特以來，教會所有的神職者都是說話搪塞之人及誘惑者，只有默隆的彼得例外；你主張俗人無需付什一稅給神職者，除非神職者遵照使徒的生活方式，恪守絕對的貧窮，因此什一稅只應付給你的教派，也就是耶穌基督僅有的使徒和貧民；你覺得在馬廄裡和在敬神的村莊裡向上帝禱告，並沒有什麼差別；你也承認你經過許多村莊，誘惑人們叫喊「斐尼坦吉特」，唱「薩夫雷金那」吸引群眾，又自認是悔罪者，在世人眼前過著完美的生活，卻又縱慾妄爲，因爲你們不相信婚姻的神聖，或其他的一切聖禮，你們自認爲比別人純潔，所以你們可以對自己的身體及別人的身體任意冒犯作賤？說！』

『是的，是的，我承認當時我全心相信那個信仰，我承認我們不穿衣袍以表示克己，我們放棄一切的所有物，而你們——自比爲狗的僧侶——卻絕不會放棄任何財物；從那時起，我們從未接受任何人所給的金錢，我們的信徒也不攜帶金錢，我們靠救濟品爲生，過一天算一天，當他們接待我們，請我們吃飯，我們吃飯後便離開了，並不把桌上的剩菜包走，留待明天吃……』

『而且你們搶奪好基督徒的財物，又把他們的房子燒了！』

『我們搶劫放火，因爲我們宣稱貧窮是全球奉行的法則，我們有權分配其他人不合法的財富，我們要打擊貪婪的心，免得他們一再自毀，我們搶劫並非爲了要佔有，殺人也不是爲了要劫掠；我們殺人是因爲要懲罰他，以血淨化不純潔的心靈。也許我們是被對正義過度的熱望所驅使：一個人可能因爲過度愛上帝，過度的完美而犯罪。我們是眞正的心靈聖會，是上帝所派遣的，承擔著最後數日的榮耀：我們在天堂尋求回報，加速你們死亡的時間。只有我們是基督的使徒，其他人都背叛了祂，吉剌鐸．施格瑞便是一株神聖的樹；我們的教規是直接由上帝規定的。我們必須將無辜的人也殺死，這樣才能更快的殺掉你們全體。我們希求一個更好的世界，所有的人都能得到安寧、甜蜜，和幸福，我們要扼殺因你們的貪婪而引起的戰爭，因爲我們爲了建立正義，尋求快樂，而不得不流一點血時，你們卻斥責我們……事實是……事實是那並無須付出太多代價，而且在史特維洛那一天把卡涅司可的河水染紅也是值得的，那也包含了我們的血。我們並未倖免，我們的血和你們的血，非常非常多，多西諾預言的時刻就快到了，我們必須加速事件的過程……』

他的全身顫抖，雙手不停地在僧衣上擦著，彷彿想要把他記憶中的鮮血擦淨。威廉對我說：『暴徒又變得純潔了。』

我驚愕地問：『但這是純潔嗎？』

『當然還有另外一種純潔。』威廉說：『不過，不管它怎麼樣，總是令我害怕。』

我又問：『在純潔中，最令你害怕的是什麼呢？』

威廉回答：『急速。』

『夠了，夠了。』巴納正說道：『我們是要你招認，不是要你回想一次殺戮。很好，你不止曾是個異教徒，到現在你仍然是。你不僅曾是個殺人者，現在你又殺人了。我要你告訴我們，你是怎麼殺死這所修道院裡的兄弟的，而且原因何在。』

管理員停止顫抖，左右張望，似乎從夢中醒來。『不，』他說，『我和修道院裡的罪行毫無關連。我已承認了我曾做過的一切，不要叫我承認我沒做過的事……』

『但是你又有什麼事做不出來呢？難道你現在還要喊冤嗎？哦，羔羊，哦，怯懦的典型！你們都聽到他的話了：他的雙手曾浸在鮮血中，現在他說他是無辜的！或許我們弄錯了，維拉金的雷密喬是道德的典範，教會忠心的子民，基督之敵的敵人，他一向尊敬屬於教會的修會、貿易的和平、工匠的店舖、教堂的財寶。他是無辜的，他沒有犯罪。來吧，投入我的懷抱吧，雷密喬兄弟，我可以慰藉你，爲了壞人對你的指控！』

當雷密喬迷惑地望著，彷彿突然間相信了最後的赦免，巴納又恢復了原來高傲的態度，以命令的口吻對弓箭手的隊長開口道：

『要我採用教會所批判，卻是世俗武力所採取的方法，實在令我作嘔。但就連我個人的情感也被一種法則所控制、引導。請院長提供一處可以裝置苦刑設備的地方吧。但不要立刻進行。讓他在牢房裡待三天，手腳都鍊住，再把那些用刑的工具拿給他看。只是給他看。然後，到了第四天，再開始。正義可不是急速便可促成的，如僞使徒所相信的那樣，上帝的正義多少世紀以來都是不辯自明的。慢慢的折磨他，而且由輕的刑罰先來。最重要的，記住一再的訓誡：避免毀損手足及死亡的危險。在這個程序中，犯人所求的恩惠正是死亡，然而，在他自願完全招供，淨化自己之前，他是求死不得的。』

衛兵們彎身要拉起管理員，可是雷密喬卻堅決地站著，反抗他們的拉扯，表明他還有話說。衛兵放開他後，他想要說話，話卻幾乎都鯁在喉間，好不容易說出口，又像是醉鬼的低喃，讓人想聽也聽不清楚。慢慢的他才恢復不久前招供時著魔般的精力。

『不，大人，不要對我用刑。我是個懦夫。我是背叛過，十一年來，我在這所修道院裡否認我過去的信仰，向製酒者及農人收稅，巡視馬廄和豬舍，使畜獸興旺，增加院長的財富；我不遺餘力地管理這片假基督的產業。我過得很順心，忘了可怖的過去，沈浸在味覺及其他種種享樂中。我是個懦夫。今天我出賣了以前波隆那的兄弟，然後又出賣了多西諾。身爲一個懦夫，卻僞裝成改革運動的勇者，我目睹多西諾和瑪格麗特被捕；復活節前一日，他們在布吉洛堡被擒。我在瓦西里遊蕩了三個月，直到克里蒙教皇的信和死亡的宣判一起寄達。我看見瑪格麗特被肢解，當著多西諾的面前，她痛苦地尖叫，肚破腸流，那可憐的軀體，有一夜我也曾碰觸過……當她殘廢的身體燃燒時，他們又用火燙的鉗子扯下多西諾的鼻子和睪丸，人們後來說他甚至沒有發出一聲呻吟並不是眞的。多西諾是個高大強壯的人，有一嘴魔鬼的鬍髭，和長達肩胛骨的鬈曲紅髮，他領導我們時，顯得那麼英俊威武，戴著插了一根羽毛的寬邊帽，腰間配劍。多西諾使男人害怕，女人歡快地驚呼……可是當他們折磨他時，他也痛苦地叫喊了，像一個女人，像一頭牛，他全身的傷口不住地流血，但他們帶他繞行全城，繼續折磨他，好讓人們看看一個魔鬼的密使能夠活多久。他想死，要求他們結束了他，可是直到他到達火場時他才死去，那時他已是血肉糢糊，不成人形了。我跟在他後面，慶幸自己逃過了那次審判，我爲自己的及時脫逃沾沾自喜，薩威托那個惡徒就和我在一起，他對我說：我們眞聰明，雷密喬兄弟，理智地潛逃；再沒有比刑罰更可怖的事了！那一天我願起誓加入其他千百種宗教。許多年來，我總想著自己是多麼卑下，卻又多麼快樂，然而我總希望能向自己證明，我並不是一個懦夫。今天你給我這個力量，巴納大人；你和我的關係就像是異教的皇帝和最怯懦的殉教者。你給了我招認的勇氣，坦白說出我靈魂深處的信仰，雖然我的軀殼已遠離了它。但不要要求我有太多勇氣，比我這必死的架構所能承負的還要多。不，不要用刑。不管你要我說什麼，我說就是了。最好立刻就送我上火場吧：在我被火燒到之前，便已因窒息而死了。不要讓我受和多西諾一樣的刑罰。不要。你要一具死屍，爲此你要我爲其他的死屍承擔罪過。反正我很快就會死了。所以你要我說什麼我都說。我殺死了奧倫多的阿德莫，因爲我憎恨他的年輕，以及嘲弄我又老又肥又無知的機智。我殺死了薩微美的韋南提，因爲他太有學識了，他所看的書我都不懂。我殺死了艾隆戴的貝藍格，因爲我厭恨他的圖書室；我根本沒有什麼神學的概念。我殺死了尙文達的賽夫禮納……爲什麼呢？因爲他收集藥草，而我在盧北樂山上時，曾吃草根樹皮爲生，而不管它們有何屬性。事實上，我還可以殺死別人，包括我們的院長：不管他站在教皇那一邊，或支持帝國，他仍是我的敵人，我一直都恨他，即使當他因爲使他豐足而賞我一口飯吃。這樣您滿意了嗎？啊，不，您還想知道我如何殺死所有的人……爲什麼，我殺了他們……我想想看……我召喚了惡魔的力量，藉薩威托教我的魔法指揮一千個兵團。殺人是無需親自動手的；魔鬼會爲你出手，只要你知道如何指揮魔鬼。』

他狡猾地瞄了旁觀者一眼，咧嘴而笑。但他所發出的是個瘋子的笑聲，儘管（後來威廉對我指出了）這個瘋子並沒忘了把薩威托一起拉下水，報了被他出賣的仇恨。

巴納卻認爲他的狂言妄語是合法的招供，追問道：『你怎麼指揮魔鬼呢？』

『你自己也知道：這麼多年來沒有穿他們的僧衣，根本不可能和著魔者溝通！你自己也知道，屠殺使徒的人，只要抓隻黑貓——對吧？——連一根白毛也沒有的（你也知道），把牠的四隻腳綁住，在半夜時把牠帶到十字路口去，大聲喊道：哦，偉大的魔鬼！地獄的皇帝！我召喚你並引導你進入我的敵人體內，正如我現在拘住這隻貓，如果你能害死我的敵人，明晚午夜，在這同一個地點，我會用這隻貓獻祭你，你會以我現在遵照聖賽普利安的秘籍所行使的魔法，去做我命令你做的事，以地獄大軍所有隊長之名，阿德別曼屈，亞拉斯托，和艾扎紀，我現在祈禱，和他們所有的兄弟……』他的嘴唇顫抖，眼球似乎鼓出了眼窩，開始祈禱——或者，只是像在祈禱，但他對地獄所有的領袖央求：『亞比迦，高貴的罪惡……阿蒙，憐憫我吧……撒美爾，賜福給我吧……貝利爾……佛卡爾……哈勃連……薩波斯，寬容我的過失……李奧那……』

『住口，住口！』會堂裡所有的人都叫嚷著，不住在胸前劃十字。『哦，主啊，憐憫我們大家吧！』

管理員噤聲不語。當他喃喃唸著魔鬼的名字時，他趴倒在地上，由扭曲的嘴裡流出一道白色的唾沫。他的雙手雖被鍊住，卻痙攣地張握，他的腳在不規則的抽筋中，對著半空亂踢。威廉看見我恐懼的顫慄，伸手撫撫我的頭，又怕怕我的頸背，使我平靜下來。『你看見了吧。』他說：『接受苦刑或在苦刑的威脅下，一個人不止會說出他曾做過的事，也會說出他可能做的事，即使他根本一無所知。雷密喬現在一心只想死。』

弓箭手把管理員帶開了。巴納整理了一下文件，然後嚴厲地注視在場的人，雖沒有任何動作，卻使人感到不安。

『訊問結束了。被告已自己承認有罪，將被帶到亞威農去，等護衛正義和眞理的最後審判結束後，才會被送上火場。他不再屬於你了，亞博，他也不屬於我，我只是眞理卑微的工具。正義的實踐將在別的地方舉行；牧羊人已完成了任務，現在牧羊人必須把染了病的羊和羊群分開，用火將牠淨化。可悲的事件已經完結了。但願修道院從此再恢復安寧。但是這世界，』——他提高了聲音，對整團特使說——『這世界還未找到安寧。這世界仍被異端所擾亂，它們甚至在帝國的宮殿裡找到了庇護！願我的兄弟們記住這一點：多西諾的信徒與斐路幾亞僧會有惡魔的束縛。我們不可忘了，在上帝的眼中，我們剛才交付給正義的惡徒，和被逐出教會的巴伐利亞日耳曼人並無二致。異教徒的罪惡來源是由許多尚未受到處罰的講道中流出的。髑髏地就是被稱爲上帝的人最後的命運，就像罪惡的我，消滅異端的毒蛇——不管它窩藏在何處。但在執行這項神聖的任務時，我們獲知公開實行異端的人並不是僅有的一種異教徒。應該滅絕的異教徒有五種：第一，秘密到獄中探討異教徒的人；第二，爲他們被捕而悲傷，並且曾是他們好友的人（不過，在這個異教徒的罪行還未暴露之前，與他時常在一起的人則屬例外）；第三，宣稱異教徒受到不公譴責的人，儘管他們的罪惡已經過證實；第四，那些批評迫害異教徒者的人，這些人雖想隱藏他們的情感，但由他們的眼睛、鼻子、表情，卻看得出他們憎恨反對異教徒的人，卻愛那些爲異教徒的不幸悲傷的人；第五，就是拾取異教徒燒黑的骨頭，並放置起來膜拜的人……但是我認爲還有第六種人也是異教徒之友，那就是著書爲異教徒請命的人；就算他們沒有公開冒犯正教。』

他說話時，直瞪著猶伯提諾。法蘭西代表團都明白巴納的話中之意。現在會議已經失敗，沒有人敢提起當天早上的討論，知道每個字都會因最近這一連串悲慘的事件而加重含義。如果巴納是被教皇派來阻止兩個代表團的和解，他已經成功了。

36

黃昏晚禱

猶伯提諾趁夜逃走，貝拿接任圖書館助理管理員，威廉回想當天所見、不同類型的慾望。

僧侶們魚貫走出會堂時，邁可走到威廉身旁來，然後猶伯提諾又加入了他們。我們一起走出去，在迴廊下討論，彌漫的濃霧絲毫沒有散開的跡象，事實上，反而因重重的陰影而更顯得濃密。

『我想對於這些事件實在沒有批評的必要。』威廉說：『巴納擊敗了我們。雖然我不知道那個低能的多西諾信徒是否眞犯了那些罪行。在我看來，他根本沒有殺人。不過，我們顯然又回到了起點，等於毫無進展了。約翰要你一個人到亞威農去，邁可，這次會議並未帶給你我們所要求的保證。相反的，它只是讓你明白了，等你到亞威農之後，你的每句話都可能被扭曲。因此，我們的推論是，你不該去。』

邁可搖搖頭。『正相反，我要去。我不希望教會分裂。威廉，今天你說得很明白了，也說出了你的希望。但是，我並不這麼想，而且我知道斐路幾亞僧會的決策也正是帝國神學家在無意中沿用的。我希望教皇能接受聖芳濟修會及修會貧窮的理想。必須讓教皇了解，除非修會貧窮的理想得到肯定，它永不可能搜出異教的分支。我要到亞威農去，必要的話，我甚至可以向約翰屈服。除了貧窮的原則之外，任何事情我都願意妥協。』

猶伯提諾開口道：『你知道你這樣做是冒著失去生命的危險嗎？』

『我顧慮不了那麼多了。』邁可回答道：『總比冒著失去靈魂的危險好。』

他的確是拿生命開玩笑，如果約翰是對的（現在我仍不相信），邁可也失去了他的靈魂。後來的經過如今大家都知道了。在我現在所敘述的事件過了一個禮拜後，邁可去見教皇。他堅決地和教皇對抗了四個月直到次年四月，約翰召集了紅衣主教會議；在會議中，他指責邁可是個瘋子，是個魯莽、固執、蠻橫的異端煽動者，是潛伏在教會中，受教會滋養的一條毒蛇。根據當時的情況看來，一般人可能會認爲約翰是對的，因爲在這四個月裡，奧肯的威利與邁可結爲好友，雖然威利也是我的導師——威廉的好友，但他的觀點比威廉還要偏激，對邁可造成了很大的影響。這些持異論的人在亞威農過著朝不保夕的生活，到了五月底，邁可、奧肯的威利、貝加莫的波那雷提、亞斯科里的法蘭西斯和塔翰的亨利，被教皇的人說服，逃到尼斯去，然後是土倫、馬賽、艾格斯莫，在那裡，亞拉伯利的樞機主教皮耶趕上了他們，想要勸服他們回去，卻無法消除他們的抵抗、他們對教廷的恨，及他們的恐懼。六月時，他們抵達比薩，帝國的軍隊熱烈地接待他們，接下來幾個月，約翰公開抨擊邁可，那時已經太遲了。皇帝的運氣衰微了；約翰在亞威農陰謀爲麥諾瑞特修會立一名新的修道會長，終於得到勝利。邁可那天不該決定要去見教皇，他可以就近領導麥諾瑞特修會抵抗，而不用在他的敵人勢力下白白浪費了幾個月，使自己的地位轉弱……但或許全能的神已將一切命運都注定了——現在我也不知道他們之中誰才是對的。經過了這麼多年之後，即使熱情之火也已熄滅了，以及眾所皆信的眞理之光。現在我們有誰能說赫脫或阿奇里斯是對的，亞格曼蒙或普萊恩是錯的——當他們爲一個現在已化爲灰燼的美女爭戰不休之時？

但是我又岔入憂鬱的枝節去了。我應該將那次悲哀的對話說完。邁可已下定決心，誰也別想說服他打消念頭。但現在又有另一個問題了，威廉坦率指出：猶伯提諾的處境已不再安全了。巴納的話是針對他說的，教皇此時最痛恨的是他；邁可至少還代表一股必須商議的勢力，猶伯提諾卻可以說是孤軍奮戰……

『約翰要邁可進宮，要猶伯提諾下地獄。要是我夠了解巴納，在明天之前，藉著濃霧的掩護下，猶伯提諾就會被殺。要是有人問是誰幹的，反正修道院最近連續出了許多人命，他們會說那是雷密喬和他的黑貓召來的魔鬼幹的，或者是仍潛伏在這修道院裡的某個多西諾信徒下的手……』

猶伯提諾很擔心。『那麼——？』他問道。

『我想，』威廉說：『你去和院長談談吧，請求他給你一匹馬、一點糧食，和一封信，讓你到遠在阿爾卑斯山外的修道院去避避難。最好趁著濃霧未散時，連夜離開。』

『但是弓箭手不是還在大門守衛嗎？』

『修道院還有別的出口，院長很清楚的。讓一個僕人牽著馬在下面的彎路等你；你在修道院內走過一段路後，就會進入一片樹林。你必須在巴納還沉醉在他的勝利中時，立刻行動。我還有別的事情要辦。我有兩件任務：一件已經失敗了，至少另一件必須成功。我勢必得到一本書，找到一個人。假如一切順利的話，在我找到之前你應已離開這裡了。所以，再見吧。』他伸開雙臂。猶伯提諾感動地擁緊他：『再見，威廉。你是個瘋狂而傲慢的英國人，但是你有一顆偉大的心。我們會再見嗎？』

『我們會再見的。』威廉向他保證：『上帝會爲我們祝福。』

不過，上帝並未祝福。我已說過，猶伯提諾在兩年後被神秘地殺害。這個奮力不懈的老人度過艱辛而冒險的一生。也許他並不是聖人，但是我希望上帝爲他的堅持給他一點報償。我的年歲愈增，愈遵奉祂的神旨，愈不珍視好奇的心智。我認知了信仰是救世唯一的方法，只能耐心等待，不能問太多問題。猶伯提諾的血液中的確有深切的信仰，及對受難的吾主所感到的痛苦。

也許當時我便不自禁地想著這些事，而那個年老的神秘家意識到了，或者猜想到有一天我會這麼想。他對我笑笑，與我擁抱，但不像他在前幾天時擁抱我的熱切，卻像祖父摟抱孩子般的擁住我，我也敬愛地回抱他。然後他便和邁可一起去找院長了。

我問威廉：『現在呢？』

『現在，再回頭調查罪行吧。』

『老師，』我說：『今天發生了許多事情，對基督教的信仰精神而言相當嚴重的事，而且我們的任務失敗了。然而你對解開這樁神秘事件似乎比對教皇和皇帝之間的衝突更感興趣。』

『瘋子和孩子都會說眞話，埃森。以皇帝的顧問而言，我的朋友馬西列斯比我稱職，但我卻是個較好的裁判官；甚至比巴納·葛還要好——上帝見諒。因爲巴納並不想發掘罪惡的事實，反而對燒死被告很感興趣。而我，正好相反，覺得最快樂的事莫過於解開一個複雜的結。我原來懷疑這世界是否有個秩序，後來我發現，在各種事務之中至少有一連串的連結。另外或許還有一個原因：這件事包含了比約翰與路易之間的賭注更重要的東西……』

我懷疑地喊道：『可是這件事只是僧侶之間的盜竊和報復啊！』

『爲了一本禁書，埃森。一本禁書！』威廉回答。

我們吃晚餐吃到一半，邁可才走進餐廳，在我們身邊坐下，說猶伯提諾已經走了。威廉鬆了一口氣。吃過飯後，我們避開正在和巴納談話的院長，注意到貝拿想要搶在我們之前走出門；他看見我們，只有訕訕與我們打個招呼。威廉趕上他，迫他和我們走到廚房的一個角落去。

『貝拿，』威廉問他：『那本書呢？』

『什麼書？』

『貝拿，我們都不是傻子。我所說的是今天我們在賽夫禮納實驗室裡搜尋的書，當時我沒認出來。但是你認得那本書，所以又折回去把它拿走了……』

『何以見得是我拿的？』

『我想就是你，你也這麼想。書呢？』

『我不能說。』

『貝拿，既然你拒絕告訴我，我就告訴院長。』

『就是院長下令，我也不能說。』貝拿露出一副高潔的姿態。『今天，我們碰過面之後，發生了某件你應該知道的事。貝藍格死後，圖書室便少了一個助理管理員。今天下午馬拉其提議讓我頂這個缺。半個鐘頭前院長同意了，明早，我想，我就會被傳授圖書室的秘密了。不錯，今早我是拿了那本書，而且看也不看便把它藏到我的床舖下，因爲我知道馬拉其在監視我。最後馬拉其提出了我已告訴過你的建議。所以，我便做了一個助理圖書管理員必須做的一件事：我把那本書交給他了。』

我忍不住激動地衝口而出。

『可是，貝拿，昨天和前天你……你還說你急著想知道，你不希望圖書室再隱藏任何秘密，你說一個學者必須知道……』

貝拿脹紅了臉，沒有說話；但威廉阻止了我：『埃森，幾個鐘頭前貝拿加入另外一方了。現在他守護著他想知道的那些秘密，在他守護時，他儘可以放心去探查。』

『可是其他的呢？』我問：『貝拿當時指的是所有的學者呀！』

『那是以前。』威廉說著，把我拉開了，留下貝拿一個人去沈思。

然後威廉對我說：『貝拿被一種慾望迷惑了，但這種慾望與貝藍格或管理員的慾望不同。他就像許多學者一樣，對知識充滿了慾望。這個知識的一部份遭到了阻隔，所以他想抓住它。現在他抓住了。馬拉其了解這個人：他用最好的方法得回了書本，又封住了貝拿的嘴。你也許會問我，一個人得到了知識之後，卻不能任意傳授給別人，那又何必得到呢？然而這也就是我所說的慾望。羅傑・培根對知識的渴求並非慾望：他希望利用他的知識，爲上帝的子民造福，因此他並不是爲了知識本身而尋求知識的。貝拿的慾望卻是不知足的好奇心和理智的驕傲，這種狂熱化解了他對肉體的慾求，但也有可能使一個人成爲信仰或異端的戰士。世間的慾望並不只有對肉體的喜好。巴納・葛是貪慾的；他對正義的扭曲慾望，也可以視爲一種對權力的慾望。我們的神聖羅馬教廷卻對財富有慾望。管理員年輕時對作證、改變、懺悔有強烈的慾望，現在卻變爲對死亡的慾望。貝拿的慾望則是對書本的渴求。就像所有的慾望一樣，包括把芝麻籽撒在地上的歐南，那是毫無意義，而且與愛無關的，甚至是情慾的愛……』

我喃喃說：『我知道。』威廉假裝沒聽見。他繼續評論道：『眞愛總是爲所愛的人或物著想的。』

我問：『會不會貝拿也是爲他的書（現在那些書也算他的了）著想，認爲將它們收藏起來，免得被人拿走，對那些書是比較好的？』

『書的好處在於它可以被閱讀。書是用符號造成，說明其他的符號，而其他的符號則描述事物。一本書沒有人讀，就等於包含了並未產生概念的符號；因此便是無益的。這間圖書室或許是爲收藏書籍而建，但現在它的存在卻無異於埋葬了書本。所以，它變成了罪惡的淵藪。管理員說他背叛，貝拿也一樣背叛了。哦，多麼難以應付的一天，埃森！充滿了血腥和毀滅。我受夠了。我們也去參加晚禱，然後上床睡覺吧。』

一走出廚房，我們便碰見了葉曼羅。他問我們盛傳的謠言是否屬實；大家都說馬拉其提名貝拿接任助理。我們只有加以證實。

『我們的馬拉其今天可成就了不少好事。』葉曼羅的唇角照例浮現了輕蔑的笑。『如果眞有正義公理，今晚魔鬼就應該來把他抓走。』

37

晚禱

佐治發表假基督就要來臨的訓誡，埃森發現有名位者的權力。

黃昏晚禱時，由於審問正在進行，好奇的見習僧都逃避了老師的管教，透過窗子窺視會堂裡的情形，也沒幾個人參加禮拜儀式。現在所有的人都爲賽夫禮納禱告。每個人都期待院長發言，猜想著他將會說些什麼。但是在讚美詩唱罷後，院長雖曾踏上講道壇，卻只是宣佈今晚他沒有話說。他說，教堂裡發生了太多不幸的事件，再說任何斥責或告誡的話都沒有用。每一個人都應該反躬自省，誰也不例外。但是由於照例必須有個人說話，他建議由他們之中年紀最長的兄弟發言；這個最接近死亡的僧侶，對於激起了許多罪惡的世俗熱情，已完全看淡了。以年紀而言，照理應該由洛塔費勒的阿里男多說話，可是大家都知道這位可敬的兄弟健康情況十分脆弱。緊接在阿里男多之後的老僧就是佐治了。所以院長召喚他上臺。

我們聽見由葉曼羅及其他義大利僧侶的座席那裡傳來了議論的低語聲。我懷疑院長把今晚的訓誡交託給佐治，事先並未和阿里男多商量。我的導師低聲對我指出，院長決定不說話是明智的，因爲不管他可能說什麼，都會受到巴納和其他亞威農代表的評判。另一方面，老佐治只會說他平日神秘的預言，亞威農人對這些預言向來不怎麼看重。『但我就會看重，』威廉又說：『因爲我不相信佐治會同意在毫無目的的情況下發言。』

佐治在另一位僧侶的扶持下，登上講道壇。三角鼎的火花將他的臉映亮了。本堂裡唯一的一抹光亮，在他的眼睛四周蒙上一圈黑暗，使他的眼睛就像兩個黑洞。

『最親愛的兄弟們，』他開口道：『以及我們所有的客人。如果你們願意聽我這個可憐的老人說話……折磨著修道院的四次死亡事件——更別說那最卑劣的罪惡，不管是遙遠的或最近的——都不能歸之於自然的嚴酷；那是難以更改的旋律，自我們落地之日便已注定了，由搖籃到墳墓。雖然各位都感到哀痛逾恆，各位無疑都相信這些可悲的事件並未涉及你們的靈魂，因爲你們都是無辜的，只有一個人例外，當這個人受到應得的懲罰後，你們仍會繼續哀悼已逝的人，在上帝的法庭前，你們都無需爲自己辯解。你們便是這麼想的。瘋子呀！』他以可怕的聲音喊道：『你們都是瘋子和放肆的傻子！殺人者在上帝面前會背負著罪惡的重擔，但只因爲他同意成爲傳達天意的工具。正如必須要有一個人出賣耶穌，以完成贖罪的奧秘，然而上帝認可讓出賣他的人受到叱責及懲罰。因此某個人在這幾天裡犯了罪，帶來了死亡和毀滅，但是我要告訴你們，這個毀滅是上帝爲了屈辱我們的傲慢而應允的！』

他靜下聲來，空洞的目光掃過全場，彷彿他的眼睛還看得見似的，事實上他是用耳朵傾聽著靜默及錯愕。

『在這所修道院裡，』他繼續說道：『傲慢的毒蛇已蜷伏了一段時間了。但是什麼傲慢呢？權力的傲慢，在一個與外界隔離的修道院裡嗎？不，當然不是。財富的傲慢嗎？我的兄弟們，在已知的世界回應著關於貧窮與擁有的長期辯論之前，自我們的創始者那時候起，即使當我們擁有一切時，我們實際上從未擁有過任何東西，我們唯一眞正的財富，是在教規、禱告及工作的監視之下。但是我們的工作——修會的工作，尤其是這所修道院的工作——有一部份，就是研讀，以及知識的保存。我說保存，而不是追尋，因爲知識是一種神聖的事物，它的物質是完整，自始便已界定，在完美的聖言中。我說保存，而非追尋，因爲知識的特性之一是它在許多世紀以來，已被界定及完成，由先知的傳道，到教會神父的解譯。在知識的歷史上，並無進步，也沒有時代的革命，最多只是延續而莊嚴的重述。人類歷史是以一種無法遏止的行動進展的，由透過贖罪的創造，直到基督勝利的返回；祂將會坐在雲端上，評判變幻急速的生死；但人和神的知識並不遵行這條路徑；它如同一座難以攻下的堡壘，當我們謙卑地留意它的聲音，它允許我們遵循、預測這條路徑，但是它並未因那路徑而移動。猶太人的上帝說，我就是祂。我們的主說，我是路、是眞理、是生命。由此可知：知識，只是對這兩項眞理敬畏的評論。其他的一切說法，都是先知、福音傳道者、神父和學者所言，進一步說明這兩句敘述的。有時，並不知道這兩句話的異教徒，也會說出適當的評論，他們的話，也會被納入基督教的傳統。但除此之外，便沒有什麼可說的了。只有繼續沈思、潤飾、保存。這便是擁有一所大圖書館的我們，所應遵守的儀式——僅此而已。傳說，有個東方的哈利發，有一天縱火燒了一所著名大城的圖書館，當數以萬計的書被熊熊的火焰吞噬時，他說，那些書本來就該消失的；它們不是重複可蘭經上已經說過的，因而毫無用處，不然便是反駁異教徒所珍視的書，因此是有害的。教會的學者，並不以這種方式推論，我們也遵從他們。牽涉到聖經的註釋及澄清的一切，都必須保留，因爲它加強了神聖文句的榮耀；反駁的也不該摧毀，因爲只有將它保存下來，才可被能夠駁斥它的人再反駁回去，以上帝所選定的時間和方式。這便是我們的修會多少世紀以來的責任，以及我們的修道院今天的重擔：爲我們所聲明的眞理而驕傲，謙卑而謹愼地保存與眞理相違背的話，卻不允許我們自己被它們所侵蝕。現在，我的兄弟們，能夠誘惑一個學者僧侶的傲慢之罪是什麼呢？那便是認爲他的工作不是保存，而是尋求某些並未賜予人類的知識，彷彿在聖經最後一章中，最後一位天使並未說過已經說出的話：「我向一切聽見這書上預言的作見證，若有人在這預言上加添什麼，上帝必將寫在這書上的災禍加在他身上；這書上的預言，若有人刪去什麼，上帝必從這書上所寫的生命樹，和聖城，刪去他的份。」我不幸的兄弟們，難道你們不覺得，這些話只是預示了最近發生在這所修道院內的事，然而發生在這所修道院內的事，只是預示了我們這時代同樣的變遷；在城市和城堡裡，在大學和教堂裡，焦慮地想要探查眞理的字句中是否有新的條款，扭曲註釋已豐足的註釋，只需要無畏的辯論，而不是愚蠢的增議？這就是潛伏在這所修道院裡的傲慢，而且現在依然潛伏著；因此我要告訴費力想揭開不該他看之書籍緘封的人，上帝便是對這個傲慢施以懲罰，而且假如這傲慢不平息、謙卑，上帝仍會繼續懲罰，因爲上帝可以毫無困難地找到祂復仇的工具，永遠。』

『你聽見了嗎，埃森？』威廉低聲對我說道：『這老人知道的比他說出的還多。不管他是不是也在這件事中插了一手，他知道，而且提出警告：如果某些好奇的僧侶繼續冒犯圖書室，修道院就不會重獲安寧。』

佐治在停頓了半晌之後，又開始說話了。

『但是，誰是這個傲慢的象徵呢？誰是傲慢的活例、使者、共犯和負荷者呢？誰曾在這修道院裡行動，或者現在仍在行動，以警告我們時間已經接近——並慰藉我們，因爲如果時間已經接近，痛苦必將會難以忍受，但卻不是無限的，因爲宇宙偉大的循環也將完成了？哦，你們大家心裡都明白，你們害怕說出那個名字，因爲它也是你們的名字，而你們都怕它，但雖然你們害怕，我卻不怕，我要大聲說出這個名字，使你們的五臟六腑因驚恐而絞扭，你們的牙齒發抖作響，咬斷你們的舌頭，在你們的血液中形成的冰冷，會在你們的眼前蒙上一層黑色的面紗……他就是下流的畜生，他就是假基督！』

他停頓了許久。聽眾們一片死寂。整幢禮拜堂裡唯一的動靜，就是三角鼎內跳動的火焰，但就連火光造成的陰影也好像凍結了。唯一的聲音，是佐治抹掉額上的汗時，所發出的微弱喘息聲。然後，他又往下說了。

『也許你們想對我說：不，他還沒有來；哪裡有他來臨的跡象呢？說這些話的就是蠢人！我們天天都能看見預告性的大災難，在世界的鬥技場中，以及修道院較狹窄的影像裡……據說，當那一刻接近時，西方會興起一個異邦之王，一個無比狡詐的君主，無神論者，殺人兇手，貪愛錢財，善耍詭計，邪惡，是信徒的敵人和迫害者，在他的時代，他藐視銀，僅重視金！我很清楚，而你們聽我說話的人現在也都在思量著我所說的人究竟像教皇，或皇帝，或法蘭西國王，或任何一個你可以說：「他是我的敵人，我是站在對的一方！」的人。但我不願太過直率，我不會對你們指出一個人。假基督來臨時，是整體而來的，每一個都是他的一部份。他會混在劫掠城市和鄉間的土匪群中，他會在天上未曾預見的跡象中，於是彩虹會突然出現，號聲、火焰、呻吟的聲音會四起，海水也將會沸騰。據說人和動物會產生惡魔，但這是說心靈會懷有憎恨和傾軋。不要環顧你們在書上看得津津有味的、幻想中的動物！據說結婚不久的年輕妻子會生下已經會說話的嬰兒，傳話說時間已到，而且會要求被殺。但是，不要去我們下方的村莊搜尋，那些太聰明的嬰孩已經在這所修道院內被殺死了！而就像預言中的那些嬰孩，他們有成人的外表，在預言中他們是有四隻腳的嬰孩，和鬼魂，和根據預言，在母親子宮裡便說著魔咒的胚胎。這一切都記載得清清楚楚的，你們知道嗎？根據記載，在高位者、人民和教堂之間，都會發生許多動盪；邪惡的牧羊人將會興起，乖張、倨傲、貪婪、尋歡作樂、好逸惡勞、自誇、炫耀、傲慢、淫蕩、貪慕虛榮、福音的敵人、隨時準備拒絕窄門、蔑視眞話；他們會憎恨虔誠的每一條路徑，他們不會爲罪惡懺悔，因此在人群中散播懷疑，兄弟之間的恨、邪惡、冷硬的心、嫉妒、冷漠、搶劫、酗酒、不知節制、淫蕩、肉體的歡樂、通姦，以及其他所有的罪惡。憂傷會消失，還有謙遜、和平之愛、貧窮、憐憫、眼淚的恩賜……哦，難道你們不認得自己嗎——你們所有在場的人，本修道院的僧侶，以及來自外界的訪客們？』

在接下來的停頓中，我們聽到了一陣沙沙聲。那是柏特蘭樞機主教在長凳上不安地蠕動。我心想，佐治畢竟像是個偉大的傳教士，在他鞭笞他的兄弟之時，他也沒放過客人。我眞想知道在那一刻，巴納，還有那些肥胖的亞威農人，心裡都在想些什麼。

『就在這一刻，正是這一刻，』佐治大聲說道：『假基督將會呈現他冒瀆的幻影，正如他可以冒充我們的主。在那些時刻（也就是現在），所有的王國都會被掃除，世上將充滿飢饉、貧窮，收成少得可憐，冬天格外的嚴酷。那時候（也就是這時候）的兒童，再也沒有人指點他們學好，在貯藏室裡存放食物，他們將被帶到市場去，或買或賣。那些難以苟延殘喘、終於死去的人，才是有福的！接著，地獄之子會出現，誇耀並激烈的敵人，表現出許多道德，欺騙全世界，凌駕正義之上。敘利亞會沉落，爲她的好子民哀傷。西里西亞會抬起頭，直到被召來評判他的人出現。巴比倫的女兒會從寶座上升起，由苦澀的杯中飲酒。卡帕多西亞、利西亞和利卡奧尼亞將會屈服，因爲在他們邪惡的墮落中，所有的群眾都會被毀。巴比倫聯營和戰車會在四面八方出現，以佔領土地。在亞美尼亞、龐都斯、俾斯尼亞，年輕人會被劍殺死，女童會被俘，同胞親兄妹會相姦。爲她的榮耀自誇的皮西迪亞，將會被戰敗，劍會穿過腓尼基中央，迦第爾會面目全非，認命地接受因她的不純潔而招致的毀滅。人與人互相憎恨、孤立，假基督會打敗西方，摧毀貿易路徑；他手中會有劍和怒燃的火，那火焰會熊熊燃燒；他的力量是冒瀆的，他的手叛逆，右手會被毀，左手承負著黑暗。這些是他將會有的特徵：他的頭便是燃燒的火，他的右眼充血，左眼像貓眼一樣綠，有兩個瞳孔，他的眉毛將是白色的，下唇腫脹，足踝疲軟，他的腳很大，拇指壓碎而且變長！』

『他簡直像在描述他自己。』威廉低聲說著，忍不住暗笑。這不是一句好評語，但我卻感激他這麼適時打趣，因爲我的毛髮已開始直豎了。我發不出笑聲，我的雙頰脹起，緊抿的唇呼出一口氣。這聲音在此刻的靜默中清晰可聞，但幸好每個人都以爲有個人在咳嗽，或低泣，或顫抖；他們全都沒有想錯。

『就是這一刻，』佐治又說：『一切都會墮入毫無章法的混亂中，做兒子的會出賣他們的父親，做妻子的會陷害她們的丈夫，做丈夫的不惜讓妻子吃罪，主人會不人道地對待僕人，僕人會違抗主人，老者再也不會受到尊敬，年輕人會要求統治，工作會變成無用的雜務，到處都會唱起讚頌放縱、罪惡、過度自由的歌。然後便是強暴、通姦、僞證，違反自然的罪像潮水般湧來，還有弊病、占卜、符咒，天空會有飛行體，在好基督徒中會出現假先知、假使徒、騙子、墮落者、魔術師、強暴者、僞證者和說謊著；牧羊人會變成狼，神父會說謊，僧侶會渴求俗世之物，窮人不會急匆匆地幫助他們的地主，有權勢的人冷酷無情，正義爲不公作證。所有的城市都會受到地震的震動，到處都有瘟疫流行，暴風會把所有的樹木連根拔起，田野會受到污染，海洋會隱匿著黑色的物體，月亮上會發生新的奇蹟，星星會離棄它們的軌道，其他未知的星星會劃過天空，夏天會下雪，冬天酷熱難當。世界末日就要到來了……第一天第三時天空會傳來一個有力的聲音，北方會飄來一朵紫雲，帶來雷聲和閃電，接著便下起一場血雨。第二天地球會從它的位置上翻起，煙火會穿過天空之門。第三天地球的深淵會自宇宙的四角開始騷動。天空的尖塔將會打開，空中會充滿了煙柱，在第十時之前，到處都會有硫磺的惡臭味。第四天清晨，深淵會溶化、爆炸，建築物會坍塌。第五天第六時光的力量和太陽的火輪會被毀，黑暗會籠罩整個地球，直到夜晚，星與月也不再出現。第六天第四時天空會由東裂到西，天使們可以自天上的裂縫俯視地面，地上的人也看得見天上的天使向上望著他們。然後所有的人都會躲到山上去，避開天使的凝視。第七天基督會在天父的亮光中抵達。這時才會有公正的裁判，在軀體及靈魂永恆的喜悅中。但是這不是你們今晚思索的事物，傲慢的兄弟們！罪人們看不到第八天的黎明，那時東方會傳來一個甜蜜而溫柔的聲音，在天空中央，人們會看見一個指揮所有天使的天使，所有的天使都會隨著他前進，坐在一輛雲的馬車上，充滿了喜悅，馳騁過天際，使受祝福的人得到自由，他們全都歡欣若狂，因爲這世界的毀滅已經完成了！但我們今晚不能爲此而歡欣！相反的，我們要思索上帝對不曾獲救的人所說的聖言；被詛咒的人，遠離我吧，墮入魔鬼和他的部下爲你準備的永恒之火中！你自己求得的，現在你就去享受吧！離開我，墮入永恆的黑暗和不熄的火中！我造了你，你卻成爲他人的信徒！你成爲另一個主的僕人，去和他住在黑暗中，和他在一起，那隻永不安寧的毒蛇！我賜給你耳朵，讓你聽聖經，你卻聽異教徒的話！我爲你造了嘴巴以榮耀上帝，你卻用它說詩人的謊話及丑角的謎語！我給你眼睛要你看我訓誡的光，你卻用它們窺視黑暗！我是慈悲的裁判，卻是公正的。我會給每個人所應得的。我會憐憫你們，但我在你們的罐子裡找不到油。我被迫同情你們，但你們的燈卻不乾淨。離開我吧……上帝就會這麼說。他們……也許我們……就會墮入永恆的磨難。以聖父、聖子、聖靈之名。』

『阿門。』所有的人異口同聲地回答。

僧侶們排成一行，一語不發地離開了禮拜堂。麥諾瑞特修士和教皇的代表們也不想彼此交談，只渴望獨處和歇息。我的心十分沉重。

『上床去吧，埃森。』威廉爬上朝聖者招待所的樓梯，一邊對我說道：『今晚不適宜到處遊蕩。巴納．葛說不定想用我們的屍體來預告世界末日的來臨。明天我們試著出席晨禱，因爲晨禱一結束，邁可和其他麥諾瑞特的修士就要離開了。』

我低聲問道：『巴納也會帶著他的犯人離開嗎？』

『他在這裡已沒有別的事要做了。他必然想趕在邁可之前回到亞威農，但那樣一來，邁可的抵達就會正好碰上管理員，一個麥諾瑞特修士、異教徒和殺人兇手的審判。管理員的火堆會熊熊燃燒，像安撫的火炬，照亮邁可和教皇的第一次會面。』

『薩威托和……那個女孩……又將會怎麼樣呢？』

『薩威托會和管理員一起去，因爲他必須在審判中作證。或許爲了他這項服務，巴納會饒他一命吧。他會允許他逃脫，再派人把他殺掉，也說不定他就眞放他走了，因爲巴納是不會對像薩威托那樣的人感興趣的。誰曉得呢？也許薩威托會在蘭古多特的某一處森林被人割斷喉嚨……』

『那個女孩呢？』

『我告訴過你：她已經是被燒毀的軀體了。但她會先被燒死，在途中，好教化沿海某些卡瑟利信徒的村莊。我聽說巴納將和他的同僚傑可．霍尼爾（記住這名字：目前他負責燒死阿爾比教徒，但他有更大的野心）碰面，一個美麗的女巫被丟到火場中，會增加兩人的威信和名聲……』

『可是難道就沒辦法救他們嗎？』我喊道：『院長不能干涉嗎？』

『為誰？為管理員——一個招供的罪犯嗎？為薩威托這樣卑賤的人？或者你是在想那個女孩？』

『就算我想的是她呢？』我壯膽說道：『畢竟，在這三個人中，只有她是眞正無辜的：你知道她並不是一個女巫……』

『你以為在發生過這些事後，院長還甘願憑著他僅存的一點威望，冒險去救一個女巫嗎？』

『可是他就為猶伯提諾的逃亡負起了責任！』

『猶伯提諾是他的一名僧侶，而且沒有被指控任何罪名。而且，你在胡說些什麼呢？猶伯提諾是個重要的人；巴納只可能從背後偷襲他。』

『這麼說來，管理員是對的：單純的人總是為所有的人付出代價，甚至為那些為自己的私利說話的人，甚至為像猶伯提諾和邁可這樣的人——由於他們懺悔的話才驅使單純的人叛亂的！』我十分氣餒，根本沒想到那女孩甚至不是被猶伯提諾的神秘幻象所引誘的佛拉蹄斯黎，只是一個小村女，為了與她並不相干的事而犧牲。

『只能這樣說了。』威廉悲哀地回答道：『假如你眞想尋求一點公平，我只能告訴你，總有一天那些天狗，教皇和皇帝，為了締造和平，會把彼此互咬的小狗屍體交出來的。邁可和猶伯提諾的下場，也會和你的女孩今天的下場一樣。』

現在我明白當時威廉是以自然哲學的原則為基礎而說出預言——或者該說是推論。但那時候他的預言和他的推論卻一點也安慰不了我。我所想到的就是那女孩要被燒死了。我覺得很內疚，因為那就好像她在火柱上也是為了我和她共犯的罪贖罪。

我羞愧萬分，忍不住嗚咽啜泣，奔回我的房裡。那一夜我輾轉難眠，無助地唉聲嘆氣，因為我不能仿效我在梅可所看的騎士羅曼史中所描述的，哀痛地呼喚愛人的名字。

這是我畢生唯一一次世俗的愛，而自那時直至現在，我還是叫不出那女孩的名字。

第六天

Il Nome Della Rosa

兩小時後，

在第六天最後的時刻，

就要轉變為第七天的深夜裡，

我們進入了『非洲之末』……

38

晨禱

賽德倫昇階誦唱曲，以及馬拉其倒地而死。

我們下樓參加晨禱。黎明之前的黑夜，濃霧仍未散開。我走過迴廊時，濕氣滲進我的骨頭，使我在一夜失眠後更覺全身酸痛。雖然禮拜堂裡很冷，我跪在拱形圓屋頂下，卻覺得放鬆，別的軀體的暖熱與低聲默禱，慰藉了我的心靈。

讚美詩剛剛唱起時，威廉指了指我們對面的席位：在佐治和諦佛里的裘西飛卡之間有個空位。那是馬拉其的位置，他一向坐在那個瞎眼老人的旁邊。我瞥見院長也憂慮地望了那位置一眼，當然，現在大家都很清楚了，空位總是預告著壞消息。我又注意到坐在另一邊的老佐治不尋常的緊張。由於那雙空洞的白眼睛，他的臉照常高深莫測；但他的雙手卻不安地抖動。事實上，他不止一次摸索著旁邊的位置，似乎是試探有沒有人坐。每隔不久，他就重複那個姿勢，好像希望那個缺席者隨時會出現，只怕找不到他。

我低聲問威廉：『圖書管理員可能會到那兒去呢？』

威廉答道：『現在那本書屬於馬拉其一個人所有了。如果他並不是殺人兇手，那麼他可能不知道那本書所牽涉到的危險性……』

沒什麼好說的了。我們只有等待。我們等著：威廉和我，不住瞪著那個空位的院長，和不停地用雙手探詢黑暗的佐治。

禮拜儀式終了時，院長提醒僧侶和見習僧必須準備耶誕節大彌撒；因此，依照慣例，在晨間讚課之前，全體修士必須練唱那天所要唱的聖歌。這一群虔誠的人在多年的合唱中練就了和諧的歌聲，融入了單一的心靈，彷彿是一個人所唱的。

院長帶領他們唱『賽德倫』。

我暗想院長是不是故意選這首昇階誦唱，在基督受刑的那一日唱出，祈求對抗邪惡的君王。君王的使者仍在禮拜堂內，這章誦歌正好提醒他們幾世紀來我們的修會被迫抵抗權高位尊者的迫害，只因它和上帝有特殊的結合。這首讚美詩的確一開始便有磅礴的氣勢。

第一節是嚴肅和緩的合唱，幾十個人交疊的聲音，充滿了整幢禮拜堂，飄過我們的頭上，彷彿從地心升起。這低沈的聲音持續著，即使在別的聲音又加入後，仍未停頓。那每一個延長的音節就像是永恆的延續，唱出了禱詞，而見習僧加入的歌聲，由低沈遽而拔高，餘音裊裊。我的心沈醉在甜美的震動中，那些聲音彷彿訴說著難以承負豐富情感的心靈，透過歌聲表達了喜悅、悲傷、讚美和愛。同時，那繚繞的餘音彷彿代表著敵人的威脅，迫害上帝子民的權勢者，至今依然存在。

在『賽德倫』持續之時，『普林斯』曲響起，莊嚴而和諧。我不再自問對抗我們的權勢者是誰；那脅迫的鬼魂陰影已經飄逝，消失了。

我相信，其他的鬼魂也都同時消退了，因爲在我專心聆聽過頌歌之後，我又一次望向馬拉其的座位，看見那圖書管理員的身影也夾在別人之中，一起讚頌，彷彿他從未缺席過。我望向威廉，看見他眼中有一絲放鬆的神色，較遠處的院長顯然也鬆了一口氣。至於佐治，他又一次伸出雙手，當他摸到鄰座者的身體時，便立刻把手縮回。但是我看不出他的感覺爲何。

現在所唱的詩章爲〈接近我〉，詞中的『a』音歡快地劃過禮拜堂，就連『u』的音也不嚴肅，卻充滿了神聖的活力。由於合唱的規則所需，唱歌的僧侶及見習僧們都挺直了背脊，放開喉嚨，仰起頭；書本放置的位置差不多與肩同高，使他們不必低頭便可看到，這樣才能毫不受壓的使胸膛中的氣呼出。然而，此時天還沒亮，雖然伴奏的號聲高響，睡眠的迷霧卻仍籠罩著許多歌唱者，他們或許在長調中消沉了，不時睏倦地點著頭。這時醒著的人便會提燈走過去，搖搖他們，使他們的身體和靈魂都再度清醒過來。

因此是一個清醒的人率先注意到馬拉其的身子以一種奇怪的方式搖搖欲墜，似乎他突然又投入昨晚未竟的惡夢中。那個人提燈走向他，照亮了他的臉，也引起了我的注意。馬拉其沒有反應。那人碰碰他，馬拉其驀地倒向前去。在他摔到地上前的一剎那，那個僧侶扶住了他。

歌聲慢下來了，繼而停止，並呈現短暫的迷茫失措。威廉立刻跳起身，衝向斐西飛卡的位置，這時那名提燈的僧侶已把昏迷不醒的馬拉其平放到地上。

我們幾乎和院長同時跑到他身邊，在燈光中，我們看見了那個可憐人的臉。我已描述過馬拉其的容貌，但那一晚，在微弱的光芒中，那就像是死亡的肖像：尖銳的鼻子，空洞的眼眸，下陷的太陽穴，白皙、發皺的耳朵翻向外，臉龐的皮膚緊繃、乾燥，臉頰顏色發黃，呈現黑暗的陰影。那雙眼睛仍是睜開的，乾枯的唇呼出微弱的氣息。他張開嘴，我隨著威廉彎身蹲下時，看見在他的兩排牙齒間，已經發黑的舌頭。威廉伸手繞過馬拉其的肩膀，將他扶起，用另一隻手拭去他額上的汗珠。馬拉其感覺到有人碰觸他，直瞪著前方，卻視而不見，更別說認出在他眼前的是誰。他舉起一隻顫抖的手，抓住威廉的前襟，將他的臉拉近，直到他們幾乎相碰，然後他嘶聲說了幾句話：『他告訴我的……眞的……它有一千隻蠍子的力量……』

『誰告訴你的？』威廉問他：『誰？』

馬拉其想再說話，但是他全身突然劇烈顫抖，頭向後仰去。他的臉上血色盡失，生命的跡象也都消失了。他死了。

威廉站起身。他注意到院長就站在他身旁，卻沒有和他說半句話。然後，他看見緊跟在院長身後的巴納・葛。

『巴納大人，』威廉問道：『在你精明地查出犯人，並將他們拘禁之後，會是誰殺了此人呢？』

『別問我。』巴納說：『我可沒說過我已經把窩藏在這修道院裡所有的犯人都交付給法律了。如果我能夠，我當然樂於這麼做。』他注視威廉。『但剩下的我只有留給院長嚴厲……或寬容的處置了。』院長的臉色變得蒼白，但他仍然靜默不語。巴納微一頷首，轉身離去。

就在那時，我們聽見一種哽咽的啜泣聲。那是佐治，在一個僧侶扶持下，顯然已知道了一切。

『這件事可眞是沒完沒了……』他傷痛地說：『哦，上帝，寬恕我們大家吧！』

威廉又一次彎身檢視。他抓起死者的手腕，將掌心轉向燈光。馬拉其右手前三根手指的盡端都已發黑了。

39

晨間讚課

新管理員產生，但圖書管理員仍然出缺。

已經是晨間讚課的時間了嗎？是還沒到，還是已經過了？由那時起，我失去了時間感。也許已過了好幾個鐘頭了，也許沒那麼久，馬拉其的屍體被抬到禮拜堂裡的靈柩台上，兄弟們環著它形成一個半圓。院長指示盡速下葬。我聽到他召喚貝拿和莫瑞蒙地的尼可拉。他說，前後才不過一天，修道院接連失去了管理員和圖書管理員。『你，』他對尼可拉說：『雷密喬的職務就由你接管吧。在修道院裡，你知道許多人的工作。找一個人接替你的位置，負責鍛鐵廠，你快去發落廚房和餐廳的必需品吧，不必參加禮拜儀式了。去吧。』

然後他又對貝拿說：『才不過昨天傍晚，你被任命爲馬拉其的助手。去把寫字間打開，別讓任何人到圖書室去。』貝拿怯怯地說他還未被傳授那地方的秘密。院長嚴厲地瞪著他。『沒有人說過你會知道那裡的秘密。你去監督工地的進行，並爲我們死去的兄弟祈禱……也爲尚未死去的兄弟。每個僧侶都只能看他們手邊的書。他們想要再借別的書，就先去看看目錄吧。沒別的事了。你不用參加黃昏晚禱，因爲那時你要負責把所有的門都鎖上。』

『那我怎麼出來呢？』貝拿問道。

『好問題。晚餐後我會把下面的門鎖上。你去吧。』

他避開想要和他說話的威廉，和他們一起出去了。禮拜堂裡還剩下一小群人：阿里男多、斐西飛卡、葉曼羅和聖塔布諾的彼德。葉曼羅又在嘲諷了。

『我們要感謝上帝。』他說：『那個日耳曼人一死，只怕我們會有一個更野蠻的新圖書管理員了。』

『你想誰會被任命接替他的位置呢？』威廉問。

彼德神秘地笑笑。『在過去這幾天來所發生過的一切事情之後，問題不再是圖書管理員了，而是院長……』

『噓！』斐西飛卡示意他別說。阿里男多深思地說：『他們會再一次不公……正如我那時一樣。必須阻止他們。』

『誰呀？』威廉問。斐西飛卡暗暗拉住他的臂膀，將他拉到門旁。

『阿里男多……你也知道……我們都很敬愛他。對我們而言，他就代表修道院美好的舊日傳統。……可是有時候他會說些莫名其妙的話。我們都爲新圖書管理員的事擔心。他一定要是個值得尊敬、成熟、明智的人……就是這樣。』

『他必須懂希臘文嗎？』威廉問。

『依照傳統，還要懂阿拉伯文：他的職務用得上。但是我們之中有不少人都有這些才能。我也是其中一個——請別見笑——還有彼德、葉曼羅……』

『貝拿也懂希臘文。』

『貝拿年紀太輕。我想不透昨天馬拉其何以會選擇他當助手，不過……』

『阿德莫也懂希臘文嗎？』

『好像不懂吧。是的，我確信他不識希臘文。』

『可是韋南提是希臘文翻譯者。具藍格自然也懂希臘文。很好，謝謝你。』

我們離開了，到廚房去找點東西吃。

『為什麼你要查出誰懂希臘文呢？』我問道。

『因為所有死時手指發黑的人都懂希臘文。因此可見得下一個死去的人必然是懂希臘文的人其中一位。包括我在內。你安全無虞。』

『你對馬拉其最後的幾句話有什麼想法呢？』

『你也聽見了。蠍子。第五聲號響後，除了其他徵兆外，還有害人的蝗蟲出現，而牠們有根蠍子般的毒刺。馬拉其是通告我們某人曾事先警告過他。』

『第六聲號，』我說：『宣告頭如獅子的馬，口中會噴出煙、火和硫磺，騎馬的人胸前有甲如火，與紫瑪瑙，和硫磺。』

『太多了。但下一件罪行可能會發生在馬廄附近。我們要好好監視那裡。我們還必須為第七聲號有所預備。還有兩個犧牲者。誰是最可能的人選呢？如果目標是「非洲之末」的秘密，就是知道這秘密的人。據我所知，那就只有院長一個人了。除非還有別的陰謀。你剛才也聽見他們的話了，計劃廢除院長，可是阿里男多卻說「他們」……』

『我們必須警告院長。』我說。

『警告什麼？說他們將會殺了他嗎？我沒有有力的證據。我是依據兇手有和我一樣的想法而推測的。但如果他另有設想呢？尤其是，如果兇手不止一個呢？』

『我不明白你的意思。』

『我並不確知。但就如我對你說過的，我們必須想像所有的狀態，和混亂。』

40

早課

在存放貴重物品的地窖內，尼可拉說出了許多事情。

剛被任命為管理員的尼可拉，忙著對廚子們下令，廚子有問必答地把廚房的作業情形告訴他。威廉想和他說話，但尼可拉要我們稍待一會兒，等到他下樓到存放貴重物品的地窖去監督擦亮玻璃容器的工作，這仍是他的職責；在那裡他會有較多時間說話。

一會兒後，他邀我們和他一起去。他進入禮拜堂，走到主祭壇後面（僧侶們正忙著在本堂中佈置靈柩臺，準備徹夜看守馬拉其的屍體），又領頭走下一小段階梯。下了階梯，我們便置身於一個拱形天花板極低的房間裡，支撐天花板的是許多粗壯的石柱。這個地窖是存放修道院財富的地方，這也是院長盡心保護，不輕易開放或讓人進入的地方。

到處都堆放了大大小小的箱籠：箱子裡美麗而珍貴的物品映著火炬的亮光閃耀（尼可拉兩個信任的助手

都拿著火把）。金色的法衣、鑲嵌了珠寶的金冠，鐫刻了人形山水的金屬箱、黑金和象牙的雕刻品。尼可拉拿出一本福音書讓我們看；這本書的裝訂爲琺瑯別針，彩色多變，外鑲以金銀小細工，又以寶石權充釘子釘牢。他又讓我們看一座精巧的建築物，前有兩根金質柱子，鑲著埋葬的基督像，下面有個金十字架，瑪瑙基座上嵌了十三顆鑽石，小山形牆用海扇貝製成，上嵌紅寶石。接著我又看到一個金和象牙做成的雙折畫，分成五個部份，描繪基督的生活，中間有個奇妙的燈，用銀線及玻璃嵌板隔成幾個小格，中央有個彩色人形。

尼可拉對我們說明這些物品時，臉上閃動著驕傲的神采。威廉讚美過他所看見的物品後，問尼可拉馬拉其生前是個怎樣的人。

尼可拉將一根手指沾濕，揉搓一件沒有擦亮的水晶表面，然後他半帶笑容，也沒望著威廉，回答道：『許多人都說，馬拉其城府很深，相反的他卻是個很單純的人。據阿里男多說，他是個傻子。』

『阿里男多是爲了一件久遠的事而懷恨在心的；因爲他被否定了圖書管理員的榮譽。』

『我也聽過這種說法，但那是很久以前的事了，至少有五十年了吧。我剛到這裡時，圖書管理員是波比歐的羅勃，老僧侶們都暗自爲阿里男多抱不平。羅勃曾有個助手，後來死了，當時還很年輕的馬拉其，便被派往接替他的位置。許多人都說馬拉其一無是處，雖然他自稱會希臘文和阿拉伯，卻不是眞的，他只是善於模仿，可以以好看的字描摹那些文字的古抄本，卻不知道他所抄寫的內容是什麼。阿里男多暗示過，馬拉其之所以被任命爲助理管理員，是他——阿里男多——的敵人所計劃的陰謀。不過我不知道他指的是誰。這就是整個故事。大夥兒都說馬拉其就像一隻看門狗似的看著圖書室，卻不知道他自己在看什麼。說起來，當馬拉其任命貝藍格爲他的助理時，也有人反對。他們說那個年輕人並不比他的前輩聰明，他只是個陰謀者。他們又說——也許你自己也已聽說過這些謠言了——他和馬拉其之間有種奇怪的關係。……老話了。然後，你也知道，有關貝藍格和阿德莫的種種議論，年輕的抄寫員們說馬拉其心底嫉妒得要命……還有人談論馬拉其和佐治。不，不是你所想的那樣——沒有人會批評佐治的道德！——但是馬拉其，身爲圖書管理員，依照傳統應該去找院長告解的，然而其他所有的僧侶都去找佐治告解（或是阿里男多，但這老人現在有些恍恍惚惚了）……呃，他們說儘管如此，馬拉其太常去找佐治商議了，就好像院長指導馬拉其的心靈，但佐治卻統治他的身體、他的行動、他的工作。事實上，你大概也知道，甚而親見看過，要是有個人想要知道某本被遺忘的古籍放在什麼地方，他不會問馬拉其，卻會去找佐治。馬拉其保有目錄，也只有他一個人可以自由進出圖書室，可是佐治卻了解每本書的書名有何意義……』

『佐治怎麼會知道這麼多關於圖書室的事呢？』

『除了阿里男多外，他的年紀最大；他還年少時就已在這裡了。佐治總有八十幾了吧，據說他瞎眼已四十多年了，也許還不止……』

『在他瞎眼之前，他怎麼會變得如此博學的呢？』

『哦，關於他有不少傳說。好像是當他還只是個男孩時，便有很高的天分了。他在家鄉卡斯提爾唸了阿拉伯文和希臘文，然後，即使他瞎了眼以後，就是現在也一樣，他常待在圖書室裡，要別人唸目錄給他聽，並把書本拿給他，他會找一個見習僧爲他大聲唸誦，一唸就是幾個小時。』

『現在馬拉其和貝藍格都死了，還有誰知道圖書室的秘密呢？』

『院長，現在院長必然要將這些秘密告訴貝拿……如果他希望的話……』

『爲什麼你要說「如果他希望的話」呢？』

『因爲貝拿還很年輕，他又是在馬拉其生前被命名爲助手的；助理管理員的意義和圖書管理員的意義大不相同。依照傳統，圖書管理員將來會接任院長……』

『啊，原來如此……所以才會有許多人垂涎這個圖書管理員的職位了。這麼說來，亞博也曾是圖書管理員嗎？』

『不，亞博可不然。他在我到這裡之前便已接任了；大概三十年前的事了。他的前任院長是雷密尼的保羅，一個他們時常談及的怪人。他似乎是個最貪婪的讀者，對圖書室裡所有的書都一清二楚，但他有種奇怪的毛病：他不能寫字。他們說他得了失寫症……他還很年輕時便已成爲院長了，據說他有克朗尼的阿爾吉達支持……不過這是老僧侶之間的流言了。總之，保羅變成院長，波吉歐的羅勃接任圖書管理員，但他被一種疾病折磨得蒼白消瘦；他們知道他不可能管理修道院，當雷密尼的保羅失蹤之後……』

『他死了嗎？』

『不是，他失蹤了，我也不清楚是怎麼回事。有一天他出外旅行，結果一去不返；說不定是在旅途中被盜賊殺害了……總之，保羅失蹤後，羅勃無法接續他的位置，當時還有一些曖昧的內情。據說，亞博是這一區領主的私生子。他在佛薩諾瓦的修道院長大；我聽說他年輕時曾照顧過聖湯瑪士，當聖湯瑪士死在他們的修道院時，他還負責將那偉大的軀體扛下一座塔樓的階梯……這是他的光榮記憶……事實是，他被選爲院長，儘管他並沒有當過圖書管理員，圖書室的秘密，我想大概是羅勃傳授給他的。現在你明白何以我不知道院長會不會指示貝拿了：那就無異是提名他當後任院長，一個輕率的年輕人，一個來自北方、半野蠻的文法家，他對這個國家、這所修道院，和修道院與本區領土之間的關係，又知道些什麼呢？』

『可是馬拉其和貝藍格也都不是義大利人呀，他們兩人卻都被派任管理圖書室呢。』

『有件難解的事你該知道。僧侶們都叨唸著過去這半個多世紀以來，修道院一直背棄傳統……這也就是何以在五十多年前，或許更早些，阿里男多會渴望圖書管理員的職位。圖書管理員一向是義大利人——在這些土地上並不缺乏偉大的心智。而且，你知道……』尼可拉遲疑了一會兒，似乎不大情願說出他想要說的話。『……你知道，馬拉其和貝藍格死了，這樣他們也別想成爲院長了。』

他震了一下，伸手在他眼前揮一揮，彷彿想逐去不正直的想法，然後又在胸前劃了十字。『我在說什麼？你瞧，在這個國家，多年來不時發生可恥的事，即使是在修道院裡，教廷、教堂……爲奪權而起的衝突，爲奪取某個人的俸祿而控訴異端……眞醜惡！我對人類愈來愈沒有信心；我看見不管什麼地方都有陰謀和詭計。我們的修道院竟會變得這樣，在玄奧的魔術中窩藏了一堆毒蛇。看，這些是本修道院的過去！』

他指指散佈在四周的財寶，撇下了十字架和其他的器皿，帶我們去看代表這地方榮耀的聖物箱。

『看，』他說：『這就是刺進救世主身側的矛尖！』我們看見一個水晶頂蓋的金盒子，盒裡有天鵝絨內襯，上面放了一片三角形的鐵片，上面曾經佈滿鐵鏽，現在經過蠟和油的擦拭，又已恢復了光澤。但這還不算什麼。因爲在另一個鑲綴了瑪瑙的盒子裡，我看見聖十字架的一塊木頭，那是海倫娜皇后親自送到這修道院來的；海倫娜是康士坦丁大帝的母親，她到聖地朝聖，挖掘各各他山和耶穌基督的聖墓，並在那裡建了一座天主教堂。

接著尼可拉又讓我們看了別的物品，都是珍貴稀有的，我無法一一描述。在一個綠玉盒子內，有一根聖十字的釘子。在一個小玻璃瓶內，有幾朵枯乾的小薔薇襯底，上面放了一頂荊棘皇冠；另一個盒子裡，下面仍是一層乾燥的花，花上是一小塊發黃的布，從最後晚餐的桌布剪下來的。還有個銀線織就的皮包，據悉是聖馬修生前所用的；在一個綁了紫色絲帶的圓筒內，有一塊聖安妮的臂骨。最令人驚奇的，是在一個玻璃鐘下，一塊鑲綴了珍珠的紅墊布上，有一小塊伯利恆秣桶取下的木頭，還有福音書聖約翰所穿的紫色長袍餘下的一小段布，兩個在羅馬曾鎖住使徒彼得腳踝的鎖鍊鍊環，聖艾達伯的頭骨，聖史蒂芬的佩劍，聖瑪格麗特的一段脛骨，聖偉特利斯的一根手指，聖索菲亞的一條絲帶，聖尤巴納的下顎，聖克列索托恩的肩胛骨，聖約瑟的訂婚戒，施洗者約翰的一顆牙齒，摩西的木棒，和聖母瑪利亞結婚禮服的一小片。

還有一些物品雖非神聖的遺物，卻是來自遙遠地域的奇珍異物，是曾到過世界最盡端的僧侶送給修道院的：怪蛇和海蛇的標本，一根獨角獸的角，一枚蛋中之蛋，一塊希伯來人橫渡沙漠時所吃的嗎哪，一顆鯨牙，一個椰子，在大洪水之前某隻動物留下的肩骨，一根象牙，一根海豚的肋骨。另外還有更多我不認得的聖物，裝著這些物品的聖物箱可能比物品本身更珍貴，有些（由發黑的銀盒手工看來）十分古老了！無數的骨頭、斷片、布、木頭、金屬、玻璃。裝了黑色粉末的小瓶子，其中一瓶是索多瑪城燒毀後的遺物，一瓶裝了傑利哥城牆的灰泥。所有的物品，即使是最卑微的，也都價值連城，不止代表了保有它們的修道院無比的權威，也是眞正巨大的一筆財富。

我目瞪口呆地走來走去，尼可拉雖已停止了解釋，但每件東西都附有簡介的卷軸；我在這些珍貴的寶藏中任意徜徉，有時在亮光中欣賞它們，有時在幽暗中注意它們，因爲尼可拉的助手持著火把走到地窖的別一區域去了。我被那些泛黃的軟骨迷住了，既覺得神秘又感到噁心；還有那些不知已是多少年以前的碎布，陳舊、褪色、脫線，有時捲在一個瓶內，如褪色的手稿；在這些破舊的物品中，還混合了襯底的紡織品，還有動物的遺骨，放在水晶或金屬盒子裡，好像都已變成了礦物。這就是被埋葬之後，等待肉身復活的聖徒嗎？由這些斷片，會再重建那些可以感知一切，看見種種影像的器官嗎？

威廉碰觸我的肩膀，打斷了我的沈思。『我要走了。』他說：『我要到寫字間去。我還有些東西必須查一查……』

『可是現在不能借書了。』我說：『院長向貝拿下過令……』

『我只是要重新檢查那天我所看的書；那些書都還在寫字間裡，韋南提的書桌上。你可以待在這兒。這個地窖便是你在這些天所聽到的，關於貧窮爭論的縮影。現在你知道你的兄弟們何以會爲了院長的地位而不惜相互傾軋了。』

『你眞相信尼可拉的暗示嗎？這些罪行和一場敘任的衝突有所關連嗎？』

『我已經跟你說過了，目前我不想把我的假設說出來。尼可拉說了許多事情。有些使我很感興趣。但現在我要追尋另一條線索了。說不定也是同一條線索，只是從不同的方向。你別太著迷於這些盒子的符咒了。我在別的教堂也見過許多聖十字的遺物。如果這些全是眞的，我們的主不是被釘在兩片木板上，而是被釘在一整座林子裡了。』

我驚駭地叫了一聲：『老師！』

『這是事實，埃森。有些教堂甚至還有更豐富的寶藏。不久前，我在科隆大教堂裡見過施洗者約翰十二歲時的頭骨。』

我驚訝地叫道：『眞的嗎？』然後我又懷疑地說：『可是施洗者約翰是在年長之後才被處決的！』

威廉一本正經地說：『那個頭骨必然是另一件寶藏。』我從來摸不透他何時是在嘲弄，何時又說正經話。在我的國家，當你開玩笑時，你會說可笑的話，然後大笑不止，因此每個人也都能分享這個笑話。但是威廉只有在說正經事時發笑，說笑話時卻十分嚴肅。

41

上午禮拜

埃森聽著『日之怒』時，作了一個夢，或者你也可以稱之為幻覺。

威廉告別尼可拉，到寫字間去了。我已看夠了寶藏，決定到禮拜堂去，爲馬拉其的靈魂祈禱。我從未喜歡過那個人，反而有些怕他；我不否認有一陣子我一直以爲他就是殺人兇手。但現在我知道他也許是個可憐的傢伙，因爲迷惑，所以緘默、迴避、無話可說。對他我感到一股懊惱，我想爲他不幸的命運禱告一番，可以減輕我的愧疚感。

禮拜堂裡相當明亮，那可憐人的屍體放在本堂中央，僧侶們弔誦死者的喃喃聲不絕於耳。

在梅可修道院裡，我曾多次目睹過一個修士的死亡。那可不是什麼快樂的場合，但在平靜合宜的氣氛中，卻顯得安寧肅穆。僧侶們輪流進去將死之人的房裡，用好聽的話安慰他，每個人都認爲將死之人是幸運的，因爲他就要結束道德的一生，很快就要加入天使永恆的合唱中。這個沈靜會感染那個垂死的人，使他最後安寧地死去。然而過去這幾天來的死亡卻是迴異的！最後我目睹了『非洲之末』魔蠍的受害者如何死去，韋南提和貝藍格必然也是那樣死的，喝水和沐浴以求放鬆，他們的臉也曾和馬拉其的一樣消陷。

我坐在禮拜堂末端，縮成一團以抵禦寒冷。我覺得有點暖和時，便加入了禱告。我跟著別的兄弟低聲唸著，幾乎不自覺在說些什麼，我的頭則不住地點，眼睛也差不多要閉上了。不知過了多久；我相信我睡著了，但曾經醒過三、四次。然後『日之怒』的合唱開始了。……那低沈的歌聲簡直像麻醉劑一樣催我入眠；最後我睡沉了。或者該說，我陷入疲憊而不安的瞌睡中，彎著身子，像個仍在母親子宮內的嬰兒。在那靈魂的迷霧中，我發現自己在一個不屬於這個世界的區域中，我產生了幻覺，或者作了一場夢——隨你怎麼說。

我在一個狹窄而低矮的通道裡拾級而下，就像要下樓到寶庫地窖去，但是我繼續往下走，到達一間更寬闊的地下室，卻是大教堂的廚房。確實是廚房沒錯，但裡面不止有鍋、爐的吵聲，還有風箱和鐵鍾，好像是尼可拉的鐵匠們也都聚集到這兒來了。火爐裡的火使每樣東西都蒙上一層紅光，鍋子直冒蒸氣，升到表面的大水泡會突然爆破，重複發出單調的剝剝聲。廚子們轉身朝半空吐口水，見習僧們跳上去捉雞，以及被燒燙的鐵刺穿的飛禽。但鐵匠們卻在一旁拚命敲打，使人覺得震耳欲聾，由鐵砧上冒出的一股股煙霧，和鍋裡冒出的水氣混在一起。

我不知道自己是在地獄裡，還是在薩威托可能想像的天堂裡。但我沒有時間思索自己身在何處了，因爲有一群矮人衝進來，鍋狀頭的侏儒；將我推開，推我到了餐廳門檻，強迫我進去。

餐廳裡的佈置儼然是有場盛筵。牆上掛著大幅織畫和旗幟，但上面繡的卻不是教徒啓發教化或國王慶賀榮耀時的圖案。相反的，那些圖案就像是阿德莫的頁緣飾畫，看起來十分滑稽；兔子繞著結滿了果子的樹跳舞，河流裡充滿了魚，自己跳進油鍋裡，拿著油鍋的是身穿廚子主教服裝的猴子，大腹便便的怪物在冒氣的水壺周圍跳個不停。

院長穿著鑲有紫邊的禮服，坐在桌子上首，像國王持笏一樣地握著叉子。佐治坐在他身旁，捧著一大罈酒喝，雷密喬穿著巴納．葛的服裝，拿著一本蠍狀的書，大聲朗讀聖徒的生活，及福音書上的幾段，但那卻是耶穌和門徒開玩笑的故事，提醒他說他是個石頭，他就要在這滾過平原的無恥石頭上造一所教堂；還有聖傑若明對聖經的批判，說上帝要揭露耶路撒冷的背面。管理員每唸一句，佐治就哈哈大笑，掄拳敲桌，大喊：『你就是下一任院長了，上帝作證！』那就是他所說的話，願上帝見諒我。

院長發出一個快樂的信號，便有一排處女走了進來。她們都穿著華麗的衣服，中間有一個女人，起初我以為是我的母親；然後我發現我錯了，因為那明明是那個像軍隊般可怕的少女。只不過她頭上戴了一頂珠冠，雙串白珍珠，另有兩串珍珠分別落到她的臉頰兩側，和掛在她胸前的珠鍊混在一起，每一顆珍珠上都掛了一個閃亮亮的大鑽石。此外，她的兩耳各掛了一串藍珍珠耳墜子，在她的頸際處連在一起，她的頸項又細又白，如黎北諾塔一樣挺直。她身上披的斗篷是紫色的，手上捧了一個嵌有鑽石的金杯，我知道杯子裡盛的便是從賽夫禮納那裡偷去的毒液，雖然我不明白我怎麼會知道的。這個如黎明般美麗的女人領隊前行，後面跟著別的女人。有一個披著白色鑲邊小斗篷，裡面穿了一件金線繡花的黑色連身裙；第二個披黃色斗篷，淡粉紅的衣服連著兩截綠袖子，前襟用兩條黑線織出一幅迷宮的圖案；第三個穿著琥珀色長袍，上面織就紅色的小動物，她的兩手上縛了綴邊長圍巾，我不再注意別的女人的服飾，因為我不禁想看她們是誰，隨著那個現在看似聖母瑪利亞的少女走進來；彷彿她們每個人手中都拿著一個紙軸，或者每人口中含著紙軸一般，我知道她們是露絲、莎拉、蘇珊娜以及聖經中其他的女人。

這時院長喊道：『進來吧，娼妓之子！』於是另一隊神聖的人物走進了餐廳，穿著華麗莊嚴的衣服，一望即知是什麼人；在這群人中間，坐在寶座上的，就是吾主，但同時他又是亞當，披著紫色罩袍，戴了一頂大皇冠，上綴紅寶石白珍珠，祂手上拿了一個較大的金杯，裝了滿滿一杯豬血。環繞在他周圍的也是我所熟悉的人物，後面跟著一群法蘭西國王的弓箭手，不是穿著綠衣，就是穿著紅衣，各持一面淡綠色的盾，上面印有『基督』兩個字。這一群為首的一人上前拜見院長，並把金杯奉上。院長說：『四的第一和第七。』所有的人都唸道：『在「非洲之末」，阿門。』接著便是狂歡慶宴。

兩團面對的人散開來，所羅門院長下令把桌子鋪設好，安德烈和雅各扛進了一綑稻草，亞當在中間坐定，夏娃在一片葉子上躺下來，該隱拖著犁走進來，亞伯提了一桶牛奶，哺餵布魯涅勒斯，諾亞划著槳浩浩蕩蕩地進來了，亞伯拉罕在橋下坐定，以撒躺在禮拜堂的金祭壇上，摩西在一顆石頭上蹲下，但以理出現在瑪拉基手臂中的靈柩台上，托比橫躺在一張床上，約瑟站在升斗中，班傑明靠著一個大袋子，還有許多人，但顯得有點混亂。大衛站在土墩上，約翰就地而站，法老站在沙上，（當然啦，我心想，可是為什麼呢？）拉撒路坐在桌旁，耶穌靠牆而站，撒加利亞爬在枝幹上，馬修有個凳子好坐，雷勃只好坐在殘株上，路瑟坐在一堆稻草中，亞可拉坐在窗台（阿德莫蒼白的臉出現在窗外，彷彿是警告她這樣可能跌到外面的懸崖下），蘇珊娜在花園裡，猶大在墳墓間徘徊，彼得坐在王座上，雅各在網中，伊利亞跨在馬鞍上，拉結席地而坐。使徒保羅把劍放下，聽以掃抱怨，約伯在糞堆上呻吟，利百加拿著長袍，迦蒂拿著毯子，衝上前去救助他，夏甲覆著兜帽，有幾個見習僧抬進一口冒氣的大鍋子，韋南提從鍋子裡跳出來，全身通紅，開始分配豬血布丁。

餐廳裡的人愈來愈多了，每個人都盡興地吃東西；約拿在桌上放了幾個葫蘆瓢，以撒端上蔬菜，以西結送上覆盆子，撒加利亞楓樹花，亞當檸檬，但以理羽扇豆，法老胡椒，該隱朝鮮薊，夏娃無花果，拉結蘋果，亞拿尼亞大如鑽石的李子，利亞洋蔥，亞倫橄欖，約瑟一個蛋，諾亞葡萄，西米安桃子，耶穌則高唱『日之怒』，並歡快地在所有的盤子裡擠入幾滴醋。

這時佐治站起身，將一叢矮樹點燃；莎拉為他引火，那夫薩把樹叢抱起來，以撒將它拿下，約瑟在上面雕刻，雅各開了井，但以理在湖邊坐下，僕人把水端進來，諾亞端酒，夏甲抱著盛酒的皮袋，亞伯拉罕牽牛，雷勃把牛繫在木樁上，耶穌拿出繩子，以利亞將牛腳捆縛。然後押沙龍將牠吊到半空，彼得抽出劍，該隱將牠殺了，希律王把牠流出的血盛起來，山恩把牠的內臟和糞扔掉，雅各淋上油，摩撒登撒了鹽；安太阿卜斯把牠扛到火上，利百加燒煮，夏娃先嘗味道，結果不禁嘔吐，亞當說別吃了，當賽夫禮納建議加點香草時，亞當拍拍他的背。這時耶穌掰開麵包，傳遞魚肉，雅各大喊，因爲以掃把整盤燉菜都吃掉了，以撒吃著烤羊肉，約拿吃著鯨魚，耶穌絕食四十天四十夜。

同時，每個人都進進出出的，進行各種形狀及顏色的選擇遊戲。班傑明德是保留最大的一份，瑪麗吃得最少，瑪莎抱怨每次都要她洗碗盤。然後他們圍起來分牛，那頭牛突然變得很大，約翰得到頭，押沙龍是牛腦，亞倫牛舌，撒森是下顎，彼得牛耳，霍洛法恩得到頭，利亞分到臀肉，撒耳是頸子，伊莉莎白陰戶，約拿腹肉，托比得到牛膽，夏娃肋骨，瑪麗牛胸，摩西是牛尾，路特牛腿，以西結得到牛骨。同時，耶穌吞下了一頭驢，聖芳濟吃了一隻狼，亞伯一頭羊，夏娃一尾海鰻，施洗約翰一隻蝗蟲，法老一隻章魚，（當然，我心想，可是爲什麼呢？）大衛吃著一隻斑蝥，山森咬著一頭獅子的臀部，亞可拉被一隻毛茸茸的黑蜘蛛追趕，尖叫奔逃。

現在所有的人顯然都喝醉了，有些人踉蹌欲倒，有些人栽進甕裡，只露出兩隻腳，像木樁般交叉，耶穌用十根發黑的手指遞出一本書，說道：把這個拿去吃吧，這些是辛佛西的謎語，包括救世主之子，也就是救世主化爲魚的那一則。

亞當躺在地上喘氣，酒由他的肋骨流出，諾亞詛咒兀自睡覺的翰姆，哈洛芬打鼾，沒有人察覺，約拿沈沈地睡了，彼得守夜直到清晨，耶穌一驚而醒，聽到巴納．葛和波吉托的柏特陰謀燒死那個少女；他叫道：父啊，如果那是您的意願，讓這個聖杯從我手上傳出吧！有些人拚命倒酒，有些人仍喝著酒，有些人笑得快死了，有些人含笑而死，有些人拿著聖器，有些人就別人的杯子喝酒。蘇珊娜大喊她絕不會爲了區區一顆牛心把她潔白美麗的身子送給管理員和薩威托糟蹋，比拉多像個失神的人般繞著餐廳行走，請求別人給他水以洗淨雙手，多西諾兄弟戴著綴有羽毛的帽子，把水端來，然後冷笑著拉開他的衣袍，露出被鮮血染紅的外陰部，該隱嘲弄他，並擁抱特林特的巴格麗特；多西諾跪地哭泣，把頭枕在巴納．葛肩上，叫他天使教皇，猶伯提諾用一株生命之樹慰藉他，薛西納的邁可用一只金錢包，瑪麗用藥水洒在他身上，亞當說服他咬一顆剛摘下的蘋果。

這時大教堂的拱形屋頂打開了，羅傑．培根乘著一部飛行機器從天上飛了下來。然後大衛演奏七弦琴，莎樂美蓋著七層面紗跳舞，每揭下一層面紗，她就吹一聲號，拿出一個封印來，直到剩下最後一層面紗。人人都說從沒有一所修道院像這裡這麼快樂的，貝藍格把每個人的僧衣拉向上，不管男人或女人，親吻他們的肛門。

亞博院長生氣了，因爲，他說，他舉辦了這麼好玩的宴會，卻沒有人給他任何東西；因此他們都搶著帶給他禮物和寶物，一頭公牛、一隻小牛、一頭獅子、一隻駱駝、一隻雄鹿、一頭小牛，一匹牝馬、一輛太陽馬車、聖烏巴納的下顎、聖猶伯提那的尾巴、聖韋南提亞的子宮、聖貝格西納十二歲時的頸子刻成一個杯子的形狀，還有一本《所羅門王五稜堡》，但院長開始叫嚷著他們是想讓他分心，不去注意他們的行爲，事實上他們的東西都是從寶庫地窖裡偷來的，而且有本最貴重的書丟了，內容是關於蠍子和七管號角，他下令法蘭西國王的弓箭手搜查所有的疑犯。結果弓箭手在夏甲身上搜出一塊彩色布，在拉結身上搜出一個封印，亞可拉胸前藏了一面銀鏡，班傑明腋下挾了一根吸管，茱蒂的衣服裡裹了一條絲質床單，朗占納斯手裡握了一根戟，亞比美列懷中擁有一位鄰人的妻子。但最糟的是他們在那女孩身上搜出了一隻黑色公雞，她穿著一身黑衣，異常美麗，就像一隻黑貓，他們說她是個女巫，也是個僞使徒，所有的人都圍住她，處罰她。施洗約翰斬了她的頭，亞伯將她的腹部剖開，亞當趕她出去，涅布柴那薩持著火鉗在她胸部上寫黃道帶記號，以利亞駕駛燃燒的馬車將她載走，諾亞將她推入水裡，路特將她變成一根鹽柱，蘇珊娜指控她荒淫，約瑟背叛她和另一個女人跑了，亞南妮將她塞進一個火爐裡，山森用鍊子鍊住她，保羅鞭打她，彼得將她頭上腳下地釘上十字架，史蒂芬用石頭扔她，勞倫斯將她放在鐵架上烘烤，巴索洛默剝她的皮，猶大棄絕她，管理員燒她，彼得否認了一切。然後他們都站到那具屍體上，在那上面排泄，把糞排到她臉上，尿澆到她頭上，在她胸上吐穢物，拉下她的頭髮，用火炬燒她的臀部。那女孩的軀殼原是那麼美麗，甜美的，現在被去肢斷足，割成碎片，分藏在地窖裡的玻璃盒和金水晶的聖物箱內。或者，並不是那女孩的屍體撕成片片裝滿了地窖，而是地窖的碎片捲起，逐漸形成那女孩的身體，像是礦物般，然後又瓦解分散，變成了聚積的沙土。現在，它就彷彿是個巨大的個體，在千年至福的過程中，溶解爲片片斷斷，而這些片斷充滿了地窖，比僧侶的遺骨還要光耀，卻又不怎麼像，彷彿人體的實質，創造的傑作，碎成了多數而分離的形體，變成了完全相反的影像，不再是理想的，而是塵世的，是灰塵和發臭的斷片，只能象徵死亡和毀滅……

現在我找不到他們所帶來的菜餚和禮物了，參加酒宴的客人好像都跑到地窖來了，每一個人都只剩下一部份，被收藏在盒子裡；拉結只剩一根骨頭，但以理只留下一顆牙齒，山森僅存下顎，耶穌留下的是一塊袍的碎布，彷彿，酒宴最後變成了那女孩的屠殺，又變爲世界性的殺戮，我所看到的便是最後的結果，所有饗宴者的軀殼，變成了一具屍體，像多西諾飽受折磨的軀體被割斷了手足，變成可怖而炫目的寶藏，像被剝皮吊起的動物般拉得長長的，但仍保有肌肉、內臟、所有的器官，甚至臉上的五官。包括了皺紋、疤痕、毛髮、外陰部、胸部的皮膚，變成了耀眼的粉紅色，而乳房、指甲、睫毛、水汪汪的眼眸、嘴唇、脊柱、骨架，一切都褪爲灰色，雖然它們仍完好如初，也都在原來的位置上，雙腿變得空蕩蕩的，發軟無力，像靴子似的，腿肉平放在地上，像聖餐一般，血管歷歷可見，還有一堆內臟，一顆深紅色的心，編貝般的兩排牙齒，舌頭像透著藍色的粉紅色垂飾，一排手指猶如蠟燭，平坦的腹部中如封印般的肚臍……由地窖的每一個角落，都有陰魂對我咧嘴而笑，嘶聲低語，要我就死。猶伯提諾抓住我的臂膀，指甲壓進我的肉裡，低聲對我說：『你瞧，那都是一樣的，最初爲它的愚行得意洋洋，爲它的嘲弄興高采烈的，現在都在這兒，受到懲罰和報應，由熱情的誘惑解脫，因永恒而僵硬，交付給永恒的森林保存及淨化，透過腐化的勝利而免於腐化，因爲已經是塵埃的東西已不能再化爲塵埃……』

但突然間薩威托走進了地窖，像魔鬼般發亮，叫道：『笨蛋！你看不出這是偉大的黎渥塔德？你怕什麼呢，我的小主人？我給你帶了乳酪餅乾來了！』地窖剎那間變得光亮，紅光閃閃，又一次變成了廚房，可是又不很像廚房，而像是一個大子宮的內部，黏答答的，中央有一隻像烏鴉般黑的野獸，一千隻手被鎖在一個大爐架上，牠伸出那些手，想要抓住四周的人，當農人因口渴而抓起一串葡萄時，那些巨獸也抓住了他們，呑進肚子裡去，飽足地打了個嗝，噴出一團火，比硫磺味還要臭。然而，奇怪的是，那一幕已不再令我感到害怕，我很驚訝地看見我竟然自在地看著那個『好魔鬼』（我就是那麼想的），畢竟那不過是薩威托罷了，現在我已了解所有必死的人體，它的痛苦和它的墮落，我什麼也不怕了。事實上，在那火光中，我又一次看見了參加晚餐的客人；現在他們都已回復了原形，歡唱一切將重新開始，那個少女也夾在他們之中，美麗而完整，對我說：『沒事的，沒事的，你會知道：我會比以前更美麗；就讓我離開一會兒，被放到火堆中燃燒，然後我們會在這裡再見！』她又讓我看她的陰戶——上帝見憐我——我鑽進裡面，發現自己到了一個美麗的山洞裡，彷彿是黃金時代的快樂谷，水聲淙淙，瓜果處處，樹上還結了乳酪餅乾。所有的人都感謝院長邀他們參加快樂的盛宴，爲了表示他們的歡快，他們推他、踢他，撕他的衣服，將他推倒在地，用棍棒敲打他的手杖，他大笑要求他們別再嘲弄他。貧窮生活的兄弟們騎著噴出硫磺煙霧的馬進來了，帶著裝滿了金子的皮包，把狼變成羊，羊變成狼，在人民代表的同意下將牠們加冕爲帝，並大聲唱頌。耶穌揮舞著荊棘皇冠，大聲叫喊，約翰教皇進來了，詛咒著這場混亂，說道：『我不知道這一切要到什麼地步才完結！』但每個人都譏笑他，並且在院長的領導下，帶著豬走出去，到森林裡去找松露。我正想跟他們去時，看見威廉站在一個角落裡；他剛從迷宮出來，由於手中拿著磁石，因而被迅速拉向北方。『不要離開我，老師！』我大叫：『我也要看看「非洲之末」裡有什麼！』

『你已經看過了！』威廉回答，漸漸飄遠。我驀地驚醒過來。葬禮悼亡曲正好唱到最後一段，在教堂中迴蕩不已。

那就像是我的幻覺般，和所有的幻象一樣倏忽消逝，最後一聲『阿門』，幾乎拉得和『日之怒』一樣長。

42

上午禮拜之後
威廉對埃森解釋他的夢。

我頭暈目眩地走出大門，發現門外聚了一小群人。聖芳濟修會的代表要離開了，威廉也下來和他們告別。我加入告別式，和眾兄弟友愛地擁抱。然後我問威廉另一團人什麼時候帶著犯人離開。他告訴我他們已經走了，半個鐘頭前，大概是我們在地窖的時候，或者，我想，是我在作夢的時候吧。

我覺得很震驚，隨即又鎮定了下來。這樣最好。我會受不了眼見那些罪人（我指的是可憐的管理員和薩威托……當然，還有那個無辜的女孩）被拖走，永遠自眼前消失。而且，我仍被剛才那場夢困擾著，感覺似乎已麻痺了。

麥諾瑞特修士們往大門走去離開修道院時，威廉和我仍站在禮拜堂前，兩人都悶悶不樂，雖然原因不同。然後我決定把我的夢告訴老師。雖然夢裡的影像重疊而又不合邏輯，我卻清晰地記得每一幕，每一景，每一句話。於是我說了，一五一十，毫無保留，因爲我知道夢常是神秘的信息，博學的人可自其中解讀出直覺的預言。

威廉一語不發地聽我說完後，才開口問我：『你知道你夢見了什麼嗎？』

我迷惑不解地回答：『就是我告訴你的……』

『當然，我曉得。不過你知道你所告訴我的大部份都已被寫出了嗎？你在已經熟悉的畫面上加入了過去這幾天來的人和事，因爲你在別的地方看過你夢中的故事，或是在年幼時聽別人說過，在學校，或修道院裡。那是《淫蕩的賽普利安》。』

我狐疑了一會兒，然後便記起了。他說得對！或許先前我忘了標題了，但哪個僧侶和見習僧沒有爲這則故事多變的幻象發笑過呢？雖然比較嚴厲的見習僧導師禁止大家傳誦這故事，每一所修道院裡的僧侶們卻仍彼此低聲談論，有些加以濃縮或修改，有些卻虔敬地照抄，宣稱在笑鬧的紗幕後，它包含了道德訓誡。有些導師鼓勵這故事的流傳，因爲，他們說，雖然它是嘲弄的，年輕人可以因此更容易地記住神聖歷史上的某些事件。曾有人寫給教皇八世一冊譯文，附上題辭：『我喜歡嘲弄；接受我吧，親愛的約翰教皇，在我的嘲弄中。假如您願意，您也可以笑。』據說禿頭查爾士還將它搬上舞台，在晚餐時娛樂嘉賓。

當我和我的同伴在一起，多少次我引述裡面的段落，都受到老師的責罵呀！我記得梅可有個老兄弟說像賽普利安這麼德高望重的人不可能寫出這麼不敬的東西，這麼褻瀆聖經的諷刺詩文，那只可能是異教徒或丑角所寫的，不像是出自一個神聖的殉教者……多年來我已忘了那些童稚的笑話。爲什麼在這一天我的夢中會如此鮮明地重現《淫蕩的賽普利安》呢？我一直以爲夢是神聖的信息，再不然就是日有所思而夜有所夢。現在我才知道一個人也可能夢見書中的情節，也就是夢中之夢。

『我要效法阿提米多樂，正確地解析你的夢。』威廉說：『不過我覺得就是沒有阿提米多樂的學識，要明瞭你的夢也並不困難。可憐的孩子，過去這幾天來，你經歷了一連串事件，幾乎把每一條正直的規則都毀壞無遺。今天早上，在你的睡夢中，一種滑稽的記憶又回到你的腦海中，在這個喜劇中，整個世界都顚倒過來了。你又在其中加入了最近的記憶，你的憂慮，你的懼怕。由阿德莫的頁緣畫，你憶及一次盛大的嘉年華會，在那裡每件事情似乎都由錯誤的方向進行，然而，正如《淫蕩的賽普利安》書中的描述，每個人所做的都是他在世時所做過的事。最後你在夢中自問，那個世界才是假的，頭下腳上而行的意義又是什麼。你的夢不再是辨明什麼是上，什麼是下，生何在，死又何在，你的夢是在你所受過的教誨中投入懷疑的陰影。』

『我的夢，』我說：『不是我。這麼說來，夢並不是神聖的信息了；它們是惡魔的胡謅，並不包含任何事實！』

『我不知道，埃森。』威廉說：『我們已擁有太多的事實，假如有一天某人堅持甚至自夢中也推求出事實，那麼假基督來臨的一天就眞的不遠了。然而，我愈想你的夢，就愈覺得它隱含了不少意義。或許不是對你而言，而是對於我。請原諒我利用你的夢來提出我的假設；我知道這是卑劣的行動，不該這麼做的……但是我相信你在睡眠中的心智所了解的事，比我在這六天來清醒時所了解的要多……』

『眞的嗎？』

『眞的。或許也不見得。我覺得你的夢有所顯示，是因爲它和我的一項假設恰好相吻合。不過你還是幫了我一個大忙。謝謝你了。』

『可是我的夢究竟有什麼使你這麼感興趣的呢？它就和所有的夢一樣荒誕無稽呀！』

『它也和所有的夢一樣別有含意。不妨說像是寓言，或類推……』

『就像聖經嗎？』

『一個夢就是一部聖經，有許多部聖經什麼也不是，不過是夢而已。』

43

第六時禱告

圖書管理員接任的順序重被推敲出來，關於那本神秘的書也有了進一步的情報。

威廉決定再回寫字間去。他要貝拿把目錄借給他，然後他迅速翻閱。『必定就在這附近，』他說：『一個鐘頭前我才看見的……』他在某一頁停了下來。『這裡，』他說：『你看看這個。』這一頁上的其中一欄記錄了一組四個標題，指示一本包含了許多正文的書。我唸道：

『一、ar. de dictis cuiusdam stulti.

二、syr. libellus alchemicus aegypt.

三、Expositio Magistri Alcofribae de coena beati Cypriani Cartaginensis Episcopi.

四、Liber acepalus de stupris virginum et meretricum amoribus.』

『這是什麼？』我問。

『就是我們的書。』威廉低語道：『因爲你的夢才使我有所聯想。現在我確定就是它了。事實上，』——他很快看了一下接續的那幾頁——『事實上，這些書就是我所想的書，都在一起。不過這並不是我要查的。看這裡。你帶了筆記本了嗎？好極了。我們必須算一算，再試著回想清楚那天阿里男多對我們說的話，以及今早我們由尼可拉口中聽到的事情。現在，尼可拉說，他在大約三十年前到達這裡，那時亞博已被任命爲院長。在他之前的院長是雷密尼的保羅。對不對？那麼這次交換大概是發生在一二九〇年，或上或下，無所謂。尼可拉也跟我們說過，當他到達時，波比歐的羅勃已經是圖書管理員了。對吧？然後羅勃死了，這個職位便傳給了馬拉其，大約是在本世紀初吧。把這個寫下來。然而，在尼可拉到這裡來以前，有一段期間擔任圖書管理員的是雷密尼的保羅。他在那職位待了多久呢？我們不知道。我們可以檢查修道院記事簿，但我想保有記事簿的是院長，目前我不想去向他要求借閱。我們假定保羅是在六十年前被任命爲圖書管理員的。把這個也寫下來吧。阿里男多爲什麼抱怨大約五十年前，他應該繼任圖書管理員，結果這職位卻落在另一個人頭上的事實呢？他所指的是雷密尼的保羅嗎？』

『或是波比歐的羅勃！』我說。

『看似如此。但是我們再看看這份目錄。你也知道，這些標題是以獲得的時間先後排列的。是誰把標題記下來的呢？圖書管理員。因此，由這幾頁上的筆跡，我們可以判別圖書管理員的接續。現在我們從後面回頭看；最後的筆跡是馬拉其的，你看。前後只有幾頁而已。這三十年來，修道院並未獲得很多新書。然後，再往回翻，這幾十頁的字跡都有顫抖的跡象；這顯然是波比歐的羅勃，因為他有病。羅勃擔任這項職務可能並不很久。接著我們又找到什麼呢？另一個人的筆跡，剛勁有力，佔了不少篇幅（包括剛才我檢查的那一些書）；雷密尼的保羅必然工作賣力！太賣力了，如果你記得尼可拉曾告訴我們他在年紀還很輕時便已接任了院長。但是我們就假定在那幾年間，貪婪的讀者們為圖書室帶來了這麼多書吧。尼可拉不是跟我們說，他得了一種被稱為失寫症的怪病嗎？那麼這些書目會是誰寫的呢？想必是他的助理管理員。但如果這個助理管理員接任正式的圖書管理員，他應該繼續書寫，這可能解釋何以在這麼多頁上都是相同的字跡。所以，照這樣說來，在保羅和羅勃之間，應該還有一個圖書管理員，大約是在五十年前接任的，也就是阿里男多的神秘敵人；阿里男多原以為接續保羅的人應該是他才對。然後這個人死了，出乎阿里男多及其他人所意料的，羅勃被任命接替他的位置。』

『你何以確定這是正確的推論呢？就算這些字跡是那個無名的圖書管理員留下的，難道較前面幾頁的這些書目不可能也是保羅寫的嗎？』

『因為除了記下獲得的書外，他們也要記下所有的教令和敕書，而且寫下詳細的日期。我是說，你看這裡，寫著鮑尼法斯七世的「嚴密警戒」教令，一二九六年，你知道這個教令是在這一年之後才到達的，而且你可以推測它也沒有在太多年之後才被收錄。也就是說，沿著這些年代，我安置了里程碑，所以我要是假定雷密尼的保羅在一二六五年成為圖書管理員，一二七五年接任院長，而我發現他的手筆，是另一個人的手筆，但並非波比歐的羅勃，由一二六五年一直延續到一二八五年，那麼這之間便有十年的誤差了。』

我的導師可眞是厲害極了。我問道：『由這個誤差，你推出了什麼結論呢？』

『沒有結論，』他回答：『只是一些前提。』

然後他站起身，走去和貝拿交談。貝拿不敢去坐馬拉其的位置，仍然坐在他的老書桌後，但神色不怎麼自若。威廉和他說話時，語氣相當冷淡。我們並未忘記前一晚那不甚愉快的一幕。

『即使你擔任了有力的新職位，圖書管理員兄弟，我相信你還是會回答一個問題吧。當阿德莫和其他人在談論機智謎語的那天早上，貝藍格首先提到了「非洲之末」，有沒有任何人提到《淫蕩的賽普利安》呢？』

『有的。』貝拿說：『我沒告訴你嗎？在他們討論《詩論》的謎語之前，韋南提自己提到了《淫蕩的賽普利安》，馬拉其變得很生氣，說那是卑劣的作品，而且提醒我們別忘了院長禁止任何人讀那本書……』

『院長？』威廉說：『很有趣。謝謝你，貝拿。』

『等一下，』貝拿說：『我想和你談談。』他示意我們跟他走出寫字間，站在下樓到廚房去的樓梯上，以免別人聽到他的話。他的嘴唇顫抖。

『我很害怕，威廉。』他說：『他們殺死了馬拉其。現在知道太多事的人就是我了。而且，那群義大利人恨我……他們不希望再有另一個外國籍的圖書管理員。……我相信另外幾個人也是爲了這個原因而被謀殺的……我從來沒告訴過你阿里男多對馬拉其的憎恨；他憤憤不平。』

『許多年以前，奪走他夢想的圖書管理員職位的，是什麼人呢？』

『這個我不知道；他談到這件事時總是很含糊，而且，那已是很久的歷史了。他們現在一定都已經死了。不過和阿里男多在一起的那群義大利人時常提到……時常提到馬拉其是個笨蛋……被別人安置在這裡的，和院長的共犯……我在無意間……捲入了兩個敵對黨派的衝突……一直到今天早上我才曉得……義大利是個充滿陰謀的地方：他們連教皇都敢毒死了，所以想想像我這樣的一個可憐人吧……昨天我還不了解，我以爲那本書必須爲這一切負責，現在我卻不再確信了。那只是藉口；你也知道那本書已被找回了，可是馬拉其還是死了……我必須……我要……我想逃離這裡。你想我該怎麼辦呢？』

『保持鎭定。你現在要我的忠告了，是吧？昨天傍晚你的氣燄還眞不可一世呢！愚蠢的年輕人，如果你昨天幫了我的忙，我們可以阻止這最後一次罪行的。是你把書給了馬拉其，才帶給他死亡的。但是至少再告訴我一件事吧。你有沒有拿過那本書，摸過它，翻過它？那麼你爲什麼沒有死呢？』

『我不知道。我發誓我沒碰過它；不錯，我從實驗室將它拿出時是碰過它，但是我卻沒有翻開它；我把它藏在我的僧衣裡，然後便走回房間，把它放到我的臥榻下。我知道馬拉其在監視我，所以我立刻又回到寫字間。後來，馬拉其提議要我當他的助手，我就把書還給他。這就是一切的經過。』

『別告訴我你甚至連翻也沒翻過。』

『是的，我將它藏起來之前是曾翻開過，好確定那眞是你在找的那本書。它的第一卷是阿拉伯文手稿，第二卷大概是敘利亞文吧，然後是拉丁文，最後一卷才是希臘文……』

我想起了目錄上的縮寫。前兩個標題列著『阿』和『敘』。就是那本書！但威廉緊追不捨：『你摸過它，卻沒有死。那麼只是摸它並不會死。關於希臘文的那一部份，你能告訴我什麼呢？你有沒有看過呢？』

『只看了一下，就是看清它並沒有標題；一開始就好像是從那裡引出的一段……』

『自由體……』威廉喃喃說了一句。

『我試著看第一頁，但是我的希臘文並不好。然後另一項細節又引起了我的好奇，那是和希臘文的那一卷相關的。我沒有將它們全部翻過，因爲我不能。那些書頁都——我該怎麼解釋呢？——濕了，黏在一起。要將它們一頁頁分開很不容易。因爲那種羊皮紙很奇怪，比別種羊皮紙都要軟，第一頁都腐爛了，幾乎快粉碎了。那實在是……很奇怪。』

『「奇怪」；賽夫禮納也是這麼說的。』威廉說。

『那種羊皮紙不大像是羊皮紙……看起來倒像是布，可是又很細密……』貝拿又說。

『亞麻紙吧。』威廉說：『你以前看過嗎？』

『我聽說過，不過沒有看過。聽說那種紙很貴，很纖細，所以很少人用它。那是阿拉伯人製造的，對吧？』

『是他們創造的。但現在義大利也有人製造了，在法布利亞諾。還有……啊，當然了！』威廉的眼睛發亮。『眞是有趣的提示！好極了。貝拿！我要謝謝你！是的，我想在這裡的圖書室亞麻紙必然很稀罕，因爲並沒有最近的手稿送達這裡。而且，有許多人都怕亞麻紙不像羊皮紙那麼持久，或許那是眞的。讓我們想想看，假如他們想要這裡並不比銅持久的東西……那就是亞麻紙了吧？很好，再見。而且別擔心，你不會有危險的。』

我們離開了寫字間；貝拿好像平靜些了，就算他還不完全確信。

院長在餐廳裡。威廉走向他，請求和他說幾句話。院長無法推避，只有同意待會兒在他的住所與我們會晤。

44

第九時禱告

院長拒絕聽威廉的話，講述珠寶的語言，並表明不希望威廉再進一步調查最近發生的不愉快事件。

院長的住處在會堂上面，他在豪華寬敞的主室中接見我們；那天天氣晴朗但風還不小，透過主室的窗子，可以看見禮拜堂的屋頂，及更遠的大教堂。

院長站在窗畔，望著大教堂沈思，以莊嚴的姿態對我們指指它。

『一幢堂堂的堡壘。』他說：『它的比例符合了建造方舟的黃金規律。分成三層樓，因爲三是三位一體的數字，三是拜訪亞伯拉罕的天使，約拿在大魚的腹中度過了三天，耶穌和拉撒路在墳墓裡走了三天，耶穌三次請求聖父讓聖杯自他手中傳出，又三次藏匿自己和使徒們祈禱，彼得三次否認他，基督在復活之後，三次顯現在門徒面前。神學的美德有三項，三是神聖的語言，靈魂的部份，知性生物的階級，天使、人和魔鬼；聲音共有三種——語音、氣息、波動——人類歷史也有三個紀元；立法之前，立法期間，和立法之後。』

『奧妙而奇異的和諧。』威廉同意道。

『但是四方形也富含了精神教訓。』院長又說：『方位基點爲四，季節、元素、冷、熱、乾、濕；生長、成熟、老化；動物的種類，天、地、空中、水裡；形成彩虹的顏色；以及閏年的數字。』

『哦，是的。』威廉說：『而且三加四等於七，一個最奧妙的數字，然而三乘四等於十二，像是十二使徒，十二乘十二得一百四十四，是神意選擇的數字。』威廉把理想數字的神秘知識都說出了，使院長無可再增加，於是他便可提出重點。

『我們必須談談最近發生的事件；我仔細想了許多。』他說。

院長轉過身來，背對著窗戶，表情嚴厲地直視威廉。『想得太仔細了，也許。我必須承認，威廉兄弟，我對你期望過高。你到這裡來都快過了六天了；除了阿德莫外，又死了四位僧侶，另外兩位被宗教法庭逮捕了——那是正義，不錯，但要不是我們必須把前幾件罪行知會裁判官，我們本來可以避免這個羞辱的——最後是我所主持的會議——正是由於這些邪惡的行爲——得到的結果卻是可悲的……』

威廉一語不發，十分困窘。院長所說的一點也沒錯。

『你說得對。』他承認道：『我辜負了你的期望，可是我會向你解釋原因的，院長。這些罪行的起因並不是由於一次爭吵，或是僧侶之間的仇視，事實上，這必須追溯到修道院久遠的歷史……』

院長不安地望著他。『你這話是什麼意思？我曉得關鍵並不在於管理員的縱慾，雖然那又牽涉到另一件可悲的事。但是還有一件，一件可能知道卻不能討論的……我希望那已澄清了，你可以和我談談……』

『院長所想的是他在告解時所獲知的行爲……』院長移開了視線，威廉又往下說：『假如院長想知道我是否曉得，在貝藍格和阿德莫之間，以及貝藍格和馬拉其之間，有不可告人的關係——嗯，是的，這所修道院裡人人都曉得這回事……』

院長脹紅了臉。『我想，當著這位見習僧談論這種事並沒有什麼益處。現在會議已經完了，我相信你也不再需要他當記錄了。你走吧，孩子。』他專制地對我說。我謙卑地離開了。但是，由於好奇心的驅使，我卻蹲在房門外的走廊上，而且在關門時故意不關緊，留下一點縫隙，好偷聽他們的談話。

威廉先開口：『因此，這些不可告人的關係，假如它們曾發生過，對於這一連串可悲的事件並沒有什麼影響。關鍵是在別處，我相信你也想過了。每件事最後都轉向一本書的被竊與佔有，這本書藏在「非洲之末」內，由於馬拉其的干涉，現在它又回到原位去了；雖然，你也看見了，罪行並未因此而遏止。』

半晌的靜默之後，院長才又開口，聲音嘶啞而猶豫，彷彿對突如其來的揭示感到驚愕。『這是不可能的……你……你怎麼會知道「非洲之末」呢！你曾違反我的禁令，擅入圖書室嗎？』

威廉應該說出實情的，但如此一來院長必然會怒不可遏。然而，我的導師顯然又不想說謊，他選擇以反問的方式來回答這個問題：『在我們初見之時，院長你不是說過，一個像我這樣沒見過勃內拉便能將牠描述得如此詳盡的人，要想像他從沒去過的地方，也會毫無困難嗎？』

『就算是這樣吧。』院長說：『可是你爲什麼會這麼想呢？』

『我如何得到結論，可不是三言兩語就說得清楚的。但是這一連串的罪行，肇因都在阻止死者發現被認爲不該讓他們發現的事。現在所有知道圖書室秘密的人——不管是本來就該知道，還是透過機巧——都已經死了。只剩下一個人；那就是你。』

院長說：『你是不是想暗示……你想暗示……』

『別誤會我的意思。』威廉嘴裡雖這麼說，心裡說不定眞的想暗示。『我只說有個人他知道，而且不希望別人知道。而你是最後一個知道的人，所以可能會成爲下一個受害者。除非你把那本禁書的事告訴我，以及在修道院裡有什麼人對圖書室的所知絕不比你少，甚至還更多的。』

『這裡很冷。』院長說：『我們出去吧。』

我急忙走開，在樓梯上方等待他們。院長看見我，對我笑笑。

『這位年輕的僧侶在過去幾天來聽說了不少惱人的事吧！孩子，別讓你自己太過困擾。我看，實際上存在的陰謀，並沒有你們所想像的那麼多……』

他舉起一隻手，讓陽光照亮第四指上一只象徵權力的戒指。綴著寶石的戒指閃耀出璀璨的光芒。

『你認得它吧，是不是？』他對我說：『象徵我的權威，但也是我的負擔。這不是裝飾品；而是代表聖言的保護人。』他用手指摸摸那些排列精妙、顏色瑰麗的寶石。『這是紫水晶，』他說：『是謙遜之鏡，並提醒我們聖馬修的眞摯不虛；這是玉髓，仁愛的符號，約瑟和聖雅各虔誠的象徵；這是碧玉，顯示聖彼得的信仰；瑪瑙，烈士的記號，令人想起聖巴索洛莫；這是青玉，希望和沈思，聖安德魯和聖保羅之石；綠柱玉，教義、學識、堅忍之聲，也是聖湯瑪斯的道德象徵……寶石的語言眞是豐富啊！』他沉醉在神秘的幻想中，又往下說：『那是傳統的寶石家由亞倫的說理和使徒行傳中對聖城耶路撒冷的描述而解譯過來的。樂園的城牆上便飾有和綴在摩西之弟胸飾上同樣的寶石，只有紅玉、瑪瑙和鎬瑪瑙，在出埃及記中提及，被玉髓、紅條紋瑪瑙、綠玉髓和風信子髓所取代了。』

他移動戒指，閃動的光芒使我爲之炫目，彷彿他想震懾我。『神奇的語言，是不是？對別的神父而言，寶石別有象徵。對教皇英諾森三世而言，紅寶石代表沈靜和忍耐；石榴石是慈愛。對聖布魯諾而言，綠玉以最純潔的光芒聚合了神學的知識。土耳其玉象徵喜悅；紅條紋瑪瑙代表六翼天使；黃晶，無邪的天使；碧玉，王權；貴橄欖石，統治權；青玉，美德；鎬瑪瑙，權力；綠柱玉，原則；紅寶石，大天使；琥珀，天使。寶石的語言是多變的；每種寶石都表明了許多眞理，根據解譯者的感知，根據它們所顯現的內涵。誰來決定解譯的水平和適當的內涵呢？你知道的，孩子，因爲他們教過你了：是權威者，最可信的註釋者，也是最有威信因此也最尊嚴的人。否則，如何解譯世界在我們這些罪人的眼睛中所定下的多重象徵，如何避免魔鬼誘我們陷入的誤解呢？我要提醒你：魔鬼非常憎恨寶石的語言，一如聖海德嘉所見證的。魔鬼在寶石中看到不同意義的信息，他想毀了它，因爲他察覺在這些光燦的石頭中回應了他墮落前的驚歎，他明白這種光耀是由火反射出來的，而火正是他的磨難。』他把戒指伸向前讓我親吻，我跪了下來。他摸了我的頭。『所以，孩子，你必須忘了你在這些天來所聽說過的事。你已進了最高貴、最偉大的修會；我是這個修會中的一位院長，你必須服從我的管轄。聽我的命令吧：忘了，並且願你的唇永遠緘封。發誓。』

我深受感召，本來必然會發誓的，這麼一來，你，我的好讀者，就不可能在現在看著我忠誠的記載了。但就在這當兒，威廉干涉了，或許他並不是要阻止我發誓，只是由於惱怒而產生的直覺反應，要阻撓院長，打破他所投下的符咒。

『這孩子和這件事又有什麼關係呢？我問你一個問題，向你提出了一個危險的警告，我請求你對我說出一個名字……現在你是不是也希望我親吻戒指，發誓忘了我所獲知或懷疑的事呢？』

『啊，你……』院長悲哀地說：『我不期望一個托鉢僧了解我們的傳統的美，或尊重沉默、秘密、仁愛的奧妙……是的，仁愛，以及榮譽感，還有沉默的誓言，也就是我們修會偉大的基礎……你對我說了一個奇怪的故事，一個難以置信的故事。關於一本被禁的書造成一連串謀殺，關於某個人知道應該只有我知道的事……故事，毫無意義的指控。你說吧，如果你希望；只是沒有人會相信你的，即使你的幻想故事中有某些因素是眞實的……呃，現在一切又已在我的控制、我的管轄之下了。我會調查這件事，我自有方法，我有權威。最初我犯了一個錯，請求一個外來人調查我應獨自負責的事；不管他有多精明，多値得信任。但是你明白，正如你所告訴我的；起初我相信它牽涉到違反了貞潔的誓言，我希望由另一個人來告訴我在告解中所聽到的事。呃，現在你已經告訴我了。我很感激你所做過或想要做的事。代表團的會議舉行過了，你在這裡的任務也已終結了，我想像得到皇宮裡一定焦慮地等著你；像你這樣的人，是不會剝奪自己的職務的。我允許你離開修道院。今天或許晚了；我不希望你在日落之後旅行，因爲路上很不安全。明天清早你再走吧。哦，不必謝我，你在這裡是我們的喜悅，招待你是我們的榮幸。現在你可以和你的見習僧退下了，去整理一下行李。明天黎明時我會再向你告別的。我衷心地謝謝你。自然，你也不必再繼續調查了。不要再騷擾僧侶們。你可以走了。』

這簡直就是下逐客令。威廉說了再見後，我們便走下樓梯。

我問道：『這是怎麼回事呀？』我覺得如墜五里霧中。

『試著提出一種假設吧。到現在你該已學會了。』

『事實上，我學會我至少必須提出兩個對立的假設，而兩個假設都很不可思議。好吧，那麼……』我嚥了口口水：提出假設使我緊張。『第一個假設：院長已經知道一切，並認爲你什麼也不會發現。第二個假設：院長從未懷疑過任何事（關於什麼我不知道，因爲我不知道你心裡的想法）。不過，不管怎麼說，他原以爲那都是爲了……雞姦僧侶之間的一場爭吵！……現在，你卻使他睜開了眼睛，他突然明白了一件可怕的事，想到了一個名字，也很清楚究竟是誰該爲這些罪行負責。但到了這個節骨眼，他想自己解決問題，將你擺脫，以挽救修道院的名譽。』

『不錯。你開始懂得推理了。但是在這兩種情況中，你都認爲院長所關切的是修道院的名譽。不管他是兇手或是下一個受害者，他都不願有關這處聖地誹謗的消息傳出這些山區。他的僧侶儘管被殺吧，但修道院的名譽卻絕不可毀。啊，這……』威廉變得氣惱。『那個封建領主的私生子，那個因爲曾爲阿奎奈挖墳而贏得聲譽的孔雀，那個只因他戴了大如玻璃底的戒指而存在的酒囊飯袋！驕傲，自負，你們克盧涅可修士全都一樣，比君主還糟，比貴族還傲慢！』

『老師……』我不甘受辱，以斥責的腔調叫了一聲。

『你別說話，你還不是一樣。你們那一夥人都不是單純的人，或是單純的人之子。假如有鄉下人來了，你們或許會接待他，但據我昨天所看見的，你們毫不猶豫地把他交給世俗的武力。但你們自己的人可不會；他會受到庇護。亞博認得出誰是惡徒，在寶藏地窖裡刺死他，把他的肝取出放在聖骨匣裡，只要能挽救修道院的名譽……一個聖芳濟修士，麥諾瑞特貧窮的信徒，可曾在這神聖的地方發現過老鼠窩嗎？啊，不，這是亞博不計代價也不能容許的。謝謝你，威廉兄弟，皇帝需要你，你看我戴了一只多漂亮的戒指，再見。但現在這挑戰已不僅是我和亞博之間的事了，而是介於我和整件事情之間；在我查個水落石出之前，我不會離開這裡。他要我明天早上就走，是吧？好吧，這到底是他的修道院；但是在明天早晨之前我必須知道。我必須。』

『你必須？現在誰強迫你呢？』

『沒有人曾強迫我們知道，埃森。我們必須，僅此而已，即使我們不完全理解。』

我依然困惑，而且爲威廉詆毀我的修會及院長的話感到羞辱。我試著爲亞博辯解，提出了第三個假設，所使用的技巧使我自覺似乎變得很機敏。『你沒有考慮到第三種可能性，老師。』我說：『過去這幾天我們注意到了，而今早在尼可拉的告白之後，加上我們在禮拜堂裡所聽到的謠言，尤其顯而易見的，就是有一團義大利僧侶很不情願地容忍著外國籍圖書管理員的接任。他們控告院長不尊重傳統，據我所了解，他們都躲在老阿里男多身後，將他推到前面做爲一種基準，要求修道院要有不同的統治。所以，說不定院長是怕我們的揭示正好使他的敵人握有有力的武器，而他只希望謹慎地解決這個問題……』

『那也是可能的。可是他仍是個自大的笨蛋，他會害死自己的。』我們走到了迴廊。風勢有增無減，光線漸漸消退了，雖然現在才剛過了第九時禱告。就快日落了，我們所餘的時間很有限。

『不早了，』威廉說：『當一個人沒有多少時間時，他必須小心維持鎮定。我們的行動仍須不疾不徐，好像還有用不完的時間似的。我必須解決一個難題：如何進入「非洲之末」。因爲最後的答案必定在那裡面。然後我們必須救某個人，我還未決定是哪一個。最後，在馬廄那裡可能會出事，所以你必須好好監視著……你看那亂哄哄的一群……』

在大教堂及迴廊之間的空地上不尋常地熱鬧。一會兒之前，有個見習僧由院長的住處跑出來，奔向大教堂。現在尼可拉由廚房走出來，往宿舍走去。在一個角落裡，那天早上的一群人，斐西飛卡、葉曼羅，和彼德，都熱烈地和阿里男多討論，似乎是想說服他。

然後他們好像有了決定。葉曼羅扶著仍然不太情願的阿里男多，和他一起走向院長的住所。他們剛剛進入時，尼可拉走出宿舍來了，引導佐治往同一個方向走去。他看見那兩個義大利人先一步進去了，便附在佐治耳畔說了幾句話，那個瞎眼的老人搖了搖頭。不過，他們仍繼續朝會堂前行。

威廉懷疑地低喃道：『院長開始接管整個局面了……』大教堂裡又走出了更多的僧侶；他們原來都在寫字間，領頭的是貝拿，十分焦慮地向我們走來。

『寫字間裡騷動不安。』他告訴我們：『沒有人在工作，大家都議論紛紛……發生什麼事了？』

『什麼事——就是到了今天早上最可疑的那些人全都死了。在昨天之前，每個人原先都防衛著愚蠢、背叛而又縱慾的貝藍格，然後是可疑的異教徒雷密喬，最後是討人厭的馬拉其……現在他們不知道該防禦什麼人了，所以都急於想找出一個敵人，或者是一個替罪羔羊。每個人都懷疑別的人；有些人感到害怕，和你一樣；還有些人決定讓別人害怕。你們都太緊張了。埃森，別忘了時常去查看馬廄。我要去歇一歇。』

我應該感到驚訝的；在僅餘幾個鐘頭的情況下，回房休息可不像是什麼明智的決定。但是到現在我已很了解我的主人了。他的身體愈放鬆，他的心智就愈沸騰。

45

黃昏晚禱與晚禱之間

簡述這時刻的慌亂。

要敘述接下來在黃昏晚禱與晚禱之間的時刻裡所發生的事情，實在不太容易。

威廉回房去了。我一個人在馬廄周圍閒逛，但並未注意到任何不正常的事。馬夫把因爲風吹而騷動不安的馬牽進來；此外一切都很安寧。

我走進禮拜堂裡。每個人都已就座了，但院長注意到佐治沒有出席。他比了一下手勢，延遲禮拜儀式的開始。他叫喚貝拿，想要派他去找那個老人，可是貝拿也不在。有人指出他可能是在準備把寫字間鎖起來。院長煩躁地說，他已說過貝拿不用負鎖門之責，因爲他並不知道規則。葉曼羅站起身：『假如院長同意，讓我去把他找來……』

院長簡短地回答：『沒有人要你做任何事。』葉曼羅只好坐下，卻別有用心瞥了裴西飛卡一眼。院長又叫喚尼可拉，結果尼可拉也未到。有人提醒他尼可拉正在準備晚餐，院長煩悶地揮一揮手，似乎爲所有的人都看見他的惱怒而不悅。

『我要找佐治，』他叫道：『去把他找來！你去！』他對見習僧的導師下令。

另一個人向他報告阿里男多也不見了。『我知道。』院長說：『他身體不舒服。』我就坐在聖塔布諾的彼德附近，聽見他以我聽得半懂的義大利中部方言對他的鄰座，挪拉的甘左，說道：『我想也是的。今天，那可憐的老人和院長談過話後顯得心煩意亂。亞博的舉動就像是亞威農的娼妓！』

見習僧們都茫然無措；和我一樣，他們童稚的敏感都察覺到了籠罩在座席中的緊張氣氛。靜默和困窘的時間一秒秒地溜逝。院長下令開始唱讚美詩，他自己又任意挑出三首依照教規不應該在黃昏晚禱時唱頌的。所有的人都面面相覷，然後便低下頭低聲禱告。見習僧導師回來了，後面跟著貝拿，垂著頭在他的位子上坐定。佐治不在寫字間裡，他的房裡也找不到人。院長下令儀式開始。

禮拜結束後，在大夥兒到餐廳吃飯之前，我回招待所去叫威廉。他和衣躺在草舖上，一動也不動。他說不知道已經這麼晚了。我對他略述了一下剛才的事，他搖了搖頭。

在餐廳門口，我們看見幾個小時前陪伴著佐治的尼可拉。威廉問他先前那老人是不是直接去見院長。尼可拉說佐治在門外等了很久，因爲阿里男多和葉曼羅在走廊裡。佐治進去後，在裡面待了好一陣子，尼可拉則在外面等他。然後他出來了，叫尼可拉陪他到禮拜堂去；那時距黃昏晚禱還有一個小時，所以禮拜堂裡空無一人。

院長看見我們和新管理員在交談。『威廉兄弟，』他告誡道：『你還在調查嗎？』他命令威廉和他同桌而坐，一如尋常。因爲聖班尼狄特教團的待客是神聖的。

晚餐比平常更加靜肅，而且悲傷。院長心事重重，沒精打采地吃著東西。餐畢，他命令僧侶們趕快到禮拜堂去晚禱。

阿里男多和佐治仍然缺席。僧侶們指著那瞎眼老人的空位，竊竊私語。禮拜儀式結束後，院長要所有的人特別爲佐治的健康禱告。不知道他指的是身體的健康還是永恒的健康。然後院長命令每個僧侶都趕緊回各人的房間人。上床就寢。他特別強調『每一個人』都不許待在宿舍外面遊蕩，驚恐的見習僧率先離開，用頭巾蒙著臉，低垂著頭，不敢像平常那樣聊天、推擠、傻笑。（見習僧雖是年輕的僧侶，事實上卻還是孩子，導師的斥責也不能阻止他們像男孩般的舉動，畢竟那是幼嫩的天性使然。）

當成年的僧侶們也排隊走出時，我謙遜地加入了隊伍，正好緊跟在現在被我稱之爲『義大利人』的那一小團人後。裴西飛卡對葉曼羅低語：『你眞相信亞博不知道佐治在那兒嗎？』葉曼羅回答：『他或許知道，他知道佐治是永遠回不來了。說不定那老人要求得太多了，而亞博不再想要他……』

威廉和我假裝退回朝聖者招待所時，我們瞥見院長由仍然開著的餐廳門又走進了大教堂。威廉和我等了一會兒；等到每個人都離開了之後，他叫我跟著他。我們迅速穿過空無一人的庭院，走進了禮拜堂。

46

晚禱之後

威廉幾乎是在無意間的，發現了進入『非洲之末』的秘密。

我們就像一對刺客似的，潛伏在入口附近的一根柱子後，由此可以看見有頭骨的那間附屬禮拜堂。『亞博進大教堂去了。』威廉說：『等他把所有的門從裡面上了閂後，他只能從藏骨堂出來。』

『然後呢？』

『然後我們看看他到底在搞什麼。』

我們並未發現他的行動，一個小時過去了，他仍然沒有出現。我說，他進入『非洲之末』去了。威廉回答說，也許。我急於想再提出更多假設，又說道，說不定他又由餐廳出去，而且去找佐治了。威廉回答，那也有可能。我進一步想像道，搞不好佐治已經死了。或許他也在大教堂裡，正要置院長於死地。也許他們兩個人都在別的地方，另外一個人則埋伏在那裡等著他們。那些『義大利人』想要什麼呢？貝拿爲什麼這麼害怕？爲什麼黃昏晚禱時他還逗留在寫字間裡，如果他不知道怎麼鎖門或者怎麼出來的話？他是不是想試探迷宮的通道呢？

『這一切都有可能。』威廉說：『但只有一件事正在發生，或已經發生，或將要發生。至少上帝賦予我們一項肯定。』

我滿懷希望地問：『那是什麼呢？』

『那就是巴斯克維爾的威廉修士，自以爲萬事通，卻不知道怎麼進入「非洲之末」。到馬廄去，埃森，到馬廄去。』

『要是院長發現了我們呢？』

『我們可以裝成一對鬼魂。』

我覺得這不是實際的解答，但我默不作聲。威廉愈來愈不安了。我們由朝北的門走出，穿過墓園，風呼呼地吹個不停，我暗自乞求上帝別讓我們碰上兩個鬼魂，因爲當晚修道院並不缺乏受苦的靈魂。我們到達馬廄，聽見馬兒煩躁地直蹬著蹄子，顯得前所未有的緊張。馬廄的大門大約高及一個人的胸部，是寬闊的金屬柵門，站在門外便可望進裡面。在黑暗中我們辨認得出馬匹的形體，我認出了勃內拉，左邊數來第一匹。在牠右邊，第三匹馬察覺到有人挨近了，昂起頭來嘶鳴了一聲。我不禁微笑，低喃了一句：『Tertius equi。』

『什麼？』威廉問。

『沒什麼。我只是想起了可憐的薩威托。他想要以那匹馬表明上帝知道什麼魔法，用他的破拉丁語，稱牠爲「tertius equi」。也就是「U」。』

『「U」？』威廉似乎有點心不在焉。

『是呀，因爲「tertiusw equi」並不表示第三匹馬，而是馬的第三，而馬：「equus」的第三個字母是「U」。不過這些都是無稽之談……』

威廉注視我，在黑暗中我好像看見他的臉變形了。『上帝祝福你，埃森！』他喊道：『啊，當然了，「suppositio materialis」替代物，談話應該是「de dicto」而不是「de re」……我眞是個笨蛋！』他用力拍了一下前額，發出『啪』的一響，想必一定很痛。『孩子，這是今天第二次智慧之語自你口中說出，先是在夢裡，現在卻是清醒的！快，跑回你的房間去，把燈拿來，一人一盞。別讓別人看見你，然後立刻到教堂和我會合！別發問！快去！』

我沒有發問，立刻拔腳奔跑。那兩盞燈就藏在我的床鋪下，都已加滿了油，我事先也調整好了。我把打火石塞進僧衣裡，將兩盞燈揣在胸前，便衝進禮拜堂去。

威廉在三腳鼎下，重新看著韋南提記了筆記的那張羊皮紙。

『埃森，』他對我說：『「primum et septimum de quatuor」並不表示四的第一和第七，而是四，就是「四」這個字！』本來我還有些丈二金剛摸不著頭腦，然後我恍然大悟：『「super thronos viginti quaturo」！是那段詩文！刻在鏡子上面的字！』

『走吧！』威廉說：『也許我們還來得及救一個生命！』

『誰的？』我問；威廉則操作骷髏頭，打開藏骨堂的通道。

『一個不配保有生命的人。』他說。我們已走進地下通道，一人拿著一盞燈，朝通往廚房的門前行。

先前我說過，在這裡你只要推開一道木門，就會發現你已身在廚房了，就在壁爐後面，通往寫字間的螺旋形樓梯底部。我們正要推門時，卻聽見左邊的牆內傳來幾聲悶響。那聲音是由門旁的牆壁傳來的，也就是放了骨頭的壁龕已到盡頭的地方。本來應該是最後一個壁龕之處，卻被方形的大石頭塡成了空白的一片牆壁，中央有一塊陳舊的飾板，上面刻了一些字母組合的圖案。聽起來，那悶響聲似乎是由飾板後面傳來的，不然就是飾板上面，好像自牆壁後，而又在我們的頭部上方。

假如這種事是在第一夜時發生的，我立刻就會想到死去的僧侶。但現在我覺得活人反而比死人更可怕了。『那會是誰？』我問道。

威廉開了門，走到壁爐後面。那敲擊聲沿著樓梯側面的牆壁響著，彷彿有個人被拘禁在牆壁內，不然就是南方塔樓這堵厚牆（確實很厚）之間別有空間。

『有人被關在那裡面。』威廉說：『我一直都在想著，在這個充滿通道的大教堂裡，會不會還有另一條進入「非洲之末」的通路。顯然是有的。由藏骨堂，在你上來廚房之前，那一片牆可以打開，裡面有一道樓梯，和這一道平行而上。隱藏在牆內，可以直通到那個沒有門的房間。』

『可是在裡面的會是誰呢？』

『第二個人。一個人已在「非洲之末」裡了，另一個要趕上他，但是在上面的那一個一定已把控制入口的機關堵住了。所以第二個人進退不得。我想，他所以發出吵鬧的聲響，是因爲在那狹窄的空間裡不會有很多空氣的。』

『那是誰呢？我們必須救他呀！』

『我們很快就會知道那是什麼人了。至於說救他，唯一的辦法就是從上面把機關打開——我們並不知道這一端的秘密。所以我們還是快點上樓去吧。』

我們快步上了寫字間，又由那裡上了迷宮，很快地走到了南邊塔樓。有兩次我不得不放慢腳步，因爲那一晚由縫隙吹進來的風造成了氣流，穿透了每一條通道，在每個房間裡都發出嗚咽聲，吹得書桌上的書頁沙沙作響，因此我必須伸手擋著燈焰。

不一會兒我們便到了掛有鏡子的房間，這回對於等著我們的扭曲遊戲早已有了心理準備。我們把燈舉高，照亮了鏡框上方的詩句：『Super thronos viginti quatuor』——『在第二十四個寶座之上』——到這時秘密已昭然若揭了：四『quatuor』這個字，共有七個字母，我們必須按『q』和『r』個字母。我興奮地想要親自動手，所以急忙把燈放在房間中央的桌子上。但我實在是有點手忙腳亂了，致使燈焰燒到了一本書的裝訂處。

『小心一點，白痴！』威廉忙鼓起一口氣吹熄了火苗，喊道：『你想放火燒了圖書室不成？』

我道了歉，想要把燈再度點上。『別點了。』威廉說：『用我這一盞就夠了。你拿著燈，幫我照亮，因爲刻字太高了，你摸不到的。我們必須快一點。』

『要是裡面有個人拿著武器怎麼辦？』我問道，望著威廉踮腳摸索那幾個關鍵性的字母，碰觸那一句啓示錄中的詩句。

『把燈拿高些呀，要命，而且用不著害怕：上帝與我們同在！』他的回答有些不著邊際。他的手指摸到了『quatuor』中的『q』字，我向後退了幾步，好看清他的動作。我已說過，那些字像是刻進牆面的：顯然『quatuor』幾個字都鑲了金屬外緣，後面便是一個隱藏在牆壁後的奇妙機關。威廉用力按著『q』時，發出了一聲尖銳的卡嚓響聲，當威廉按『r』時，也有同樣的聲響。整個鏡子的框似乎危危顫顫，然後玻璃表面『啪』地向後開。原來這鏡子就是一扇門，鉸鏈拴在左邊。威廉把手伸進右緣和牆壁之間的縫隙，把鏡子拉向他自己。那扇門發出吱嘎響聲，朝我們的方向開了。威廉由那開口閃身入內，我緊跟在他後方，把燈舉得高高的。

晚禱過了兩個小時之後，在第六天最後的時刻，就要轉變爲第七天的深夜裡，我們進入了『非洲之末』。

第七天

Il Nome Della Rosa

整所修道院亂紛紛的，
但這只是悲劇的開始，
勝利的火焰正不住地
由窗口和屋頂往外竄……

47

夜晚

如果標題是為了摘記本章重大的發現，那它就得和這一章一樣長了，毫無用處。

我們站在門檻上；這房間和另外三個七邊形房間形狀完全相同，房裡充滿了一股書籍發霉的臭味。我高舉在頭上的燈，首先照亮了拱形天花板；然後，隨著我的手臂左右移動，火光照到遠處沿牆而立的書架。最後，在房間中央，我們看見一張鋪滿了紙張的桌子旁，以及坐在桌子後的人；他好像是在黑暗中等待我們，儘管是個活人，卻紋風不動。在燈照亮他的臉之前，威廉就開口了。

『晚安，可敬的佐治。』他說：『你在等我們嗎？』

我們往前走了幾步後，燈光清楚地照亮那個老人的臉，彷彿他並沒有瞎眼似的望著我們。

『是你嗎，巴斯克維爾的威廉？』他問道：『今天下午黃昏晚禱之前，我到這裡來，把自己關在裡面，便已一直等著你了。我知道你會來的。』

『院長呢？』威廉問：『在秘密樓梯裡弄出響聲的就是他嗎？』

佐治猶豫了一會兒。『他還活著嗎？』他問道：『我以爲他已窒息而死了。』

『在我們開始談話之前，』威廉說：『我想先救他出來。你可以由這一面打開的。』

『沒辦法，』佐治虛弱地說：『現在不行了。這個機關是由下面控制的；壓按那塊飾板，這上面便有個槓桿會彈動，將隱藏在那個書櫃後的門打開。』他朝著後方點了點頭。『在書櫃旁邊，你可以找到一個掛有幾個秤錘的輪軸，那便是由這上面控制機關的裝置，可是先前當我聽到滑輪轉動的聲音，我知道亞博已經從下面進來了，便拉動墜有秤錘的繩子，結果繩子斷了。現在那條通道兩端都已封閉了。那個設計永遠也不可能修復。院長是死定了。』

『你爲什麼要害死他呢？』

『今天，他召我去時，告訴我說由於你的緣故他已發現了一切。他還不知道我想保護什麼——他從來不曾眞正地了解圖書室的寶藏和目的。他要求我對他解釋他不知道的事。他想要開放「非洲之末」。那些義大利僧侶要求他把由我和我的前任者所保持的秘密公開。他們被追求新事物的慾望所驅使……』

『於是你答應他，你會到這裡來，結束你的生命，就像你了結其他人的生命一樣，這樣一來院長的名譽便得以保存，別人也不會知道任何事情。然後你又把上來這裡的路告訴他，叫他稍後再上來檢查。但是你卻反過來等著他，將他害死。你難道沒想過他可能由鏡子這邊進來嗎？』

『不會的，亞博太矮了，他不可能自己摸到詩句的。我把另一個通道告訴他；現在只有我一個人知道而已。這麼多年來，我一直使用那個通道，因爲在黑暗中那裡反而比較容易。我只要到小禮拜堂去，然後循著死人的骨頭一直走到通道盡頭就行了。』

『所以你讓他到這兒來，卻存心要害死他……』

『我不能再信任他了。他很害怕。由於在佛薩諾瓦時，他設法將一具屍體運下螺旋形的樓梯，他變得很有名了。不當的榮耀。現在他因爲無法爬自己的階梯而死。』

『你使用那條通路有四十年了。當你明白你的眼睛就要瞎了，無法再控制圖書室時，你心裡便有了盤算。你讓一個你所信任的人被選爲院長；然後你先讓他任命波比爾的羅勃爲圖書管理員，因爲羅勃可以任你指使；接著是需要你的幫助，凡事皆和你商量的馬拉其。四十年來，你一直是這所修道院幕後的主人。這便是義大利集團所意識到的，也是阿里男多不斷重複的。只是沒有人肯聽他的話了，因爲他們都以爲他已神智不清了。我說得對吧?可是你仍在等我，而且你無法堵住鏡子的入口，由於機關安在牆內。你爲什麼還等著我呢?你怎麼能確定我會到達呢?』威廉雖提出問題，但由他的聲調聽來，他顯然已經知道答案，期盼那是他推理的報償。

『從第一天起，我就知道你終究會明白的。由你的聲音，由你技巧地引我爲一個我不想提及的主題爭辯。你比其他人都要厲害:最後你必定會求得解答的。你知道如何推敲別人的思緒。然後我又聽到你向其他的僧侶們發問，那些問題全都是對的。可是你從未問到關於圖書室的事，好像你已經知道了它的每一個秘密。有一晚我到招待所去敲你的房門，你卻不在房間裡。你一定是到這裡來了。我聽一個僕人說，廚房的燈掉了兩盞。最後，那天在走廊裡，當賽夫禮納去找你談論一本書時，我便確信了你遲早會查出來的。』

『但是你又設法拿走了那本書。你去找對當時的情況一無所知的馬拉其。那個傻子滿心嫉妒，仍然想著阿德莫偷去了他所愛的貝藍格。馬拉其不明白韋南提和這件事有什麼牽扯，而你又讓他的想法更加混亂。你可能告訴他說，貝藍格和賽夫禮納很要好，所以貝藍格便把一本由「非洲之末」裡拿出的書給了他，做爲報償;我不知道究竟你是怎麼跟他說的。馬拉其在嫉妒心的作祟下，便去找賽夫禮納，把他殺了。然後管理員突然到了，以致他沒有時間去找尋你對他描述過的那本書。是不是這樣?』

『差不多。』

『可是你並不希望馬拉其死。他可能從未看過「非洲之末」裡的書，因爲他信任你，尊重你的禁令。他又聽你的指示，在夜晚時燃燒藥草，好嚇走任何擅自闖入圖書室的人。賽夫禮納供應那些藥草，所以那天他才會讓馬拉其進入療養所;馬拉其只是遵照院長的命令，照例去那裡拿他每天準備的新鮮藥草而已。我猜得對嗎?』

『你猜對了。我並不希望馬拉其死。我叫他再去找出那本書，不管用什麼方法，並且把它帶回這裡來給我，但絕不可翻閱。我告訴他說那本書有一千隻蠍子的力量。誰曉得那個瘋子竟第一次選擇了自發的行動。

我並不想要他死：他是個忠心的手下。但不用對我重複你所知道的；我曉得你都知道了。我不想助長你的驕傲；你已經查明了一切。今天早上在寫字間裡，我聽到你問貝拿關於《淫蕩的賽普利安》。你那時便已十分接近眞相了。我不知道你是怎麼發現鏡子的秘密的，可是當院長告訴我你提到了「非洲之末」，我就肯定不久之後你一定會來的。所以我在這裡等著你。現在，你還想要什麼？』

『我想看看那本手稿。』威廉說：『包含了一卷阿拉伯文，一卷敘利亞文，和一卷《淫蕩的賽普利安》譯本。我想看看希臘文的那一卷，也許是個阿拉伯人，或一個敘利亞人所製的；當你還身在雷密尼的保羅的助手時，你發現了這本書，便安排將它寄回國，並在里昂和卡斯提爾搜集了天啓錄的最佳手抄本，這項戰利品使你在這所修道院裡得到了讚譽和尊敬，也使你奪得了圖書管理員的職位，而這職位本來理當由長你十歲的阿里男多接任的。我想看看那本寫在亞麻紙上的希臘文抄本；那種紙當時十分罕有，在你的家鄉勃戈附近的昔洛斯，便以產亞麻紙而聞名。你偷了這本書，在看過它之後，爲避免讓別人看，便把它藏在這裡，保護著它，卻不毀了它，因爲一個像你這樣的人是不會把書毀掉的，只會保護它，不讓別人去碰它。我想看看亞里斯多德《詩論》的下冊，每個人都相信那本書已經丟了，或者根本就不存在。你所收藏的這一本可能是唯一的一本了。』

『你可以當一個很了不得的圖書管理員，威廉。』佐治以敬佩而又遺憾的口氣說：『看來你眞的什麼都知道了。來，我相信在你那邊的桌子旁有一張凳子吧？坐。這是你的獎品。』

威廉坐下來，把我遞給他的燈放到桌上；燈光由下方照亮了那個瞎眼老人的臉。老人拿起放在他面前的一本書，傳給威廉。我認得那本書的裝訂：那就是我在療養所曾經翻開過，以爲那是本阿拉伯文手稿的書。

『由你看吧，威廉，翻閱它。』佐治說：『你贏了。』

威廉看看那本書，卻沒有碰它。他由僧衣裡取出一雙手套，不是他平常所戴，露出指尖的那一副，而是賽夫禮納臨死時戴在手上的那雙手套。他小心翼翼地翻開腐朽脆弱的裝訂。我前傾身體，越過他的肩際向下看。聽覺敏銳的佐治，聽到了我所發出的聲音。『你也在這兒嗎，孩子？』他說：『我也會讓你看的……待會兒。』

威廉很快地看過前幾頁。『根據目錄，這是一本阿拉伯文手稿，關於某個愚人的故事。』威廉說：『這是什麼呢？』

『哦，是異教徒愚蠢的傳統，關於愚人說出聰明的評論，使他們的神職者感到驚異，也取悅了他們的哈利發……』

『第二卷是敘利亞文手稿，但根據目錄，這是一本埃及鍊金手冊的譯本。在這本集子裡說的又是什麼呢？』

『那是一本第三世紀時的埃及著作。和其後的著作有所連貫，卻比較不危險。沒有人會去聽一個非洲鍊金術者的胡謅。他認爲世界的創造是神的笑話……』他仰起臉背誦；由於四十年來他時常覆誦他還有視力時曾經看過的著述，所以記憶仍十分鮮明：『「上帝發笑時，統治世界的七個神祇降生了，當祂大笑時，光出現了，等他第二次大笑，又出現了水，到了他歡笑的第七天，心靈出現了……」愚蠢。就和後來那些無聊的作品一樣，例如《淫蕩的賽普利安》……但是你不會對這些感興趣的。』

事實上，威廉很快地翻過前面幾卷，翻到希臘文的地方。我立刻看出那些紙張和前面的並不相同，比較薄，比較輕軟，第一頁幾乎磨損了，頁緣磨掉了一部份，上面還有潮濕和歲月留下來的污痕。威廉唸出開頭幾行，先唸出希臘文，再譯成拉丁文，然後以這種語言接續，好讓我也知道這本關鍵性的書，有著怎樣的開場：

『在第一冊的悲劇中，我們看出它如何藉著同情和恐懼的喚起，而產生淨化作用。一如我們所允諾的，現在我們將以喜劇呈現（包括諷刺詩及丑角），看看它的無稽在激起歡樂之外，也能達到那種激情的淨化。

由於人是會笑的動物，這種激情是最值得考慮的，我們在討論心靈的書中也已說過。我們將界定模倣喜劇行動的類型，然後再檢討喜劇藉何種方法來激發笑聲，這些方法便是行動和話語。我們將顯示行動的荒謬是如何自最好至最壞的比喻中產生，由透過欺騙而引起驚訝，由不可能，由自然法則的違反，由不相干和不連貫的，由品格的卑下，由滑稽和粗俗動作的運用，由不和諧，由最無價值事物中的選擇。然後我們再顯示話語的荒謬又是如何由相同的話指不同的事物，及不同的話指相同的事物，而造成的誤解所產生，由饒舌和重複，由暱稱，由語言的遊戲，由發言的錯誤，以及由粗野的話等等。』

威廉翻譯時有點困難，時而停下來，找尋適當的詞句。他翻譯著，面帶笑容，似乎看見了他意料將會找到的東西。他大聲唸出第一頁，然後便停下來，彷佛已沒興趣再知道更多了，迅速翻過接續的書頁。但翻了幾頁後，他卻無法再順利地往下翻，因爲那些脆弱的亞麻紙頁緣處都黏在一起了，像是逐漸腐壞的紙質及濕氣所形成的一種漿糊將它們膠了起來。佐治意識到翻書停止了，催促威廉繼續。

『再看呀，翻閱它，它是你的了，是你的戰利品。』

威廉笑了起來，似乎很高興。『那麼你並不眞的認爲我很聰明了，佐治！你看不見；我已戴上手套了呀。我的手指在這麼笨拙的情況下，沒法把書頁分開。我應該把手套脫下，將手指放在舌頭上沾濕，就像今早我在寫字間閱讀時一樣，也因此我突然明白了那些神秘的死亡。我應該像那樣翻閱，直到我吃下相當份量的毒藥。我所說的毒藥，是你在很久以前的某一天，從賽夫禮納的實驗室拿走的。也許當時你便感到憂慮，因爲你在寫字間裡聽到有人好奇地談到了「非洲之末」，或是亞里斯多德遺失的那本書，或是兩者都說到了。我相信你把毒藥保存了很久，計劃在你察覺到危險的時刻使用它。幾天以前，當韋南提又提及這個話題，同時輕率、虛榮的貝藍格爲了討好阿德莫，不惜觸犯保密的禁令時，你覺得危險的時刻來臨了。所以你便到這裡來佈下陷阱——可以說是及時的，因爲過了幾夜後，韋南提進來了，偷了那本書，熱切地翻閱。不久他便感到很不舒服，所以下樓到廚房去求助，而他就死在那個地方，我說錯了嗎？』

『沒有錯。再說下去吧。』

『剩下的就很簡單了。貝藍格在廚房裡發現了韋南提的屍體，爲了怕人詢問，揭露了他把書拿給阿德莫看的秘密，便把屍體抬了出去，丟到那缸豬血中，以爲這樣一來每個人都會相信韋南提是溺死的。』

『你怎麼知道這就是經過情形呢？』

『你自己心裡也明白。當他們在貝藍格房裡找到那塊染血的布時，我看見了你的反應。那個愚蠢的人把韋南提的屍體投進豬血缸後，便用那塊布揩拭雙手。但由於貝藍格失蹤了，想必他對那本書也起了好奇心，所以那本書必然在他那裡。你期盼他會在某處被發現；不是被殺害，而是中毒而死。其餘的就很明顯了。賽夫禮納找到了那本書，因爲貝藍格爲了避開別人，先跑到療養所去看書。受你煽動的馬拉其到實驗室去殺了賽夫禮納，然後回到這裡，想探查使他成爲殺人兇手的禁書究竟包含了什麼不可告人的秘密，結果他也死了。這樣所有的屍體便都有解釋……眞蠢……』

『誰？』

『我。因爲阿里男多的話，我相信了這一連串的罪行是遵循啓示錄的七聲號響順序而發生的。阿德莫和雹子有關，但也是自殺而死的。韋南提死在血海裡，那卻是貝藍格奇怪的想法；貝藍格自己淹在水中，說起來也是巧合；賽夫禮納的死使三分之一的天象毀損，那是因爲地球儀是馬拉其順手拿起的武器。最後馬拉其在臨死前提到了蠍子……爲什麼你告訴他說那本書有一千隻蠍子的力量呢？』

『那是由於你的緣故。阿里男多跟我說過他的想法，後來我又聽某個人說起你覺得這說法很可信……我也相信了是有一個神的計劃在導引著這些死亡，所以責任不在我。我跟馬拉其說，假如他也變得好奇，依據同一個神的計劃，他也會遭到不幸；果然他就死了。』

『這麼說來……我設想了一個錯誤的模式，解釋犯罪者的動機，使犯罪者也落入這個模式。然而，也是這同一個錯誤模式使我追查出你的。這會兒每個人都對約翰啓示錄發生了興趣，而你卻是想得最多的，一則因爲你對假基督的思索，二則由於你的家鄉以製造最好的啓示錄而聯名。有一天某個人告訴我說這間圖書室裡最美麗的古抄本都是你帶來的。然後，又有一天，阿里男多嘀咕著一個被派到昔洛去找書的神秘敵人。（當他說這個敵人太早返回黑暗的領域時，引起了我的好奇；最初我以爲這是指他所說的那個人英年早逝，但顯然他是指你眼睛瞎了。）昔洛靠近勃戈。今天早上，在目錄裡，我找到了一連串在你接任或將要接任雷密尼的保羅那段期間裡，所獲得的新書，全部都是西班牙文的啓示錄。在這一組新書裡，也包括了這一本書。但是直到我獲悉被偷的那本書是以亞麻紙製成的，我才肯定了我的推想。然後我記起了昔洛，便更加確定了。自然，當這本書和它有毒力的概念逐漸成形時，啓示錄模式的概念也開始崩潰了，雖然我不明白何以書和號響的接續都指向你。但我對那本書的內容有了進一步的了解，因爲在啓示錄模式的引導下，我不得不一再地想到你，以及關於「笑」的辯論。所以，今晚，我已不再相信啓示錄模式了，卻堅持監視馬廄，而在馬廄裡，很偶然的，埃森使我想到了進入「非洲之末」的關鍵。』

『我不大明白你的意思。』佐治說：『你驕傲地對我說明了你如何遵循你的推理而追查到我，然而你又說你是依照一個錯誤的推理才到達這裡的。你到底想對我說什麼呢？』

『對你，我無話可說。我只是將計就計罷了。不過那並不重要，反正我現在在這兒就是了。』

『上帝發出了第七聲號響了。而你，即使在錯誤中，仍聽到了這號聲的迴響。』

『昨天傍晚你在訓誡中便提到了這個。你想勸服自己相信這整個事件都是依據一個神的計劃進行的，以隱藏你是個殺人兇手的事實。』

『我沒有殺死任何人。他們每個人都是由於罪惡的命運而死的。我只是工具。』

『昨天你說猶大也是工具。那並未使他免於墮入地獄的厄運。』

『我接受墮入地獄的冒險，上帝會赦免我的，因爲祂知道我這一切都是爲了祂的榮耀。我的職責是保護圖書室。』

『幾分鐘前你還預備把我也給殺了，還有這孩子……』

『你是比較精明，但不比別人好。』

『現在我避開了陷阱，接下來將會怎麼樣呢？』

『我們看著吧。』佐治回答：『我並非非要你死不可；我說不定可以勸服你。但是你先告訴我：你是如何猜到這是亞里斯多德的續論的？』

『你對笑的爭論，或者我自別人口中獲知的一點爭論，對我而言是不夠的。最初我不明白那些話的意義，但是其中提到了一個無恥的石頭滾過平原，還有蟬會自地底歌唱，以及可敬的無花果樹。我看過這些描述；而且在過去這幾天證實了。那些是亞里斯多德在《詩論》第一冊中所引用的句子。然後我又記起了賽維爾的艾西多將喜劇界定爲某種並不合乎道德的愛……逐漸的，我肯定了第二本書的存在，並且它的內容也在我心中成形。我不用閱讀意欲毒死我的書頁，也可以告訴你書裡寫了些什麼。喜劇是源自農村，在盛筵之後歡樂的慶祝。喜劇中沒有偉大而有權勢的人物，而是一些升斗小民的故事；它也不會因主演者的死亡而終結。它藉著顯現普通人的缺陷和弊病，達到滑稽的效果。亞里斯多德在此闡明了笑的傾向是一種求好的力量，同時也可能有指導的價值。透過詼諧機智的謎語，和突如其然的比喻，雖然它的含意和它所表現的方式是不同的，彷彿它是在說謊，事實上它促使我們更詳細地思量它們的內涵，使我們說：「啊，原來很多事情便是這樣的，我以前並不知道。透過表演人的敘述表明了眞理，而這世界比我們所相信的還要糟，比英雄事蹟、悲劇、聖徒的生活所顯現的還要壞。這就是它的大意吧？』

『相當接近。你是由閱讀其他書籍而推測出來的嗎？』

『有許多是韋南提死前所研讀的。我相信韋南提找尋這本書已有一段時候了。他一定在目錄中看到了我也看到的指示，確信了這就是他要找尋的書。可是他不知道怎麼進入「非洲之末」。當他聽到貝藍格對阿德莫提到它時，他就像一隻跟蹤野兔足跡的狗。』

『正是如此。我立刻就想通了。我意識到我必須誓死護衛圖書室的時候已經到了……』

『於是你在書上敷了毒藥。這必定是一項艱難的工作吧……在全然的黑暗中……』

『到現在我的手所見的可比你的眼睛更多了。我從賽夫禮納那裡拿走了一支刷子，而且我也戴了手套。這是個好主意，對吧？使你費了很久才推測出來……』

我在一陣顫慄中意識到，這兩個在性命攸關的衝突中對陣的人，此刻竟然惺惺相惜，彷彿兩人的行動都只爲了得到對方的喝采。我想到了貝藍格用來引誘阿德莫的策略，以及那女孩喚起我的熱情與慾望，單純而自然的舉動，根本不能和人們爲了征服對手所使用的瘋狂伎倆和機巧相比，和那一刻我所目睹的誘惑行動更無異有天壤之別；這個行動鋪陳了七天，兩個對立者互定神秘的約會，暗中激使對方認同，彼此害怕，彼此憎恨。『現在請你告訴我吧。』威廉說：『爲什麼呢？爲什麼你不保護別本書，而單單要防衛著這一本？爲什麼你隱藏了魔法的論述，那些可能冒瀆了上帝之名等著作，而爲了這本書你卻不惜毀滅你的兄弟，從而毀滅你自己？有許多別的書都談到了喜劇，讚頌歡笑。爲什麼獨獨這本使你恐懼？』

『因爲它是亞里斯多德所寫的。這個人所著的每一本書都毀了一部份基督教在許多世紀以來所積存的學識，神父們舉了種種事例說明聖言的力量，但是羅馬哲學家包伊夏斯只需引述亞里斯多德的話，聖言便成爲人類範疇及推論的拙劣詩文。創世紀說了宇宙的組成，但是在亞里斯多德的「自然科學」中，卻指出世界是由陰暗泥濘之物造成的。我們知道一切事物的神聖之名，而亞伯所埋葬的那個聖道明修士——受了亞里斯多德的誘惑——卻依照自然理論的傲慢途徑，將它們重新命名。於是宇宙便成爲塵世的證據，而他們稱之爲抽象的動因。以前，我們習慣仰望天，偶爾皺眉瞥視泥沼；現在我們卻俯視地，並且由於地的證言而相信天。亞里斯多德的每一句話都顛覆了世界的形象，現在就連聖徒和先知也詛咒他。但是他並沒有推翻上帝的形象。假如這本書將會成爲……成爲公開註釋的物體，我們就越過最後的界線了。』

『在笑的討論中，你又因何而驚恐呢？即使你能消除這本書，也不能消除笑聲啊！』

『不錯。但笑是我們肉體的弱點、腐化和愚蠢。那是鄉下人的娛樂，是醉鬼的執照；即使教會本身允許歡宴、節慶，這種宣洩情緒、使人忽略其他慾望和野心的褻瀆……笑仍然是卑下的，是一般愚民的護衛，是平民神秘的污蔑。使徒也說過：歡樂總比燃燒略勝一籌。笑違反了上帝所建立的秩序，在餐畢之後，酒足飯飽之餘，享受卑劣諷刺的文句。選舉愚人之王，在驢和豬的儀式中迷失了自己，在狂歡喧鬧時逗趣耍寶……可是這裡，這裡，』——佐治用手指敲敲桌子，靠近威廉眼前攤開的那本書之處——『這裡笑的功能卻顛倒了，它被提升爲藝術，是智者所要打開的世界之門，它成爲哲學之物，以及不實的神學……昨天你也目睹了單純的人可能懷想並實施最可怖的異端，否定上帝的法則和自然的法則。但是教會應付得了愚人的異端，因爲他們譴責了自己，被自己的無知所毀。多西諾之流者無知的瘋狂，絕不會在神聖的修會中造成危機。他會宣揚暴力，死於暴力，會不留痕跡，如歡宴的結束般被消蝕，在主顯節的慶典中，整個世界暫時顛倒並無大礙。只要這些行動並沒有演變成計劃，只有粗鄙的下流話沒有被譯成拉丁文。笑使惡徒免除對魔鬼的懼怕，因爲在這愚人的狂歡中，魔鬼也顯得可悲而愚蠢，因此可以控制。但是這本書卻可能教人以爲解脫對魔鬼的懼怕是明智的。當酒在惡徒的喉間滾動，他大笑，覺得他就是主人，因爲他把他自己和君主的地位顛倒了；但這本書卻可以教導學者使得這種顛倒成爲合法的手段。於是，腹部的運作便變成了腦部的運作。笑對人是合宜的，只不過象徵我們這些罪人的限制。但由這本書，有許多腐化的心靈都會提出極端的推論，而笑便是人的目標！笑，可以使愚人免於恐懼。可是法律的基點就是恐懼，換言之也就是對上帝的恐懼。這本書卻可敲出魔鬼的火花，對全世界升起一叢新的火焰，笑便被界定爲消除恐懼的新技術，即使連普羅米修斯（譯註：希臘神話中的巨人，爲人類自天上竊來火種，因而受罰被縛在高加索山的岩石上，其肝臟每日受鷲啄食）也不知道。愚民在發笑時，連死也不放在心上了；但是那一刻過去後，根據神聖計劃，他又一次害怕死亡。由這本書中，卻可能產生摧毀死亡的毀滅性新目標。沒有了恐懼，我們這些罪人將會如何呢？多少世紀以來，學者們讚美贖回的神聖知識，透過高超的思想，那悲慘和誘惑便是卑下的。而這本書——認爲喜劇是一種妙藥，透過缺陷、錯誤、弱點的實行可以產生情緒的淨化作用——會誘使虛僞的學者試圖以魔鬼的慣例而贖回高尚：透過卑劣的接受。這本書也會使人懷有以逸待勞的希望。可是我們絕不能懷有這樣的希望，看看無恥地閱讀《淫蕩的賽普利安》那些年輕僧侶吧。聖經竟然有了惡魔般的轉變！然而在他們閱讀時，他們還知道那是邪惡的。只是當亞里斯多德的話爲這些荒誕的想像力辯解之時，原來是不足取的嘲弄便會躍居中央，而本然的中心意義便消逝無蹤了。從新的子民會變成一群來自地獄深淵的魔鬼，到那時已知世界的邊緣就會變成基督教帝國的中心，亞利馬斯必坐在彼得的寶座上，勃雷密主持修道院，管理圖書館的是一些凸腹大頭的侏儒！僕人立法，我們（包括你在內）必須服從。一個希臘哲學家（你的亞里斯多德在書中引述過，是個無恥的共犯）說，敵人的嚴肅必須以笑聲驅散，笑和嚴肅是對立的。我們謹慎的祖先立下了抉擇：如果笑是平民的歡樂，平民的特許便須受到限制和羞辱，並被嚴厲所威嚇。平民沒有武器可以使他們的笑變得高雅，除非他們將它視爲對抗嚴肅的工具；而嚴肅卻是精神的牧羊人，帶引他們走向永恆的生命，將他們由美食和色慾中拯救出來。可是如果有一天，某個人引用亞里斯多德的文句，因此像個哲學家般發言，將笑的武器提升到奧妙武器的情況，假如堅信的修辭被嘲弄的修辭所取代，假如每一個神聖的影像不耐煩的要旨替代了贖罪的影像耐心的主題——哦，到了那一天就連你，威廉，還有你的一切知識，也會被掃蕩一空的！』

『爲什麼？我會配合別人的機智。那總比有巴納・葛的火及鐵屈辱多西諾的火及熾鐵的世界要好多了。』

『到那時，你自己也會陷入魔鬼的陰謀中。你會在哈米吉多頓善惡的決戰場上，爲另一方奮戰。但是到了那一天，教會已又一次在這場衝突中立下規則。冒瀆並不使我們驚恐，因爲即使在上帝的咒逐中，我們仍認得耶和華的形象，詛咒反叛的天使。我們不怕假借改革之名殺死牧羊人的暴力，因爲那就是想要毀滅以色列人的同一股暴力。我們不怕道諾提斯信徒的嚴厲，西肯塞利昂信徒瘋狂的自殺，波哥密信徒的情慾，亞比吉西安信徒驕傲的純潔，自笞派苦修者對血的需求，自由精神兄弟會邪惡的瘋狂：我們了解他們，也知道他們罪惡的根，那也是我們聖潔的根。我們不怕，而且，最主要的，我們知道如何摧毀他們——知道如何讓他們自毀，傲慢地達到死亡意願的極點。事實上，我要說他們的存在對我們而言是珍貴的，那銘刻在上帝的計劃中，因爲他們的罪促進了我們的道德，他們的咒逐鼓舞了我們讚頌的曲調，他們毫無紀律的懺悔使我們的犧牲有了規則，他們的不虔誠使我們的虔敬閃耀，正如黑暗的王子是必要的，有了他的叛變，上帝的榮耀才更炫目，所有希望的開始及結束。但假如有一天——平民也不再例外，學者更潛心鑽研，奉獻於聖經不毀的證言——嘲諷的技巧被大家接受了，而且似乎高貴、自由，不再機械化；假如有一天某個人可以說（也聽別人說）：「神下凡化生爲基督的說法令我發笑。」我們便沒有武器可以對抗那冒瀆了，因爲那會召來肉體的黑暗力量！』

『巴格達的政治家萊克爾加斯，特別下令建了一座令發笑的雕像。』

『你是在克洛利西安的論述中讀到這一則軼事的，那本書只是想赦免不虔誠的罪惡，內容是關於一個醫生以讓病人發笑的方法治好了病人的病。假如一個人大限已到，又有什麼必要醫治他呢？』

『我不相信那醫生治療了他。他只是教病人在病痛時發笑。』

『病情是不能被驅逐的，只能被摧毀。』

『病人的軀體也連帶被毀。』

『必要的話。』

『你眞是個魔鬼。』威廉忍不住說道。

佐治似乎不明白。假如他看得見，我要說他以困惑的目光瞪視他的對手。『我？』他說。

『是的。他們騙了你。魔鬼並不是物質的王子；魔鬼是精神的傲慢，沒有微笑的信仰，從未感到任何疑惑的眞理。魔鬼是冷酷的，因爲他知道他要到那裡去，在行動中，他總會回到他的來處。你是魔鬼，也像魔鬼一樣生活在黑暗中。假如你想說服我，那你失敗了。我恨你，佐治，假如我能，我要讓你赤身露體，屁股上插著羽毛，臉塗得像個變戲法的小丑，然後帶你下樓去，穿過庭院，讓所有的僧侶都嘲笑你，再也不覺得害怕。我要在你全身塗上蜜，讓你滾過一堆羽毛，再用繩子牽著你到市集去，對所有的人說：他正在對你們宣告眞理，並告訴你們眞理有死亡的味道，你們不要相信他的話，只要相信他的嚴酷。現在我告訴你，在無限可能事物的漩渦中，上帝也允許你想像一個世界，在這世界裡，眞理的解析者只是一隻笨拙烏鴉，重複說著許久以前別的學者說過的話。』

『你比魔鬼還要糟，麥諾瑞特修士。』佐治說：『你是個小丑，是聖徒給予你們生命的小丑。你就像你們的聖芳濟，傳導訓誡時還要像江湖郎中一樣加以表演，把金塊放到守財奴手中，使他困惑混亂，覆誦乞憐之聲的禱詞，羞辱修女們的奉獻，又拿著一塊木頭，模仿小提琴演奏者的動作；他僞裝成一個流浪漢，欺騙狂熱入迷的僧侶們，赤身投入雪地中，和動物及植物說話，將基督誕生圖的神秘變成了一幅村莊景象，模仿羊叫聲叫喚伯利恆的綿羊……那是個好教派。佛羅倫斯的狄奧提薩微兄弟不就是個麥諾瑞特修士嗎？』

『是的。』威廉笑笑。『他到修道院去，說他不接受食物，除非他們先給他聖約翰長袍的一小塊，讓他當作聖物保存，等他們把那一小塊布給了他後，他卻拿來擦屁股，又丟到糞堆去，拿一根竿子在糞堆裡攪，一邊喊著：「哎呀，幫助我吧，兄弟們，因爲我把聖徒的遺物掉到尿裡去了！」』

『顯然你覺得這個故事很有趣。說不定你還想告訴我關於另一個麥諾瑞特修士，保羅．米勒莫須的事吧；有一天他在冰上躺了下來；他的同市市民們嘲笑他，還有一個人問他爲什麼不去躺在一個較舒服的地方，他回答說：是的，你的妻子……那就是你和你的兄弟追尋眞理的方式。』

『聖芳濟便是如何教人們由另一個方向去探討事物。』

『但我們給予他們紀律。昨天你也見到了他們。他們已恢復了我們的階級，他們說話不再像一般單純的人。單純的人必不可說話。這本書會使人以爲一般單純的人也有表達智慧的伶牙俐齒，這必須被阻止，也就是我所做的。你說我是魔鬼，那不是眞的；我是上帝的手。』

『上帝的手只會創造，不會遮掩。』

『為了不可越界，才會有界線。天命讓特定的紙張上記載了這些文字。』

『上帝也創造了怪物。還有你。祂希望任何事物都被表白。』

佐治伸出顫抖的雙手，把那本書拉回他眼前。他讓它攤開，倒轉過來，因此威廉仍正視著書頁。『那麼，』他說：『為什麼祂允許這本書遺失了那麼久，只留下一本，而這唯一的抄本又落在不懂希臘文的異教徒手中不知幾年，然後又被棄置在一所舊圖書室的秘密裡，直至我找到它，又將它藏了許多年？我知道，彷彿我親眼看見它被一字一句地寫出來，用我的眼睛，看著你們看不見的東西，我知道這是上帝的意願，所以我採取行動，解譯它。以聖父、聖子和聖靈之名。』

48

夜晚

火災發生，在措手不及、無人發令的情況下，地獄凌越了。

老人默然不語。他攤開雙手放在書上，似乎在撫摸書頁，將它們壓平，以便於閱讀，或者像是要把書護住，免於受到鳥爪的攻擊。

『這一切都是徒然的。』威廉對他說：『現在已經結束了。我找到了你，也找到了這本書，其他人都白死了。』

『並不是徒然的。』佐治說：『也許是太多人。如果你需要證據，證明這本書受到詛咒，那你已經得到了。爲了確證他們並未白白犧牲了生命，再死一個也不足惜。』

他說著，用那雙枯瘦的手開始慢慢地將那本手稿的紙頁撕成一條一條的碎片，塞進他的嘴裡，慢條斯理地呑嚥，彷彿在吃聖餅似的，要讓它成爲他的肉。

威廉著迷地望著他，似乎沒有意會過來這是怎麼回事。然後他回過神來，傾身向前，喊道：『你在幹什麼？』佐治咧嘴而笑，露出沒有血色的齒齦，一條黃色的黏液由他發白的嘴唇滴下來，沾到他下顎的鬍子上。

『你不是在等待第七聲號嗎？現在你聽那聲音是怎麼說的吧：「將七雷所說的封住，不要寫出來……拿著喫盡了，它便叫你肚子發苦，然而在你口中卻甜如蜜。」你瞧，現在我把不能說出的都封住了，帶到墳墓去。』

他笑了，他，佐治。我第一次聽到他笑。……他用喉嚨發笑，雖然他的唇並未形成歡樂的形狀，那張臉看起來倒像是在哭泣。『你沒料到會有這個結局吧，是不是，威廉？這個老頭子，蒙上帝恩寵，又一次獲勝了，對吧？』威廉想要把書拿開，但佐治感覺到空氣的震動，察知了這個動作，及時抽身後退，左手將那本書抱在胸前，右手仍繼續撕紙，塞進嘴裡。

他在桌子的另一側，威廉搆不到他，試著要繞過這個障礙，但是他的僧衣勾到凳子，使他差一點絆倒，也使佐治察覺了他的企圖。那老人再度大笑，這回更大聲了，同時以極快的速度伸出右手，摸索油燈。藉著熱度的引導，他的手伸到燈焰上，將它蓋上，絲毫不怕疼痛，火光便熄滅了。房間驀地陷入一片黑暗中，我們最後一次聽到佐治的笑，還有他的話：『現在來找我吧！只有我才看得見了！』然後他沉住聲，以他那一向悄無聲息的腳步移動；我們所聽到的只有時而發出的撕紙聲，在房間不同的部位響起。

『埃森！』威廉叫道：『守在門旁。別讓他出去！』

可是他說得太遲了，因爲早先我就想撲向那個老人，所以黑暗一籠罩，我便跳向前去，想要由另一方繞到桌子對面去。等我意識到在黑暗中行動自如的佐治可能乘此機會溜向門口時，已經太晚了。我們聽見背後傳來一聲撕紙聲——有點模糊，因爲那是由另一個房間傳來的。同時我們又聽到另一種聲音；刺耳的鉸鏈呻吟聲。

『鏡子！』威廉喊道：『他要把我們關在裡面！』我們兩人循聲衝向入口；我絆倒一張凳子，摔倒在地，但現在也管不了什麼疼痛了。我只想到一旦佐治將我們關起來，我們永遠也別想出去了；在黑暗中我們別想找到打開門的方法，更何況我們根本不知道由這一面該怎麼操作機關。

我相信威廉也和我一樣奮不顧身；因爲我們兩人同時奔抵門階，用力壓向朝我們關來的鏡子背面。還好我們及時到達；在我們的壓力下，門停住了，隨即再度打開。很顯然的，佐治自知這場衝突並非勢均力敵，所以放手離開了。我們從那被咒的房間跳了出來，可是我們不知道那老人朝哪個方向而行，眼前仍是透不過氣的黑暗。

突然間我記起來了：『老師！我把打火石帶來了！』

『那你還等什麼？』威廉叫道：『快找到油燈，把它點上呀！』我又轉身衝向『非洲之末』，在漆黑中摸索油燈。感謝上帝，我立刻便找到了，然後從僧衣裡掏出了打火石。我的雙手顫抖，試了兩、三次都沒有成功，威廉在門口喘息道：『快點，快點！』最後我總算打出了火花。

『快點！』威廉又催促我：『不然那老人會把整本亞里斯多德都吃掉！』

『而且死翹翹！』我接口喊了一聲，趕上前去，加入了搜索。

『我才不管他死不死，那該死的怪物！』威廉吼，左右移動，東張西望。『他吃下那麼多毒藥，必死無疑。但是我要那本書！』

然後他停下來，又沉著地說：『慢著。我們要是再這麼慌慌張張的，永遠也找不到他。別出聲，我們暫時不要動。』我們停住腳步，屏息不動。在闃靜中，我們聽到不遠處有個人體撞到書櫥，把幾本書撞落的聲音。『那邊！』我們異口同聲地叫了出來。

我們朝著發出響聲的方向奔去，但立刻又意識到我們必須放慢腳步。事實上，一走出『非洲之末』，圖書室裡又充滿了氣流的呼呼聲，和外面的強風相呼應，只要一加快腳步，油燈的火焰便有熄滅的危險。由於我們不能移動太快，我們必須讓佐治的行動也慢下來。可是威廉的想法不同，他喊道：『現在我們又有光亮了；你跑不掉了，老傢伙！』這是個明智的決定，因爲這揭示可能使佐治感到困惱，因此他憑著在黑暗中感知的本領，加快了移動的速度。不多久我們又聽到另一聲響聲，循聲走進『Yspania』的『Y』房。我們看見他趴倒在地上，雙手仍緊握著書，試圖自由桌上滑落的書堆中站起身。他想要站起來，但仍繼續撕著書頁，決心盡快把他的掠奪品吞掉。

等我們趕上前去時，他已站起來了；覺察到我們的逼近，轉身面對我們，向後退卻。在紅色的火光映照下，他的臉顯得十分可怖：五官扭曲，一縷汗水由他的前額沿著臉頰流下，平常一片死白的雙眼佈滿了紅色血絲，嘴上掛了幾片碎紙，看起來就像一隻吃得過脹，再也吞不下食物的野獸。由於憂慮的折磨，在他血管裡流動的毒藥，以及他那迫切而駭人的決心，他平日可敬的身影此刻卻顯得非常噁心怪異。在別的時刻他這樣子說不定會使人發笑，但此時的我們也與動物無異；像朝著獵物逼近的狗。

我們大可鎮靜地擒住他，但我們卻猛然地撲向他；他扭動身子，雙手將書本緊抱在胸前；我用左手揪住他，右手試著把燈舉高，但一不小心燈焰就燒到他了。他感到一陣熾熱，發出一聲低喊，幾片碎紙由口中噴出，同時他的右手鬆開了書本，朝著油燈用力一掃，使得油燈驀地自我手中飛開——

油燈正好落在剛才由桌上滑落的那堆書上，燈油濺出，火焰立刻跳上脆弱的羊皮紙，那堆書便像乾柴般嗶嗶剝剝地燒了起來。一切都在迅雷不及掩耳之間發生，彷彿那些古老的書籍早就渴望著燃燒，在一瞬間爲它們的饑渴得到滿足而興奮歡笑。威廉眼看情形不對，放開了瞎眼老人；佐治感覺到他已掙脫了束縛，忙向後退了幾步。威廉猶豫了一會兒，幾乎是太久了，不確知是該再抓住佐治，還是該先撲滅那一小堆火。有一本年代較久的古書在一剎那間便燒盡了，只留下一抹向上竄躍的火舌。

可能會把小火苗吹熄的強風，卻助長了跳躍的火焰，甚至還帶著火星子亂飛。

『把火熄滅！快點！』威廉喊著：『不然什麼都會被燒掉！』

我衝向那堆火，卻又停住了，因爲我也不知道該怎麼辦。威廉趕過來協助我。我們伸出雙手，眼睛則忙著搜尋可以滅火的東西。我靈機一動，急忙脫下僧袍，丟向那團火。但現在火焰已竄得很高了；不一會兒便吞噬了我的衣服，火勢有增無減。我縮回灼熱的雙手，轉向威廉，看見佐治又靠了過來，緊挨在威廉身後。變得十分強烈的熱度使得老人輕易地察覺了。所以他確知火的位置，把那本亞里斯多德的詩論續集丟進火堆裡。

在一陣暴怒下，威廉用力推了那老人一把。佐治撞到一個書櫥，頭正好敲到櫥角，他倒在地上……但威廉發出一聲低咒，對他不加理會。他轉身望向那堆書。太遲了。那本被老人吃剩的書，已付之一炬。這當兒，在狂風的挾帶下投向四周的火花，已經在另一櫥子書上找到新的落點，轉成熊熊怒火。此時，房裡的火場已不止一處，而變成兩處了。

威廉意識到我們無法徒手將火撲滅了，便決定以書救書。他抓起一冊比別本書裝訂得更堅實的書，試著以它當作滅火的武器。然而，在他用那本書撲擊火堆之際，反而激起了更多火花。雖然他試著用腳把火花驅散，卻得到了反效果；燃燒的羊皮紙碎屑像蝙蝠般在半空中亂飛，呼呼有聲的風又將它們吹向其他的書籍。更不幸的是，這是迷宮裡最亂的一個房間。捲起的手稿由書架上垂掛下來；有些書本都散開了，聽任書頁跑出封面外，那些羊皮紙就像探出嘴巴的舌頭，不知過了多少年，都已乾透了；桌上又散置了許多馬拉其（他已有好幾天沒有助手了）在疏忽下未放回原處的著作。因此，在佐治跌倒之後，那間房裡到處都有等著被燒的羊皮紙。

沒多久那裡便成了一處烈焰熊熊的火場，連書櫥也加入了這場祭典，開始嗶嗶剝剝地響了起來。我意識到整個迷宮就像一堆獻祭用的乾柴，只等著第一點火星子迸落。

威廉說：『水，我們需要水！』但他又接口道：『可是在這個煉獄裡哪裡找得到水呢？』

我喊道：『廚房，樓下廚房有！』

威廉迷茫地望著我，一張臉被熾烈的火焰映得通紅。『是的，但等我們下去又上來時……任魔鬼掌握吧！』他叫著：『無論如何，這房間已不可收拾了，說不定下個房間也難逃厄運。我們立刻下樓吧。我去找你，你趕緊衝出去發佈警報。我們需要許多人幫忙！』

我們找路朝樓梯走去；大火把接續的幾個房間也照亮了，但光線變得愈來愈幽暗，因此最後兩個房間我們幾乎是摸索前進的。寫字間裡透進了微明的月光，我們由那裡下樓進入餐廳。威廉衝進廚房；我奔向餐廳門，手忙腳亂地將門閂拔了下來。一跨到外面，我便往宿舍狂奔，這時我才想到我不能將僧侶們一個一個喚醒。我靈機一動，衝進禮拜堂，找尋塔樓的通路。叨天之幸，我立刻便找到了，於是我拉住所有的繩子，敲響警鐘。我用力拉，中間那條鐘繩往上提時，把我也拉離了地面。我的手背在圖書館裡被火燒到了，現在我把本來並未受傷的手掌也磨破了；當它們溜過繩子時，摩擦使得它們滲出了血，我只有將手鬆開。

不過，到這時我已製造了足夠的響聲了。我衝出禮拜堂時，正好看到第一批僧侶急匆匆地跑出了宿舍，僕人們也慌慌亂亂地從他們的住所奔了出來。我實在無法解釋清楚，因爲我根本說不出話來，等我終於衝口說出，卻是沒人聽得懂的日耳曼語。我用流著血的手指向南方塔樓上的窗子；不尋常的光亮已由玻璃窗透了出來。由那熾烈的亮度看來，我意識到在我跑下來敲鐘的當兒，火勢已延及別的房間了。非洲部份所有的窗子，以及南邊及東邊塔樓之間的牆面上，已隱隱約約竄出了不規則的火舌。

『水！快去拿水！』我喊道。

起初沒有人意會過來。僧侶們平日都認爲圖書室是個神聖而不可侵入的禁地，以至沒有人想到此刻它遭到尋常的茅草屋也可能遭到的意外威脅。然後他們抬起頭望向窗子，卻只是喃喃默禱，發出恐懼的低語，想必是以爲又有什麼神秘的現象了。我揪住他們的衣服，央求他們明白，最後總算有個人把我的啜泣翻譯成人類的語言。

那是莫瑞蒙的尼可拉，他說：『圖書室起火了！』

『對。』我低應了一聲，筋疲力竭地攤坐於地上。

尼可拉立刻採取應變措施，對僕人發號施令，又指示他四周的僧侶們，叫一些人去把大教堂所有的門打開，又派一些人去取水和各種器皿。他指引在場的人分別到修道院的各口水井和水槽去，又命令牧牛人把驢子和騾子牽出來運水……假如這些指令是一個極有權威的人發出了，大家一定會毫無異議地立刻服從。可是僕人們習慣聽令於雷密喬，抄寫員習慣聽令於馬拉其，而其他人則慣於聽從院長。要命的是，這三個人都不在場，僧侶們四處找尋院長，想聽他的指示及慰藉，卻沒有找到他；只有我知道他死了，或者快要死了，此刻，被禁錮在毫無空氣，又熱不可當的通道裡。

尼可拉推著牧牛者行動，可是另一些僧侶也是在出於好意的情況下，將他們推向另一個方向。有些兄弟顯然六神無主，有些卻還睏倦地睜不開眼睛。現在我已恢復了說話的力量，便試著對他們解釋，可是當時我只是個少年，在我的僧衣丟入火焰裡後又幾乎全身赤裸，臉上沾著泥灰，身體乾淨無毛，加上寒冷引起的麻木，委實難以激起他們的信任。

最後尼可拉總算設法拉了一些人衝進了廚房；那時已有個人把廚房門打開，另一個人更極為明智地帶了幾支火把。我們發現廚房裡一片零亂，想必是威廉在找水及盛水的器皿時，把這地方都快掀了。

就在這時威廉出現在餐廳門口；他的眉毛都燒焦了，衣服冒著煙，手裡拿著一口大鍋子。我的同情心油然而生，卻又感到愛莫能助。我明白就算他端了水到樓上去，而沒有把水潑掉，而且就算他來來回回地跑了不少趟，只怕他也沒救到什麼火。我記起了聖奧古斯汀看到一個男孩用瓢根舀海水的故事；那孩子是個天使，他所以這麼做，是為了逗弄那個想要了解自然奧秘的聖徒，威廉就像那個天使一樣；他疲憊地靠著門把，對我說道：『沒辦法了，我們救不了火了，就算修道院裡所有的僧侶都來幫忙也沒用了。圖書室是完了。』他到底不像天使，說完話竟不自禁地哭了。

我擁住他，他拉下桌布蓋在我身上。我們停在那兒，十分氣餒地，看著四周的一切。眼前一片亂哄哄的。人們空手奔上迴旋的樓梯，碰到其他也是空手下樓的人；他們在好奇心的驅使下跑上樓去，現在又要下來拿水。有些比較聰明的人立刻開始找尋水盆、鍋子，卻又想到廚房裡根本沒有足夠的水。突然間，牧牛人把騾子趕進這個大房間裡，又將騾子背上的大水缸卸下來。可是他們不知道從那裡上樓到寫字間去，好一會兒後，有幾個抄寫員才告訴他們。他們上樓去，立刻又跌跌撞撞地下樓來，驚恐萬分。水缸打破了，水流了一地，雖然有幾缸已被比較勇敢的人傳上樓去了。我跟著他們打水，上樓到了寫字間。由圖書室的通路捲下了陣陣濃煙；最後幾個試圖上去東邊塔樓的人已經下來了，紅著眼睛咳個不停，宣布要闖進那煉獄已是不可能的事了。

這時我看到了貝拿。他端著一大盆水，從樓下爬上來，臉部扭曲。他聽到由樓上下來的人所說的話，便攻擊他們：『地獄會將你們全部吞噬，懦夫！』他轉過身，彷彿是要求助，看見了我。『埃森，』他叫道：『圖書室……圖書室……』他沒有等待我的回答，便衝到樓梯底部，勇敢地投入濃煙中。那是我最後一次看見他。

我聽見上面傳來一聲爆裂聲。混合著灰泥的石頭紛紛由寫字間的天花板直往下掉落。拱形天花板的契石，雕刻成一朵花的形狀，鬆落掉下，差點沒打到我的頭上。迷宮的地板已經不保。

我衝下樓去，直奔到室外。有些僕人拿來了梯子，試著由外面爬到樓上的窗口，並且把水提上去。但是最高的梯子也只不過高達寫字間的窗戶而已，而且爬到上面去的人根本無法從外面將窗戶打開。他們傳話下來，要別人從裡面把窗子打開，但到了這個節骨眼兒，已經沒有人敢再上樓去了。

我仰頭注視頂樓的窗戶。整幢圖書室，現在變成了一座冒煙的火爐，火焰競相由一個房間竄到另一個房間，在乾燥的羊皮紙張中迅速地流竄。所有的窗子都異常明亮，一股黑煙由屋頂往上冒：火已經燒到樑木了。本來顯得極其堅固的大教堂，在這種狀況下便暴露出它的弱點；長久以來，它的牆壁已自內部腐蝕，紛紛散落的石頭使得火焰可以任意燒及所有的木頭部位。

突然間有些窗子像是爲內力所迫，爆裂粉碎，火花飛到外面來，點綴著黑暗的夜空。風勢已減弱了些：實在是很不幸，因爲風力的話，或許可以把火花吹熄，可是風勢轉弱，卻反而使它們燒得更烈，將它們飄向四周。就在這時，傳來一聲爆炸的巨響：迷宮的地板塌了一部份，燃燒的樑木必然隨之掉到下一層樓的地板上。現在我看到寫字間裡熾烈的火舌；那裡也散置了書籍、紙張，自然火勢一發就不可收拾。我聽見一群抄寫員悲慘的喊聲；他們困擾地揪著頭髮，還想上樓去救下他們心愛的抄本。不可能了：廚房和餐廳已成了混亂的十字路口，人們由各個方向衝進去，摩肩接踵。大家撞在一團，跌倒在地；端著水盆的，把盆裡的水都濺出了；被牽進廚房裡的騾子察覺到有火，急忙四蹄亂搗，衝出火場，推倒了幾個人，連馬夫也不看在眼裡了。很顯然的，這群明智、虔誠卻毫無技巧的人，在沒有人指揮的情況下，把可能達成的救助也堵塞了。

整所修道院都亂紛紛的，但這只是悲劇的開始。勝利的火焰不住地由窗口和屋頂往外竄，再加上風的助長，向四方迸落，終於觸及禮拜堂的屋頂。人人都知道最堂皇的大教堂也最易受到火的摧殘：由於外觀顯示的石頭，上帝之屋看起來就如聖城耶路撒冷一樣富麗而堅固，然而支撐牆垣和天花板的，卻是脆弱的樑木，而教堂的列柱通常都高高聳立，如橡樹林般壯觀堅挺——事實上這些列在柱大部份也眞的是橡木；再加上許多飾物也都是木質的：祭壇、座席、繪了圖書的嵌板、板凳、燭臺。這間禮拜堂當然也不例外；儘管它那美麗的門在我初到之時，還令我十分著迷。不多久禮拜堂就燒起來了。到這時，所有的人都明白了整座修道院的命運岌岌可危，開始更眞切地奔跑，結果情況只有更加混亂而已。

說起來，禮拜堂有較多的通路，是比圖書室更易防衛的。圖書室的隱密，注定了它自己的命運。禮拜堂卻因禱告的時間不斷，隨時都是開放的。可是到這時儲存的水已經用光了，剩下的幾口水井，在這種情況下無異是杯水車薪，不敷所需。只是群策群力，禮拜堂的火應該是可以撲滅的，可是這當兒已沒有人知道如何下手了。更有甚者，火是由上面往下燒的，要扛著泥土或破布，爬到那麼高的地方去救火，實屬不易。等火燒到下面時，想要用沙土撲滅已是不可能了，因爲天花板坍塌下來，甚至壓到了幾個救火員。

因此，爲了許多財富被燒掉而惋惜的歎氣聲，現在又加入了臉燒傷、四肢被壓斷、身體被突然崩塌的拱形屋頂埋住時，所發出的痛苦叫聲。

風勢又大了，正好助長火勢，傳播火苗。緊接著禮拜堂之後，穀倉和馬廄也都著火了。受驚的動物衝出圍欄，把門踢倒，到處狂奔，牛、羊、馬、豬，或嘶或鳴，聲音淒厲，火花跳到許多匹馬的馬鬃上，全身冒火的動物奔馳過草地，踏爛了牠們經過的一切，既無目標也不曾停歇。我看見老阿里男多茫茫然不知所措地徘徊，結果被鬃毛著火的孛內拉撞倒，在地上拖了一段路，然後被棄置在庭院裡，成爲一團不成形的可悲物體。可是我沒有辦法也沒有時間救他，或者爲他的結局哀悼，因爲類似的場面處處可見。

著了火的馬，把火燄帶到風還未迭及的地方；鍛冶場也燒起來了，見習僧侶宿舍也難以倖免。一群群的人四處奔跑，既無目標也沒有目的。我看見了尼可拉，頭部受傷，僧衣撕裂，跪在大門前的通路上，大聲詛咒。我看見裴西飛卡，放棄了救援的工作，試圖抓住一匹發狂的騾子；等他成功了之後，他對我喊著要我也趕緊效法他，逃命要緊。

我想著不知威廉跑到那兒去了，深怕他被壓在坍倒的牆垣下。我找了好一陣子，才在迴廊附近找到了他。他手裡拿著他的旅行袋；當火燒到朝聖者宿舍時，他趕上了他的房間，至少搶救出他最珍貴的所有物。他把我的行李也帶下來了，我胡亂找了件衣服穿上。我們停下來，氣喘吁吁的，看著四周的情況。

修道院的下場已不問可知了。幾乎所有的建築物，都已被火波及，有些火勢較大，有些較小。還沒燒到的少數幾幢房舍也不會保持多久了。因爲現在一切都已注定成爲祝融的饗宴。只有沒有建築物的部份尚稱安全：茶園、迴廊外面的庭園……要想救火已是萬不可能了；一旦放棄了救火的想法，我們便站在空曠而沒有危險的地方，觀看一切。

我們注視緩緩燃燒的禮拜堂，因爲在整幢建築的木頭部份熾烈燒起之後，通常火勢便要延續幾個小時，有時甚至是幾天。大教堂的火就不一樣了。由於到處都是易燃物，火焰迅速蔓延到廚房。至於頂樓，幾百年來矗立了一座迷宮，現在卻已摧毀殆盡。

『它曾是基督教世界中最大的一所圖書館。』威廉說：『現在，假基督眞的快來臨了，因爲再沒有學識可以阻礙他了，說起來，今晚我們已看過他的臉了。』

我錯愕地問：『誰的臉？』

『我指的是佐治。在那張因爲對哲學的憎恨而變了形的臉上，我第一次看見了假基督的肖像，他並不是來自猶大的部落，或是來自一個遙遠的國度。假基督可以由虔敬的本身，由對上帝或眞理過度的愛而產生，正如異教徒往往出自聖徒和先知。對預言者要心懷畏懼，埃森，還有那位準備爲眞理而死的人，因爲他們照例會使別人和他們一起死，通常在他們之前而死，有時還代替他們死。佐治做了一件惡魔似的醜事，因爲他變態地深愛他的眞理，因此爲了摧毀虛妄便做得出任何事情，佐治害怕亞里斯多德的第二本書，只因那本書或許眞教人如何扭曲每樣眞理的面目，這樣我們才不至變成自己幽靈的奴隸。說不定，那些深愛人類的人所負的任務，是使人們嘲笑眞理，「使眞理變得可笑」；唯一的眞理，在於學習讓我們自己從對眞理的瘋狂熱情中解脫。』

『可是，老師，』我悲哀地說：『你現在這麼說，是因爲你的心靈受了傷。不管怎麼說，今晚你發現了一項眞理，那是你解析過去這幾天來的線索而得到的。佐治贏了，可是你又揭發了他的陰謀，所以你擊敗了他……』

『並沒有什麼陰謀，』威廉說：『而且我是經由錯誤而發現的。』

他這句話自我矛盾，我不知道威廉是不是故意的。『但是雪地中的痕跡使你推測出勃內拉卻是眞的，』

我說：『而且阿德莫眞的是自殺而死，韋南提也眞的不是在缸裡溺死的，迷宮眞的照你所想像的方式排列，進入「非洲之末」也眞的要碰觸「quatuor」這個字，那本神秘的書也眞的是亞里斯多德的著作。……我可以舉出許多眞的事情，是您憑藉學識之助所發現的……』

『我從未懷疑過眞理的表象，埃森；它們是人類在這世上導引自己的唯一憑據。我所不了解的是，這些表象之間的關係。我透過啓示錄的模式追查出佐治；這個模式似乎構成所有罪行的基礎，然而那卻只是巧合。我爲所有的罪行尋找一個罪犯而推測出佐治，結果我們發現每項罪行都是不同的人所犯的，或者是沒有人。我追求一個有理性而乖張的心智所設的計劃而找出了佐治，事實上卻沒有什麼計劃，或者該說，佐治被他自己最初的設計所制服，於是有了一連串的肇因，而這些肇因又彼此矛盾，各自進展，造成了並未形成任何計劃的關係。如此看來，我又有什麼聰明才智呢？我一直很固執，追尋表面的秩序，而其實我應該明白在這世界上根本就沒有秩序。』

『但是在設想一個錯誤的秩序時，你仍然有所發現……』

『你說得非常好，埃森，我要謝謝你。我們的心靈所想像的秩序，就像是一張網，或是一個梯子，爲了獲得某物而建。但以後你必須把梯子丟開，因爲你發現，就算它是有用的，它仍是毫無意義的。Er muor gelîchesame die leiter abewerfen, sô er an ir ufgetigen……你就是這麼說的嗎？』

『那正是我們的語言。誰告訴你的？』

『一個貴國的神秘家。他寫在某個地方，我忘了是什麼地方。就算再沒有人會在日後找到那份手稿也沒關係。唯一有用的眞理，就是將會被扔開的工具。』

『你沒有理由斥責自己：你已經盡力了。』

『盡了個人的力，但那是十分有限的。要接受世界上不可能有秩序存在的概念是很難的，因爲那違反了上帝的自由意志及全能的力量。因此上帝的自由就是我們罪惡的宣告，至少是我們驕傲的宣告。』

我——畢生第一次也是最後一次的——貿然提出了一項神學的結論：『可是一個「必然」存在的人怎麼會全然被「可能」所污染？那麼，上帝和原始的混沌有何差別呢？確定上帝絕對的全能和絕對的自由，並不是等於顯示上帝並不存在嗎？』

威廉面無表情地望著我，說道：『如果一個學者對你的問題回答是的話，他怎麼繼續傳達他的學識呢？』我不明白他的話中之意，便問道：『您的意思是，如果缺乏眞理的準據，便不可能再有可以傳達的學識了，或者您是指您不能再傳達您所知道的，因爲別人不會允許您這麼做呢？』

就在這時，宿舍的一部份屋頂塌了，發出轟然巨響，一團火花也跟著沖向天際。有些在空地上徘徊的綿羊和山羊自我們身邊經過，恐懼地哀鳴。一群僕人也從我們旁邊跑過，一面大聲嚷叫，差點沒把我們撞倒。

『這裡眞是太亂了。』威廉說：『在騷亂中，一切都不必說了。』

49

修道院整整燒了三天三夜，一切的挽救歸於徒然。在我們居留該處的第七天清晨，當劫後餘生的人們認清了所有的建築物都已毀於一夕，最堅固的建築只剩下了殘破的外牆，而禮拜堂像陷入自己本身似的吞噬了它的塔樓——即使是在那時，每個人心裡和神的懲戒對抗的意願，也已失敗了。最後幾桶水的傳遞，愈來愈沒精打采，修士大會會堂和院長的華麗住所仍在燃燒。等到火燒到最遠處的幾間不同的工作場時，僕人們早已儘量救出了許多物品，並且已到鄉間去搜尋，看看是不是能抓回一些昨晚在混亂中逃走的家畜。

我看見有些僕人冒險進入殘留的禮拜堂，我猜他們是想在離開之前試著進入地窖內去取一些珍貴的物品。我不知道他們是否成功了，也不知道地窖是否已經坍塌，更不知道那些鄙夫在試圖搜取寶藏時是否沈入了地底。

同時，村子裡也來了不少人，有的是來幫忙撲火的，有的趁火打劫。由於廢墟仍是火燙的，許多被燒死的人仍然被埋在其中。到了第三次，傷者已經過醫療，在外面找到的屍體也已埋葬，僧侶們和其他所有的人收拾了自己的東西，遺棄了仍在冒煙的修道院——一個被詛咒的地方。他們零星四散，我也不知道他們都到那兒去了。

威廉和我在林子裡找到了兩匹流離失所的馬，騎馬離開了那裡。我們朝東而行。當我們再度行抵波比歐時，我們聽到了皇帝的壞消息。他到達羅馬時，被人民加冕爲王。由於他和教皇已不可能達成協議，他選擇了一個假教皇，尼古拉五世。馬西略被任命爲羅馬的主教，但由於他的錯誤，或者是他的軟弱，據說該城發生了許多可悲的事。忠於教皇而不願作彌撒的神父們受到了刑罰，一個聖奧古斯汀修道院的副院長被丟進了卡比托奈丘上的獅子坑裡。馬西略和江墩的強安，宣稱約翰是個異教徒，路易更讓他被判處死刑。但是皇帝的錯誤施政和當地的君主相對立，而且勞民傷財。我們聽到這些消息時，便延緩到羅馬去的行程，我明白威廉不想目睹會使他的希望爲之破滅的事件。

我們行抵龐巴薩時，獲悉羅馬人起而反叛路易，路易避到比薩去，約翰的特使凱旋地進入了教廷城市。同時，薛西納的邁可也意識到他在亞威農不可能達成的任何結果——尤其爲他的性命擔憂——因此他逃出該城，在比薩和路易會合。

我們預測了許多事件，並獲知巴伐利亞人將進攻慕尼黑，不久便轉回原路，並決定在那裡逗留，一方面也因爲威廉察覺到對他而言義大利已非安全之地。接下來的數月和數年間，路易眼看他的同盟和支持者一個一個地背棄他；次年假教皇尼古拉五世向約翰投降，並上吊自殺。

我們到達慕尼黑後，我揮淚告別我的導師。他的命運未決，我的家人希望我回到梅可去。自修道院瓦解的前一晚，威廉對我說出了他的恐慌後，我們就彷彿有了秘密的協定似的，不曾再談及那件事。在我們哀傷的告別過程中，我們仍絕口不提。

我的導師爲我未來的研讀提出了許多忠告和告誡，並且把尼可拉爲他製作的眼鏡送給我，因爲他已找回了原來的那一付。他對我說，我還年輕，但總有一天我會用得上那付眼鏡（的確，此刻我就將它架在鼻梁上）。然後他像父親般慈愛地擁抱我，我們便分手了。

我沒有再見過他。後來我獲悉，他死於本世紀中期肆虐全歐的那場大瘟疫。我時常祈禱上帝接納他的靈魂，原諒他智識的虛榮心使他犯下的許多驕傲行爲。

多年之後，我已長大成人，湊巧在院長的派任之下，有機會到義大利去旅行。我無法抗拒誘惑，在回程時，繞路重訪修道院的舊址。

山坡上的兩個小村都已荒棄了，村莊四周的農地也都荒蕪了。等我爬到山頂後，眼前一片荒涼死寂的景象，使我不由得愴然淚下。

以前曾雄據於此的巍然建築，而今只剩零零落落的幾處廢墟，一如古代異教徒在羅馬城中所留下的遺跡。斷壁殘垣上爬滿了藤蔓，幾處臺輪仍保持完整。到處是荒煙蔓草，簡直看不出以前這裡還曾種植過瓜果菜蔬，奇花異卉。唯有墓園依稀可辨，因爲有些墳墓仍微微隆起。生命的跡象，僅見於一些獵食蟲蛇蜥蜴的鳥，偶爾有隻四腳蛇會爬過石頭，或在燒塌的牆壁上探頭探腦。禮拜堂的門已然腐朽，不復昔日的美麗；有一半門拱依然殘存，卻滿布苔蘚，只約略看得見基督的一隻眼睛，和一頭獅子的臉。

大教堂除了南面牆垣整個塌陷之外，倒似乎仍然屹立，不爲歲月所動。懸崖之上的兩座塔樓，看起來幾乎完好如初，但所有的窗子都像空洞的眼窩，而腐朽的藤蔓便是黏濕的淚水。教堂裡，藝術的結晶已然摧毀，和自然的傑作混成一堆。站在廚房裡，抬頭可由已坍塌的樓上地板及屋頂造成的大洞仰望藍天。沒有佈滿青苔的部份，保留著許多年前被煙火肆虐留下的黑色。

我在碎石堆中探尋，有時會找到由圖書室和寫字間飄落，像埋在地中的寶藏般殘存的羊皮紙碎片；我開始收集它們，彷彿想將這些碎紙片湊成一本破碎的書。然後我注意到，在一座塔樓中，竟還保存著一道通到寫字間的螺旋形樓梯，由那裡，再爬上一處坍倒的牆壁，我便到達了和圖書室同樣的高度；可以向下俯瞰每一處空隙。

在一排牆壁旁，我找到了一個書櫥，在經歷了那場大火後，竟然還奇蹟似的直立著；然而水和白蟻卻使它腐朽了。書櫥裡還有一些羊皮紙。其他的遺物則是我在下面的廢墟中翻尋時找到的。有些羊皮紙碎片都已褪色，有些還隱約看得到圖案，或幾個模糊的字。有時我會找到字句依然清晰的書頁；更常找到的是在鐵釘的保護下，完整如初的裝訂……書籍的幽靈，外表看來完好，裡面卻已消蝕了；然而有時會殘留半頁，看得見標題。

我把我所能找到的每片紙都收集起來，裝了兩只旅行袋；爲了保存這可悲的遺物，甚至不惜丟棄了一些有用的東西。

回程途中，以及日後在梅可時，我花費了許多個鐘頭，試圖解讀那些斷簡殘篇。常常由一個字或是一個模糊的圖案，我便認出了那本作品。後來我要是找到那些書的其他抄本時，便更加細心而喜悅地閱讀它們，彷彿命運留給我這項遺贈，彷彿辨認出那些被毀的抄本，是上天對我說的顯明信息：『擁有並保存吧。』在我耐心地重組之後，我造就了一種次級的圖書館，是已經消逝之大圖書館的象徵：一個由碎片、引句、未完成的句子以及殘缺的書本組成的圖書館。

我看著這些『書目』，愈來愈相信這是偶然的結果，並不包含任何信息。但這些不完整的書頁卻伴著我度過往後的歲月；我時常像找尋神諭般地閱讀它們，我幾乎覺得，我在這些紙張上所寫的，也就是讀者諸君現在所看的，只是一種集句，一首文字化的頌歌，重複著那些碎紙片給予我的感受，到此刻爲止，我還不知道是我一直說著它們，還是它們藉著我的嘴說出來。但不管這兩種可能性那一種是對的，我愈重述著由它們之中浮現的故事，我愈不去想這其中是否含有一種超乎自然及時間的設計。我這個一隻腳已踏進棺材裡的老修士，實在不知道我所寫的字是否包含了某種隱藏的意義，或者不止一種，或者有許多，或者根本沒有。

但是我的無能，也許是籠罩年老世界的黑暗陰影所造成的結果。

昨日的雪而今何在？大地跳著死亡之舞；有時我覺得多瑙河上的船上載滿了要到黑暗之地去的愚人。現在我所能做的就是緘默。不久之後，我便要重生，我已不再相信那是上帝的榮耀，或是喜悅，甚而是虔敬；雖然修會的院長諄諄告誡，麥諾瑞特修士也都如此堅信。……很快的我將進入這片廣闊的沙漠，平坦而一望無際，在這裡虔誠的得到真正的至福。我將沈入神聖的陰影，在一種絕對的靜默和一種不可名狀的結合中，在我沈溺時，所有平等及不平等都將消逝，在那處深淵裡，我的靈魂會得到解脫，不知道任何平等或不平等，或其他的種種：所有的差異都將被遺忘。我將會在簡單的基礎中，在永無變化的闃靜沙漠裡，在誰也不覺得他適宜地位的隱私內。我將歸於沈靜及無人居住的仙境，在那裡沒有工作，也沒有意象。

寫字間裡好冷，我的拇指都發痛了。我留下這份手稿，不知道日後有誰會看它；我也不再知道它究竟在講述什麼了。第一朵玫瑰的名字，揭示了一切。

國家圖書館出版品預行編目資料

玫瑰的名字 / 安伯托・艾可 Umberto Eco 著；
謝瑤玲譯 -- 三版 -- 臺北市：皇冠，2000【民89】
面；公分，（皇冠叢書；第0934）
〔當代經典；1〕　譯自: Il nome della rosa
ISBN 957-33-1726-5 （平裝）
877.57　　　89009078

皇冠叢書第0934種
當代經典1

玫瑰的名字

Il Nome Della Rosa

作　　者—安伯托・艾可（Umberto Eco）
譯　　者—謝瑤玲
發 行 人—平鑫濤
出版發行—皇冠文化出版有限公司
台北市敦化北路120巷50號　電話◎2716-8888
郵撥帳號◎1526151~6號
香港星馬—皇冠出版社（香港）有限公司
總 代 理　香港灣仔告士打道80號16樓
電話◎2529-1778　傳真◎2527-0904
總 編 輯—朱亞君
英文主編—余國芳　外文編輯—莊靜君
責任編輯—殷麗君　美術設計—吳鳳玲・吳淑萍
校　　對—鮑秀珍・簡伊玲・殷麗君
著作日期— 1980年
三版一刷— 2000年8月

讀者服務傳真專線◎ 02-27150507
皇冠文化集團網址◎ http://www.crown.com.tw
電腦編號◎044001　國際書碼◎ISBN 957-33-1726-5
Printed in Taiwan
本書定價◎新台幣360元 / 港幣109元